오만과 편견

PRIDE AND PREJUDICE

제인 오스틴 지음
이미선 옮김

현대문학

| 차 례 |

제1부

1장

상당한 재산을 가진 독신 남성에게 틀림없이 아내가 필요할 것이라는 사실은 널리 인정된 진리다.

이런 진리가 사람들의 마음속에 워낙 확고하게 자리 잡고 있는 터라, 그런 남자가 이웃이 되면 그 사람의 감정이나 생각에 대해 아무리 알려진 것이 없다 해도 동네 사람들은 그를 자기네 딸들 중 누군가가 차지해야 할 재산으로 간주한다.

"여보." 어느 날 베넷 부인이 남편에게 말했다. "네더필드 파크를 세놓은 게 드디어 나갔다는 소식 들었어요?"

베넷 씨는 못 들었다고 대답했다.

"나갔대요." 그녀가 대답했다. "롱 부인이 방금 전에 여기 와서 알려 주고 갔어요."

베넷 씨는 아무 대답도 하지 않았다.

"누가 그 집에 들어오는지 알고 싶지 않아요?" 베넷 부인이 조급해하며 소리쳤다.

"**당신**은 말해 주고 싶어 하고, 나야 그걸 듣는 데 반대할 마음이 없소."

이것은 충분한 부추김이었다.

"그러니까, 여보, 당신도 꼭 알아야 해요. 롱 부인 말로는 잉글랜드 북부 출신의 부유한 젊은 남자가 네더필드에 세를 얻었대요. 그 사람이 월요일에 4인승 사두마차四頭馬車를 타고 집을 보러 왔는데, 집이 아주 마음에 들어서 모리스 씨와 즉시 계약을 했대요. 성 미카엘 축일[1] 이전에 입주할 예정이고 다음 주말까지는 집에 하인들이 들어올 예정이라는군요."

"그 사람 이름은?"

"빙리래요."

"기혼이오, 아니면 미혼이오?"

"아! 미혼이래요, 여보. 확실해요! 재산이 많은 미혼 남자에요. 연수입이 4, 5천 파운드래요. 우리 딸들한테 얼마나 잘된 일이에요!"

"어떻게 그렇다는 것이오? 그게 우리 애들하고 무슨 상관이 있소?"

"여보." 베넷 부인이 대답했다. "당신은 어떻게 그렇게 한심할 수가 있어요! 그 사람이 우리 딸들 중 하나랑 결혼할 거란 뜻이라는 걸 딱 아셔야죠."

"그 사람이 그럴 꿍꿍이로 여기로 이사 온다는 말이오?"

"꿍꿍이라니요! 말도 안 되는 소리에요. 당신은 어떻게 그런 말을 하세요! 그렇지만 그 사람이 우리 딸들 중 누군가를 사랑하게 될 수도 있으니까 당신은 그 사람이 오자마자 방문해야 해요."[2]

"나는 그럴 이유가 전혀 없다고 생각하오. 당신과 애들은 가도 좋소. 아니면 애들만 보내도 괜찮소. 어쩌면 그게 더 나을지도 모르지.

당신이 애들 못지않게 예쁘니까 빙리 씨가 당신을 제일 마음에 들어 할지도 모르니 말이오."

"여보, 그렇게 치켜세우지 마세요. 저도 분명히 **한때** 예뻤던 적은 있었지만 지금이야 특출한 미인이라 할 수는 없죠. 다 큰 딸이 다섯이나 있는 여자라면 자기 자신이 아름답다는 생각은 그만둬야지요."

"그런 경우에는 여자에게 신경 쓸 만한 미모가 거의 없는 경우가 많소."

"어쨌든 여보, 빙리 씨가 이사 오면 당신이 꼭 가서 만나 봐야 해요."

"그건 약속할 수 없소. 정말이오."

"그렇지만 당신 딸들을 생각해 봐요. 딸애들 중 누군가한테 그 결혼이 얼마나 안정된 삶을 가져다줄 수 있을지 생각해 봐요. 윌리엄 경과 루카스 부인은 오로지 그 이유 때문에 반드시 가 볼 작정이래요. 당신도 알다시피 그 집안사람들은 보통 새로 이사 온 사람들을 방문하는 법이 전혀 없잖아요. 당신이 꼭 가 봐야 해요. 당신이 가지 않으면 **우리가** 그 사람을 방문하는 건 불가능한 일일 테니 말이에요."

"당신은 확실히 너무 소

심하오. 내 장담하는데 빙리 씨는 당신을 보면 매우 기뻐할 거요. 그리고 그가 우리 딸들 중에서 어느 애를 고르건 그 애와 결혼하는 것에 대해 내가 기꺼이 동의한다는 걸 확인하는 글을 몇 줄 적어서 당신 편에 보내 주겠소. 물론 내 귀염둥이 리지를 위해서는 좋은 말을 반드시 한마디 끼워 넣겠지만 말이오."

"제발 그런 일은 하지 마세요. 리지는 다른 애들보다 조금도 낫지 않아요. 저는 그 애가 제인의 반만큼도 예쁘지 않고, 리디아의 반만큼도 상냥하지 않다고 확신해요. 그런데도 당신은 항상 **그 애를** 편애하더군요."

"다른 애들은 어느 누구에게도 내세울 만한 게 많지 않소." 베넷씨가 대답했다. "모두 다른 여자애들처럼 어리석고 무식하지. 하지만 리지는 자기 자매들보다 훨씬 더 영리하오."

"여보, 당신은 어떻게 자기 자식들을 그런 식으로 험담할 수가 있어요? 절 놀리는 게 재미있어요? 당신은 제 약한 신경이 전혀 불쌍하지도 않아요?"

"당신이 날 오해한 거요, 여보. 나는 당신의 신경을 매우 존중하오. 내 오랜 친구나 마찬가지니까. 적어도 지난 20년 동안 당신이 그걸 언급할 때마다 측은해하며 이야기를 들어 왔으니 말이오."

"아, 제가 어떤 고통을 당하는지 당신은 몰라요."

"그렇지만 나는 당신이 그걸 이겨내서 연 수입 4천 파운드의 젊은이들이 우리 집 근처로 많이 이사 오는 걸 볼 때까지 살길 바라오."

"그런 젊은이들 스무 명이 온다 해도 당신이 방문하지 않으면 무슨 소용이 있겠어요?"

"걱정 말아요, 여보. 스무 명이 되면 한꺼번에 방문하겠소."

베넷 씨는 재치와 신랄한 유머, 과묵함과 변덕이 매우 기묘하게 섞여 있는 사람이라 23년 동안 겪어 보고도 그의 아내는 남편의 성격을 충분히 이해하지 못했다. **베넷 부인의** 마음을 알아내는 것은 그리 어렵지 않았다. 그녀는 이해력이 부족하고 무식하며 시도 때도 없이 기분이 바뀌는 여자였고, 자기 성에 차지 않으면 신경증이 도진 것이라 생각했다. 평생 과업은 딸들을 결혼시키는 것이었고, 사는 낙은 이웃집을 방문해 수다를 떠는 것이었다.

2장

베넷 씨는 빙리 씨를 가장 먼저 방문한 사람들 중 하나였다. 그는 빙리 씨를 방문할 계획이 전부터 있었음에도 불구하고, 아내에게는 끝까지 절대로 찾아가지 않겠다는 뜻을 확실히 밝혀 두었다. 그래서 방문이 이루어진 날 저녁까지 베넷 부인은 그 일에 대해 까맣게 모르고 있었다. 비밀은 저녁에 다음과 같이 알려졌다. 모자에 장식을 달고 있는 둘째 딸에게 베넷 씨가 뜬금없이 말했다.

"빙리 씨가 그걸 마음에 들어 하면 좋겠구나, 리지."

"빙리 씨가 **무엇**을 좋아하는지 우리는 절대 알 수 없을 거예요." 베넷 부인이 씩씩대며 말했다. "방문을 하지도 않을 거니까요."

"하지만 어머니, 잊으셨어요?" 엘리자베스가 말했다. "무도회에서 그를 만나게 될 거예요. 롱 부인께서 빙리 씨를 소개해 주겠다고 약속하셨잖아요."

"나는 롱 부인이 그런 일을 해 줄 것이라고 믿지 않아. 부인에게도 친조카가 둘이나 있잖니. 이기적이고 위선적인 여자라서 나는 롱 부인을 별로 탐탁하게 여기지 않는단다."

"나도 그렇소." 베넷 씨가 말했다. "그 부인이 당신에게 은혜를 베풀어 줄 것이라 믿지 않는다니 기쁘오."

베넷 부인은 아무 대답도 하지 않으려 했지만 도저히 참을 수가 없어서 딸 하나를 꾸짖기 시작했다.

"그렇게 계속 기침 좀 하지 마라, 키티. 제발. 내 신경을 좀 불쌍하게 여겨 주렴. 네가 내 신경을 갈기갈기 찢어 놓는구나."

"키티는 기침을 할 때 조심성이 전혀 없소." 베넷 씨가 말했다. "때를 못 가리고 기침을 하는군."

"제가 재미로 기침을 하나요?" 키티가 짜증을 내며 대답했다.

"다음 무도회가 언제지, 리지?"

"보름 후예요."

"맞아, 그래." 베넷 부인이 소리쳤다. "그런데 롱 부인은 그 전날에야 온다는구나. 그렇다면 부인이 빙리 씨를 소개시켜 주는 건 불가능해. 부인 자신도 그를 알 리 만무할 테니까."

"그렇다면, 여보. 당신이 당신 친구보다 유리한 입장에서 빙리 씨를 소개해 줄 수 있을 거요."

"불가능해요, 여보. 불가능하고말고요. 제가 그 사람을 모르는걸요. 당신은 어떻게 그렇게 약을 올릴 수 있어요?"

"당신의 신중함에 경의를 표하지. 보름간의 친분은 분명히 별 것 아니오. 정말로 어떤 사람인지 보름으로는 알 수 없는 법이니까. 그러나 **우리가** 나서서 소개하지 않는다 해도 다른 누군가가 그렇게 할 것이고, 롱 부인과 그 조카딸들도 기회를 얻을 거요. 롱 부인이야 그걸 호의에서 나온 행동으로 받아들일 테니까, 당신이 그 일을 하지 않겠다면 내가 떠맡겠소."

딸들은 아버지를 뚫어지게 바라보았다. 베넷 부인은 그저 "말도 안 돼요, 말도 안 돼!"라고 말할 뿐이었다.

"그 강한 감탄은 무슨 뜻이오?" 베넷 씨가 소리쳤다. "소개의 형식과 그에 부여된 중요성을 말도 안 된다고 간주한다는 말이오? 나는 **그 점**에 있어서는 당신에게 전적으로 동의할 수가 없소. 너는 어떻게 생각하니, 메리야? 내가 알기로 너는 생각이 깊은 젊은 숙녀인 데다 훌륭한 책들을 읽고 중요한 부분은 발췌해서 정리해 두니 말이다."

메리는 뭔가 괜찮은 말을 하고 싶었지만 뭐라고 말해야 할지 알 수 없었다. "메리가 생각을 정리하고 있는 동안." 베넷 씨가 말을 계속했다. "우리는 빙리 씨에 관한 이야기로 되돌아가 보기로 합시다."

"빙리 씨라면 지긋지긋해요." 베넷 부인이 소리쳤다.

"**그 말**을 들으니 유감이군. 왜 그렇다고 진작 말하지 않았소? 오늘 아침에 그걸 알았더라면 틀림없이 그를 방문하지 않았을 텐데 말이오. 그것 참 운이 안 좋군. 그렇지만 내가 이미 방문을 해 버렸으니 이제는 친분을 피할 수가 없게 되었소."

그가 바랐던 대로 숙녀들은 깜짝 놀랐다. 베넷 부인이 다른 사람들보다 더 놀랐을 것이다. 하지만 한바탕 즐거운 소란이 지난 후 그녀는 전부터 그럴 줄 알았다고 떠들어 대기 시작했다.

"당신은 정말 좋은 분이에요, 여보! 결국에는 제가 당신을 설득하게 되리라는 걸 알고 있었어요. 딸들을 무척이나 사랑하는 당신이 그런 사람과 친분을 쌓을 기회를 절대 그냥 넘어가지 않을 거라 확신했어요. 정말 너무 기뻐요! 오늘 아침에 다녀와서 지금까지 한 마디도 하지 않다니 당신은 정말 장난이 심해요."

"자, 키티. 이제는 네가 원하는 만큼 기침을 해도 괜찮다." 베넷 씨
는 그렇게 말하고 기뻐 날뛰는 자기 아내의 모습에 지쳐서 방을 나갔
다.

"너희들은 정말 훌륭한 아버지를 두었다, 애들아!" 문이 닫히자 베
넷 부인이 말했다. "너희들이 아버지의 은혜에 보답할 수나 있을지 모
르겠구나. 아니, 그 문제로 말하자면 나도 그렇고. 우리 나이에는 날
마다 새로운 친분을 쌓는 게 썩 즐겁지만은 않단다. 그래도 너희들을
위해서라면 우리는 뭐든지 할 거야. 리디아, 내 귀염둥이. 네가 **막내이
긴** 하지만 빙리 씨는 다음 무도회에서 틀림없이 너하고 춤을 출 것 같
구나."

"아!" 리디아가 씩씩하게 말했다. "나는 두렵지 않아. 내가 제일 어
리긴 하지만, 키는 제일 크니까."

이후의 저녁 시간은 빙리 씨가 베넷 씨의 방문에 얼마나 빨리 답
방할 것인지에 대해 추측해 보고 그를 언제 정찬3)에 초대할 것인지
정하면서 흘러갔다.

3장

그러나 베넷 부인이 다섯 딸들의 도움을 받아 그 문제에 대해 아무리 물어보아도, 남편에게서 빙리 씨에 대한 만족스러운 묘사를 이끌어 내기에는 역부족이었다. 그들은 노골적인 질문을 하기도 하고, 기발한 추측을 하기도 하고, 에둘러서 추리를 하기도 하면서 여러 가지 방법으로 그를 공략했다. 하지만 베넷 씨는 그 모든 기술을 피해 갔고, 가족들은 마침내 어쩔 수 없이 이웃인 루카스 부인에게서 간접적인 정보를 얻어야만 했다. 루카스 부인의 보고는 매우 호의적이었다. 윌리엄 경은 빙리 씨를 만나고 아주 기뻐했다고 한다.

빙리 씨는 아주 젊고 굉장히 잘생겼으며 대단히 상냥했다. 게다가 무엇보다 다음 무도회에 다른 사람들을 많이 데려올 예정이었다. 어느 것도 이보다 더 기쁠 수는 없으리라! 춤을 좋아한다는 것은 사랑에 빠지는 쪽으로 확실하게 한 발을 들여놓은 것이나 다름없었다. 그리하여 모두가 빙리 씨의 마음을 사로잡겠다는 매우 밝은 희망을 마음속에 품었다.

"딸들 중 하나가 네더필드에 자리 잡고 행복하게 사는 걸 보고요." 베넷 부인이 남편에게 말했다. "다른 딸들도 모두 시집을 잘 가면 더 이상 바랄 게 없을 거예요."

며칠 후 빙리 씨가 베넷 씨의 방문에 대한 답례로 찾아와 서재에 10분 정도 앉아 있다 갔다. 그는 젊은 아가씨들의 미모에 대해 익히 들었기 때문에 그들을 한 번 볼 수 있는 기회가 주어지지 않을까 내심 기대하고 있었지만, 베넷 씨만 볼 수 있었다. 숙녀들은 약간 더 운이 좋아서, 창문을 통해 빙리 씨가 파란색 외투를 입고 검은 말을 타고 왔다는 사실을 확인할 수 있었다.

그 후 곧바로 빙리 씨에게 만찬 초대장이 발송되었지만, 베넷 부인이 자신의 살림 솜씨를 뽐낼 수 있도록 요리 코스를 이미 짜 놓은 상태에서 만찬을 한참 연기한다는 답장이 도착했다. 빙리 씨가 다음 날 런던에 가야 해서 영광스러운 초대를 받아들일 수 없다는 것이었다. 베넷 부인은 매우 당혹스러워했다. 그녀는 하트퍼드셔에 온 지 얼마 되지도 않은 사람이 그렇게 빨리 런던에 무슨 볼일이 있다는 것인지 도저히 짐작할 수가 없었다. 그리고 빙리 씨가 이곳저곳 옮겨 다니면서 네더필드에 결코 정착하지 않을지도 모른다고 우려하기 시작했다. 루카스 부인은 그가 런던에 간 것은 순전히 무도회에 참석할 사람들을 여럿 데려오기 위해서라고 말해서 베넷 부인의 우려를 조금 진정시켜 주었고, 곧 빙리 씨가 열두 명의 숙녀와 일곱 명의 신사를 무도회에 데려올 것이라는 소식이 뒤따랐다. 아가씨들은 숙녀들의 수에 슬퍼했지만 무도회 전날 그가 열두 명 대신 런던에서 여섯 명—그의 다섯 누이와 사촌 하나—만 데려왔다는 소식을 듣고 마음이 진정되었다. 무도회장에 들어왔을 때 일행은 모두 다섯 사람—빙리 씨와 그의 두 누이, 큰누이의 남편과 또 다른 젊은 남자—이었다.

빙리 씨는 잘생긴 데다 신사다웠고, 유쾌한 용모에 편안하고 가식적이지 않은 태도를 지니고 있었다. 빙리 씨의 누이들은 상류층 분위기를 물씬 풍기는 훌륭한 여성들이었다. 그의 매형인 허스트 씨는 그저 평범한 신사처럼 보였다. 하지만 빙리 씨의 친구인 다아시 씨는 멋지고 큰 체격에 잘생긴 용모와 고상한 분위기, 방에 들어선 지 5분도 되기 전에 파다하게 번진 연 수입이 만 파운드[4]라는 소문 때문에 곧 방 안 사람들의 관심을 한 몸에 받았다. 신사들은 그가 잘생겼다고 했고 숙녀들은 다아시 씨가 빙리 씨보다 더 잘생겼다고 단언했다. 다아시 씨는 그날 저녁 전반부에는 많은 찬양을 받았지만, 오만하고 다른 사람들을 무시하는 데다 까다롭기까지 한, 사람 넌더리 나게 하는 태도 때문에 인기는 곧 썰물처럼 빠져나갔다. 더비셔에 있는 다아시 씨의 거대한 영지조차도 그가 매우 혐오스럽고 불쾌한 용모를 지닌 사람으로, 빙리 씨와 비교할 가치도 없는 사람으로 전락하는 것을 막아 주지 못했다.

빙리 씨는 곧 방 안에 있던 중요한 사람들을 모두 알게 되었다. 그는 활발하고 붙임성이 있었으며, 때마다 매번 춤을 췄고, 무도회가 너무 일찍 끝난다고 화를 냈으며, 네더필드에서 무도회를 열겠다고 말했다. 그런 사랑스러운 자질들은 저절로 드러나게 마련이다. 그의 친구와는 얼마나 대조적인지! 다아시 씨는 허스트 부인과 한 번, 빙리 양과 한 번 춤을 췄을 뿐 다른 어떤 숙녀도 소개 받기를 거절했고 같이 온 일행에게만 이따금씩 말을 걸면서 저녁 내내 방 안을 이리저리 걸어 다녔다. 그의 성격이 어떤지가 판가름 났다. 다아시 씨는 세상

에서 가장 오만하고 불쾌한 남자였고, 모두 그가 그곳에 다시는 오지 않기를 바랐다. 다아시 씨를 가장 싫어한 사람들 중 하나가 베넷 부인이었다. 그의 전반적인 태도에 대한 베넷 부인의 혐오감은 자기 딸들 중 하나가 무시를 당한 것 때문에 각별한 반감으로 격화되었다.

엘리자베스 베넷은 신사 수가 부족했기 때문에 두 번의 춤이 진행되는 동안 어쩔 수 없이 앉아 있어야만 했는데, 그동안 다아시 씨가 그녀 가까이 있어서 다아시 씨와 빙리 씨의 대화를 들을 수 있었다. 빙리 씨는 춤을 추다 몇 분 동안 빠져나와서 친구에게 춤을 권했다.

"자, 다아시." 빙리 씨가 말했다. "자네를 춤추게 만들어야겠어. 자네가 이렇게 멍하게 혼자 서성거리고 있는 게 보기 싫어. 춤추는 게 훨씬 더 나을 거야."

"절대 안 출 거야. 내가 파트너와 특별히 잘 아는 사이가 아니면 춤추는 걸 얼마나 싫어하는지 자네도 알잖아. 이런 무도회에서는 견딜 수 없을 거야. 자네 누이들한테는 이미 파트너가 있고, 같이 춤추는 것이 벌처럼 느껴지지 않을 다른 여자는 방 안에 한 사람도 없네."

"나는 절대 자네만큼 까다로울 수 없을 거야." 빙리 씨가 소리쳤다. "정말로! 맹세코 내 평생 이렇게 괜찮은 아가씨들을 오늘 저녁만큼 많이 만난 적이 없네. 특출하게 예쁜 아가씨도 몇 명 있어."

"방에서 유일하게 예쁜 아가씨는 **자네와** 춤을 추고 있잖은가." 다아시 씨가 베넷가의 장녀를 바라보며 말했다.

"아! 그녀는 내가 지금까지 본 사람들 중에서 가장 아름다워! 그런데 바로 자네 뒤에 그녀의 동생이 앉아 있네. 굉장히 예쁘고 상냥해 보여. 내 파트너한테 동생을 자네에게 소개해 달라고 부탁해 보겠네."

"누구를 말하는 건가?" 다아시 씨는 몸을 돌려서 잠깐 동안 엘리자베스를 보고 그녀와 눈이 마주치자 시선을 거두면서 차갑게 말했다. "그럭저럭 봐줄 만은 하군. 그렇지만 **내 마음을 끌 만큼** 예쁘진 않아. 나는 지금 다른 남자들에게 퇴짜 맞은 아가씨들의 자존심을 세워 줄 기분이 아니네. 자네는 파트너에게 돌아가서 그녀의 미소를 즐기는 게 좋을 것 같아. 지금 나하고 시간을 허비하고 있으니 말이야."

빙리 씨는 그의 조언을 따랐다. 다아시 씨는 다른 쪽으로 가 버렸다. 엘리자베스는 다아시 씨에게 결코 따뜻하다고 할 수 없는 감정을 느끼며 자리에 남아 있었지만, 친구들에게 매우 신 나게 그 이야기를 해 주었다. 그녀는 우스꽝스러운 일이면 무엇이든 재미있어하는 활기차고 장난스러운 성격을 지니고 있었기 때문이다.

그날 저녁은 온 가족이 대체적으로 즐거운 시간을 보냈다. 베넷 부인은 네더필드 사람들이 자기 맏딸 제인을 무척 좋아한다는 걸 알았다. 빙리 씨는 제인과 두 번 춤을 췄고, 그녀는 빙리 씨의 누이들에게 괜찮은 사람으로 점 찍혔다. 제인은 감정을 덜 드러내기는 했지만, 자기 어머니만큼 많이 기뻐했다. 엘리자베스는 자기 언니가 기

뻐하고 있음을 느꼈다. 메리는 빙리 양에게 자신이 근방에서 가장 교양 있는 아가씨라고 소개되는 말을 들었다. 캐서린과 리디아는 파트너가 없었던 적이 없을 만큼은 운이 좋았고, 둘은 여기에만 온 신경을 집중했다. 그래서 가족들은 자신들이 최고의 사회적 지위를 지닌 주민으로 살고 있는 마을, 롱번으로 기분 좋게 돌아왔다. 베넷 씨는 아직 자지 않고 있었다. 그는 책을 한 권 들면 시간 가는 줄을 몰랐다. 이번 경우에는 그토록 놀라운 기대를 불러일으켰던 저녁 행사에 대한 호기심도 상당히 있었다. 베넷 씨는 새로 이사 온 사람에 대한 아내의 계획이 좌절되었기를 바랐지만, 곧 전혀 다른 이야기를 듣게 되었다.

"아, 여보." 베넷 부인이 방에 들어오면서 말했다. "정말 유쾌한 저녁이었어요. 대단히 훌륭한 무도회였어요. 당신도 거기 가셨더라면 좋았을 텐데. 제인이 얼마나 칭찬을 들었는지 몰라요. 그 어떤 것도 그에 비할 수는 없을 거예요. 사람들마다 제인이 정말 예쁘다고 말했다니까요. 빙리 씨도 제인이 무척 아름답다고 생각해서 두 번이나 제인이랑 춤을 췄어요! 그걸 **한번** 생각해 봐요, 여보. 정말로 두 번씩이나 춤을 췄다니까요! 빙리 씨가 두 번이나 춤을 추자고 청한 사람은 그 방에서 제인 하나뿐이었어요. 처음에는 루카스 양에게 춤을 신청했어요. 그 사람이 루카스 양과 함께 춤추는 것을 보고 제 속이 얼마나 탔는지 몰라요. 하지만 빙리 씨는 루카스 양을 전혀 좋아하지 않았어요. 사실 당신도 아시다시피 그럴 사람이 어디 있겠어요? 제인이 춤을 추고 있을 때 빙리 씨가 그 모습을 보고 반해 버린 것 같았어요.

그래서 누군지 물어서 소개를 받고는 다음 번 춤을 신청했어요. 세 번째는 킹 양과, 네 번째는 머라이어 루카스와, 다섯 번째는 다시 제인과, 여섯 번째는 리지와, 불랑제 춤은……."

"그 사람이 나를 조금이라도 불쌍하게 여겼다면," 베닛 씨가 성급하게 소리쳤다. "그 절반도 안 췄을 텐데! 제발, 그 사람의 파트너에 대해 더 이상 말하지 마시오. 첫 번째 춤에서 발목을 삐어 버렸어야 했는데!"

"아! 여보, 그 사람이 정말 마음에 들어요. 엄청나게 잘생겼어요! 그의 누이들도 매력적인 여성들이에요. 그 사람들 옷보다 더 우아한 걸 평생 본 적이 없어요. 허스트 부인 드레스에 달린 레이스는……."

여기서 베닛 부인은 다시 제지당했다. 베닛 씨는 화려한 옷차림에 대한 어떤 묘사도 하지 못하게 했다. 그래서 그녀는 어쩔 수 없이 다른 이야깃거리를 찾아야 했고, 다아시 씨의 충격적인 무례함에 대해 매우 분개하면서 약간의 과장을 보태서 이야기했다.

"그렇지만 당신에게 분명히 말할 수 있어요." 베닛 부인이 덧붙였다. "리지가 **그 사람** 마음에 들지 않았다 해도 크게 손해 보는 일은 아니라는 걸요. 아주 불쾌하고 끔찍한 남자라 그 남자 마음에 들어 봐야 좋을 게 전혀 없어요. 너무나 고고하고 잘난 체해서 참아 내는 게 불가능하다니까요! 여기저기 서성거리면서, 자기가 엄청 대단하다고 생각하나 봐요! 같이 춤을 추고 싶을 만큼 충분히 잘생기지도 않았으면서 말이에요! 당신이 거기 계셨더라면, 여보, 당신 식으로 한번 따끔하게 쏘아 줬을 텐데. 저는 그 사람이 정말 싫어요."

4장

제인과 엘리자베스 단둘이 있게 되자 그 전까지만 해도 빙리 씨에 대한 칭찬을 자제했던 제인은 그가 정말로 마음에 든다고 동생에게 밝혔다.

"그는 젊은 남자의 모범이야." 제인이 말했다. "분별 있고, 성격 좋고, 유쾌해. 나는 그렇게 멋진 태도를 지닌 사람은 처음 봤어! 굉장히 편안하면서도 완벽하게 교양을 갖추고 있다니!"

"게다가 잘생기기까지 하잖아." 엘리자베스가 대답했다. "젊은 남자라면 마땅히 그래야지. 그러니까 그는 완벽한 사람이야."

"그가 두 번이나 춤을 신청해서 정말로 기분이 좋았어. 그런 찬사는 기대하지 못했거든."

"정말로? 나는 그럴 거라고 예상했었는데. 그게 우리 두 사람의 큰 차이야. 언니는 항상 칭찬을 놀라워하며 받아들이지만 **나는** 절대 안 그러거든. 그 사람이 언니한테 다시 춤을 신청한 거야말로 아주 당연한 일이잖아. 방 안에서 언니가 다른 어떤 여자보다도 다섯 배는 예쁘다는 걸 그 사람이 모를 리가 없었을 테니까. 그 점에 대해서는 그 사람이 언니한테 잘해 줬다고 감사할 필요 없어. 어쨌든 그 사람은 확실히 정말 괜찮은 사람이야. 그 사람을 좋아해도 된다고 허락해 줄게.

언니는 더 멍청한 사람들도 많이 좋아했었으니까."

"얘, 리지!"

"아! 언니는 대체로 사람들을 상당히 쉽게 좋아하는 편이잖아. 어느 누구에게서도 결점을 절대 보지 않으니까. 언니 눈에는 세상 사람들 모두가 착하고 좋아 보이지. 언니가 평생 살아오면서 누구 험담하는 걸 들어 본 적이 없어."

"나는 성급하게 누군가를 비판하고 싶지 않아. 하지만 나는 항상 내가 생각하는 대로 말을 하는걸."

"언니가 그런다는 건 알아. 그리고 바로 **그 점**이 놀랍다는 거야. **언니처럼** 분별 있는 사람이 다른 사람들의 어리석음과 허튼짓을 순진하게도 못 보다니 말이야! 솔직한 척하는 사람들은 아주 흔해…… 어디서나 만날 수 있으니까. 그렇지만 가식이나 꿍꿍이 없이 솔직한 것…… 모든 사람의 성격에서 좋은 점을 가져다가 그걸 훨씬 더 좋게 만들고 나쁜 점에 대해서는 아무 말도 하지 않는 것은 언니에게만 있는 자질이야. 그래서 언니는 그 사람의 누이들도 좋아하는 거잖아, 그렇지? 그 누이들의 태도는 그 사람에 미치지 못하는 것 같아."

"물론 그렇지…… 처음에는 말이야. 그렇지만 이야기를 나눠 보면 아주 좋은 사람들이야. 빙리 양은 자기 오빠랑 함께 살면서 살림을 할 거래. 그녀는 아주 멋진 이웃이 될 거야. 그렇지 않다면 내가 크게 잘못 본 거겠지."

엘리자베스는 아무 말 없이 언니의 말을 들었지만 그에 수긍할 수는 없었다. 무도회에서 그들이 보여 준 행동은 전반적으로 다른 사람들을 기분 좋게 해 주려는 것은 절대 아니었다. 엘리자베스는 언니보다 관찰력이 더 예리하고 성격은 덜 고분고분했으며 다른 사람들의 관심 때문에 판단력이 흐려지지 않았기 때문에, 그들이 괜찮은 사람들이라고 인정하고 싶은 마음은 거의 들지 않았다. 빙리가 아가씨들은 사실 매우 훌륭한 숙녀들이었다. 기분이 좋을 때는 유쾌함이 부족하지 않았고, 마음만 먹으면 상냥해질 수 있는 능력 또한 부족하지 않았지만, 오만하고 잘난 척했다. 그들은 상당히 아름다웠고 런던에 있는 일류 사립학교에서 교육을 받았으며, 2만 파운드의 유산이 있었고, 분수에 넘게 돈을 쓰면서 높은 지위의 사람들과 사귀는 습성이 있었기 때문에 모든 면에서 스스로를 높게 평가하고 다른 사람들을 경멸할 자격이 있었다. 그들은 잉글랜드 북부에 있는 훌륭한 가문 출신이었고, 이 사실은 빙리 씨와 자신들의 재산이 장사로 번 것이라는 사실보다 그들의 기억 속에 더 깊이 각인되어 있었다.

빙리 씨는 영지를 사고 싶어 했지만 그러지 못하고 세상을 떠난 아버지로부터 거의 10만 파운드에 달하는 재산을 물려받았다. 빙리 씨도 아버지와 같은 생각이었고 때때로 어느 주에서 살 것인지 고르기도 했다. 하지만 이제는 그가 좋은 집과 빌린 영지에서 사냥할 수 있는 권리를 가지게 되었기 때문에, 빙리 씨의 태평한 성격을 가장 잘 알고 있는 사람들은 그가 여생을 네더필드에서 보내면서 영지 구입은 다음 세대에게 맡겨 두지 않을까 의심스러워했다.

누이들은 빙리 씨가 자기 소유의 영지를 가지기를 간절히 원했다. 하지만 그가 이제 막 세입자로 자리를 잡았다 해도, 빙리 양은 그의 식탁을 관장하는 일을 결코 주저하지 않을 생각이었다. 재산보다는 상류사회의 습관을 더 많이 가진 남자와 결혼한 허스트 부인 역시 자기 형편에 따라 동생의 집을 자기 집처럼 여기려는 마음이 덜하지 않았다. 빙리 씨는 성년이 된 후 채 2년이 지나지 않아 우연히 네더필드 저택을 한번 보라는 추천을 받게 되었다. 실제로 그는 반 시간 동안 집 안팎을 살펴보고는, 위치와 주요 방들이 마음에 들고 주인의 집 자랑에 만족해서 즉시 세를 얻었다.

성격이 크게 달랐음에도 불구하고 빙리와 다아시는 지속적으로 우정을 쌓아 왔다. 비록 그 어떤 성격도 자신의 성격과 더 큰 대조를 이루진 못할 것이고, 스스로의 성격에 대해 한 번도 불만족스러워하는 것처럼 보이지 않았다 해도, 다아시는 느긋하고 솔직하고 유연한 성격을 지닌 빙리를 마음에 들어 했다. 빙리는 다아시의 존중에 의지해 가장 확고히 의지할 수 있는 사람을 갖게 되었고, 다아시의 판단력에 의지해 최고의 의견을 얻었다. 이해력에 있어서는 다아시가 더 뛰어났다. 빙리도 결코 부족하진 않았지만 다아시는 총명했다. 동시에 다아시는 오만하고 내성적이었으며, 까다로웠고, 교육을 잘 받았음에도 불구하고 태도가 썩 유쾌하지는 않았다. 그 점에서는 그의 친구가 훨씬 나았다. 빙리는 어디에 가건 항상 호감을 샀지만 다아시는 계속해서 사람들에게 불쾌감을 주었다.

메리턴 무도회에 대해 이야기를 나누는 방식에서도 두 사람의 특성이 충분히 고스란히 드러났다. 빙리는 평생 이렇게 기분 좋은 사람들이나 예쁜 아가씨들을 만난 적이 없었다고 했다. 모든 사람이 그에게 무척 친절하고 상냥하게 대해 주었다. 격식도, 딱딱함도 없었고, 빙리는 곧 방 안의 모든 사람들과 친해졌다고 느꼈다. 베넷 양[5]에 대해서는, 더 아름다운 천사가 있다고는 생각할 수 없었다. 반면에 다아시는 외모도 별로고 상류사회의 습관도 따르지 않는 한 무리의 사람들을 보았을 뿐이었다. 다아시는 그들 중 누구에게서도 눈곱만큼의 흥미를 느끼거나 관심이나 즐거움을 얻지 못했다. 베넷 양이 예쁘다는 것은 그도 인정했지만 그녀는 웃음이 헤펐다.

허스트 부인과 여동생 빙리 양도 그 점은 인정했지만, 여전히 베넷 양을 칭찬하고 좋아했으며, 그녀가 사랑스러운 데다 더 사귀는 것에 대해 반대해서는 안 될 아가씨라고 단언했다. 그래서 베넷 양은 사랑스러운 아가씨로 확실하게 인정을 받았고, 빙리 씨는 이런 찬사 덕에 자기 좋을 대로 그녀를 생각해도 된다는 허락을 받았다고 느꼈다.

5장

롱번에서 걸어서 갈 수 있는 그리 멀지 않은 곳에 베넷가와 각별히 친하게 지내는 한 가족이 살고 있었다. 윌리엄 루카스 경은 예전에 메리턴에서 장사를 하면서 상당한 재산을 모았고, 시장으로 재임하는 동안 국왕에게 치사致謝를 바쳐서 기사 작위에 올랐다. 아마도 그 영예가 그에게 너무 강한 영향을 미쳤는지, 그는 자기 사업과 작은 시장 마을에 있는 자기 집을 혐오하게 되었다. 그래서 그 두 가지를 모두 떠나서 가족과 함께 메리턴에서 약 2킬로미터가량 떨어진 곳에 있는 저택으로 이사했고 그때부터 그 집을 루카스 로지라고 불렀다. 그곳에서 그는 자신의 지위에 대해 즐겁게 생각할 수 있었고 사업의 족쇄에서 벗어나 세상 사람들 모두에게 공손하게 대하는 일에만 전념할 수 있었다. 루카스 경은 자신의 지위에 우쭐하긴 했지만 절대 거드름을 피우지는 않았다. 오히려 반대로 모든 사람에게 매우 정중하게 대했다. 천성적으로 다른 사람들에게 불쾌감을 주지 않았고, 친절하며 자상했고, 세인트 제임스 궁6)에서 국왕을 알현한 것 때문에 정중해졌다. 그는 자신의 지위에 대한 의식 때문에 노블레스 오블리주의 원칙에 따라 다른 사람들을 예의 바르게 대해야 한다는 책임감을 느끼게 되었다.

루카스 부인[7]은 매우 착한 여자로 그렇게 약삭빠르지는 않아서 베넷 부인에게 소중한 이웃이 되었다. 그들에게는 자식이 여럿 있었다. 맏딸은 스물일곱 살가량의 분별 있고 똑똑한 처녀로 엘리자베스와는 친한 친구 사이였다.

　루카스가의 딸들과 베넷가의 딸들이 만나 무도회에 대해 이야기를 나누는 것은 지극히 당연한 일이었다. 그래서 무도회 다음 날 아침, 루카스가 딸들은 베넷가 딸들을 방문해서 이야기를 나누게 되었다.

　"어제저녁에는 **네가** 시작이 좋았더구나, 샬럿." 베넷 부인이 루카스 양에게 자제하면서 싹싹하게 말했다. "빙리 씨의 첫 상대가 **너였잖**니."

　"그랬죠. 그렇지만 그분은 두 번째로 선택한 상대를 더 좋아하는 것 같았어요."

　"아! 제인 말이구나. 그 애와 두 번 춤을 추었으니까. 확실히 제인이 엄청 마음에 드는 것처럼 보이긴 하더구나. 사실 그가 그랬다고 믿고 싶긴 하지…… 들은 말이 있고…… 그렇지만 나도 잘 몰라……. 로빈슨 씨에 관한 무슨 이야기던데."

　"제가 그분하고 로빈슨 씨가 나누는 대화를 엿들은 걸 말씀하시는 거군요. 제가 그 일에 대해 말씀드리지 않았어요? 로빈슨 씨가 빙리 씨에게 메리턴 무도회가 마음에 드느냐, 방 안에 미인들이 매우 많다고 생각하지 않느냐, **누가** 가장 예쁘다고 생각하느냐 물으니까 그분이 마지막 질문에 대해 '아! 베넷 양이죠, 당연히. 그 점에 대해서는 이견이 있을 수 없습니다.'라고 바로 대답한 것 말이에요."

"세상에! 그렇다면, 그건 매우 확실한 의견이구나……. 그게 혹시…… 그렇지만 아무것도 아닌 일이 될 수도 있어, 너도 알다시피 말이야."

"**내가** 엿들은 것이 **네가** 엿들은 것보다 더 쓸모가 있네, 일라이자." 샬럿이 말했다. "다아시 씨의 말보다 그 친구의 말이 더 들을 만한 가치가 있어, 그렇지 않니?…… 불쌍한 일라이자!…… 그저 그럭저럭 **봐줄 만은 한** 사람이 되다니."

"리지가 그 사람의 무시 때문에 속상하지 않도록 그 얘길 들먹이지 말아 주렴, 샬럿. 너무나 불쾌한 사람이라 그 사람이 좋아해 준다면 오히려 아주 재수 없는 일일 거야. 롱 부인이 그러는데 어젯밤에 그 사람이 자기 옆에 반 시간이나 앉아 있으면서 한 번도 입을 열지 않았다는구나."

"정말로 확실해요, 어머니? 잘못 아신 거 아니에요?" 제인이 물었다. "다아시 씨가 롱 부인에게 말을 거는 걸 제가 분명히 보았는데요."

"에이…… 그건 롱 부인이 참다못해 네더필드가 마음에 드느냐고 물었더니 그가 어쩔 수 없이 대답한 거였다는구나. 그런데 그 사람은 롱 부인이 자기한테 말을 건 데 대해 상당히 화가 난 것 같았다더라."

"빙리 양이 저한테 말해 주었는데요." 제인이 말했다. "그분은 친한 친구들 사이가 아니면 말을 잘 안 한대요. **친한 친구들한테는** 아주 사근사근하대요."

"나는 그런 말은 한마디도 믿지 않는다, 애야. 만약 그 사람이 그렇게 사근사근하다면 롱 부인과 이야기를 나누었겠지. 하지만 어떻게 된 일인지 짐작은 해. 다들 그러는데 그 사람이 오만함에 사로잡혀 있다는 거야. 내 생각에는 롱 부인이 마차가 없어서 삯마차를 타고 무도회에 왔다는 말을 어디서 들은 것 같아."

"그분이 롱 부인과 이야기를 나누지 않은 것에 대해서는 전 상관 안 해요." 루카스 양이 말했다. "그렇지만 일라이자와 춤을 췄더라면 좋았을 거예요."

"다음번에는, 리지야." 베넷 부인이 말했다. "내가 너라면 절대 **그 사람하고는** 춤을 안 출 거야."

"그럼요, 어머니. 그 사람과는 **절대** 춤추지 않겠다고 틀림없이 약속 드릴게요."

"그분의 오만은요." 루카스 양이 말했다. "다른 많은 경우와 달리 **저한테는** 그렇게 기분 나쁘지는 않아요. 그럴 만한 이유가 있잖아요. 가문과 재산, 자신에게 유리한 모든 것을 갖춘 그렇게 훌륭한 남자가 자기 자신을 높게 평가하는 것은 당연해요. 이런 표현을 써도 괜찮다면 그분에게는 오만할 수 있는 **권리가** 있어요."

"그건 정말 맞는 말이야." 엘리자베스가 대답했다. "만약 그 사람이 **내 자존심만** 건드리지 않았더라면 나는 그 사람의 오만을 쉽게 용서할 수 있었을 거야."

"오만이라는 것은 말이야." 자기 생각의 견실함을 뽐내는 메리가 말했다. "매우 흔한 결점이라고 나는 믿어. 내가 지금까지 읽은 모든 것으로 판단해 보건대, 오만은 정말로 아주 흔하다고 확신해. 인간의 본성은 특히 오만에 빠지기 쉽거든. 그리고 우리 중에서 실제이건 상상이건 이런저런 자질을 근거로 자기만족의 감정을 품지 않는 사람은 거의 없어. 허영과 오만은 다른 것이지만 두 말은 종종 비슷한 뜻으로 사용되곤 해. 사람은 허영심이 없어도 오만할 수 있지. 오만은 우리가 우리 자신을 어떻게 생각하느냐와 더 연관이 있고 허영은 다른 사람이 우리를 어떻게 생각해 주었으면 하는 것과 더 연관이 있어."

"내가 다아시 씨만큼 부자라면요." 누나들과 함께 온 루카스가 사내아이가 소리쳤다. "나는 내가 얼마나 오만한지 신경 쓰지 않을 거예요. 사냥개들을 기르면서 날마다 포도주를 한 병씩 마실 거예요."

"그러면 너는 적당한 양보다 훨씬 더 많이 마시게 될 거다." 베넷 부인이 말했다. "네가 술 마시는 걸 보면 즉시 술병을 빼앗아 버릴 거야."

소년은 그래서는 안 된다고 항변했다. 베넷 부인은 그럴 거라고 계속 으름장을 놓았고, 논쟁은 루카스 집안사람들이 방문을 끝내고 돌아갈 때에야 비로소 끝이 났다.

6장

롱번의 숙녀들은 곧 네더필드 숙녀들을 방문했다. 답례 방문 또한 적절히 이루어졌다. 베넷 양의 붙임성 있는 태도를 본 허스트 부인과 빙리 양은 그녀에게 더 호의를 갖게 되었다. 그녀의 어머니는 참을 수 없고 동생들은 말을 걸 가치조차 없다고 생각했지만, 위의 두 언니들에게는 더 친하게 지내고 싶다는 희망을 표했다. 제인은 이런 관심을 매우 기쁘게 받아들였지만, 엘리자베스는 그들이 여전히 언니조차도 예외 없이 모든 사람에게 거만하게 대하는 것을 보았기 때문에 그들을 좋아할 수가 없었다. 물론 그들이 제인에게 그 정도라도 친절하게 대하는 것은 틀림없이 빙리 씨의 칭찬에 영향을 받았을 가능성이 매우 크다는 점은 의미가 있었다. 두 사람이 만날 때마다 빙리 씨가 제인을 **정말로** 숭배한다는 사실은 누구에게나 분명해 보였고, 제인이 처음부터 그에게 품었던 호감에 굴복하고 있으며 어느 정도 사랑에 빠져 있다는 사실 역시 엘리자베스에게는 똑같이 분명해 보였다. 하지만 엘리자베스는 세상 사람들이 그것을 쉽게 눈치 채지 못할 것 같아서 마음이 놓였다. 제인은 열렬한 감정을 품고 있었지만 그것을 침착한 성격과 변함없이 유쾌한 태도와 결합시켰고, 덕분에 버릇없는 사람들의 의심을 받지 않을 것 같았다. 엘리자베스는 이런 점에 대해 자기 친구인 루카스 양과 이야기를 나누었다.

"아마도 기분 좋은 일일 거야." 샬럿이 대답했다. "그런 경우에 사람들을 속일 수 있다는 것 말이야. 하지만 때로는 그렇게 감정을 잘 감추는 게 불리할 수도 있어. 여자가 똑같은 기술로 자신의 애정을 사랑하는 사람에게까지 감추면, 그 사람을 붙잡을 기회를 잃을지도 모르니까. 그러면 세상 사람들이 그 사람과 똑같이 모를 것이라고 믿는 것은 별 볼 일 없는 위로에 불과할 거야. 거의 모든 애정에는 감사하는 마음이나 허영심이 아주 많이 끼어들기 때문에 애정 그 자체로만 내버려 두는 것은 안전하지 않아. 우리 모두 **시작**은 자유롭게 할 수 있어⋯⋯. 살짝 좋아하는 마음을 가지는 것은 아주 자연스러워. 하지만 상대에게서 자극을 받지 않더라도 진정으로 사랑을 할 수 있는 용기를 낼 수 있는 사람은 우리 중에 거의 없을 거야. 열에 아홉의 경우, 여자는 자기가 느끼는 애정보다 **더 많이** 보여 주는 게 나아. 빙리 씨가 네 언니를 좋아하는 것은 분명해. 그렇지만 그 사람이 자기를 좋아하도록 네 언니가 도와주지 않으면 그냥 좋아하는 것으로 끝나고 말지도 몰라."

"언니도 자기가 할 수 있는 만큼은 도와주고 있어. 내가 언니의 호감을 알아볼 수 있는 마당에 그분이 그걸 알아차리지 못한다면 정말 바보인 거지."

"일라이자, 빙리 씨는 너만큼 제인의 성격을 잘 알지 못한다는 점을 명심해."

"그렇지만 여자가 남자에게 호감을 가지고 있고 그것을 감추려 하지 않는다면, 남자는 틀림없이 그걸 알 거야."

"남자가 여자를 충분히 만난다면 그러겠지만, 빙리 씨와 제인이 상당히 자주 만나긴 해도 몇 시간씩 함께 있지는 않잖아. 거기다 항상 여러 사람들과 함께 섞여서 만나기 때문에 한순간도 둘이서만 이야기를 나눌 수가 없어. 그러니까 제인은 그의 관심을 끌 수 있는 시간이 생길 때마다 그 시간을 최대한 이용해야 해. 제인이 그분을 확실하게 붙잡으면 원하는 만큼 더 여유를 가지고 사랑에 빠질 수 있을 거야."

"네 계획은 좋은 계획이야." 엘리자베스가 대답했다. "아무것도 따지지 않고 오로지 시집을 잘 가겠다는 소망만 있을 때는 말이야. 만약 내가 부자 남편을 잡겠다거나 아니면 어떤 남편이건 잡겠다고 작정한다면 나는 분명히 그 계획을 받아들일 거야. 하지만 언니의 감정은 이런 게 아니야. 언니는 의도를 가지고 행동하는 게 아니니까. 아직까지 언니는 자기가 빙리 씨에게 얼마나 호감을 가지고 있는지, 그게 얼마나 이치에 맞는지조차 확신하지 못하고 있는 상태야. 그분을 안 지 보름밖에 되지 않았는걸. 메리턴에서 네 번 춤을 췄고, 빙리 씨 집에서 아침에 한 번 본 적이 있고, 지금까지 네 번 식사를 함께 했지. 그분의 성격을 파악하려면 그 정도로는 절대 충분하지 않아."

"네가 말하는 식으로는 아니겠지. 제인이 빙리 씨와 **식사만** 했을 뿐이라면 아마 그분의 식성이 좋은지 아닌지만 알아낼 수 있었을 거야. 그렇지만 네 번의 저녁 시간 또한 함께 보냈다는 걸 명심해……. 그리고 네 번의 저녁 시간이면 많은 것을 할 수 있어."

"맞아. 이 네 번의 저녁 시간을 함께 보내면서 두 사람 모두 코머스보다 블랙잭[8]을 더 좋아한다는 것은 확인할 수 있었지만, 다른 중요한 특성에 대해서는 많은 것이 드러난 것 같진 않아."

"글쎄." 샬럿이 말했다. "나는 진심으로 제인이 성공하길 바라고 있어. 하지만 제인이 빙리 씨와 내일 결혼해서 행복해질 수 있는 확률은 일 년 열두 달 동안 그의 성격을 연구한 다음 결혼한 뒤에 행복해질 수 있는 확률과 같을 거라 생각해. 결혼 생활의 행복은 순전히 우연에 달려 있어. 두 사람이 서로의 성격을 아주 잘 알거나 서로 아주 비슷하다 해도 그것 때문에 그들의 행복이 더 커지는 건 절대 아니야. 그런 것들은 조금씩 계속 달라지다가 나중에는 서로에게 짜증이 날 만큼 달라질걸. 그러니까 평생을 함께 보내게 될 사람의 결점은 가능한 한 적게 아는 게 더 나아."

"정말 웃겨, 샬럿. 그건 말이 안 돼. 그게 타당하지 않을 뿐만 아니라 너 자신도 그런 식으로는 절대 행동하지 않을 거라는 걸 너도 알잖아."

언니에 대한 빙리 씨의 관심을 관찰하는 데 몰두해 있었기 때문에, 엘리자베스는 자신이 빙리 씨 친구의 눈에 관심의 대상이 되고 있다는 것을 까맣게 모르고 있었다. 다아시 씨는 처음에는 엘리자베스가 예쁘다고 인정할 생각이 거의 없었다. 그는 무도회에서 전혀 감탄하는 마음 없이 엘리자베스를 바라보았고, 다음에 만났을 때에는 그녀를 보고 오로지 흠만 찾아냈다. 하지만 자신과 친구들에게 엘리자베스의 얼굴에 특별히 뛰어난 점이 거의 없다고 분명히 밝히자마자, 엘리자베스의 검은 눈이 띠는 아름다운 표정 때문에 그녀의 얼굴이 보기 드물게 지적으로 보인다는 것을 깨달았다. 이런 발견에 이어 똑같이 체면이 상하는 다른 발견들이 뒤따랐다. 다아시가 비판적인 시선으로 엘리자베스의 외모에서 완벽한 균형에 어긋나는 부족한 점을 한 가지 이상 찾아내더라도, 그녀의 모습이 발랄하고 기분 좋다는 것은 인정하지 않을 수가 없었다. 또 엘리자베스의 행동거지가 상류사회의 예법에 맞지 않는다고 주장했음에도 불구하고 그는 그녀의 자연스러운 장난기에 반하고 말았다. 엘리자베스는 이를 전혀 모르고 있었다. 그녀에게 다아시는 그저 어디서나 불쾌하게 굴고, 자신에 대해서는 함께 춤출 만큼 예쁘지 않다고 생각하는 남자일 뿐이었다.

다아시 씨는 엘리자베스에 대해 더 많이 알고 싶은 마음이 들기 시작했고, 그녀와 직접 이야기를 나눠 보기 위해 엘리자베스가 다른 사람들과 나누는 대화에 귀를 기울였다. 그녀는 다아시의 이런 행동을 눈치 챘다. 윌리엄 루카스 경의 집에 많은 사람들이 참석했을 때였다.

"다아시 씨가 무슨 뜻으로 그러는 걸까?" 엘리자베스가 샬럿에게 물었다. "포스터 대령하고 내가 나누는 대화를 유심히 듣는 거 말이야."

"그건 다아시 씨만 대답할 수 있는 질문이야."

"그렇지만 그 사람이 또 그러면 무슨 속셈으로 그러는지 내가 알고 있다는 걸 분명히 깨닫게 해 줄 거야. 그 사람 시선은 매우 비꼬는 것 같아서, 내가 나서서 뻔뻔하게 굴지 않으면 난 곧 그를 두려워하게 될 거야."

그 말이 끝나자마자 다아시가 말을 걸 의도가 전혀 없는 것 같은 태도로 그들에게 다가왔고, 루카스 양은 자기 친구더러 그에게 그런 말을 할 수 있으면 한번 해 보라고 했다. 엘리자베스는 오히려 이 말에 자극을 받아, 다아시에게 몸을 돌려서 말했다.

"다아시 씨, 제가 포스터 대령께 메리턴에서 무도회를 열어 달라고 조를 때 제 생각을 아주 잘 표현했다고 생각하지 않으셨나요?"

"아주 열성적이시더군요. 그렇지만 숙녀분들은 항상 그 주제에 대해서는 열성적이죠."

"저희들한테 가혹하시군요."

"**재가** 곧 놀림을 당할 차례예요." 루카스 양이 말했다. "일라이자, 피아노 뚜껑을 열 거야. 그다음에 무슨 일이 일어날지 넌 알겠지."

"너는 친구치곤 아주 이상한 애야! ……항상 누구 앞에서나 연주하고 노래를 부르라고 하다니 말이야. 내가 음악 쪽으로 허영심이 있었다면 너는 매우 소중한 존재였을 거야. 하지만 지금처럼 일류 연주자들의 연주를 듣는 데 익숙해져 있는 분들 앞에 앉아서 연주하기는 정말 싫어." 하지만 루카스 양이 계속 권하자 엘리자베스가 덧붙였다. "좋아, 그래야만 한다면 그래야지." 그러고는 다아시를 엄숙하게 힐끗 바라보며 말했다. "여기 계신 모든 분들이 당연히 알고 계신 훌륭한 속담이 있어요. '숨죽이고 잠자코 있어라.'9) 그러니 저도 더 크게 노래를 부르려면 숨을 죽여야겠어요."

엘리자베스의 노래와 연주는 결코 뛰어나지는 않았지만 그런대로 괜찮았다. 한두 곡을 끝낸 다음 그녀가 다시 노래를 불러 달라는 몇 사람의 간청에 미처 답을 하기도 전에, 가족 중에서 유일하게 예쁘지 않은 탓에 지식과 교양을 쌓기 위해 열심히 노력해 왔고 항상 이를 과시하고 싶어서 안달인 메리가 재빨리 피아노를 이어받았다.

메리에게는 재능도 고상한 취향도 없었다. 게다가 비록 허영심 때문에 열심히 노력하게 되었다 할지라도, 바로 그 허영심 때문에 아는 척하는 분위기와 잘난 척하는 태도를 갖게 되었다. 그런 태도라면 더 뛰어난 연주 실력을 가졌더라도 태도 때문에 실력이 손상되었을 것이다. 엘리자베스의 연주 실력은 메리의 절반에도 미치지 못했지만 편안하고 가식이 없었기 때문에 사람들은 엘리자베스의 연주를 훨씬 더 기분 좋게 경청했다. 긴 협주곡이 끝났을 때 메리는 동생들의 요청에 따라 스코틀랜드와 아일랜드 곡을 연주해서 칭찬과 감사를 기쁘게 받았고, 그동안 동생들은 루카스가의 몇몇 자매들과 함께 두세 명의 장교들과 방 한쪽에서 열심히 춤을 췄다.

다아시 씨는 대화를 아예 배제해 버리고 저녁 시간을 그런 식으로 보내는 것에 대해 말없이 화를 내면서 그들 옆에 서 있다가, 생각에 너무 골몰한 나머지 윌리엄 루카스 경이 말을 걸 때까지 그가 옆에 있다는 것도 깨닫지 못했다.

"젊은 사람들에게는 얼마나 매력적인 오락인가요, 다아시 씨! 춤만한 게 없죠. 나는 춤이 세련된 사교계에서 최고의 고상한 오락이라고 생각합니다."

"물론이죠, 윌리엄 경. 하지만 춤은 세상의 덜 세련된 사회에서도 유행한다는 이점도 있습니다. 야만인들도 모두 춤을 출 줄 아니까요."

윌리엄 경은 미소만 지었다. "친구분이 즐겁게 춤을 추는군요." 그는 빙리가 춤추는 무리에 합류하는 것을 보고서 잠시 말을 멈췄다가 계속했다. "다아시 씨도 춤 솜씨가 뛰어나시리라는 걸 의심하지 않습니다."

"메리턴에서 제가 춤추는 걸 보셨지요, 아마."

"그랬죠, 물론. 그 모습을 보고 아주 즐거웠습니다. 세인트 제임스 궁에서도 자주 춤을 추십니까?"

"한 번도 못 췄습니다."

"춤이 그 장소에 바치는 적절한 찬사일 거라고 생각하시진 않습니까?"

"피할 수만 있다면 그런 찬사는 어느 곳에도 바치지 않습니다."

"런던에 저택이 있으시죠, 추측건대?"

다아시가 고개를 끄덕였다.

"저도 한때 런던에 정착해 볼 생각을 했었습니다…… 상류사회를 좋아하니까요. 하지만 런던의 공기가 집사람한테 맞을지 확신할 수가 없었습니다."

윌리엄 경은 대답을 바라면서 말을 멈췄다. 하지만 상대는 대답하고 싶은 마음이 없었다. 그 순간 엘리자베스가 그들을 향해 다가오고 있었고, 윌리엄 경은 매우 정중한 행동을 해야겠다는 생각이 불현듯 들어서 그녀를 불렀다.

"일라이자 양, 왜 춤을 추지 않아요? 다아시 씨, 이 젊은 숙녀를 매우 바람직한 파트너로 소개하도록 허락해 주셔야겠습니다. 눈앞에 이런 미인이 있으니 춤추는 걸 절대 거절하지 못하실 거라 믿습니다."

윌리엄 경은 엘리자베스의 손을 잡고 다아시에게 건네려 했다. 다아시는 깜짝 놀랐지만 손을 잡으려는 마음이 없지는 않았다. 하지만 엘리자베스는 즉시 물러나서 살짝 당황해하며 윌리엄 경에게 말했다.

"사실 저는 춤출 생각이 전혀 없어요. 제가 파트너를 구하러 이쪽으로 온 거라고 생각하지 말아 주세요."

다아시가 정중하고 예의 바르게 그녀와 춤을 출 영광을 달라고 청했지만 허사였다. 엘리자베스는 단호했다. 윌리엄 경도 설득해 보려 했지만 그녀의 결심은 조금도 흔들리지 않았다.

"일라이자 양, 춤을 그렇게 잘 추시면서 제가 당신의 춤추는 모습을 바라볼 수 있는 행복을 누리지 못하게 하시다니 참으로 무정하군요. 게다가 다아시 씨는 평소에는 춤추는 것을 싫어하시지만, 이번에는 반 시간 동안 우리를 기쁘게 해 주는 것에 이의가 없으시리라 확신해요."

"다아시 씨는 무척 예의가 바르시잖아요." 엘리자베스가 미소를 지으며 말했다.

"그럼, 그렇고말고. 그렇지만 일라이자 양, 권유의 대상을 고려해 보면 다아시 씨가 정중한 게 놀랄 일은 아니죠…… 누가 일라이자 양 같은 파트너를 거절하겠어요?"

엘리자베스는 짓궂은 표정으로 그들을 바라보고는 가 버렸다. 그녀가 거절했어도 다아시는 엘리자베스를 조금도 나쁘게 생각하지 않왔다. 오히려 마음속으로 즐거워하며 그녀를 생각하고 있을 때 빙리 양이 다가와서 말을 걸었다.

"당신이 무슨 생각을 하고 있는지 추측할 수 있어요."

"그럴 수 없을 거라 생각하는데요."

"이런 식으로…… 저런 사람들과 저녁을 보내는 것이 얼마나 참을 수 없는 일인지 생각하고 있으시겠죠. 사실 저도 같은 생각이에요. 이보다 더 짜증이 날 수가 없어요. 재미없고 시끄럽고…… 아무것도 아닌 주제에 모두 잘난 체나 해대고! 그들에 대한 당신의 혹평을 들을 수 있다면 뭐가 아깝겠어요?"

"당신의 추측은 완전히 틀렸습니다. 제 마음은 더 유쾌한 생각을 하고 있었어요. 예쁜 얼굴의 아름다운 두 눈이 줄 수 있는 아주 큰 기쁨에 대해 생각하고 있었습니다."

빙리 양은 즉시 다시 씨의 얼굴에 시선을 고정했고, 어떤 숙녀가 그런 생각을 불러일으켰는지 알려 달라고 했다. 다아시는 매우 대담하게 대답했다.

"엘리자베스 베넷 양입니다."

"엘리자베스 베넷 양이라고요!" 빙리 양이 되풀이했다. "정말 놀랐어요. 언제부터 그녀를 그렇게 특별히 좋아하게 되었어요? ……그리고 언제 당신에게 축하를 드릴까요?"

"바로 그렇게 질문하실 줄 알았습니다. 숙녀분들의 상상력은 아주 신속해요. 한순간에 찬양에서 사랑으로, 사랑에서 결혼으로 건너뛰죠. 당신이 축하해 주시리라 알고 있었습니다."

"아니, 당신이 그에 대해 진지하시다면 그 문제는 완전히 정해진 것이라 생각할게요. 매력적인 장모님이 생기실 테고, 그분은 당연히 펨벌리에서 당신과 함께 사시겠죠."

빙리 양이 이런 식으로 다아시 씨를 놀리는 동안, 그는 완전히 초연한 태도로 그녀의 말을 들었다. 침착한 다아시 씨의 모습에 빙리 양은 모든 것이 안전하다고 확신했고, 그녀의 재치는 길게 이어졌다.

7장

베넷 씨의 재산은 연 수입이 2천 파운드인 영지가 거의 전부였는데, 딸들에게는 불운하게도 남자 상속자가 없었기 때문에 먼 친척이 한정 상속인으로 정해져 있었다.[10] 베넷 부인의 재산은 그녀의 신분에 비해서는 많다 해도 남편 재산의 부족분을 메우기에는 턱없이 부족했다. 메리턴에서 변호사로 일했던 베넷 부인의 아버지는 그녀에게 4천 파운드를 물려주었다.

베넷 부인에게는 여동생과 남동생이 하나씩 있었다. 여동생은 아버지의 서기로 일하다가 일을 물려받은 필립스 씨와 결혼했고, 남동생은 괜찮은 장사 일을 하며 런던에 정착했다.

롱번 마을은 메리턴에서 겨우 1.5킬로미터밖에 떨어져 있지 않았다. 젊은 숙녀들에게는 매우 편리한 거리여서 그들은 대개 일주일에 서너 번 메리턴에 가서 이모의 안부를 묻고 가는 길에 양품점에 들렀다. 가족 중에서 제일 어린 두 딸인 캐서린과 리디아가 특히 더 뻔질나게 메리턴을 드나들었다. 둘은 언니들보다 머리가 더 비어 있었기 때문에, 그들에게는 달리 더 나은 일이 없으면 아침 시간을 즐겁게 보내게 해 주고 저녁의 이야깃거리를 제공해 줄 메리턴으로의 산책이 필수적이었다. 그 지역에 새로운 소식이 아무리 없다 해도, 항상 이모에게서 뭔가 조금이라도 새로운 소식을 알아내곤 했다. 이번에도 바  로 얼마 전 인근에 민병대 연대가 도착했다는 새 소 식과 즐거움을 얻었다. 연 대는 겨우내 주둔할 예정 이었고 메리턴이 본부였다.

이제는 캐서린과 리디아가 필립스 부인을 방문할 때마다 가장 흥미로운 정보가 생겼다. 매일 장교들의 이름과 가족 관계에 대한 소식이 조금이라도 늘어났다. 얼마 지나지 않아 장교 숙소도 알게 되었고, 마침내 스스로 장교들과 직접 만나기 시작했다. 필립스 씨는 장교들 모두를 방문했고, 이것은 조카들에게 예전에는 몰랐던 더없는 행복을 안겨 주었다. 캐서린과 리디아는 장교들 이야기만 했다. 둘의 어머니에게는 신 나는 이야깃거리인 빙리 씨의 막대한 재산도, 둘의 눈에는 소위 군복에 비하면 가치가 없었다.

어느 날 아침 두 딸이 그 주제에 대해 신 나게 떠드는 소리를 들은 베넷 씨가 차갑게 말했다.

"너희 둘이 말하는 걸 들어 보니 너희가 이 근방에서 제일 어리석은 애들이 틀림없구나. 전부터 긴가민가했었는데 이제는 확실해졌다."

캐서린은 당혹스러워했지만 아무 대꾸도 하지 않았다. 하지만 리디아는 아랑곳하지 않고 카터 대위를 칭찬하면서 그가 다음 날 아침 런던에 갈 예정이므로 그날 중에 그를 만나고 싶다는 희망을 계속 늘어놓았다.

"깜짝 놀랐어요, 여보." 베넷 부인이 말했다. "당신이 자기 자식들을 보고 어리석다는 생각을 그렇게 쉽게 하다니 말이에요. 다른 집 자식들을 흉보고 싶을 때가 있긴 하지만, 우리 자식들한테 그래서는 안 되죠."

"내 자식들이 어리석다면 그걸 항상 알고는 있어야지."

"그렇죠…… 그렇지만 사실 그 애들 모두 굉장히 똑똑해요."

"이게 우리가 의견의 일치를 보지 못하는 유일한 점이라는 것이 자랑스럽소. 모든 점에서 우리의 생각이 일치하기를 바라 왔지만, 제일 어린 두 딸이 보기 드물게 어리석다는 생각에 대해서는 당신과 의견이 너무 다른 게 틀림없소."

"여보, 어린애들에게 부모와 같은 분별력이 있을 것이라 기대해서는 안 돼요. 그 애들이 우리 나이가 되면 장교들 생각 따윈 전혀 안 하게 될 거라고 장담해요. 저도 붉은 장교 군복을 좋아했던 시절을 기억해요…… 사실 지금도 그래요. 연 수입이 5, 6천 파운드인 멋진 젊은 대령이 우리 딸들 중 한 애를 원한다면 절대 거절하지는 않을 거예요. 며칠 전 밤에 윌리엄 경 댁에서 본 포스터 대령은 군복 입은 모습이 무척 잘 어울리더군요."

"어머니." 리디아가 소리쳤다. "이모 말씀이 포스터 대령님하고 카터 대위가 처음 왔을 때만큼 왓슨 양 집에 자주 가진 않는대요. 그분들이 클라크 도서관[11]에 서 있는 걸 이모가 자주 본대요."

베넷 부인은 하인이 베넷 양에게 온 편지를 들고 들어오는 바람에 리디아에게 대답을 하지 못했다. 네더필드에서 온 편지였고, 하인은 답장을 기다렸다. 베넷 부인은 기쁨으로 두 눈을 반짝이면서 딸이 편지를 읽는 동안 간절하게 소리쳤다.

"얘, 제인. 누가 보낸 거니? 무슨 내용이야? 그 사람이 뭐라고 하니? 제인, 빨리 읽고 우리한테 말해 주렴. 어서 읽어 보렴, 애야."

"빙리 양한테서 온 거예요." 제인이 말한 다음 큰 소리로 편지를 읽었다.

친애하는 친구에게,

오늘 당신이 동정심을 발휘해서 루이자와 저랑 함께 식사를 해 주시지 않는다면, 우리 두 사람은 앞으로 평생 동안 서로 미워할 위험에 처해 있어요. 두 여자가 하루 종일 단둘이 마주 보고 있다 보면 결국에는 항상 싸움으로 끝나거든요. 이 편지를 받자마자 최대한 빨리 와 줘요. 오빠와 신사분들은 장교들과 식사를 하러 나갈 예정이에요. 이만 총총.

캐롤라인 빙리

"장교들과!" 리디아가 소리쳤다. "이모가 왜 **그걸** 알려 주지 않으셨는지 모르겠네."

"식사하러 나갈 거라고." 베넷 부인이 말했다. "참 운이 없구나."

"마차를 써도 될까요?" 제인이 물었다.

"안 돼, 얘야. 말을 타고 가는 게 낫겠다. 비가 올 것 같으니 말이다. 그러면 너는 틀림없이 거기서 밤새 머물러야 할 거야."

"그것 참 좋은 계획이네요." 엘리자베스가 말했다. "그분들이 언니를 집에 데려다 주겠다고 하시지 않는다는 보장만 있다면요."

"설마! 신사분들이 빙리 씨 마차를 타고 메리턴에 갈 테고, 허스트 부부에게는 마차가 없어."

"제가 마차를 타고 가는 게 나을 거 같아요."

"그렇지만, 얘야. 네 아버지께서는 말을 내어 주실 수 없을 거야, 분명코. 농장에서 말들이 필요하니까. 여보, 그렇지 않아요?"[12]

"내가 말들을 내줄 수 있는 때보다는 농장에서 말들이 필요한 경우가 훨씬 더 많지."

"하지만 아버지께서 오늘 이미 말들을 내주셨다면." 엘리자베스가 말했다. "어머니의 목적은 달성된 거예요."

엘리자베스는 결국 아버지에게서 말들이 이미 다 사용 중이라는 인정을 억지로 받아냈다. 그래서 제인은 어쩔 수 없이 말을 타고 가야 했고, 어머니는 날씨가 궂을 것이라는 여러 징조에 즐거워하면서 그녀를 문까지 배웅했다. 어머니의 바람은 실현되었다. 제인이 출발하자마자 비가 세차게 내리기 시작한 것이다. 동생들은 언니를 걱정했지만 어머니는 기뻐했다. 비는 저녁 내내 쉬지 않고 줄기차게 내렸다. 제인은 돌아올 수 없을 게 분명했다.

"이건 참 기가 막히게 좋은 생각이었어." 베넷 부인은 비를 내리게

한 것이 순전히 자기 공인 것처럼 여러 번 이렇게 말했다. 하지만 다음 날 아침까지도 자기 꾀가 얼마나 절묘했는지 제대로 깨닫지 못했다.

아침 식사가 채 끝나기도 전에 네더필드에서 온 하인이 엘리자베스에게 다음과 같은 편지를 전해 주었다.

사랑하는 리지에게,

오늘 아침 몸이 너무 안 좋아. 어제 온몸이 비에 젖어서 그런 것 같아. 친구분들이 친절하게도 나을 때까지는 집으로 돌아가지 못하게 해. 또 의사인 존스 씨도 봐야 한다고 우기고…… 그러니까 그분이 여기 왔다 가셨다는 소식을 듣더라도 놀라지 마…… 목이 아프고 머리가 아픈 것 말고는 크게 아픈 곳은 없어. 그럼 이만.

"저런, 여보." 엘리자베스가 편지를 큰 소리로 읽자 베넷 씨가 말했다. "당신 딸이 위험한 병에라도 걸려서…… 죽기라도 한다면, 당신 명령에 따라 빙리 씨를 쫓아다니다가 그랬다는 걸 아는 게 그나마 위안이 되겠군."

"어머, 제인이 죽을지도 모른다는 걱정은 안 해요. 대수롭지 않은 감기 좀 걸렸다고 죽진 않아요. 그 애는 간호를 잘 받을 거예요. 제인이 거기 머무는 한 정말 잘된 일이에요. 마차를 쓸 수 있으면 그 애를 보러 갈 텐데."

진짜로 걱정이 된 엘리자베스는 마차가 없더라도 제인을 보러 가기로 작정했다. 말을 탈 줄 몰랐기 때문에 걸어가는 것이 그녀가 선택할 수 있는 유일한 방법이었다. 엘리자베스는 자신의 결심을 알렸다.

"너는 어떻게 그렇게 어리석을 수가 있니." 베넷 부인이 소리쳤다. "그런 일을 생각해 내다니, 이렇게 온통 진흙투성이인데! 거기 도착할 때쯤에는 꼴이 엉망이 될 거다."

"언니를 보는 데는 아무 상관없을 거예요…… 제가 원하는 건 그게 전부예요."

"맏들을 불러 달라는 뜻이냐, 리지?" 베넷 씨가 말했다.

"아니에요, 정말 괜찮아요. 걸어가는 걸 피하려는 생각은 없어요. 동기가 있으면 거리는 아무 문제도 아니에요. 겨우 5킬로미터밖에 안 되는 걸요. 정찬 때까지는 돌아올게요."

"언니의 자비심이 발동한 것에 대해서는 존경해." 메리가 말했다. "그렇지만 감정의 모든 충동은 이성의 인도를 받아야 해. 내 생각에는, 노력은 필요에 항상 비례해야 하고."

"우리가 메리턴까지 언니랑 함께 가 줄게." 캐서린과 리디아가 말했다. 엘리자베스는 그들의 동행을 받아들였고 세 아가씨는 함께 출발했다.

"서두르면," 셋이 걸어가고 있을 때 리디아가 말했다. "카터 중위가 떠나기 전에 잠깐 볼 수 있을지도 몰라."

그들은 메리턴에서 헤어졌다. 두 동생은 한 장교 부인의 숙소로 갔고 엘리자베스는 혼자서 계속 걸었다. 빠른 걸음으로 들판을 여럿 가로지르고, 재빨리 울타리를 뛰어넘고 물웅덩이들을 건너뛰어 마침내 네더필드가 보이는 곳에 이르렀을 때에는 발목이 아팠고 양말은 지저분했으며 얼굴은 운동 때문에 생겨난 열기로 붉게 달아올라 있었다.

엘리자베스는 조찬실로 안내되었다. 제인을 제외한 모든 사람이 거기 모여 있었고, 그녀의 출현에 다들 상당히 놀라워했다. 그렇게 이른 시각에, 그렇게 궂은 날씨에, 혼자서 5킬로미터를 걸어오다니 허스트 부인과 빙리 양에게는 도저히 믿을 수 없는 일이었다. 엘리자베스는 그들이 그 때문에 자신을 경멸하고 있다고 확신했다. 그래도 그들에게서 매우 정중한 응접을 받긴 했다. 한편 빙리 씨의 태도에는 정중함 이상의 선의와 상냥함이 배어 있었다. 다아시 씨는 거의 말을 하지 않았고, 허스트 씨는 한 마디도 하지 않았다. 다아시는 운동 때문에 빛나는 엘리자베스의 얼굴에 한편으로 감탄하면서도, 또 한편으로는 그녀가 그렇게 멀리까지 혼자서 와야 할 만한 상황인가를 자문하고 있었다. 허스트 씨는 그저 자기의 아침 식사에 대해서만 생각하고 있었다.

언니의 안부를 물었지만 대답이 그리 썩 좋지는 않았다. 베넷 양은 잠을 잘 못 잔 데다 아침에 일어났을 때에도 열이 매우 많이 나고 몸이 좋지 않아서 방에서 나올 수가 없었다. 엘리자베스는 바로 언니에게 안내되었다. 그런 방문을 자신이 얼마나 원하는지 편지에 쓰고 싶었지만 가족들을 놀라게 하거나 성가시게 할까 봐 자제했던 제인은 엘리자베스가 들어가자 기뻐했다. 하지만 제인은 많은 대화를 나눌 상태가 아니었고, 빙리 양이 두 사람만 두고 나갈 때 너무나 친절하게 대해 줘서 감사하다는 말만 간신히 할 수 있을 정도였다. 엘리자베스는 조용히 언니를 간호했다.

아침 식사 후에 빙리 자매가 엘리자베스와 제인을 찾아왔다. 엘리자베스는 자매가 제인에게 많은 애정과 배려를 보여 주는 것을 보자 그들이 좋아지기 시작했다. 약제사[13]가 와서 환자를 진찰한 다음 예상대로 제인이 심한 감기에 걸렸고 나으려면 그들 모두 노력해야 한다고 말했다. 그는 제인에게 침대로 돌아가라고 충고했고 그녀에게 약간의 물약을 지어 주겠다고 약속했다. 충고는 즉시 실행에 옮겨졌다. 열이 더 많이 났고 머리도 더 심하게 아팠기 때문이다. 엘리자베스는 한시도 방을 떠나지 않았고, 신사들이 외출 중이라 사실 다른 곳에서 할 일도 없었기 때문에 다른 두 숙녀도 방에서 자주 나가지 않았다.

시계가 세 시를 알리자 엘리자베스는 가야 한다는 생각에 마지못해 그렇게 말했다. 빙리 양은 그녀에게 마차를 내주겠다고 했고, 엘리자베스는 조금만 더 권하면 그 제안을 받아들이려 했는데, 제인이 동생과 헤어지는 것을 너무 섭섭해하자 빙리 양은 마차를 제공하겠다는 제안을 당분간 네더필드에서 머물러 달라는 초대로 바꿔야만 했다. 엘리자베스는 감사한 마음으로 초대를 응낙했고, 롱번에 하인을 보내서 가족에게 그녀의 체류를 알리고 옷가지를 가져오게 했다.

8장

5시에 두 숙녀는 옷을 입으러 방에서 나갔고, 엘리자베스는 6시 반[14]에 정찬을 하러 오라는 연락을 받았다. 정중히 제인의 병세를 묻는 질문들이 엘리자베스에게 쏟아졌고, 그 가운데에서도 빙리 씨의 염려가 다른 사람들보다 훨씬 더 크다는 것을 알고 기뻐했지만 그리 긍정적인 답을 할 수는 없었다. 제인의 상태는 조금도 나아지지 않았다. 이 말을 들은 빙리 자매는 자신들이 얼마나 걱정하고 있는지, 독감에 걸리는 것이 얼마나 끔찍한지, 자신들도 병에 걸리는 것을 얼마나 심하게 싫어하는지 서너 번 되풀이해서 말한 다음 더 이상은 그 일에 대해 생각하지 않았다. 엘리자베스는 제인이 눈앞에 없을 때 그들이 보여 주는 무관심을 보고는, 예전처럼 그들을 싫어하는 것을 즐기는 상태로 되돌아가게 되었다.

사실 그들 중에서 빙리 씨만이 엘리자베스가 불만 없이 대할 수 있는 유일한 사람이었다. 빙리 씨가 제인을 걱정하고 있다는 것은 분명했고, 엘리자베스에 대한 빙리의 배려도 매우 기분 좋았을 뿐만 아니라, 자신이 다른 사람들이 생각하고 있는 것만큼은 불청객이 아니라고 느끼게 해 주었다. 엘리자베스는 빙리 씨를 제외한 어느 누구에게서도 거의 관심을 받지 못했다. 빙리 양은 다아시 씨에게 푹 빠져 있었고 그녀의 언니인 허스트 부인 역시 덜하지 않았다. 엘리자베스 옆에 앉아 있던 허스트 씨로 말하자면, 오로지 먹고 마시고 카드놀이를 하기 위해 사는 게으른 남자로 엘리자베스가 라구[15]보다 소박한 음식을 더 좋아하는 것을 알고서는 그녀에게 할 말이 전혀 없었다.

식사가 끝나자 엘리자베스는 곧장 제인에게 돌아갔고 빙리 양은 엘리자베스가 방에서 나가자마자 그녀의 흉을 보기 시작했다. 빙리 양은 엘리자베스의 태도가 오만함과 건방짐이 혼합된 매우 형편없는 것이라고 단언했다. 엘리자베스에게는 대화 기술도, 스타일도, 미모도 전혀 없다는 것이었다. 허스트 부인도 이에 동의하면서 다음과 같이 덧붙였다.

"엘리자베스 양은 잘 걷는다는 거 빼고는 내세울 만한 게 전혀 없어. 오늘 아침 그녀의 모습은 절대 못 잊을 거야. 정말로 거의 야만스럽게 보였다니까."

"정말 그랬어, 루이자. 침착한 표정을 짓기가 힘들 지경이었어. 여기 올 생각을 하다니 너무 황당해! 언니가 감기에 걸렸다고 **자기가** 들판을 뛰어다닐 필요가 어디 있어? 머리는 온통 흐트러지고 헝클어진 꼴로 말이야!"

"맞아, 페티코트는 또 어떻고. 네가 그녀의 페티코트를 봤길 빌어. 내가 보기엔 분명히 아랫단 15센티미터 정도가 진흙에 푹 빠져서 더러워졌더라고. 그걸 감추려고 드레스를 밑으로 내렸는데도 소용이 없었지."

"루이자 누나가 봤다면 정확하겠지." 빙리 씨가 말했다. "그렇지만 나한테는 그런 게 전혀 눈에 띄지 않았어. 오늘 아침에 엘리자베스 베넷 양이 방 안에 들어왔을 때 굉장히 근사하기만 하던 걸. 지저분한 페티코트 따위는 눈에 들어오지도 않았어."

"**당신은** 틀림없이 자세히 보셨을 거예요, 다아시 씨." 빙리 양이 말했다. "**당신 누이**가 그런 모습을 보이는 건 절대 원하지 않으실 것 같은데요."

"물론이죠."

"5킬로미터, 아니 6.6킬로미터, 아니 8킬로미터, 아니 얼마건 발목까지 빠지는 진흙 속을 혼자서 걸어오다니! 그게 무슨 뜻일까요? 저한테는 끔찍한 종류의 잘난 척하는 독립심과 예의범절에 대한 매우 촌스러운 무관심을 보여 주는 것처럼 보여요."

"나한테는 자기 언니에 대한 애정을 보여 줘서 아주 매력적이었어." 빙리가 말했다.

"우려가 되네요, 다아시 씨." 반쯤 속삭이는 목소리로 빙리 양이 말했다. "이런 모험이 그녀의 예쁜 눈에 대한 당신의 경탄에 영향을 미치지는 않았나 하고요."

"전혀 그렇지 않습니다." 다아시가 대답했다. "운동으로 더 반짝였으니까요." 이 말 다음에 잠시 침묵이 흘렀고, 허스트 부인이 다시 말을 시작했다.

"나는 제인 베넷 양에게 엄청난 호감을 가지고 있어. 정말 아주 사랑스러운 아가씨라서 진심으로 그녀가 시집을 잘 가길 바라고 있어. 하지만 그런 어머니와 아버지에다 그렇게 천한 친척들이 있으니, 그럴 가능성은 전혀 없을 거라 생각해."

"이모부가 메리턴에서 변호사를 한다는 말을 들은 것 같은데."

"그래. 그리고 삼촌이 한 사람 더 있는데 칩사이드[16] 근처 어딘가에 산대."

"그것 참 대단하네." 빙리 양이 덧붙였고 두 사람은 신 나게 웃었다.

"설사 그들에게 **칩사이드를 전부** 채울 정도의 삼촌들이 있다 해도 말이야." 빙리 씨가 소리쳤다. "그들의 매력이 조금이라도 줄어들지는 않아."

"그렇지만 그 아가씨들이 상당한 지위의 남자와 결혼할 수 있는 확률은 틀림없이 매우 현저히 줄어들겠지." 다아시가 대답했다.

빙리는 이 말에 아무 대답도 하지 않았지만 그의 누이들은 진심으로 동의했고, 소중한 친구의 천한 친척들을 깎아내리면서 한동안 즐거움을 만끽했다.

하지만 그들은 다정한 마음을 되찾으면서 식당을 나와 제인이 있는 방으로 돌아갔고, 커피를 마시라는 부름을 받을 때까지 그녀 곁에 앉아 있었다. 제인이 여전히 몸이 가뿐하지 않아서 엘리자베스는 저녁 늦게까지 제인 곁을 결코 떠나려 하지 않았지만, 저녁 늦게 제인이 잠든 것을 보고서야 마침내 안심도 되고 좋아서라기보다 그렇게 하는 것이 적절해 보였기 때문에 아래층으로 내려갔다. 엘리자베스가 응접실에 들어갔을 때 일행은 모두 루 놀이[17]를 하고 있다가 그녀에게도 놀이에 끼라고 권했다. 하지만 엘리자베스는 그들이 큰돈을 걸고 내기를 하고 있다고 생각해서 제안을 거절하고는, 언니 평계를 대면서 아래층에 잠시 머무는 동안 책이나 보면서 즐거운 시간을 보내겠다고 말했다. 허스트 씨는 깜짝 놀라서 엘리자베스를 바라보았다.

"카드놀이보다 독서를 더 좋아하세요?" 허스트 씨가 말했다. "그거 참 특이하네요."

"일라이자 베넷 양은요." 빙리 양이 말했다. "카드놀이를 경멸해요. 대단한 독서가이고 다른 것은 전혀 즐기지 않는다는군요."

"저는 그런 칭찬을 받을 자격도, 그런 비난을 받을 이유도 없어요." 엘리자베스가 소리쳤다. "저는 대단한 독서가도 **아니고**, 다른 많은 것들도 즐겨요."

"언니를 간호하는 데에서 즐거움을 얻는 건 분명하다고 생각합니다." 빙리가 말했다. "언니가 아주 좋아지는 걸 보면서 즐거움이 더 커지기를 바랍니다."

엘리자베스는 그에게 진심으로 고맙다는 인사를 한 다음 몇 권의 책이 놓여 있는 탁자 쪽으로 걸어갔다. 빙리는 즉시 그녀에게 다른 책들…… 자기 서재에 있는 책들을 모두 가져다주겠다고 자청했다.

"당신을 위해, 제 자신의 영예를 위해, 제가 책을 더 많이 가지고 있었다면 좋았을 텐데요. 그렇지만 저는 게으른 사람인 데다 책을 많이 가지고 있지도 않고, 들여다본 책보다 안 본 책이 더 많습니다."

엘리자베스는 방에 있는 책들로도 괜찮다고 그를 안심시켰다.

"놀랐어." 빙리 양이 말했다. "아버지가 책을 그렇게 조금밖에 물려주지 않으셨다니. 다아시 씨는 펨벌리에 얼마나 훌륭한 서재를 가지고 계신지!"

"당연히 좋아야죠." 다아시가 대답했다. "여러 세대가 노력한 결과 니까요."

"게다가 다아시 씨도 엄청나게 많이 보태셨죠. 항상 책을 사시잖아요."

"저는 요즘 같은 시절에 가문의 서재를 소홀히 하는 것을 이해할 수가 없습니다."

"소홀히 하다니요! 그 당당한 저택을 더 아름답게 만들 수 있는 일이라면 당신은 하나라도 소홀히 하지 않으실 게 분명해요. 찰스 오빠, **오빠** 집을 짓게 되면 그 집이 펨벌리의 반만큼이라도 훌륭하면 좋겠어."

"나도 그러길 빌어."

"펨벌리 근처에 대지를 사서 펨벌리를 본떠 집을 지으라고 진심으로 충고하고 싶어. 잉글랜드에서 더비셔보다 더 좋은 주는 없으니까."

"물론이지. 다아시가 팔겠다고 하면 펨벌리 자체를 살게."

"나는 가능성이 있는 일에 대해 말하는 거야, 찰스 오빠."

"이거 참, 캐롤라인. 모방하는 것보다는 구입하는 게 펨벌리를 가질 수 있는 가능성이 더 크다고 생각해."

엘리자베스는 그들이 주고받는 말에 정신이 팔려서 책에는 거의 관심을 기울이지 않게 되었다. 그래서 곧 아예 책을 옆으로 밀쳐 두고 카드 테이블로 가까이 다가가서 빙리 씨와 허스트 부인 사이에 서서 카드놀이를 구경했다.

"다아시 양은 봄 이후에 많이 자랐어요?" 빙리 양이 물었다. "저만큼 키가 크게 될까요?"

"그럴 것 같습니다. 지금도 엘리자베스 베넷 양만큼은, 아니 더 크네요."

"다아시 양을 얼마나 다시 만나고 싶은지! 그렇게 절 기쁘게 해 주는 사람은 만나 본 적이 없어요. 용모도 예쁘고 예의범절도 훌륭한데다, 나이에 비해 교양은 얼마나 쌓았는지! 피아노 연주 실력도 정말 뛰어났어요."

"나한테는 놀라워." 빙리가 말했다. "젊은 숙녀들 모두가 그렇게 교양을 쌓을 만큼 인내심을 가질 수 있다니."

"젊은 숙녀들 모두가 교양이 있다니! 찰스 오빠, 그게 무슨 말이야?"

"내가 보기에는 아가씨들 모두가 그래. 모두들 탁자에 장식 그림을 그리고, 수를 놓고, 손지갑도 짜잖아. 이런 것들을 할 줄 모르는 숙녀는 거의 보질 못했어. 게다가 어떤 젊은 숙녀에 대한 이야기를 처음 들을 때면, 교양을 많이 갖추고 있다는 말을 항상 듣거든."

"교양의 일반적인 정도에 대한 자네의 목록에는 말일세." 다아시가 말했다. "아주 많은 진실이 담겨 있네. 교양이라는 말은 손지갑을 짜거나 수를 놓는 것 말고 다른 면에서는 절대 그 말을 쓸 자격이 없는 무척 많은 여성들에게 적용되고 있어. 나는 숙녀들 전반에 대한 자네의 평가에는 절대 동의할 수가 없어. 내가 알고 있는 사람들을 다 따져 봐도 정말로 교양을 갖춘 숙녀를 여섯 명 이상 알고 있다고는 말할 수 없네."

"저도 마찬가지에요, 분명코." 빙리 양이 말했다.

"그렇다면요." 엘리자베스가 말했다. "당신은 교양 있는 여성이라는 말에 매우 많은 것을 포함시키시는 게 분명하군요."

"그렇습니다. 매우 많은 것을 포함시킵니다."

"아, 당연히 그래야죠!" 다아시 씨의 충실한 조력자 빙리 양이 소리쳤다. "일반적으로 접할 수 있는 수준을 크게 능가하지 않는 사람은 절대 진정으로 교양이 있다고 평가할 수 없어요. 그 말에 부합하기 위해서 여성은 음악과 노래, 그림, 춤, 현대의 언어들에 대해 완벽한 지식을 지니고 있어야 해요. 그 밖에도 걸음걸이와 분위기와 맵시, 목소리의 어조, 말하는 태도와 표현에서도 어떤 특별한 점을 지니고 있어야 해요. 그렇지 않다면 교양이라는 말에 반 정도만 부합하게 될 거예요."

"이 모든 것을 갖추고 있어야 하고." 다아시가 덧붙였다. "폭넓은 독서로 지성을 상당히 향상시켜야 한다는 것도 더해야만 합니다."

"당신이 교양 있는 여성을 **여섯 명밖에** 모르신다는 게 더 이상 놀랍지 않네요. 이제는 오히려 당신이 그런 여성을 **어느** 한 사람이라도 아신다는 게 놀랍군요."

"당신은 이 모든 것을 갖춘 여성의 가능성을 의심할 정도로 동료 여성에 대해 가혹한가요?"

"저는 그런 여성을 본 적이 없어요. 당신이 묘사한 것 같은 능력과 취향, 근면함과 우아함을 모두 갖춘 사람은 본 적이 없어요."

허스트 부인과 빙리 양은 엘리자베스의 말에 함축된 불신이 부당하다고 소리쳤고, 이런 묘사에 부응하는 여성들을 많이 알고 있다고 항변했다. 그때 허스트 씨가 그들이 앞에서 벌어지고 있는 카드놀이에 주의를 기울이지 않는다고 심하게 불평하면서 정숙해 달라고 요구했다. 그것으로 모든 대화가 끝이 났기 때문에 엘리자베스는 곧 방을 나왔다.

"엘리자베스 베넷은요." 그녀가 나가고 문이 닫히자 빙리 양이 말했다. "다른 여성들을 깎아내려서 남자들에게 자기를 잘 보이려고 하는 그런 아가씨들 중 하나예요. 많은 남자들에게 그게 통하는 것 같네요. 하지만 그건 저급한 수법이자 매우 비열한 술수예요."

"의심할 여지없이." 빙리 양이 이 말을 건넨 주된 대상이었던 다아시가 대답했다. "숙녀들이 남자의 마음을 사로잡기 위해 때때로 체면을 버리고 사용하는 모든 술수에는 비열한 데가 있어요. 교활함과 비슷한 점이 있는 것은 무엇이건 혐오스럽습니다."

빙리 양에게는 이 대답이 썩 만족스럽기 않았기 때문에, 그 화제는 더 이상 계속되지 않았다.

엘리자베스는 다시 그들에게 돌아와서 언니의 상태가 더 안 좋아졌기 때문에 그녀를 혼자 둘 수 없다고 말했다. 빙리는 즉시 존스 씨를 불러 오자고 재촉했지만 그의 누이들은 시골 의사의 조언은 별 소용이 없다고 확신하고는 런던에서 가장 저명한 의사를 한 사람 불러 오도록 급사를 보내자고 했다. 엘리자베스는 이 제안은 단호하게 거절했지만, 빙리 씨의 제안은 썩 내키지 않은 것은 아니었으므로 제인의 상태가 더 나아지지 않으면 아침에 존스 씨를 부르기로 결정했다. 빙리는 매우 불안해했고 그의 누이들은 우울하다고 했지만, 빙리 자매는 정찬 뒤 가볍게 차려 먹는 저녁 식사를 마치고 이중창으로 걱정스러운 기분을 달랬다. 반면에 빙리는 가정부에게 아픈 숙녀와 동생에게 모든 주의를 기울이라는 지시를 내리는 것 말고는 달리 기분을 나아지게 할 방법을 찾을 수가 없었다.

9장

엘리자베스는 언니 방에서 밤을 거의 지새웠고, 아침 일찍 빙리 씨가 하녀를 통해 안부를 묻고 조금 후에 그의 누이들 시중을 드는 우아한 두 숙녀가 안부를 물어 왔을 때 다행히도 그럭저럭 괜찮다는 대답을 전할 수 있었다. 하지만 이런 차도에도 불구하고 엘리자베스는 네더필드에 와서 제인을 보고 그녀의 상태를 직접 판단해 달라는 편지를 어머니에게 보내 달라고 청했다. 편지는 즉시 롱번에 닿았고, 편지의 내용 역시 곧바로 실행되었다. 베넷 부인은 제일 어린 두 딸을 대동하고 조찬 직후에 네더필드에 도착했다.

제인이 조금이라도 위독한 상태였다면 베넷 부인은 매우 참담했

을 것이다. 하지만 부인은 제인의 병세가 걱정스러운 정도는 아니라는 것에 만족했기 때문에 제인이 즉시 회복되기를 전혀 바라지 않았다. 제인이 건강을 회복하면 네더필드를 떠나야 하기 때문이다. 그래서 그녀는 집으로 데려가 달라는 딸의

부탁을 들으려 하지 않았다. 거의 동시에 도착한 약제사 역시 그 생각이 전혀 바람직하지 않다고 생각했다. 어머니와 세 딸 모두 잠깐 동안 제인 곁에 앉아 있다가 빙리 양이 와서 청하자 그녀를 따라 조찬실로 갔다. 빙리 씨는 제인의 상태가 베넷 부인이 예상했던 것보다 더 나쁘지 않았기를 바라며 그들을 맞았다.

"사실은 더 나빠요." 베넷 부인이 대답했다. "데려가기에는 그 애가 너무 많이 아프네요. 존스 씨 말로는 제인을 집으로 데려갈 생각은 하지 말래요. 염치없지만 신세를 조금 더 져야겠어요."

"데려가시다니요!" 빙리가 소리쳤다. "그런 생각은 절대 하지 마십시오. 제 누이도 그녀를 데려가시는 걸 절대 허락하지 않으리라 믿습니다."

"그럼요, 부인." 빙리 양이 냉랭하지만 공손하게 말했다. "베넷 양이 저희와 함께 지내는 동안 최대한 시중을 들어 드리겠습니다."

베넷 부인은 많은 감사를 표했다.

"정말로." 그녀가 덧붙였다. "이렇게 좋은 친구분들이 없다면 제인이 어떻게 되었을지 모르겠군요. 사실 매우 아파서 많이 힘들지만 최대한 참을성을 발휘해서 참고 있답니다. 제인은 항상 그런 식이랍니다. 지금까지 제가 만나 본 사람 중에서 가장 착한 성품을 지니고 있으니까요. 다른 딸들에게도 너희 착한 건 **제인**에 비하면 아무것도 아니라고 가끔 말한답니다. 여기 이 방은 참 멋지네요, 빙리 씨. 자갈길을 내다보는 전망도 좋고요. 이 지역에서 네더필드에 비길 만한 곳은 없어요. 임대 기간이 짧기는 하지만 이곳을 서둘러서 떠날 생각은 아니길 빌어요."

"저는 무슨 일을 하건 서둘러서 한답니다." 빙리가 대답했다. "그러니 혹시라도 제가 네더필드를 떠나기로 결심한다면, 아마 5분 후에는 떠날 겁니다. 하지만 지금은 이곳에 상당히 정착했다고 생각합니다."

"저도 당신에 대해 꼭 그렇게 짐작했어요." 엘리자베스가 말했다.

"절 이해하기 시작했군요. 그렇죠?" 빙리가 엘리자베스 쪽으로 몸을 돌리며 소리쳤다.

"아! 그럼요…… 당신을 완벽하게 이해해요."

"이 말을 칭찬으로 받아들이고 싶습니다. 그렇지만 이렇게 쉽게 속이 훤히 들여다보이는 것은 한심한 일이죠."

"그렇긴 해요. 하지만 심오하고 복잡한 성격이 당신의 그런 성격보다 반드시 더 짐작하기가 어렵다거나 쉽다고 할 수 있는 것은 아니에요."

"리지." 베넷 부인이 소리쳤다. "여기가 어디인지 기억하렴. 집에서 하던 것처럼 천방지축으로 지껄이지 말거라."

"미처 몰랐습니다." 빙리가 즉시 말을 이었다. "엘리자베스 베넷 양이 성격을 연구하는 사람인 걸요. 틀림없이 재미있는 연구일 것 같습니다."

"네, 그렇지만 복잡한 성격이 **제일** 재미있어요. 복잡한 성격은 적어도 재미있다는 이점은 있죠."

"시골에는:" 다아시가 말했다. "일반적으로 그런 연구를 할 수 있는 대상이 많지 않을 것 같습니다. 이웃 간의 교제가 매우 한정된 데다 변화 없이 이루어지니까요."

"그렇지만 사람들 자체는 매우 많이 변해서 관찰할 새로운 점이 계속해서 나타나요."

"그럼요, 맞아요." 시골 이웃을 언급하는 다아시의 태도에 기분이 상한 베넷 부인이 소리쳤다. "런던만큼 시골에서도 그런 일이 많이 일어난다는 건 확실히 말할 수 있어요."

모든 사람이 놀랐고, 다아시는 베넷 부인을 잠시 바라본 다음 아무 말 없이 몸을 돌렸다. 그를 누르고 완전한 승리를 얻었다고 생각한 베넷 부인은 자신의 승리를 이어 나갔다.

"상점들과 공공장소들을 제외하면 런던이 시골보다 어떤 큰 장점이 있는지 모르겠어요. 시골이 훨씬 더 쾌적하죠. 그렇지 않나요, 빙리 씨?"

"제가 시골에서 지낼 때는요." 그가 대답했다. "절대 거길 떠나고 싶지 않습니다. 런던에 있을 때도 마찬가지죠. 두 곳 모두 나름대로 장점이 있어서 어딜 가건 똑같이 행복할 수 있습니다."

"맞아요…… 그건 당신이 올바른 성품을 지니고 있기 때문이에요. 그렇지만 저 신사분은." 베넷 부인이 다아시를 바라보며 말했다. "시골을 별 볼 일 없는 곳이라고 생각하시는 것 같아요."

"사실은 어머니, 어머니가 오해하신 거예요." 엘리자베스가 어머니 때문에 얼굴을 붉히며 말했다. "어머니가 다아시 씨 말씀을 상당히 오해하신 거예요. 다아시 씨는 그저 시골에는 만날 수 있는 사람이 런던만큼 다양하지 않다는 뜻으로 말하신 거예요. 그 말이 맞다는 건 어머니도 틀림없이 인정하실 거예요."

"물론이지, 애야. 아무도 다양하다고 말하지 않았다. 그렇지만 이 근처에서는 사람을 많이 만나지 못한다는 문제에 대해서라면, 사실 여기보다 더 큰 지역은 거의 없다고 본다. 우리와 정찬을 하는 집안이 스물넷이나 되니 말이다."

빙리는 오로지 엘리자베스에 대한 배려 때문에 웃음을 참을 수 있었다. 그보다 배려심이 적은 그의 누이는 매우 의미심장한 미소를 지으며 다아시 씨 쪽으로 시선을 돌렸다. 엘리자베스는 어머니의 생각을 돌리기 위해 자기가 집에 없는 동안 샬럿 루카스가 롱번을 다녀갔느냐고 물었다.

"그래, 어제 그 애가 자기 아버지와 함께 찾아왔었다. 윌리엄 경은 참 좋은 분이에요, 빙리 씨. 그렇지 않아요? 정말로 멋쟁이시죠! 얼마나 품위가 있고 편안하신 분인지! 그분은 항상 이야깃거리를 찾아서 모든 사람과 이야기를 나누시지. 나는 **그런 게** 바로 교양이라고 생각한다. 자기가 매우 중요한 존재라고 생각하고 절대 입을 안 여는 사람들은 그 문제에 대해 잘못 생각하고 있는 거지."

"샬럿이랑 저녁 식사를 함께 하셨어요?"

"아니, 집에 가고 싶어 하더구나. 다진 고기를 넣은 파이를 만들 때 그 애가 필요했던 게 아니었나 싶다. 저는요, 빙리 씨. 자기 일은 알아서 할 수 있는 하인들을 항상 두고 있어요. 우리 딸들은 그 집과는 매우 다르게 길렀죠. 그렇지만 각자 스스로 판단해야 하는 법이고 루카스 집안 딸들은 매우 괜찮은 아가씨들이에요. 그럼요. 그 애들이 예쁘지 않으니 딱하죠! 샬럿이 **아주** 못생겼다고 생각하진 않지만……
그 애는 우리와 각별히 친하니까 그런 거고요."

"매우 좋은 아가씨처럼 보이던데요."

"아, 그럼요. 그렇지만 그 애가 꽤나 못생겼다는 건 인정해야 해요.
루카스 부인도 가끔 그렇게 말하면서 제인의 미모에 대해 절 부러워
했으니까요. 제 자식을 자랑하고 싶진 않지만 분명히 제인은…… 더
예쁜 아이를 보기는 좀 힘들죠. 모두가 그렇게들 말한답니다. 저 혼자
그렇게 생각해서 하는 말이 아니에요. 제인이 겨우 열다섯 살밖에 안
되었을 때 런던에 있는 제 남동생 가드너의 집에 머물던 남자 하나가
그 애한테 완전히 반해서, 올케는 우리가 떠나기 전에 그 남자가 제
인한테 청혼을 할 거라고 확신했답니다. 하지만 그렇게 하지는 않았
어요. 아마도 제인이 너무 어리다고 생각했나 봐요. 그래도 그 사람이
제인한테 시를 몇 편 써 주었는데 시들이 아주 아름다워요."

"그걸로 그의 애정이 끝났죠." 엘리자베스가 참다못해 성급하게
말했다. "똑같은 식으로 애정이 끝나는 경우가 많았다고 생각해요.
사랑을 쫓아 버리는 데 있어서 시의 효과를 처음으로 발견한 사람이
누구인지 정말 궁금해요!"

"저는 시를 사랑의 **양식**[18]으로 간주해 왔는데요." 다아시가 말했
다.

"훌륭하고 견고하고 건강한 사랑에서는 시가 그럴 수 있죠. 이미
굳건한 사랑에는 모든 것이 자양분이 된답니다. 하지만 그 감정이 가
볍고 변변치 않은 호감에 불과하다면, 한 편의 훌륭한 소네트를 짓고

나면 완전히 고갈되는 법이라고 저는 확신해요."

다아시는 미소만 지었다. 그 후에 이어진 모두의 침묵 때문에 엘리자베스는 자기 어머니가 다시 치부를 드러내지 않을까 두려워서 불안해했다. 그녀는 말을 하고 싶었지만 할 말이 전혀 떠오르지 않았다. 잠시 침묵이 흐른 후 베넷 부인은 빙리 씨에게 제인을 친절하게 보살펴 준 것에 대해 다시 감사를 표하고 리지까지 폐를 끼치는 것에 대해 사과했다. 빙리 씨는 가식 없이 공손하게 대답했고 누이동생도 공손하게 굴면서 그 상황에 맞는 인사를 하게 만들었다. 빙리 양은 별로 정중하지 않게 자기가 맡은 역할을 수행했지만 베넷 부인은 만족했고 곧 자기 마차를 대령하도록 지시했다. 이 신호에 맞춰서 그녀의 가장 나이 어린 두 딸이 나섰다. 두 딸은 방문해 있는 동안 내내 자기들끼리 소곤댔고, 그 결과 막내딸이 처음 이사 왔을 때 네더필드에서 무도회를 열겠다고 한 약속을 지키라고 빙리 씨를 졸랐다.

리디아는 건강하고 발육 좋은 열다섯 살의 아가씨로 고운 피부에 상냥한 얼굴을 하고 있었다. 그녀는 어머니에게 귀여움을 가장 많이 받아서 그 애정에 힘입어 이른 나이에 사교계에 나오게 되었다. 리디아는 천성적으로 매우 쾌활했고 약간의 자만심을 타고났는데, 이모부가 제공하는 훌륭한 식사와 잘 어울리는 편안한 태도 덕분에 장교들의 관심을 받자 이 자만심이 뻔뻔스러울 정도로 커졌다. 그래서 빙리 씨에게 무도회 이야기를 꺼낼 수 있었고, 불쑥 그의 약속을 상기시키면서 그가 그 약속을 지키지 않는다면 그거야말로 세상에서 가장 부끄러운 일이라고 덧붙였다. 이 갑작스러운 공격에 대한 빙리 씨의 대답은 베넷 부인이 듣기에는 기분 좋은 것이었다.

"약속을 지킬 준비는 완벽하게 되었습니다. 언니가 회복되고 난 후 괜찮다면 무도회 날짜를 당신이 정해 주세요. 언니가 아플 때 춤추길 바라진 않겠지요?"

리디아는 만족스럽다고 밝혔다. "아! 그럼요…… 제인 언니가 나을 때까지 기다리는 것이 훨씬 더 좋을 거예요. 그때쯤에는 카터 대위가 다시 메리턴에 돌아올 가능성이 매우 높거든요." 리디아가 덧붙였다. "빙리 씨가 무도회를 여신다면요. 그분들에게도 무도회를 열라고 졸라 볼게요. 포스터 대령님께 무도회를 열지 않는다면 정말 부끄러운 일일 거라고 말할 거예요."

그런 다음 베넷 부인과 딸들은 떠났고, 엘리자베스는 자신과 가족들의 행동을 두 숙녀와 다아시 씨의 화젯거리로 남겨둔 채 즉시 제인에게 돌아갔다. 하지만 빙리 양이 **예쁜 눈**이라는 표현에 대해 온갖 재담을 하며 놀렸음에도 불구하고 엘리자베스에 대한 험담에 다아시 씨를 끼워 넣을 수는 없었다.

10장

그날은 전날과 비슷하게 지나갔다. 허스트 부인과 빙리 양은 느리지만 계속 나아지고 있는 환자와 함께 오전에 몇 시간을 보냈다. 저녁에는 엘리자베스가 응접실에 있는 그들과 합류했는데, 루 게임을 하고 있지는 않았다. 다아시 씨는 편지를 쓰고 있었고 빙리 양은 그 옆에 앉아 편지를 써 내려가는 그의 모습을 보면서 계속해서 그의 누이동생에게 전하는 말을 건네서 다아시 씨의 주의를 흩트리고 있었다. 허스트 씨와 빙리 씨는 피케[19]를 하고 있었고 허스트 부인은 그것을 구경하고 있었다.

엘리자베스는 뜨개질감을 들고 다아시와 빙리 양이 주고받는 대화에 귀를 기울이는 일에서 충분히 재미를 느끼고 있었다. 숙녀 쪽에서는 그의 필체나 줄의 정연함, 혹은 편지의 길이에 대해 끊임없이 칭찬했지만 신사 쪽에서는 그녀의 칭찬을 완전히 무관심하게 받아들여서 기묘한 대화가 이루어졌다. 이런 대화는 그들 각각의 성격에 대한 엘리자베스의 의견과 정확히 일치했다.

"그런 편지를 받으면 다아시 양이 얼마나 기쁠까요!"

다아시는 아무 말도 하지 않았다.

"굉장히 빨리 쓰시네요."

"잘못 아셨습니다. 저는 상당히 느리게 씁니다."

"틀림없이 연중 써야 할 편지가 굉장히 많을 거예요! 사업상 편지들도요! 생각만 해도 끔찍해요!"

"그렇다면 그 편지들을 당신이 아니라 제가 쓸 운명이라 다행입니다."

"제발 동생분께 제가 보고 싶어 한다고 말해 줘요."

"당신이 원해서 이미 한 번 그렇게 말했습니다."

"펜이 마음에 안 드시는 것 같군요. 제가 다듬어 드릴게요. 저는 펜을 아주 잘 다듬거든요."

"고맙습니다…… 그렇지만 제 펜은 항상 제가 다듬습니다."

"어떻게 그렇게 정연하게 글씨를 쓰세요?"

다아시는 다시 아무 말도 하지 않았다.

"동생분께 하프 연주 실력이 나아졌다는 소식을 듣고 제가 기뻐한다고 전해 주세요. 제가 동생분이 탁자에 그린 아름다운 작은 그림에 황홀해했고, 그게 그랜틀리 양의 그림보다 훨씬 더 뛰어나다고 생각한다는 점을 알려 주세요."

"다음 편지를 쓸 때까지 당신의 황홀함을 전하는 걸 연기하도록 허락해 주시겠습니까? 지금은 그 황홀함을 제대로 전할 공간이 없습니다."

"아! 그건 전혀 중요하지 않아요. 1월에 동생분을 만날 거니까요. 동생분께 항상 그렇게 매력적인 긴 편지를 쓰시나요?"

"편지들이 대개는 길지만 항상 매력적인지는 제가 판단할 수 없군

요."

"긴 편지를 쉽게 쓸 수 있는 사람은 못 쓸 수가 없다는 게 제가 믿는 법칙이에요."

"그게 다아시에게는 칭찬으로 작용하지 않을 거야, 캐롤라인." 그녀의 오빠가 소리쳤다. "절대 쉽게 편지를 쓰지 않으니까. 네 음절로 된 단어들을 찾으려고 엄청나게 고심하거든. 그렇지 않나, 다아시?"

"내가 편지 쓰는 방식은 자네하고 아주 다르네."

"아!" 빙리 양이 소리쳤다. "찰스 오빠는 세상에서 제일 조심성 없이 편지를 써요. 단어들의 반은 빼먹고 나머지 반에는 잉크 얼룩을 묻히거든요."

"내 생각이 너무 빠르게 흘러넘쳐서 그걸 글로 표현할 시간이 없는 거야…… 내 편지들은 때로는 받는 사람에게 아무 생각도 전해 주지 않을 때도 있어."

"그렇게 겸손하게 대응하시니." 엘리자베스가 말했다. "비난이 무색해지네요."

"겸손한 척하는 것보다 사람을 더 기만하는 일도 없습니다." 다아시가 말했다. "겸손은 평판에 대한 무관심일 뿐인 경우가 많고, 때로는 간접적인 자랑입니다."

"그렇다면 방금 전의 **내** 작은 겸손함을 자네는 둘 중 어느 쪽이라고 할 건가?"

"간접적인 자랑이지. 자네는 글 속에 나타나는 자네의 결점을 정말로 자랑스럽게 여기니까. 그걸 생각은 빠르게 흘러넘치는데 조심성

없이 글을 쓰다 보니 생겨난 것이라고 간주하니 말이네. 자네는 그 결점이 존경할 만한 것은 아니라 해도 적어도 흥미로운 것이라고는 생각하지. 신속하게 무언가를 할 수 있는 사람은 그 힘에 대해서는 항상 매우 가치 있다고 평가하지만, 실행의 불완전함에 대해서는 아무 관심도 기울이지 않는 경우가 다반사라네. 자네가 오늘 아침에 베넷 부인께 네더필드를 떠나기로 결심한다면 5분 후에 사라질 것이라고 말씀드렸을 때, 자네는 그것을 일종의 찬사이자 자화자찬으로 말한 거네…… 하지만 꼭 필요한 일을 하지 않은 채 내버려 두고 떠나야 하고, 자네 자신이나 다른 어떤 사람에게도 실질적으로 절대 이로울 수 없는 그런 급한 성격에 무슨 칭찬할 만한 점이 있다는 건가?"

"아니." 빙리가 소리쳤다. "아침에 했던 모든 어리석은 말들을 밤에 기억해 내다니 이건 너무 심하네. 그렇지만 내 명예를 걸고 내가 나 자신에 대해 한 말은 사실이라고 믿고, 이 순간에도 그렇게 믿고 있어. 그래서 적어도 숙녀들 앞에서 단지 과시하기 위해서 내가 쓸데없이 급하게 구는 성격인 척하지는 않았네."

"나도 그것이 자네의 소신이라고 생각하네. 하지만 나는 자네가 그렇게 급하게 떠날 거라고는 절대 믿지 않네. 자네의 행동은 내가 아는 어느 누구 못지않게 우연에 상당히 의지하니 말일세. 자네가 말에 오를 때 혹시라도 어떤 친구가 '빙리, 다음 주까지 머무는 게 더 좋을 것 같네'라고 말한다면 자네는 아마도 그렇게 할 거야. 어쩌면 떠나지 않고…… 한마디만 더 들으면 한 달 더 머물지도 모르지."

"이걸로 증명된 것은요." 엘리자베스가 소리 높여 말했다. "빙리 씨가 자신의 성품을 제대로 평가하지 못했다는 것뿐이에요. 다아시 씨는 지금 빙리 씨 자신보다 훨씬 더 많이 그를 치켜세워 주고 있어요."

"대단히 고맙습니다." 빙리가 말했다. "제 친구가 한 말을 제 성격이 다정하다는 칭찬으로 바꾸어 주셨으니까요. 그렇지만 당신이 제 친구의 말에 그가 결코 의도하지 않았던 변화를 준 것은 아닌가 합니다. 왜냐하면 그런 상황에서 제가 딱 잘라 거절하고 최대한 빨리 말을 타고 떠나 버린다면 다아시는 분명히 저를 더 높게 평가할 것이기 때문입니다."

"그렇다면 다아시 씨는 원래 하고자 의도했던 바가 경솔하다 해도 그것을 고집스럽게 고수하면 그 경솔함을 상쇄할 수 있다고 생각하신다는 건가요?"

"저는 그 문제에 대해 정확히 설명할 수가 없습니다. 다아시가 직접 말해 줘야 알 수 있을 것 같네요."

"내가 인정한 적도 없는데 자네 멋대로 내 의견이라 불러 놓고 나더러 설명하라 하는군. 그렇지만 베넷 양, 당신의 설명에 따라 그 입장이 유효하다고 인정한다 해도, 떠나려는 계획을 미뤄 주길 바라는 친구는 그것을 바라기만 했을 뿐 자신의 바람에 대한 적절한 논거는 한 번도 제시하지 않았습니다."

"친구의 **설득**에 즉시, 쉽게 따르는 것은 장점이 아니라고 생각하시는군요."

"확신도 없이 친구의 말을 따르는 것은 양쪽 중 누구의 분별력에도 칭찬이 될 수 없습니다."

"다아시 씨, 당신은 우정과 애정의 영향력을 전혀 고려하지 않는 것 같아요. 우리는 부탁하는 사람에 대한 배려 때문에 부탁을 들어주도록 설득하는 논거를 기다리지 않은 채 부탁에 쉽게 응하는 경우가 많아요. 당신이 빙리 씨에게 가정했던 것과 같은 경우에 대해서만 특별히 그렇다고 말하는 게 아니에요. 그러니까 빙리 씨 행동의 신중함에 대해 논하기 전에 실제로 그런 상황이 일어날 때까지 기다려 보는 게 나을 것 같아요. 그렇지만 한 친구가 다른 친구에게 그다지 중요하지 않은 결심을 바꿔 달라고 부탁했을 때, 부탁을 받은 친구가 그 이유는 따져 보지도 않고 부탁을 따라 준다고 해서 그 사람을 안 좋게 생각해야 할까요?"

"이 논의를 더 계속하기 전에 두 친구 사이에 존재하는 친밀감의 정도뿐만 아니라 이 부탁과 관련된 중요성의 정도를 좀 더 정확하게 규정하는 게 좋지 않을까요?"

"아무렴, 그렇고말고." 빙리가 말했다. "두 사람의 키와 체격도 잊지 말고 모든 세부 사항을 따져 봅시다. 그런 것은 베넷 양이 생각하시는 것보다 논의에서 더 중요할 테니까요. 만약 다아시 키가 제 키보다 저렇게 많이 크지 않다면 저는 그를 지금의 반만큼도 존경하지 않았을 것입니다. 분명히 말하지만 특정한 경우와 특정한 장소에서 다아시보다 더 경외심을 불러일으키는 대상은 없습니다. 특히 자기 집에서, 할 일이라고는 눈곱만큼도 없는 일요일 저녁에는 말입니다."

다아시는 미소를 지었다. 하지만 엘리자베스는 그가 조금 기분 나빠하는 것이 느껴진다고 생각해서 웃음을 자제했다. 빙리 양은 그런 터무니없는 말을 한 것에 대해 자기 오빠를 나무라면서 다아시가 받은 모욕에 대해 격하게 분개했다.

"자네 속셈이 무엇인지 알겠네, 빙리." 다아시가 말했다. "자네는 토론을 싫어해서 이 일을 조용히 넘어가고 싶어 하는 거야."

"그럴지도 모르지. 토론은 논쟁하고 너무 비슷하거든. 내가 방에서 나갈 때까지 자네와 베넷 양이 논쟁을 미뤄 준다면 매우 고맙겠네. 그런 다음에는 두 분이 저에 대해 하시고 싶은 말은 무엇이든지 해도 좋습니다."

"빙리 씨의 부탁은요." 엘리자베스가 말했다. "저한테는 전혀 힘든 일이 아니에요. 다아시 씨는 편지 쓰는 일을 끝내시는 게 나을 것 같고요."

다아시는 엘리자베스의 조언을 받아들여 편지 쓰기를 끝마쳤다.

그 일이 끝나자 다아시는 빙리 양과 엘리자베스에게 음악을 좀 즐

기게 해 달라고 청했다. 빙리 양은 선뜻 피아노 앞으로 가서 엘리자베스에게 먼저 연주해 달라고 정중하게 부탁했고 엘리자베스가 똑같이 정중하게, 더 진지하게 사양하자 자리를 잡고 앉았다.

허스트 부인과 동생은 노래를 불렀고, 그들이 노래

를 부르는 동안 엘리자베스는 피아노 위에 놓여 있는 음악 책들을 몇 권 들춰 보다가 다아시 씨의 눈길이 자주 자신에게 향하는 것을 의식하지 않을 수가 없었다. 그녀는 자신이 사회적으로 그렇게 중요한 남자의 찬미의 대상이 될 수 있다고는 도저히 생각할 수 없었다. 하지만 다아시 씨가 그녀를 싫어하기 때문에 바라본다는 것은 더욱 이상했다. 마침내 엘리자베스는 자신이 다아시 씨의 주의를 끄는 것은, 올바름에 대한 그의 기준에 따르면 그 자리에 있는 다른 누구보다 그녀에게 더 나쁜 점이나 비난받을 만한 점이 뭔가 있기 때문일 것이라는 생각밖에 할 수 없었다. 하지만 그런 추측 때문에 속상해하지는 않았다. 다아시를 전혀 좋아하지 않았으므로, 그의 인정을 받는 것에 신경 쓰지 않았기 때문이다.

빙리 양은 이탈리아 노래를 몇 곡 연주한 다음 경쾌한 스코틀랜드 가락으로 다른 매력을 발휘했고, 곧 다아시가 엘리자베스 곁으로 다가와서 말했다.

"베넷 양, 릴 춤[20]을 출 기회를 잡고 싶지 않으세요?"

엘리자베스는 미소를 지었지만 아무 대답도 하지 않았다. 다아시는 그녀의 침묵에 조금 놀라면서 똑같은 질문을 되풀이했다.

"아!" 엘리자베스가 말했다. "아까도 당신 말을 들었지만 어떻게 대답해야 할지 즉시 결정을 내릴 수가 없었어요. 제가 '네'라고 말해서 당신이 제 취향을 경멸하는 즐거움을 누릴 수 있길 바라신 건 알아요. 그렇지만 저는 항상 그런 종류의 속셈을 뒤엎어 버리고, 미리 계획된 모욕의 기회를 감쪽같이 빼앗아 버리는 것에서 기쁨을 느낍니다. 그래서 릴 춤을 추고 싶은 마음이 전혀 없다고 말하기로 결정했어요. 이제는 절 경멸해 보세요. 그러실 수 있다면요."

"사실 전혀 그러고 싶지 않습니다."

다아시가 기분 나빠할 것이라고 예상했던 엘리자베스는 그의 정중한 말에 놀랐다. 하지만 그녀의 태도에는 상냥함과 장난기가 섞여 있어서 누군가에게 모욕을 주기는 어려웠다. 게다가 다아시는 그 어떤 여자에게도 엘리자베스만큼 매혹된 적이 없었다. 다아시는 그녀의 집안사람들이 신분이 낮지만 않다면 자신이 상당한 위험에 처했을 것이라고 진심으로 믿었다.

빙리 양은 다아시의 그런 감정에 대해 질투를 느낄 만큼 충분히 많은 것을 보았거나 뭔가를 어렴풋이 느꼈다. 그래서 다정한 친구 제인의 회복을 그녀가 간절히 바라게 된 데에는 엘리자베스가 없어졌으면 하는 바람이 조금은 작용했다.

빙리 양은 자주 다아시와 엘리자베스가 결혼할 것이라고 이야기하고, 그 결혼에서 다아시가 어떻게 하면 행복할지 계획을 세움으로써 다아시 씨로 하여금 엘리자베스를 싫어하게 만들려고 애썼다.

"제가 바라는 건요." 다음 날 다아시 씨와 함께 관목 숲을 걷고 있을 때 빙리 양이 말했다. "당신 장모님께, 이런 경사가 일어나게 되면 말이에요, 입을 다물고 계시는 게 좋을 거라고 몇 번 넌지시 일러 드리는 거예요. 할 수만 있다면 제일 나이 어린 딸들이 장교들을 쫓아다니는 걸 고쳐 주시고요. 그리고 제가 이렇게 미묘한 주제를 언급해도 괜찮은지 모르겠지만, 당신 부인이 지닌 작은 결점을, 거의 자만심과 뻔뻔함이라고 할 수 있는 것 말이에요, 억제시키도록 노력하세요."

"제 가정의 행복을 위해 더 제안하실 점이 있습니까?"

"아! 그럼요. 필립스 처 이모 부부의 초상화를 펨벌리에 걸어 놓으세요. 판사이셨던 당신 종조부님 옆에 걸도록 해요. 당신도 아시다시피 그분들은 계통이 다를 뿐이지 같은 직업에 종사하셨으니까 말이죠. 엘리자베스 양의 초상화는 그릴 생각도 하지 마세요. 어떤 화가가 그 아름다운 눈을 제대로 그릴 수 있겠어요?"

"그 눈의 표정을 포착하는 게 정말로 쉽진 않을 겁니다. 그렇지만 눈의 색깔과 형태, 지극히 아름다운 속눈썹은 베낄 수 있을 테죠."

그 순간 둘은 다른 산책로에서 걸어오던 허스트 부인과 엘리자베스를 만났다.

"두 분께서 산책할 예정이었는지 몰랐어요." 빙리 양은 그들이 혹시 엿듣지나 않았는지 약간 당황해하며 말했다.

"두 사람은 우리한테 정말 못되게 군 거예요." 허스트 부인이 대답했다. "산책 나올 거라는 말도 없이 빠져나오다니."

그런 다음 허스트 부인은 다아시 씨의 남은 한쪽 팔에 팔짱을 끼고는 엘리자베스를 혼자 걷게 만들었다. 오솔길은 세 사람이 겨우 지나갈 수 있을 정도로 좁았다. 다아시는 곧 자신들이 무례하다고 느끼고 말했다.

"이 산책로는 우리 일행이 모두 함께 걷기에는 충분히 넓지 않습니다. 큰길로 나가는 게 좋을 것 같아요."

하지만 그들과 함께 있고 싶은 마음이 조금도 없었던 엘리자베스는 웃으면서 대답했다.

"아니, 아니에요. 지금 그대로 계세요. 세 분이 모여 계시니 멋지고 대단히 좋아 보여요. 네 번째 사람을 끌어들이면 그림 같은 풍경을 망칠 거예요.[21] 먼저 갈게요."

그런 다음 그녀는 즐겁게 뛰어서 달아났고, 하루 이틀 후면 다시 집에 돌아갈 희망에 기뻐하며 이리저리 거닐었다. 제인은 이미 매우 많이 회복되어서 그날 저녁에는 두 시간 동안 방에서 나와 있을 예정이었다.

11장

 정찬 후 숙녀들이 응접실로 물러났을 때 엘리자베스는 언니에게 뛰어 올라가서 언니가 춥지 않게 옷으로 몸을 잘 감싼 다음 응접실로 언니를 데려갔다. 그곳에서 제인은 두 친구의 환영과 기쁘다는 인사를 많이 받았다. 신사들이 나타나기 전 함께 시간을 보낼 동안, 엘리자베스는 빙리가 숙녀들이 그렇게 싹싹하게 구는 것을 본 적이 없었다. 그들의 대화 능력은 상당했다. 정확하게 파티를 묘사할 줄 알았고 익살스럽게 일화를 전할 줄 알았으며 아는 사람들을 신 나게 비웃을 줄도 알았다.

 하지만 신사들이 들어오자 제인은 더 이상 관심의 대상이 아니었다. 빙리 양의 시선은 즉시 다아시 씨에게 향했다. 빙리 양은 다아시가 몇 발자국 딛기도 전에 그에게 할 말이 있었다. 다아시는 베넷 양에게 정중하게 축하의 인사를 건넸다. 허스트 씨도 제인에게 가볍게 목례를 하면서 매우 기쁘다고 말했고, 장황하고 열렬한 인사말은 빙리 씨의 몫으로 남겼다. 빙리는 기쁨과 배려로 충만했다. 처음 반 시간은 제인이 방의 변화를 느끼지 못하도록 장작을 쌓아 불을 지피며 지나갔고, 제인은 그의 바람대로 문에서 더 멀리 떨어져 있도록 난로의 다른 쪽 옆으로 자리를 옮겼다. 그런 다음 빙리는 제인 옆에 앉아

서 다른 사람과는 거의 이야기를 나누지 않았다. 반대쪽 구석에서 뜨 개질을 하고 있던 엘리자베스는 이 모든 것을 매우 기쁜 마음으로 바라보았다.

차를 다 마셨을 때 허스트 씨는 처제에게 카드놀이용 테이블을 준비하자고 상기시켰지만 소용이 없었다. 빙리 양은 다아시 씨가 카드놀이를 원하지 않는다는 정보를 몰래 확보해 둔 상태였기 때문이다. 허스트 씨는 곧 공개적인 제안조차 거절당했다. 빙리 양은 카드놀이를 하고 싶어 하는 사람이 아무도 없다고 그에게 분명하게 말했고, 그 문제에 대해 모두가 침묵을 지켜서 그녀의 말이 옳다는 것을 뒷받침해 주는 것처럼 보였다. 그래서 허스트 씨는 소파에 몸을 눕히고 잠을 자는 것 말고는 달리 할 일이 전혀 없었다. 다아시는 책을 한 권 집어 들었다. 빙리 양도 똑같이 했다. 주로 자기 팔찌와 반지들을 만지작거리는 일에 몰두하던 허스트 부인은 이따금씩 빙리 씨가 베넷 양과 나누는 대화에 끼어들었다.

빙리 양은 자신의 책을 읽는 것뿐만 아니라 다아시 씨가 **자기** 책을 읽어 나가는 진도를 바라보는 일에 주의를 집중하고 있었다. 그녀는 끊임없이 뭔가 질문을 하거나 그의 책장을 바라봤지만, 다아시를 대화에 끌어들이는 데에는 성공하지는 못했다. 그는 빙리 양의 질문에 대답만 하고는 계속 책을 읽어 나갔다. 마침내 빙리 양은 오로지 다아시가 읽고 있는 책의 두 번째 권이라는 이유 때문에 고른 자기 책을 즐겨 보려는 시도에 너무 피곤해져서 크게 하품을 하며 말했다. "이런 식으로 저녁을 보내니 정말 좋네요! 결국에는 독서만한 오락이 없다니까요! 책 말고 다른 것은 얼마나 빨리 지겨워지는데요! 내 집을 갖게 되었을 때 훌륭한 서재가 없다면 슬플 거예요."

아무도 대꾸를 하지 않았다. 그러자 빙리 양은 다시 하품을 하고는 책을 옆으로 밀쳐놓은 다음 뭔가 오락거리를 찾아 방을 죽 둘러보았다. 그녀는 자기 오빠가 베넷 양에게 무도회에 대해 언급하는 것을 듣고 갑자기 그를 향해 몸을 돌리며 말했다.

"그런데 찰스 오빠, 정말로 네더필드에서 무도회를 열 생각을 진지하게 하는 거예요? 그걸 결정하기 전에 여기 있는 사람들의 의향을 물어보라고 오빠한테 충고하고 싶어요. 우리 중에 몇 사람은 무도회를 오락이라기보다 오히려 벌로 여길 텐데, 그게 아니라면 제가 많이 잘못 안 걸 거예요."

"다아시를 말하는 거라면 말이다." 빙리 씨가 큰 소리로 말했다. "그가 원한다면 무도회가 시작되기 전에 자러 가도 괜찮아…… 하지만 무도회는 이미 정해진 문제야. 니콜스가 무도회용 다과를 충분히 만들자마자 초대장을 보낼 거야."

"무도회가 다른 식으로 열린다면 훨씬 더 좋을 거예요." 빙리 양이 대답했다. "그런 종류의 파티를 진행하는 일상적인 방식에는 참을 수 없을 만큼 지루한 면이 있어요. 춤추는 것보다 대화를 그날의 규칙으로 정하면 분명히 훨씬 더 합리적일 거예요."

"훨씬 더 합리적이겠지, 캐롤라인. 그렇지만 그러면 무도회라고 할 수가 없잖니."

빙리 양은 아무 대답도 하지 않았고 곧 일어서서 방 안을 이리저리 걸어 다녔다. 빙리 양의 자태는 우아했고 걷는 모습은 훌륭했지만, 그 모든 행동이 겨냥하는 대상인 다아시는 여전히 확고히 책 읽는 일에만 열중하고 있었다. 필사적인 기분이 된 그녀는 한 가지 노력을 더 해 보기로 결심하고 엘리자베스에게 몸을 돌리며 말했다.

"일라이자 베넷 양, 제가 한 것처럼 방을 한 바퀴 돌아보시라고 권해 드리고 싶어요. 한 자세로 그렇게 오랫동안 앉아 있다가 이렇게 해 보면 굉장히 상쾌해져요."

엘리자베스는 놀랐지만 곧 그 말에 따랐다. 빙리 양은 그런 공손한 태도의 진짜 목표물에게서도 그에 못지않은 성공을 거두었다. 다아시가 고개를 들고 올려다본 것이다. 그는 당사자인 엘리자베스만큼이나 빙리 양의 배려에 신기함을 느끼고 자신도 모르게 책을 덮었다. 다아시는 함께 걷자는 요청을 직접적으로 받았지만, 두 아가씨가 함께 방을 거닐기로 한 것에 대해서 딱 두 가지 동기만 짐작할 수 있고 자신이 함께 걷게 되면 그 두 동기 모두 방해를 받게 될 것이라며 요청을 거절했다. "무슨 말을 하는 거야? 무슨 말을 하는 건지 알고 싶어 죽겠네……." 빙리 양은 엘리자베스에게 다아시가 하는 말이 무슨 뜻인지 알겠냐고 물었다.

"전혀요." 엘리자베스가 대답했다. "그렇지만 분명코 우리를 비판하려는 말일 거예요. 다아시 씨를 실망시킬 수 있는 가장 확실한 방법은 아무것도 묻지 않는 거예요."

하지만 빙리 양은 어떤 일에서도 다아시를 실망시킬 수가 없었다. 그래서 그 두 가지 동기가 무엇인지 설명해 달라고 우겼다.

"그것을 설명하는 일에 대해서는 전혀 이의가 없습니다." 빙리 양이 다아시에게 말할 틈을 주자마자 그가 말했다. "두 분이 저녁 시간을 이런 식으로 보내기로 선택한 것은 서로 마음을 터놓고 논의할 비밀스러운 문제가 있거나, 두 분의 자태가 걸을 때 가장 훌륭해 보인다는 것을 의식하고 있기 때문입니다. 만약 첫 번째 경우라면 저는 두 분을 전적으로 방해하게 될 것이고, 두 번째 경우라면 난롯가에 앉아서 두 분의 모습에 감탄하며 그 자태를 훨씬 더 잘 감상할 수 있을 것입니다."

"아이! 망측해라!" 빙리 양이 소리쳤다. "그렇게 흉한 말은 들어 본 적이 없어요. 그런 말을 하다니, 다아시 씨에게 어떻게 벌을 줄까요?"

"그럴 마음만 있다면, 그만큼 쉬운 일도 없죠." 엘리자베스가 말했다. "우리 모두 서로 괴롭히거나 혼내 줄 수 있어요. 그를 놀려 줘요…… 비웃어 주거나. 당신은 다아시 씨와 친하시니까 어떻게 하는 게 좋은지 틀림없이 아실 거예요."

"그렇지만 맹세코 정말 **몰라요**. 분명히 말하지만 **그런 것까지** 알 만큼 친하지는 않아요. 저렇게 침착한 태도와 냉정한 마음을 가진 사람을 놀린다고요! 아니, 안 돼요…… 그래 봐야 다아시 씨는 꿈쩍도 안 할 것 같은데요. 게다가 비웃을 거리도 없이 비웃으려고 했다가 오히려 우리가 웃음거리가 되어서는 안 되죠. 그러면 다아시 씨가 좋아할 기예요."

"다아시 씨가 비웃음의 대상이 될 수 없다고요!" 엘리자베스가 소리쳤다. "드문 장점이네요. 저는 그런 장점이 계속 드물길 빌어요. 그런 사람을 많이 알게 되면 저한테 큰 손해가 될 테니까요. 저는 비웃는 걸 무척 좋아하거든요."

"빙리 양께서." 다아시가 말했다. "실제로 가능한 것 이상의 능력이 제게 있다고 생각하셨군요. 가장 현명하고 훌륭한 사람들조차…… 아니, 그들의 행동 중에서 가장 현명하고 훌륭한 것들조차 삶의 첫 번째 목적을 농담으로 삼는 사람에게는 우스꽝스러워질 수 있습니다."

"물론이죠." 엘리자베스가 대답했다. "그런 사람들도 있지만, 저는 제가 **그런 사람은** 아니길 바라요. 현명하고 훌륭한 것은 절대 조롱하지 않길 바라죠. 어리석은 짓과 엉터리 같은 행동, 변덕과 모순을 보면 즐겁다는 것은 **분명히** 인정해요. 그리고 기회가 있을 때마다 그것들을 비웃는답니다. 하지만 그런 점들은 당신에게는 절대 없는 것들이겠죠."

"그런 점들이 아예 없는 건 어느 누구에게도 불가능합니다. 하지만 종종 뛰어난 이해력을 웃음거리가 되게 하는, 방금 엘리자베스 양이 말씀하신 그런 약점들을 피하는 게 제 염원입니다."

"허영심과 오만 같은 거요."

"네, 허영심은 진짜 약점입니다. 하지만 오만은…… 진정으로 뛰어난 지성이 있다면 항상 잘 통제될 것입니다."

엘리자베스는 미소를 감추기 위해 몸을 돌렸다.

"다아시 씨에 대한 당신의 조사가 끝난 것 같군요." 빙리 양이 말했다. "그런데 그 결과는 어떤가요?"

"조사 결과 다아시 씨에게는 결점이 전혀 없다는 사실을 전적으로 확신하게 되었어요. 다아시 씨 스스로 그것을 숨김없이 인정했고요."

"아닙니다." 다아시가 말했다. "저는 그런 주장을 전혀 하지 않았습니다. 제게도 충분히 결점들이 있지만 그게 이해력에 관한 것은 아니길 바랍니다. 제 성격에 대해서는 보증할 수가 없습니다. 분명히 고분고분한 면이 너무 적은 것 같습니다…… 그래서 세상을 편하게 살 수가 없죠. 저는 다른 사람들의 어리석은 행동이나 결점을 빨리 잊질 못합니다. 다른 사람들에게서 받은 모욕은 빨리 잊어버려야 하는데 그러질 못하죠. 제 감정은 어떤 시도에도 쉽게 영향을 받지 않습니다. 아마도 꽁한 성격이라고 불릴 수 있을 겁니다. 저한테 한 번 잘못 보이면 영원히 끝장난 거니까요."

"**그거야말로** 진짜 단점이네요!" 엘리자베스가 소리쳤다. "한 번 잘못 보이면 돌이킬 수 없이 꽁한 것은 성격적 결함이에요. 하지만 단점을 잘 선택하셨어요. 저는 그 점에 대해선 절대 **비웃을 수 없을** 테니까요. 저에 대해서는 안심하세요."

"저는 모든 성품에는 어떤 특정한 단점으로 향하기 쉬운 경향이 있다고 믿습니다…… 타고난 결점이죠. 그것은 최상의 교육으로도 극복할 수 없어요."

"그리고 **당신의** 결점은 모든 사람을 싫어하는 것이죠." 엘리자베스가 대답했다.

"그렇다면 당신의 결점은:" 다아시가 미소를 지으며 대답했다. "일부러 사람들을 곡해하는 것이죠."

"음악을 좀 들어요." 빙리 양이 자신이 전혀 끼어들 여지가 없는 대화에 지겨워서 소리쳤다. "루이자 언니, 형부를 깨워도 괜찮을까요?"

그녀의 언니는 눈곱만큼도 반대하지 않았고 피아노 뚜껑이 열렸다. 다아시는 잠깐 동안 마음의 평정을 되찾은 다음 음악을 듣게 된 것을 유감스럽게 여기지 않았다. 그는 엘리자베스에게 너무 많은 관심을 기울이는 게 위험하다고 느끼기 시작했다.

12장

자매들끼리 협의한 결과 엘리자베스는 다음 날 아침 어머니에게 그날 중으로 마차를 보내 달라고 간청하는 편지를 보냈다. 하지만 제인이 네더필드에서 머문 지 딱 일주일이 되는 다음 화요일까지 딸들을 그곳에서 지내게 할 속셈이었던 베넷 부인은 그 이전에는 딸들을 기쁘게 맞을 생각이 전혀 없었다. 그래서 그녀의 대답은 적어도 엘리자베스의 바람에 대해서는 호의적이지 않았다. 왜냐하면 엘리자베스는 집에 가고 싶어 안달이었기 때문이다. 베넷 부인은 화요일 이전에는 마차를 보낼 수 없을 것 같다는 답변을 보냈다. 그리고 추신에서 만약 빙리 씨와 누이가 더 있으라고 권하면 자신은 자매를 기꺼이 양보할 용의가 있다고 덧붙였다. 그러나 엘리자베스는 더 이상 머무르지 않겠다고 확고히 결심했고, 더 있으라는 초대를 받으리란 기대도 별로 하지 않았다. 게다가 반대로 불필요하게 오랫동안 남의 생활을 침범하는 것으로 간주되지 않을까 우려해서 제인에게 빙리 씨의 마차를 즉시 빌리라고 재촉했고, 마침내 그날 아침에 네더필드를 떠나려는 그들의 원래 계획을 알리고 부탁을 하기로 했다.

자매의 뜻이 전달되자 걱정하는 말들이 많이 쏟아져 나왔다. 적어도 다음 날까지는 머물라는 말을 하도 듣다 보니 제인의 마음도 바뀌었다. 그래서 자매의 출발은 다음 날로 연기되었다. 그러자 빙리 양은 자신이 출발을 연기하라고 했던 것을 후회했다. 자매 중 한 사람에 대한 질투와 싫어하는 감정이 다른 한 사람에 대한 애정을 훨씬 초과했기 때문이다.

집주인은 그들이 그렇게 빨리 떠날 예정이라는 말을 진심으로 서운해하면서 들었고, 베넷 양에게 벌써 떠나는 것이 그녀에게 안전하지 않다고, 그녀가 충분히 회복되지 않았다고 반복해서 설득하려 애썼다. 하지만 제인은 자신이 옳다고 생각하는 점에 대해서는 확고했다.

다아시 씨에게는 자매의 빠른 출발이 반가운 소식이었다. 엘리자베스는 네더필드에서 충분히 오래 지냈다. 그녀는 다아시가 원하는 것보다 훨씬 더 많이 그의 마음을 빼앗았다⋯⋯ 빙리 양은 **엘리자베스에게** 무례하게 굴었고 자신에게도 평소보다 더 짓궂게 굴었다. 다아시는 현명하게도 자신이 엘리자베스에게 호감을 가지고 있다거나, 엘리자베스가 자신이 다아시의 행복에 영향을 미칠 수 있다고 생각하며 우쭐대게 만들 수 있는 어떤 낌새도 **이제는** 절대 새어 나가지 않도록 특히 조심하기로 결심했다. 만약 그런 생각이 얼핏 드러나기라도 했다면, 마지막 날 그의 행동은 그것을 확인시켜 주거나 없애 버리는 데 있어서 틀림없이 중요한 비중을 차지할 것이라는 점을 깨달았다. 결심을 확고하게 지키기 위해서 다아시는 토요일 내내 엘리자베스에게 채 열 마디도 하지 않았고, 한 번은 반 시간 동안 단둘이서 있게 되었지만 읽던 책에만 매우 성실하게 집중하면서 그녀를 쳐다보지도 않았다.

일요일 아침 식사 후에 빙리 씨를 제외한 거의 모든 사람에게 기분 좋은 작별이 이루어졌다. 드디어 제인에 대한 애정뿐만 아니라 엘리자베스에 대한 빙리 양의 공손함도 매우 신속히 증가했다. 빙리 양은 자매가 떠날 때, 제인에게는 롱번에서든 네더필드에서든 다시 보게 되면 항상 기쁠 것이라고 분명히 말하고 그녀를 아주 다정하게 포옹했고 엘리자베스와는 악수까지 했다. 엘리자베스는 최고로 명랑한 기분으로 모든 사람과 작별했다.

집에 돌아왔을 때 자매는 어머니에게서 그다지 따뜻한 환영을 받지 못했다. 베넷 부인은 그들이 돌아온 것에 놀라면서 빙리 씨에게 마차까지 빌려서 너무 많은 폐를 끼친 것은 매우 잘못한 일이라고 생각했고, 제인이 다시 감기에 걸렸을 것이라고 확신했다. 하지만 아버지는 매우 간결하게 표현하긴 했지만 자매를 보고 진정으로 기뻐했다. 베넷 씨는 엘리자베스와 제인이 가족 내에서 얼마나 중요한 존재인지 깨달았다. 둘이 집에 없는 동안 가족들이 모인 저녁 대화에서는 활기가 거의 사라져 버렸고, 대화는 그 의미를 대부분 잃어버렸다.

메리는 평소처럼 통주저음과 인간의 본성에 대한 연구에 깊이 몰두해서 몇 가지 새로운 인용문에 감탄하고 낡은 도덕성에 대한 새로운 의견에 귀를 기울이고 있었다. 캐서린과 리디아는 그들에게 알려줄 다른 종류의 소식을 가지고 있었다. 지난 수요일부터 연대에서 많은 일이 일어났고 이야깃거리가 많았다. 몇몇 장교들이 최근에 이모부와 식사를 했고, 한 병사가 채찍질을 당했으며, 포스터 대령은 곧 결혼할지도 모른다고 실제로 넌지시 밝혔다.

13장

"여보." 다음 날 아침에 조찬을 들면서 베넷 씨가 아내에게 말했다. "오늘 정찬을 잘 준비해 놓으면 좋겠소. 우리 식구 외에 사람이 늘어 날 것 같소."

"누구 말이에요, 여보? 오기로 되어 있는 사람이 없는 것으로 아는데요, 분명히. 샬럿 루카스가 혹시 들르면 모를까 …… **우리 집** 식사가 그 애한테는 충분히 훌륭할 거라 생각해요. 자기 집에서는 그런 식사를 자주 먹어 보지 못할 것이라 믿어요."

"내가 말하는 사람은 신사이고 외부 사람이오."

베넷 부인의 두 눈이 반짝였다. "신사에다 낯선 사람이라니요! 분명히 빙리 씨군요! 왜 제인은…… 여기에 대해 한마디도 안 하다니, 앙큼한 것 같으니라고! 어쩜, 빙리 씨를 보게 된다면 정말 기쁠 거예요. 그렇지만…… 맙소사! 하필 가는 날이 장날이네! 오늘은 생선이 하나도 없는데. 리디아, 애야. 벨을 울리렴…… 당장 힐한테 이야길 해야겠다."

"빙리 씨는 **아니오.**" 그녀의 남편이 말했다. "내 평생 한 번도 못 본 사람이오."

이 말에 가족 모두가 놀랐다. 베넷 씨는 아내와 다섯 딸들에게서

동시에 간절하게 질문을 받는 즐거움을 누렸다. 가족들의 호기심을 얼마 동안 즐긴 다음 베넷 씨가 이렇게 설명했다.

"한 달 전쯤 이 편지를 받았고, 약 보름 전에 답장을 했소. 약간 미묘한 문제라서 빠른 답변이 필요하다고 생각했기 때문이오. 사촌[22]인 콜린스 씨에게서 온 편지라오. 내가 죽고 나면 언제든지 당신과 아이들을 모두 이 집에서 쫓아낼 수 있는 사람 말이오."

"아, 여보." 베넷 부인이 소리쳤다. "그런 이야기 듣는 건 참을 수가 없어요. 제발 그 불쾌한 사람에 대해서는 말하지 말아요. 당신 재산을 당신의 자식들을 빼놓고 상속시켜야 하다니 그거야말로 세상에서 가장 힘든 일이라고 생각해요. 제가 당신이었다면 분명히 그 문제에 대해 오래전에 어떤 식으로건 손을 쓰려고 애썼을 거예요."

제인과 엘리자베스는 한정 상속의 특성과 베넷 씨가 이를 바꿀 힘이 없음을 어머니에게 설명하려 애썼다. 자매는 전에도 자주 그렇게 해 봤지만, 한정 상속은 베넷 부인의 머리로는 도저히 이해할 수 없는 문제였기 때문에 그녀는 다섯 딸을 둔 가족에게서 재산을 빼앗아 아무 상관도 없는 남자에게 물려주는 일의 잔인함을 계속 신랄하게 공격했다.

"그건 분명히 매우 부당한 일이오." 베넷 씨가 말했다. "그 어떤 것도 콜린스 씨에게서 롱번을 상속받은 죄책감을 씻어 주지 못할 것이오. 하지만 콜린스 씨의 편지를 읽고 그가 자신의 생각을 표현하는 태도를 보면 당신 마음이 어쩌면 누그러질지도 모르겠소."

"아뇨. 전 절대 그러지 않을 거예요. 게다가 그 사람이 당신에게 편지를 쓰다니 정말로 뻔뻔하고 위선적이라고 생각해요. 그런 가식적인 사람들은 싫어요. 자기 아버지가 그랬던 것처럼 왜 계속해서 당신과 다투지 않는 거죠?"

"글쎄, 사실 당신도 들어 보면 알겠지만 콜린스 씨에게도 자식의 도리 때문에 약간 주저하는 마음이 있었던 것 같소."

켄트 주 웨스터햄 근교 헌스퍼드,
10월 15일

친애하는 베넷 씨께,

어르신과 제 선친 사이에 있었던 불화로 저는 항상 마음이 불편했습니다. 선친을 잃는 불행이 닥친 이후 그 불화를 치유하고 싶다는 생각을 자주 해 왔습니다. 하지만 선친과 항상 불화를 겪던 분과 잘 지내는 것이 선친의 영전에 대한 불경처럼 보이지 않을까 우려하는 마음에서

Pride and Prejudice

한동안 자제해 왔습니다.―바로 이 부분이오, 여보.― 하지만 이제 그 문제에 대해 결정을 내렸습니다. 부활절에 성직 안수를 받고 나서 영광 스럽게도 루이스 드 버그 경의 미망인이신 캐서린 드 버그 영부인의 후원을 받는 행운을 얻게 되었기 때문입니다. 영부인의 관대함과 호의 덕분에 저는 그 교구의 귀중한 목사직으로 승진했습니다. 영부인을 향한 감사와 존경심에 따라 훌륭하게 처신하고, 국교회에서 제정한 의례와 의식들을 언제든지 거행할 준비를 갖추기 위해 진심으로 노력할 것입니다. 더구나 성직자로서 제가 영향을 미칠 수 있는 모든 가정에 평화의 은총을 증진시키고 확립하는 것이 제 의무라고 느낍니다. 그런 이유에서 저는 지금 드리는 선의의 제안이 매우 칭찬할 만하다고 자부하며, 어르신께서도 제가 다음에 롱번을 한정 상속받는다는 상황을 너그럽게 봐 주시고 제가 바친 올리브 가지[23]를 거절하지 말아 주시기 바랍니다. 저로 인해 사랑스러운 따님들이 상처를 받는 것에 대해 염려하지 않을 수가 없고 그에 대해 제가 하는 사과를 받아 주시기 바랄 뿐입니다. 또한 차차 말씀드리겠지만 가능한 온갖 방법을 동원해서 기꺼이 따님들께 보상을 해 드릴 생각이라는 것을 분명히 밝혀 드립니다. 저를 댁에 받아들이는 데 이의가 없으시다면 11월 18일 월요일 4시까지 어르신과 어르신의 가족을 뵈러 가는 기쁨을 누리고 싶으며, 아마도 그다음 주 토요일 저녁 7시까지는 염치없이 폐를 끼칠 것 같습니다. 캐서린 영부인께서는 다른 성직자기 일요일의 종교적인 예배 의식을 수행하도록 약조만 한다면, 제가 이따금씩 일요일에 자리를 비우는 것에 대해 전혀 개의치 않으시기 때문에 마음 편히 그렇게 할 수 있습니다. 아주

머님과 따님들께도 부디 안부를 전해 주시기 바랍니다. 하시는 모든 일이 잘 되길 빌면서.

윌리엄 콜린스

"그러니까 화해를 청하는 이 신사가 4시에 나타날 거라고 생각하면 될 것이오." 베넷 씨가 편지를 접으며 말했다. "그는 분명코 매우 양심적이고 정중한 젊은이인 것 같소. 알아 두면 유익한 사람이 될 것이라 믿어 의심치 않소. 특히 캐서린 영부인께서 관대하게도 그에게 다시 우리를 방문하도록 허락하신다면 말이오."

"우리 딸들에 대한 그의 말에는 약간의 분별력이 들어 있군요. 저야 우리 딸들에게 어떤 식으로든 보상을 해 주고 싶은 마음이 있다면 그를 말릴 생각은 전혀 없어요."

"우리 몫이라고 생각하는 것을 그가 어떤 식으로 보상해 주겠다는 것인지 추측하긴 어렵지만." 제인이 말했다. "그렇게 바라는 마음은 분명히 칭찬받을 만해요."

엘리자베스는 캐서린 영부인에 대한 그의 각별한 존경심과, 필요하면 언제든지 자기 교구민들에게 세례를 해 주고 결혼을 시켜 주고 장례를 치러 주겠다는 선한 의도[24]에 특히 강한 인상을 받았다.

"틀림없이 괴상한 사람일 것 같아요." 그녀가 말했다. "그 사람 말을 도대체 이해할 수가 없어요…… 말투에 매우 과장된 점이 있어요. 그리고 한정 상속을 받는 것에 대해 사과를 한다니 무슨 말이에요? ……그럴 수 있다 해도 그걸 포기할 것이라고 생각하진 않아요……

그가 지각 있는 사람일까요, 아버지?"

"아니다, 애야. 그렇게 생각되진 않는구나. 나는 그가 정반대일 것 같다는 큰 희망을 품고 있다. 그의 편지에는 비굴함과 잘난 척하는 태도가 섞여 있어. 전망이 좋아. 어서 빨리 보고 싶구나."

"작문의 관점에서 보면요." 메리가 말했다. "편지에 흠잡을 데는 없는 것 같아요. 올리브 가지라는 비유가 완전히 새로운 것은 아니지만 잘 쓰였다고 생각해요."

케서린과 리디아에게는 그 편지도, 편지를 쓴 사람도 전혀 흥미롭지 않았다. 자기 사촌이 진홍색 군복을 입고 오는 일은 거의 불가능에 가까웠고, 둘은 최근 몇 주 동안 다른 색깔의 옷을 입은 남자와 어울리면서 즐거워 본 적이 없었다. 베넷 부인은 콜린스 씨의 편지로 인해 불쾌감이 많이 사라져서 어느 정도 평온한 마음으로 그를 맞이할 준비를 했고, 그녀의 남편과 딸들은 이를 보고 놀랐다.

콜린스 씨는 정확하게 자기가 말한 시간에 나타났고 가족 모두에게서 매우 정중한 환영을 받았다. 베넷 씨는 거의 아무 말도 하지 않았다. 하지만 숙녀들은 얼마든지 대화를 나눌 용의가 있었고, 콜린스 씨도 부추김이 필요한 것 같지도 않은 데다 스스로 침묵을 지키고 싶은 생각도 없는 것 같았다. 콜린스 씨는 키가 크고 근엄한 표정을 한 스물다섯 살의 젊은이로, 엄숙하고 정중하며 매우 격식을 차리는 태도를 지니고 있었다. 그는 자리에 앉자마자 베넷 부인에게 아주 훌륭한 다섯 딸을 둔 것에 대해 찬사를 보냈다. 콜린스 씨는 딸들의 미모에 대해서 익히 소문을 들었지만 이번 경우에는 명성이 실물에 미치지 못한다고 말하면서 그들 모두 제때에 잘 시집보내게 될 것을 믿어 의심치 않는다고 덧붙였다. 이런 정중한 인사말은 그 자리에 있던 몇몇 사람들의 취향에는 썩 잘 맞지 않았지만, 칭찬에 대해서는 절대 이의를 제기하지 않는 베넷 부인은 매우 흔쾌히 대답했다.

"정말 고마운 말씀이네요. 나도 진심으로 그렇게 되기를 바랍니다. 안 그러면 이 애들이 아주 가난해질 테니까요. 일이 너무 이상하게 정해져 있으니까요."

"이곳 재산의 한정 상속에 대해 말씀하시는 건가 보군요."

"아, 그래요. 당신도 인정하겠지만 내 불쌍한 딸들에게는 가혹한 일이에요. **당신** 잘못이라는 건 아니에요. 그런 일들이 순전히 우연이라는 건 아니까요. 재산이 일단 한정 상속되기로 정해지면 그게 누구에게 가게 될지는 알 수 없는 법이잖아요."

"부인, 제 아름다운 사촌들에게 어떤 곤경이 닥칠지 매우 잘 알고 있습니다. 그 문제에 대해 많은 이야기를 할 수 있지만, 주제넘고 경솔해 보일까 해서 조심하고 있습니다. 하지만 젊은 숙녀분들께 감탄할 마음의 준비를 하고 왔다는 점은 분명히 말씀드릴 수 있습니다. 지금은 더 이상 말씀드리지 않겠지만 아마 우리가 더 잘 알게 되면……."

식사를 하러 오라는 소리에 콜린스 씨의 말은 중단되었고 딸들은 서로 미소를 주고받았다. 그들이 콜린스 씨의 감탄을 받은 유일한 대상은 아니었다. 현관과 식당, 그리고 그곳의 모든 가구가 음미되고 칭찬을 받았다. 그가 그 모든 것을 미래의 자신의 소유물로 간주하고 있을 것이라는 짐작에 분하지만 않았더라면 베넷 부인은 그의 칭찬에 흡족해했을 것이다. 저녁 식사 역시 대단한 칭찬을 받았다. 그는 아름다운 사촌들 중 누가 탁월한 요리 솜씨를 발휘한 것인지 알고 싶다고 말했다. 하지만 베넷 부인이 그의 말을 시정해 주었다. 그녀는 자기 집이 솜씨 좋은 요리사를 둘 정도의 능력이 되고 자기 딸들은 부엌일을 할 필요가 전혀 없다고 그에게 다소 퉁명스럽게 일러 주었다. 콜린스 씨는 베넷 부인을 불쾌하게 한 것에 대해 용서를 빌었다. 베넷 부인은 부드러워진 어조로 전혀 불쾌하지 않았다고 밝혔지만 콜린스 씨는 거의 15분 동안 계속해서 사과를 거듭했다.

14장

정찬 동안 베넷 씨는 거의 말을 하지 않았다. 하지만 하인들이 물러가자 손님과 약간의 대화를 나눌 때가 되었다고 생각했으므로, 콜린스 씨가 후원자를 매우 잘 만난 것 같다고 말해 그를 돋보이게 해줄 것 같은 화제를 꺼냈다. 베넷 씨는 콜린스 씨의 소망에 대한 캐서린 드 버그 영부인의 관심과 그의 편의에 대한 배려가 매우 남달라 보인다고 말했다. 화제를 더 이상 잘 선택할 수는 없었을 것이다. 콜린스 씨는 영부인에 대한 찬사를 줄줄 늘어놓았다. 그 주제가 나오자 그는 평소보다 더 엄숙한 태도로 고양되었고, 매우 거만한 얼굴로 지위가 높은 분들 중에서 캐서린 영부인처럼 아랫사람에게 잘 대해 주시고 상냥하시며 겸손하신 분은 평생 한 번도 본 적이 없다고 주장했다. 영부인은 영광스럽게도 콜린스 씨가 영부인 앞에서 행했던 설교를 두 번 다 너그럽게 칭찬해 주셨다. 또한 로징스의 정찬에 그를 두 번이나 초대해 주셨고 바로 그 전주 토요일 저녁에는 카드리유[25]를 할 사람의 수를 맞추기 위해 그를 부르셨다. 많은 사람들이 영부인을 오만하다고 생각하지만 **자신**은 그분에게서 상냥함 말고는 다른 것을 본 적이 한 번도 없었다. 영부인은 다른 신사들에게 대하는 것과 똑같은 태도로 그에게 말씀하셨다. 그가 이웃의 사교계에 들어가는 것이나 사촌을 방문하기 위해 한두 주 정도 교구를 비우는 것에 대해서 조금도 반대하지 않으셨다. 신중하게 선택만 한다면 되도록 빨리 결혼을 하라는 충고도 아끼지 않으셨다. 한번은 누추한 목사관으로 찾아오셔서 그가 진행해 오던 모든 개조를 전적으로 승인해 주셨고 심지어는 손수 몇 가지 개조를…… 이층 벽장의 선반 몇 개에 대한 개조를 제안해 주시기도 했다고 말했다.

"그 모든 것이 아주 지당하고 친절하신 배려네요." 베넷 부인이 말했다. "아주 좋은 분이 틀림없는 것 같아요. 대개의 지체 높은 부인들은 그분 같지 않아서 유감이에요. 영부인이 가까이에 사시나요?"

"제 초라한 처소를 둘러싸고 있는 정원과 영부인의 저택인 로징스 파크는 오솔길 하나를 사이에 두고 나뉘어 있습니다."

"그분이 미망인이라고 하셨죠? 가족이 있나요?"

"로징스와 매우 많은 재산을 상속받게 될 무남독녀 외동따님이 계십니다."

"아!" 베넷 부인이 고개를 저으며 말했다. "그렇다면 그 아가씨는 다른 처녀들보다 훨씬 더 부유하겠군요. 어떤 분인가요? 미인인가요?"

"정말로 아주 매력적인 아가씨입니다. 진정한 아름다움 면에서는 드 버그 양이야말로 얼굴이 가장 아름다운 여성보다 훨씬 더 뛰어나다고 캐서린 영부인 스스로도 말씀하십니다. 드 버그 양의 얼굴에는 좋은 집안에서 태어난 아가씨만 지닐 수 있는 귀티 같은 것이 흐르니까요. 불행히도 몸이 약한 편이어서 많은 기예를 닦진 못하셨습니다.

그분의 교육을 담당하면서 지금도 함께 살고 있는 숙녀분의 말씀으로는 몸이 약하지만 않았더라면 틀림없이 많은 기예를 닦으셨을 거라고 합니다. 그렇지만 대단히 상냥하신 분이라 가끔 작은 쌍두 사륜마차를 타고 제 초라한 처소에 몸소 들르시기도 합니다."

"그분이 폐하를 알현하셨나요? 궁정을 출입하는 귀부인들 사이에서 그분의 이름을 들은 기억이 나지 않는데요."

"건강 상태가 좋지 않아서 불행히도 런던에는 가질 못하십니다. 전에 제가 캐서린 영부인에게 말씀드렸듯이 영국 궁정이 가장 빛나는 장식을 하나 놓친 겁니다. 영부인은 그 생각을 듣고 기뻐하시는 것 같았습니다. 저는 항상 기회가 닿을 때마다 귀부인들이 마음에 들어 하실 그런 앙증맞고 섬세한 칭찬을 기쁜 마음으로 해 드립니다. 캐서린 영부인께는 매력적인 따님이 공작부인이 될 운명을 타고난 것처럼 보이며, 아무리 높은 지위라도 그것이 따님에게 사회적 중요성을 부여하는 것이 아니라 오히려 지위가 따님 덕분에 돋보이게 될 거라고 여러 번 말씀드렸습니다. 이런 말들은 사소하지만 영부인을 기쁘게 해 드리는 것이어서 그런 말씀을 드리는 것이야말로 제가 해 드려야 마땅한 일이라고 생각합니다."

"아주 잘 생각했네요." 베넷 씨가 말했다. "우아하게 아첨하는 재능을 지녔다니 잘된 일이오. 이런 애교 만점의 배려가 순간적인 충동에서 나오는 건지 아니면 미리 심사숙고한 결과인지 물어봐도 되겠소?"

"주로 그 순간 스쳐 지나가는 생각에서 나옵니다. 일반적인 경우에 잘 맞을 수 있는 사소하지만 우아한 칭찬을 생각해 내서 짜 놓는 것을 즐기기도 하지만, 미리 준비한 티를 최대한 내지 않으면서 칭찬을 하고 싶으니까 말입니다."

베넷 씨의 기대는 완전히 충족되었다. 콜린스 씨는 그가 기대했던 것만큼 우스꽝스러운 사람이었다. 베넷 씨는 아주 재미있어하며 콜린스 씨의 말을 들으면서 침착한 얼굴 표정을 유지했고, 이따금씩 엘리자베스를 힐끗 바라보는 것을 제외하고는 자신이 느끼는 재미를 나눌 친구조차 필요없을 정도였다.

하지만 다과 시간이 다가왔을 때에는 그 정도 재미를 느낀 것으로 충분했기 때문에, 손님을 기꺼이 다시 응접실로 인도했다. 다과가 끝났을 때는 그에게 숙녀들을 위해 책을 읽어 달라고 순순히 청했다. 콜린스 씨는 쾌히 요청에 따랐고 책을 한 권 꺼냈지만 순회도서관에서 빌려 온 책이 분명했기 때문에, 놀라서 펄쩍 뒤로 물러섰고 용서를 구하면서 소설은 절대 읽지 않는다고 딱 잘라 말했다. 키티는 그를 빤히 쳐다보았고 리디아는 탄성을 질렀다. 다른 책들이 꺼내졌고, 약간의 심사숙고 후에 콜린스 씨는 포다이스의 설교집[26]을 골랐다. 리디아는 콜린스 씨가 책을 펼치자마자 하품을 했고, 매우 단조롭고 엄숙하게 세 쪽을 읽기도 전에 끼어들어 읽기를 중단시켰다.

"어머니, 필립스 이모부가 리처드를 해고하겠다고 말씀하신 거 아세요? 만약 이모부가 그러시면 포스터 대령님이 그를 고용할 거래요. 이모가 토요일에 직접 그렇게 말씀하셨어요. 내일은 메리턴에 가서 그 일에 대한 소식도 더 듣고 데니 씨가 언제 런던에서 돌아오는지도 물어볼 거예요."

리디아에게 제일 손위 두 언니가 조용히 하라고 주의를 줬지만, 기분이 많이 상한 콜린스 씨는 책을 내려놓고 말했다.

"저는 오로지 젊은 숙녀들에게 도움이 되도록 쓰인 진지한 종류의 책들이 바로 그 숙녀들에게는 얼마나 흥미를 끌지 못하는지 자주 보아 왔습니다. 솔직히 놀라곤 합니다. 배움보다 그들에게 이로울 것은 분명히 없으니까요. 하지만 더 이상 어린 사촌을 괴롭히진 않겠습니다."

그런 다음 그는 베넷 씨에게 몸을 돌려서 주사위 놀이의 상대가 되어 주겠다고 자청했다. 베넷 씨는 콜린스 씨가 자기들끼리 작은 오락을 즐기도록 딸들을 내버려 둔 것은 매우 현명한 처사라고 생각하고 그 도전을 받아들였다. 베넷 부인과 딸들은 리디아의 방해에 대해 매우 정중히 사과했고 그가 다시 책을 읽어 주면 다시는 그런 일이 일어나지 않도록 하겠다고 약속했다. 그러나 콜린스 씨는 그들에게 자신이 어린 사촌 때문에 전혀 불쾌하지 않으며 결코 그녀의 행동을 모욕으로 받아들여서 분개하지 않을 것이라고 안심시킨 다음 다른 탁자에 베넷 씨와 마주 앉아서 주사위 놀이를 할 준비를 했다.

15장

콜린스 씨는 타고나길 분별 있는 사람이 아닌 데다, 교육이나 교제의 도움을 받아 타고난 결점을 고치지도 못했다. 그는 삶의 대부분을 무식하고 인색한 아버지의 지도를 받으며 보냈고, 비록 대학에 다니긴 했지만 지적, 도덕적으로 도움이 될 만한 교분을 쌓지는 않은 채 그저 규정에 필요한 학기 동안만 재학했다.[27] 콜린스 씨의 부친은 그를 무조건 복종하도록 키웠기 때문에, 콜린스 씨는 아주 겸손한 태도를 지니게 되었다. 하지만 그 겸손한 태도는 이제 나쁜 머리에다 다른 사람들과 교제 없이 살면서 생겨난 자만심과 어린 나이에 예상치 않게 성공한 데서 온 자부심에 의해 상당히 많이 중화되었다. 헌스퍼드 목사 자리가 비어 있을 때 마침 운 좋게도 캐서린 드 버그 영부인이 그를 추천해 주었다. 영부인의 높은 지위에 대한 존경심과 자신의 후원자로서 그녀에 대한 숭배에 자만심, 성직자로서의 권위, 교구 목사로서의 권리에 대한 매우 좋은 평가가 섞여서 콜린스 씨는 오만과 비굴함, 자만과 겸손함의 혼합물이 되었다.

그는 이제 좋은 집과 매우 충분한 수입이 있기 때문에 결혼을 하기로 작정했고, 롱번 집안과 화해를 구하면서 아내감을 고려하는 중이었다. 소문에 들리는 것처럼 롱번 집안의 딸들이 예쁘고 상냥하다면 그들 중 한 사람을 고를 작정이었다. 이것이 베넷 씨의 재산을 자신이 상속받는 것에 대해 콜린스 씨가 계획하고 있던 시정―보상―이었다. 그는 그것이 매우 바람직하고 적절하며, 자신의 입장에서는 굉장히 관대하고 공평한, 훌륭한 계획이라고 생각했다.

베넷가 딸들을 만나보고 나서도 콜린스 씨의 계획은 변하지 않았다. 베넷 양의 아름다운 얼굴은 그의 견해를 확인해 주었고, 반드시 서열을 엄격하게 지켜야 한다는 생각을 확고하게 굳혀 주었다. 그래서 콜린스 씨는 첫날 저녁에 **제인을** 신붓감으로 점찍었다. 하지만 다음 날 아침, 식사 전에 15분 정도 베넷 부인과 마주 앉아 대화를 나누는 동안 콜린스 씨가 목사관에 대한 이야기에서 시작해 롱번에서 목사관의 안주인을 찾고 싶다는 희망을 밝히는 것으로 자연스럽게 대화를 이어나가자 그녀가 사근사근한 미소를 띠고 전반적으로 격려를 하면서 그가 점찍어 둔 바로 그 제인에 대해 경고해 주었다. "그 애의 **손아래** 동생들에 대해서는 말할 입장이 아니에요…… 확실하게 말할 수는 없지만 신랑감이 정해진 것은 없다고 **알고** 있어요. **맏딸**에 대해서는 반드시 이야기를 해야 할 것 같아요…… 알려 드리는 것이 도리라고 생각해서요…… 그 애가 곧 약혼을 할 것 같아요."

콜린스 씨는 그저 대상을 제인에서 엘리자베스로 바꾸기만 하면 되었다. 그 결정은 순식간에, 베넷 부인이 난롯불을 지피는 동안 이루어졌다. 제인 다음에 태어났을 뿐만 아니라 제인 다음으로 예쁜 엘리자베스가 제인의 자리를 당연히 물려받았다.

베넷 부인은 그의 암시를 마음에 새겼고 곧 두 딸이 결혼하게 될 것 같다고 믿었다. 그 전날만 해도 입에 올리는 것조차 참을 수 없었던 콜린스 씨가 이제는 베넷 부인의 큰 호감을 사게 되었다.

리디아는 메리턴으로 산보를 다녀오겠다는 계획을 잊지 않았다. 메리를 제외한 모든 자매가 리디아와 함께 가기로 동의했다. 베넷 씨의 요청에 따라 콜린스 씨도 그들과 동행할 예정이었다. 베넷 씨는 콜린스 씨를 떼어내고 혼자 서재를 차지하고 싶어서 안달이었다. 아침식사 후에 콜린스 씨가 그를 따라 서재로 와서는 명목상으로는 독서를 한다며 장서 중에서 가장 큰 책을 하나 꺼내 읽는 척하면서, 거의 쉬지 않고 계속해서 헌스퍼드에 있는 자기 집과 정원에 대해 떠들어댔기 때문이다. 그런 행동 때문에 베넷 씨는 엄청나게 불편해했다. 그는 서재에서는 항상 한가함과 고요함을 확실히 보장받을 수 있었고, 언젠가 엘리자베스에게 말했던 것처럼 집안의 다른 모든 방에서는 어리석음과 교만함을 마주칠 각오가 되어 있었지만 서재에서만큼은 그런 것들로부터 자유롭게 벗어나 있는 것에 익숙해져 있었다. 그래서 매우 신속히 콜린스 씨에게 딸들의 산보에 동행해 달라고 정중하게 청했다. 그리고 콜린스 씨도 사실 책을 읽는 것보다 걷는 것이 훨씬 더 적성에 맞았기 때문에 매우 기뻐하며 베넷 씨의 큰 책을 덮고 나갔다.

메리턴에 들어설 때까지 콜린스 씨는 별것도 아닌 일에 잘난 체했고 베넷가 딸들은 그에 공손히 동의하면서 시간을 보냈다. 메리턴에 들어서자 **콜린스 씨는** 더 이상 어린 숙녀들의 관심을 받을 수가 없었다. 가장 어린 둘은 즉시 장교들을 찾아 거리를 두리번거렸고, 사실 매우 근사한 모자나 상점 진열장에 걸린 최신 모슬린 정도가 아니면 그들의 시선을 되돌릴 수 없었다.

그러나 모든 숙녀의 관심은 곧 길 건너편에서 다른 장교와 함께 걸어가고 있는, 전에는 한 번도 본 적이 없지만 매우 신사다운 외모의 한 젊은이에게 집중되었다. 장교는 리디아가 런던에서 돌아왔는지 궁금해하던 바로 그 데니 씨였고, 그는 지나가는 아가씨들에게 목례를 했다. 모두가 처음 보는 낯선 사람의 세련된 모습에 강한 인상을 받았고 그가 누굴까 궁금해했다. 그래서 키티와 리디아는 가능하면 그의 정체를 알아내려고 작정하고 반대편 상점에 뭔가 필요한 것이 있는 척하며 길 건너편으로 갔다. 운 좋게도 그들은 두 신사가 가던 길을 돌아와 같은 곳에 이르게 된 바로 그 순간 건너편 보도에 발을 들여놓았다. 즉시 데니 씨가 그들에게 말을 걸었고, 바로 어제 자기 부대에 장교로 임관되어 함께 런던에서 온 친구 위컴 씨를 소개하고 싶다고 말했다. 꼭 그래야만 할 것 같았다. 그 젊은이는 장교복만 입으면 완벽하게 매력적일 것이기 때문이었다. 위컴 씨의 외모는 모든 사람에게 호감을 주었다. 그는 미남으로서의 모든 최상의 면모, 즉 잘생긴 용모와 훌륭한 체격, 아주 기분 좋게 대화하는 태도를 지니고 있었다. 소개가 이루어지고 나서 그는 기꺼이 대화에 응하려는 태도를 보여 주었다…… 대단히 예의 바르면서도 가식 없는 태도였다. 일행 전체가 계속 서서 매우 유쾌하게 이야기를 나누고 있을 때, 말발굽 소리가 나 그들의 주의를 끌었다. 다아시와 빙리가 길을 따라 말을 타고 내려오는 모습이 보였다. 두 신사는 숙녀들 일행이 누구인지 알아

보자마자 그들에게 곧장 다가와서 평소처럼 정중한 인사말을 건넸다. 빙리가 주로 말을 했고, 베넷 양이 대화의 주된 상대였다. 빙리는 제인의 건강 상태를 확인하러 롱번에 가는 중이었다고 말했다. 다아시는 고개를 숙이는 것으로 그 말을 확인해 주었고 엘리자베스에게 시선을 고정하지 않기로 결심하고 눈길을 돌리려고 했는데, 위컴 씨가 갑자기 그의 시선을 사로잡았다. 서로 시선이 마주친 순간 두 사람의 얼굴을 우연히 보게 된 엘리자베스는 그 만남의 효과를 보고 깜짝 놀랐다. 두 사람 모두 안색이 확 변했다. 한 사람은 하얗게 질렸고 다른 한 사람은 붉어졌다. 잠깐 시간이 흐른 후 위컴 씨가 모자에 손을 댔고…… 다아시 씨는 관례와는 다르게 마지못해 그 인사에 답했다. 도대체 무슨 의미일까? 상상조차 할 수 없어서 궁금하지 않을 수가 없었다.

다음 순간 빙리 씨는 무슨 일이 일어났는지 눈치를 못 챘는지 작별 인사를 하고 친구와 함께 말을 타고 떠났다.

데니 씨와 위컴 씨는 아가씨들과 함께 필립스 씨의 집 현관까지 걸어갔다. 리디아가 안에 들어갔다 가라고 끈덕지게 청했고, 필립스 부인이 응접실 창문을 열고 큰 소리로 거듭 그렇게 하라고 청했음에도 불구하고 그들은 작별 인사를 했다.

필립스 부인은 조카들을 항상 기쁘게 맞이했다. 큰 조카딸 둘은 최근에 집을 비운 것 때문에 특히 환영을 받았다. 그녀는 제인과 엘리자베스가 갑작스럽게 집으로 돌아온 것에 대해 야단스럽게 놀라움을 표현했다. 그들이 자기 집 마차를 타고 돌아오지 않았기 때문에, 길에서 존스 씨 가게에서 일하는 소년을 우연히 만나지 않았더라면 자기는 아무것도 몰랐을 것이라고 말했다. 소년은 필립스 부인에게 베넷가 딸들이 떠났기 때문에 네더필드에 더 이상 약을 보내지 않을 것이라고 알려 주었다고 한다. 이때 제인이 콜린스 씨를 소개했고, 필립스 부인은 그와 인사를 나누었다. 부인은 최대한 정중하게 그를 맞이했고, 콜린스 씨는 초면에 불쑥 찾아온 것에 대해 사과하면서 두 배나 더 정중하게 답례를 했다. 콜린스 씨는 이렇게 불쑥 찾아온 것이 죄송하다, 하지만 그 실례는 자기를 소개해 준 젊은 숙녀분들과 자신의 관계 때문에 용인될 것이라고 편하게 생각하겠다고 말했다. 필립스 부인은 너무 과하게 깍듯한 그의 예의범절에 압도되었다. 하지만 콜린스 씨에 대해서는 다른 새로운 사람에 대한 감탄과 질문 때문에 길게 생각하고 있을 틈이 없었다. 그녀는 조카딸들에게 그들도 이미 알고 있는 데니 씨가 위컴 씨를 런던에서 데려왔고, 그가 **부대에서 중위로 임관하게 될 것이라는 소식밖에 알려줄 수가 없었다. 필립스 부인은 방금 전에 한 시간 동안 그가 길을 왔다 갔다 하는 모습을 지켜보았다고 말했고, 그때 위컴 씨가 나타났더라면 키티와 리디아도 틀림없이 그렇게 했을 것이다. 하지만 불행히도 지금은 장교 몇 명을 제외하고는 창밖을 지나가는 사람이 아무도 없었고 그 장교들은 새로운 사람에 비하면 '멍청하고 불쾌한 사람들'이 되어 버렸다. 그들 중 몇 사람은 다음 날 필립스 부부와 정찬을 할 예정이었는데, 필립스 부인은 그날 저녁에 롱번 식구들이 온다면 남편에게 위컴 씨를 방문해서 그를 초대하라고 부탁하겠다고 약속했다. 일행은 부인의 제안을 받아들여 다음 날 정찬에 오겠다고 했고, 필립스 부인은 편안하고 유쾌하게, 시끌벅적한 복권 놀이[28]를 하고 나서 따뜻한 저녁 식사를 먹을 것이라고 말했다. 모두가 그런 즐거움에 대한 기대로 매우 신이 났고 서로 기분 좋게 헤어졌다. 콜린스 씨는 방에서 나오며 다시 사과를 했고, 그렇게 사과할 필요가 전혀 없다는 한없이 정중한 응대를 받았다.

집으로 걸어오면서 엘리자베스는 자신이 목격한, 두 신사 사이에서 일어난 일을 제인에게 말해 주었다. 둘 중 누군가가 잘못한 것처럼 보였다면 제인은 둘 중 한 사람이나 두 사람 모두를 변호했겠지만 그녀 역시 동생과 마찬가지로 그런 행동의 이유를 설명할 수 없었다.

콜린스 씨는 집에 돌아오자 필립스 부인의 예의범절과 정중함을 칭찬해서 베넷 부인을 매우 기분 좋게 만들어 주었다. 그는 캐서린 부인과 그 딸을 제외하고는 그녀보다 더 우아한 여성을 본 적이 없다고 말했다. 필립스 부인은 그를 지극히 정중하게 맞아 주었고, 처음 만난 사람임에도 불구하고 다음 날 저녁 초대에 자기를 포함시켜 주었다. 콜린스 씨는 필립스 부인의 그런 태도가 어느 정도는 자기와 베넷 집안의 관계 때문일 것이라고 추측했지만, 살면서 평생 그렇게 많은 배려를 접해 본 적이 없었다.

16장

　젊은이들과 필립스 부인의 약속에 대해 아무런 이의가 제기되지 않았고, 머무는 동안 베넷 씨 부부를 하루 저녁 두고 나가는 것에 대한 콜린스 씨의 거리낌이 확실히 없어졌기 때문에 그와 다섯 명의 사촌들은 마차를 타고 적당한 시간에 메리턴에 도착했다. 아가씨들은 응접실에 들어가자마자 위컴 씨가 이모부의 초대를 받아들여 집에 와 있다는 기쁜 소식을 들었다.

　이 소식이 전달되고 모두가 자리에 앉았을 때 콜린스 씨는 천천히 주변을 둘러보며 감탄할 여유가 생겼다. 그는 방의 크기와 가구에 무척이나 감명을 받아서 자신이 로징스의 작은 여름용 조찬 응접실에 와 있는 줄 착각할 뻔했다고 선언했다. 이 비교는 처음에는 많은 만족을 가져다주지 못했다. 하지만 필립스 부인이 콜린스 씨에게서 로징스가 어떤 저택이고 누가 주인이며, 캐서린 부인의 응접실 중 한 곳은 벽난로 앞 장식 하나만 해도 8백 파운드라는 것을 들었을 때에는 그런 비교가 얼마나 대단한 칭찬인지 알았다. 아마 그 저택 가정부의 방과 비교했다 해도 조금도 싫어하지 않았을 것이다.

　콜린스 씨는 필립스 부인에게 캐서린 영부인과 저택의 모든 위엄과 웅장함에 대해 묘사하면서, 때로는 옆길로 새서 자신의 초라한 처소와 현재 이루어지는 중인 개조에 대해 자랑하면서 신사들이 합류할 때까지 행복한 시간을 보냈다. 필립스 부인은 콜린스 씨의 말을 매우 주의 깊게 경청했는데, 그의 말을 듣고 나서 콜린스 씨를 더 높이 평가하게 되었고 자기가 들은 것을 최대한 빨리 이웃들에게 전부 그대로 퍼뜨리기로 작정했다. 이미 여러 번 들은 사촌의 말을 더 이상은 참으며 들을 수가 없었고, 피아노가 있으면 좋겠다고 생각하면서 자신들이 만든 보잘것없는 복제 도자기들을 유심히 바라보는 것 말고는 달리 할 일이 없었던 아가씨들에게는 기다리는 시간이 매우 길게 느껴졌다. 마침내 그 시간이 끝나고 신사들이 나타났다. 위컴 씨가 방으로 걸어 들어오는 것을 보면서 엘리자베스는 전에 그를 만났을 때에도, 그 후 그를 생각할 때에도 감탄했던 것이 눈곱만큼도 무분별한 것이 아니었다고 느꼈다. **부대의 장교들은 일반적으로 매우 평판이 좋고 신사다운 사람들이었는데 그중에서도 가장 뛰어난 사람들이

그 자리에 참석해 있었다. 하지만 위컴 씨는 풍채와 용모, 태도와 걸음걸이 면에서 그들 중 어느 누구보다 단연 뛰어났다. 그는 다른 장교들이 포트와인 냄새를 풍기며 장교들의 뒤를 따라 들어온 얼굴이 넓고 뚱뚱한 필립스 이모부보다 뛰어난 만큼이나 다른 장교들보다 뛰어났다.

위컴 씨가 거의 모든 여성들의 시

선을 한 몸에 받는 행복한 남성이었다면 엘리자베스는 그가 마침내 자리에 앉았을 때 옆자리에 앉게 된 행복한 여성이었다. 게다가 곧바로 대화를 시작할 때 위컴 씨가 보여 준 붙임성 있는 태도 덕에 대화의 내용은 그날 밤 비가 오고 있고 장마철이 시작될지도 모른다는 것에 불과했지만, 엘리자베스는 아무리 흔하고 재미없고 케케묵은 화제라도 말하는 사람의 솜씨에 따라 재미있게 느껴질 수 있다는 생각을 하게 되었다.

숙녀들의 주의를 끄는 데에 있어, 위컴 씨와 다른 장교들 같은 경쟁자들이 있는 상황에서 콜린스 씨는 하찮은 존재로 전락하는 것 같았다. 젊은 아가씨들에게 그는 없는 것이나 마찬가지였다. 하지만 필립스 부인은 여전히 간간이 친절하게 그의 말을 경청해 주었고 그녀의 주의 깊은 배려 덕에 커피와 머핀은 아주 충분히 먹을 수 있었다.

카드 테이블이 펼쳐졌을 때 그는 휘스트 놀이[29]에 끼는 것으로 필립스 부인에게 감사를 표할 수 있는 기회를 갖게 되었다.

"지금은 어떻게 하는 것인지 거의 모릅니다." 콜린스 씨가 말했다. "그렇지만 기꺼이 배우겠습니다. 왜냐하면 저 같은 상황에서는……." 필립스 부인은 그가 자기 말을 따라 준 것은 매우 고마웠지만 그의 이유까지 들을 여유는 없었다.

위컴 씨는 휘스트 놀이를 하지 않았고 다른 테이블로 가서 반갑게 맞아 주는 엘리자베스와 리디아 사이에 앉았다. 처음에는 리디아가 그를 완전히 독점할 위험이 있는 것처럼 보였다. 리디아가 말을 시작하면 아무도 끼어들 수 없었기 때문이다. 하지만 리디아는 수다와 마찬가지로 복권 놀이도 굉장히 좋아했기 때문에 곧 놀이에 빠져들었고, 내기를 걸고 당첨되겠다고 소리를 지르느라 특정한 사람에게 관심을 가질 수가 없었다. 그래서 카드놀이의 일반적인 필요사항을 참작한다 해도 위컴 씨는 느긋하게 엘리자베스와 이야기를 나눌 수 있었고, 엘리자베스는 물론 그녀가 특히 듣고 싶었던 것—다아시 씨와 알게 된 내력—을 들을 수 있으리라고는 바라지 않았지만 매우 기꺼이 그의 말을 들어 줄 수 있었다. 엘리자베스는 감히 다아시 씨의 이름을 입에 올리지도 못했다. 하지만 그녀의 호기심은 예상치 않게 충족되었다. 위컴 씨가 스스로 그 이야기를 시작했다. 위컴 씨는 네더필드가 메리턴에서 얼마나 먼지 물었고 엘리자베스의 답을 들은 다음에는 주저하면서 다아시 씨가 얼마 동안 그곳에 머물고 있느냐고 물었다.

"한 달가량 되었어요." 엘리자베스가 말했다. 그러고는 그 화제를 그만두기가 아쉬워서 덧붙였다. "다아시 씨는 더비셔에 매우 많은 재산을 소유하고 있다고 알고 있어요."

"맞습니다." 위컴 씨가 대답했다. "그곳의 재산은 어마어마합니다. 1년 수입만 해도 꼬박 만 파운드나 되니까요. 저보다 그분에 대해 더 확실한 정보를 제공해 줄 사람은 절대 만날 수 없을 것입니다. 저는 어렸을 때부터 그분의 집안과 특별한 관계를 맺어 왔으니까요."

엘리자베스는 놀란 표정을 짓지 않을 수 없었다.

"어제 우리가 만났을 때 그분의 매우 냉랭했던 태도를 아마 보셨을 테니, 그런 다음에 이런 말씀을 듣고 놀라시는 것도 당연합니다. 베넷 양. 다아시 씨와 잘 아는 사이신가요?"

"제가 원하는 만큼은 알아요." 엘리자베스가 흥분해서 소리쳤다. "그와 같은 집에서 나흘을 보냈는데, 매우 불쾌한 사람이라고 생각해요."

"다아시 씨가 기분 좋은 사람인지, 아니면 불쾌한 사람인지에 대해 의견을 말씀드릴 권리는 저에게 전혀 없습니다." 위컴이 말했다. "제게는 의견을 가질 자격이 없습니다. 그분을 너무 오랫동안 잘 알고 지내 왔기 때문에 공정하게 판단할 수가 없으니까요. **제가** 공평무사하기란 불가능합니다. 그렇지만 다아시 씨에 대한 당신의 의견은 다른 사람들을 놀라게 할 것 같습니다…… 다른 곳에서는 그렇게 너무 강하게 의견을 표현하진 않으시리라 믿습니다. 여기서는 식구들끼리 있지만요."

"맹세코, 네더필드를 제외하고 이 근방의 어느 집에서건 여기서 한 말을 제가 하지 못할 이유가 없어요. 하트퍼드셔에는 그분을 좋아하는 사람이 아무도 없어요. 모든 사람이 그분의 오만함에 불쾌해하고 있어요. 다아시 씨에 대해 저보다 더 호의적으로 말하는 사람은 절대 찾을 수 없을 거예요."

"그분이든 누구든," 위컴이 잠깐 멈추었다 말했다. "실제보다 높이 평가받지 못한다고 해서 제가 안타까워할 필요는 없겠지요. 그렇지만 **그분**에게 그런 일이 자주 일어나는 것 같진 않습니다. 세상은 다아시 씨의 재산과 지위에 눈이 멀거나 그분의 도도하고 위압적인 태도에 겁을 먹고 그분이 원하는 대로 그분을 보니까요."

"**저는** 다아시 씨에 대해 별로 잘 알진 못하지만 성격이 까다로운 사람이라고 생각해요." 위컴은 그저 고개를 저을 뿐이었다.

"그분이," 그가 말할 기회가 오자 말했다. "이 지방에 더 오래 머물 것인지 궁금합니다."

"저도 전혀 모르겠어요. 그렇지만 제가 네더필드에서 머물 때 그분이 **떠날** 것이라는 말은 전혀 듣지 못했어요. **부대에 체류하려는 당신의 계획이 그분이 가까이 있다는 것 때문에 영향을 받지 않으셨으면 좋겠어요."

"아! 아니에요…… **저는** 다아시 씨 때문에 쫓겨 가지는 않을 것입니다. **그분이 절** 보는 걸 피하고 싶다면, 그분이 떠나야죠. 우리는 사이가 좋지 않고 그래서 다아시 씨를 만나는 것이 항상 괴롭지만 **그분을** 피할 이유는 전혀 없습니다. 온 세상에 떳떳하게 말할 수 있는 이유를 제외하면요. 제가 매우 부당한 대접을 받았다는 것과 그분이 그런 사람이라는 것을 매우 안타까워한다는 것 말입니다, 베넷 양. 그분의 선친인 고故 다아시 씨는 어느 누구보다 훌륭하신 분이었고 저한테는 가장 진실한 친구셨습니다. 그래서 지금의 다아시 씨를 만날 때마다 수많은 따뜻한 추억 때문에 뼈가 사무치게 슬퍼지곤 합니다. 그분이 제게 한 행동은 불명예스러운 것이었습니다. 하지만 저는 그분이 한 일이 선친의 유지를 저버리고 그 추억을 더럽히는 일만 아니었다면 어떤 행동이건 모두 용서할 수 있다고 진심으로 믿습니다."

화제는 더욱더 흥미로워졌고 엘리자베스는 위컴의 말에 집중해서 귀를 기울였다. 하지만 민감한 화제라서 더 이상 캐물을 수는 없었다.

위컴 씨는 메리턴과 이웃, 사교계 같은 더 일반적인 주제에 대해 이야기하기 시작했고 이미 본 모든 것에 대해 매우 흡족해하는 것처럼 보였다. 특히 사교계에 대해서는 점잖지만 매우 분명하게, 정중한 태도로 이야기했다.

"제가 **부대로 오기로 결정한 가장 중요한 동기는 사교 모임이 빈번하고 훌륭하다는 기대였습니다." 그가 덧붙였다. "이 부대가 매우 훌륭하고 마음에 든다고 생각하고 있었는데 마침 친구인 데니가 부대의 현재 주둔지에 대해, 메리턴에서 장교들이 받는 큰 관심과 메리턴의 훌륭한 분들에 대해 설명해 줘서 저를 더욱더 유혹했습니다. 솔직히 말씀드리면 사교는 제게 꼭 필요합니다. 저는 좌절을 겪었던 사람이라 고독을 견딜 기운이 없으니까요. 제게는 **반드시** 직장과 사교가 필요합니다. 군대 생활은 제가 바랐던 것이 아니지만 상황 때문에 그렇게 하는 게 가장 적절하게 되었습니다. 목사가 제 직업이 **되었어야만** 했습니다…… 당연히 목사가 될 것이라고 생각하면서 자랐고, 방금 전에 우리가 이야기했던 신사분만 좋다고 했으면 지금쯤 상당한 수입이 있는 성직에 종사하고 있었을 것입니다."

"저런!"

"네……. 돌아가신 다아시 씨께서는 다음 번의 가장 좋은 성직 추천권을 제게 물려주도록 유언을 남기셨습니다. 그분은 제 대부셨고 저를 굉장히 귀여워해 주셨습니다. 그분의 은혜에 대해서는 말로 표현할 길이 없습니다. 고 다아시 씨께서는 제게 넉넉한 수입을 물려주실 작정이셨고, 그렇게 해 놓았다고 생각하셨습니다. 하지만 그 자리가 났을 때, 성직은 다른 사람에게 주어졌습니다."

"어머나!" 엘리자베스가 소리쳤다. "어떻게 **그럴** 수가 있어요? 어떻게 고인의 유언을 무시할 수 있죠? 왜 재판을 통해서라도 바로잡으려고 하지 않으셨어요?"

"유산을 물려주겠다는 약속이 너무 비공식적으로 이루어졌기 때문에, 법으로부터는 아무런 희망도 얻을 수 없었습니다. 명예를 존중하는 남자라면 고인의 의도를 의심할 수 없었겠지만 다아시 씨는 그것을 의심하기로 했습니다. 아니면 유언을 조건부 권고로만 간주해서 제가 무절제하고 무분별한 생활을 했기 때문에…… 간단히 말하면 이런저런 이유를 붙여서 제가 그 자리에 대한 모든 권리를 상실했다고 주장한 겁니다. 그 자리는 2년 전에 공석이 되었고, 제가 그 자리를 맡을 수 있는 나이가 되었음에도 불구하고 성직은 다른 사람에게 주어졌습니다. 그 사실만큼이나 분명한 것은 제가 그 자리를 잃어 마땅한 짓을 정말로 하나라도 했다고 스스로를 비난할 수가 없다는 겁니다. 저는 발끈하기 쉽고 부주의한 성격을 지니고 있어서 그분에 **대한** 제 의견을 **그분**에게 너무 솔직하게 말했을지도 모릅니다. 하지만 그보다 더 나쁜 일을 한 것에 대해서는 기억나는 게 전혀 없습니다. 사실 우리 두 사람은 매우 다른 종류의 사람이고 그분은 저를 싫어합니다."

"정말 충격적이네요! 공개적으로 망신을 당해 마땅해요."

"언젠가는 **그렇게** 될 것입니다……. 하지만 **제가** 나서지는 않을 것입니다. 그분의 아버지를 잊지 않는 한 **그분에게** 맞서거나 **그분에** 대해 폭로할 수는 없습니다."

엘리자베스는 위컴 씨의 마음 씀씀이를 칭찬하면서, 그런 마음을 표현할 때 그의 모습이 그 어느 때보다 더 잘생겨 보인다고 생각했다.

"그런데 도대체 무엇 때문에," 엘리자베스가 잠깐 멈추었다 말했다. "그러는 것일까요? 도대체 무엇 때문에 그렇게 잔인하게 행동했을까요?"

"철저하게 저를 싫어하기 때문이죠. 저를 싫어하는 건 어느 정도는 질투심 때문이라고밖에 볼 수 없고요. 돌아가신 다아시 씨께서 저를 조금 덜 좋아하셨더라면 다아시 씨가 저를 더 잘 대해 주었을지도 모릅니다. 하지만 그분의 아버지께서 저를 대단히 예뻐하신 게 아주 어린 시절부터 그분을 화나게 만들었던 것 같습니다. 다아시 씨는 우리 사이에 존재했던 그런 종류의 경쟁을…… 제가 자주 받았던 그런 종류의 편애를 참아낼 수 있는 성격이 아닙니다."

"저는 다아시 씨가 이 정도로 나쁜 사람이리라고는 생각하지 못했어요…… 비록 그 사람을 한 번도 좋아하진 않았지만요. 그렇게 많이 나쁘게는 생각하지 않았어요. 그 사람이 사람들을 전반적으로 우습게 본다고는 생각했지만 그런 악의적인 복수와 부당한 처사, 몰인정한 행동을 할 정도로 야비한 사람이라고는 짐작도 못 했어요."

하지만 몇 분 동안 깊이 생각한 다음 엘리자베스는 말을 계속했다. "그 사람이 어느 날 네더필드에서 자신은 일단 화가 나면 아무리 해도 풀어지지가 않고, 용서하질 못하는 성격이라고 자랑했던 것이 **분명히** 기억나요. 그의 성품은 틀림없이 끔찍할 거예요."

"그 문제에 대해서는 저 자신을 믿을 수 없습니다." 위컴이 대답했다. "제가 그 사람에게 절대 공정할 수가 없거든요."

엘리자베스는 다시 생각에 깊이 잠겼다가 잠시 후 소리쳤다. "아버지의 대자이자 친구였고 총애를 받던 사람을 그런 식으로 대하다니!" 그녀는 "얼굴만으로도 착하다는 것을 보증할 수 있는 **당신** 같은 젊은 이를요!"라고 덧붙일 수도 있었지만, "당신이 말한 것처럼 어린 시절부터 가장 가까운 친구로 지냈던 사람을요!"라고 말하는 것으로 만족했다.

"우리는 같은 교구에서, 같은 장원 내에서 태어났습니다. 어린 시절의 대부분을 함께 보냈죠. 같은 집에 살면서 같이 놀았고 부모님의 보살핌을 같이 받았습니다. 제 아버지는 당신의 이모부인 필립스 씨가 아주 많이 공헌하고 계시는 바로 그 직업에서 인생을 시작하셨지만…… 돌아가신 다아시 씨에게 도움이 되도록 모든 것을 포기하고 평생을 펨벌리의 재산을 관리하는 데 바치셨습니다. 돌아가신 다아시 씨는 아버지를 매우 높이 평가하셨고, 아버지와 아주 가깝고 신임이 두터운 친구로 지내셨습니다. 제 아버지의 적극적인 재산 관리에 보답해야 한다고 본인 입으로 자주 시인하곤 하셨죠. 아버지가 돌아가시기 직전에는 자발적으로 저를 부양해 주겠다고 약속하셨습니다. 저는 돌아가신 다아시 씨가 그 약속을 저에 대한 애정뿐만 아니라 아버지에게 신세를 진 것에 대해 은혜를 갚는 것으로 생각했다고 확신합니다."

"정말 이상하군요!" 엘리자베스가 소리쳤다. "정말 혐오스러워요!

지금의 다아시 씨는 자존심 때문에라도 당신에게 공정하게 대했을 텐데 그러지 않았다는 게 놀라워요! 더 나은 동기가 없었다고 해도, 자존심 때문에라도 부정직하게 행동할 수는 없었을 텐데요. ……왜냐하면 그런 행동은 부정직하다고 불러야만 하니까요."

"**정말** 놀라운 일입니다." 위컴이 대답했다. "그의 거의 모든 행동은 자존심으로 귀결될 수 있으니까요. 대개는 자존심이 그 사람의 가장 친한 친구였습니다. 자존심은 다른 어떤 감정들보다 그 사람을 덕과 더 가깝게 연관시켜 주었습니다. 하지만 우리 중 어느 누구도 일관된 사람은 없습니다. 게다가 저를 대하는 그 사람의 행동에는 자존심보다 더 강한 충동이 들어 있습니다."

"그 사람의 자존심 같은 그런 혐오스러운 자존심이 그 사람을 이롭게 할 수 있었을까요?"

"그럼요. 자존심 때문에 그는 인색하지 않고 관대하게 굴고, 자기 돈을 후하게 주고, 따뜻하게 대접해 주고, 소작인들을 도와주고, 가난한 사람들을 도와주었으니까요. 가문에 대한 긍지와 그 부친의 아들이라는 긍지 때문에 그랬죠…… 자기 부친의 인품을 매우 자랑스럽게 여겼으니까요. 가문의 명예를 실추시키는 것처럼 보이지 않는 것, 고 다아시 씨가 보여 준 평판이 좋은 자질들을 잃어버리지 않는 것, 혹은 펨벌리 저택의 영향력을 잃지 않는 것이 그의 행동의 강력한 동기입니다. 또한 그 사람에게는 오빠로서의 자존심이 있어서, 혈육 간의 약간의 애정으로 자기 누이에게는 매우 친절하고 자애로운 후견인이 되어 주고 있습니다. 모두가 그 사람을 가장 세심하고 훌륭한 오빠라고 칭송하는 것을 당신도 듣게 될 것입니다."

"다아시 양은 어떤 아가씨인가요?"

위컴 씨는 고개를 저었다. "그녀를 상냥하다고 부를 수 있으면 좋겠습니다. 다아시 집안사람을 나쁘게 말하자니 힘이 듭니다만, 다아시 양은 자기 오빠와 너무 많이 비슷합니다…… 아주, 아주 오만하답니다. 어렸을 때는 정도 많고 유쾌했고 저를 무척이나 좋아했습니다. 그래서 저도 그녀를 기쁘게 해 주기 위해 몇 시간씩 놀아 주었습니다. 하지만 그녀는 지금의 저와는 아무 상관없는 존재입니다. 열대여섯 살쯤 된 아름다운 아가씨로 매우 교양이 높다고 합니다. 부친께서 돌아가신 후 런던에서 살고 있는데 어떤 부인이 함께 살면서 그녀의 교육을 관리하고 있답니다."

여러 번 말이 끊기기도 하고 다른 이야기를 하기도 하다가 엘리자베스는 다시 한 번 앞의 화제로 돌아가서 다음과 같이 말하지 않을 수가 없었다.

"그 사람이 빙리 씨와 친하다니 놀라워요! 착한 성격 그 자체처럼 보이고, 제가 보기에 정말로 성격 좋은 빙리 씨가 어떻게 그런 사람과 친구가 될 수 있었을까요? 어떻게 서로 맞을까요? 빙리 씨를 아세요?"

"전혀 모릅니다."

"그분은 상냥한 성격에 사랑스럽고 매력적인 사람이에요. 다아시 씨가 어떤 사람인지 모르는 것이 틀림없어요."

"아마 그럴지도 모릅니다. 하지만 다아시 씨는 자신이 원하는 곳에서는 호감을 살 수 있습니다. 그럴 능력이 부족하지 않으니까요. 다아시 씨는 그럴 만한 가치가 있다고 생각하는 사람에게는 좋은 대화 상대가 될 수 있습니다. 신분이 동등한 사람들 사이에서는 신분이 낮은 사람들을 대할 때와 매우 다른 사람이 되니까요. 그에게서 절대 오만함이 사라지지는 않겠지만, 그는 부자들에게는 관대하고 정의롭고 진지하며 합리적이고 명예를 존중하며 아마 호감을 주기도 할 것입니다…… 재산과 잘생긴 외모를 약간 감안한다면요."

곧 휘스트 놀이가 파해서 놀이에 참여했던 사람들은 다른 탁자에 모였고, 콜린스 씨는 사촌인 엘리자베스와 필립스 부인 사이에 자리를 잡았다. 필립스 부인은 얼마나 돈을 땄는지 의례적인 질문을 했고, 콜린스 씨는 매우 좋지 않았고 매번 잃었다고 말했다. 하지만 필립스 부인이 유감을 표명하자 그는 그런 것은 조금도 중요하지 않으며 자신은 돈을 아주 사소한 것으로 간주한다고 매우 진지하고 엄숙하게 필립스 부인을 안심시켰고, 그녀에게 걱정하지 말라고 간청했다.

"카드놀이를 할 때," 콜린스 씨가 말했다. "이런 것들에 대해 각오를 해야 한다는 것은 매우 잘 압니다, 부인. 다행히 저는 5실링 정도 잃은 것을 걱정거리로 삼아야 하는 그런 처지도 아니고요. 그렇게 말할 수 없는 사람들도 당연히 많이 있지만, 저는 캐서린 드 버그 영부인 덕분에 작은 액수에 신경을 써야 할 필요가 전혀 없습니다."

그 말이 위컴 씨의 주의를 끌었다. 콜린스 씨를 잠깐 동안 바라본 후에 그는 엘리자베스에게 낮은 목소리로 그녀의 사촌이 드 버그 집안과 매우 가깝게 지내는지 물었다.

"캐서린 드 버그 영부인이," 엘리자베스가 대답했다. "얼마 전에 그를 목사직에 임명해 주셨어요. 콜린스 씨가 어떻게 영부인을 알게 되었는지는 잘 모르겠지만 영부인을 안 지 오래되지는 않은 게 분명해요."

"캐서린 드 버그 영부인과 앤 다아시 부인[30]이 자매 사이라는 것은 당연히 알고 계시죠? 그러니까 캐서린 영부인은 다아시 씨의 이모이십니다."

"아니오, 정말로 몰랐어요. 캐서린 영부인의 집안에 대해서는 전혀 몰랐어요. 그저께까지만 해도 그런 분이 있다는 것을 들어 본 적도 없어요."

"영부인의 따님이신 드 버그 양은 매우 많은 유산을 물려받을 예정입니다. 그래서 모두 그녀가 사촌인 다아시 씨와 결혼해 두 집안의 재산을 합칠 것이라 생각하고 있습니다."

엘리자베스는 불쌍한 빙리 양이 생각났기 때문에 이 소식을 듣고 미소를 지었다. 다아시 씨가 이미 다른 사람과 결혼할 생각이라면 빙리 양의 모든 의도는 사실 허사로 돌아갈 것이 틀림없었고, 다아시 양에 대한 빙리 양의 애정과 다아시 씨에 대한 그녀의 찬사는 헛되고 쓸모없는 것이 될 것이다.

"콜린스 씨는." 엘리자베스가 말했다. "캐서린 영부인과 그분의 따님을 매우 좋게 이야기해요. 그런데 그가 영부인에 대해 말한 것 중에서 몇 가지 특별한 사항들을 통해 판단해 보면, 감사하는 마음 때문에 판단을 잘못한 것 같다는 생각이 들어요. 영부인이 콜린스 씨의 후견인이긴 해도 오만하고 잘난 체하는 여성일 것이라는 생각이 들어요."

"저는 영부인이 대단히 그런 분이라 믿습니다." 위컴이 대답했다. "여러 해 동안 영부인을 만나 뵙지는 못했지만 제가 그분을 전혀 좋아하지 않았다는 것과, 태도가 독재적이고 무례했다는 것은 매우 잘 기억하고 있습니다. 그분이 매우 분별력 있고 똑똑하다는 평판이 있습니다만, 그 능력들 중 일부는 지위와 재산에서, 일부는 권위적인 태도에서, 나머지는 자기 친척이라면 모두 최상급의 이해력을 가지고 있어야 한다고 생각하는 조카의 오만함에서 나온 것 같습니다."

엘리자베스는 위컴이 영부인에 대해 매우 온당한 설명을 제시했다고 생각했고, 그들은 계속 함께 이야기를 나누며 서로 만족해했다. 저녁 식사 때문에 카드놀이가 끝나자 다른 숙녀들도 위컴 씨의 관심을 나누어 받게 되었다. 필립스 부인의 떠들썩한 저녁 식사 분위기에서는 대화를 나누는 게 불가능했지만, 예의 바른 태도 때문에 그는 모든 사람에게 호감을 샀다. 위컴 씨는 무슨 말을 하건 적절하게 했고 어떤 행동을 하건 품위가 있었다. 이모의 집을 떠날 때 엘리자베스의 머리는 위컴 씨에 대한 생각으로 가득 차 있었다. 그녀는 집에 가는 동안 내내 위컴 씨와 그가 한 말 외에는 아무 생각도 할 수 없었다. 하지만 일행이 집에 가는 동안에는 위컴 씨의 이름을 언급할 시간이 없었다. 리디아와 콜린스 씨가 잠시도 조용히 있질 않았기 때문이다. 리디아는 끊임없이 복권 놀이와 자신이 잃은 칩과 딴 칩에 대해 떠들어 댔고, 콜린스 씨는 필립스 부부의 정중함을 묘사했고, 휘스트에서 잃은 돈에 대해 조금도 개의치 않는다고 말하며, 저녁 식사에 나온 모든 요리를 열거하면서 사촌들의 자리를 비좁게 하지는 않았는지 거듭해서 우려를 표하느라 마차가 롱번에 도착할 때까지도 못다 한 말이 아직도 남아 있었다.

17장

　다음 날 엘리자베스는 위컴 씨와 자신 사이에 오고 간 이야기를 제인에게 들려주었다. 제인은 놀라며 걱정스럽게 귀를 기울였다. 제인은 다아시 씨가 빙리 씨의 존중을 받을 만한 사람이 아닐 수도 있다는 말을 어떻게 믿어야 할지 알 수가 없었다. 그럼에도 불구하고 위컴 같이 상냥한 모습을 한 젊은이의 진실성에 의문을 제기하는 것은 제인의 성격에 맞지 않았다. 그가 그런 매정한 취급을 당했을 가능성만으로도 제인의 모든 동정심을 불러일으키기에는 충분했다. 그래서 두 사람 모두를 좋게 생각해 주고, 각자의 행동을 변호해 주며, 다른 식으로는 설명할 수 없는 일은 무엇이건 사고나 실수 탓으로 치부해 버리는 것 말고는 달리 할 일이 남아 있지 않았다.

　"그 두 사람 모두 말이야." 제인이 말했다. "우리가 절대 생각해 낼 수 없는 이런저런 이유 때문에 속았던 게 아닌가 싶어. 어쩌면 사람들이 자신들의 이해관계 때문에 두 사람을 이간질했는지도 몰라. 간단히 표현하면 어느 한쪽에 실제적인 비난을 가하지 않으면서 두 사람이 멀어진 이유나 상황을 우리가 추측하기란 불가능해."

　"정말로 맞는 말이야. 그렇다면 언니, 자신들의 이해관계 때문에 두 사람을 갈라 놓은 사람들에 대해서는 어떻게 변호해 줄 수 있어?

그들에 대해서도 해명을 해 줘. 그렇지 않으면 누군가를 나쁘게 생각할 수밖에 없게 될 테니까."

"웃고 싶은 만큼 웃어. 그렇지만 네가 아무리 웃어도 내 의견이 바뀌진 않을 거야. 얘, 리지. 부친이 생계를 보장해 주기로 약속한 사람을, 부친의 귀여움을 차지했던 사람을 그런 식으로 대한다면 다아시 씨가 얼마나 수치스러운 사람이 될지 생각해 보도록 해. 말도 안 돼. 평범한 사람들 중에서, 자신의 평판을 조금이라도 소중하게 생각하는 사람이라면 그런 짓을 할 수 있는 사람은 아무도 없어. 다아시 씨의 가장 친한 친구들이 그를 그렇게 극단적으로 잘못 볼 수 있을까? 아! 아니야."

"나는 위컴 씨가 어젯밤에 들려 준 자신의 이력, 즉 이름과 사실들, 가식 없이 언급된 모든 것을 그가 스스로 날조해 낸 것이라고 믿는 것보다는 빙리 씨가 속고 있다고 믿는 게 훨씬 더 쉬워. 만약 그게 사실이 아니라면 다아시 씨한테 반박해 보라고 해. 게다가 위컴 씨의 표정은 진실했어."

"사실 정말 어려워……. 안타깝고…… 어떻게 생각해야 할지 모르니까."

"무슨 말이야? 어떻게 생각해야 할지 정확하게 아는데."

하지만 제인은 단 한 가지 점에 대해서만 확실히 알 수 있었다…… 만약 빙리 씨가 속았다면, 진실이 밝혀졌을 때 많이 괴로우리라는 것이다.

두 아가씨가 관목 숲에서 이런 대화를 나누고 있을 때 화제의 대상이었던 바로 그 사람들 중 몇 사람이 도착해서 그들을 숲에서 불러냈다. 모두가 오랫동안 고대했던 네더필드의 무도회가 마침내 다음 주 화요일로 정해져서 빙리 씨와 누이들이 직접 초대를 하러 왔던 것이다. 두 숙녀는 소중한 친구를 다시 보게 되어 기쁘고 헤어진 뒤에 오랜 세월이 지난 것 같다고 말하며 그동안 어떻게 지냈는지 되풀이해서 물었다. 그들은 다른 가족들에게는 거의 관심을 기울이지 않았다. 베넷 부인은 되도록 피하려 했고, 엘리자베스에게는 말을 많이 걸지 않았으며, 다른 사람들에게는 아무 말도 하지 않았다. 그들은 빙리 씨가 깜짝 놀랄 정도로 갑자기 자리에서 일어나서 베넷 부인의 공손함에서 빨리 벗어나고 싶어 안달인 것처럼 서둘러 그 집을 떠났다.

네더필드 무도회에 대한 기대는 집안의 모든 여성에게 매우 기분 좋은 일이었다. 베넷 부인은 무도회가 자기 맏딸을 특별히 배려해서 열리는 것이라고 생각했고, 의례적인 초대장 대신 빙리 씨가 찾아와서 직접 초대를 한 것에 대해 특히 우쭐해했다. 제인은 두 친구를 만나고 빙리 씨의 배려를 받으며 행복한 저녁을 보내는 모습을 혼자 상상했고, 엘리자베스는 위컴 씨와 춤을 많이 추고 다아시 씨의 표정과 행동에서 모든 사실을 확인하게 될 것이라고 생각하며 즐거워했다. 캐서린과 리디아가 기대하는 행복은 어느 한 사건이나 특정한 사람에 달려 있지 않았다. 비록 그들도 엘리자베스처럼 저녁의 반 정도는 위컴 씨와 춤을 출 작정이었지만 그가 둘을 만족시켜 줄 유일한 파트너는 결코 아니었다. 무도회는 어쨌든 무도회였다. 메리조차도 그 무도회가 전혀 싫지 않다고 가족들에게 확실하게 밝혔다.

"아침 시간을 나 혼자 마음껏 보낼 수 있다면." 메리가 말했다. "그걸로 충분해…… 저녁 약속에 이따금씩 참석하는 것은 결코 희생이 아니야. 사교는 우리 모두에게 필요해. 나는 오락과 여가를 가끔 즐기는 게 모두에게 바람직하다고 생각하는 사람들 중 하나거든."

엘리자베스는 이 무도회 때문에 기분이 하도 좋은 나머지, 불필요하게 자주 말을 걸지는 않았지만 콜린스 씨에게 빙리 씨의 초대를 받아들일 것인지, 만약 그렇다면 저녁의 오락에 끼는 것이 적절하다고 생각하느냐고 묻지 않을 수 없었다. 엘리자베스는 콜린스 씨가 그런 일에 대해 주저하는 마음이 전혀 없고 대주교나 캐서린 드 버그 영부인에게 꾸중 듣는 것을 조금도 두려워하지 않는다는 것을 알고 오히려 놀랐다.

"분명히 말씀드리지만," 콜린스 씨가 말했다. "인품이 높은 젊은 신사가 훌륭한 분들께 베푸는 이런 종류의 무도회는 나쁜 경향을 조금도 가질 수 없다고 생각합니다. 저도 춤추는 것을 전혀 싫어하지 않기 때문에 그날 저녁 동안 아름다운 사촌들 모두의 손을 잡을 수 있는 영광을 바라고 있습니다. 엘리자베스 양, 이 기회에 당신에게 춤을 청합니다. 특히 처음 두 번의 춤을요. 당신께 먼저 춤을 청하는 게 타당한 이유가 있어서이지 제인 양을 무시해서가 아니라고 제인 양도 생각해 주시리라 믿습니다."

엘리자베스는 완전히 잘못 말려든 것 같은 기분이 들었다. 바로 그 두 번의 춤을 위컴 씨와 추려고 잔뜩 벼르고 있었는데 대신 콜린스 씨라니! 괜히 발랄함을 발휘했다가 완전히 꼬여 버렸다. 하지만 어쩔 도리가 없었다. 위컴 씨의 행복과 엘리자베스의 행복은 부득이하게 잠시 미루어졌고, 그녀는 콜린스 씨의 신청을 최대한 우아하게 받아들였다. 콜린스 씨의 정중한 행동에 무언가 더 많은 의미가 들어 있다는 생각 때문에 더욱 기쁘지가 않았다. 엘리자베스는 이제야 **자신이** 자매들 중에서 헌스퍼드 목사관의 안주인이 될 자격이 있는 사람으로, 로징스에 더 적당한 손님이 없을 때 카드리유의 머릿수를 채울 자격이 있는 사람으로 선택되었다는 것을 깨달았다. 콜린스 씨가 자신에 대해 더 정중하게 대하고, 그녀의 재치와 발랄함을 자주 칭찬해 주려고 애쓰는 것을 보며 이 생각은 곧 확신으로 바뀌었다. 엘리자베스는 자신의 매력이 가져온 효과에 대해 만족하기보다 놀랐지만, 얼마 지나지 않아 그녀의 어머니는 그들의 결혼 가능성이 **자신에게는** 대단히 기쁜 일이라고 넌지시 알려 주었다. 하지만 엘리자베스는 어떤 대답을 하더라도 그 결과 심각한 언쟁이 벌어질 것을 잘 알고 있었기 때문에 그런 암시를 못 알아들은 척하기로 작정했다. 콜린스 씨가 청혼하지 않을 수도 있었고, 그가 실제로 청혼할 때까지는 그에 대해 말다툼을 벌여 봐야 소용이 없었다.

네더필드 무도회가 없어서 그에 대해 준비를 하고 이야기를 나누지 못했더라면 베넷 집안의 어린 딸들은 이 무렵 매우 딱한 처지에 빠져 있었을 것이다. 초대를 받은 날부터 무도회 날까지 비가 줄기차게 내려서 메리턴에 단 한 번도 산책을 다녀올 수 없었기 때문이다. 이모나 장교를 만날 수도 없었고 새로운 소식도 들을 수가 없었다…… 네더필드 무도회에 신고 갈 구두에 달 장미꽃 리본도 다른 사람이 대신 구해다 주었다. 엘리자베스조차 위컴 씨와의 교제를 전혀 진전시키지 못하게 만든 날씨 때문에 자신의 인내심이 시험을 당하고 있다고 생각할 정도였다. 그러니 화요일에 무도회가 없었더라면 키티와 리디아는 그토록 지루한 금요일과 토요일, 일요일과 월요일을 견딜 수 없었을 것이다.

18장

엘리자베스는 네더필드의 응접실에 들어가서 붉은 군복 무리 속에서 위컴 씨를 찾을 수 없자 그제야 비로소 그가 참석하지 않았을지도 모른다는 생각을 떠올렸다. 사람들이 때로는 아파서 사교 행사에 참석하지 못한다거나, 위컴에게 다른 볼일이 생길 수 있다거나, 다아시와 위컴의 불편한 관계 때문에 위컴 자신이 무도회에 참석하지 않았거나, 빙리가 그를 초대하지 않았을지도 모른다는 걸 생각해 보면 크게 놀랍지도 않은 일이었지만 그를 만날 것이라는 사실은 눈곱만큼도 의심하지 않았었다. 그녀는 평소보다 더 신경 써서 옷을 입었고, 그의 마음 중에서 정복되지 않은 채 남아 있는 부분을 그날 저녁 중에 쟁취할 수 있을 것이라 믿으면서 최상의 기분으로 위컴 씨를 만날 준비를 했다. 그런데 빙리 가족이 장교들을 초대할 때 다아시 씨를 기쁘게 하기 위해 위컴 씨를 일부러 뺐을 것이라는 끔찍한 의심이 불현듯 들었다. 비록 그런 의심이 사실과 달랐다 해도, 그가 오지 않은 것은 분명한 사실이었다. 리디아가 간절히 묻자 위컴 씨의 친구인 데니 씨가 이를 확인해 주었다. 데니는 위컴이 바로 전날 볼일이 있어서 런던에 가야만 했고 아직 돌아오지 않았다고 그들에게 알려 주었다. 또한 그는 의미심장한 미소를 지으며 덧붙였다. "만약 그가 여기서 어떤 신사를 피하고 싶어 하지 않았더라면 하필 지금 볼일이 있다고 떠나지는 않았을 것입니다."

리디아는 이 말을 듣지 못했지만, 엘리자베스는 데니가 알려 준 소식 중에서 이 부분을 포착했다. 설사 빙리 씨가 위컴 씨를 일부러 뺐을지도 모른다는 그녀의 첫 번째 추측이 올바르지 않았다 해도, 위컴의 불참에 대한 다아시의 책임이 줄어들지 않는다는 것은 분명했다. 다아시 씨에 대한 모든 불쾌한 감정이 당장의 실망에 의해 더욱 강해져서, 엘리자베스는 잠시 후에 다아시 씨가 다가와서 정중하게 인사를 건넸을 때 적당히 공손하게 대답하기가 힘들 정도였다. 다아시에 대한 관심과 용인과 인내는 위컴에게 모욕이었다. 엘리자베스는 다아시와 어떤 종류의 대화도 나누지 않기로 결심하고 어느 정도 나쁜 기분으로 그에게서 돌아섰다. 이런 기분은 빙리 씨와 이야기를 나눌 때조차도 완전히 억누를 수가 없었다. 빙리 씨의 맹목적인 우정이 그녀의 화를 돋우었기 때문이다.

하지만 엘리자베스는 언짢은 기분을 오래 간직하는 성격이 아니었고, 비록 그날 저녁에 대한 자신의 기대가 모두 깨졌다 해도 그것이 그녀의 기분에 오래 영향을 미칠 수는 없었다. 엘리자베스는 일주일 동안 보지 못한 샬럿 루카스에게 속상했던 일들을 모두 털어놓은 후 곧 자발적으로 사촌의 기이한 면들로 화제를 바꿔서 그에 대해서만 이야기했다. 그러나 처음 두 번의 춤을 추고 나자 다시 비참한 기분이 들었다. 그것은 고행苦行의 춤이었다. 어설프고 엄숙한 콜린스 씨는 주의를 기울이는 대신 사과를 했고, 종종 실수를 하면서도 깨닫지 못한 채 두 번의 춤을 추는 동안 불쾌한 파트너가 해 줄 수 있는 온갖 창피와 참담한 기분을 그녀에게 맛보게 해 주었다.

엘리자베스는 다음에 한 장교와 춤을 추었고, 위컴에 대해 이야기하면서 위컴이 모두에게 호감을 사고 있다는 말을 들으며 기분이 좋아졌다. 춤이 끝나고 그녀가 샬럿 루카스에게 돌아가서 이야기를 나누고 있을 때, 갑자기 다아시 씨가 말을 걸어 왔다. 그가 불시에 춤을 청했기 때문에 엘리자베스는 엉겁결에 그 신청을 받아들였다. 그는 즉시 가 버렸고 엘리자베스는 그 자리에 남아서 자신이 제정신이 아니었다는 사실에 화를 냈다. 샬럿은 그녀를 위로하려 애썼다.

"다아시 씨가 아주 괜찮은 사람이란 걸 알게 될 거야."

"말도 안 돼! **그거야말로** 최악의 불운이 될 거야! 미워하기로 작정한 사람이 괜찮은 사람이란 걸 알게 될 거라니! 그런 악담은 하지 마!"

하지만 춤이 재개되고 다아시가 그녀와 춤을 추기 위해 다가왔을 때 샬럿은 엘리자베스에게 바보처럼 굴지 말고 위컴에 대한 호감 때문에 그보다 열 배나 중요한 사람의 눈에 불쾌하게 보이지 말라고 속삭이며 경고를 해 주지 않을 수가 없었다. 엘리자베스는 아무 대답도 하지 않고 사람들 속에 자리를 잡았고, 다아시 씨와 마주 서는 영광 덕분에 격상된 자신의 지위에 놀라면서 그것을 바라보는 주변 사람들의 얼굴에서도 똑같이 놀라는 표정을 읽어냈다. 다아시는 한 마디도 하지 않은 채 얼마 동안 춤을 추었다. 엘리자베스는 그들의 침묵이 두 번의 춤을 추는 내내 지속될 것이라고 생각하기 시작했고, 처음에는 그 침묵을 깨지 않기로 결심했다. 그러다 그에게 말을 시키는 것이 오히려 더 큰 벌이 될 것이라는 생각이 갑자기 들어서 춤에 대해 몇 마디 가벼운 말을 했다. 다아시는 대답을 하고는 다시 아무 말도 하지 않았다. 몇 분 동안의 침묵 후에 엘리자베스는 두 번째로 말을 걸었다.

"이제는 **당신이** 무언가 말할 차례예요, 다아시 씨. 제가 춤에 대해 말했으니까 방의 크기든 춤추는 사람들의 숫자든 뭐라고 말을 하셔야죠."

그는 미소를 지었고 그녀가 시키는 대로 말하겠다고 약속했다.

"아주 좋아요. 당분간은 그 대답으로 만족해요. 어쩌면 조금 있으면 제가 개인이 여는 무도회가 공적인 무도회보다 훨씬 더 재미있다고 말할지도 몰라요. **지금은** 아무 말도 하지 않아도 돼요."

"그렇다면 춤을 출 때 규칙에 따라 말씀하십니까?"

"때로는요. 아시다시피 조금은 말을 해야 하니까요. 반 시간 동안 함께 있으면서 완전히 침묵을 지키면 이상해 보이잖아요. 그리고 **몇몇 사람들에게는** 말하는 수고를 최대한 줄일 수 있도록 대화를 구성하는 것이 도움이 돼요."

"지금 이 경우에는 당신 자신의 기분을 따르고 있습니까, 아니면 제 기분을 맞추고 있다고 생각하십니까?"

"둘 다요." 엘리자베스가 장난스럽게 대답했다. "왜냐하면 항상 우리 성향에 비슷한 점이 많다고 생각했거든. 둘 다 비사교적이고 과묵한 성품인 데다, 방 안 사람 모두를 감탄하게 만들고 명언이라는 대단한 갈채를 받으며 후손에게 전해질 정도의 말을 할 것 같지 않다면 아예 말하길 주저하는 편이잖아요."

"당신 성격을 썩 비슷하게 묘사한 것 같진 않습니다." 다아시 씨가 말했다. "**제 성격과** 얼마나 비슷한지는 말씀드릴 수가 없군요. **당신**은 그게 저에 대한 충실한 묘사라고 생각하시는 것 같군요."

"제가 한 일에 대해 저 스스로 판단할 수는 없죠."

다아시는 아무 대답도 하지 않았고, 그들은 다시 침묵을 지키며 춤을 추었다. 그는 그녀와 자매들이 메리턴에 자주 산책을 가지 않느냐고 물었다. 엘리자베스는 그렇다고 대답했고 유혹을 견딜 수가 없어서 덧붙였다. "며칠 전에 그곳에서 당신을 만났을 때 저희는 새로운 분을 소개받고 있던 중이었어요."

그 효과는 즉각적이었다. 평소보다 더 오만한 표정이 그의 얼굴로 퍼져 나갔지만 다아시는 한 마디도 하지 않았다. 엘리자베스는 자신의 심약함을 탓하면서도 말을 계속할 수가 없었다. 마침내 다아시가 입을 열었고 거북한 태도로 말했다. "위컴 씨는 사람들과 잘 어울리는 태도를 타고났기 때문에 친구들을 잘 **사귀기는** 하죠…… 그에게 과연 그 친구들을 잘 **유지할** 수 있는 능력도 있는지는 확실하지 않지만 말입니다."

"그가 **당신과의** 우정을 잃다니 참 안됐어요." 엘리자베스가 강조하며 말했다. "그것도 평생 고통을 당해야 할 것 같은 방식으로요."

다아시는 아무 대답도 하지 않았고 화제를 바꾸고 싶어 하는 것처럼 보였다. 그 순간 윌리엄 루카스 경이 사람들 사이를 지나서 방의 반대쪽으로 가려다가 그들 곁으로 다가왔다. 루카스 경은 다아시를 보자마자 발걸음을 멈추고 극도로 정중하게 인사를 하면서 다아시의 춤과 파트너에게 찬사를 보냈다.

"정말 무척이나 만족스러웠습니다. 그렇게 훌륭한 춤은 흔하게 볼 수 없으니까요. 다아시 씨께서 최고 수준의 상류사회 분이라는 게 분명하군요. 외람된 말씀이지만 당신의 아름다운 파트너도 당신의 위신을 깎지 않을 만큼이나 춤을 잘 추시더군요. 이런 기쁨을 자주 누리게 되길 바랍니다. 특히 앞으로 뭔가 좋은 일이 일어난다면 말입니다. 그러면 얼마나 많은 축하가 밀려올지! 다아시 씨에게 부탁합니다…… 그렇지만 더 이상 방해하지 않겠습니다. 젊은 숙녀분과의 매력적인 대화를 방해하는 것을 반기지 않으시겠죠. 숙녀분의 반짝이는 두 눈 또한 저를 비난하고 있군요." 루카스 경이 제인과 빙리를 힐끗 보며 말했다.

다아시는 이 말의 후반부를 거의 듣지 못했다. 그  는 자기 친구에 대한 윌리엄 경의 암시에 강한 인상을 받은 것 같았고, 함께 춤을 추고 있는 빙리와 제인 쪽을 매우 심각하게 바라보았다. 하지만 다시 정신을 자리고 자기 파트너 쪽으로 몸을 돌리고 말했다. "윌리엄 경이 끼어든 통에 우리가 무슨 말을 하고 있었는지 잊어버렸습니다."

"우리가 무언가 이야기를 나누고 있었다고는 생각하지 않아요. 윌리엄 경은 이 방에서 우리보다 더 할 말 없는 두 사람을 훼방 놓진 못하셨을 거예요. 이미 두세 가지 화제를 시도했지만 성공하지 못했는데, 다음에는 무슨 이야기를 나누면 좋을지 짐작할 수도 없어요."

"책은 어떻게 생각해요?" 다아시가 웃으며 말했다.

"책이라…… 아, 안 돼요! 우리는 절대 같은 책을 읽지도, 같은 감정을 느끼며 읽지도 않을 거라고 확신하는데요."

"당신이 그렇게 생각하신다니 유감입니다. 그렇지만 만약 그렇다면 적어도 화제가 부족하지는 않겠군요. 서로 다른 의견을 비교해 볼 수 있을 테니까요."

"아니오…… 무도회장에서 책에 대해 이야기를 나눌 수는 없어요. 제 머리는 항상 다른 것으로 꽉 차 있어요."

"이런 곳에서는 항상 **현재**가 당신의 마음을 차지하고 있군요…… 그렇죠?" 다아시가 미심쩍은 표정으로 물었다.

"네, 항상요." 엘리자베스의 마음은 화제와 동떨어진 곳을 헤매고 있었기 때문에 그녀는 무슨 말을 해야 할지 몰라서 그렇게 대답했다. 엘리자베스가 딴 생각을 하고 있었다는 것은 갑작스러운 외침으로 곧 드러났다. "다아시 씨, 당신이 절대 용서를 하지 않고, 한 번 화가 나면 잘 누그러지지 않는다고 말씀하신 것을 들은 적이 있어요. 그렇다면 **화를 낼 때는** 매우 신중하다고 생각하시나요?"

"그렇습니다." 다아시가 단호한 목소리로 말했다.

"그러면 당신은 절대 편견에 의해 눈이 어두워지는 법이 없나요?"

"그러지 않기를 바랍니다."

"자신의 생각을 절대 바꾸지 않는 사람들에게는 처음에 잘 판단해야 할 특별한 의무가 있어요."

"이런 질문을 하는 의도가 무엇인지 여쭤 봐도 될까요?"

"그저 **당신의** 성격을 구체적으로 그려 보기 위해서예요." 엘리자베스가 엄숙함을 떨쳐 내려 노력하면서 말했다. "당신 성격을 이해하려고 노력하고 있어요."

"그럼 어떤 좋은 결과를 얻으셨습니까?"

그녀가 고개를 저었다. "전혀 진척이 없어요. 당신에 대한 설명이 너무 여러 가지라서 무척 혼란스러워요."

"저에 대한 평들이 크게 다를 수 있다는 것은 쉽게 믿을 수 있습니다." 다아시가 엄숙하게 말했다. "베넷 양, 지금 이 순간에 제 성격을 개략적으로 그리지 않길 바랍니다. 왜냐하면 그렇게 하시는 것이 어느 누구에게도 명예가 되지 않을 것이라고 우려할 만한 이유가 있으니까요."

"그렇지만 지금 당신의 초상을 그리지 않는다면 또 다른 기회가 절대 없을지도 몰라요."

"당신의 즐거움을 중단시킬 생각은 절대 없습니다." 다아시가 차갑게 대답했다. 엘리자베스는 더 이상 말을 하지 않았고, 그들은 말없이 마저 춤을 춘 다음 헤어졌다. 두 사람 모두 기분이 나빴지만 그 정도는 똑같지 않았다. 다아시는 그녀를 향한 상당히 강력한 감정을 마음속에 품고 있었기 때문에 곧 그녀를 용서하고 모든 분노를 다른 사람, 즉 위컴에게 돌렸기 때문이다.

그들이 헤어지자마자 빙리 양이 다가와서 정중하지만 경멸하는 표정을 띠고 엘리자베스에게 말을 걸었다.

"일라이자 양. 당신이 조지 위컴을 매우 좋아한다고 들었어요! 당신 언니가 나한테 그 사람에 대한 이야기를 계속 하면서 수많은 질문을 하더군요. 그런데 그 젊은이가 다른 이야기는 전하면서 자기가 고 다아시 씨 댁 집사의 아들이라는 사실은 당신에게 말하는 걸 완전히 잊어버린 것 같더군요. 그의 모든 주장을 무조건 신뢰하지는 말라고 친구로서 조언해 줄게요. 다아시 씨가 그를 부당하게 대우했다는 것은 완전히 틀린 말이니까요. 오히려 반대로 조지 위컴이 다아시 씨에게 매우 파렴치하게 대했음에도 불구하고 다아시 씨는 항상 위컴에게 대단히 친절하게 대했어요. 나는 자세한 내막은 모르지만, 다아시 씨는 조금도 잘못이 없고 조지 위컴의 이름이 언급되는 것조차 견디질 못한다는 것과 오빠가 장교들을 초청할 때 위컴을 포함시키는 걸 피할 수 없다고 생각했는데 그가 스스로 피해 준 걸 알고 아주 기뻐했다는 것에 대해서는 매우 잘 알아요. 그가 이 고장으로 온 것 자체가 사실 매우 무례한 일이어서 어떻게 감히 그런 짓을 할 생각을 했는지 놀라워요. 안됐군요, 일라이자 양. 당신이 좋아하는 사람의 잘못을 이렇게 알게 되다니. 그렇지만 사실 그의 혈통을 고려해 보면 무엇을 더 바라겠어요?"

"당신의 설명을 따르면 그의 잘못과 그의 혈통은 동일한 것이군

Pride and Prejudice

요." 엘리자베스가 화가 나서 말했다. "당신은 그의 잘못 중 가장 나쁜 게 다아시 씨 댁 집사의 아들이라는 사실인 것처럼 비난하니까요. 그 점에 대해서는 분명히 말씀드리는데 그분 스스로 저한테 알려주었답니다."

"죄송해요." 빙리 양이 비웃는 웃음을 지으며 몸을 돌리면서 대답했다. "참견해서 미안해요…… 좋은 의도에서 한 말이었어요."

"거만한 계집애!" 엘리자베스가 혼잣말을 했다. "이런 하찮은 공격으로 나한테 영향을 미칠 것이라 생각했다면 크게 착각한 거야. 나한테는 당신의 고집 센 무지와 다아시 씨의 악의만 보이니까." 그런 다음 그녀는 빙리에게 같은 주제에 대해 물어보는 일을 맡은 언니를 찾았다. 제인은 무척이나 사랑스럽고 사근사근한 미소를 지으며 행복이 넘치는 표정으로 엘리자베스를 만났다. 제인의 표정은 그녀가 그날 저녁에 일어난 일들에 얼마나 만족해하고 있는지 충분히 보여 주었다. 엘리자베스는 즉시 그녀의 기분을 알아차렸다. 그 순간 위컴에 대한 염려와 그의 적들에 대한 분개 등 다른 모든 생각들은 사라졌고, 제인이 행복해지면 좋겠다는 희망이 그 자리를 차지했다.

"위컴 씨에 대해 무엇을 알아냈는지 알고 싶어." 엘리자베스는 언니의 얼굴 못지않게 환한 미소를 지으며 말했다. "그렇지만 언니가 너무 즐겁게 보내느라 제삼자에 대해 생각할 겨를이 없었다고 해도 용서해 줄게."

"아니야." 제인이 대답했다. "그 사람에 대해 잊지 않았어. 그렇지만 너한테 전해 줄 만족스러운 이야기는 전혀 없어. 빙리 씨는 위컴 씨의 이력을 전부 알진 못하고, 무슨 일로 다아시 씨를 화나게 만들었는지에 대해서도 잘 모른대. 그렇지만 자기 친구의 훌륭한 처신과 정직함, 명예에 대해서는 보증할 수 있고 위컴 씨가 다아시 씨에게서 과분한 배려를 받았다고 전적으로 확신하고 있어. 이런 말을 하기 유감스럽지만 빙리 씨 누이의 설명뿐만 아니라 그의 설명으로 판단해 보면 위컴 씨가 괜찮은 젊은이는 절대 아닌 것 같아. 아주 무분별해서 다아시 씨의 신뢰를 잃은 게 당연했던 것 같아."

"빙리 씨는 위컴 씨를 모르는 거야?"

"응, 며칠 전 오전에 메리턴에서 그를 처음 만난 거래."

"그렇다면 이 설명은 다아시 씨한테서 얻은 것이네. 그거면 충분해. 그런데 목사직에 대해서는 뭐라고 해?"

"다아시 씨에게서 여러 번 듣긴 했는데 그 상황이 정확하게 기억이 안 난대. 하지만 그 자리를 물려받는 데에는 **조건**이 있었다고 알고 있던데."

"빙리 씨가 진실하다는 건 의심하지 않아." 엘리자베스가 흥분해서 말했다. "그렇지만 확신만으로는 내 생각이 바뀌지 않는다 해도 이해해 줘. 자기 친구에 대한 빙리 씨의 변호는 매우 훌륭하다고 생각해. 하지만 빙리 씨가 모르는 부분이 많고 아는 부분도 당사자인 친구에게 들은 것이기 때문에 위컴 씨와 다아시 씨에 대해 내가 생각했던 대로 계속 생각할래." 그런 다음 그녀는 두 사람 모두에게 더 만족스럽고 생각의 차이가 있을 수 없는 대화로 화제를 바꾸었다. 엘리자베스는 제인이 빙리 씨의 관심 때문에 품게 된 행복하지만 조심스러운 희망을 기쁜 마음으로 경청했고 제인의 자신감을 북돋아 주기 위해 자기가 할 수 있는 모든 말을 해 주었다. 당사자인 빙리 씨가 그들의 대화에 끼자마자 엘리자베스는 루카스 양에게로 물러났다. 바로 전 파트너가 괜찮았느냐는 루카스 양의 질문에 미처 대답을 하기도 전에, 콜린스 씨가 그들에게 다가와서는 무척 운이 좋게도 아주 중요한 사실을 발견했다고 매우 흥분해서 그녀에게 말했다.

"기가 막힌 우연으로," 콜린스 씨가 말했다. "제 후원자의 가까운 친척분이 이 방에 계시다는 것을 알아냈습니다. 당사자인 그 신사분이 이 저택의 안주인 역할을 하시는 젊은 숙녀분께 사촌인 드 버그 양과 그분의 어머니이신 캐서린 영부인의 이름을 언급하는 걸 우연히 듣게 된 것입니다! 이런 일들이 일어나다니! 제가 이 무도회에서 캐서린 드 버그 영부인의 조카분을 만나리라고 누가 상상이나 했겠습니까! 이런 사실을 마침 때맞춰 알게 되어 그분께 인사를 드릴 수 있게 되다니 정말 고마울 따름입니다. 이제는 가서 인사를 드릴 예정입니다. 그분께서도 미리 인사를 드리지 못한 것을 용서해 주시리라 믿습니다."

"설마 다아시 씨에게 직접 소개를 할 작정은 아니시죠!"

"그럴 작정입니다. 더 빨리 인사를 드리지 못한 것을 용서해 달라고 간청할 겁니다. 저는 그분이 캐서린 영부인의 **조카**이신 걸 확신합니다. 영부인께서 일주일 전까지 매우 안녕하셨다는 것을 알려드리는 것이 제 도리일 것입니다."

엘리자베스는 그런 계획을 단념시키려고 애쓰면서 다른 사람의 소개도 받지 않고 직접 자신을 소개하는 것을 다아시 씨는 자기 이모에 대한 경의의 표시라기보다 오히려 주제넘은 방자함으로 간주할 것이고[31], 서로 인사를 나눌 필요가 양쪽 모두에게 조금도 없으며, 설사 그럴 필요가 있다 해도 신분이 높은 다아시 씨가 먼저 아는 척을 해야 마땅하다고 그를 납득시키려 했다. 콜린스 씨는 자신이 하고 싶은 대로 하겠다는 결연한 태도로 그녀의 말에 귀를 기울이다가 그녀가 말을 멈추자 이렇게 대답했다.

"친애하는 엘리자베스 양, 당신이 당신께서 이해하는 범위 내에 있는 모든 문제들에 대해서는 가장 탁월한 판단을 내리시리라 믿어 의심치 않습니다. 그러나 보통 사람들 사이에서 확립된 예의범절과 성직자를 규제하는 예의범절 사이에는 큰 차이가 있다는 점을 말씀드리고 싶습니다. 이런 말씀을 드려도 괜찮다면, 저는 존엄성 면에서는 성직이 왕국 내 최고의 지위와 동등하다고 간주합니다…… 행동의 적절한 겸손함이 동시에 유지된다면 말입니다. 그러므로 이 경우에는 양심이 시키는 대로 따라서 제가 의무라고 간주하는 것을 행하도록 허락해 주시기 바랍니다. 당신의 조언 덕을 보지 않기로 한 것에 대해 용서하십시오. 다른 모든 문제에 대해서는 당신의 조언이 제게 불변의 안내자가 되겠지만, 당면한 경우에는 당신 같은 아가씨보다는 교육받은 것과 늘 연구하는 습관 면에서 보기에 제가 무엇이 옳은가를 결정하기에 더 적합하다고 간주합니다." 그러고는 깊이 고개를 숙인 다음 다아시 씨를 공략하러 떠났고, 엘리자베스는 그의 소개에 다아시 씨가 어떻게 반응하는지 유심히 지켜보았다. 다아시 씨는 그런 식으로 다른 사람이 말을 걸어오는 것에 놀라는 모습이 역력했다. 콜린스 씨는 말을 걸기 전에 먼저 정중하게 절을 했고, 한 마디도 들리지는 않았지만 그가 하는 말이 전부 들리는 것처럼 느껴졌다. 그의 입 모양으로 '죄송'이니 '헌스퍼드'니 '캐서린 드 버그 영부인'이니 하는 말들을 읽어낼 수 있었다. 엘리자베스는 콜린스 씨가 다아시 씨 같은 사람 앞에서 자신을 웃음거리로 만드는 모습을 보는 게 곤혹스러웠다. 다아시 씨는 놀라움을 감추지 않은 채 그를 바라보고 있었고, 마침내 콜린스 씨의 말이 끝나자 냉정하고 정중한 태도로 대답했다. 하지만 콜린스 씨는 전혀 기가 꺾이지 않은 채 다시 말을 했고 그의 두 번째 말이 길어짐에 따라 다아시 씨의 경멸도 더욱더 증가하는 것처럼 보였다. 콜린스 씨의 말이 끝나자 다아시 씨는 가볍게 인사를 하고 다른 쪽으로 옮겨 갔다. 콜린스 씨는 그런 다음 엘리자베스에게 돌아왔다.

"분명히 말씀드리자면," 그가 말했다. "다아시 씨의 반응에 제가 불만을 가질 이유는 전혀 없습니다. 다아시 씨는 그런 배려에 매우 기뻐하시는 것 같았습니다. 제게 지극히 정중하게 대답했고[32] 심지어 캐서린 영부인의 통찰력이 확실하시니 절대 무가치하게 호의를 베풀지 않는다는 것을 잘 알고 있다고 제게 찬사를 보냈습니다. 정말 매우 너그러우신 생각입니다. 전체적으로 봐서, 저는 그분을 만나서 매우 기쁩니다."

엘리자베스는 자신과 관련된 관심의 대상이 더 이상 없었기 때문에 언니와 빙리 씨에게 거의 몽땅 관심을 쏟았다. 관찰을 통해 생겨난 연속적인 즐거운 생각에 엘리자베스는 거의 제인만큼 행복해졌다. 그녀는 제인이 진정한 연애결혼이 줄 수 있는 온갖 행복을 누리며 무도회가 열리고 있는 바로 이 집에 정착해서 사는 모습을 상상해 보았다. 그런 상황에서라면 빙리의 두 누이를 좋아하려고 노력도 할 수 있을 것 같다고 느꼈다. 어머니도 똑같은 생각을 하고 있는 게 명백해 보였으므로, 너무 많은 말을 듣지 않도록 어머니 곁에는 가지 않기로 결심했다. 그래서 저녁 식사를 하기 위해 식탁에 앉았을 때 그녀는 자신과 어머니가 오직 한 사람만을 사이에 두고 가까이 앉게 된 것이 매우 고약한 운명의 장난이라고 생각했다. 그리고 자기 어머니가 그 한 사람, 즉 루카스 부인에게 제인이 곧 빙리 씨와 결혼할 것이라는 기대에 대해서만 계속 대놓고 떠들어 대는 모습을 보고 매우 당황했다. 그것은 신 나는 화제였고 베넷 부인은 그 결혼의 좋은 점을 자세히 거론하면서 전혀 지칠 줄 모르는 것처럼 보였다. 빙리 씨가 매우 매력적인 젊은이고 아주 부자인 데다 5킬로미터밖에 떨어지지 않은 곳에 살고 있다는 것이 자축의 첫 번째 이유였다. 그다음엔 빙리 씨의 두 누이가 제인을 무척 좋아한다는 것을 생각해 보면 자신만큼 그들도 틀림없이 그 결혼을 원하는 것이 확실하다고 자신할 수 있으니 정말로 큰 위안이 되었다. 더구나 제인이 그렇게 시집을 잘 가게 되면 동생들이 다른 부유한 남자들을 만날 기회가 많아지기 때문에 동생들의 장래가 매우 유망해질 것이다. 마지막으로 시집 안 간 딸들을 맏딸에게 보살피도록 맡길 수 있게 되어서 가고 싶지 않은 파티에는 굳이 동행하지 않아도 된다는 것이 자기 나이에는 매우 기분 좋은 일이라는 이유를 덧붙였다. 그녀가 그것을 좋다고 하는 것은 그런 상황에서는 그렇게 말하는 것이 예법이었기 때문이다. 하지만 베넷 부인은 인생의 어느 시기에건 집에 머물러 있는 것에서 위안을 찾을 사람처럼 보이진 않았다. 마음속으로는 그럴 가능성이 전혀 없을 것이라고 확실하게, 의기양양하게 믿었음에도 불구하고 그녀는 루카스 부인에게도 똑같이 좋은 일이 곧 생기길 바란다고 하면서 말을 끝맺었다.

말할 수 없이 당혹스럽게도 맞은편에 앉아 있는 다아시 씨에게 어머니의 말이 거의 다 들린다는 것을 알 수 있었기 때문에, 엘리자베스는 어머니에게 말을 더 천천히 하고 다른 사람에게 잘 들리지 않도록 목소리를 낮춰서 기쁨을 표현하라고 설득하려 애썼지만 허사였다. 베넷 부인은 말도 안 되는 소리 하지 말라며 엘리자베스를 꾸짖을 뿐이었다.

"도대체 다아시 씨가 뭔데 내가 그 사람 눈치를 봐야 하니? 그 사람이 듣고 싶어 하지 않을 말은 절대 하지 않아야 할 만큼 **그 사람에게** 특별히 정중해야 할 이유가 있다고 생각하진 않는다."

"제발, 어머니. 더 작게 말씀하세요. 어머니가 다아시 씨의 기분을 상하게 해서 뭐가 이롭겠어요? 그렇게 하면 그의 친구인 빙리 씨에게 절대 호감을 살 수 없을 거예요."

하지만 엘리자베스가 생각해 낼 수 있는 어떤 말도 베넷 부인에게는 아무 영향을 미치지 못했다. 어머니는 여전히 잘 들리는 목소리로 자기 생각을 떠들어 댔다. 엘리자베스는 부끄럽고 당황해서 얼굴을 붉히고 또 붉혔다. 그녀는 다아시 씨를 자주 힐끗거리며 보지 않을 수 없었고, 매번 자신이 두려워했던 것을 확인할 수 있었다. 엘리자베스는 다아시 씨가 그녀의 어머니를 계속 바라보고 있지는 않았다 해도, 그가 어머니의 말에 변함없이 귀를 기울이고 있다고 확신했다. 그의 얼굴은 분개해서 경멸하는 표정에서 차분하고 심각한 표정으로 바뀌었고, 계속 심각한 표정을 유지했다.

하지만 마침내 베넷 부인도 더 이상 할 말이 없어져 버렸고, 공유할 가능성이 전혀 없을 것 같은 기쁨을 반복해서 말하는 것에 오래 전부터 하품을 하고 있던 루카스 부인은 차가운 햄과 닭고기를 즐길 수 있게 되었다. 엘리자베스는 이제야 기운을 차리기 시작했지만, 평온한 시간은 길지 않았다. 저녁 식사가 끝나자 노래를 듣자는 이야기가 나왔고, 청하는 사람이 거의 없는데도 메리가 나서서 사람들을 기쁘게 해 줄 채비를 하는 것을 본 엘리자베스는 매우 당황스러웠다. 수많은 의미심장한 시선과 말없이 애원하는 표정으로 그런 식으로 정중함을 증명하려는 메리를 막아 보려고 애썼지만 허사였다. 메리는 엘리자베스의 만류를 모르는 척하고선 재능을 뽐낼 수 있는 기회를 기쁘게 받아들여 노래를 부르기 시작했다. 엘리자베스는 매우 고통스러운 표정으로 메리에게 시선을 고정시킨 채 메리가 노래의 몇 구절을 부르는 것을 초조하게 바라보았지만 이런 조바심은 소용이 없었다. 메리는 노래가 끝나고 식탁의 감사 인사들 속에서 다시 노래를 들으면 좋겠다는 희망적 암시를 받자마자, 30초 동안만 중단했다가 다른 곡을 부르기 시작했다. 메리의 솜씨는 그렇게 과시할 정도는 아니었다. 성량은 빈약했고 태도는 부자연스러웠다. 엘리자베스는 너무 괴로워서 제인이 어떻게 참고 있는지 보려고 그녀 쪽을 보았다. 하지만 제인은 빙리와 매우 차분하게 이야기를 나누고 있었다. 엘리자베스는 빙리의 두 누이를 바라보았고, 그들이 서로에게 경멸의 신호를 보내고 다아시에게도 그러는 것을 보았다. 다아시는 계속해서 헤아릴 수 없을 만큼 심각해 보였다. 엘리자베스는 메리가 밤새 노래를 부르지 않도록 말려 달라고 간청하기 위해 아버지를 바라보았다. 아버지는 엘리자베스의 의향을 알아차리고 메리가 두 번째 곡을 마쳤을 때 큰 소리로 말했다. "그걸로 아주 충분할 것 같구나, 얘야. 우리를 충분히 오래 즐겁게 해 주었으니 이제는 다른 젊은 숙녀분들께 솜씨를 뽐낼 시간을 드리도록 해라."

메리는 못 들은 척했지만 약간 당혹스러워했다. 메리도 딱하고 아버지의 말도 딱하다고 느낀 엘리자베스는 자신이 안달해 봐야 아무 소용도 없었던 것은 아닌가 생각했다. 이제는 일행 중 다른 사람들이 노래 신청을 받았다.

"만약," 콜린스 씨가 말했다. "제가 노래를 잘 할 수 있는 소질을 타고났다면 분명히 일행을 노래로 기쁘게 해 드리며 많은 즐거움을 느낄 것입니다. 음악이 매우 순결한 오락이라서 목사라는 직업과 완벽하게 잘 어울린다고 생각하기 때문입니다. 하지만 저는 음악에 너무 많은 시간을 할애하는 것이 정당하다고 주장하려는 것은 아닙니다. 관심을 기울일 다른 일들도 분명히 많이 있으니까요. 교구 목사에게는 할 일이 많습니다. 먼저 스스로에게 유익하면서 후견인이 불쾌해하시지 않을 정도의 십일조를 거둬야 합니다. 설교문도 써야 하고, 남은 얼마 되지 않은 시간은 교구의 의무를 수행하고 자기 처소를 가꾸고 개선하는 데 써야 합니다. 당연히 자기 처소는 최대한 편안하게 만들어야지요. 그리고 모든 사람에게, 특히 자신을 선택해 주신 분들께 관심을 쏟고 협조하는 태도를 가지는 것도 대수롭게 넘겨서는 안 되는 일이라고 생각합니다. 그 일은 목사로서 빼놓을 수 없는 의무입니다. 또한 후견인의 가족과 친척이신 분께 존경을 표할 기회를 놓치는 사람도 절대 좋게 생각할 수가 없습니다." 콜린스 씨는 다아시 씨에게 목례를 하면서 연설을 마쳤다. 그가 너무 큰 소리로 말을 했기 때문에 방 안에 있던 사람들 중 절반은 다 들을 정도였다. 많은 사람들이 그들을 쳐다보았고…… 미소를 지었다. 하지만 어느 누구보다 베넷 씨가 가장 재미있어하는 표정을 지었다. 반면에 베넷 부인은 무척이나 타당한 말이라며 콜린스 씨를 진지하게 칭찬했고 루카스 부인에게 반쯤 속삭이는 목소리로 콜린스 씨가 매우 똑똑하고 훌륭한 젊은 이라고 말했다.

엘리자베스에게는 자기 가족이 그날 저녁 최대한 망신을 당하기로 약속을 했다 하더라도 그보다 더 신 나게 각자의 역할을 다하거나 더 훌륭하게 성공을 거두기는 불가능했을 것처럼 보였다. 그나마 빙리가 그런 공개적인 망신의 일부를 보지 못한 것, 그리고 빙리의 감정이 그가 틀림없이 목격했을 바보짓에 의해서 크게 약해질 종류의 것이 아니라는 점은 빙리와 언니에게 잘된 일이라고 생각했다. 하지만 빙리의 두 누이와 다아시 씨에게 그날 일이 틀림없이 자기 가족들을 조롱할 대단히 좋은 기회가 되었다는 것은 무척 불쾌한 일이었고, 과연 신사의 말없는 경멸이나 숙녀들의 오만한 조소 중 어느 것이 더 참을 수 없는지 결정할 수가 없었다.

그날 저녁 남은 시간 동안 엘리자베스는 별로 즐겁지 못했다. 콜린스 씨 때문에 괴로웠다. 비록 그녀와 다시 춤을 추는 데 성공하지는 못했어도, 그는 매우 끈질기게 엘리자베스 곁을 떠나지 않아서 다른 사람들과도 춤을 추지 못하게 만들었다. 엘리자베스는 콜린스 씨에게 다른 사람과 춤을 추라고 간청하고, 방 안의 어떤 숙녀에게라도 그를 소개시켜 주겠다고 자청했지만 허사였다. 그는 춤추는 것에 전혀 관심이 없고, 자신의 주된 목표는 세심한 배려로 그녀의 호감을 사는 것이라 저녁 내내 엘리자베스 곁에 있을 작정이라고 밝혔다. 그런 계획에 대해 따진다는 것은 불가능했다. 엘리자베스의 가장 큰 구원자는 친구인 루카스 양으로 그녀는 가끔씩 끼어들어서 친절하게 콜린스 씨와의 대화를 도맡아 주었다.

엘리자베스는 적어도 다아시 씨에게서는 더 이상의 관심을 받지 않았다. 다아시 씨가 그녀와 매우 가까운 거리에 서 있는 경우가 많았고 혼자 있었음에도 불구하고, 말을 걸 만큼 충분히 가까이 다가온 적은 없었다. 엘리자베스는 그것이 위컴 씨를 들먹였기 때문일 것이라 생각하고 쾌재를 불렀다.

롱번 일행은 마지막으로 그곳을 떠났다. 그들은 베넷 부인의 계략 때문에 다른 모든 사람이 출발한 후에도 15분 동안 마차를 기다려야 했고, 덕분에 빙리 가족 중 일부가 그들이 빨리 떠나기를 얼마나 간절히 바라는지 알 수 있었다. 허스트 부인과 빙리 양은 입만 열었다

하면 피곤하다고 불평을 했고 어서 빨리 자기들끼리만 집을 차지하고 싶어 조바심을 내는 기색이 역력했다. 그들은 베넷 부인이 대화를 시도할 때마다 이를 물리치면서 일행 모두에게 지루함을 안겨 주었다. 콜린스 씨가 빙리 씨와 그의 누이들에게 파티가 고상했고 손님 접대가 극진하고 정중했다며 장황하게 찬사를 보냈지만 이 지루함을 덜어주지는 못했다. 다아시는 아무 말도 하지 않았다. 똑같이 침묵을 지켰던 베넷 씨는 그 장면을 즐기고 있었다. 빙리 씨와 제인은 다른 사람들과 조금 떨어져 서서 단둘이 이야기를 나누었다. 엘리자베스는 허스트 부인이나 빙리 양만큼 꾸준히 침묵을 지켰다. 리디아조차도 너무 지쳤는지 어쩌다 한 번씩 "아이고, 정말 피곤해!"라고 소리를 지르고는 심하게 하품을 해 댔다.

마침내 그들이 떠나려고 일어섰을 때 베넷 부인은 빙리의 가족 전체를 롱번에서 곧 만나길 바란다고 조르듯이 정중하게 굴었고, 특히 빙리 씨에게는 정식 초대가 없더라도 언제든지 가족들과 정찬을 하러 와 준다면 정말 기쁠 것이라고 힘주어 말했다. 빙리는 매우 고맙고 기쁘다고 하면서 다음 날 런던에 잠깐 다녀와야 하는데 돌아온 후 기회가 되는 대로 최대한 빨리 그녀를 찾아뵙겠다고 즉시 약속했다.

베넷 부인은 매우 흡족해했고, 결혼에 필요한 준비[33]와 새 마차며 결혼식 드레스를 마련할 시간을 고려해 보면 서너 달 후에는 자기 딸이 분명히 네더필드의 안주인이 될 것이라는 즐거운 확신을 가지고 그곳을 떠났다. 또 다른 딸을 콜린스 씨에게 시집보낸다는 것에 대해서도 그녀는 똑같은 확신을 가지고 있었고, 똑같은 정도는 아니었지만 상당한 기쁨을 느꼈다. 엘리자베스는 딸들 중에서 그녀가 가장 덜 예뻐하는 딸이었다. 그래서 그 정도의 신랑감과의 결혼이 엘리자베스 에게는 충분히 괜찮은 것이라 생각했지만, 그 가치는 빙리 씨와 네더 필드 때문에 가려져 버렸다.

19장

다음 날 롱번에 새로운 장면이 펼쳐졌다. 콜린스 씨는 정식으로 청혼[34]했다. 휴가가 다음 토요일이면 끝나고 그에게는 자신 없어하는 마음이 전혀 없었기 때문에, 청혼하는 순간에도 전혀 힘들어하지 않았고 그 용건을 처리하는 일반적인 절차라고 간주한 모든 관례에 따라 매우 질서정연하게 그 일에 착수했다. 아침 식사 후 베넷 부인과 엘리자베스, 여동생이 함께 있는 것을 보고 콜린스 씨는 베넷 부인에게 이렇게 말했다.

"아주머님, 제가 오늘 아침에 아름다운 따님 엘리자베스와 단둘이 대화를 나눌 영광을 청하려고 하는데 허락해 주실 수 있으신지요?"

엘리자베스가 놀라서 얼굴을 붉히며 채 무슨 말을 하기도 전에 베넷 부인이 즉시 대답했다. "아이고, 이런!…… 그럼요…… 물론이죠. 리지가 틀림없이 매우 좋아할 거예요…… 절대 반대 같은 건 하지 않을 거라고 믿어요. 자, 키티, 이층으로 가거라." 그런 다음 그녀가 뜨개질감을 챙겨서 서둘러 나가려고 할 때 엘리자베스가 소리쳤다.

"어머니, 가지 마세요. 제발 가지 마세요. 콜린스 씨는 틀림없이 양해해 주실 거예요. 다른 사람은 들을 필요가 없고 저한테만 하실 말씀이 있을 리가 없어요. 저도 나갈래요."

"아니, 안 돼. 말도 안 되는 소리다. 리지, 여기 그대로 있어라." 그런 다음 엘리자베스가 짜증나고 당황한 표정으로 진짜로 나가려는 것을 보고 덧붙였다. "리지, 그대로 여기 남아서 콜린스 씨의 말을 **들으렴**."

엘리자베스는 그런 명령에는 거스를 수가 없었다…… 그리고 잠깐 생각해 본 다음 최대한 빨리 그 일을 해치워 버리는 것이 가장 현명하다는 것을 깨달았기 때문에, 다시 앉아서 한편으로는 괴롭고 한편으로는 재미있어하는 기분을 감추기 위해 열심히 뜨개질을 했다. 베넷 부인과 키티는 방에서 나갔고 그들이 가 버리자마자 콜린스 씨가 말을 시작했다.

"친애하는 엘리자베스 양, 당신의 겸손함은 나쁘게 보이는 것이 아니라 오히려 다른 장점들을 돋보이게 해 주는 것 같습니다. 이렇게 살짝 주저하지 **않으셨더라면** 제 눈에 당신이 덜 사랑스러워 보였을 것입니다. 하지만 분명히 말씀드리자면 이 말씀을 드리는 것에 대해 존경하옵는 당신의 어머니께 허락을 받았습니다. 당신의 타고난 우아함 때문에 제 의도를 아무리 모른 체하신다 해도, 제 말의 취지를 절대 의심하실 수는 없으실 것입니다. 당신에 대한 제 배려가 매우 두드러졌기 때문에 절대 오해하시진 않으셨을 것입니다. 이 댁에 들어서자마자 저는 당신을 제 미래의 삶의 동반자로 선택했습니다. 하지만 감정에 휩쓸리기 전에 제가 결혼을 하려는 이유와…… 또한 아내감을 선택할 목적으로…… 실제로 그랬습니다…… 하트퍼드셔에 온 이유에 대해 말씀드리는 것이 좋을 것 같습니다."

엘리자베스는 그렇게나 근엄한 태도의 콜린스 씨가 자기감정에 휩

쓸리는 모습을 생각만 해도 웃음이 터질 것 같았기 때문에, 그가 잠깐 말을 멈춘 틈을 이용해 그의 말을 중단시킬 시도조차 할 수가 없었다.

"제가 결혼하려는 이유를 말씀드리겠습니다. 첫째, 저처럼 편안한 상황에 있는 모든 성직자는 교구민에게 결혼 생활의 모범을 보여 주기 위해 결혼을 하는 것이 옳은 일이라고 생각합니다. 둘째, 저는 결혼이 제 행복을 훨씬 더 증진시켜 주리라 확신합니다. 셋째…… 아마도 더 먼저 언급해야 했겠지만 제가 영광스럽게도 후견인으로 모시고 있는 귀부인의 특별한 충고와 권유 때문입니다. 그분은 이 문제에 대해 자상하게도 두 번이나 의견을 주셨습니다. 제가 여쭙지도 않았는데 말입니다! 그리고 헌스퍼드를 떠나기 전의 토요일 밤, 카드리유의 판과 판 사이에 젠킨슨 부인이 드 버그 양의 발판을 놓아 드리고 있는 동안 영부인께서 말씀하셨습니다. '콜린스 씨, 반드시 결혼을 해야 하네. 자네 같은 성직자는 결혼을 해야 해. 잘 고르게. **나를** 위해서 양갓집 규수를 고르게. 그리고 자네 **자신을** 위해서 사치스럽게 자란 사람이 아니라 적은 수입으로도 살림을 잘 꾸려 나갈 수 있는 일 잘 하고 유능한 사람을 고르게. 이것이 내가 해 줄 충고네. 최대한 빨리 그런 여성을 찾아서 헌스퍼드로 데려오게. 그러면 내가 그녀를 만나러 갈 테니까.'35) 아름다운 사촌이여, 캐서린 드 버그 영부인의 배려와 친절은 제가 제공해 드릴 수 있는 여러 장점들 중에서 결코 작은 것이 아니라고 생각합니다. 엘리자베스 양은 제가 영부인의 기품을 말로는 제대로 표현하지 못했다는 것을 알게 될 것이고, 당신의 재치와 발랄함은 틀림없이 그분의 마음에 들 것입니다. 영부인의 지위가 불가피하게 불러일으키는 침묵과 존경심 때문에 당신의 재치와 발랄함이 적당히 순화될 것이니까요. 제가 결혼을 원하는 이유는 대략 이 정도입니다. 제가 괜찮은 아가씨들이 많은 이웃을 놔두고 왜 롱번으로 시선을 돌렸는지 그 이유를 이제 말씀드리겠습니다. 물론 앞으로 오래 사실 수도 있지만, 당신의 훌륭하신 아버지께서 돌아가신 후 제가 이 댁의 재산을 물려받을 예정이기 때문에 슬픈 일이 일어났을 때……이미 말씀드렸듯이 그런 일이 몇 년 안에는 일어나지 않겠지만요……따님들의 손실을 최소화할 수 있도록 따님들 중에서 아내를 고르기로 결심하지 않고서는 저 스스로 만족할 수가 없었습니다. 아름다운 사촌이여, 이것이 제 동기이고, 이것 때문에 저에 대한 당신의 존경심이 줄어들게 되지는 않을 것이라고 생각합니다. 이제 당신에게 제 애정의 격렬함에 대해 가장 활기찬 언어로 확인해 주는 것 말고는 아무것도 남아 있지 않습니다. 저는 재산에는 전혀 관심이 없고 당신 아버지께 그런 성격의 요구는 전혀 하지 않을 겁니다. 왜냐하면 그분이 그런 요구에 응할 수 없다는 것을, 연 4퍼센트 이율의 천 파운드짜리 공채가 당신이 받게 될 가능성이 있는 재산의 전부이고 그것도 어머니가 돌아가시고 나서야 당신 차지가 될 수 있다는 것을 잘 알고 있기 때문입니다. 그러므로 저는 그 문제에 대해서는 한결같이 입을 다물 것입니다. 그리고 우리가 결혼을 하게 되면 그 어떤 비열한 비난도 절대 입 밖에 내지 않을 것을 약속합니다."

이제는 반드시 그의 말을 중단시켜야 할 필요가 있었다.

Pride and Prejudice

"너무 성급하시네요, 콜린스 씨." 엘리자베스가 소리쳤다. "제가 아무 대답도 하지 않았다는 것을 잊으셨어요. 더 이상 시간을 낭비하시지 않도록 대답을 해 드릴게요. 저한테 해 주신 칭찬에 대해서는 정말 감사하게 생각합니다. 당신의 청혼을 받는 것이 얼마나 대단한 영광인지 매우 잘 알고 있지만 저로서는 그것을 거절할 수밖에 없습니다."

"저는 이미." 콜린스 씨가 정중하게 손을 저으며 대답했다. "아가씨들이 처음 청혼을 받으면 속으로는 받아들일 작정이면서도 겉으로는 거절하는 일이 흔하다는 것을 알고 있습니다. 때로는 두 번, 심지어는 세 번까지 반복해서 거절한다는 것도요. 그러니 저는 당신이 방금 전에 하신 말씀에 절대 기가 꺾이지 않을 것이고 머지않아 당신을 결혼의 제단으로 인도하게 될 것이라 희망하고 있습니다."

"정말이지," 엘리자베스가 소리쳤다. "제 뜻을 밝혔는데도 당신이 희망을 가지시다니 정말 뜻밖이네요. 분명히 말하지만 저는 재차 청혼을 받을 가능성에 자신의 행복을 내맡길 만큼 무모한 아가씨가 아니에요. 혹시 그런 아가씨들이 있다면 말이에요. 저는 정말로 진지하게 거절한 거예요. 당신은 **저를** 행복하게 해 줄 수 없고 저는 당신을 행복하게 해 줄 여자가 절대 아니라고 확신해요. 그래요, 당신의 후견인이신 캐서린 영부인께서 저를 아시게 되면 제가 모든 면에서 그 자리에 적합하지 않다고 생각하실 게 분명해요."

"캐서린 영부인께서 그렇게 생각하실 게 확실하다면요." 콜린스 씨가 심각하게 말했다. "그렇지만 영부인께서 당신을 부적합하다고 하실 거라고는 상상할 수 없습니다. 제가 그분을 다시 뵙게 되는 영광을 갖게 되면 틀림없이 당신의 겸손함과 절약, 그리고 다른 훌륭한 자격들36)에 대해 최상의 칭찬을 해 드리겠습니다."

"정말로," 엘리자베스가 약간 화가 나서 소리쳤다. "콜린스 씨, 저에 대한 칭찬은 전혀 필요하지 않아요. 제발 저 스스로 제 자신을 판단하게 해 주시고 저를 칭찬해 주시려거든 제가 한 말을 믿어 주세요. 저는 당신이 매우 행복하고 부유하게 살기를 바랍니다. 당신의 청혼을 거절함으로써 당신께서 그 반대가 되지 않도록 최선을 다하고 있는 거예요. 저한테 청혼을 하신 걸로 저희 가족에 대한 미안한 마음을 더셨을 테니 훗날 자책하는 마음 없이 롱번을 소유하실 수 있게 될 거예요. 그러니 이 문제는 완전히 해결된 것으로 간주해도 될 것 같아요." 그녀는 이렇게 말하면서 일어났고, 콜린스 씨가 다음과 같이 말을 걸지 않았다면 방에서 나갔을 것이다.

"다음에 이 문제에 대해 당신과 이야기를 나눌 영광을 갖게 되면 지금보다 더 우호적인 답변을 듣게 되길 바랍니다. 그렇지만 제가 지금 당신의 매정함을 비난하는 것은 절대 아닙니다. 처음 청혼을 받았을 때 거절하는 것이 여성들의 확고한 관습이라는 것은 알고 있습니다. 어쩌면 여성의 진정으로 섬세한 성격으로 제 청혼을 북돋아 주기 위해 지금처럼 말씀하셨는지도 모르고요."

"정말로, 콜린스 씨." 엘리자베스가 화가 나서 소리쳤다. "저를 굉장히 당혹스럽게 만드시는군요. 지금까지 제가 한 말이 격려의 형태로 보였다면 어떻게 거절을 해야 제 거절이 진심이라는 걸 납득하실지 모르겠어요."

"친애하는 사촌, 제 청혼에 대한 당신의 거절이 당연히 관습적인 것일 뿐이라고 믿고 우쭐해하는 것을 허락해 주셔야겠습니다. 제가 그렇게 믿는 이유들은 간단히 이렇습니다. 제가 보기에는 제 청혼이 당신의 수락을 받을 만한 자격이 없다거나, 제가 제공할 수 있는 살림살이 정도가 바람직하지 않은 건 결코 아니라고 생각합니다. 현재 제 삶의 상황과 저와 드 버그 가문과의 연고, 당신 가족과 저의 관계는 제게 매우 유리한 상황입니다. 그리고 당신이 여러 가지 매력을 가지고 있음에도 불구하고 과연 다른 청혼을 받을 수 있을지 결코 확실하지 않다는 것을 고려해 봐야 할 것입니다. 불행히도 당신이 받을 혼인 지참금이 너무 적어서 당신의 사랑스러움과 훌륭한 자격 요건의 효과를 해칠 가능성이 높습니다. 그러므로 저는 당신이 저를 거절하는 것이 진심이 아니라고 결론을 내릴 수밖에 없고, 당신의 거절은 고상한 여성들의 일반적인 관습에 따라 저를 마음 졸이게 함으로써 제 사랑을 키우고자 하는 당신의 소망 때문이라고 생각할 수밖에 없습니다."

"저는 훌륭한 남성을 고문하는 그런 종류의 고상함이 있다고 자부하는 사람이 아니라는 것을 당신에게 분명히 밝힙니다. 차라리 제 진심을 믿어 주시는 칭찬을 받고 싶어요. 당신이 청혼으로 제게 영광을 베풀어 주신 것에 대해 거듭 감사를 드리지만 청혼을 받아들이는 것은 절대 불가능해요. 모든 면에서 제 감정이 그것을 허락하지 않습니다. 이보다 더 솔직하게 말씀드릴 수 있을까요? 이제는 저를 당신을 애태우려 작정한 고상한 여성으로 간주하지 말고, 마음속에서 우러

나오는 진실을 말하는 이성적인 존재로 간주해 주세요."

"당신은 한결같이 매력적이십니다!" 그가 어색하지만 정중하게 소리쳤다. "당신의 훌륭하신 부모님께서 부모의 명백한 권위로 허락해 주신다면 제 청혼이 받아들여지지 않을 리가 없을 것이라 확신합니다."

엘리자베스는 콜린스 씨가 손댈 수 없을 정도의 자기기만에 빠져서 그런 고집을 부리는 것에 대해 아무런 대답도 하지 않고 즉시 아무 말 없이 물러났다. 만약 그가 계속해서 자신의 반복적인 거절을 기분 좋으라고 하는 격려로 간주한다면 아버지에게 부탁을 드려 보자고 마음먹었다. 아버지는 단호하다고 여겨질 수 있는 태도로 거절하실 것이고, 아버지의 행동은 적어도 고상한 여성의 가식과 교태로 오해받지는 않을 것이다.

20장

콜린스 씨가 성공적인 사랑에 대해 조용히 생각에 잠길 수 있는 시간은 길지 않았다. 면담의 결과를 보기 위해 현관에서 서성이고 있던 베넷 부인이 엘리자베스가 문을 열고 빠른 걸음으로 계단을 향해 지나가는 것을 보자마자 조찬실로 들어와서 그들이 더 가까운 친척 관계가 될 것이라는 행복한 전망에 대해 그에게 열렬하게 축하 인사를 하고 자축했다. 콜린스 씨는 똑같이 기뻐하면서 이 축하 인사를 받고 그녀에게도 축하 인사를 건넨 다음, 엘리자베스와 주고받은 대화를 자세히 전하면서 사촌의 확고부동한 거절은 당연히 그녀의 수줍어하는 겸손함과 진정으로 고상한 성격에서 나온 것이기 때문에 그 결과에 대해서는 만족할 만한 이유가 충분하다 믿는다고 말했다.

하지만 베넷 부인은 이 말에 깜짝 놀랐다. 그녀는 딸이 청혼을 거절함으로써 그의 애정을 부추기려고 했다면 똑같이 기꺼이 만족스러워했겠지만, 엘리자베스가 그러리라고는 믿을 수 없었기 때문에 다음과 같이 말하지 않을 수가 없었다.

"그렇지만, 콜린스 씨." 베넷 부인이 덧붙였다. "리지가 틀림없이 정신을 차릴 거예요. 그 애와 직접 이야기를 해 볼게요. 그 애는 아주 고집이 세고 어리석은 데다 자기한테 뭐가 이로운지 몰라요. 내가 그 애한테 그걸 **가르쳐 주고야** 말겠어요."

"말씀 중에 끼어들어 죄송합니다, 아주머님." 콜린스 씨가 말했다. "그런데 만약 엘리자베스 양이 정말로 고집이 세고 어리석다면, 당연히 행복한 결혼 생활을 바라는 저와 같은 처지의 남자에게 과연 그녀가 매우 바람직한 아내가 될지 모르겠습니다. 그러니 엘리자베스 양이 계속해서 제 청혼을 거절한다면, 그녀에게 청혼을 수락할 것을 강요하지 않는 게 더 나을 것 같습니다. 만약 엘리자베스 양에게 그런 성격상의 결함이 있다면 제 행복에 별로 도움이 되지 않을 테니까요."

"당신이 내 말을 완전히 오해했군요." 베넷 부인이 놀라서 말했다. "리지는 이런 문제에 대해서만 고집을 부리는 거예요. 다른 모든 일에 대해서는 어떤 아가씨 못지않게 착하답니다. 당장 베넷 씨에게 가서 얘기하고, 우리가 곧 리지와 이 문제를 해결할게요. 확실히요."

베넷 부인은 그에게 대답할 시간을 주지 않고 곧장 남편에게 서둘러 가서 서재에 들어가자마자 큰 소리로 외쳤다. "아! 여보, 당신이 급히 필요해요. 우리 모두 큰일 났어요. 당신이 오셔서 리지를 콜린스 씨와 결혼하게 만들어 줘요. 리지가 그 사람과 결혼하지 않겠다고 하니까요. 만약 당신이 서두르지 않으면 콜린스 씨가 마음을 바꿔서 **그 애와** 결혼하지 않을 거예요."

베넷 씨는 아내가 들어오자 책에서 눈을 들고 차분하고 태연하게 그녀의 얼굴을 빤히 쳐다보았고, 그 태도는 베넷 부인의 이야기에도 조금도 흔들리지 않았다.

"당신 말을 전혀 알아들을 수가 없소." 아내가 말을 마치자 베넷 씨가 말했다. "무슨 말을 하는 것이오?"

"콜린스 씨와 리지 말이에요. 리지가 콜린스 씨와 결혼하지 않겠다고 선언했고, 콜린스 씨는 리지와 결혼하지 않겠다고 말할 기세예요."

"그렇다면 내가 이 일에 대해 무엇을 할 수 있겠소? 가망이 없는 일인 것 같은데."

"당신이 직접 그 일에 대해 리지에게 말씀해 주세요. 그 사람과 꼭 결혼하길 바란다고 그 애한테 말씀해 주세요."

"리지더러 내려오라고 해요. 그 애한테 내 의견을 말해 줄 테니까."

베넷 부인이 벨로 하인을 불러서 엘리자베스를 서재로 데려오게 했다.

"어서 오너라, 얘야." 엘리자베스가 나타나자 베넷 씨가 말했다. "중요한 문제가 있어서 너를 불렀다. 콜린스 씨가 너에게 청혼을 한 것으로 알고 있다. 그게 사실이냐?" 엘리자베스는 그렇다고 대답했다. "좋다…… 그런데 네가 그 청혼을 거절했다는 거지?"

"그렇습니다, 아버지."

"좋다. 이제 중요한 이야기를 할 차례다. 네 어머니께서는 네가 그 청혼을 받아들여야 한다고 주장하고 계신다. 그렇지 않소, 여보?"

"그래요. 그렇지 않으면 저는 리지를 다시는 보지 않을 거예요."

"네 앞에 불행한 선택이 놓여 있다, 엘리자베스. 오늘부터 너는 네 부모 중 한 사람과는 남남이 되어야 한다. 만약 네가 콜린스 씨와 결혼하지 **않는다면** 네 어머니는 너를 다시는 보지 않을 테고, 만약 네가 결혼을 **한다면** 내가 너를 다시는 보지 않을 테니 말이다."

엘리자베스는 아버지가 그런 식으로 말을 시작해 놓고 그렇게 결론을 내리는 것에 미소를 짓지 않을 수 없었지만, 남편이 자신의 바람대로 문제를 대한다고 생각했던 베넷 부인은 극도로 실망했다.

"이런 식으로 말씀하시다니 무슨 말이에요, 여보? 저 애가 그 사람과 꼭 결혼해야 한다고 말씀하시기로 저한테 약속하셨잖아요."

"여보." 베넷 씨가 대답했다. "두 가지 작은 청이 있소. 첫 번째는 이 문제에 대해 내 판단력을 자유롭게 사용하도록 허락해 주는 것이고, 두 번째는 내 방을 자유롭게 사용할 수 있게 허락해 주는 것이오. 최대한 빨리 나 혼자 서재를 차지할 수 있다면 기쁘겠소."

그러나 남편에 대한 실망에도 불구하고 베넷 부인은 아직 자기주장을 포기하지 않았다. 그녀는 한 번은 달래고 한 번은 으르기도 하면서 계속 엘리자베스를 설득했다. 또 제인을 자기편으로 끌어들이려 노력했다. 하지만 제인은 아주 정중하고 부드럽게 끼어들기를 거부했다. 엘리자베스는 때로는 정말로 진지하게, 때로는 장난스럽게 즐거운 태도로 어머니의 공격에 응수했다. 하지만 태도는 바뀌더라도, 그녀의 결심은 절대 변하지 않았다.

그동안 콜린스 씨는 방금 전에 일어난 일에 대해 혼자 깊이 생각하고 있었다. 그는 자기 자신을 매우 높이 평가했기 때문에 사촌이 무엇 때문에 자신의 청혼을 거절했는지 이해할 수가 없었다. 그래서 자존심이 상하긴 했지만 다른 면에서는 전혀 괴롭지 않았다. 엘리자베스에 대한 그의 호감은 순전히 상상에 의한 것이었다. 또한 그녀가 자기 어머니의 꾸지람을 들어 싸다는 생각 때문에 유감스러운 기분도 전혀 들지 않았다.

가족이 이런 혼란에 빠져 있을 때 샬럿 루카스가 놀러 왔다. 현관에서 그녀를 맞이한 리디아는 그녀에게 쏜살같이 달려가서 큰 소리로 속닥거렸다. "언니가 와 줘서 정말 기뻐. 여기서 정말 재미있는 일이 일어났거든! 오늘 아침에 무슨 일이 있었게? 콜린스 씨가 리지 언니한테 청혼을 했는데 언니가 거절했대."

샬럿이 미처 대답을 하기도 전에 키티가 와서 똑같은 소식을 전했다. 조찬실에 들어가자마자 혼자 있던 베넷 부인이 그 문제에 대해 이야기를 시작했고 루카스 양에게 공감을 구하면서 친구인 리지를 설득해서 가족 모두의 소망에 따르도록 설득해 달라고 간청했다. "제발 그렇게 해 줘, 루카스 양." 베넷 부인은 우울한 어조로 덧붙였다. "아무도 내 편이 아니야. 아무도 내 편을 안 들어 주는구나. 내가 잔인한 대접을 받았는데도 아무도 내 약한 신경을 배려해 주지 않아."

제인과 엘리자베스가 들어오는 바람에 샬럿은 대답을 할 필요가 없었다.

"아, 본인이 오네." 베넷 부인이 말을 계속했다. "완전히 무사태평한 표정으로, 우리가 멀리 요크에 가 있기라도 한 것처럼 전혀 신경쓰지 않는다는 표정을 하고서는 말이야. 자기 하고 싶은 대로 할 수만 있으면 된다는 거지. 그렇지만 단단히 일러두겠는데, 리지 양…… 이런 식으로 계속 청혼을 거절하면 너는 절대 남편을 얻지 못할 거야…… 네 아버지가 돌아가시면 누가 널 부양할지 난 모르겠다. **내가 널 데리고 있을 수는 없어**…… 그러니 너한테 경고한다. 당장 오늘부터 너와 나는 아무 상관도 없어. 내가 서재에서 한 말 너도 알지? 너하고 다시는 말도 하지 않겠다고. 내가 한번 말한 걸 얼마나 잘 지키는지 두고 보면 알게 될 거야. 불효막심한 자식하고 이야기하는 게 무슨 재미가 있겠니? 사실 나는 사람들하고 이야기를 나누는 게 그다지 즐겁지 않다. 나처럼 신경이 약해서 고생하는 사람들은 이야기하는 걸 썩 좋아할 수가 없어. 내가 어떤 고통을 겪는지 아무도 몰라! 그렇지만 늘 그래. 불평을 안 하는 사람들은 절대 동정을 못 받거든."

딸들은 어머니를 설득하거나 달래려고 해 봐야 화만 더 돋울 뿐이라는 사실을 잘 알고 있었기 때문에 이런 넋두리를 아무 말 없이 들었다. 그래서 그녀는 어느 누구의 방해도 받지 않고 계속 불평을 늘어놓았고 그때 콜린스 씨가 들어왔다. 그는 평소보다 더 당당한 태도였고, 베넷 부인은 콜린스 씨를 보자마자 딸들에게 말했다. "자, 어서 너희들 모두 아무 말도 하지 말고 나와 콜린스 씨가 잠깐 동안 이야기를 나누게 해 줘야겠다."

엘리자베스는 조용히 방을 나갔고 제인과 키티도 그 뒤를 따랐지만 리디아는 들을 수 있는 데까지 모두 듣기로 결심하고 그 자리에서 버텼다. 한편 처음에는 자신과 모든 가족의 안부를 상세하게 묻는 콜린스 씨의 정중함 때문에, 나중에는 약간의 호기심 때문에 그대로 남아 있던 샬럿은 창문 쪽으로 걸어가서 안 듣는 척 서 있었다. 베넷 부인이 애처로운 목소리로 계획한 대화를 시작했다. "아! 콜린스 씨!"

"친애하는 아주머님!" 그가 대답했다. "이 문제에 대해서는 앞으로 영원히 언급하지 않는 것이 좋겠습니다." 콜린스 씨가 곧 불쾌한 기색이 억력한 목소리로 말을 이어 나갔다. "따님의 행동을 불쾌하게 여기는 것은 결코 아닙니다. 나쁜 일을 피할 수 없을 때에는 포기하는 게 우리 모두의 의무입니다. 특히 저처럼 운이 좋아서 일찍 출세한 젊은 이에게 필요한 의무죠. 저는 완전히 단념했습니다. 설사 아름다운 사촌이 제 청혼을 수락하는 영광을 베풀어 주셨다 해도 제가 과연 확실히 행복해질 수 있을까 하는 의구심 때문에도 단념했습니다. 거절당한 축복이 자신이 예상했던 가치를 조금씩 잃어버리기 시작할 때가 되어서야 비로소 체념이 완벽해지는 경우를 종종 보았기 때문입니다. 친애하는 아주머님, 아주머님과 어르신께 저를 위해 권위를 이용해서 개입해 달라고 요청하는 예를 표하지 않은 채 따님의 호의를 얻으려고 한 제 청혼을 철회한다고 해서 제가 아주머님 가족에게 불경을 저지르는 것이라고 간주하지는 말아 주시길 바랍니다. 두 분 어르신이 아닌 따님의 입을 통해 저에 대한 거절을 받아들였다는 점에서 제 행동에 이의를 제기하실 수도 있습니다만, 우리 모두 실수를 할 수밖엔 없습니다. 저는 분명히 처음부터 끝까지 좋은 의도를 가지고 있었습니다. 제 목표는 스스로를 위해 사랑스러운 동반자를 구하면서 아주머님 가족 전체의 이익도 적절하게 배려하는 것이었습니다. 혹시 제 **태도에** 비난받을 점이 있었다면 이 자리에서 용서를 구하겠습니다."

21장

콜린스 씨의 청혼에 관련된 논란은 이제 거의 끝이 났고, 엘리자베스는 당연히 그에 수반되는 불편한 감정과 이따금씩 어머니가 던지는 언짢은 언급을 견뎌내기만 하면 되었다. 신사 본인으로 말하자면 그의 감정은 당혹스러움이나 풀 죽은 모습, 혹은 엘리자베스를 피하려는 노력이 아니라 딱딱한 태도와 부루퉁한 침묵을 통해 주로 표출되었다. 콜린스 씨는 엘리자베스에게 거의 말을 걸지 않았고, 그날 내내 스스로도 잘 의식하고 있던 열성적인 관심을 루카스 양에게 옮겼다. 루카스 양은 정중하게 그의 말에 귀를 기울여 줌으로써 그들 모두를, 특히 그녀의 친구를 시기적절하게 구원해 주었다.

다음 날 아침에도 베넷 부인의 언짢은 기분이나 건강은 전혀 나아지지 않았다. 콜린스 씨 또한 여전히 자존심이 상해서 화난 상태였다. 엘리자베스는 콜린스 씨가 불쾌감 때문에 방문 일정을 단축하길 바랐지만 그의 계획은 그런 기분에 전혀 영향을 받은 것 같지 않았다. 그는 처음부터 토요일에 떠날 예정이었고 여전히 토요일까지는 머물 작정이었다.

아침 식사 후에 베넷가 아가씨들은 위컴 씨가 돌아왔는지 알아볼 겸 그가 네더필드 무도회에 빠진 것에 대해 아쉬워하며 수다도 떨 겸 메리턴으로 산책을 갔다. 그들이 메리턴에 들어서자마자 마침 위컴 씨가 나타나서 그들과 함께 이모 댁까지 동행해 주었고, 숙녀들은 그곳에서 위컴 씨가 무도회에 오지 않은 것이 얼마나 아쉬웠고 속상했는지, 모든 사람이 얼마나 걱정했는지에 대해 실컷 이야기했다. 하지만 위컴 씨는 엘리자베스에게 런던에 간다는 게 스스로 꾸며낸 구실이었다고 자발적으로 시인했다.

"시간이 다가옴에 따라," 위컴 씨가 말했다. "다아시 씨를 만나지 않는 게 더 좋겠다는 것을 깨달았습니다. 그 사람과 몇 시간이나 같은 방에 있으면 제가 참기 힘들 뿐만 아니라, 저 외에도 다른 많은 분들에게 불쾌감을 줄 수 있는 장면이 벌어질지도 모르기 때문입니다."

엘리자베스는 위컴 씨의 자제심을 크게 칭찬했다. 위컴과 또 다른 장교가 걸어서 그들을 롱번까지 바래다주었고 걸어가는 동안 위컴 씨가 특히 엘리자베스에게 신경을 써 주었기 때문에, 둘은 그 문제에 대해 충분히 이야기를 나누고 서로에 대해 정중하게 칭찬을 주고받을 여유가 있었다. 위컴 씨의 동행에는 두 가지 이로운 점이 있었다. 엘리자베스는 우선 그것이 자신에게 표하는 온갖 경의의 표시라고 느꼈고, 그를 부모님께 소개할 수 있는 아주 좋은 기회라고 생각했다.

일행이 돌아온 직후 네더필드에서 온 편지가 베넷 양에게 배달되었고, 제인은 즉시 그것을 개봉했다. 봉투 안에는 우아한 작은 광택지가 들어 있었고, 편지지에는 숙녀 특유의 아름답고 유려한 필체가 가득 적혀 있었다. 엘리자베스는 편지를 읽는 언니의 안색이 바뀌는 것을 보았고, 그녀가 어떤 특정한 구절을 뚫어지게 바라보는 것도 보았다. 제인은 곧 마음을 가다듬은 다음 편지를 밀쳐놓고 평소처럼 명랑하게 다른 사람들과의 대화에 끼려고 애썼다. 하지만 엘리자베스는 그 일이 마음에 걸려서 위컴에 대한 관심조차 희미해지게 되었다. 위컴과 그의 친구가 떠나자마자 제인이 눈짓으로 그녀에게 이층으로 따라오라는 신호를 보냈다. 그들이 자기들 방으로 들어갔을 때 제인이 편지를 꺼내며 말했다.

"이건 캐롤라인 빙리에게서 온 거야. 편지 내용 때문에 상당히 많이 놀랐어. 일행 모두가 이미 네더필드를 떠나서 런던으로 가는 중이 래…… 그리고 다시 돌아올 생각이 없대. 그녀가 한 말을 들려줄게."

그런 다음 제인은 첫 번째 문장을 큰 소리로 읽었다. 그들이 빙리 씨를 따라 곧장 런던으로 가기로 결심했고 허스트 씨의 집이 있는 그로스브너 가에서 저녁을 먹을 계획이라는 소식이었다. 그다음 문장은 이렇게 적혀 있었다. '가장 소중한 친구인 당신과의 교제를 제외하면 하트퍼드셔를 떠난다고 해서 섭섭한 건 전혀 없어요. 앞으로 언젠가 예전과 같은 즐거운 만남을 다시 자주 가질 수 있기를 바랍니다. 그때까지 매우 진심 어린 서신을 빈번하게 주고받으면서 이별의 고통을 줄일 수 있게 되길 바랍니다. 당신도 꼭 그렇게 되리라 믿어요.' 엘리자베스는 아주 냉담한 태도로 편지의 진의를 의심하면서 이런 매력적인 표현을 들었다. 또 비록 그들이 갑작스럽게 떠난 것에 놀랐다 해도 사실 슬퍼할 건 없다고 생각했다. 빙리 자매가 네더필드에 없다고 해서 빙리 씨가 네더필드에 오지 않을 것이라고는 생각하지 않았다. 빙리 자매와 자주 만나지 못하게 된 것에 대해서는, 빙리와 자주 만나는 즐거움 속에서 제인이 그걸 크게 신경 쓰지 않게 되리라 믿었다.

"친구들이 이 고장을 떠나기 전에," 엘리자베스가 잠깐 말을 멈춘 다음 말했다. "언니가 그들을 만나지 못한 것은 안타까워. 그렇지만 빙리 양이 고대하는 미래의 행복한 시간이 그녀가 생각하는 것보다 더 빨리 오기를, 좋은 친구 사이가 시누이와 올케라는 훨씬 더 큰 만족으로 새롭게 바뀌기를 바라면 안 될까? 빙리 씨가 그들 때문에 런던에 붙잡혀 있지는 않을 거야."

"캐롤라인은 일행 중 어느 누구도 올겨울에 하트퍼드셔로 돌아오지 않을 것이라고 분명히 말했어. 그 부분을 읽어 줄게……"

어제 오빠가 런던으로 떠났을 때에는 사나흘이면 볼일이 끝날 것이라 생각했어요. 하지만 우리는 그 일이 그렇게 빨리 끝날 수는 없고, 동시에 찰스 오빠가 런던에 가면 그곳을 다시 서둘러 떠나지는 않을 것이라 확신했기 때문에 불편한 호텔에서 빈 시간을 보내지 않도록 런던으로 뒤따라가기로 결정했어요. 우리가 아는 많은 사람들이 겨울을 나러 이미 런던에 가 있어요. 소중한 친구인 당신도 그 무리에 낄 생각이 있다는 소식을 들을 수 있다면 좋겠어요…… 그렇지만 그럴 가능성은 없다고 생각해요. 하트퍼드셔에서 보내는 당신의 크리스마스가 크리스마스 시즌이 일반적으로 가져다주는 즐거움으로 가득하기를, 당신의 숭배자가 아주 많아져서 당신이 잃게 될 세 사람에 대한 상실감을 느끼지 않기를 진심으로 바랍니다.

"이 말로 분명해지잖아." 제인이 덧붙였다. "그분이 이번 겨울에는 더 이상 돌아오지 않을 거라는 게."

"빙리 양이 오빠가 **그래서는 안 된다**고 생각한다는 게 분명할 뿐이야."

"너는 왜 그렇게 생각하는데? 이건 빙리 씨가 결정한 게 분명해. 자기 일은 자기가 결정하는 사람이니까. 그런데 그게 **전부**가 아니야. 내 마음을 특히 아프게 한 구절을 읽어 줄게. **너한테는** 뭘 숨기겠니."

다아시 씨는 누이동생을 몹시 보고 싶어 하고 솔직히 고백하자면 **우리도** 그 못지않게 다아시 양을 보고 싶어요. 우리는 진심으로 미모와 우아함, 교양 면에서 조지아나 다아시와 필적할 사람은 없다고 생각해요. 게다가 우리는 다아시 양이 장차 우리의 올케가 될지도 모른다는 희망을 감히 품고 있어서, 그녀가 루이자와 저에게 불러일으키는 애정은 훨씬 더 고조되었답니다. 전에 이 문제에 대해 당신에게 제 감정을 이야기한 적이 있는지 모르겠지만, 이 고장을 떠나기 전에 꼭 털어놓아야겠어요. 당신이 제 감정을 터무니없다고 간주하지는 않을 것이라 믿어요. 오빠는 이미 다아시 양을 아주 많이 숭배하고 있고, 앞으로 오빠가 그녀와 아주 가까운 관계로 만날 기회가 많아질 거예요. 다아시 양의 가족들도 모두 우리만큼 그들이 결합하기를 원하고 있거든요. 또 찰스 오빠는 여성의 마음을 사로잡는 능력이 매우 뛰어나요. 제가 누이라서 편파적인 잘못된 판단을 한 것은 아니라고 생각해요. 모든 상황이 애정을 뒷받침해 주고, 이를 막을 것이 아무것도 없는 상태에서 많

은 사람들을 행복하게 해 줄 경사를 바라는 내가 잘못일까요, 친애하
는 제인?

"이 문장을 어떻게 생각하니, 리지?" 제인이 읽기를 마치고 말했다.
"이것으로 충분히 분명해지지 않았어? 캐롤라인은 내가 자기 올케가
되기를 기대하지도 원하지도 않고, 자기 오빠가 나한테 관심이 없다
고 확신하고 있는 거야. 그분에 대한 내 감정의 본질이 의심스러우면
매우 친절하게도 나한테 주의를 줄 작정이라는 것을 명백하게 밝힌
거 아니니? 이 문제에 대해 어떻게 이견이 있을 수 있겠어?"

"아니, 있을 수 있어. 왜냐하면 내 의견은 완전히 다르니까. 들어
볼래?"

"아주 기꺼이."

"몇 마디로 그걸 들려줄게. 빙리 양은 자기 오빠가 언니를 사랑하
고 있다는 것을 알고 있지만 오빠가 다아시 양과 결혼하기를 원하고
있어. 그녀는 오빠를 런던에 붙잡아 두려는 목적으로 런던에 뒤따라
간 것이고, 그분이 언니한테는 관심이 없다고 언니를 설득하려고 애
쓰는 거야."

제인은 고개를 저었다.

"정말이야, 언니. 날 믿어야 해. 언니와 빙리 씨 두 사람이 함께 있
는 것을 본 사람 중에서 어느 누구도 빙리 씨의 사랑을 의심하지 못
할 거야. 나는 빙리 양도 그럴 수 없을 거라고 확신해. 그 정도로 바보
는 아니니까. 빙리 양이 다아시 씨에게서 그 사랑의 반만큼이라도 보

았다면 아마 웨딩드레스를 주문했을 걸. 그렇지만 문제가 있지. 우리는 그들이 보기에 충분히 부자도 아니고 명문가도 아니야. 또 그녀는 다아시 양을 오빠의 짝으로 맺어 주고 싶어서 엄청나게 안달이지. **한 번의** 결혼이 이루어지면 **두 번째** 결혼을 성사시키는 게 덜 힘들 거라는 생각에서 말이야. 분명히 그럴듯한 데가 있는 생각이야. 만약 드 버그 양만 방해하지 않으면 성공할 것이라 생각해. 그렇지만 빙리 양이 자기 오빠가 다아시 양을 굉장히 숭배하고 있다고 말한다고 해서, 그분이 화요일에 언니를 떠날 때보다 언니의 장점을 아주 조금이라도 덜 깨닫고 있다거나 빙리 씨가 언니 대신 다아시 양과 사랑에 빠졌다고 설득할 수 있다는 생각은 안 들어."

"만약 빙리 양에 대한 우리 생각이 똑같다면," 제인이 대답했다. "이 모든 것에 대한 네 설명을 듣고 내 마음은 매우 편안해졌을 거야. 그렇지만 기본 전제가 옳지 않아. 캐롤라인은 의도적으로 누군가를 속일 사람은 아니야. 이 경우에 내가 바랄 수 있는 것은 빙리 양 자신도 속고 있다는 것뿐이야."

"그 말은 맞아. 언니는 더 적절한 생각을 해낼 수 없었을 거야. 내 생각이 언니한테 위안이 안 될 테니까. 그녀가 속고 있다고 믿어, 제발. 언니는 이제 그녀에 대해 해야 할 의무는 다 한 거야. 그러니까 더 이상 괴로워하지 마."

"그렇지만, 애. 설사 최상의 상황을 가정한다 해도 그의 누이들과 친구들이 모두 그가 다른 사람과 결혼하기를 바라는데 내가 그 사람과 결혼해서 행복할 수 있을까?"

"언니 스스로 결정해야지." 엘리자베스가 대답했다. "그리고 만약 신중하게 심사숙고해 보고 빙리 씨의 아내가 되는 행복보다 두 누이의 뜻을 거슬러서 겪게 될 불행이 더 크다는 생각이 들면, 나는 언니가 반드시 그를 거부해야 한다고 조언해 주고 싶어."

"어떻게 그렇게 말할 수 있어?" 제인이 살짝 미소를 지으며 말했다. "그들의 반대가 엄청나게 슬프긴 하겠지만 내가 망설일 수 없다는 걸 넌 틀림없이 알 거야."

"언니가 망설이지 않을 거라고 생각해. 그렇기 때문에 언니의 상황을 크게 동정할 수가 없어."

"하지만 만약 그분이 이번 겨울에 다시 돌아오지 않는다면 내가 선택할 필요가 없겠지. 6개월 동안에는 수많은 일들이 생길 수 있으니까!"

엘리자베스는 빙리 씨가 다시 돌아오지 않을 것이라는 생각에 콧방귀를 뀌었다. 그녀가 보기에 그건 그저 캐롤라인의 이기적인 소망을 넌지시 보여 주는 것에 불과했고, 그런 소망은 아무리 공개적으로 표현되었건 교묘하게 표현되었건 완전히 자주적인 젊은이에게는 절대 영향을 미칠 수 없을 것이라고 생각했다.

엘리자베스는 그 문제에 대해 자신의 의견을 최대한 힘주어 언니에게 설명했고, 자신의 행동이 곧 좋은 방향으로 효과를 나타내는 것을 보고 기뻐했다. 제인은 낙담하는 성격이 아니었다. 그래서 사랑에 대해 자신 없는 마음이 빙리가 네더필드로 돌아와서 그녀 마음속의 모든 소망을 충족시켜 주리라는 희망을 누르는 때도 간혹 있었지만,

점차 희망 쪽으로 이끌려 갔다.

두 사람은 베넷 부인에게는 빙리 가족이 떠났다는 소식만 전하고, 괜히 빙리의 행동 이유를 알려서 놀라게 하지 말자고 합의했다. 그러나 베넷 부인은 이렇게 부분적으로 알린 소식에도 많은 걱정을 했고, 이제 막 서로 친해지고 있는 상황에서 숙녀들이 떠나가 버리다니 운이 나쁘다고 몹시 아쉬워했다. 하지만 그녀는 얼마 동안 섭섭해한 다음 빙리 씨가 곧 다시 내려와서 롱번에서 식사를 할 것이라고 마음을 달랬고, 빙리 씨가 그저 가족끼리의 정찬에 초대받는다 해도 정식 코스를 두 가지나 준비하도록 신경을 쓸 것이라고 기분 좋게 선언하는 것으로 이야기가 끝이 났다.

22장

　베넷가 사람들은 루카스가 사람들과 정찬을 하기로 약속이 되어 있었다. 그날 대부분의 시간 동안 루카스 양이 다시 친절하게 콜린스 씨의 말에 귀를 기울여 주었기 때문에 엘리자베스는 기회를 봐서 그녀에게 감사의 말을 전했다. "덕분에 그분의 기분이 좋아졌어." 엘리자베스가 말했다. "그래서 말로 표현할 수 없을 만큼 고마워하고 있어." 샬럿은 자신이 도움을 줄 수 있어서 기쁘고, 자신의 시간을 조금 희생한 것에 대해 충분히 보상을 받았다고 친구에게 힘주어 말했다. 매우 다정한 대답이었지만 샬럿의 친절은 엘리자베스가 생각한 것보다 훨씬 더 멀리까지 가 있었다. 그 친절의 목적은 다름이 아니라 콜린스 씨로 하여금 자신에게 청혼해 절대 엘리자베스에게 다시 청혼하지 못하게 만드는 것이었다. 루카스 양의 계획은 매우 순조롭게 진행되는 것처럼 보였기 때문에, 그날 밤 두 사람이 헤어질 때쯤에는 콜린스 씨가 하트퍼드셔를 그렇게 빨리 떠나야 할 상황만 아니라면 그녀는 성공을 거의 확신했을 것이다. 하지만 루카스 양은 그의 열정적이고 독자적인 성격을 제대로 알아차리지 못했다. 콜린스 씨가 다음 날 아침 놀랍도록 교묘하게 롱번 저택을 빠져나와 루카스 로지로 서둘러 찾아가 루카스 양의 발밑에 자신을 던졌기 때문이다. 그는 자기가 나가는 모습을 사촌들이 보게 되면 틀림없이 자기 계획을 눈치 챌 것이라고 믿었기 때문에 사촌들의 주의를 끌지 않으려고 애썼다. 또한 성공이 확실시될 때까지는 청혼한 것이 알려지길 꺼려했다. 샬럿이 상당히 호의적이었기 때문에 당연히 성공이 거의 확실하다고 느끼긴 했지만 수요일의 사건 이후로 자신감을 잃었기 때문이다. 하지만 그는 가장 기분 좋은 영접을 받았다. 루카스 양은 이층 창문을 통해 자기 집으로 걸어오는 그의 모습을 보고 곧장 달려 나가서 샛길에서 우연히 그를 만난 척했다. 하지만 거기서 그렇게 많은 사랑의 웅변이 자기를 기다리고 있으리라고는 전혀 기대하지 않았었다.

콜린스 씨의 장광설이 끝나자 순식간에 두 사람 모두가 만족할 수 있도록 모든 일이 결정되었다. 집으로 들어가면서 그는 자신을 세상에서 가장 행복한 남자로 만들어 줄 날을 정해 달라고 루카스 양에게 열렬히 간청했다. 비록 여성으로서 따라야 할 예법 때문에 그런 요청을 당분간은 보류해야 했지만, 숙녀는 그의 행복을 가지고 장난하고 싶은 마음은 없었다. 둔한 면모를 타고났기 때문에, 콜린스 씨의 구애는 여성에게 구애 기간을 지속하고 싶다는 마음을 갖게 할 수 있는 어떤 가능성에서도 벗어나 있었다. 그리고 오로지 재산과 지위에 대한 순수하고 사심 없는 바람에서 그의 청혼을 받아들인 루카스 양은 그 재산과 지위가 자기 것이 되는 일이 아무리 빨라도 상관하지 않았다.

그들은 윌리엄 경과 루카스 부인에게 신속하게 동의를 요청했다. 그들은 매우 기분 좋게, 기꺼이 동의했다. 콜린스 씨는 현재의 조건만으로도 유산을 거의 물려받을 수 없는 딸에게 매우 훌륭한 신랑감이었다. 거기다 그가 앞으로 부자가 될 가능성은 굉장히 높았다. 루카스 부인은 전보다 더 많은 관심을 가지고 베넷 씨가 앞으로 몇 년이나 더 살 수 있을지 곧장 계산을 시작했다. 윌리엄 경은 언제든 콜린스 씨가 롱번을 소유하게 되면 콜린스 씨 부부가 세인트 제임스 궁에서 국왕을 알현하는 것이 마땅하다고 확고한 의견을 제시했다. 간단히 말해서 온 가족이 이 경사에 매우 기뻐했다. 여동생들은 이 결혼 덕분에 한두 해 더 빨리 **사교계에 나설** 희망을 품었고, 남동생들은 샬럿이 노처녀로 있다 죽을지 모른다는 걱정에서 놓여나게 되었다. 샬럿 본인은 상당히 침착했다. 그녀는 목적을 달성했고 그것에 대해 생각해 볼 여유가 있었다. 그 결과는 전반적으로 만족스러웠다. 분명히 콜린스 씨는 똑똑한 사람도, 호감을 주는 사람도 아니었다. 그와 함께 있으면 지루했고, 그녀에 대한 콜린스 씨의 애정은 상상에 의해 만들어진 게 분명했다. 그러나 그럼에도 불구하고 그는 그녀의 남편이 될 것이다. 샬럿은 남자나 결혼 생활 자체는 중요하게 생각하지 않았지만, 결혼은 항상 그녀의 목표였다. 결혼은 좋은 교육을 받았지만 재산이 별로 없는 여성에게 남은 유일한 생활 대비책이었고, 행복을 가져다 줄 수 있는 가능성이 아무리 불확실하다 해도 가난을 피할 수 있는 가장 좋은 예방책이었다. 샬럿은 이제 이 예방책을 손에 넣었고, 스물일곱 해 동안 한 번도 예뻐 본 적이 없었으므로 굉장히 운이 좋았다고 생각했다. 이번 일에서 가장 마음에 걸리는 것은 엘리자베스 베넷이 경악할 것이라는 사실이었다. 그녀와의 우정을 다른 어떤 사람과의 우정보다 소중하게 여겼기 때문이다. 엘리자베스는 놀랄 것이고 아마도 샬럿을 비난할 것이다. 그렇다고 해서 자신의 결심이 절대 흔들리진 않겠지만, 틀림없이 자신의 마음은 엘리자베스의 반대에 상처를 받을 것이다. 그래서 샬럿은 그 소식을 직접 엘리자베스에게 알리기로 결심했고, 콜린스 씨가 정찬을 들러 롱번으로 돌아갈 때 가족들 중 어느 누구 앞에서도 무슨 일이 있었는지 입도 벙긋하지 말라고 지시했다. 당연히 콜린스 씨는 비밀을 지키겠다고 매우 충실하게 약속했지만 이를 지키기란 쉽지 않았다. 콜린스 씨의 오랜 출타에 대해 모두가 궁금해하다가 그가 돌아오자마자 매우 직접적인 질문들을 쏟아부었기 때문이다. 이 질문들을 피해 넘기기 위해서는 약간의 꾀가 필요했고, 또한 그는 사랑이 성공한 것을 밝히고 싶었기 때문에 동시에 엄청난 자제력도 발휘해야 했다.

콜린스 씨가 다음 날 아침 일찍 떠날 예정이라 가족들을 보지 못할 것이기 때문에, 숙녀들이 자러 가기 전에 고별식이 거행되었다. 베넷 부인은 사정이 허락해서 방문할 기회가 생길 때마다 롱번에서 그를 다시 볼 수 있게 되면 정말 행복할 것이라고 매우 정중하고 상냥하게 말했다.

"친애하는 아주머님." 콜린스 씨가 대답했다. "이 초대는 제가 받고 싶었던 것이었기 때문에 특별히 기쁩니다. 최대한 빨리 그 초대를 받아들일 것을 약속합니다."

그들 모두 깜짝 놀랐다. 그가 그렇게 빨리 돌아오는 것을 결코 바라지 않았던 베넷 씨가 즉시 말했다.

"그렇지만 캐서린 영부인께서 반대하실 위험은 없소? 후견인의 기분을 상하게 하는 위험을 무릅쓰기보다는 친척들을 소홀히 하는 것이 더 나을 것이오."

"정말로, 어르신." 콜린스 씨가 대답했다. "그렇게 자상하게 염려해 주신 데 대해 특히 감사드립니다. 저는 절대 그렇게 중요한 일을 영부인의 동의 없이 하진 않을 것입니다."

"아무리 조심해도 지나치지 않는 법이오. 영부인을 불쾌하게 하느니 어떤 것이라도 감수하는 게 나을 것이오. 다시 우리를 방문하는 것 때문에 영부인을 불쾌하시게 할 것 같으면, 아마 그럴 가능성이 매우 높다고 생각하지만, 가만히 집에 있는 것이 낫겠소. **우리가** 전혀 섭섭해하진 않을 테니 안심하시오."

"정말로요, 어르신. 그런 애정 어린 염려를 해 주신 것에 대해 깊이 감사합니다. 이런 염려를 해 주신 것에 대해, 또한 제가 하트퍼드셔에 머무는 동안 보여 주신 다른 모든 관심의 표시에 대해 곧 감사 편지를 드리겠습니다. 아름다운 사촌들에게는, 제 부재가 그리 길지 않아서 이런 인사가 불필요할지도 모르겠지만, 실례를 무릅쓰고 이제는 엘리자베스 양도 포함해서 모두가 건강하고 행복하시기를 빌어 드리겠습니다."

숙녀들은 적절히 예를 갖춰서 인사를 하고 물러났다. 콜린스 씨가 금방 다시 올 생각을 한다는 것에 대해 그들 모두 하나같이 놀랐다. 베넷 부인은 그가 밑의 딸들 중 하나에게 청혼을 할 생각이고 메리를 이미 설득해 놓았을지도 모른다고 생각하고 싶어 했다. 메리는 다른 딸들 중 어느 누구보다 콜린스 씨의 능력을 높게 평가했다. 그녀는 종종 그의 생각이 견실하다는 것에 주목했고, 콜린스 씨가 자기만큼 똑똑하진 않지만 독서를 하고 그녀 자신 같은 본보기를 통해 스스로를 향상시키도록 격려를 받으면 매우 기분 좋은 동반자가 될 수 있을 것이라 생각했다. 하지만 다음 날 아침 이런 희망은 모두 물거품이 되었다. 아침 식사 직후에 루카스 양이 찾아와서 엘리자베스와 단둘이 이야기를 나누면서 그 전날에 일어난 사건을 전했기 때문이다.

지난 하루 이틀 동안 콜린스 씨가 자기 친구를 사랑하고 있다고 착각하고 있을지도 모른다는 생각이 엘리자베스의 머릿속을 스쳐 지나간 적이 한 번 있었다. 하지만 샬럿이 그의 구애를 부추긴다는 것은 엘리자베스 자신이 그러는 것만큼이나 불가능해 보였기 때문에, 당연히 너무 놀라서 처음에는 예의를 벗어나 다음과 같이 소리치지 않을 수 없었다.

"콜린스 씨와 약혼을 했다고! 세상에 샬럿…… 말도 안 돼!"

이야기를 하는 내내 루카스 양이 짓고 있던 차분한 표정은 그렇게 직접적인 비난을 받자마자 순간적으로 허물어져서 혼란스러운 표정으로 바뀌었다. 그렇지만 그런 반응은 예상했던 바였기 때문에 샬럿은 곧 평정을 되찾고 차분하게 대답했다.

"왜 놀라는 건데, 일라이자? 콜린스 씨가 네게는 불행히도 성공하지 못했기 때문에 다른 여자의 호감을 살 수 있다는 것이 믿을 수 없는 일로 여겨지니?"

하지만 엘리자베스는 이제 정신을 가다듬고 갖은 애를 써서 그들이 친척 관계가 될 것이라는 가능성에 매우 기쁘며 샬럿이 더할 나위 없이 행복하기를 바란다고 상당히 침착하게 말할 수 있었다.

"네 기분이 어떤지 알아." 샬럿이 대답했다. "틀림없이 놀랐을 거야. 매우 많이 놀랐겠지…… 최근에 콜린스 씨가 너한테 청혼을 했으니까. 하지만 네가 시간을 두고 곰곰이 생각해 본다면 내가 잘했다고 생각할 거야. 그러길 바라. 너도 알다시피 나는 낭만적이지 않아. 그런 적이 한 번도 없어. 나는 그저 편안한 가정을 원해. 콜린스 씨의 평판과 집안 배경, 사회적 지위를 고려해 보면 내가 그와 행복해질 수 있는 가능성은 결혼하는 대부분의 사람들이 자랑할 수 있을 만큼은 어지간히 될 거라 믿어."

엘리자베스는 조용히 대답했다. "물론이지." 어색한 침묵 후에 그들은 다른 가족들에게 돌아갔다. 샬럿은 오래 머물지 않았고, 엘리자베스는 자신이 들은 말에 대해 곰곰이 생각해 볼 수 있었다. 그녀가 그렇게 어울리지 않는 결혼을 받아들이는 데에는 한참이 걸렸다. 콜린스 씨가 사흘 동안 두 번이나 청혼을 했다는 사실의 황당함은 이번에는 그의 청혼이 받아들여졌다는 것의 황당함에 비하면 아무것도 아니었다. 엘리자베스는 결혼에 대한 샬럿의 의견이 자신의 의견과 똑같진 않다는 것을 항상 느껴 왔었다. 하지만 실제로 어떤 행동을 요구받았을 때 샬럿이 세속적인 이익을 위해 더 나은 모든 감정을 희생시킬 수 있으리라고는 생각하지 않았었다. 콜린스 씨의 아내 샬럿은 너무 창피한 그림이었다! 하지만 친구가 창피한 일을 해서 자신을 실망시켰다는 것보다 엘리자베스를 더 괴롭게 한 것은 그 친구가

스스로 선택한 운명 속에서 웬만큼이라도 행복해지기가 불가능할 것
같다는 확신이었다.

23장

엘리자베스가 어머니와 자매들과 함께 앉아서 샬럿에게 들은 말을 곰곰이 생각하며 과연 그것을 언급할 권한이 자신에게 있는지 따져 보고 있을 때, 베넷가 사람들에게 자신의 약혼 소식을 알리라는 딸의 부탁을 받고 윌리엄 루카스 경이 나타났다. 그는 두 집안이 친척으로 연결되는 일에 대해 그들에게 많은 치하를 하고 자축을 하면서 소식을 전했지만, 듣는 사람들은 놀랄 뿐 아니라 쉽사리 믿으려 하지 않았다. 베넷 부인은 무례할 정도로 줄기차게 그가 완전히 잘못 안 것이라고 항변했고, 항상 제멋대로이고 가끔 버릇없이 구는 리디아는 큰 소리로 외쳤다.

"세상에! 윌리엄 경, 어떻게 그런 거짓말을 하세요? 콜린스 씨가 리지 언니와 결혼하고 싶어 했다는 걸 모르세요?"

궁정 신하로서의 정중함을 갖추고 있지 않았다면, 그는 그런 대접을 받고 화를 내지 않고는 견딜 수 없었을 것이다. 하지만 윌리엄 경은 훌륭한 예의범절 덕에 그 모든 것을 견딜 수 있었고, 자신이 전한 소식이 사실이라는 것을 믿어 달라고 하면서 동시에 엄청난 인내심을 발휘해서 그들의 주제넘은 말을 공손하게 들어 주었다.

그렇게 불쾌한 상황에서 윌리엄 경을 구해 주는 것이 자신의 의무라고 생각한 엘리자베스는 얼른 나서서 샬럿 본인에게 이미 들어서 알고 있었다며 그의 말이 맞다고 확인해 주었다. 그런 다음 어머니와 자매들의 아우성을 중단시키기 위해 윌리엄 경에게 열렬하게 축하 인사를 건넸고 제인도 이에 가세했다. 또한 결혼으로 예상되는 행복과 콜린스 씨의 뛰어난 평판, 헌스퍼드가 런던에서 가깝다는 점 등을 다양하게 언급했다.

사실 베넷 부인은 엄청난 충격을 받아서 윌리엄 경이 머무는 동안에는 말을 많이 할 수가 없었다. 하지만 그가 떠나자마자 감정이 빠르게 분출되기 시작했다. 먼저 그녀는 그 말을 전부 믿지 않으려 했다. 둘째, 그녀는 콜린스 씨가 속은 것이라고 확신했다. 셋째, 그들이 결코 함께 행복할 수 없을 것이라고 믿었다. 마지막으로 그 결혼은 깨질지도 모른다는 것이었다. 그렇지만 이 모든 것으로부터 두 가지 결론은 분명히 끌어낼 수 있었다. 하나는 엘리자베스가 그 불상사의 진짜 원인이라는 것이고, 다른 하나는 모두들 자기를 무지막지하게 학대한다는 것이었다. 그녀는 그날 내내 이 두 가지에 대해 곱씹었다. 어느 것도 그녀에게 위로가 되지 않았고, 어느 것도 그녀를 달래 주지 못했다. 또한 그녀의 분은 당일에 누그러지지 않았다. 일주일이 지나고 나서야 그녀는 엘리자베스를 보더라도 꾸짖지 않게 되었고, 한 달이 지나서야 윌리엄 경이나 루카스 부인과 이야기를 나눌 때 무례하게 굴지 않을 수 있었으며, 여러 달이 지나서야 루카스 경 부부의 딸을 용서할 수 있었다.

베넷 씨는 그 일에 대해 훨씬 더 담담했고, 자신이 이번에 경험한 것 같은 일은 사실 매우 유쾌한 종류의 일이라 단언했다. 상당히 똑똑하다고 생각했던 샬럿 루카스가 자기 아내만큼 어리석고 자기 딸보다 더 어리석다는 것을 알게 되어서 즐거웠다는 것이다.

제인은 그 결혼에 약간 놀랐다고 털어놓았다. 하지만 자기가 놀랐다는 말보다는 그들의 행복을 진심으로 바란다는 말을 더 많이 했다. 엘리자베스는 그들이 행복할 것 같지 않다고 믿도록 제인을 설득할 수도 없었다. 키티와 리디아는 루카스 양을 전혀 부러워하지 않았다. 콜린스 씨는 겨우 목사일 뿐이었다. 둘에게 그 일은 메리턴에 퍼뜨릴 소식 중 하나일 뿐이었다.

루카스 부인은 딸을 잘 시집보내는 기쁨을 베넷 부인에게 상기시켜 줄 수 있게 된 승리감을 모른 체할 수가 없었다. 그래서 베넷 부인의 부루퉁한 표정과 심술궂은 발언이 자신의 행복을 쫓아 버리기에 충분했을 것 같은데도 불구하고 평소보다 더 자주 롱번을 방문해 자신이 얼마나 행복한지 떠들어 댔다.

엘리자베스와 샬럿 사이에는 그 문제에 대해 일절 언급하지 말자는 금기 사항이 있었다. 또한 엘리자베스는 그들 사이에 다시는 진정한 믿음이 존재할 수 없을 것이라고 느꼈다. 그녀는 샬럿에 대한 실망 때문에 더 많은 애정과 존경심을 가지고 언니에게 의지하게 되었다. 언니의 올바른 판단과 섬세함에 대한 자신의 생각이 흔들리는 일은 절대 없을 것이라고 믿었기 때문이다. 언니의 행복에 대한 걱정은 날마다 더욱더 커져 갔다. 빙리가 떠난 지 이제 일주일이 지났는데 돌아온다는 소식은 전혀 없었기 때문이다.

제인은 일찌감치 캐롤라인에게 답장을 보냈고 당연히 다시 소식을 들을 때까지 하루하루를 손꼽아 기다리고 있었다. 콜린스 씨가 약속한 감사 편지는 화요일에 베넷 씨 앞으로 도착했다. 그 편지에는 그곳에서 열두 달 동안 지내다 간 사람에게서나 나올 법한 온갖 정중한 감사의 말이 들어 있었다. 그렇게 쉽게 양심의 가책에서 벗어난 다음 그는 온갖 열렬한 표현을 통해 다정한 이웃 루카스 양의 애정을 얻게 된 행복을 알렸다. 그런 다음에는 롱번에서 그를 다시 보고 싶다는 베넷가 사람들의 친절한 소망에 자신이 그렇게 기꺼이 응한 것은 오로지 그녀와 만날 즐거움에 대한 기대 때문이었다고 설명했다. 그는 2주 후 월요일에 롱번을 다시 방문하고 싶다고 말했다. 캐서린 영부인께서 자신의 결혼을 진심으로 승인해 주시면서 최대한 빨리 결혼식을 올리라고 하시는데, 자신의 다정한 샬럿이라면 그런 소망에 이의를 제기하지 않고 자신을 세상에서 가장 행복한 남자로 만들어 줄 빠른 날짜를 잡아 주리라 믿는다고 덧붙였다.

콜린스 씨가 하트퍼드셔를 다시 방문하는 것은 베넷 부인에게 더이상 기쁜 일이 아니었다. 반대로 남편만큼 그것에 대해 투덜대고 싶은 기분이었다. 베넷 부인은 그가 루카스 로지 대신 롱번으로 오다니 너무 이상하다, 또 정말 불편하고 몹시 성가시다, 자기 건강이 썩 좋지도 않은데 집에 손님이 찾아온다는 것이 싫다, 연인들이란 세상에서 가장 불쾌한 사람들이라고 조용히 중얼거렸고 이런 중얼거림이 멈추는 것은 빙리가 계속 돌아오지 않고 있다는 더 큰 걱정을 할 때뿐이었다.

제인도, 엘리자베스도 이 일 때문에 마음이 편하지 못했다. 빙리 씨가 겨울 내내 네더필드에 돌아오지 않을 것이라는 소문이 곧 메리턴에 퍼졌고 그 소문 말고는 그에 대한 다른 어떤 소식도 오지 않은 채 하루하루가 지났다. 베넷 부인은 이 소문에 매우 격분했고, 이는 자신들을 중상모략하려는 거짓말이라고 반박했다.

엘리자베스조차 걱정이 되기 시작했다. 빙리가 제인에게 무관심해질지도 모른다는 것에 대해서가 아니라, 그의 누이들이 그를 제인에게서 멀리 떼어 놓는 데에 성공하지 않을까 두려워졌다. 제인의 행복을 파괴하고 언니의 애인의 견실함에 불명예가 될 수 있는 그런 생각을 인정하기 싫었지만 그 생각이 자주 떠오르는 것을 막을 수가 없었다. 엘리자베스는 무정한 두 누이와 강력한 친구의 합동 노력에 다아시 양의 매력과 런던의 재미가 곁들여지면 그의 애정이 아무리 강하다 해도 버텨내지 못할 것이라고 생각했다.

이런 어중간한 상태에서 **제인의** 불안은 당연히 엘리자베스의 불안보다 훨씬 컸고, 더욱 고통스러웠다. 하지만 그녀는 자신의 감정을 감추고 싶어 했고, 그래서 제인과 엘리자베스 사이에서 그 문제는 한 번도 언급되지 않았다. 반면 그녀의 어머니는 그런 세심함과 거리가 멀었기 때문에, 한 시간이 멀다 하고 빙리를 언급하거나 빨리 돌아오면 좋겠다고 조바심을 표했고, 그가 돌아오지 않으면 자신을 가지고 논 것이라고 인정하라고 제인을 다그쳤다. 제인의 성격이 착실하고 온화하지 않았다면 이런 공격을 차분하게 참아 내지 못했을 것이다.

콜린스 씨는 정확히 2주 후 월요일에 롱번에 돌아왔지만 첫 번째 방문 때처럼 따뜻한 영접을 받지는 못했다. 그렇지만 그는 아주 행복했기 때문에 많은 관심이 필요하지 않았다. 나머지 사람들에게는 다행스럽게도 연애 사업 때문에 바빴으므로 베넷가 사람들은 그와 함께 시간을 보내야 하는 부담에서 많이 벗어날 수 있었다. 그는 하루의 대부분을 루카스 로지에서 보냈고, 때로는 가족들이 잠자리에 들기 전, 자신의 출타에 대해 사과를 할 정도의 시간만 남겨 놓고 간신히 롱번에 돌아오곤 했다.

베넷 부인은 정말로 매우 비참한 상태에 빠져 있었다. 그 결혼에 관해 어떤 말을 듣건 기분이 상해서 심한 고통에 빠졌지만, 어디를 가도 그 이야기를 듣지 않을 수가 없었다. 그녀는 루카스 양을 보는 것이 불쾌했고, 자기 집에서 살게 될 자신의 계승자로서의 루카스 양을 질투 어린 혐오감을 느끼며 바라보았다. 베넷 부인은 샬럿이 그들을 방문할 때마다 그녀가 그 집을 차지할 시간을 고대하고 있다고 결론을 내렸다. 또한 루카스 양이 콜린스 씨에게 낮은 목소리로 이야기할 때마다 그들이 롱번 영지에 대해 이야기를 나누고 있고, 베넷 씨가 세상을 떠나자마자 자기와 딸들을 집에서 쫓아내려고 작정하고 있다고 확신했다. 베넷 부인은 남편에게 이 모든 것에 대해 심하게 불만을 토로했다.

"정말이에요, 여보." 그녀가 말했다. "샬럿 루카스가 이 집의 안주인이 되다니, 제가 **그 애** 때문에 쫓겨나고 그 애가 이 집을 차지하는 것을 보아야 하다니, 생각만 해도 너무 힘들어요."

"여보, 그런 우울한 생각에 빠지지 말고 더 좋은 방향으로 생각하도록 합시다. 내가 당신보다 더 오래 살지도 모른다고 생각해 보오."

이 말은 베넷 부인에게는 크게 위안이 되지 못했다. 그래서 대꾸를 하는 대신 계속 불평을 이어 나갔다.

"그들이 이 모든 재산을 차지할 거라고 생각하면 참을 수가 없어요. 한정 상속만 아니라면 상관하지 않을 텐데."

"뭘 상관하지 않겠다는 거요?"

"무엇이든 상관하지 않겠어요."

"당신이 그런 무감각 상태에 빠지지 않게 된 것이나 감사하게 여깁시다."

"저는 한정 상속에 대해서는 어느 것에도 절대 감사할 수가 없어요, 여보. 양심도 없지, 대체 왜 우리 딸들에게서 재산을 빼앗아 가도록 정해 놓았는지 이해할 수가 없어요. 거기다 그걸 전부 콜린스 씨에게 주다니! 왜 **그 사람**이 우리 재산을 다른 어느 누구보다 많이 가져야 하는데요?"

"대답은 당신 스스로 결정하도록 맡겨 두겠소." 베넷 씨가 말했다.

제2부

1장

빙리 양의 편지가 도착해서 의문을 종결시켜 주었다. 첫 문장은 그들 모두 런던에서 겨울을 나기 위해 자리를 잡았다는 것을 확인해 주었고, 마지막 문장은 하트퍼드셔를 떠나기 전에 그곳 친구들에게 인사할 시간이 없어서 오빠가 섭섭해했다는 말로 끝났다.

희망은 사라졌다. 완전히 사라졌다. 제인이 정신을 차리고 편지의 나머지 부분을 살펴봤을 때, 그녀는 편지를 쓴 사람의 가식적인 애정 표현 외에는 위안이 될 수 있는 부분을 거의 찾을 수 없었다. 다아시 양에 대한 칭찬이 편지의 대부분을 차지했다. 캐롤라인은 그녀의 여러 가지 매력에 대해 다시 장황하게 떠들어 댄 다음, 두 사람이 더 친해지고 있다고 즐겁게 자랑하고 지난번 편지에서 털어놓았던 소망들이 이루어질 것 같다고 예견했다. 그녀는 또한 오빠가 다아시 씨의 저택에 머물고 있다는 소식을 매우 기뻐하며 전했고 저택에 새 가구를 들여놓으려는 다아시 씨의 계획을 황홀해하며 언급했다.

곧 이 모든 이야기를 대부분 듣게 된 엘리자베스는 아무 말 없이 분개했다. 엘리자베스의 마음은 언니에 대한 걱정과 다른 모든 사람들에 대한 분노로 나뉘었다. 그녀는 오빠가 다아시 양에게 호감을 품고 있다는 캐롤라인의 주장에는 전혀 신경 쓰지 않았다. 엘리자베스는 빙리가 정말로 제인을 좋아한다는 것에 대해서는 이전과 마찬가지로 전혀 의심하지 않았다. 하지만 항상 그를 좋아했던 것만큼 이제는 친구들의 계략에 노예가 되고 자신의 행복을 친구들의 변덕스러운 성격에 희생시킨 빙리의 태평한 성격과 적절한 결단력의 결여에 대해 분노를 느끼지 않을 수 없었고, 거의 경멸마저 느끼게 되었다. 빙리가 희생시킨 것이 스스로의 행복뿐이라면 자신이 최선이라고 생각하는 것을 어떤 식으로 즐겨도 무방하겠지만, 그것은 언니의 행복과도 연관된 일이었고 엘리자베스는 빙리도 틀림없이 그것을 알고 있다고 생각했다. 간단히 말해서 오랫동안 생각해 보아도 뾰족한 결론이 나지 않는 그런 문제였다. 그녀는 다른 생각은 전혀 할 수가 없었다. 빙리의 애정이 정말로 식었을까? 아니면 친구들의 간섭 때문에 억눌린 걸까? 빙리는 제인이 자기를 좋아하는 걸 알고 있을까? 아니면 눈치 채지 못했을까? 어떤 상황인가에 따라 빙리에 대한 자신의 생각은 상당히 달라질 수 있었다. 그럼에도 불구하고 언니의 상황은 여전히 달라지지 않았고 자신의 마음의 평화도 똑같이 깨졌다.

하루 이틀이 지난 후에야 제인은 용기를 내어 엘리자베스에게 자신의 감정에 대해 털어놓았다. 베넷 부인이 네더필드와 그 주인에 대해 평소보다 더 오랫동안 짜증을 낸 후 마침내 둘만 남게 되자 제인은 이렇게 말하지 않을 수 없었다.

"아, 어머니가 조금만 더 자제를 해 주시면 좋을 텐데! 끊임없이 그분 이야기를 꺼내시는 게 나한테 고통을 준다는 걸 어머니는 전혀 모르셔. 그렇지만 불평하지는 않을래. 오래 가진 않을 거야. 그분은 잊힐 것이고 우리 모두 예전으로 돌아갈 거야."

엘리자베스는 믿을 수 없다는 듯이 걱정스러운 눈빛으로 언니를 바라보았지만 아무 말도 하지 않았다.

"내 말을 못 믿는구나." 제인이 살짝 얼굴을 붉히며 소리쳤다. "정말이야. 못 믿을 이유가 전혀 없어. 그분은 내가 만난 사람 중에서 가장 호감 가는 남자로 내 기억 속에 남게 될지는 몰라. 하지만 그게 전부야. 바라는 것도, 두려워할 것도, 그를 비난할 것도 전혀 없어. 정말 다행이야! 나한테 그런 **배신의** 고통은 없으니까. 그러니까 조금만 시간이 지나면 돼…… 나는 나아지려고 정말로 노력할 거야."

곧이어 목소리에 더 힘을 주며 덧붙였다. "내 쪽에서 착각한 실수일 뿐이고, 나 말고는 어느 누구에게도 해를 끼치지 않아서 다행이다."

"언니! 엘리자베스가 소리쳤다. "언니는 너무 착해. 마음이 곱고 사심이 없어서 정말 천사 같아. 언니한테 뭐라고 말해야 할지 모르겠어. 여태껏 언니가 얼마나 착한지 제대로 알지 못해서 언니를 제대로 사랑하지 못한 것 같은 기분이 들어."

베넷 양은 자신에게 특별한 장점이 있다는 것을 극구 부정하면서 동생의 따뜻한 애정에 대해 칭찬했다. "아니야." 엘리자베스가 말했다. "이것은 공평하지 않아. **언니는** 세상 사람 모두를 훌륭하다고 생각하고 싶어 해. 그래서 내가 누구에 대해서라도 나쁘게 말하면 상처를 받아. 나는 그저 **언니가** 완벽하다고 생각하고 싶은데 언니는 그것마저 안 된다고 해. 내가 극단으로 흘러서 언니처럼 모든 사람이 착하다고 생각하는 것은 아닌지 걱정하지 마. 그럴 필요 없어. 내가 진정으로 사랑하는 사람은 거의 없고, 훌륭하다고 생각하는 사람은 훨씬 더 적어. 세상은 더 많이 보면 볼수록 더 못마땅해. 또한 사람의 성격에는 일관성이 없고, 겉으로 보이는 미덕이나 분별력은 믿을 수 없다는 내 믿음을 날마다 확인하고 있어. 최근에 두 가지 예를 보았어. 하나는 언급하지 않을래. 다른 하나는 샬럿의 결혼이야. 그건 말로 설명할 수가 없어. 모든 면에서 설명이 안 돼!"

"리지, 그런 기분에 빠지지 마. 그러면 네 행복이 깨지니까. 너는 상황과 성품의 차이를 충분히 고려하지 않고 있어. 콜린스 씨의 사회적 지위와 샬럿의 성실하고 신중한 성격을 고려해 봐. 샬럿이 대가족의 일원이라는 것을 명심해. 재산 면에서는 매우 훌륭한 결혼이고, 샬럿이 우리 사촌에 대해 애정이나 존경심 같은 것을 느낄 수도 있다고 우리 모두를 위해서 믿도록 해 봐."

"언니를 기쁘게 해 주기 위해서라면 무엇이건 믿으려고 노력할 거야. 그렇지만 이렇게 믿는다 해도 어느 누구에게도 도움이 되지 않잖아. 샬럿이 콜린스 씨를 조금이라도 존경한다고 내가 믿는다면, 그녀의 이해력을 나쁘게 평가하는 게 될 뿐이야. 언니, 콜린스 씨는 우쭐해하고 거만한 데다 편협하고 어리석은 사람이야. 그가 그런 사람이란 걸 언니도 나만큼 잘 알고 있잖아. 그러니 그런 남자와 결혼하는 여자라면 올바른 사고방식을 가지고 있을 리 만무하다는 걸 언니도 나처럼 절실하게 느낄 거야. 아무리 샬럿 루카스라 해도 변호하지 마. 한 사람을 위해서 원칙과 성실함의 의미를 바꾸거나, 이기심을 신중함이라고, 위험에 대한 무감각을 행복에 대한 담보라고 언니 자신이

나 나를 설득하려고 해선 안 돼."

"두 사람에 대해 이야기할 때 네가 너무 심하게 말하는 것 같아." 제인이 대답했다. "그 둘이 함께 행복한 걸 보고 네가 내 말이 맞다는 걸 확인하게 되면 좋겠어. 이 이야기는 이걸로 충분한 것 같아. 네가 다른 것도 언급했잖아. **두 가지** 예가 있다고 말이야. 네가 무슨 말을 하는 건지 알아. 리지, 제발 그 사람을 비난하려 하거나 그 사람에게 실망했다고 말해서 나를 힘들게 하지 말아 줘. 우리가 다른 사람의 고의에 의해 상처를 입었다고 쉽게 단정하려고 해서는 안 돼. 혈기 왕성한 젊은 남자가 항상 조심스럽고 신중할 것이라고 기대해서는 안 되지. 우리는 자신의 허영심에 넘어가는 경우가 아주 많아. 여자들은 남자들의 관심에 더 많은 의미가 있다고 착각해."

"남자들은 여자들이 착각하게끔 일부러 그렇게 해."

"만약 그런 행동이 고의적으로 이루어졌다면 정당화될 수 없지. 그렇지만 몇몇 사람들이 상상하는 것만큼 고의적으로 이루어진 일이 세상에 그렇게 많은지는 모르겠어."

"나는 빙리 씨의 행동이 고의적이었다고는 결코 생각하지 않아." 엘리자베스가 말했다. "고의적으로 나쁜 짓을 하거나 다른 사람들을 불행하게 만들려고 하지 않았다 해도, 실수가 있을 수도 있고 안 좋은 일이 일어날 수도 있어. 분별이 없거나, 다른 사람들의 감정에 관심을 기울이지 않거나, 결단력이 부족하면 그런 일이 생겨."

"그러면 너는 그것들 중 하나 때문에 이번 일이 생겼다는 거야?"

"그래, 마지막 것 때문이라고 생각해. 그런데 내가 말을 계속하면

언니가 소중히 여기는 사람들에 대한 내 생각을 말하게 될 거고, 그
러면 언니 기분이 나빠질 거야. 지금 멈추라고 하면 멈출게."

"그럼 너는 그 사람 누이들이 그에게 영향을 미치고 있다고 생각한
다는 거지?"

"응, 그분의 친구와 결탁해서."

"그건 말도 안 돼. 왜 그 사람들이 그분에게 영향을 미치려고 애쓴
다는 거야? 그들은 그의 행복을 바랄 뿐이야. 그리고 만약 그분이 나
를 사랑한다면, 다른 여자는 절대 그 행복을 차지할 수 없어."

"언니의 첫 번째 가정은 틀렸어. 그 사람들은 빙리 씨의 행복 말고
도 많은 것을 바랄 수 있어. 그의 부와 지위가 커지길 바랄 수도 있고,
그가 돈과 대단한 연줄과 자부심이라는 중요한 장점들을 모두 갖춘
여자와 결혼하기를 바랄지도 몰라."

"의심할 여지없이 그 사람들은 빙리 씨가 다아시 양을 선택하길 **정
말** 바라고 있어." 제인이 대답했다. "그렇지만 그들의 행동은 네가 생
각하는 것보다 선한 감정에서 나온 것일 수 있어. 그들은 나보다는
다아시 양을 훨씬 더 오래 알고 지냈으니, 그녀를 더 사랑한다 해도
이상할 게 없지. 하지만 그들 자신이 바라는 것이 무엇이건, 그들이
빙리 씨의 뜻에 반대할 것 같지는 않아. 크게 반대할 만한 점이 없다
면 어떤 누이가 마음대로 그렇게 하려고 하겠어? 만약 그분 누이들
이 그분이 나를 사랑한다고 생각한다면 우리를 떼어 놓으려고 하지
않을 거야. 성공하지 못할 테니까. 너는 빙리 씨가 나를 사랑한다고
가정해서 모든 사람들이 몰인정하고 그릇되게 행동하는 것처럼 만들

고, 나도 불행하게 만들고 있어. 그런 생각으로 나를 힘들게 하지 마. 나는 오해한 것이 부끄럽지 않아……. 아니, 부끄럽긴 하지만 적어도 그분이나 누이들을 나쁘게 생각하면서 느끼는 부끄러움에 비하면 아무것도 아니야. 내가 이 일을 가장 좋게 받아들이도록, 이해할 수 있는 방향으로 생각하도록 해 줘."

엘리자베스는 언니의 그런 소망에마저 반대할 수가 없었다. 그 순간부터 그들은 빙리 씨의 이름을 전혀 언급하지 않았다.

베넷 부인은 여전히 빙리 씨가 더 이상 돌아오지 않는 것에 대해 계속해서 의아해하고 투덜거렸다. 거의 날마다 엘리자베스가 그에 대해 명료하게 설명했음에도 불구하고, 어머니가 덜 혼란스러워하면서 그 일에 대해 생각해 볼 가능성은 거의 없었다. 엘리자베스는 제인에 대한 빙리 씨의 관심이 그저 흔히 있는 일시적인 호감이었고 제인을 보지 않게 되자 그 호감도 사라져 버렸다고 스스로도 믿지 않는 이유를 베넷 부인에게 납득시키려 애썼다. 그러면 어머니는 그 순간에는 그럴지도 모르겠다고 인정했지만 그 이야기를 매일 되풀이하게 만들었다. 베넷 부인에게 있어 가장 큰 위안이 되는 것은 빙리 씨가 여름에는 틀림없이 다시 내려올 것이라는 점이었다.

베넷 씨는 그 문제를 다르게 다루었다. "그러니까, 리지." 어느 날그가 말했다. "네 언니가 실연을 한 거구나. 그 애를 축하해 줘야겠다. 아가씨들이 결혼 다음으로 좋아하는 것이 이따금씩 실연을 당하는 거 아니냐. 실연은 생각할 거리도 되고 친구들 사이에서 일종의 특별한 점을 그 애한테 부여해 주지. 네 차례는 언제 오니? 너는 제인한테

지고는 오래 못 견디는 성격이지. 이제는 네 차례다. 여기 메리턴에는 이 지역의 아가씨들을 전부 실연시키고도 남을 만큼 장교들이 넘쳐 나지. 위컴을 네 상대로 삼아 보렴. 사근사근한 녀석인 데다 너를 확실하게 차 줄 거야."

"고맙습니다. 그렇지만 덜 사근사근한 남자도 괜찮아요. 우리 모두 언니 같은 행운을 기대할 수는 없죠."

"맞는 말이다." 베넷 씨가 말했다. "그렇지만 네가 어떤 식으로 실연을 당하건 너한테는 그것을 최대한 이용할 다정한 어머니가 있다고 생각하니 안심이 되는구나."

위컴 씨와의 교제는 최근에 일어난 안 좋은 일들 때문에 베넷가 사람들에게 드리워진 우울함을 쫓아내는 데에 상당히 도움이 되었다. 그들은 위컴 씨와 자주 만났고, 위컴 씨의 다른 여러 장점들에 이제는 그가 모두에게 솔직하다는 장점까지 추가 되었다. 다아시 씨와 그가 다아시 씨 때문에 겪은 모든 일에 대한 그의 주장 등 엘리자베스가 이미 전부 들었던 이야기가 이제는 공공연히 인정되고 공개적으로 거론되었다. 그리고 모두들 그 일에 대해 알기 전부터 다아시 씨를 늘 싫어했었다는 것을 생각하며 흐뭇해했다.

그 일에 대해 하트퍼드셔의 사교계에는 알려지지 않은, 정상을 참작할 여지가 있는 어떤 사정이 있을지도 모른다고 생각한 유일한 사람은 베넷 양이었다. 온화하고 한결같이 관대한 그녀는 항상 정상을 참작할 여지를 간청했고 실수의 가능성이 있다고 주장했다…… 하지만 다른 사람들은 모두 다아시 씨를 가장 나쁜 남자라고 비난했다.

2장

　사랑을 고백하고 행복을 설계하며 일주일을 보낸 뒤 토요일에 콜린스 씨는 사랑하는 샬럿 곁을 떠나야 했다. 그렇지만 그는 신부를 맞이할 준비를 하는 것으로 이별의 고통을 완화시킬 수 있을 터였다. 다음에 하트퍼드셔로 돌아오면 그를 세상에서 가장 행복한 남자로 만들어 줄 날짜가 곧 정해질 것이라고 기대할 만한 이유가 있었기 때문이다. 그는 예전과 똑같이 엄숙하게 롱번의 친척들에게 작별 인사를 했다. 아름다운 사촌들에게 건강과 행복을 다시 빌었고 그녀들의 아버지에게는 감사 편지를 보내겠다고 재차 약속했다.

　그 다음 월요일에 베넷 부인은 예년과 마찬가지로 롱번에서 크리스마스를 지내려고 온 남동생과 올케를 맞이했다. 가드너 씨는 분별 있고 신사다운 사람으로, 천성뿐만 아니라 교육 면에서도 자기 누이보다 훨씬 뛰어났다. 네더필드 숙녀들이 그를 만나 보았다면 장사를 생업으로 하면서 자기 점포들 밖으로 벗어나지 못하는 사람이 그렇게 점잖고 상냥할 수 있다는 것을 믿기 어려워했을 것이다. 베넷 부인과 필립스 부인보다 몇 살 아래인 가드너 부인은 상냥하고 지적이며 우아한 여성으로 롱번의 조카딸들 모두가 그녀를 좋아했다. 특히 맨위 두 조카딸과 그녀의 사이는 각별히 돈독했다. 두 조카딸들은 자주 런던을 방문해서 외삼촌 댁에 머무르곤 했다.

가드너 부인이 도착해서 첫 번째로 한 일은 선물을 나누어 주고 최신 유행을 설명해 주는 것이었다. 이 일이 끝나자 그녀는 덜 적극적으로 나서도 되는 역할을 맡았다. 이제는 가드너 부인이 들을 차례였다. 베넷 부인에게는 원망할 거리와 불평할 거리가 많이 있었다. 지난번 올케를 만난 이후 베넷가는 매우 부당한 일을 겪었다. 두 딸이 결혼 직전까지 갔다가 결국에는 하나도 성사되지 않았다고 했다.

"제인은 잘못이 없어." 베넷 부인이 말을 계속했다. "제인은 할 수만 있었다면 빙리 씨를 잡았을 거야. 그렇지만 리지는! 아, 올케! 그 애가 고집만 안 부렸어도 지금쯤 콜린스 씨의 아내가 될 수 있었다고 생각하면 너무 속상해. 그 사람이 바로 이 방에서 청혼을 했는데 리지가 거절했다니까. 그러는 바람에 루카스 부인이 나보다 먼저 딸 하나를 시집보내게 되었고, 롱번의 재산은 예전과 다름없이 한정 상속 상태로 남게 되었어. 루카스 집안사람들은 정말 교활한 사람들이야, 올케. 잡을 수 있는 건 기를 쓰고 달려들어서 붙잡아. 그 사람들에게 이런 말을 해서 미안하지만 그게 사실인걸. 내 식구는 이렇게 나를 배신하고 이웃은 자기 생각만 앞세우니 신경이 약해지고 몸이 아파. 그렇지만 올케가 때맞춰 와 줘서 얼마나 위로가 되는지 몰라. 그리고 긴소매에 대한 최신 유행 소식을 들려 줘서 정말 좋아."

이미 제인과 엘리자베스의 편지를 통해 이 소식을 대부분 전해 들었던 가드너 부인은 시누이에게는 간략하게 대답을 한 다음 조카들을 안쓰러워하는 마음에서 화제를 바꾸었다.

나중에 엘리자베스와 단둘이 있게 되었을 때 가드너 부인은 그 문제에 대해 더 이야기를 나누었다. "제인에게는 괜찮은 결혼이었을 것 같구나." 그녀가 말했다. "성사되지 못했다니 안됐다. 그렇지만 이런 일은 비일비재해! 네가 빙리 씨를 묘사한 것처럼 젊은 남자는 몇 주 동안 예쁜 아가씨와 너무도 쉽게 사랑에 빠졌다가 우연히 서로 떨어져 있게 되면 아주 쉽게 잊어버려. 그런 변덕은 아주 흔해."

"나름대로 훌륭한 위로의 말이네요." 엘리자베스가 말했다. "그렇지만 **저희에게는** 별로 도움이 되지 않아요. 저희는 **우연히** 고통을 당한 게 아니에요. 자기 몫의 재산을 가진 젊은이가 친구들의 간섭으로 설득을 당해서 겨우 며칠 전에만 해도 열렬히 사랑했던 여자를 더 이상 생각하지 않게 되는 일은 그렇게 자주 일어나지 않아요."

"그렇지만 '열렬히 사랑한다'는 표현은 너무 진부하고 의심스럽고 막연해서 짐작이 잘 안 돼. 진짜 강한 애정뿐만 아니라 반 시간 동안의 만남에서 생겨나는 감정에도 종종 그런 표현을 쓰니까. 빙리 씨의 사랑은 얼마나 **열렬했는데**?"

"그보다 더 확실해 보이는 호감을 본 적이 없어요. 다른 사람들에게 기울이는 관심이 점점 줄어들면서 완전히 언니한테 빠졌다니까요. 만날 때마다 그게 더 분명하게 눈에 띄었어요. 그분 집 무도회에서는 그분이 춤을 청하지 않아서 아가씨들 두세 명이 기분 나빠했어요. 저도 그분에게 두 번이나 말을 걸었는데 아무 대답도 듣지 못했거든요. 이보다 더 뚜렷한 증상이 있을 수 있나요? 다른 사람들에게 무례해지는 것이 사랑의 본질 아닌가요?"

"아, 그래!…… 그가 제인에게 느꼈을 그런 유의 사랑에서는 그렇지. 불쌍한 제인! 그 애가 안됐어. 제인의 성격으로는 쉽게 극복하지 못할 텐데. 그런 일이 너한테 일어났더라면 차라리 더 나았을 거야, 리지. 너라면 한 번 웃어넘기고 말았을 텐데. 그런데 리지, 우리가 런던에 돌아갈 때 제인더러 함께 가자고 하면 따라가고 싶어 할 것 같니? 거처를 바꾸면 도움이 될지도 몰라……. 그리고 아마도 집에서 조금 벗어나 있는 게 무엇보다 도움이 될 거야."

엘리자베스는 이 제안에 매우 기뻐했고 언니가 즉시 수락할 것이라 확신했다.

"나는," 가드너 부인이 덧붙였다. "그 젊은이와 마주칠까 하는 걱정이 제인의 결정에 영향을 끼치지 않길 바란다. 우리는 런던에서 완전히 다른 지역에 살고 있고, 알고 지내는 사람들도 전혀 달라. 너도 잘 알다시피 외출도 거의 하지 않기 때문에 그 사람이 일부러 제인을 만나러 오지 않는 한 두 사람이 혹시라도 만날 가능성은 거의 없어."

"그 사람이 만나러 오는 일은 완전히 불가능해요. 그분은 지금 친구의 보호 관리를 받고 있으니까요. 다아시 씨는 빙리 씨가 런던의 그런 지역으로 언니를 찾아가도록 내버려 두지 않을 거예요! 외숙모, 어떻게 그런 생각을 할 수 있어요? 다아시 씨가 상업 지역인 그레이스처치 가 같은 곳에 대해 **들어** 보았는지는 모르지만, 그곳에 한 번 갔다가는 한 달 동안 목욕을 해도 그 불결함을 다 씻어낼 수 없다고 생각할 거예요. 빙리 씨는 다아시 씨 없이는 꼼짝도 안 할 게 분명하고요."

"그렇다면 훨씬 더 좋지. 나는 두 사람이 다시는 안 만나길 바란다. 그런데 제인이 그의 누이와 편지를 주고받고 있지 않니? 그러면 **제인이** 찾아가 보지 않을 수가 없을 텐데."

"언니는 교제를 완전히 끊을 거예요."

엘리자베스는 이 점뿐만 아니라 빙리가 제인을 만나지 못하게 방해를 받고 있다는 훨씬 더 중요한 점에 대해 이야기할 때 단정적인 태도를 취하긴 했지만, 자세히 따져 보자 완전히 희망이 없는 것 같지는 않다는 생각이 들어서 그 문제에 대해 관심이 생겼다. 빙리의 애정이 다시 살아날지도 모르고, 제인의 매력이라는 더 자연스러운 영향력이 친구들의 영향력을 성공적으로 물리칠 가능성이 없지 않으며 때로는 그럴 가능성이 꽤 높을 것 같은 생각도 들었다.

베넷 양은 외숙모의 초대를 기쁘게 받아들였다. 캐롤라인이 오빠와 한 집에서 살고 있지 않으므로, 빙리 씨와 마주칠 위험 없이 아침 시간을 그녀와 가끔 보낼 수 있을지도 모른다는 기대 외에 빙리가 사람들에 대한 다른 생각은 전혀 떠오르지 않았다.

가드너 부부는 롱번에서 일주일을 머물렀다. 때로는 필립스 집안 사람들과, 때로는 루카스 집안사람들이나 장교들과, 하루도 약속 없이 지나가는 날이 없었다. 베넷 부인은 동생과 올케를 대접하는 일에 엄청나게 신경을 썼기 때문에 한 번도 가족끼리 정찬을 한 적이 없었다. 집에서 약속이 있을 때는 장교 몇 사람이 항상 함께했다. 이 장교들 중에는 항상 위컴 씨가 끼어 있었다. 매번 엘리자베스가 그를 열렬하게 칭찬하는 것을 미심쩍게 여긴 가드너 부인은 주의 깊게 그 두 사람을 관찰했다. 직접 두 눈으로 보니 두 사람이 심각하게 사랑에 빠져 있다는 생각은 들지 않았지만, 서로에게 호감을 갖고 있다는 것만은 확실해 약간 걱정이 되었다. 그래서 하트퍼드셔를 떠나기 전에 그 문제에 대해 엘리자베스와 이야기를 나눠 보고 그런 호감을 키우는 일의 경솔함에 대해 일러 주기로 결심했다.

위컴은 호감을 사는 다른 여러 능력 말고도 가드너 부인을 즐겁게 해 줄 수 있는 방법을 하나 더 가지고 있었다. 가드너 부인은 결혼하기 전 10년, 혹은 12년 전쯤 위컴이 살았던 더비셔의 바로 그 지역에서 상당히 오랫동안 지낸 적이 있었다. 그래서 그들에게는 공통적으로 아는 사람들이 많았다. 위컴은 다아시의 부친이 세상을 떠난 후에는 그곳에 간 적이 거의 없었지만, 가드너 부인의 옛날 친구들에 대해 그녀가 입수할 수 있는 것보다는 더 최근의 소식을 제공해 줄 수 있었다.

가드너 부인은 펨벌리를 구경한 적이 있고 고 다아시 씨의 평판을 매우 잘 알고 있었다. 당연히 이것은 무궁무진한 화제가 되었다. 펨벌리에 대한 자신의 기억과 위컴의 자세한 묘사를 비교하고, 세상을 떠난 펨벌리 주인의 인품을 칭찬하면서 그녀는 자신도 즐거웠고 위컴 씨도 즐겁게 해 주었다. 위컴이 현재의 다아시 씨가 자신을 어떻게 대우했는지 알려 주자마자 가드너 부인은 다아시 씨가 아직 어린 소년이었을 때 그의 성품에 대한 소문 중에서 위컴 씨의 말과 일치하는 것을 기억해 내려고 애쓰다가, 마침내 예전에 피츠윌리엄 다아시 씨가 매우 오만하고 심술궂은 소년이라는 소문을 들은 기억이 분명히 난다고 말했다.

3장

엘리자베스와 단둘이 이야기할 기회가 생기자마자 가드너 부인은 꼼꼼하고 상냥하게 주의를 주었다. 자신의 생각을 솔직하게 말한 다음 그녀는 다음과 같이 말을 이어 갔다.

"리지야, 너는 매우 분별력이 있는 아이라서 단지 사랑하지 말라는 말을 들었다고 해서 사랑에 빠지지는 않을 테니 솔직하게 이야기하는 것이 두렵지 않다. 심각하게 말하는데, 조심하라고 경고해 주고 싶다. 재산이 없기 때문에 매우 경솔해질 수 있는 애정에 스스로 빠지거나 그 사람을 끌어들이려고 애쓰지 마라. **그 사람** 자체에 대해서는 반대할 말이 없다. 상당히 흥미를 불러일으키는 젊은이니까. 당연히 얻기로 되어 있었다는 재산을 지금 가지고 있다면 그 사람이야말로 너한테 더할 나위 없이 좋은 상대라고 생각한다. 하지만 현실이 현실이니만큼 네 감정에 휩쓸려서는 안 된다. 네게는 분별력이 있고 우리 모두 네가 분별 있게 행동하기를 기대하고 있어. 네 아버지도 **네** 단호한 성격과 방정한 품행을 믿고 계실 것이니, 아버지를 실망시켜 드려서는 절대 안 된다."

"아이, 외숙모. 너무 심각하세요."

"그래, 너도 나처럼 심각해지길 바란다."

"그렇다면 조금도 두려워하실 필요 없어요. 제 자신도, 위컴 씨도 잘 알아서 할게요. 위컴 씨가 저를 사랑하게 하진 않을게요. 저한테 그걸 막을 능력이 있다면요."

"엘리자베스, 너 지금 농담하는구나."

"죄송해요. 다시 말할게요. 지금은 위컴 씨를 사랑하지 않아요. 아니요, 분명히 아니에요. 그렇지만 그는 제가 지금까지 만난 남자 중에서는 가장 마음에 드는 사람이에요……. 만약 그가 정말로 저를 사랑하게 된다면…… 저도 그러지 않는 게 더 낫다고 생각해요. 그러는 게 경솔한 일이라는 건 알아요. 아! 저 혐오스러운 다아시 씨! 아버지의 평가는 저한테 가장 큰 명예니까, 그걸 저버리면 슬플 거예요. 그렇지만 아버지께서는 위컴 씨를 좋아하세요. 요컨대, 제가 가족들 중어느 한 사람이라도 불행하게 만든다면 정말 슬플 거예요. 그렇지만 사랑하는 젊은이들이 당장 재산이 없다고 해서 서로 약혼을 자제하지는 않는다는 것을 매일 다반사로 보는 마당에, 제가 유혹을 받아도 다른 많은 사람들보다 더 지혜롭게 처신할 것이라고 어떻게 장담할 수 있겠어요? 아니면 그런 유혹에 저항하는 것이 지혜라는 것을 제가 어떻게 알 수 있겠어요? 그러니 제가 약속할 수 있는 것은 서두르지 않겠다는 것뿐이에요. 그 사람이 가장 사랑하는 여자가 저라고 섣불리 믿지 않을게요. 그 사람과 함께 있을 때에도 관심과 사랑을 바라지 않을게요. 간단히 말하면 최선을 다할게요."

"그 사람이 여기에 자주 오지 않도록 한다면 좋을 것 같구나. 적어도 네 어머니께 그를 초대하라고 **상기시켜서는** 안 된다."

"제가 며칠 전에 그랬던 것처럼요?" 엘리자베스가 쑥스러운 미소를 지으며 말했다. "정말 맞는 말씀이에요. 그런 일은 삼가는 게 현명할 거예요. 하지만 그 사람이 여기에 항상 그렇게 자주 온다고 생각하지는 마세요. 이번 주에 그를 그렇게 자주 초대한 것은 외숙모 때문이에요. 친지들이 우리 집에 머물 때는 항상 손님이 있어야 한다는 어머니의 생각을 아시잖아요. 그와는 별개로, 정말로 제 명예를 걸고 가장 현명하다고 생각하는 대로 행동하도록 노력할게요. 이제 외숙모가 만족하셨길 빌어요."

외숙모는 그렇다고 말했고, 그들은 엘리자베스가 친절한 충고를 해 준 것에 대해 감사 인사를 한 다음 헤어졌다. 기분 상하지 않게 이런 문제에 대해 조언을 해 준 훌륭한 본보기였다.

콜린스 씨는 가드너 부부와 제인이 하트퍼드셔를 떠난 직후에 그곳으로 돌아왔다. 하지만 루카스 댁에 머물기로 했기 때문에 그의 방문 때문에 베넷 부인이 크게 불편할 일은 전혀 없었다. 콜린스 씨의 결혼은 빠르게 다가오고 있었다. 베넷 부인은 마침내 그 일이 불가피하다고 체념할 정도가 되었고, 심술궂은 어조로 "그들이 행복할 리가 없지만 **그래도 그러길** 빌어."라고 되풀이해 말하기도 했다. 목요일에 결혼식이 치러질 예정이라, 루카스 양은 수요일에 작별 인사를 하러 방문했다. 루카스 양이 떠나려고 일어설 때 엘리자베스는 어머니의 무뚝뚝하고 기껍지 않은 축하 인사에 부끄러움을 느끼고 진심으로 안쓰러운 마음이 들어서 그녀를 방 밖까지 배웅했다. 함께 아래층으로 내려갈 때 샬럿이 말했다.

"네가 소식을 자주 전할 거라고 믿어, 일라이자."

"물론 **그렇게** 할게."

"너한테 부탁할 게 하나 더 있어. 날 보러 와 줄래?"

"하트퍼드셔에서 자주 만날 거야, 그러길 빌어."

"얼마 동안은 켄트 주를 떠나지 못할 것 같아. 그러니까 헌스퍼드에 와 주겠다고 약속해 줘."

엘리자베스는 그 방문이 즐거울 것이라는 생각은 전혀 할 수 없었지만 거절할 수가 없었다.

"우리 아버지가 머라이어와 함께 3월에 오시기로 했어." 샬럿이 덧붙였다. "그때 네가 함께 오겠다고 약속해 줘. 정말로, 일라이자. 아버지와 머라이어만큼 너도 환영해 줄게."

결혼식이 거행되었고 신랑 신부는 교회 문에서 바로 켄트로 출발했다. 항상 그렇듯이 그 결혼에 대해서도 모두들 말이 많았다. 엘리자베스는 곧 친구에게서 편지를 받았고, 그들은 예전만큼 규칙적으로 빈번하게 편지를 주고받았다. 하지만 예전만큼 솔직하기는 불가능했다. 엘리자베스는 소식을 전할 때마다 친밀감에서 오는 편안함이 모두 사라져 버렸다고 느꼈다. 샬럿에게 편지 쓰는 것을 게을리 하지 않겠다고 결심했지만 그것은 현재보다는 과거의 좋았던 관계를 위해서였다. 샬럿이 처음에 보낸 편지들을 받았을 때에는 빨리 읽어 보고 싶은 마음이 상당히 간절했다. 그녀가 새 집에 대해 무슨 말을 할지, 캐서린 영부인은 마음에 드는지, 감히 얼마나 행복하다고 말할지 호기심이 생기지 않을 수가 없었다. 하지만 편지를 읽으며 엘리자베스는 샬럿이 스스로 예상했던 것과 일치하는 점들에 대해서만 이야기하고 있다고 느꼈다. 그녀는 명랑한 어조로 편지를 썼고, 모든 것이 편안한 것처럼 보였으며, 무엇에 대해 이야기하든 칭찬뿐이었다. 집과 가구, 이웃과 도로 모두 그녀의 취향에 맞았고 캐서린 영부인의 행동은 매우 친절하고 자상했다. 그녀의 언급은 헌스퍼드와 로징스에 대한 콜린스 씨의 묘사를 온당하게 완화시켜 놓은 것 같았다. 엘리자베스는 그 외의 사실을 알려면 자기가 직접 그곳을 방문할 때까지 기다려야 한다는 것을 깨달았다.

제인은 동생에게 이미 몇 줄의 편지를 보내서 런던에 무사히 도착했다는 것을 알렸다. 엘리자베스는 언니가 다시 편지를 쓸 때에는 빙리가 사람들에 대해 쓸 말이 생기기를 바랐다.

엘리자베스는 이 두 번째 편지를 애타게 기다렸지만 흔히 그렇듯이 보람이 없었다. 런던에 간 지 일주일이 지났지만 제인은 캐롤라인을 만나지도, 그녀에게서 소식을 듣지도 못했다. 하지만 제인은 롱번에서 마지막으로 캐롤라인에게 보낸 편지가 어떤 사고로 분실되었을 것이라고 추측하는 식으로 그 이유를 설명했다.

"외숙모가 내일 런던의 그쪽 지역으로 가실 예정이야. 그래서 나도 기회를 봐서 그로스브너 가를 방문해 보려고."

제인은 그곳을 방문해서 빙리 양을 본 다음 다시 편지를 썼다. "빙리 양이 기운이 없어 보였어."라고 말하며 "그렇지만 나를 보자 매우 반가워했고 런던에 온다는 것을 미리 알리지 않았다고 나를 나무랐어. 그러니까 내 추측이 맞았어. 지난번 내 편지가 그녀에게 가지 않은 거였어. 물론 예법에 맞게 그녀의 오빠 안부도 물었지. 그분은 잘 지내고 있지만 다시 씨하고 같이 있는 시간이 워낙 많아서 자기들도 거의 못 본대. 다시 양이 저녁 식사를 하러 올 예정이었대. 나도 그녀를 볼 수 있으면 좋을 텐데. 캐롤라인과 허스트 부인이 외출할 예정이었기 때문에 오래 있진 않았어. 곧 두 사람이 여기로 나를 보러 올 거라고 생각해."

엘리자베스는 편지를 읽으며 고개를 저었고, 빙리 씨는 오로지 우연에 의해서만 제인이 런던에 와 있다는 것을 알게 될 것이라고 확신했다.

4주가 지났지만 제인은 빙리의 그림자도 보지 못했다. 그녀는 전혀 섭섭하지 않다고 자신을 설득하려고 애썼지만, 빙리 양의 무관심을 더 이상 보지 않고 넘어갈 수는 없었다. 보름 동안 매일 아침 집에서 기다리고, 매일 저녁 오지 않는 그녀를 위해 새로운 변명거리를 지어내서 변호해 주고 난 후 드디어 그 방문자가 나타났다. 그러나 머문 시간이 너무 짧은 데다 빙리 양의 태도도 완전히 변했기 때문에 제인은 더 이상 자신을 속일 수가 없었다. 제인이 이 일에 대해 엘리자베스에게 쓴 편지에 그녀의 심경이 잘 드러나 있다.

사랑하는 리지야, 너는 내가 나에 대한 빙리 양의 호감을 완전히 잘못 판단했다고 고백한다고 해서 나를 비웃고 네 판단이 더 낫다고 의기양양해할 사람은 아니라고 믿어. 하지만 리지, 결과적으로 네가 옳다는 게 입증되었다 해도, 그녀의 행동을 고려해 본다면 내 믿음 또한 네 의

심만큼 당연하다고 생각해. 내가 여전히 이렇게 말한다 해도 나를 고집세다고 생각하지는 말아 줘. 빙리 양이 왜 나와 친하게 지내고 싶어 했는지 전혀 이해가 안 돼. 그렇지만 똑같은 상황이 다시 일어난다 해도 나는 틀림없이 또 속을 거야. 캐롤라인은 어제가 되어서야 겨우 내 방문에 대한 답례로 찾아왔어. 그동안 짧은 편지 한 통, 아니 소식 한 줄도 받지 못했어. 왔을 때도 즐거운 마음으로 방문한 게 아니라는 것이 확실해 보였어. 그녀는 더 빨리 오지 못한 것에 대해 가볍게 형식적인 사과를 했고, 나를 다시 만나고 싶다는 말은 한 마디도 하지 않았어. 사람도 완전히 달라져서 그녀가 떠난 뒤 나는 빙리 양과 더 이상 친분을 유지하지 않기로 결심했어. 그녀를 비난하지 않을 수는 없지만 유감이야. 빙리 양이 나를 그렇게 특별하게 대한 것은 매우 잘못한 일이야. 친하게 지내려는 모든 노력은 그녀 쪽에서 시작했다고 나는 자신 있게 말할 수 있어. 그렇지만 그녀가 안됐다고 생각해. 자기가 잘못 행동했다는 걸 그녀도 틀림없이 느낄 테고, 그 이유가 자기 오빠에 대한 걱정 때문이라는 것도 확실하니까 말이야. 내 생각을 더 이상 설명할 필요는 없겠지. 물론 **우리는** 이런 걱정이 전혀 쓸데없다는 걸 알지만, 만약 그녀가 오빠를 걱정하는 마음을 느낀다면 나에 대한 그녀의 행동이 쉽게 이해가 될 거야. 빙리 씨는 당연히 그녀에게 소중한 오빠니까 빙리 양이 그를 위해 어떤 걱정을 하건 당연하고 또 따뜻한 일이잖아. 그렇지만 그녀가 지금도 그런 우려를 하고 있다는 게 놀라워. 만약 빙리 씨가 나를 조금이라도 좋아했다면 우리는 오래전에 만났어야 하니까 말이야. 빙리 양의 말로 판단해 보면 내가 런던에 와 있다는 사실을 그분이 아는 건 분명해. 그런데 말할 때 캐롤라인의 태도를 보면 그녀는 빙리 씨가 다아시 양에게 호감을 느끼고 있다고 믿고 싶어 하는 것 같아. 그게 이해가 안 돼. 좀 심하게 말해도 된다면, 뭔가 속임수가 있는 것 같다는 느낌이 심하게 풍긴다고 말하고 싶어. 하지만 모든 고통스러운 생각들은 몰아내 버리고 나를 행복하게 해 줄 것에 대해서만 생각하려고 노력할 거야……. 네 사랑과 외삼촌과 외숙모의 변치 않는 배려를 말이야. 곧바로 네 소식을 들려 줘. 캐롤라인은 빙리 씨가 네더필드에 다시는 돌아가지 않고 집 계약도 곧 해약할 거라는 식으로 말했지만, 확실한 건 아닌 것 같아. 거기 대해서는 언급하지 않는 게 좋을 것 같아. 헌스퍼드의 친구들에게서 그렇게 기분 좋은 편지를 받았다니 나도 아주 기뻐. 윌리엄 경과 머라이어와 함께 가서 그들을 만나도록 해. 네가 그곳에서 아주 편하게 지낼 것이라 믿어.

언니가

이 편지를 읽고 엘리자베스는 마음이 조금 아팠다. 그래도 제인이 적어도 빙리 양에게 더 이상 속지는 않을 것이라고 생각하자 기분이 좋아졌다. 빙리 씨에 대한 기대는 이제 완전히 사라졌다. 그의 관심이 되살아나는 것조차 바라지 않았다. 빙리 씨의 성격을 따져 볼 때마다 그의 인격이 점점 못나 보이는 것 같았다. 엘리자베스는 제인이 실연을 빨리 극복할 수 있게 해 주고 빙리에게는 벌이 되도록 그가 다아시 양과 빨리 결혼하기를 진심으로 바랐다. 위컴의 설명대로라면, 다아시 양은 빙리 씨로 하여금 자신이 버린 것을 대단히 아쉬워하게 만들어 줄 사람이기 때문이다.

이 무렵 가드너 부인은 엘리자베스에게 위컴에 대한 약속을 상기시키면서 그의 소식을 물었다. 엘리자베스는 자신보다 외숙모에게 더 만족스러울 수 있는 소식을 보냈다. 위컴은 더 이상 엘리자베스에게 호감이나 관심을 보이지 않았다. 그는 다른 여성에게 구애하고 있었다. 엘리자베스는 그 모든 것을 관심 있게 지켜보았지만 큰 고통은 없었고, 그에 대해 편지도 쓸 수 있었다. 그녀는 마음의 상처를 크게 받지 않았다. 그를 크게 좋아했던 것도 아니었고, 재산만 있었더라면 그의 유일한 선택은 **자신**이었을 거라 믿어 허영심도 충족되었기 때문이다. 위컴이 지금 잘 보이려고 애쓰고 있는 아가씨의 가장 두드러진 매력은 최근에 갑자기 만 파운드를 물려받았다는 점이었다. 하지만 엘리자베스는 위컴의 경우에는 샬럿 때보다 판단력이 무뎌졌는지 부유한 여자와 결혼해 재정적인 독립을 확보하려는 위컴의 생각 때문에 그와 말다툼을 벌이지 않았다. 오히려 그런 선택은 지극히 당연한 것처럼 보였다. 위컴이 자기를 포기하느라 약간의 갈등을 겪었을 것이라고 짐작하면서도, 엘리자베스는 위컴의 판단이 두 사람 모두에게 현명하고 바람직한 조치였다고 기꺼이 인정했고 진심으로 그의 행복을 빌어 줄 수 있었다.

엘리자베스는 이 모든 것을 가드너 부인에게 전달했다. 그녀는 상황을 설명한 다음 이렇게 써 나갔다. "외숙모, 제가 열렬하게 사랑에 빠진 것은 아니었던 게 확실해요. 정말로 순수하고 고결한 열정을 경험했던 거라면 저는 지금 그의 이름을 증오하고 그 사람에게 온갖 형태의 불행이 닥치길 바랄 거예요. 그렇지만 저는 지금도 **그 사람**에게 따뜻한 감정을 가지고 있을 뿐만 아니라 킹 양에 대해서도 악의를 가지고 있지 않아요. 그녀를 미워하지도 않고, 그녀가 아주 괜찮은 여자라고 인정하는 것도 주저하지 않거든요. 위컴을 사랑했다면 이러지 못할 거예요. 주의했던 게 효과가 있었나 봐요. 제가 미친 듯이 그를 사랑했다면 틀림없이 주변 사람들이 저를 더 흥미롭게 바라봤겠지만, 주목을 받지 못하게 돼서 섭섭하다고 말할 수는 없어요. 중요한 존재가 되려면 비싼 대가를 치를 수도 있으니까요. 위컴 씨의 변심에 저보다 오히려 키티와 리디아가 훨씬 더 상심하고 있어요. 그 애들은 아직 세상 물정을 몰라서, 잘생긴 남자 역시 못생긴 남자들과 마찬가지로 먹고살 돈이 필요하다는 굴욕적인 생각을 잘 받아들이지 못해요."

4장

롱번에서는 그 이상의 사건들이 일어나지 않은 채, 때로는 지저분하고 때로는 추운 길을 따라 메리턴에 다녀오는 것 외에는 별다른 변화 없이 1, 2월이 지나갔다. 엘리자베스는 3월에 헌스퍼드에 갈 예정이었다. 그녀는 그곳에 가는 일을 처음에는 별로 진지하게 생각하지 않았지만, 곧 샬럿이 자신의 방문을 고대하고 있다는 것을 알게 되었고 스스로도 그 계획을 점점 더 확실히 기쁘게 생각하게 되었다. 서로 멀리 떨어져 있게 되자 샬럿을 다시 보고 싶은 마음이 커졌고 콜린스 씨에 대한 혐오감은 약해졌다. 헌스퍼드 방문에는 새로움이 있었다. 어머니뿐만 아니라 같이 어울리기 힘든 동생들이 있는 집이 마냥 좋다고만은 할 수 없었기 때문에, 약간의 변화는 그 자체로도 환영이었다. 더구나 그 여행길에 제인을 잠시 볼 수도 있었다. 한마디로 말해서, 방문할 날이 다가옴에 따라 출발이 조금이라도 연기된다면 오히려 매우 섭섭했을 것이다. 그러나 만사가 순조롭게 진행되었고, 일정은 샬럿의 처음 계획대로 확정되었다. 엘리자베스는 윌리엄 경과 그의 둘째 딸과 동행할 예정이었다. 런던에서 하룻밤 묵자는 개선안이 늦지 않게 추가되었고 계획은 더 이상 나무랄 데 없이 완벽해졌다.

단 한 가지 마음에 걸린 것은 그녀가 없으면 허전해할 아버지를 두고 떠나는 일이었다. 떠날 날이 되자 베넷 씨는 엘리자베스가 떠나는 게 못내 아쉬워서 그녀에게 편지를 쓰라고 했고, 답장을 하겠다는 약속까지 기꺼이 하려고 할 정도였다.

엘리자베스와 위컴 씨는 좋게 헤어졌다. 위컴은 엘리자베스에게 훨씬 더 친근하게 대해 주었다. 지금은 다른 사람에게 구애한다고 해도 엘리자베스가 자신의 관심을 불러일으켰고 또 마땅히 그럴 만했던 첫 여성이며, 자신의 이야기를 경청해 주고 자신을 가엾이 여겨 주었던 그가 사모한 첫 여성이었다는 사실을 잊을 수는 없었을 것이다. 위컴 씨는 엘리자베스에게 작별을 고하면서 매우 즐거운 시간을 보내길 바란다고 했고, 캐서린 드 버그 영부인에게서 무엇을 기대해야 할지도 엘리자베스에게 상기시켜 주었다. 캐서린 영부인에 대한 두 사람의 의견이 항상 일치할 거라 확신한다고 털어놓는 그의 태도에는 배려와 관심이 있었으므로, 엘리자베스는 그를 언제나 진심으로 존경하면서 좋아하게 될 것이라고 느꼈고 위컴 씨가 결혼을 하건 독신으로 있건 자신에게는 항상 가장 상냥하고 기분 좋은 남성의 본보기로 기억될 것이라 확신하면서 그와 헤어졌다.

다음 날 엘리자베스와 동행한 사람들은 위컴에 대한 호감을 줄여 줄 만한 사람들이 아니었다. 윌리엄 루카스 경과 성격은 좋지만 자기 아버지만큼 머리가 텅 빈 머라이어의 입에서 나오는 말들은 들을 만한 가치도 없었고, 덜커덩거리는 마차 소리를 듣는 것만큼이나 재미도 없었다. 엘리자베스는 황당한 이야기를 좋아했지만, 윌리엄 경의 이야기는 너무 오래된 것이었다. 그가 들려주는 국왕 알현과 작위 수

여의 경이로움에 대한 이야기에는 새로운 점이 눈곱만큼도 없었고, 윌리엄 경의 정중한 표현 방식 또한 전하는 내용만큼이나 낡아 빠진 것이었다.

여행 거리가 겨우 38킬로미터밖에 되지 않았고 아침 일찍 출발했기 때문에 일행은 정오에는 그레이스처치 가에 도착할 수 있었다. 그들이 탄 마차가 가드너 씨 댁 문을 향해 가고 있을 무렵, 제인이 응접실 창문으로 그들의 도착을 바라보고 있다가 현관으로 들어가자 일행을 맞으러 나왔다. 언니의 얼굴을 자세히 살펴본 엘리자베스는 언니가 예전과 마찬가지로 건강하고 아름다운 것을 보고 기뻤다. 계단위에는 한 무리의 사내아이들과 계집아이들이 서 있었다. 아이들은 사촌을 빨리 만나고 싶은 마음에 응접실에서 기다릴 수가 없었지만, 열두 달 만에 엘리자베스를 만나는 거라 수줍어서 더 아래쪽으로 내려오지도 못하고 거기 모여 있었다. 기쁨과 친절이 사방에 넘쳤고, 그날 하루는 매우 즐겁게 지나갔다. 오전에는 법석을 떨며 쇼핑을 했고, 저녁에는 극장에 갔다.

극장에서 엘리자베스는 꾀를 내어 외숙모 곁에 앉았다. 첫 번째 화제는 제인이었다. 엘리자베스는 언니의 상태에 대해 자세히 질문했고, 제인이 항상 즐거워하려고 애쓰지만 이따금씩 실의에 빠진다는 말을 듣고 놀라기보다는 슬퍼했다. 하지만 그런 기분이 오래 지속되지는 않기를 바랄 수밖에 없었다. 가드너 부인은 또한 빙리양이 그레이스처치 가를 방문한 일에 대해 상세히 이야기해 주었고, 제인과 자신이 한 여러 번의 대화로 생각해 보건대 제인이 진심으로 빙리 양과의 교제를 포기한 것 같다고 말했다.

그런 다음 위컴에게 차였다며 조카를 놀리면서, 실연을 잘 견디고 있다고 그녀를 칭찬해 주었다.

"그런데 엘리자베스." 가드너 부인이 물었다. "킹 양은 어떤 아가씨야? 우리의 친구가 돈을 밝히는 사람이라고 생각하기는 싫은데 유감이야."

"그렇지만 외숙모, 결혼에서 돈을 밝히는 것과 신중한 동기 사이에 무슨 차이가 있어요? 신중함이 끝나는 지점은 어디고 탐욕이 시작되는 지점은 어딘가요? 외숙모는 지난 크리스마스에 그 사람과 제가 결혼하게 될까 봐 걱정하셨잖아요. 신중하지 못하다면서요. 그런데 지금은 그가 겨우 만 파운드의 재산이 있는 아가씨와 결혼하려 한다고 그가 돈을 밝힌다고 생각하고 싶어 하시잖아요."

"킹 양이 어떤 아가씨인지 알려 주면 내가 알아서 판단할게."

"상당히 괜찮은 아가씨일 거예요, 아마도. 그녀의 나쁜 점에 대해서는 전혀 듣지 못했어요."

"그렇지만 킹 양이 할아버지의 죽음으로 재산을 물려받기 전에는 위컴이 그 아가씨에게 눈곱만큼의 관심도 보이지 않았다며."

"맞아요……. 그가 관심을 보였어야 하나요? 그가 **제** 애정을 구하지 않은 건 제게 돈이 전혀 없기 때문이었는데, 좋아하지도 않고 돈도 없던 여자에게 구애를 할 이유가 어디 있어요?"

"그렇지만 그 아가씨가 상속을 받자마자 그녀에게 관심을 돌리다니 조금 천박한 것 같아."

"가난한 처지에 있는 남자는 다른 사람들처럼 예의범절을 모두 지킬 시간이 없거든요. **그 아가씨가** 괜찮다는데 왜 **우리가** 그걸 문제 삼아야 하는 거죠?"

"**그 아가씨가** 괜찮다고 해서 **그의 행동이** 정당화되지는 않는 법이야. 위컴을 받아들였다는 건 그 아가씨에게 분별력이나 감성 같은 무언가가 부족하다는 걸 보여 줄 뿐이고."

"글쎄요." 엘리자베스가 소리쳤다. "외숙모 마음대로 생각하세요. **그 사람은** 돈을 밝히는 사람이고 **그 아가씨는** 바보 같은 여자라고요."

"아니야, 리지. 나는 그리 생각하고 싶지 **않아**. 더비셔에서 그렇게 오래 살았던 젊은이를 나쁘게 생각하고 싶지도 않고."

"아! 고작 그게 전부라면 저는 더비셔에 사는 젊은 남성들을 별로 좋다고 생각하지 않아요. 하트퍼드셔에 사는 그 사람들의 친구들도 나을 바 없고요. 모두 진저리가 나요. 다행히도 저는 내일 좋은 점은 하나도 없고, 내세울 만한 태도도 분별력도 없는 남자를 만날 곳으로 간답니다. 결국 알고 지낼 만한 유일한 남자들은 멍청한 남자들뿐인가 봐요."

"말조심하려무나, 리지. 매우 낙심했다는 느낌이 강하게 풍기니까 말이다."

가드너 부인은 연극이 끝나 둘이 서로 떨어지기 전에, 자기네 부부
가 여름에 가려는 여행에 동행해 달라고 엘리자베스를 초대했다. 엘
리자베스는 예기치 못했던 기쁨을 맛보았다.

　"얼마나 멀리 여행할지는 아직 정하지 않았다." 가드너 부인이 말
했다. "그렇지만 아마 북서부의 호수 지방까지는 갈 거야."

　엘리자베스에게는 그 어떤 계획도 그보다 더 나을 수 없었을 것이
다. 그래서 그 초대를 곧바로 감사히 받아들였다. "아, 사랑하는 외숙
모." 그녀는 황홀해하며 소리쳤다. "정말 기뻐요! 아주 행복해요! 외
숙모가 제게 새로운 활기와 활력을 불어넣어 주셨어요. 실망과 울적
함이여, 안녕. 바위와 산에 비하면 남자들이 대수인가요? 아! 얼마나
황홀한 시간을 보내게 될까요! 우리는 여행에서 돌아와서도 어느 것
하나 제대로 설명하지 못하는 여느 여행자들과는 다를 거예요. 우리
는 **분명히** 다녀온 곳에 대해 다 꿰고…… 본 것은 다 기억해 낼 거예
요. 호수와 산과 강들이 머릿속에서 뒤범벅되지 않게 해야겠죠. 어떤
특정한 풍경을 묘사할 때 무엇이 어디에 있었는지에 대해 입씨름하지
않도록 하고요. **우리**가 처음 터뜨리는 기쁨의 토로는 다른 일반적인
여행자들의 감탄보다는 근거가 더 확실해야 하니까요."

5장

다음 날 여행에서 엘리자베스는 모든 것들이 새롭고 흥미로웠다. 즐거움을 받아들일 수 있을 만큼 기분이 나아졌기 때문이다. 제인은 더 이상 걱정하지 않아도 될 만큼 좋아 보였고, 북부 지방으로 여행한다는 기대가 끊임없는 기쁨의 원천이 되었다.

큰길을 벗어나 헌스퍼드로 가는 좁은 길로 들어섰을 때 모두의 눈은 목사관을 찾아 두리번거렸고, 모퉁이를 돌 때마다 다들 목사관이 나타나기를 기다렸다. 한쪽 길에는 로징스 파크의 울타리가 이어지고 있었다. 엘리자베스는 그곳에 사는 사람들에 대해 들은 모든 이야기를 떠올리며 미소를 지었다.

마침내 목사관이 눈에 들어왔다. 길 쪽으로 비탈진 정원과 그 안에 있는 집, 녹색 말뚝과 월계수로 두른 울타리 등 모든 것들이 목적지에 도착하고 있음을 알려 주었다. 콜린스 씨와 샬럿이 문 앞에 나와 있었고, 마차가 짧은 자갈길을 통해 집으로 들어가는 작은 문 앞에 멈춰 서자 모두들 눈인사와 미소를 보냈다. 곧 모두가 마차에서 내려 서로를 보며 기쁨을 나눴다. 콜린스 부인은 친구를 맞으며 기뻐서 어쩔 줄 몰라 했고, 엘리자베스는 다정하게 자신을 반기는 그녀를 보고 더욱더 오길 잘했다고 생각했다. 엘리자베스는 콜린스 씨의 태도가 결혼으로 달라진 게 전혀 없다는 걸 금세 알아차렸다. 형식적인 공손함은 예전과 똑같았고, 그는 엘리자베스를 문간에 몇 분 동안 붙잡아 놓고서 온 가족의 안부를 묻고 대답을 들었다. 콜린스 씨는 입구의 깔끔함을 지적하느라 잠시 지체했을 뿐 곧장 그들을 집 안으로 안내했고, 응접실에 들어서자마자 자신의 누추한 처소를 방문해 주셔서 감사하다며 지나치게 격식을 차려서 두 번째 인사를 했고 아내가 다과를 권할 때마다 그 말을 착실하게 반복했다.

엘리자베스는 콜린스 씨의 득의양양해하는 모습을 볼 각오를 하고 있었다. 콜린스 씨가 균형 잡힌 방의 배치와 그 안의 가구를 보여주면서, 엘리자베스가 자신의 청혼을 거절함으로써 잃은 것이 무엇인지 느끼게 해 주고 싶어 하는 것처럼 특히 그녀더러 이야기를 하고 있다는 느낌을 받지 않을 수 없었다. 모든 것이 깔끔하고 안락해 보였지만, 엘리자베스는 후회하는 표시를 눈곱만큼이라도 보여서 그를 기쁘게 해 주지는 않았다. 오히려 그런 남편과 살면서도 명랑한 태도를 지닐 수 있는 친구에게 놀라워하며 샬럿을 다시 보았다. 콜린스 씨는 아내가 창피하게 여길 수밖에 없는 말을 하는 경우가 종종 있었고, 그럴 때면 엘리자베스는 자신도 모르게 샬럿에게 시선을 돌렸다. 샬럿은 한두 번 살짝 얼굴을 붉히기는 했지만, 지혜롭게도 대개는 귀를 기울이지 않았다. 콜린스 씨는 응접실에 앉아 찬장부터 벽난로 앞의 불똥막이에 이르기까지 방 안에 있는 모든 가구에 대해 칭찬을 주고받고, 그들의 여행과 런던에서 일어난 모든 일에 대해 이야기를 나눈 다음 정원으로 산책을 나가자고 청했다. 정원은 크고 잘 구획되어 있었으며, 콜린스 씨가 손수 정원을 가꾸고 있었다. 콜린스 씨는 정원을 가꾸는 것이 자신의 가장 고상한 취미 중 하나라고 말했다. 샬럿은 정원 가꾸기를 하는 것이 건강에 좋다고 하면서 최대한 자주 콜린스 씨에게 이를 권한다고 시인했고, 엘리자베스는 샬럿이 그 말을 할 때 침착한 표정을 짓는 데에 감탄을 금치 못했다. 정원에서 콜린스 씨는 모든 오솔길과 갈림길로 그들을 안내했는데, 그가 요구한 칭찬을 해 줄 틈도 거의 주지 않은 채 모든 경치를 세세하게 지적하느라 정원의 아름다움은 완전히 뒷전으로 밀려났다. 콜린스 씨는 사방에 있는 밭을 하나씩 열거할 수 있었고, 가장 멀리 있는 숲에 나무가 몇 그루 있는지도 말해 줄 수 있었다. 하지만 콜린스 씨의 정원도, 그 고장 혹은 왕국 전체에서 내로라하는 모든 경치 중 그 어느 것도 로징스의 경치와는 비교할 수 없다고 했다. 콜린스 씨의 집과 거의 마주보고 있는 대정원의 나무들 사이로 보이는 로징스는 훌륭한 현대식 건물로 언덕 위에 적당히 자리 잡고 있었다.

콜린스 씨는 정원을 다 보여 준 다음, 할 수 있었다면 일행을 이끌고 자기 목초지 두 곳까지 돌아보고 왔을 것이다. 그러나 숙녀들은 아직 남아 있는 흰 서리 위를 걸을 신발이 없었기 때문에 집으로 돌아왔다. 윌리엄 경이 그와 함께 갔고, 그동안 샬럿은 동생과 친구를 집으로 데려갔다. 아마도 남편의 도움 없이 집을 구경시켜 줄 기회가 생긴 것에 매우 기뻐하는 것 같았다. 집은 다소 작았지만 튼튼하고 편리했다. 모든 것이 깔끔하고 조화롭게 배치되어 정돈되어 있었고, 엘리자베스는 그게 모두 샬럿의 솜씨라고 생각했다. 콜린스 씨의 존재를 잊어버릴 수 있을 때는 전체적으로 매우 편안한 분위기였다. 엘리자베스는 샬럿이 정말로 그 분위기를 즐기는 것으로 봐서 남편의 존재를 자주 잊어버리는 게 분명하다고 생각했다.

엘리자베스는 캐서린 영부인이 아직 그 고장에 머물고 있다는 것을 이미 들어서 알고 있었다. 저녁 식사를 하고 있는 동안 그 일이 다시 거론되었을 때 콜린스 씨가 끼어들며 말했다.

"그렇습니다, 엘리자베스 양. 다음 일요일에 교회에서 캐서린 드 버그 영부인을 만나 뵐 수 있을 것입니다. 당신도 영부인을 뵙게 되면 그분을 좋아하게 되리라는 것은 굳이 말씀드리지 않아도 될 것입니다. 영부인께서는 매우 다정하고 겸손하시므로, 예배가 끝난 후 엘리자베스 양에게도 약간의 관심을 나누어 주실 거라 믿어 의심치 않습니다. 영부인께서 당신과 처제 머라이어가 여기 머무는 동안에는 저희를 초대하는 영광을 베풀어 주실 때마다 두 분도 함께 초대하실 거라고 자신 있게 말씀드릴 수 있습니다. 영부인께서는 제 아내 샬럿에게 아주 다정하게 대해 주십니다. 우리는 매주 두 번씩 로징스에서 정찬을 드는데, 그분께서는 우리가 집에 돌아올 때 걸어오도록 내버려 두지 않으시고 그때마다 우리를 위해 당신의 마차를 준비해 주신답니다. 마차들 중 하나라고 **해야만** 맞겠지요. 영부인께서는 마차를 여러 대 가지고 계시니까요."

"캐서린 영부인은 매우 점잖고 분별 있는 분이세요." 샬럿이 덧붙였다. "이웃에게 매우 세심하게 신경을 써 주시고요."

"맞는 말이오, 여보. 그게 바로 내가 하고 싶은 말이오. 그분에게는 아무리 많은 경의를 표해도 모자라오."

그들은 주로 하트퍼드셔의 소식에 대해 이야기하거나, 이미 편지
로 주고받았던 내용을 다시 이야기하면서 저녁 시간을 보냈다. 그 후
자기 방에 혼자 있게 된 엘리자베스는 샬럿이 얼마나 만족해하며 살
고 있을까 생각해 보았다. 집을 안내하면서 그녀가 한 말과 남편을 대
하는 침착한 태도를 해석해 보고, 모든 것이 잘 굴러가고 있다는 사
실을 인정해야만 했다. 이곳에 머무는 동안 어떻게 시간을 보내게 될
지가 눈에 선했다. 보통은 일상적인 일들을 하며 조용히 보내겠지만
콜린스 씨가 가끔 성가시게 간섭을 할 테고, 로징스 사람들과 활발히
교제할 것이라는 생각도 해 보았다. 엘리자베스의 활발한 상상력이
이를 도와주었다.

다음 날 정오에 엘리자베스가 산책을 나가려고 방에서 준비를 하
고 있을 때, 아래층이 갑자기 소란스러워졌다. 집 전체에 소동이 벌어
진 것 같았다. 그녀가 잠시 귀를 기울이고 있을 때 누군가가 후다닥
위층으로 뛰어 올라오면서 엘리자베스를 크게 불렀다. 그녀가 문을
열자 층계참에서 머라이어가 흥분해서 숨 가쁘게 소리쳤다.

"아, 일라이자! 서둘러서 식당으로 가 봐. 굉장한 구경거리가 있어!
그게 뭔지는 말 안 해 줄 거야. 서둘러서 당장 내려가 봐."

엘리자베스는 무슨 일인지 물었지만 허사였다. 머라이어는 더 이
상 아무 말도 하려 하지 않았으므로, 두 사람은 오솔길이 보이는 식
당으로 뛰어 내려가 무슨 일인지 알아보았다. 정원 문 앞에 두 숙녀가
낮은 사륜마차를 타고 멈춰 서 있었다.

"애걔, 이게 전부야?" 엘리자베스가 소리쳤다. "최소한 누가 돼지 떼라도 정원으로 몰고 들어온 줄 알았더니 겨우 캐서린 영부인하고 그 딸이야?"

"이런, 세상에!" 머라이어가 엘리자베스의 실수에 깜짝 놀라서 말했다. "저 나이 든 부인은 캐서린 영부인이 아니라 그 댁에 함께 살고 있는 젠킨슨 부인이야. 다른 한 사람이 드 버그 양이고. 저것 좀 봐. 몸집이 너무 작아. 저렇게 마르고 작을 줄 누가 알았겠어?"

"이렇게 바람이 부는데 샬럿을 문밖에 세워 두다니 정말 무례하네. 왜 안 들어오는 거야?"

"샬럿 언니가 그러는데 그러는 일은 거의 없대. 드 버그 양이 집 안에 들어오면 그건 최고의 호의래."

"생긴 게 마음에 들어." 엘리자베스는 다른 생각들을 떠올리며 말했다. "아프고 심술 맞아 보여. 그래, 그 사람하고 아주 잘 어울릴 거야, 그의 아내로는 안성맞춤이네."

콜린스 씨와 샬럿은 문간에 서서 숙녀들과 대화를 나누고 있었고, 윌리엄 경은 현관에 서서 앞에 계신 고귀한 분을 열심히 바라보며 드버그 양이 자기 쪽을 볼 때마다 굽신거려서 엘리자베스를 매우 즐겁게 했다.

마침내 더 이상 할 말이 없어지자 숙녀들은 마차를 타고 떠났고 다른 사람들은 집 안으로 들어왔다. 콜린스 씨는 엘리자베스와 머라이어를 보자마자 운이 좋다며 축하 인사를 하기 시작했다. 샬럿은 다음 날 그들 모두가 로징스의 정찬에 초대를 받았다며 행운의 정체를 설명해 주었다.

6장

　이 초대 때문에 콜린스 씨는 콧대가 하늘을 찌를 듯했다. 궁금해하는 손님들에게 자기 후견인의 위엄을 과시하고 자신과 아내에 대한 후견인의 배려를 보여 줘 자신의 능력을 과시하는 것이 바로 그가 바라 마지않았던 일이기 때문이다. 원하던 기회를 그렇게 빨리 주었다는 것이야말로 캐서린 영부인의 너그러운 배려를 보여 주는 예로서, 그가 아무리 칭송해도 모자란다는 것이다.

　"솔직히 말씀드리면." 콜린스 씨가 말했다. "영부인께서 일요일 저녁에 로징스에서 차를 마시자고 초대하셨다면 별로 놀라지 않았을 겁니다. 저는 그분의 다정함에 대해 익히 잘 알고 있으니까요. 하지만 이렇게까지 배려해 주실 거라 누가 예상할 수 있었겠습니까? 여러분이 도착한 직후에 정찬을 같이 들자고, 더구나 일행 모두를 초대해 주실 거라고 누가 상상이나 했겠습니까?"

　"사실 나는 다른 사람들보다 덜 놀랐네." 윌리엄 경이 대답했다. "내 신분 덕분에 고귀한 분들의 예의범절이 실제로 어떤지 알고 있으니 말일세. 궁정에서는 기품 있는 교양을 보여 주는 그런 예들이 드물지 않다네."

　그날 하루 종일, 아니 다음 날 아침까지 로징스 방문 외에 다른 이야기는 거의 이루어지지 않았다. 콜린스 씨는 그렇게 대단한 방들과 많은 하인들과 훌륭한 정찬을 보고 손님들이 완전히 압도당하지 않도록 그들이 로징스에서 기대할 수 있는 것들에 대해 세세하게 알려 주었다.

숙녀들이 몸치장을 하기 위해 일어설 때 콜린스 씨는 엘리자베스에게 말했다.

"엘리자베스 사촌, 옷차림에 대해 부담스럽게 생각하지는 마십시오. 캐서린 영부인은 결코 그분 자신이나 따님께나 걸맞는 우아한 옷차림을 우리에게까지 요구하지는 않으십니다. 그냥 당신 옷 중에서 다른 것보다 나은 것을 입으면 될 것 같습니다. 영부인께서는 수수한 옷차림을 했다고 해서 엘리자베스 양을 안 좋게 생각하지는 않으실 겁니다. 그분께서는 신분의 차이가 지켜지는 편을 좋아하시니까요."

사람들이 옷을 갈아입는 동안 콜린스 씨는 두세 차례나 이 방 저 방을 다니며 캐서린 영부인께서는 정찬이 늦어져서 기다리는 것을 몹시 싫어하시기 때문에 서두르는 것이 좋겠다고 재촉했다. 캐서린 영부인과 그녀의 생활 방식에 대한 엄청나게 무시무시한 설명 때문에 사교에 별로 익숙하지 않은 머라이어 루카스는 잔뜩 겁을 먹었고, 아버지가 세인트 제임스 궁에서 알현식을 할 때만큼이나 불안해하며 로징스에서 소개될 때를 고대했다.

날씨가 좋았기 때문에 일행은 공원을 가로질러 가며 1킬로미터가량 즐겁게 산보를 했다. 모든 대정원에는 나름대로의 아름다움과 경치가 있다. 엘리자베스는 로징스에서 마음에 드는 부분을 많이 보았지만, 콜린스 씨가 예상했던 만큼 황홀해하지는 않았다. 그가 저택 앞쪽의 창문들을 일일이 열거하고 처음에 유리를 끼우는 데 루이스 드 버그 경이 얼마나 돈을 썼는지 알려줄 때에도[37] 그다지 감탄하지 않았다.

저택으로 가는 계단을 오를수록 머라이어의 불안감은 매 순간 커졌고 윌리엄 경조차 완벽히 침착해 보이지는 않았다. 하지만 엘리자베스는 용기를 잃지 않았다. 캐서린 영부인이 경외심을 불러일으킬 만한 특별한 재능이나 놀랄 만한 덕을 지니고 있다는 말은 전혀 듣지 못했기에, 단지 돈이나 지위에서 오는 위세 정도는 두려움 없이 대할 수 있다고 생각했다.

현관에서 콜린스 씨는 황홀한 어조로 훌륭한 구도와 세련된 장식을 지적했고, 일행은 그곳에서부터 하인들을 따라 대기실을 지나 캐서린 영부인 모녀와 젠킨슨 부인이 앉아 있는 방으로 들어갔다. 영부인은 큰 호의를 베풀어 자리에서 일어나 그들을 맞았다. 콜린스 부인은 남편과 상의해서 미리 아가씨들의 소개를 맡기로 정해 두었기 때문에, 콜린스 씨라면 필요하다고 생각했을 사과나 감사의 말을 생략한 채 적절히 소개를 시켜 주었다.

세인트 제임스 궁에 다녀온 적이 있음에도 불구하고 윌리엄 경은 주변의 웅장함에 완전히 기가 죽어서, 몸을 깊이 숙여 인사를 하고는 말 한 마디 없이 자기 자리에 앉을 정도의 용기만 겨우 낼 수 있었다. 얼이 빠질 만큼 두려움에 사로잡힌 머라이어는 의자 끝에 걸터앉아 시선을 어디에 두어야 할지 쩔쩔맸다. 엘리자베스는 충분히 그 상황을 감당할 수 있다고 느꼈으므로 앞에 앉은 세 귀부인을 차분히 관찰할 수 있었다. 캐서린 영부인은 키가 크고 몸집이 큰 여성으로 이목구비가 뚜렷했고 한때는 아름다웠을 것 같았다. 영부인의 분위기나 방문객들을 대하는 태도는 그다지 호의적이지 않아서, 일행은 자신들의 낮은 신분을 잊을 수 없었다. 영부인은 말을 하지 않아도 무시무시함을 풍기는 사람이라고는 할 수 없었지만, 무슨 말을 하건 자신의 신분을 드러내듯 너무나 권위적인 어조로 말했기 때문에 엘리자베스는 즉시 위컴의 말을 떠올렸다. 그날 관찰한 것들로 판단해 보면 캐서린 영부인에 대한 위컴 씨의 묘사는 딱 들어맞는 것 같았다.

얼굴과 행동거지가 다아시 씨와 조금 닮았다는 것을 쉽게 알 수 있는 어머니를 자세히 관찰한 다음 엘리자베스는 딸에게 시선을 돌렸다. 엘리자베스는 그녀가 그렇게나 마르고 작다는 점에 대해 거의 머라이어만큼 놀랄 뻔했다. 몸매도 얼굴도 모녀 사이에 닮은 구석이 하나도 없었다. 드 버그 양은 창백하고 병약했으며, 얼굴이 못생긴 편은 아니었지만 별로였고 젠킨슨 부인에게 소곤거리는 것 외에는 거의 말을 하지 않았다. 젠킨슨 부인의 외모에는 눈에 띄는 점이 전혀 없었다. 그녀는 드 버그 양의 말에 귀를 기울이면서 드 버그 양의 눈 앞에 적절한 방향으로 가리개를 놓는 데에만 신경을 쓰고 있었다.

일행은 몇 분 동안 앉아 있다가 모두 경치를 감상하라는 권유를 받고 창가로 갔다. 콜린스 씨가 따라와 그들에게 경치의 아름다움을 지적해 보여 주었고, 캐서린 영부인은 여름에 훨씬 더 볼 만하다고 친절하게 알려 주었다.

정찬은 매우 훌륭해 보였고 하인들과 식기들 모두 콜린스 씨가 단언한 그대로였다. 또한 그는 예상대로 영부인의 청에 따라 주로 가장이 앉는 식탁의 말석을 차지했고, 지금이 생애 최고의 순간이라고 느끼는 것처럼 보였다. 그는 기쁨에 들떠서 민첩하게 고기를 썰고, 먹고, 칭찬했다. 음식이 나올 때마다 그가 먼저, 다음에는 윌리엄 경이 칭찬했다. 윌리엄 경은 이제 충분히 회복되어서 과연 캐서린 영부인이 잘 참아낼 수 있을까 의문이 들 만큼이나 사위가 하는 말을 한 마디도 놓치지 않고 메아리처럼 되풀이했다. 하지만 캐서린 영부인은 그들의 과한 칭찬에 흡족해하는 것 같았고, 특히 누군가가 식탁 위의 어떤 음식이 난생 처음 보는 것이라고 하면 매우 너그러운 미소를 지어 보였다. 일행은 많은 대화를 나누지는 않았다. 엘리자베스는 기회가 있을 때마다 언제든지 대화에 낄 용의가 있었지만, 샬럿과 드 버그 양 사이에 앉아 있어서 그러기가 여의치 않았다. 샬럿은 캐서린 영부인의 말에 귀를 기울이느라 여념이 없었고 드 버그 양은 식사를 하는 내내 엘리자베스에게 한 마디도 하지 않았다. 젠킨슨 부인은 주로 드 버그 양이 얼마나 조금 먹는지 지켜보면서 그녀에게 다른 음식을 먹어 보도록 권하고 그녀가 몸이 안 좋은 것은 아닌지 걱정하는 일에 매달려 있었다. 머라이어는 이야기를 한다는 건 꿈도 꿀 수 없는 일이라 생각했고 신사들은 그저 먹고 칭찬만 늘어놓았다.

　숙녀들은 응접실로 돌아왔을 때 캐서린 영부인의 말을 듣는 것 말고는 달리 할 일이 거의 없었다. 영부인은 커피가 들어올 때까지 쉬지 않고 말을 하면서 모든 주제에 대해 너무나 단호한 태도로 자기 의견을 전달했고, 그런 태도는 그녀가 반대 의견에 익숙하지 않다는 것을 보여 주었다. 그녀는 샬럿의 집안 살림에 대해 스스럼없이 세세하게 물은 다음 그 모든 일을 어떻게 처리해야 하는지 일일이 충고해 주었다. 샬럿네처럼 작은 집에서는 모든 일을 어떻게 관리해야 하는지, 암소와 닭 등은 어떻게 돌봐야 하는지에 대해서도 가르쳐 주었다. 엘리자베스는 영부인이 다른 사람에게 명령할 수 있는 기회만 제공한다면 어떤 주제라도 챙길 거라는 사실을 깨달았다. 캐서린 영부인은 콜린스 부인과 대화를 나누는 사이사이 머라이어와 엘리자베스에게, 특히 엘리자베스에게 여러 가지 질문을 했다. 콜린스 부인에게 말한 바에 따르면, 엘리자베스의 집안에 대해서는 조금도 알지 못했지만 그녀가 매우 얌전하고 예쁜 아가씨라고 생각했기 때문이다. 그녀는 틈틈이 엘리자베스에게 자매가 몇이냐, 언니냐 동생이냐, 그중 누가 결혼하게 될 것 같으냐, 자매들이 예쁘냐, 교육은 어디서 받았느냐, 아버지가 가지고 있는 마차는 어떤 거냐[38], 어머니의 처녀 적 성은 무엇이냐 등등을 물었다. 엘리자베스는 그녀의 질문이 무례하다고 생각했지만 매우 차분하게 대답했다. 그러자 캐서린 영부인이 말했다.

"부친의 재산이 콜린스 씨에게 한정 상속된다고 들었는데. 자네에게는," 샬럿에게 몸을 돌리며 그녀가 말했다. "잘된 일이라고 생각하네. 하지만 난 여자들이 재산을 상속받지 못할 이유가 뭔지 모르겠어. 루이스 드 버그 경의 집안에서는 그럴 필요를 못 느꼈지. 피아노 연주와 노래는 좀 하나, 베넷 양?"

"조금요."

"아! 그렇다면 조만간 연주와 노래를 들려주면 좋겠군. 우리 피아노는 굉장히 좋은 거야. 아마도 그보다 더 나은 건 없을 테니, 언제 한 번 연주해 보도록 해요. 언니와 동생들도 피아노를 연주하고 노래를 부를 줄 아는가?"

"하나만 합니다."

"왜 모두 배우지 않았지? 모두 배웠어야지. 웨브 집안 딸들은 모두 연주를 하는데. 웨브 댁 수입이 아가씨 아버지만큼 많지도 않은데 말이야. 그림은 그릴 줄 아나?"

"아니요, 전혀 못 그립니다."

"자매들 모두?"

"아무도요."

"그것 참 이상하군. 하지만 기회가 없었나 보네. 모친이 봄마다 런던으로 딸들을 데려가 선생의 지도를 받게 했어야 했는데."

"어머니는 그리하는 데에 반대하지 않으셨겠지만, 아버지가 런던을 싫어하십니다."

"가정교사를 더 이상 쓰지 않나?"

"저희 집에서는 가정교사를 쓴 적이 없습니다."

"가정교사를 쓴 적이 없다니! 어떻게 그럴 수가 있지? 가정교사도 없이 집에서 다섯 딸을 교육시키다니! 그런 일은 들어 본 적이 없어. 모친께서 자식들 교육을 시키느라 거의 종살이를 했을 게 분명해."

엘리자베스는 그렇지 않았다고 알려 주면서 미소를 짓지 않을 수가 없었다.

"그렇다면 누가 자네들을 가르쳤지? 누가 보살펴 주고? 가정교사가 없었다면 틀림없이 방치되었을 텐데."

"다른 가족들에 비해서는 방치되었다고 할 수도 있겠죠. 하지만 저희처럼 배우고자 하는 사람들에게는 절대 방법이 없지는 않았습니다. 항상 책 읽기를 장려하셨고 필요하면 선생님을 구해 주셨습니다. 물론 게으르게 지내고 싶어 한 사람은 그럴 수 있었지만요."

"암, 당연하지. 바로 그런 걸 막아 주는 사람이 가정교사야. 내가 모친을 알았다면 가정교사를 고용하라고 단단히 일러 주었을 거야. 나는 꾸준히 규칙적으로 수업을 받지 않으면 교육이 제대로 이루어질 리 없다고 항상 말하네. 가정교사 말고는 어느 누구도 그런 교육을 해 줄 수가 없어. 내가 얼마나 많은 집에 가정교사를 구해 주었는지, 놀라울 따름이지. 젊은 아이에게 좋은 가정교사 일자리를 구해 주는 것은 항상 기쁜 일이야. 젠킨슨 부인의 조카딸 네 명도 나를 통해서 자리를 잘 찾았지. 며칠 전에만 해도 그저 우연히 누가 나한테 말해 준 젊은 아이 하나를 또 추천해 주었어. 그 집에서 그 아이에게 상당히 만족해하고 있더군. 콜린스 부인, 멧칼프 부인이 어제 나한테 감사 인사를 하러 찾아온 것에 대해 얘기했던가? 멧칼프 부인은 포프 양이 보물이라고 하더군. '캐서린 영부인, 제게 보물을 주셨어요.'라고 말하더라고. 동생들 중에서 사교계에 선을 보인 아가씨가 있나, 베넷 양?"

"네, 부인. 전부 나가고 있습니다."

"전부라고! 저런, 다섯이 전부 한꺼번에 사교계에 나간다고? 참 별

일이군! 아가씨가 겨우 둘째가 아닌가. 언니들이 결혼하기도 전에 동생들이 사교계에 나오다니! 동생들은 틀림없이 아주 어릴 것 같은데?"

"네, 막냇동생은 아직 열여섯이 안 되었습니다. **그 애는** 사교계에 나가기에는 너무 어리긴 합니다. 그렇지만 부인, 동생들이 자기들 몫의 사교와 즐거움을 누리지 못한다면 매우 가혹한 일이라고 생각합니다. 언니들이 일찍 결혼할 수 있는 능력이나 의향이 없을 수도 있으니까요. 막내도 맏이만큼 젊음을 즐길 권리를 가지고 있고요. 단지 나중에 태어났다는 **그런** 이유 때문에 제재를 받는다면 자매간의 우애나 서로 아끼는 마음이 생겨나기 힘들 거라 생각합니다."

"세상에." 영부인이 말했다. "아가씨는 매우 젊은 사람이 꽤 당돌하게 자기 의견을 말하는군. 도대체 나이가 몇인가?"

"다 자란 동생이 셋이나 있는데," 엘리자베스가 미소를 지으며 대답했다. "부인께서는 제가 나이를 털어놓을 거라 기대하시진 않으시겠지요?"

캐서린 영부인은 직접적인 대답을 듣지 못한 데 대해 매우 놀란 것 같았다. 엘리자베스는 자신이 그렇게 오만불손한 그녀의 태도에 감히 농담으로 대응한 첫 번째 사람이었을 것이라고 짐작했다.

"스물은 절대 안 넘었을 것 같은데. 그러니 나이를 감출 필요는 없네."

"아직 스물한 살이 안 되었습니다."

신사들이 합류해서 차를 마시고 나서 카드 테이블이 준비되었다.

캐서린 영부인과 윌리엄 경, 콜린스 부부가 카드리유를 하려고 자리를 잡았다. 드 버그 양은 카지노 놀이를 선택했기 때문에 두 아가씨는 젠킨슨 부인을 도와서 그녀와 한 팀을 구성하는 영광을 누리게 되었다. 아가씨들의 테이블은 지루하기 짝이 없었다. 젠킨슨 부인이 드 버그 양이 너무 덥거나 추운 것은 아닐까, 혹은 불빛이 너무 많이 가거나 너무 적게 가는 것은 아닐까 우려를 표할 때를 제외하고는 카드놀이와 무관한 말은 한 마디도 오가지 않았다. 다른 쪽 테이블에서는 훨씬 더 많은 말이 오갔다. 주로 캐서린 영부인이 말했는데, 다른 세 사람의 실수를 지적하거나 자신이 겪은 일화를 이야기하고 있었다. 콜린스 씨는 영부인이 하는 모든 말에 맞장구를 치거나, 자기가 피시를 딸 때마다 그녀에게 감사를 표하거나, 자신이 너무 많이 땄다고 생각하면 그녀에게 사과를 하느라 여념이 없었다. 윌리엄 경은 말을 많이 하지 않았다. 영부인에게 들은 일화들과 귀족들의 이름을 기억 속에 저장하느라 바빴기 때문이다.

캐서린 영부인 모녀가 원하는 만큼 카드놀이를 하고 나서 테이블이 모두 치워졌고, 영부인은 콜린스 부인에게 마차를 타고 가라고 권유했다. 콜린스 부인이 고맙게 권유를 받아들이자마자, 영부인은 즉시 마차를 대령하라고 명령했다. 마차가 준비될 동안 일행은 벽난로 주변에 모여서 캐서린 영부인이 다음 날 아침 날씨가 어떨지 예상하는 말을 들었다. 그러는 동안 마차가 도착해서 그들을 불렀다. 그들은 콜린스 씨가 수많은 감사 인사를 드리고, 윌리엄 경도 거의 그만큼이나 허리를 깊이 숙여 예의를 다한 후 출발했다. 엘리자베스는 마차가 로징스 문 앞을 떠나자마자 콜린스 씨에게서 로징스에서 본 모든 것에 대해 의견을 말해 달라는 요청을 받았고, 샬럿을 위해 실제보다 더 호의적인 대답을 했다. 하지만 콜린스 씨는 엘리자베스가 상당히 애써 칭찬했는데도 불구하고 만족하지 못했고, 어쩔 수 없이 곧 영부인에 대한 칭찬을 직접 늘어놓기 시작했다.

7장

윌리엄 경은 헌스퍼드에 단 일주일간 머물렀지만, 딸이 매우 편안하게 자리를 잡았고 그만한 남편과 이웃을 두는 일이 흔치 않다는 것을 확인하기에는 충분했다. 윌리엄 경이 함께 지내는 동안 콜린스 씨는 이륜마차에 장인을 태우고 근처를 구경시켜 드리는 일에 낮 시간을 바쳤다. 그가 떠나고 나자 온 가족이 일상으로 되돌아갔다. 엘리자베스는 그 변화 덕분에 사촌을 더 자주 보지 않는 것을 다행으로 여겼다. 콜린스 씨는 아침 식사 이후부터 정찬 때까지 대부분의 시간 동안 정원을 돌보거나 책을 읽고 편지를 쓰면서 도로에 접해 있는 서재에서 창밖을 내다보며 지냈기 때문이다. 숙녀들이 지내는 거실은 뒤쪽에 있었다. 처음에 엘리자베스는 샬럿이 왜 크기도 더 넓고 전망도 더 좋은 식당을 거실로 겸용하지 않는지 의아해했었다. 하지만 곧 친구가 그렇게 한 데에는 다 충분한 이유가 있음을 알게 되었다. 만약 그들이 콜린스 씨의 방과 똑같이 쾌적한 방에서 지낸다면, 그가 자기 방에서 보내는 시간이 틀림없이 훨씬 더 줄어들 테니까 말이다. 엘리자베스는 방 배치에 대해서는 샬럿이 잘했다고 인정했다.

거실에서는 집 앞에 난 좁은 길을 잘 볼 수 없었기 때문에 어떤 마차가 지나갔는지, 특히 드 버그 양이 사륜마차를 타고 몇 번이나 지나갔는지 콜린스 씨 덕에 알게 되었다. 드 버그 양이 지나가는 일은 거의 매일 일어났음에도 불구하고 그는 반드시 숙녀들에게 그 사실을 알려 주곤 했다. 드 버그 양은 가끔 목사관에 멈춰 서서 몇 분 동안 샬럿과 이야기를 나누기도 했지만 마차 밖으로 나오는 경우는 거의 없었다.

콜린스 씨는 거의 날마다 로징스에 다녀왔고, 콜린스 부인 역시 로징스에 가야겠다고 생각하지 않는 날이 별로 없었다. 엘리자베스는 영부인의 집안에서 나눠 줄 수 있는 성직록(祿)이 더 있을지도 모른다는 생각이 들기 전까지는 그들이 왜 그렇게 많은 시간을 희생하는지 이해할 수가 없었다. 영광스럽게도 영부인은 이따금씩 콜린스 씨 집을 방문했는데, 그동안 눈에 띄는 것은 뭐든 그녀의 매서운 관찰에서 벗어날 수 없었다. 영부인은 그들이 하던 일을 자세히 검사하고, 다른 식으로 해 보라고 충고했으며, 가구의 배치에서 흠을 찾아내거나 가정부가 소홀히 한 것들을 찾아냈다. 만약 가벼운 식사 대접이라도 받아들인다면, 그것은 오로지 콜린스 부인이 자기 형편에 비해 너무 큰 고깃덩어리를 준비한다는 사실을 찾아내 지적하기 위해서인 것처럼 보였다.

엘리자베스는 곧 이 대단한 귀부인이 정부에게 그 고장의 치안 유지를 위임받은 상황은 아니지만 교구에서 매우 활동적인 치안판사[39] 노릇을 하고 있다는 사실을 알게 되었다. 교구에서 일어나는 아주 사소한 일들까지도 콜린스 씨를 통해 모두 그녀에게 전달되었기 때문이다. 가난한 농부 중 누군가가 싸움을 일으키려 하거나, 불만을 가지고 있다거나, 너무 가난하다고 하면 영부인은 언제나 마을로 출격해서 그들의 의견 차이를 조정하고, 불만을 진정시키고, 야단을 쳐서 화합과 풍요로 이끌었다.

로징스에서 정찬을 즐기는 일은 일주일에 두 번 정도씩 반복되었는데, 윌리엄 경이 빠져서 카드 테이블이 하나만 차려진다는 것을 제외하면 그런 정찬이 제공하는 즐거움은 항상 첫 번째 정찬과 비슷했다. 다른 약속은 거의 없었다. 이웃들의 전반적인 생활수준이 콜린스 부부가 넘볼 수 없는 것이었기 때문이다. 하지만 엘리자베스에게는 나쁘지 않은 일이었으므로, 그녀는 대체로 상당히 편안하게 시간을 보냈다. 샬럿과 반 시간씩 기분 좋은 대화를 나눌 수 있었고, 절기에 비해 날씨가 매우 좋았기 때문에 그녀는 자주 밖에 나가서 매우 즐거운 시간을 보냈다. 엘리자베스가 가장 좋아하는 산책로도 있어서, 다른 사람들이 캐서린 영부인을 뵈러 간 동안 그녀는 자주 그 길을 걸었다. 대정원의 한쪽 가장자리를 둘러싸고 나 있는, 전망이 탁 트인 숲을 따라 이어진 기분 좋게 그늘진 오솔길이었다. 엘리자베스 외에는 누구도 그곳을 즐겨 찾지는 않는 것 같았고, 캐서린 영부인의 호기심도 거기까지는 미치지 않을 것 같았다.

이곳에 온 지 첫 2주일이 벌써 이렇게 조용히 지나갔다. 부활절이 다가오고 있었고, 부활절 전주에는 로징스의 가족에 한 사람이 늘어날 예정이었다. 교제하는 사람이 워낙 적은 이런 상황에서는 틀림없이 중요한 사건이었다. 엘리자베스는 여기 도착한 직후에 다아시 씨가 몇 주 후에 방문할 예정이라는 소식을 들었다. 엘리자베스는 지인 중에서 다아시 씨만큼 싫어하는 사람은 몇 없을 정도라 그를 반기지는 않았지만, 그가 오면 로징스 모임에 비교적 새로운 볼거리가 생길 터였다. 나아가 캐서린 영부인이 배필로 운명 지어 놓은 자기 사촌을 대하는 그의 태도를 통해 그에 대한 빙리 양의 계획이 얼마나 가망 없는 것인지 보면서 즐거움을 느낄 수 있을지도 모르는 일이었다. 캐서린 영부인은 다아시 씨의 방문 소식을 알리며 대단히 흐뭇해했고, 최대의 찬사를 동원해서 그에 대해 이야기했지만 루카스 양과 엘리자베스가 그를 이미 여러 번 만난 적이 있다는 사실을 알고는 거의 화가 난 것처럼 보였다.

다아시 씨가 도착했다는 소식은 곧 목사관에 알려졌다. 콜린스 씨가 그의 도착을 제일 먼저 알기 위해 헌스퍼드로 가는 길목 쪽의 오두막집들이 보이는 곳에서 아침 내내 산책을 하고 있다가, 마차가 저택 안으로 돌아 들어가는 순간 마차를 향해 허리를 굽혀 예를 표한 다음 그 굉장한 소식을 가지고 부리나케 집으로 돌아왔기 때문이다. 다음 날 아침 그는 문안 인사를 드리러 서둘러 로징스로 갔다. 문안 인사를 받아야 할 캐서린 영부인의 조카는 두 사람 있었다. 다아시 씨가 백부의 차남인 피츠윌리엄 대령과 함께 왔기 때문이다. 콜린스 씨가 집으로 돌아올 때 두 신사가 그를 따라와서 모두가 깜짝 놀랐다. 샬럿은 남편 방에 있다가 그들이 길을 건너오는 것을 보고 곧바로 다른 방으로 뛰어 들어가서 아가씨들에게 어떤 영광이 다가오고 있는지 알려주면서 덧붙였다.

"이런 답방에 대해서는 너한테 고마워해야 할 것 같다, 일라이자.

나한테 인사하기 위해서라면 다아시 씨가 이렇게 빨리 오진 않을 테니까 말이야."

엘리자베스가 그런 치하를 들을 자격이 없다고 부인하자마자 초인종이 울려서 손님들의 도착을 알렸고 곧 세 신사가 방으로 들어왔다. 제일 먼저 들어온 피츠윌리엄 대령은 서른 살 정도였고, 잘생기진 않았지만 몸가짐과 말하는 태도는 그야말로 진짜 신사였다. 다아시 씨는 하트퍼드셔에서 보았을 때의 모습 그대로였다. 그는 평소처럼 과묵하게 콜린스 부인에게 인사를 한 다음, 엘리자베스에 대해서는 자신의 감정이 어떻든 매우 평온한 모습으로 대했다. 엘리자베스는 그에게 한 마디도 하지 않고 가볍게 인사만 했다.

피츠윌리엄 대령은 교양 있는 사람답게 기꺼이 편안하게 바로 대화를 시작했고 매우 유쾌하게 이야기를 이끌어 갔다. 반면 다아시 씨는 콜린스 부인에게 집과 정원에 대해 몇 마디 인사말을 건넨 다음 누구에게도 말을 걸지 않고 한참 동안 앉아 있었다. 하지만 마침내 예의를 차려야 한다는 생각이 들었는지 엘리자베스에게 가족의 안부를 물었다. 그녀는 평소처럼 그에게 대답했고 잠깐 말을 멈추었다 덧붙였다.

"언니가 석 달 동안 런던에 머물고 있어요. 거기서 혹시 언니와 마주친 적은 없으셨죠?"

엘리자베스는 그런 적이 없다는 것을 매우 잘 알고 있었다. 하지만 그가 빙리 자매와 제인 사이에 무슨 일이 일어났는지 알고 있다는 것을 은연중에 드러내진 않는지 보고 싶었다. 그녀는 다아시 씨가 유감스럽게도 베넷 양을 한 번도 만나지 못했다고 말할 때 약간 당황해하는 것 같다고 생각했다. 그들은 이 화제에 대해서는 더 이상 이야기하지 않았고, 신사들은 얼마 후 곧 떠났다.

8장

목사관에서는 다들 피츠윌리엄 대령의 태도를 칭찬했고, 숙녀들은 모두 그 덕분에 로징스 방문이 틀림없이 더 즐거워질 것이라 생각했다. 하지만 목사관 일행이 초대받은 것은 며칠이 지나서였다. 저택에 손님이 있는 동안에는 그들이 필요할 리가 없었기 때문이다. 신사들이 도착하고 나서 거의 일주일 후인 부활절이 되어서야 비로소 영광스러운 초대를 받았지만, 예배를 마친 뒤 저녁에 저택으로 잠깐 들르라는 것뿐이었다. 그 전주에는 캐서린 영부인이나 드 버그 양을 거의 보지 못했다. 피츠윌리엄 대령은 그동안 목사관을 한 번 이상 방문했지만, 다아시 씨는 교회에서 겨우 볼 수 있었다.

물론 그들은 초대를 수락해 적당한 시간에 캐서린 영부인의 응접실에서 일행에 합류했다. 영부인은 목사관 사람들을 정중히 맞았지만, 다른 손님들이 없을 때만큼 기꺼이 맞지는 않는다는 건 분명해 보였다. 그녀는 조카들에게 거의 모든 관심을 기울이면서 방안의 다른 어느 누구보다 그들에게, 특히 다아시에게 말을 훨씬 더 많이 건넸다.

피츠윌리엄 대령은 목사관 일행을 보게 되어 정말로 기쁜 것처럼 보였다. 로징스에서는 어떤 것도 그에게 좋은 기분 전환이 되어 주었고, 콜린스 부인의 예쁜 친구가 꽤 마음에 들기도 했다. 대령은 엘리자베스 옆에 앉아서 켄트와 하트퍼드셔에 대해, 여행과 집에서의 생활에 대해, 새 책과 음악에 대해 너무나 기분 좋게 이야기했다. 엘리자베스는 지금껏 그 응접실에서 그 반만큼도 즐거워 본 적이 없었던 같다고 생각했다. 그들이 아주 유쾌하고 거침없이 대화를 나누자 **다아시 씨**뿐만 아니라 캐서린 영부인까지 관심을 보일 정도였다. 다아시 씨는 곧 궁금한 눈빛으로 그들 쪽으로 여러 번 눈길을 보냈다. 영부인도 잠시 후 같은 기분이라는 것을 더 공개적으로 인정했다. 주저 없이 이렇게 외쳤기 때문이다.

"무슨 이야기를 하고 있니, 피츠윌리엄? 무엇에 대해 말하는 거니? 베넷 양에게 뭐라 하고 있는 거야? 나한테도 해 보렴."

"음악 이야기를 하고 있습니다, 이모님." 더 이상 대답을 피할 수 없게 되자 그가 말했다.

"음악에 대해서라! 그렇다면 크게 이야기해 보렴. 내가 제일 좋아하는 주제니까. 음악에 대해 이야기한다면 나도 대화에 끼어야겠구나. 잉글랜드에서 나보다 더 음악을 진정으로 즐기거나 심미안을 타고난 사람은 거의 없으니까. 내가 배우기만 했더라면 아주 훌륭한 연주자가 되었을 텐데. 우리 앤도 건강만 허락했다면 마찬가지로 매우 훌륭한 연주자가 되었을 거라 내가 장담하지. 조지아나는 솜씨가 많이 늘었니, 다아시?"

다아시 씨는 동생의 뛰어난 솜씨에 대해 다정하게 칭찬을 했다.

"그 애가 그리 좋은 평가를 받는다는 걸 들으니 매우 기쁘구나." 캐서린 영부인이 말했다. "많이 연습하지 않으면 절대 뛰어난 실력을 발휘할 수 없다고 내가 말하더라고 그 애한테 전해 주렴."

"분명히 말씀드리지만, 이모님." 다아시가 대답했다. "조지아나한테는 그런 충고가 필요치 않습니다. 매우 꾸준히 연습을 하거든요."

"많이 하면 할수록 더 좋지. 아무리 많이 연습해도 지나치지 않은 법이니까. 다음에 그 애한테 편지를 쓸 때에는 무슨 일이 있어도 연습을 소홀히 하지 말라고 일러야겠다. 나는 아가씨들한테 음악에서 뛰어난 솜씨는 끊임없는 연습 없이는 결코 얻어지지 않는다고 자주 말한단다. 베넷 양에게도 더 열심히 연습하지 않으면 제대로 연주할 수 없는 법이라고 여러 번 말해 주었어. 콜린스 부인도 피아노는 없지만 내가 자주 말했듯이 매일 로징스에 와서 젠킨슨 부인의 방에서 피아노를 쳐도 괜찮아. 그 방에서는 어느 누구에게도 방해가 되지 않을 테니까."

다아시 씨는 이모의 무례함에 대해 조금 부끄러워하는 것처럼 보였고 아무 대답도 하지 않았다.

커피를 다 마시고 나서 피츠윌리엄 대령은 엘리자베스에게 연주를 해 주겠다 약속했다고 상기시켰고, 그녀는 곧장 피아노 앞에 앉았다. 대령은 엘리자베스 옆으로 의자를 끌어당겨 앉았다. 캐서린 영부인은 연주곡에 반쯤 귀를 기울이다 전과 마찬가지로 다른 조카에게 말을 걸었다. 다아시는 영부인 곁을 떠나 평소처럼 조심스러운 태도로 피아노 쪽으로 옮겨 가서 아름다운 연주자의 얼굴이 정면으로 잘 보이는 곳에 자리를 잡았다. 엘리자베스는 그의 모습을 지켜보았고, 연주 중간에 처음 쉬게 되었을 때 짓궂은 미소를 띠고 다아시를 돌아보며 말했다.

"이렇게나 위엄을 갖추고 연주를 들으러 오시다니 절 겁주시려는 거죠, 다아시 씨? 동생께서 그렇게 연주를 잘 하신다 해도 저는 겁먹지 않을 거예요. 전 고집이 있어서 다른 사람들이 겁을 주려고 하면 결코 참질 못하거든요. 저를 위협하는 시도를 접할 때마다 오히려 용기가 솟구친답니다."

"당신이 오해했다는 말은 하지 않겠습니다." 다아시가 대답했다. "제가 일부러 당신을 겁주려 했다고 정말 믿지는 않으실 테니까요. 게다가 당신을 상당히 오래 알고 지내는 즐거움을 누렸기 때문에, 이제는 당신이 가끔 본심과는 다른 말을 무척 즐기신다는 것 정도는 안답니다."

엘리자베스는 자신에 대한 이런 묘사에 실컷 웃은 다음 피츠윌리엄 대령에게 말했다. "대령님의 사촌께서는 저에 대해 아주 좋은 이야기를 해 주실 것 같아요. 제가 하는 말은 한 마디도 믿지 말라고 가르쳐 주실 것 같으니까요. 다른 고장에 와서 본색을 숨기고 싶었고 어느 정도 성공을 거두고 있었는데, 하필이면 제 정체를 이렇게나 잘 폭로할 수 있는 분을 만나다니 제가 정말 운이 없네요. 하지만 다아시 씨, 하트퍼드셔에서부터 알고 계시던 제 약점을 모조리 말씀하시다니 당신은 정말 도량이 좁으시군요. 그리고 이런 말씀을 드려도 된다면, 현명하지 못하세요. 그런 말씀을 하시다니 제게 보복을 하라고 도발하는 거나 마찬가지니까요. 제가 그러면 친척 분들이 듣고 놀라실 걸요."

"저는 당신이 겁나지 않습니다." 그가 미소를 지으며 말했다.

"다아시가 무엇을 잘못했는지 알고 있는 것을 들려 줘요." 피츠윌리엄 대령이 소리쳤다. "다아시가 처음 만나는 사람들 사이에서 어떻게 처신하는지 알고 싶습니다."

"그렇다면 들어 보세요. 매우 끔찍한 이야기니까 마음의 준비를 하시고 나서요. 아실지 모르지만, 제가 하트퍼드셔에서 다아시 씨를 처음 만난 것은 무도회에서였어요. 그런데 그 무도회에서 다아시 씨가 어떻게 하셨을 것 같아요? 신사분들이 별로 없었는데도 딱 네 번만 춤을 추셨답니다! 제가 알기로는 젊은 숙녀 몇 명이 파트너가 부족해서 앉아 있었어요. 다아시 씨, 당신이 그 사실을 부정할 수는 없을 거예요."

"하지만 그때 무도회에서는 저희 일행 외의 어떤 숙녀분과도 친분을 맺는 영광을 누리지 못했습니다."

"맞아요. 무도회장에서는 어느 누구도 소개받기가 불가능하죠. 자, 피츠윌리엄 대령님. 다음에는 무슨 곡을 연주할까요? 제 손가락이 당신의 명령을 기다리고 있습니다."

"어쩌면요." 다아시가 말했다. "제가 소개를 부탁하는 게 더 현명했는지도 모릅니다. 그렇지만 저는 처음 만난 사람들과 잘 친해지지 못하는 편입니다."

"대령님 사촌께 그 이유를 한 번 여쭤 볼까요?" 여전히 피츠윌리엄 대령에게 말을 걸며 엘리자베스가 말했다. "분별력을 갖추고 많은 교육을 받았으며 사교계에서 죽 살아온 분이 왜 처음 본 사람들과 잘 친해지지 못할까요?"

"제가 답할 수 있습니다." 피츠윌리엄이 말했다. "그에게 묻지 않아도 됩니다. 다아시는 군이 애써 노력하지 않기 때문입니다."

"제게는 전에 만난 적 없는 사람들과 쉽게 대화를 나눌 수 있는 능력은 없습니다." 다아시가 말했다. "처음 보는 사람들과의 대화 분위기를 제대로 파악하지도 못하고, 그들의 관심사가 흥미로운 척할 수도 없습니다. 그러는 사람들도 흔히 눈에 띄지만요."

"제 손가락은요." 엘리자베스가 말했다. "다른 많은 여성들의 손가락처럼 피아노 위에서 그렇게 자유자재로 움직이지 못해요. 힘이 있거나 민첩하지도 않고 표현도 제대로 해내지 못해요. 그렇지만 저는 항상 그게 제 잘못이라고 생각해요. 제가 열심히 연습하지 않았으니까요. 제 손가락이 다른 아가씨들의 손가락처럼 탁월한 연주를 할 능력이 없다고 생각하지는 않아요."

다아시가 미소를 지으며 말했다. "베넷 양이 전적으로 옳습니다. 당신이 시간을 더 유용하게 사용했군요. 베넷 양의 연주를 들을 수 있는 특권을 얻은 사람 중에서 당신의 실력에 부족한 점이 있다고 생각하는 사람은 전혀 없을 것입니다. 당신은 모르는 사람들 앞에서 연주를 하지 않고, 저도 모르는 사람들 앞에서 연기를 하진 않아요."[40]

그들의 대화는 여기서 캐서린 영부인에 의해 끊겼다. 영부인은 둘이서 무슨 이야기를 나누고 있느냐고 큰 소리로 물었다. 엘리자베스는 즉시 다시 연주를 시작했다. 캐서린 영부인이 다가와 몇 분 동안 연주를 듣고 난 후 다아시에게 말했다.

"베넷 양이 연습을 더 하고 런던에 있는 선생에게 배웠다면 연주가 나쁘진 않을 텐데. 음악에 대한 취향은 앤에게 못 미치지만 운지법에 대해서는 잘 알고 있어. 앤이 건강해서 피아노를 배우기만 했다면 훌륭한 연주자가 되었을 거야."

엘리자베스는 사촌에 대한 칭찬에 다아시가 얼마나 진심으로 동의하는지 보려고 그를 바라보았다. 하지만 그 순간을 포함해, 어떤 순간에도 사랑의 징후는 전혀 보이지 않았다. 드 버그 양에 대한 전반적인 다아시의 태도에서 엘리자베스는 빙리 양이 다아시의 친척이었다면 다아시가 빙리 양과 결혼할 가능성이 비슷해졌을 거라는, 빙리 양에게 위로가 될 결론을 이끌어냈다.

캐서린 영부인은 엘리자베스의 연주에 대해 계속 평을 하면서 연주법과 취향에 대한 지도를 곁들였다. 엘리자베스는 오로지 예의를 지키기 위해 인내심을 가지고 이를 받아들였다. 일행을 목사관에 데려다 주기 위해 마차가 준비될 때까지 그녀는 신사들의 청에 따라 피아노 앞에 남아 있었다.

9장

다음 날 아침 콜린스 부인과 머라이어는 마을로 일을 보러 가고 엘리자베스는 혼자 앉아서 제인에게 편지를 쓰고 있었다. 그때 손님이 찾아왔다는 신호인 초인종 소리가 나서 그녀는 깜짝 놀랐다. 마차 소리를 전혀 듣지 못했기 때문에 캐서린 영부인일 수도 있다는 생각이 들어서 온갖 무례한 질문을 피하려고 반쯤 쓰다 만 편지를 치우고 있을 때 문이 열렸고 정말 뜻밖에도 다아시 씨가, 그것도 혼자 방으로 들어왔다.

다아시 씨 또한 그녀가 혼자 있는 것을 알고 놀란 것 같았고, 숙녀들 모두가 집에 있는 줄 알았다며 불쑥 찾아온 것에 대해 사과했다.

그런 다음 둘은 자리에 앉았는데, 엘리자베스가 로징스 분들에 대해 안부 인사를 하고 나서는 완전한 침묵에 빠질 위험에 처할 것 같았다. 그래서 엘리자베스는 뭔가 할 말을 생각해

내야만 했고, 이런 절박한 상황에 하트퍼드셔에서 다아시 씨를 마지막으로 보았던 **그때**를 떠올리고 그들이 서둘러 떠난 일에 대해 그가 뭐라고 할지 알고 싶어서 다음과 같이 말했다.

"지난 11월에는 어떻게 그렇게 갑자기 모두들 네더필드를 떠나셨는지, 다아시 씨! 다들 자기 뒤를 그렇게 빨리 뒤쫓아 온 걸 보고 빙리 씨가 틀림없이 깜짝 놀라며 기뻐하셨을 것 같아요. 제 기억이 정확하다면 빙리 씨가 바로 그 전날 떠나셨으니까요. 런던을 떠나셨을 때 빙리 씨와 누이들 모두 잘 지내고 계셨겠죠?"

"매우 잘 있습니다. 감사합니다."

그녀는 다른 대답은 얻을 수 없을 것 같아서 잠깐 침묵을 지킨 후에 덧붙였다.

"빙리 씨가 네더필드에 다시 돌아올 생각이 별로 없으신 걸로 알고 있는데요."

"그가 직접 그렇게 말하는 걸 들은 적은 없습니다. 그렇지만 앞으로는 그곳에서 시간을 보낼 일이 거의 없을 것 같습니다. 그에게는 친구들이 많고, 지금은 그의 삶에서 친구들과 사교상의 약속이 계속해서 늘어나는 시기니까요."

"빙리 씨가 네더필드에서 별로 머물지 않을 작정이시라면 그 집을 완전히 포기하는 게 이웃에게는 더 낫지 않을까요? 그럼 우리에게는 정착해 사는 이웃이 생기는 거니까요. 하긴 빙리 씨는 이웃을 위해서가 아니라 자기 자신을 위해서 네더필드에 세를 드신 거니까 '자기 자신을 위해서'라는 똑같은 원칙에 따라 그 집에서 계속 사시든지, 떠나시든지 하시겠죠."

"사고 싶은 적당한 영지가 나타나면," 다아시가 말했다. "그 친구가 네더필드를 금세 포기한다 해도 놀랄 일은 아닙니다."

엘리자베스는 아무 대답도 하지 않았다. 빙리에 대해 더 이상 이야기하는 것이 두려웠다. 더 이상 할 말이 없었기 때문에 이제는 다아시에게 화제를 찾는 수고를 넘겨주기로 결심했다.

다아시가 이를 눈치 채고 곧 말을 시작했다. "집이 무척 아늑해 보이는군요. 콜린스 씨가 헌스퍼드에 처음 왔을 때 캐서린 이모님께서 이 집에 신경을 많이 쓰신 걸로 알고 있습니다."

"그러셨다고 들었어요. 은혜를 베풀었을 때 영부인께 콜린스 씨보다 더 고마워할 사람도 없었을 테고요."

"콜린스 씨는 부인을 아주 잘 만난 것 같습니다."

"네, 그럼요. 현명한 여자 중에 콜린스 씨의 청혼을 수락할 사람은 거의 없었을 테고, 설사 수락한다 해도 콜린스 씨를 행복하게 해 줄 사람은 거의 없었을 텐데 그런 여자를 만났으니 친구분들께는 당연히 기쁜 일일 거예요. 제 친구는 사려 분별이 뛰어납니다. 물론 콜린스 씨와 결혼한 것이 제 친구가 지금까지 한 일 중에서 가장 현명하다고 할 수는 없겠지만요. 그렇지만 본인은 아주 행복해 보이고 신중하게 판단해 보면 분명히 아주 잘 한 결혼이에요."

"친정과 친구들과 가깝게 살게 되어서 콜린스 부인이 틀림없이 매우 만족스러워하실 것 같습니다."

"그걸 가까운 거리라고 하시는 거예요? 거의 80킬로미터나 되는데

요."

"길만 좋으면 80킬로미터가 대수인가요? 반나절이 조금 더 걸리는 거리인데요. 그래요, 저한테는 **아주** 가까운 거리입니다."

"거리가 결혼을 **잘 한 이유들** 중 하나라고 생각하지는 않아요." 엘리자베스가 목소리를 높였다. "저라면 콜린스 부인이 친정 **근처에** 정착했다고는 말하지 않을 거예요."

"그건 엘리자베스 양이 하트퍼드셔에 강한 애착을 지니고 있다는 증거입니다. 롱번 근처만 벗어나면 어디든 멀다고 보실 것 같은데요."

말하면서 다아시의 얼굴에 미소 같은 것이 스쳤고 엘리자베스는 그 의미를 알 것 같다는 생각이 들었다. 다아시가 제인과 네더필드를 염두에 두고서 그런 말을 하는 것이라 생각한 엘리자베스는 얼굴을 붉히며 대답했다.

"여자가 결혼해서 살 때 친정이 가까울수록 좋다는 뜻으로 그렇게 말한 건 아니에요. 멀고 가까운 것은 상대적이고, 여러 가지 상황에 의해 결정되니까요. 재산이 많아서 여행 경비를 대수롭지 않게 여긴다면 거리가 전혀 문제 되진 않을 거예요. 하지만 **이 경우에는** 그렇지 않아요. 콜린스 부부에게 안정된 수입이 있기는 하지만 자주 여행을 해도 될 정도는 아니에요. 게다가 제 친구는 친정에서 지금의 **반도** 안 되는 거리에 산다 해도 친정 **가까이에** 산다고 생각하지는 않을 것 같아요."

다아시 씨가 자기 의자를 엘리자베스 쪽으로 약간 끌어당기면서 말했다. "**베넷 양은** 고향에 대해 그렇게 집착을 가져서는 안 될 거예요. 항상 롱번에서 살 수는 없을 테니까요."

엘리자베스는 깜짝 놀란 표정을 지었다. 신사분은 약간의 감정 변화를 겪은 듯 의자를 뒤로 뺀 다음 탁자에서 신문을 집어 들고 훑어보며 더 냉정한 목소리로 말했다.

"켄트 지방이 마음에 드십니까?"

그 지방을 주제로 짧은 대화가 이어졌고 두 사람 모두 차분하고 간결하게 대화를 주고받았다. 그러다 막 산책에서 돌아온 샬럿과 머라이어가 거실에 들어오는 바람에 대화는 곧 끝이 났다. 자매는 단둘이 대화를 나누고 있는 모습을 보고 놀랐다. 다아시 씨는 자기가 실수로 잘못 찾아와서 베넷 양을 방해했다고 말했고, 어느 누구와도 말을 많이 하지 않은 채 몇 분 더 앉아 있다가 가 버렸다.

"이게 무슨 뜻일까?" 그가 가자마자 샬럿이 말했다. "일라이자, 그분이 널 사랑하게 된 게 분명해. 그렇지 않으면 절대 우리를 이렇게 허물없이 찾아오진 않았을 거야."

하지만 엘리자베스는 그가 침묵을 지킨 것에 대해 이야기해 주었으므로, 샬럿의 바람에도 불구하고 그럴 가능성은 별로 없어 보였다. 여러 가지 추측 끝에 둘은 마침내 그가 무언가 달리 할 일을 찾기 힘들어서 왔다고 결론을 내리게 되었다. 계절을 고려하면 더욱 그랬다. 사냥과 사격 같은 야외 운동철은 끝났으니까. 집 안에는 캐서린 영부인과 책들과 당구대가 있었지만 신사들이 내내 집 안에만 있을 수는 없는 법이었다. 목사관이 가까웠기 때문인지, 아니면 목사관까지 가는 산책로가 유쾌했기 때문인지, 아니면 목사관에 괜찮은 사람들이 살고 있기 때문인지 두 신사는 거의 매일 목사관으로 산책을 하고 싶어졌다. 그래서 둘은 아침나절에 수시로 들렀다. 가끔은 따로, 가끔은 함께, 이따금씩은 이모와 동행해서 찾아왔다. 피츠윌리엄 대령은 목사관 일행과 만나는 것이 즐거워서 찾아오는 것처럼 보였고, 자연스레 모두들 그를 더욱더 좋아하게 되었다. 엘리자베스는 대령이 자신에게 갖고 있는 명백한 호감뿐만 아니라 그와 함께 있을 때 느끼는 스스로의 만족감 때문에 예전에 좋아했던 조지 위컴을 떠올리게 되었다. 둘을 비교해 본 뒤에는 피츠윌리엄 대령이 사람의 마음을 사로잡는 부드러운 태도에 있어서는 부족하지만, 박식함에 있어서는 단연 최고일 것이라 생각했다.

하지만 다아시 씨가 왜 그렇게 자주 목사관에 찾아오는지는 이해하기 힘들었다. 사람들과의 교제를 원해서 오는 것일 리는 없었다. 입한 번 떼지 않은 채 10분 넘게 목사관에 앉아 있는 경우가 종종 있었기 때문이다. 설사 말을 한다 해도 하고 싶어서가 아니라 스스로는 원치 않지만 어쩔 수 없이, 예의를 지키기 위해 자신을 희생해서 그러는 것처럼 보였다. 다아시 씨가 생기 넘쳐 보일 때는 거의 없었다. 콜린스 부인은 그를 어떻게 이해해야 할지 알 수 없었다. 피츠윌리엄 대령이 이따금씩 그가 멍하게 있다고 놀리는 것으로 보아 다아시 씨가 늘 그렇지는 않다는 것은 알 수 있었지만, 그가 평상시에 어떤지는 알 수 없는 일이었다. 콜린스 부인은 이런 변화가 사랑 때문이고, 사랑의 대상이 자기 친구인 일라이자라고 믿고 싶었기 때문에 정말로 그런지 알아내는 일에 진지하게 착수했다. 그래서 자신들이 로징스에 갈 때마다, 다아시 씨가 헌스퍼드에 찾아올 때마다 그를 유심히 관찰했지만 별 성과를 거두지는 못했다. 다아시 씨가 엘리자베스를 상당히 자주 쳐다보는 것은 분명했지만, 눈빛에는 논란의 여지가 있었다. 진지하고 한결같은 눈빛이기는 하지만 그 속에 사모하는 마음이 얼마나 담겨 있는지는 의심스러웠고, 때로는 그냥 단순히 멍하게 쳐다보는 것처럼 보였기 때문이다.

샬럿은 엘리자베스에게 다아시 씨가 널 좋아하고 있을지도 모른다고 한두 번 넌지시 말을 꺼내 보았지만, 엘리자베스는 그때마다 친구의 말을 웃어넘겼다. 실망으로 끝날지도 모르는 기대를 괜히 불러일으키는 것은 위험하다고 생각했기 때문에, 샬럿은 그 문제를 더 이상 캐지 않는 게 좋겠다고 판단했다. 엘리자베스가 자신이 다아시 씨를 좌지우지할 수 있다고 생각하게 되면, 그를 더 이상 싫어하지 않을 것이라고 확고하게 믿었기 때문이다.

엘리자베스를 위해 친절한 계획을 세워 주면서 샬럿은 때때로 엘리자베스와 피츠윌리엄 대령이 결혼해도 좋겠다는 생각을 품기도 했다. 대령은 다아시와는 비교할 수 없을 정도로 괜찮은 남자였다. 엘리자베스를 좋아한다는 것도 분명했고, 자격 조건도 매우 좋았다. 그렇지만 다아시 씨에게는 대령의 장점들을 상쇄할 수 있을 만큼 많은 성직 임명권이 있는 반면, 대령에게는 그것이 전혀 없었다[41].

10장

 엘리자베스는 대정원에서 산책을 하다가 예상치 않게 다아시 씨와 여러 번 마주쳤다. 그녀는 어느 누구도 오지 않던 곳으로 다른 사람도 아니고 하필이면 다아시 씨가 오다니 정말 운이 나쁘다고 느꼈다. 그래서 그런 일이 다시 일어나지 않도록 처음 마주쳤을 때 그곳이 자기가 가장 즐겨 찾는 산책로라고 알려 주었는데, 대체 그런 일이 어떻게 두 번이나 일어날 수 있는지 정말로 이상했다! 심지어 그런 만남은 세 번이나 일어났다. 다아시 씨는 고약한 심술을 부리거나 자발적으로 고행을 하는 것처럼 보였다. 몇 가지 형식적인 안부 인사만 건네고 어색한 침묵을 지키다 가 버리는 게 아니라 아예 가던 방향을 바꿔서 엘리자베스와 함께 걸었기 때문이다. 다아시는 결코 말을 많이 하지 않았고, 엘리자베스도 굳이 말을 많이 하거나 애써 귀 기울여 들으려 하지 않았다. 그런데 세 번째로 마주쳤을 때 엘리자베스는 다아시가 자신에게 헌스퍼드에서 지내는 것이 즐거운지, 혼자 산책하는 것을 좋아하는지, 콜린스 부부의 행복에 대해 어떻게 생각하는지 등 서로 관련 없는 묘한 질문들을 하고 있다는 생각이 불현듯 들었다. 또 로징스에 대해 이야기하면서 엘리자베스가 아직 그 저택에 대해 완전히 알지 못한다고 말했는데, 그 말은 그녀가 언제든지 켄트에 다시 오면 **로징스에서도** 묵기를 기대한다는 뜻을 암시하는 것처럼 들렸다. 혹시 피츠윌리엄 대령을 염두에 둔 걸까? 만약 다아시의 말이 무엇인가를 암시했다면, 그녀와 피츠윌리엄 대령의 관계에서 일어날 수 있는 일을 염두에 둔 것이라고 추측할 수 있을 뿐이었다. 그런 생각이 들자 엘리자베스는 조금 피곤해져서, 목사관 맞은편의 울타리 입구에 이르자 매우 기뻤다.

어느 날 엘리자베스는 제인이 최근에 보낸 편지를 다시 읽으면서, 언니가 즐겁지 않은 기분으로 쓴 것이 분명한 몇몇 구절에 대해 곰곰이 생각하며 산책하고 있었다. 고개를 들자 매번 그녀를 놀라게 하는 다아시 씨가 아니라 피츠윌리엄 대령이 엘리자베스 쪽으로 오고 있는 게 보였다. 엘리자베스는 곧바로 편지를 치우고 억지로 미소를 지으며 말했다.

"이 길로 산책을 하시는 줄 몰랐어요."

"거의 매년 그러듯이," 그가 대답했다. "대정원을 한 바퀴 돌고 있었습니다. 그런 다음 목사관을 방문하는 것으로 산책을 마칠 작정이었죠. 더 가실 건가요?"

"아니오, 저도 막 돌아가려던 참이었어요."

그런 다음 그녀는 실제로 발

걸음을 돌렸고, 그들은 함께 목사관을 향해 걸어갔다.

"토요일에 켄트를 떠나신다던데, 확정된 건가요?" 그녀가 말했다.

"네…… 다아시가 떠나는 날짜를 다시 연기하지 않는다면요. 그렇지만 저는 그가 하자는 대로 따를 겁니다. 일정은 다아시 마음대로 정하니까요."

"그렇다면 다아시 씨는 일정이 만족스럽게 정해지지 않더라도 적어도 자기가 선택권을 가졌다는 것에서는 기쁨을 얻을 수 있겠군요. 자기가 하고 싶은 대로 하는 권한을 다아시 씨보다 더 즐기는 분을 본 적이 없는 것 같아요."

"그가 자기 뜻대로 하고 싶어 하긴 합니다." 피츠윌리엄 대령이 말했다. "그렇지만 우리 모두 그렇죠. 단지 그에게는 자기 마음대로 할 수 있는 수단이 다른 사람들보다 더 많은 것뿐입니다. 다아시는 부자이지만 다른 사람들은 가난하니까요. 솔직히 말씀드리는 겁니다. 아시다시피 장남이 아니라면 자기를 부정하고 의존하는 생활에 익숙해져야 하니까요."

"제 생각에는 백작가의 차남이라면 그 둘 중 어느 하나에 대해서도 잘 모르실 것 같은데요. 진지하게 말씀해 보세요. 자기를 부정하고 의존하는 생활에 대해 무엇을 알고 계시나요? 돈이 없어서 가고 싶은 곳에 못 가거나 마음에 드는 것을 갖지 못한 적이 언제였나요?"

"정곡을 찌르는 질문이군요…… 제가 그런 곤란을 많이 겪었다고 할 수는 없을 것입니다. 그렇지만 훨씬 더 중요한 문제들에서는 돈이 없어서 고통을 겪을 수도 있습니다. 장남이 아니면 좋아하는 사람과 결혼할 수가 없으니까요."

"상대방이 재산이 많은 여성이 아니라면 그렇겠지요. 하지만 대령님 같은 위치의 분들은 대개 재산이 많은 여성을 좋아하시는 것 같던데요."

"돈을 풍족하게 쓰던 습관 때문에 너무 의존적이 되는 데다, 사실 저 같은 지위에 있는 사람 중에서 돈에 신경 쓰지 않고 결혼할 여유가 있는 사람은 별로 많지 않습니다."

엘리자베스는 '이건 나보고 하는 말일까?' 하고 생각하고 얼굴을 붉혔지만, 다시 마음을 가다듬고 활기찬 목소리로 말했다. "그렇다면 백작의 차남은 값이 얼마나 나가나요? 장남이 매우 병약하지 않다면 5만 파운드 이상을 요구하지는 않을 것 같은데요."

대령도 엘리자베스에게 똑같이 농담조로 대답했고, 그에 대한 얘기는 중간에 끊어졌다. 엘리자베스는 침묵을 지키면 방금 주고받은 대화 때문에 자신이 침울해하고 있다는 인상을 대령에게 줄 수도 있을 것 같아서 곧 말을 이었다.

"대령님 사촌이 대령님을 함께 데려온 것은 자기 마음대로 할 사람이 필요해서인 것 같아요. 그런 분이 왜 결혼하시지 않는지 궁금하네요. 결혼하면 그런 종류의 지속적인 편의를 확보할 수 있을 텐데요. 그렇지만 지금은 다아시 씨의 누이가 그 역할을 잘 하고 있는 것 같고, 혼자 누이를 보살피고 있으니까 자기 마음대로 할 수 있겠죠."

"그렇진 않습니다." 피츠윌리엄 대령이 말했다. "그런 행운은 저와 나눠야만 합니다. 저도 다아시 양의 후견인이니까요."

"정말로요? 그렇다면 어떤 종류의 후견인 역할을 하세요? 피후견인이 말썽을 많이 일으키진 않나요? 그녀 또래의 아가씨들을 다루기는 꽤 어려울 텐데요. 진짜 다아시 가문의 기질을 타고났다면 그 아가씨도 자기 마음대로 하고자 할 거 아녜요."

이 이야기를 하면서 엘리자베스는 대령이 정색을 하고 자기 얼굴을 바라보는 것을 알아챘다. 또한 그가 즉시 왜 다아시 양이 자기들을 힘들게 할 것이라고 생각하느냐고 묻는 것으로 보아, 자신의 추측이 웬만큼 맞았다고 확신했다. 그녀는 즉시 대답했다.

"놀라실 필요 없어요. 다아시 양에 대해 나쁜 소문을 들은 적은 없어요. 사실은 세상에서 가장 유순한 사람이 아닐까 하고 생각하는 걸요. 제가 아는 숙녀분들인 허스트 부인과 빙리 양이 그녀를 아주 좋아하시더군요. 두 분을 아신다고 말씀하신 걸 들은 것 같아요."

"조금 압니다. 그분들의 남자 형제가 싹싹하고 신사다운 사람이죠…… 다아시와 절친한 친구이고요."

"아! 네." 엘리자베스가 냉담하게 말했다. "다아시 씨는 빙리 씨에게 매우 친절하게 대해 주고 그를 굉장히 잘 돌봐 주죠."

"그를 돌봐 준다고요! 맞습니다. 빙리 씨에게 보살핌이 꼭 필요한 문제에 대해서 다아시가 **정말로** 도움을 주는 것 같더군요. 여기로 오는 도중에 다아시가 저한테 해 준 이야기로 판단해 보면, 빙리가 다아시에게 도움을 아주 많이 받은 것 같았습니다. 그렇지만 꼭 빙리 이야기였다고 가정할 수는 없으니까, 어쩌면 제가 그에게 실례를 범하는 일이 될 수도 있겠죠. 제 추측일 뿐이니까요."

"무슨 일인데요?"

"다아시는 그 일이 널리 알려지는 걸 바라지 않습니다. 만약 그 아가씨의 가족이 알게 되면 불쾌한 일이니까요."

"절대 다른 사람에게 말하지 않겠다고 약속할게요."

"그리고 그게 빙리일 거라고 제가 단정할 만한 이유도 많지 않다는 걸 명심해 주시기 바랍니다. 다아시가 제게 해 준 말은 단지 이것뿐이니까요. 그는 최근에 매우 경솔한 결혼 때문에 불편한 처지에 처할 뻔한 친구를 구한 것을 자축한다고 말했습니다. 하지만 이름이나 다른 세부적인 사항들은 전혀 언급하지 않았습니다. 빙리가 그런 종류의 곤경에 빠질 수 있는 젊은이라는 생각이 들었고, 또 두 사람이 지난 여름 내내 함께 지냈다는 것을 알고 있었기 때문에 그 사람이 빙리일 것이라 추측했을 뿐입니다."

"다아시 씨가 왜 그런 개입을 했는지 이유를 당신에게 말씀하시던가요?"

"그 아가씨를 강력하게 반대할 만한 이유가 몇 가지 있었던 것으로 압니다."

"그렇다면 그들을 떼어 놓기 위해 어떤 방법을 사용했나요?"

"무슨 수를 썼는지는 말해 주지 않았습니다." 피츠윌리엄이 웃으며 말했다. "방금 당신에게 말씀드린 것 외에는 아무 말도 안 했습니다."

엘리자베스는 아무 대답도 하지 않고 계속 걸어갔다. 그녀의 가슴은 분노로 터질 것 같았다. 엘리자베스를 잠시 바라본 뒤 대령이 그녀에게 무슨 생각을 그렇게 골똘히 하느냐고 물었다.

"당신이 제게 해 주신 말씀에 대해 생각하고 있어요." 엘리자베스가 말했다. "대령님 사촌의 행동이 제게는 거슬려서요. 왜 다아시 씨가 심판관 노릇을 해야 했죠?"

"당신은 그의 간섭이 주제넘었다고 말하고 싶은 건가요?"

"다아시 씨가 무슨 권리로 친구의 감정을 옳으니 그르니 결정하는지, 뭣 때문에 자기 판단에 따라 이래야 빙리 씨가 행복하니 마니 결정하고 지시하는 것인지 모르겠네요." 그녀는 마음을 가라앉히며 말을 계속했다. "그렇지만 세부적인 사항들에 대해서는 아는 바가 전혀 없으니, 다아시 씨를 비난하는 것도 공정하지 못하네요. 두 사람 사이에 애정이 깊지 않았다고 생각하는 편이 더 맞겠죠."

"터무니없는 추측은 아닌 것 같습니다." 대령이 말했다. "그렇지만 그렇게 생각해 버리면 제 사촌의 승리의 영광이 확 줄어들어 버리는군요."

대령은 장난스럽게 한 말이었지만 엘리자베스는 오히려 그 말이 다아시 씨를 딱 공정하게 묘사한 것처럼 느껴졌고, 화가 난 자신이 그 말에 어떤 대답을 할지 믿을 수 없었기 때문에 갑작스레 화제를 바꿔 목사관에 도착할 때까지 시답잖은 이야기만 계속 떠들어 댔다. 엘리자베스는 손님이 목사관을 떠나자마자 자기 방에 틀어박혀서 방금 전에 들은 말을 누구의 방해도 받지 않고 하나하나 따져 보았다. 자신이 아는 사람들 말고 다른 어떤 사람들에 관한 이야기일 리는 없었다. 다아시 씨가 그렇게 무한한 영향력을 미칠 수 있는 사람이 이 세상에 **두** 사람이나 존재할 리 없었으니까. 빙리와 제인을 떼어 놓기 위해 취한 공작에 다아시 씨가 관여했으리라는 것은 의심한 적이 없지만, 엘리자베스는 그 공작을 주도적으로 꾸미고 준비한 사람은 빙리 양일 것이라고 항상 생각해 왔었다.

허영심 때문에 자신의 역할을 부풀려 말한 것이 아니라면, 제인이 겪었고 아직도 계속해서 겪고 있는 모든 고통의 원인은 바로 **다아시 씨**, 그의 오만과 변덕이었다. 다아시는 세상에서 가장 다정하고 관대한 마음을 가진 사람, 바로 제인에게서 한참 동안 행복의 모든 희망을 앗아갔다. 그가 저지른 일로 받은 제인의 상처가 얼마나 오래 갈지는 아무도 알 수 없었다.

"그 아가씨를 강력하게 반대할 만한 이유가 몇 가지 있었던 것으로 압니다."라고 피츠윌리엄 대령이 말했었다. 그건 아마 제인에게 시골 변호사인 이모부와 런던에서 장사를 하는 외삼촌이 있다는 사실이었을 것이다.

"제인 본인한테는." 엘리자베스가 외쳤다. "반대할 이유가 전혀 있을 리 없어. 언니가 얼마나 사랑스럽고 착한데! 이해력은 탁월하고, 정신은 고상하고, 몸가짐도 매력적인 걸. 아버지에 대해서도 반대 의견을 제시할 수 없을 거야. 약간 괴팍하긴 하시지만 다아시 씨도 얕볼 수 없는 능력과 그는 절대 도달할 수 없을 훌륭한 인격을 갖추고 계시니까." 어머니를 생각하자 그녀의 자신감은 조금 줄어들었지만, 어머니에 대한 반대가 다아시 씨에게 크게 영향을 미칠 거라 생각하지는 않았다. 빙리의 친인척이 될 사람들이 분별력이 없다는 것보다는 사회적 지위가 없다는 사실이 다아시의 자존심에 더 큰 상처를 줄 것이라고 확신했기 때문이다. 마침내 그녀는 다아시가 제인과 빙리의 결혼을 반대한 이유 중 하나가 이런 최악의 오만이고, 다른 하나는 자기 누이를 위해 빙리 씨를 붙잡아 두고 싶은 소망이라고 결론을 내렸다.

계속 그 일을 생각하다 보니 흥분도 되고 눈물도 나서 머리가 아팠다. 저녁이 가까워질수록 두통은 훨씬 더 심해졌고, 다아시 씨를 보고 싶지 않다는 마음까지 합쳐져 엘리자베스는 콜린스 부부와 함께 로징스에 가서 차를 마시기로 한 약속을 지키지 않기로 결정했다. 콜린스 부인은 그녀가 정말로 몸이 좋지 않은 것을 보고 굳이 가자고 조르지 않았고, 남편도 강권하지 않도록 최대한 막아 주었다. 하지만 콜린스 씨는 엘리자베스가 집에 있는 것 때문에 캐서린 영부인이 불쾌해하지 않을까 걱정하는 마음을 감추지 못했다.

11장

콜린스 부부가 로징스로 떠난 후 엘리자베스는 다아시 씨에게 최대한 분개하기로 작정한 것처럼 켄트에서 지내는 동안 제인에게 받은 편지들을 전부 자세히 살펴보기로 했다. 편지에는 실질적인 불평은 들어 있지 않았고, 과거의 일들을 회상하거나 현재의 고통을 전하는 말도 전혀 없었다. 하지만 제인의 글에서 묻어나던 특징인 쾌활함, 자신에게 만족한 평온한 마음에서 비롯해 모두에게 친절하게 대하는 것으로 나타나던 그 쾌활함이 편지의 거의 모든 구절에서 사라지고 없었다. 엘리자베스는 예전에 읽었던 때보다 편지를 훨씬 더 꼼꼼하게 읽으면서 문장 하나하나에 근심이 배어 있다는 사실을 깨달았다. 다아시 씨가 수치도 모르고 자신이 다른 사람들에게 불행을 야기할 수 있는 힘이 있다고 자랑했다는 사실 때문에 언니의 고통이 더 절절하게 느껴졌다. 그가 이틀 후면 로징스를 떠난다고 생각하니 조금은 위로가 되었다. 보름 후면 다시 제인을 만나 온갖 정성을 다해 언니의 기운을 북돋아 줄 수 있을 것이라고 생각하니 훨씬 더 큰 위안이 되었다.

다아시 씨가 켄트를 떠난다는 생각을 할 때마다 그의 사촌도 함께 떠날 예정이라는 사실이 떠올랐다. 하지만 피츠윌리엄 대령은 그녀에게 청혼할 의도가 없음을 분명히 밝혔다. 대령이 괜찮은 사람이긴 하지만, 엘리자베스는 그것 때문에 슬퍼하지는 않을 작정이었다.

엘리자베스가 이렇게 생각을 정리하고 있을 때 갑자기 초인종 소리가 울렸다. 그녀는 피츠윌리엄 대령이 왔을지도 모른다는 생각에 잠시 가슴이 두근거렸다. 전에도 저녁 늦게 방문한 적이 있는 데다 오늘 아프다는 소식을 듣고 엘리자베스의 안부를 물으러 왔을지도 모르는 일이었다. 하지만 놀랍게도 다아시 씨가 방으로 들어오는 것을 보고 엘리자베스의 기대는 산산이 무너졌고 기분도 확 나빠졌다. 다아시 씨는 허둥지둥 엘리자베스의 건강 상태에 대해 묻기 시작했고, 더 나아졌다는 말을 듣고 싶어서 찾아왔다고 둘러댔다. 엘리자베스는 냉정하고 공손하게 대답했다. 다아시 씨는 잠시 자리에 앉아 있다가 일어서서 방안을 서성였다. 엘리자베스는 놀랐지만 아무 말도 하지 않았다. 몇 분 동안 침묵이 흐른 후, 다아시 씨는 안절부절못하며 그녀에게 다가와서 다음과 같이 말하기 시작했다.

"아무리 애를 써도 소용이 없습니다. 잘 안 됩니다. 제 감정을 억누를 수가 없습니다. 제가 당신을 얼마나 열렬히 사모하고 사랑하는지 말씀드리지 않을 수가 없습니다."

엘리자베스는 너무 놀라서 아무 말도 할 수가 없었다. 그녀는 다아시 씨를 뚫어지게 바라보았고, 얼굴을 붉혔으며, 귀를 의심했고, 아무 말도 하지 않았다. 다아시 씨는 엘리자베스의 이런 반응을 격려로 간주했다. 그래서 곧바로 자신이 엘리자베스에 대해 오랫동안 품어 왔던 감정과 지금 품고 있는 감정에 대한 고백을 이어 갔다. 그는 말을 잘 했지만, 사랑뿐 아니라 다른 감정들에 대해서도 자세히 이야기

했다. 오히려 애정이라는 주제보다 오만이라는 주제에 대해 말할 때 더 설득력이 있었다. 다아시 씨는 엘리자베스의 지위가 자신보다 낮고 그게 집안의 수치가 되리라는 것, 집안에서 반대할 것이라는 이성적인 판단이 항상 그녀에 대한 호감을 가로막았다고 길게 논했다. 다아시 씨는 자신이 손상시키고 있는 가문의 지위 때문인지 열변을 토했지만 청혼에는 별 도움이 될 것 같지 않았다.

다아시 씨에 대한 깊은 혐오감에도 불구하고 엘리자베스는 그 정도의 사람이 보내는 애정의 찬사에 무심할 수는 없었다. 청혼을 거절하려는 의향은 한순간도 변하지 않았지만, 그가 받게 될 고통 때문에 처음에는 안쓰럽다는 생각이 들었다. 하지만 다아시 씨가 이어 가는 말을 들으며 점점 더 화가 났고, 동정심은 분노 속에서 모두 사라져 버렸다. 엘리자베스는 그래도 그가 말을 마칠 때 대답을 하려고 꾹 참고 평정을 유지하려 애썼다. 다아시 씨는 온갖 노력에도 불구하고 엘리자베스에 대한 사랑을 억누를 수 없었으며, 엘리자베스가 청혼을 수락해 자신의 사랑에 보답해 주기를 바란다는 희망을 표현하면서 말을 마쳤다. 자신이 긍정적인 대답을 얻으리란 것에 대해 추호도 의심하지 않는다는 게 다아시 씨의 얼굴에서 확연히 드러났다. **말로는** 불안하고 걱정스럽다고 했지만 여유만만하다는 표정이었다. 그런 면모는 엘리자베스의 화를 더 돋울 뿐이었다. 다아시가 말을 마치자 엘리자베스는 분노로 상기된 얼굴로 말했다.

"이런 경우에는 고백해 주신 감정에 대해 같은 답변을 되돌려 드릴 수 없다 해도, 우선은 고마움을 표현하는 게 관례겠지요. 고마움을 느끼는 게 당연하고, 만약 제가 고마움을 **느낄** 수 있다면 바로 감사를 표해야 마땅하겠지만 도저히 그럴 수가 없네요. 저는 지금까지 한 번도 당신의 호감을 바란 적이 없고, 당신도 마지못해 저에게 호감을 가지신 게 분명해 보이네요. 제가 누군가에게 고통을 불러일으켰다니 미안하게 생각합니다. 하지만 저는 전혀 몰랐어요. 아무쪼록 괴로움이 오래 가지 않기를 바랍니다. 말씀하신 대로 여러 가지 감정들로 저에 대한 호감을 막아 오셨다니, 제 대답을 들으신 후에 고통을 극복하시는 게 크게 어렵진 않을 겁니다."

엘리자베스의 얼굴에 시선을 고정시킨 채 벽난로 선반에 기대 있던 다아시 씨는 놀라움 못지않게 분노를 느끼며 그녀의 말을 듣는 것처럼 보였다. 안색은 화가 나서 창백해졌고, 마음의 동요를 일으키고 있다는 게 얼굴 구석구석에서 드러났다. 다아시 씨는 침착해 보이려고 안간힘을 쓰고 있었고, 평정을 찾았다는 확신이 들 때까지 입을 열지 않기로 작정한 것 같았다. 그 잠깐의 침묵이 엘리자베스에게는 끔찍하게 느껴졌다. 마침내 다아시 씨가 가까스로 차분한 목소리로 말했다.

"그러니까 이것이 영광스럽게도 저를 기다리고 있던 답이군요! 공손함을 보이려는 **노력도** 별로 하지 않은 채, 제 청혼을 이런 식으로 거절한 이유가 무엇인지 알려 주셨으면 합니다. 별로 중요하진 않지만요."

"제가 묻는 게 더 낫겠네요." 엘리자베스가 대답했다. "저를 기분 나쁘게 하고 모욕하겠다는 게 명백해 보이는데도 당신의 의지를 거스르고, 당신의 이성을 거스르고, 심지어는 당신의 평판과 체면을 거스르면서까지 절 좋아한다고 말씀하기로 하신 이유가 무엇인가요? 제가 **무례했다면** 이것이 무례함에 대한 약간의 변명이 되지 않을까요? 그렇지만 제게는 그럴 만한 다른 이유들도 있어요. 당신도 아실 거예요. 제가 당신에 대해 반감을 가지고 있지 않았다 해도…… 아니면 제 감정이 좋지도 나쁘지도 않았다 해도, 심지어 호의적이었다 해도, 그 어떤 것을 고려하더라도 사랑하는 언니의 행복을 망치고 어쩌면 영원히 망쳐 놓은 남자의 청혼을 받아들일 수 있을 것이라 생각하시나요?"

엘리자베스가 이렇게 답하자 다아시 씨의 안색이 변했다. 하지만 그는 곧 감정을 추스렸고, 그녀가 말을 계속하는 동안 끼어들려 하지 않고 가만히 귀를 기울였다.

"저한테는 당신을 나쁘게 생각할 충분한 이유가 있어요. 어떤 동기라도 **그 일**에서 당신이 맡았던 부당하고 비열한 역할에 대한 변명이 되지 못할 거예요. 그들을 서로 갈라놓아 한 사람은 변덕스럽고 우유부단하다는 이유로 세상의 비난을 받게 만들고, 다른 한 사람은 좌절된 희망 때문에 세상의 조롱을 받게 만들었으며, 두 사람 모두를 가장 격심한 불행에 빠트린 일을 혼자서 꾸미지는 않았다 해도 주동했다는 사실을 감히 부정하실 수는 없을 거예요. 절대 그러지 못하실 거예요."

엘리자베스는 말을 멈추었고, 다아시 씨가 양심의 가책을 조금도 느끼지 않는 것처럼 귀를 기울이는 것을 보고 엄청나게 분개했다. 그는 믿을 수 없다는 표정으로 미소를 지으며 엘리자베스를 바라보기까지 했다.

"그런 일을 했다는 걸 부정할 수 있으세요?" 그녀가 되풀이해서 물었다.

다아시 씨가 담담한 척하며 대답했다. "제 친구와 당신의 언니를 떼어 놓기 위해 제가 할 수 있는 모든 일을 한 것이나, 그 일에 성공을 거뒀음을 기뻐했다는 사실을 부정하고 싶은 생각은 추호도 없습니다. 저를 위해서는 못 한 일을 친구를 위해서는 해낸 셈이죠."

엘리자베스는 이런 정중한 생각을 알아들은 척도 하기 싫었지만 그 의미를 놓치지 않았고, 화가 누그러질 것 같지도 않았다.

"그렇지만 단지 이 일 때문만은 아니에요." 그녀가 계속했다. "제가 당신을 싫어하는 이유는요. 그 일이 일어나기 오래전에 당신에 대한 제 평가는 이미 정해졌어요. 몇 달 전에 위컴 씨에게서 들은 이야기를 통해 당신의 성격은 낱낱이 밝혀졌어요. 이 문제에 대해서는 무슨 말씀을 하실 수 있나요? 우정을 빙자한 어떤 행동으로 당신 자신을 변호하실 건가요? 아니면 거짓된 설명으로 사람들을 기만하실 건가요?"

"그 신사의 문제에 상당히 관심이 많으시군요." 다아시가 전보다 차분하지 못한 목소리로 얼굴을 붉히며 말했다.

"위컴 씨가 어떤 불행을 겪었는지 아는 사람이라면 어떻게 그에게 관심을 갖지 않을 수가 있겠어요?"

"그의 불행이라!" 다아시가 경멸하듯이 되풀이해서 말했다. "그래요, 그 사람은 대단히 불행했지요."

"바로 당신이 가한 불행이었죠." 엘리자베스가 힘주어 소리쳤다. "당신이 그를 지금처럼 비교적 가난한 상태로 몰아넣었어요. 아시겠지만 위컴 씨가 받도록 정해져 있었던 재산을 당신이 주지 않았으니까요. 당신은 위컴 씨 인생의 전성기에, 얻을 만한 자격도 있고 마땅히 얻어야 할 재정적 독립을 박탈해 버렸어요. 당신이 이 모든 일을 하셨다고요! 그런데도 그의 불행에 대해 이야기하자 당신은 경멸과 모욕으로 대하시는군요."

"바로 이게," 다아시가 성큼성큼 방을 가로질러 걸으며 소리쳤다. "저에 대한 당신의 견해이고 평가로군요! 이렇게 충분히 설명해 주셔서 고맙습니다. 당신 말씀대로라면 제 잘못이 참으로 막중하군요. 하지만 아마도." 그가 걷다가 멈춰 서서 엘리자베스를 향해 몸을 돌리며 덧붙였다. "당신은 제가 여러 가지 이유 때문에 오랫동안 진지하게 청혼을 계획하지는 않았다는 것을 정직하게 고백해서 당신의 자존심에 상처를 주지 않았다면 이런 일들은 간과했을지도 모릅니다. 제가 더 좋은 전략을 동원해서 마음속 갈등을 감추고는, 이성적으로 따져 보고 심사숙고를 해 봐도 무조건적이고 순수한 사랑에 떠밀려서 청혼하는 것이라고 믿게끔 당신의 비위를 맞춰 드렸더라면 이런 심한 비난은 하지 않으셨겠지요. 하지만 저는 어떤 종류의 가식도 혐오합니다. 제가 아까 말씀드린 감정들이 부끄럽다고 생각하지도 않습니다. 자연스럽고 정당한 감정이죠. 당신의 집안이 열등하다는 것을 제가 기뻐할 것이라고 기대하십니까? ……저보다 신분이 확연히 낮은 친척들이 생기리라는 걸 자축이라도 할 것이라 기대하십니까?"

엘리자베스는 매 순간 점점 더 화가 치밀어 오르는 것을 느꼈지만, 차분하게 말하기 위해 최대한 애를 쓰며 마침내 입을 열었다.

"잘못 아셨어요, 다아시 씨. 당신의 청혼 방식이 제 대답에 영향을 미쳤으리라 생각하신다면 틀리셨어요. 더 신사답게 행동하셨다면 청혼을 거절하면서 당신을 걱정했을지도 모르지만, 당신의 청혼 방식 덕분에 그런 걱정은 하지 않아도 되겠네요."

이 말에 다아시는 움찔 놀라는 것 같았지만 아무 말도 하지 않았다. 엘리자베스는 말을 계속했다.

"당신이 어떤 태도로 청혼을 하셨다 해도 그것을 받아들이고 싶은 마음이 들진 않았을 거예요."

이번에는 다아시 씨가 놀라는 것이 명백히 보였다. 그는 믿을 수 없다는 표정과 억울하다는 표정이 섞인 얼굴로 엘리자베스를 바라보았다. 그녀는 말을 이어 갔다.

"처음부터, 당신을 처음 알게 된 바로 그 순간부터라고 말할 수 있겠죠. 당신의 태도를 보고 당신이 오만하고 잘난 체하며 다른 사람들의 감정을 무시하는 이기적인 사람이라는 인상을 받았어요. 그게 당신을 못마땅하게 여기게 된 근거가 되었고, 이후에 이어진 여러 사건들이 쌓여서 너무나 확고부동한 혐오감이 만들어졌죠. 당신을 안 지한 달도 되지 않아서, 저는 당신이야말로 결혼하고 싶은 마음이 절대 생기지 않을 남자라고 느꼈어요."

"말씀 충분히 잘 들었습니다, 엘리자베스 양. 당신의 감정을 완전히 이해했으니 이제는 제 감정을 부끄럽게 여길 일만 남았습니다. 시간을 너무 많이 빼앗은 것을 용서해 주시고, 당신의 건강과 행복을 비는 제 마음을 받아 주십시오."

다아시 씨는 이렇게 말하며 서둘러서 방을 나갔고, 곧바로 그가 현관문을 열고 집을 나가는 소리가 들려왔다.

엘리자베스의 마음속 동요는 이제 고통스러울 정도로 커졌다. 그녀는 자기 몸을 어떻게 지탱해야 할지 알 수가 없었고, 실제로 기운이 빠져서 주저앉아 반 시간 동안 울었다. 방금 전에 일어난 일을 돌이켜 볼 때마다 더욱 놀라웠다. 다아시 씨에게 청혼을 받다니! 그가 여러 달 동안 자신을 사랑하고 있었다니! 자기 친구와 그녀의 언니가 결혼하는 것을 막게 만들었고, 그 자신의 경우에도 틀림없이 문제가 될 온갖 이유들에도 불구하고 나와 결혼하고 싶다고 원할 만큼 사랑에 푹 빠지다니 거의 믿을 수가 없었다! 자신도 모르는 사이에 그에게 그토록 강렬한 애정을 불러일으켰다는 건 흡족했다. 하지만 그의 오만, 그 끔찍한 오만이라니! 자신이 제인에게 한 일을 인정할 때의 뻔뻔함, 그것을 정당화시키지도 못한다는 걸 알면서도 보여 준 용납할 수 없는 당당한 태도, 위컴 씨를 언급할 때의 냉정한 태도, 위컴 씨를 잔인하게 취급했다는 것을 부인하려고조차 하지 않았던 것 등이 그의 애정을 생각하는 동안 잠시 솟아났던 연민을 곧 눌러 버렸다.

엘리자베스는 매우 흥분한 채로 생각을 계속하다가, 캐서린 영부인의 마차 소리를 듣고서야 샬럿의 눈길을 마주하기 힘들 거란 사실을 깨닫고 서둘러서 자기 방으로 들어갔다.

12장

다음 날 아침 엘리자베스는 지난밤 겨우 눈을 감았을 때와 똑같은 생각과 숙고를 하며 잠에서 깨어났다. 그녀는 어제 일어났던 일에 대한 놀라움에서 아직 벗어나지 못했다. 다른 일을 생각하는 건 불가능했고, 어떤 일도 손에 잡히지 않아서 아침 식사 직후에 바람을 쐬면서 산책을 하기로 결심했다. 엘리자베스는 자신이 가장 좋아하는 산책로로 곧장 향하다가 다시 씨가 가끔 그곳에 온다는 생각에 발걸음을 멈추고는 대정원으로 들어가는 대신 유료 도로에서 멀리 떨어진 곳으로 이어지는 오솔길로 향했다. 대정원의 울타리가 여전히 한쪽 경계를 이루고 있었고, 엘리자베스는 곧 대정원 경내로 들어가는 여러 입구 중 한 곳을 지나갔다.

오솔길을 따라 두세 번 왔다 갔다 하다 보니 아침 장원의 상쾌한 모습에 멈춰 서서 대정원 안을 들여다보고 싶어졌다. 켄트에서 지낸 5주 동안 경치는 많이 변했고, 일찍 잎을 피운 나무들이 날마다 푸르름을 더해 가고 있었다. 엘리자베스가 산책을 계속하려 하는데, 대정원의 가장자리를 둘러싸고 있는 작은 숲 속에서 한 신사의 모습이 흘끗 보였다. 엘리자베스는 혹시 다시 씨일지도 모른다는 생각이 들어서 그가 그녀 쪽을 향해 오자 즉시 돌아서서 나왔다. 하지만 다가

오고 있던 사람은 이제 엘리자베스를 볼 수 있을 정도로 가까워졌고, 엘리자베스를 향해 빠르게 걸어오면서 그녀의 이름을 불렀다. 엘리자베스는 그것이 다아시 씨의 목소리라는 것을 확실히 알아챘지만 다시 입구를 향해 걸어갔다. 그때쯤 다아시 씨가 입구에 이르러서 편지를 건넸고, 엘리자베스는 본능적으로 편지를 받아 들었다. 그는 도도하고 침착한 표정으로 말했다. "당신을 만나 뵐 수 있을까 싶어서 숲에서 한참을 걷고 있었습니다. 이 편지를 읽어 주시는 영광을 제게 베풀어 주시겠습니까?" 그런 다음 가볍게 고개를 숙이고 돌아서서 숲속으로 되돌아가 곧 시야에서 사라졌다.

기분 좋은 내용이리라고는 전혀 기대하지 않았지만, 몹시 궁금했던 엘리자베스는 편지를 열었다. 놀랍게도 봉투 안에는 매우 촘촘한 필체로 상당히 빼곡하게 채워진 두 장의 편지지가 들어 있었다. 심지어 봉투에도 마찬가지로 글씨가 가득 쓰여 있었다. 그녀는 오솔길을 따라가며 편지를 읽기 시작했다. 편지에는 아침 8시에 로징스에서 쓴 것이라고 적혀 있었고 내용은 다음과 같았다.

엘리자베스 양, 이 편지를 받고 어젯밤에 당신을 그토록 혐오스럽게 했던 감정을 다시 토로하거나 또다시 청혼을 하는 내용이 담겨 있지 않을까 하는 걱정으로 두려워하지는 마십시오. 저는 두 사람 모두의 행복을 위해 빨리 잊는 게 좋은 희망을 길게 논해서 당신을 힘들게 하거나 저 자신을 비참하게 만들려는 의도는 전혀 없습니다. 제 평판에 대한 문제만 아니었다면 제가 이 편지를 쓰고 당신이 읽어 주셔야 할 필요는 없었을 것입니다. 그러니 제 마음대로 당신에게 편지를 읽어 달라고 요구한 것을 용서해 주시기 바랍니다. 당신이 편지를 기꺼이 읽고 싶은 기분이 아니라는 것은 알고 있지만, 당신의 공정한 평가를 위해 편지를 읽어 주시길 바랍니다.

어젯밤 당신은 성격이 아주 다르고, 중요함도 절대 같지 않은 두 가지 일을 가지고 제게 비난을 가했습니다. 첫 번째로 언급하신 일은 제가 두 사람의 감정을 무시한 채 빙리를 당신의 언니에게서 떼어 놓았다는 것이고, 다른 하나는 제가 명예와 인륜을 저버리고 위컴 씨에게서 여러 가지 권리를 빼앗아 그의 행복을 파괴하고 미래의 전망을 망쳐 놓았다는 것이었습니다. 제 어릴 적 동무, 제 아버지가 아끼던 아이, 우리의 후원 말고는 달리 의지할 데가 없고 그 후원을 기대하며 자랐던 사람을 고의적으로 이유도 없이 떨쳐 냈다면 그것은 악행이겠죠. 이에 비하면 단지 몇 주 동안 애정을 키운 두 젊은이들을 떼어 놓은 일은 비교도 안 될 것입니다. 하지만 제 행동과 동기에 대한 설명을 읽으신다면, 두 가지 일에 대해 앞으로는 어젯밤과 같이 가차 없는 혹독한 비난은 하지 않으시리라 믿습니다. 제 입장을 설명하면서 불가피하게 당신이 불쾌해하실 감정을 언급할 수도 있는데, 그에 대해서는 그저 죄송하다고 말씀드릴 수밖에 없습니다. 불가피한 일이라 더 이상의 사과는 우스꽝스러울 것입니다. 저는 하트퍼드셔에서 지낸 지 얼마 지나지 않아 다른 사람들과 마찬가지로 빙리가 당신 언니분을 그 고장의 다른 어떤 아가씨보다 좋아한다는 사실을 알았습니다. 하지만 네더필드에서 무도회가 열렸던 날 저녁에야 그가 진지한 애정을 느끼고 있을지도 모른다는 우려를 하게 되었습니다. 전에도 빙리가 누군가에게 반하는 것을 더러 본 적이 있었으니까요. 그 무도회에서 영광스럽게도 당신과 춤을 추는 동안 우연히 윌리엄 루카스 경의 말씀을 듣고서야 비로소 당신 언니분에 대한 빙리의 관심이 주변 사람들에게 두 사람의 결혼에 대한 기대를 불러일으켰다는 걸 알게 되었습니다. 루카스 경은 두 사람의 결혼이 날만 잡지 않았을 뿐 기정사실이나 마찬가지인 것처럼 말씀하셨습니다. 그 순간부터 저는 제 친구의 행동을 주의 깊게 살펴보았습니다. 그러자 빙리가 제가 지금껏 봐 온 어떤 여성보다 베넷 양을 훨씬 더 좋아한다는 사실을 알아챌 수 있었습니다. 저는 당신 언니분도 유심히 살펴보았습니다. 베넷 양의 모습과 태도는 매우 솔직하고 명랑하고 매력적이었지만, 특별히 빙리를 좋아한다는 징후는 보이지 않았습니다. 그래서 그날 저녁 면밀하게 관찰한 결과, 저는 베넷 양이 빙리의 관심을 기쁘게 받아들이고는 있지만 그와 같은 감정을 공유함으로써 빙리의 관심을 북돋아주고 있지는 않다고 확신하게 되었습니다. **당신이** 만약 이 점에 대해 잘못 보신 것이 아니라면, 틀림없이 **제가** 잘못 본 것이겠지요. 베넷 양에 대해서는 당신이 더 잘 알 테니까 틀림없이 후자가 맞을 것입니다. 만약 제가 그런 실수에 현혹되어서 베넷 양에게 고통을 가한 거라면, 당신이 분개하는 것은 결코 부당한 일이 아닙니다. 그렇지만 저는 당신 언니분의 표정과 태도가 너무나 침착해서, 아무리 예리한 관찰자라도 그분의 성품이 다정하긴 해도 마음을 쉽게 주는 사람은 아니라고 확신했을 거라 단언할 수 있습니다. 베넷 양이 빙리에게 관심이 없다고 제가 믿고 싶었던 것은 확실합니다. 하지만 제 소망이나 우려가 저

의 조사와 결정에 영향을 미치는 일은 거의 없다는 사실을 감히 말씀
드리고 싶습니다. 베넷 양이 빙리에게 관심이 없다고 믿은 것은 제가 그
렇게 바랐기 때문이 아니란 겁니다. 저는 제가 이성적인 이유들로 그러
기를 바랐던 것만큼, 공정한 확신을 가지고 그렇게 믿었습니다. 그 결혼
을 제가 반대한 것은 어제저녁 제가 시인했던, 제 경우에는 극도로 강
렬한 열정 때문에 잊을 수 있었던 그 이유 때문만은 아니었습니다. 제
친구에게는 별 볼 일 없는 집안이 제 경우만큼 그렇게 큰 문제가 되지
는 않습니다. 제가 그 결혼을 싫어한 데에는 다른 이유들이 있었습니
다. 지금도 여전히 존재하고 있고, 우리 둘 다 똑같이 잊으려 노력한 이
유들 말입니다. 저도 그 문제들에 대해서는 빙리와 같은 처지였지만 당
면한 일이 아니었기 때문에 애써 그냥 지나치려 했죠. 여기에 대해서는
간단하게라도 반드시 밝혀야 할 것 같습니다. 당신 어머니 집안의 지위
도 문제이긴 하지만, 당신 어머니와 세 여동생들이 한결같이 교양 없이
처신한 데에 비하면 그건 아무것도 아닙니다. 가끔은 당신 아버지도 그
에 합세하셨죠. 이런 말씀을 드리는 것을 용서해 주십시오. 당신 기분
을 상하게 해서 저도 마음이 아픕니다. 가족의 결점 때문에 속이 상하
실 테고 이런 말을 듣는 것이 불쾌하시겠지만, 당신과 당신의 언니분
은 그런 식으로 비난받을 만한 행동을 전혀 하지 않았습니다. 모든 사
람이 두 분의 지성과 성품을 칭찬했다는 점을 고려하시면 위로가 될 것
입니다. 제가 더 말씀드리고 싶은 것은, 그날 저녁에 일어난 일을 통해
당사자들 모두에 대한 제 견해가 확인되었으므로 제 친구를 매우 불행
할 것이라 예상되는 결혼에서 구해 내야겠다는 생각을 더욱 굳히게 되

었다는 겁니다. 다음 날 빙리는 네더필드를 떠나 런던으로 갔습니다. 당신도 틀림없이 기억하시겠지만 그는 곧 돌아올 계획이었습니다. 이제는 제가 했던 역할에 대해 설명해 드리겠습니다. 빙리의 누이들도 저와 마찬가지로 똑같이 불안해했습니다. 우리는 곧 서로 같은 마음이라는 것을 알게 되었고, 한시도 지체 없이 빙리를 베넷 양과 떼어 놓아야 한다는 것에 의견을 같이했기 때문에 곧장 런던으로 그를 뒤따라가기로 결정했습니다. 우리는 그렇게 런던으로 떠났고, 저는 그곳에서 제 친구에게 베넷 양과의 결혼이 불러올 게 확실한 문제들을 지적해 주는 임무를 기꺼이 맡았습니다. 저는 빙리에게 그런 문제점들을 열심히 설명하고 역설했습니다. 하지만 이런 충고가 빙리의 결심을 주춤하게 하거나 연기시킬 수 있었을지는 몰라도, 베넷 양이 빙리를 좋아하고 있지 않다는 제 확신이 뒷받침해 주지 않았더라면 궁극적으로는 제 충고가 둘의 결혼을 막지는 못했을 것이라고 생각합니다. 빙리는 당신의 언니분이 똑같은 정도는 아니더라도 진지한 애정으로 자신의 애정에 답하고 있다고 믿었습니다. 그렇지만 빙리는 지극히 겸손함을 타고나서 스스로의 판단보다 제 판단에 더 많이 의지했으므로 빙리에게 그가 스스로를 기만한 것이라고 납득시키는 일은 크게 어렵지 않았습니다. 일단 빙리에게 확신을 주고 나니, 그를 하트퍼드셔로 돌아가지 않도록 설득하는 데에는 거의 일 초도 걸리지 않았습니다. 그때까지 제가 한 일이 잘못이라고는 생각하지 않습니다. 다만 그 일 전체에서 제가 만족스럽게 생각할 수 없는 행동이 하나 있습니다. 당신의 언니분이 런던에 와 있다는 사실을 빙리에게 숨기기 위해 부끄럽게도 여러 가지 술수를 썼다는 것입니다. 빙리는 아직도 빙리 양과 제가 한 일을 모르고 있습니다. 둘이 서로 만나더라도 나쁜 결과가 일어나지는 않았을지도 모르지만, 빙리가 베넷 양을 만나도 아무 위험이 없을 정도로 빙리의 베넷 양에 대한 애정이 식은 것처럼 보이지는 않았습니다. 그런 은폐와 가장은 저답지 못한 비열한 행동이었습니다. 하지만 저는 최선의 결과를 위해 그렇게 행동했습니다. 이 문제에 대해서는 더 이상 드릴 말씀이 없고 달리 사과를 할 수도 없습니다. 만약 제가 당신 언니분의 마음에 상처를 입혔다면 고의로 그런 것은 아닙니다. 제 행동의 동기가 당신에게는 당연히 불충분하게 보일지도 모르지만, 저는 왜 그 일 때문에 제가 비난을 받아야 하는지 아직도 모르겠습니다. 위컴 씨에게 상처를 주었다는 더 견디기 어려운 비난에 대해서 반박하려면, 그와 제 집안의 관계를 모두 당신에게 펼쳐 보여야만 합니다. 그가 **특별히** 무엇에 대해 저를 비난했는지는 모르겠습니다. 하지만 제가 지금부터 말씀드릴 이야기가 진실하다는 것에 대해서는 정직성을 의심할 수 없는 증인을 한 사람 이상 부를 수 있습니다. 위컴 씨의 부친은 매우 훌륭한 분이셨습니다. 그분은 펨벌리의 모든 재산을 여러 해 동안 관리하셨고, 맡은 임무를 훌륭하게 수행하셨습니다. 자연히 제 아버지는 그분에게 도움을 주고 싶어 하셨습니다. 그래서 당신의 대자인 조지 위컴에게도 관대하게 친절을 베풀어 그의 학비를 지원하셨고, 나중에는 케임브리지에 다닐 수 있게 해 주셨습니다. 아내의 낭비벽 때문에 항상 쪼들렸던 위컴 씨 부친은 아들에게 신사가 되기 위한 교육을 시킬 형편이 아니었기 때문에, 아버지의 지원은 매우 도움이 되었습니다. 제 아버지는 매력적인 태도를 지닌 이 젊은이와 만나는 것을 항상 좋아하셨을 뿐만 아니라 그를 매우 높게 평가하셔서, 성직자가 되길 기대하시고 그에게 자리를 마련해 줄 작정이셨습니다. 저로 말하자면 꽤 오래전부터 위컴을 아버지와는 매우 다른 시각으로 보고 있었습니다. 제가 보기에 그는 원칙이 없고 비윤리적이었습니다. 위컴은 가장 좋은 지인인 제 아버지에게는 그런 점이 눈에 띄지 않도록 조심하고 있었겠지만, 거의 같은 나이의 젊은이이고 아버지와는 달리 방심한 순간의 그를 볼 기회가 있었던 저의 관찰을 벗어날 수는 없었습니다. 여기서 다시 당신에게 상처를 줘야 할 것 같습니다. 그 고통이 어느 정도일지는 당신만이 알 수 있을 것입니다. 하지만 위컴 씨가 당신에게 불러일으킨 감정이 무엇이든, 그런 의심 때문에 그의 진짜 성격이 어떤지 털어놓지 않을 생각은 전혀 없습니다. 오히려 위컴 씨의 정체를 밝혀야 할 동기가 늘었죠. 제 아버지는 5년 전에 돌아가셨습니다. 위컴 씨에 대한 아버지의 애정은 마지막까지 한결같아서, 위컴의 직업이 허용하는 한 최고의 지위에 오를 수 있도록 그를 도와주라고 제게 특별 유언을 남기셨습니다. 또 만약 위컴 씨가 성직자로서 서품을 받으면 수입이 좋은 성직이 나자마자 그를 임명하길 원하셨습니다. 천 파운드의 유산도 남기셨죠. 위컴 씨 부친도 제 아버지가 돌아가신 뒤 바로 세상을 떠나셨습니다. 그로부터 반년도 지나지 않아서 위컴 씨는 성직자가 되지 않기로 최종 결정을 내렸기 때문에 자신이 혜택을 볼 수 없는 성직 우선권 대신 당장 쓸 수 있는 돈을 받았으면 좋겠다, 제가 그것을 터무니없는 요구라고 여기지 않기를 바란다는 편지를 보내왔습니다. 그는 법학을 공부할 계획이 있는데 천 파운드의 이

자는 그런 공부를 하는 데 충분치 않다는 것을 저도 잘 알고 있을 것이라고 덧붙였습니다. 저는 위컴 씨의 말을 진지한 것으로 믿었다기보다는 그러기를 바란 것이었지만, 어쨌든 그의 제안에 따를 용의가 충분히 있었습니다. 위컴 씨가 성직자가 되어서는 안 된다는 것을 알고 있었기 때문입니다. 그래서 그 일은 곧 해결되었습니다. 위컴 씨는 설사 성직을 받을 수 있는 상황이 오더라도 권리를 모두 포기하겠다고 했고 그 대가로 3천 파운드를 받았습니다. 우리들 사이의 모든 관계는 청산된 것 같았습니다. 저는 위컴 씨를 좋지 않게 생각했기 때문에 그를 펨벌리에 초대하거나 런던의 집으로 찾아오도록 허용할 생각이 없었습니다. 제가 듣기로 위컴 씨는 주로 런던에서 살았지만 법학을 공부한다는 것은 그저 핑계에 지나지 않았고, 모든 제약에서 벗어나 게으르고 방탕한 생활에 빠졌다고 합니다. 3년 동안 그에 대한 소식은 거의 듣지 못했습니다. 하지만 위컴 씨가 승계하기로 정해져 있었던 교구의 목사님이 세상을 떠나자 그가 다시 제게 편지를 보내서 그 자리를 달라고 부탁했습니다. 위컴 씨는 제게 자신의 재정적 상황이 매우 나쁘다고 분명히 밝혔고 저도 그 말을 어렵지 않게 믿었습니다. 그는 법률이 별로 유익한 공부가 아니라는 것을 알았다면서 만약 제가 문제의 교구에 자기를 임명해 준다면 이제는 목사가 되기로 굳게 결심했다고 했습니다. 위컴 씨는 제가 그 자리에 임명해야 할 다른 사람이 있는 것도 아니고, 제 아버지의 뜻을 잊지 않았을 것이라 확신한다고 했죠. 저는 그 요청을 거절했고, 반복되는 요청도 모두 물리쳤습니다. 하지만 그 일에 대해서 당신이 저를 비난하지는 않으시겠죠. 위컴 씨의 저에 대한 원망은 그의 재정적 상황이 궁핍해지는 것에 비례해 커졌고, 그는 제게 직접 비난을 가한 것처럼 다른 사람들에게도 저에 대해 심한 험담을 했을 것입니다. 그때 이후 모든 관계가 끊겼습니다. 위컴 씨가 어떻게 사는지 저는 몰랐습니다. 그러다가 지난여름에 그가 다시 제 눈앞에 불쑥 나타나서 저를 고통스럽게 만들었습니다. 지금부터는 저 스스로도 잊어버리고 싶고, 지금 같은 상황이 아니라면 어느 누구에게라도 절대 털어놓지 않을 일에 대해 말씀드려야만 합니다. 이렇게까지 말씀드렸으니 당신이 비밀을 지켜 주실 것이라 믿어 의심치 않습니다. 저는 어머니의 조카인 피츠윌리엄 대령과 함께 저보다 열 살 이상 어린 제 누이 조지아나의 후견인 역할을 맡고 있습니다. 약 1년 전에 조지아나가 학업을 마치자, 저는 런던에 그 애가 살 집을 마련해 주었습니다. 조지아나는 지난여름 그 집의 살림을 도맡고 보호자 역할을 해 줄 영 부인과 함께 휴양 도시 램스게이트로 갔습니다. 그런데 알고 보니 위컴 씨도 거기로 갔더군요. 계획적이었겠죠. 나중에 영 부인과 위컴 씨가 예전부터 알고 지냈다는 사실이 드러났습니다. 불행히도 저희는 영 부인에게 속은 겁니다. 위컴 씨는 영 부인의 묵인과 협조로 어렸을 적에 자신에게 친절하게 대해 주었던 그에 대한 기억을 생생하게 간직하고 있던 조지아나의 호감을 샀습니다. 다정다감한 마음을 지닌 조지아나가 스스로 사랑에 빠졌다고 믿게 만들고는, 사랑의 도피 행각에 동의하도록 그 애를 설득했습니다. 조지아나는 그때 겨우 열다섯 살밖에 안 되었으니, 그걸 변명거리로 삼을 수 있겠죠. 제 동생의 경솔함을 밝혔지만 그 애 덕분에 사실을 알게 되었다고 덧붙일 수 있어 다행입니다. 두 사람이 도피하기로 정해 놓은 날의 하루 이틀 전에 제가 불쑥 그 애에게 찾아갔고, 아버지처럼 존경하던 오빠를 슬프게 하고 화나게 할 것이라는 생각을 견딜 수 없게 된 조지아나가 제게 전모를 털어놓았습니다. 제가 어떤 기분이었고 어떻게 행동했을지 상상하실 수 있을 것입니다. 제 동생의 명예와 감정을 고려해서 공개적으로 폭로하는 것만은 결단코 막았습니다. 하지만 위컴 씨에게는 편지를 썼고, 그는 즉시 그곳을 떠났습니다. 영 부인은 당연히 파면시켰고요. 위컴 씨의 주된 목표는 의심할 여지없이 3만 파운드에 달하는 제 동생의 재산이었습니다. 하지만 제게 복수하고 싶은 바람도 강한 동기였다고 추측하지 않을 수가 없습니다. 사실 그의 복수는 완벽할 뻔했습니다. 엘리자베스 양, 이것이 우리가 함께 연관된 모든 사건에 대한 충실한 기술입니다. 만약 제 말을 새빨간 거짓말이라고 간주하지만 않으신다면, 이제 제가 위컴 씨에게 잔인하게 대했다는 비난에서 저를 사면해 주십시오. 위컴 씨가 당신에게 어떤 식으로 어떤 형태의 거짓말을 했는지는 모르겠습니다. 하지만 그의 거짓말이 통했다는 게 어쩌면 놀랄 일은 아닐지도 모릅니다. 당신은 위컴 씨와 저 사이에 일어난 일들을 전혀 몰랐기 때문에 거짓을 알아챌 수가 없었을 테고, 사람을 무조건 의심하는 성격도 아니시니 말입니다. 아마 왜 어젯밤에 이 모든 사실을 말씀드리지 않았는지 의아해하실지도 모릅니다. 하지만 그때는 무엇을 밝힐 수 있는지 혹은 밝혀야 하는지 저 자신도 충분히 알 수가 없었습니다. 제가 여기서 말씀드린 모든 것의 진위에 대해서는 피츠윌리엄 대령이 누구보다 확실히 증언해 줄 수 있습니다. 대령은 가까운 친척으로 계속 친밀하게 지냈고 아버지의 유언 집행자 중 한 사람으로

서 불가피하게 그동안 있었던 모든 일을 세세히 알고 있기 때문입니다. 만약 저에 대한 **당신의** 혐오감 때문에 **제** 말씀을 의심하신다 하더라도, 제 사촌과 허심탄회하게 이야기를 나누지 못할 정도는 아닐 것입니다. 그의 의견을 구할 시간이 모자라지 않게, 이 편지가 오늘 오전 중에 당신 손에 들어가도록 최선을 다하겠습니다. 하느님의 가호가 당신과 함께하기를 빕니다.

피츠윌리엄 다아시

13장

다아시 씨가 편지를 건네주었을 때, 엘리자베스는 편지에서 그가 다시 청혼할 것이라 기대하지는 않았지만 편지의 내용에 대해서는 전혀 짐작할 수가 없었다. 하지만 편지 내용이 그러했기 때문에 그녀가 편지를 얼마나 열심히 읽어내려 갔을지, 그리고 얼마나 상반된 감정을 느꼈을지 쉽게 짐작할 수 있을 것이다. 편지를 읽을 때 그녀가 느낀 감정은 뭐라고 딱 잘라 표현할 수가 없었다. 처음에 엘리자베스는 다아시 씨가 어떤 변명이건 변명을 할 수 있다고 생각하는 것을 알고 놀랐다. 또한 그가 수치심을 아는 사람이라면 감추고 싶을 그런 해명밖에 제시할 수 없을 것이라고 믿었다. 그녀는 다아시 씨가 무슨 말을 하건 철저하게 싫어할 마음 자세를 갖추고 네더필드에서 일어난 일에 대한 그의 설명을 읽기 시작했다. 편지를 너무 열심히 읽느라 내용을 이해할 여력이 없었고, 다음 문장이 무슨 내용일지 알고 싶은 조바심에 바로 눈앞에 있는 문장의 뜻도 제대로 파악할 수가 없었다. 엘리자베스는 언니가 무심해 보였다는 그의 확신이 틀렸다고 즉시 단정했고, 빙리 씨와 언니의 결혼에 반대한 진짜 이유이자 최악의 이유에 대한 설명에 너무 화가 나서 그를 공정하게 평가해야겠다는 생각은 아예 할 수가 없었다. 다아시 씨는 자기가 한 일에 대해 그녀가 납득할 만한 반성의 기미를 전혀 보이지 않았다. 그의 문체는 뉘우치기는커 녕 거만해 보였다. 오만과 불손 그 자체였다.

하지만 위컴 씨에 대한 설명이 이어졌을 때에는 조금 더 명료한 정 신 상태로 사건들에 대한 기술을 집중해서 읽었다. 만약 그 이야기 가 사실이라면 엘리자베스가 위컴 씨에 대해 품고 있던 모든 호의적 인 견해를 아예 뒤집어야 할 판이었다. 이야기 자체의 흐름은 위컴 씨 가 말한 것과 놀라울 만큼 유사했기 때문에 그녀는 훨씬 더 고통스럽 고 혼란스러웠다. 경악과 염려와 심지어는 공포가 엘리자베스를 짓눌 렀다. 그녀는 "이건 틀림없이 거짓이야! 사실일 리가 없어! 분명 더없 이 역겨운 거짓말일 거야!"라고 거듭 외쳤다. 편지를 다 읽고 나서는 마지막 한두 쪽의 내용은 거의 파악하지도 못한 채로 그것을 황급히 밀쳐놓고 이런 편지에는 관심을 가지지 않겠다고, 다시는 들여다보지 않겠다고 다짐했다.

엘리자베스는 마음이 혼란스러워 어떤 생각에도 집중하지 못해 서 방 안을 계속 걸어 보았지만 별 효과가 없었다. 그녀는 30초도 지 나지 않아 편지를 다시 펼쳤고, 최대한 정신을 가다듬은 다음 위컴 과 관련된 부분을 찾아서 모두 꼼꼼하게 읽는 굴욕적인 작업을 시작 했고, 흥분을 자제하면서 한 문장씩 따져 보았다. 펨벌리 가문과 위 컴의 관계에 대한 설명은 위컴이 한 말과 정확히 일치했다. 고 다아시 씨의 친절한 배려에 대한 다아시의 말도, 비록 그 편지를 읽기 전까지 는 어느 정도인지 알지 못했지만 위컴의 말과 똑같았다. 여기까지는 둘의 말이 같은 내용이라 서로의 말이 상대의 말을 확인해 주었다.

하지만 유언에 대한 이야기가 나오자 둘이 말한 내용에 엄청난 차이가 생겼다. 엘리자베스는 목사직에 대해 위컴이 말했던 내용이 아직 기억에 또렷하게 남아 있기 때문에, 다아시가 쓴 문장과 그 이야기를 비교해 보며 둘 중 하나는 새빨간 거짓말을 하고 있다고 느끼지 않을 수 없었다. 잠깐 동안 그녀는 자신의 바람이 틀리지 않았다고 우쭐해했다. 하지만 위컴이 성직에 대한 모든 권리를 포기하고 그에 대한 대가로 3천 파운드라는 거금을 받은 직후의 세부사항들을 최대한 주의를 기울여 읽고 또 읽었을 때는 다시 망설이지 않을 수가 없었다. 엘리자베스는 편지를 내려놓고 모든 상황을 공정하게 가늠해 보았고, 다시 편지를 읽어 내려갔다. 모든 문장에서 일의 정황이 분명히 드러났다. 어떤 재간을 부리든 다아시 씨의 행동은 파렴치하다라고밖에 볼 수 없다고 믿었는데, 반대로 어쩌면 그가 전혀 잘못이 없을 수도 있다는 가능성이 점점 커졌다.

엘리자베스는 다아시가 아무런 주저 없이 위컴이 무절제하고 방탕한 생활을 해 왔다고 비난한 말을 읽고 큰 충격을 받았다. 그 비난이 부당하다는 어떤 증거도 찾아낼 수 없었기 때문에 더욱더 충격적이었다. 엘리자베스는 위컴 씨가 **부대에 들어가기 전에 어떻게 살았는지 들어 본 적이 없었다. 부대에 들어간 것도 런던에서 우연히 만나서 조금 알고 지내던 한 젊은이의 설득 때문이라고 했었다. 위컴 씨의 이전 생활에 대해서 하트퍼드셔에 알려진 것은 그가 자기 입으로 말한 것 말고 전혀 없었다. 설사 엘리자베스에게 그의 진짜 평판에 대해 알아볼 수 있는 힘이 있었다 해도, 굳이 그러고 싶은 마음이 전혀 없었다. 위컴 씨는 표정과 목소리, 몸가짐 때문에 모든 미덕을 갖춘 사람으로 즉시 인정을 받았었다. 엘리자베스는 다아시 씨의 공격으로부터 그를 구해 줄 수 있도록, 위컴 씨가 선한 행동을 한 사례나 성실함과 자비심을 잘 보여 줬다고 생각되는 사례들을 기억해 내려고 애썼다. 다아시 씨가 여러 해 동안 지속된 나태와 악습이라고 묘사했고, 그녀는 우발적인 실수라고 간주하고 싶었던 잘못들보다 좋은 점이 더 많다면 장점이 단점을 상쇄시킬 수 있으니까 말이다. 하지만 그런 기억이 도무지 떠오르지 않았다. 위컴 씨의 매력적인 분위기와 태도는 눈앞에 떠올랐지만 인근 사람들에게 대체적으로 칭찬을 듣고, 뛰어난 사교술로 같이 회식하는 동료 장교들에게 호감을 얻었다는 것 외에 실제적인 미덕의 예를 기억해 낼 수가 없었다. 이 대목에서 한동안 숨을 돌린 다음 엘리자베스는 계속 다시 편지를 읽어 나갔다. 그런데 아! 다음에 이어진 다아시 양에 대한 위컴 씨의 계략 이야기는 바로 어제 아침에 피츠윌리엄 대령과 자신이 나눈 대화를 통해 일부 확인되었다. 끝으로 피츠윌리엄 대령에게 세부적인 사항들이 모두 맞는지 확인해 보라는 말이 있었다. 피츠윌리엄 대령으로부터 자기가 사촌의 모든 일에 깊이 간여한다는 이야기를 이미 들었고, 대령의 인격에 대해서는 의문을 제기할 필요가 전혀 없었다. 대령에게 물어볼까 하는 생각을 잠시 했지만 그러면 분위기가 얼마나 어색할까 하는 생각에 망설였고, 자기 사촌이 자신의 말을 증명해 줄 것이라는 확신이 없었다면 다아시 씨가 그런 제안을 하지 않았을 것이라고 믿으면서 그런 생각을 완전히 접었다.

엘리자베스는 필립스 이모부의 집에서 위컴과 처음 만난 날 저녁에 그와 나눈 대화를 한 마디도 빠짐없이 기억하고 있었다. 그가 쓴 많은 표현들이 아직도 그녀의 기억 속에 생생하게 남아 있었다. 그런 이야기를 처음 만난 사람에게 하는 것이 얼마나 부적절한지 **이제야** 깨닫게 되었다. 이전에는 왜 그런 생각이 떠오르지 않았는지 의아할 지경이었다. 위컴 씨가 스스로를 내세우는 것도 부적절했고, 그의 말과 행동도 일치하지 않았다. 위컴 씨는 다아시 씨를 만나는 것이 전혀 두렵지 않으며, 다아시 씨는 자기를 피해 그 고장을 떠날지도 모르지만 **자기는** 당당히 머물 것이라고 장담했었다. 그럼에도 불구하고 그는 바로 그 다음 주에 네더필드에서 열린 무도회를 피했다. 게다가 네더필드 사람들이 그 지역을 떠날 때까지는 엘리자베스 말고는 어느 누구에게도 자기 이야기를 하지 않았는데 그 후에는 사방에서 위컴 이야기가 거론되었고, 다아시 씨의 선친에 대한 존경심 때문에 그분의 아들에 대해 폭로하는 것을 항상 참아 왔다고 그녀에게 분명히 밝혔으면서도 아무 거리낌이나 주저 없이 다아시 씨의 평판을 깎아내렸다는 것도 기억났다.

위컴 씨와 관련된 모든 일이 이제는 얼마나 다르게 보이는지! 이제 보니 그가 킹 양에게 관심을 보인 것도 순전히 혐오스럽게도 돈 때문이었다. 킹 양의 유산이 크게 많지도 않았다는 사실은 위컴이 크게 욕심을 부리지 않는다는 것을 증명하는 것이 아니라 아무나 붙잡으려는 간절함을 드러내는 것이었다. 이제 보니 엘리자베스를 대하던 그의 행동에도 괜찮은 동기가 있을 리 만무했다. 엘리자베스의 재산에 대해 잘못 알았거나, 그녀가 부주의하게 보여 준 호감을 부채질해서 자신의 허영심을 충족시켜 왔을 것이다. 위컴에게 유리한 쪽으로 생각하려던 의지가 점점 더 약해졌다. 다아시 씨의 말이 옳다는 것을 정당화시켜 주는 더 많은 예도 있었다. 제인의 질문을 받은 빙리 씨가 위컴의 일에서 다아시 씨가 잘못한 것은 없다고 이미 오래전에 단언했던 것을 인정하지 않을 수가 없었다. 다아시 씨의 태도가 오만하고 혐오스럽다 해도 그들이 서로 알고 지낸 동안…… 최근에 함께 있을 기회가 많아져서 다아시 씨의 버릇에 대해 어느 정도 익숙해지는 동안…… 그가 무절제하다거나 공정하지 못하다거나 불경스럽다거나 비윤리적인 습관을 지니고 있다고 알려 주는 거라곤 어떤 것도 보지 못했다. 다아시 씨는 주변 사람들 사이에서 존경과 존중을 받았다. 위컴조차도 그가 오빠로서 훌륭하다고 인정했었다. 엘리자베스는 다아시 씨가 자기 누이에 대해 무척이나 다정하게 이야기하는 것을 자주 들었고 그에게도 온후한 감정이 **약간은** 있을 수 있다고 생각했었다. 만약 다아시 씨가 위컴이 묘사한 대로 행동했다면 세상 사람들이 그렇게나 정당하지 못한 행동을 절대 모르고 넘어가진 않았을 것이고, 그런 짓을 할 수 있는 사람과 빙리 씨처럼 좋은 사람 사이의 우정이란 불가해한 일일 것이다.

엘리자베스는 스스로가 점점 대단히 부끄럽게 여겨졌다. 다아시를 생각해도, 위컴을 생각해도 자신이 눈이 멀었고 불공평했으며, 편파적이고 불합리했다고 느끼지 않을 수가 없었다.

"내가 그렇게 비열하게 행동했다니!" 그녀는 소리쳤다. "분별력에 대해 자부심을 가져 왔던 내가! 스스로 재능이 있다고 뽐냈던 내가! 언니의 관대한 공정함을 자주 비웃고 쓸데없이 남들을 의심하면서 허영심을 충족시켰던 내가! 이게 무슨 창피야! 그렇지만 당연한 일이지! 사랑에 빠졌다 해도 이보다 더 한심하게 눈이 멀 수는 없었을 거야! 하지만 사랑이 아니라 허영심이 내 어리석음의 원인이었어. 처음 만난 바로 그 순간부터 한 사람은 나한테 호감을 보여서 기뻤고 다른 한 사람은 나를 무시해서 기분이 나빴지. 두 사람과 관련된 일에서는 선입견과 무지를 불러들이고 이성을 쫓아냈어. 이 순간까지 나는 나 자신에 대해 전혀 알지 못했어."

스스로를 돌아보다가 제인에게로, 제인에서 빙리로 엘리자베스의 생각은 계속 이어졌고, 곧 **그 문제**에 대해서는 다아시 씨의 설명이 매우 불충분해 보였다는 것을 기억해내고 편지의 그 부분을 다시 읽었다. 두 번째 정독의 결과는 처음과 사뭇 달랐다. 위컴의 경우에는 그의 주장을 믿어 주었으면서 왜 제인의 경우에는 믿으려 하지 않았을까? 다아시 씨는 언니의 애정을 전혀 눈치 채지 못했다고 밝히고 있었는데, 그 부분에 대한 샬럿의 지론이 어떠했는지 떠올리지 않을 수가 없었다. 제인에 대한 그의 묘사가 정확하다는 것 역시 부정할 수가 없었다. 제인의 감정은 열렬하긴 했어도 겉으로 거의 드러나지 않았다. 언니의 분위기와 태도는 대개 자신의 감정과 크게 상관없이 항상 누구에게나 사근사근했다.

너무 분하긴 하지만 받아 마땅한 비난의 어조로 자기 가족을 언급한 부분에 이르렀을 때 엘리자베스의 수치심은 더욱 커졌다. 다아시의 비난은 부정할 수 없을 만큼 타당했다. 처음에 품고 있던 모든 반대 의견을 확실히 굳혀 주었다고 다아시가 특별히 언급했던 네더필드 무도회에서 일어난 일들은, 다아시보다 오히려 엘리자베스를 더 속상하게 만들었다.

자신과 언니에 대한 칭찬이 위안이 되기는 했지만, 그런 칭찬이 나머지 가족이 자초한 모욕을 씻어 줄 수는 없었다. 제인은 가장 가까운 가족들 탓에 낙담하게 된 것이었다. 가족들의 부적절한 행동 때문에 언니와 자신의 명예가 얼마나 크게 손상되었을지 숙고해 보면서 그 어느 때보다 마음이 무거워졌다.

엘리자베스는 온갖 생각을 하고, 일어났던 일들을 재고해 보고, 가능성들을 따져 보고, 너무나 갑작스럽고 중요한 변화에 최대한 잘 적응하려고 애쓰면서 두 시간 동안 오솔길을 걸었다. 피곤하기도 하고 너무 오래 나와 있었다는 생각도 들어서 그녀는 마침내 목사관으로 돌아갔다. 그리고 평소처럼 쾌활하게 보이길 바라면서, 자신을 틀림없이 대화에 부적합한 상태로 만들 생각들은 억눌러야겠다고 결심하면서 집으로 들어갔다.

집에 들어가자마자 엘리자베스가 없는 동안 로징스의 두 신사가 따로따로 방문했었다는 소식이 기다리고 있었다. 다아시 씨는 몇 분 동안만 있다가 떠났다지만, 피츠윌리엄 대령은 엘리자베스가 돌아오기를 기다리면서 적어도 한 시간 동안 그들과 함께 앉아 있다가 그녀를 찾으러 산책을 하러 갈 생각까지 했다고 한다. 엘리자베스는 대령을 만나지 못해서 못내 아쉬운 **척**할 수밖에 없었지만, 사실은 못 만

난 것을 다행으로 생각했다. 피츠윌리엄 대령은 더 이상 엘리자베스
의 관심사가 아니었다. 그녀는 온통 편지 생각뿐이었다.

14장

다음 날 아침 두 신사는 로징스를 떠났다. 작별 인사를 하기 위해 관리인의 오두막집 근처에서 기다리고 있던 콜린스 씨는 그들이 바로 전 로징스에서 나눈 이별의 슬픔을 감안한다면 건강해 보였고 기분도 그런대로 괜찮은 것 같았다는 반가운 소식을 가지고 집으로 돌아왔다. 그런 다음 캐서린 영부인 모녀를 위로하기 위해 서둘러 로징스로 갔다가 영부인의 기분이 너무 가라앉아 있어서 목사관 일행 모두와 함께 만찬을 하고 싶어 한다는 전갈을 가지고 매우 흡족해하며 돌아왔다. 엘리자베스는 캐서린 영부인의 얼굴을 보면서 다아시 씨의 청혼을 받아들였더라면 지금쯤 자신이 장래의 조카며느리로 소개되었을 것이란 생각을 하지 않을 수가 없었다. 영부인이 얼마나 분개했을지 생각하면 미소를 짓지 않을 수가 없었다. '영부인이 뭐라고 말했을까? 반응은 어땠을까?' 그런 질문들을 속으로 하며 즐거워했다.

그들의 첫 번째 화제는 로징스의 식구가 줄어들었다는 것이었다. "정말 엄청나게 허전해." 캐서린 영부인이 말했다. "친구들이 떠나고 난 뒤에 나만큼 허전해하는 사람도 없을 거야. 거기다 조카들은 내가 특히 아끼는 애들이고. 그 애들도 똑같이 나를 아낀다는 것도 알고말고. 떠나면서 무척 섭섭해했거든! 그렇지만 항상 그랬어. 대령은 마지막까지 기운을 차리고 있었는데 다아시는 작년에 비해 아주 심하게, 훨씬 더 섭섭해하는 것 같았어. 로징스에 정이 더 든 게 분명해."

콜린스 씨가 여기에 끼어들어 치하와 암시[42]를 보냈고 모녀는 상냥한 미소로 화답했다.

만찬 후에 캐서린 영부인은 베넷 양의 기분이 안 좋아 보인다고 말한 다음, 빨리 집에 돌아가고 싶지 않아서일 거라고 멋대로 추측하면서 이렇게 덧붙였다.

"만약에 그렇다면 모친께 편지를 써서 조금 더 있게 해 달라고 부탁해 보아야지. 콜린스 부인도 틀림없이 아가씨하고 같이 있게 되면 아주 좋아할 테니까."

"친절한 초대 대단히 감사합니다." 엘리자베스가 대답했다. "하지만 초대를 받아들이진 못할 것 같습니다. 다음 토요일까지 런던으로 돌아가야 하거든요."

"저런, 그렇다면 여기 겨우 6주 동안 머무는 게 되겠군. 두 달은 있을 줄 알았네. 아가씨가 오기 전에 콜린스 부인에게 그렇게 말했지. 그렇게 빨리 돌아가야 할 이유는 없을 텐데. 아가씨가 보름 더 있다 가더라도 베넷 부인께는 별 지장이 없을 거야."

"그렇지만 아버지는 그러지 못하십니다. 지난주에 빨리 돌아오라는 편지를 보내셨거든요."

"설마! 모친이 괜찮다면 부친도 당연히 아가씨 없이 잘 지낼 수 있을 거네. 자고로 딸들은 아버지한테 그렇게 많이 중요하지 않으니까. 그리고 만약 꼬박 **한 달**을 더 지내겠다고 하면 내가 둘 중 한 사람을 런던까지 데려다 줄 수 있어. 6월 초에 그곳에서 한 주 정도 머물 예정이니까. 도슨이 사륜마차 마부석에 타고 가는 걸 반대하지 않는다면 아가씨 한 사람이 탈 자리는 충분할 거야. 혹시 날씨가 서늘해지기라도 하면 두 아가씨 모두 태워도 되고. 두 사람 모두 덩치가 크진 않으니까."

"정말 친절하신 말씀이십니다. 그렇지만 원래 계획을 따라야 할 것 같습니다."

캐서린 영부인은 단념하는 것 같았다. "콜린스 부인, 아가씨들한테 하인을 딸려 보내야 해. 알다시피 난 솔직하잖나. 아가씨 단둘이서 역마차로 여행한다는 생각은 참을 수가 없어. 아주 점잖지 못한 짓이야. 누구든 딸려 보낼 방법을 반드시 찾아내게. 나는 세상에서 그런 일을 가장 싫어해. 젊은 아가씨들은 신분에 맞게 항상 적절한 보호와 시중을 받아야 해. 지난여름에 내 조카딸 조지아나가 램스게이트에 갈 때 내가 남자 하인 두 사람을 데리고 가라고 했어. 펨벌리의 고 다아시 씨와 앤 부인의 영애가 하인도 대동하지 않으면 품격 있게 보일 수가 없지. 나는 그런 모든 것에 각별하게 주의를 기울이지. 콜린스 부인, 존을 아가씨들한테 딸려 보내게. 마침 생각이 나서 다행이야. 아가씨들끼리 보낸다면 정말로 자네에게 불명예스러운 일이 될 거야."

"제 외삼촌께서 하인을 한 사람 보내 주실 거예요."

"아! 아가씨 외삼촌이! 남자 하인을 두고 있나 보군, 그렇지?[43] 이런 것을 챙겨 주는 사람이 있다니 다행이군. 어디서 말을 바꿔 탈 건

가? 아! 당연히 브럼리지. 벨 식당에서 내 이름을 대면 신경을 써 줄
거야."

캐서린 영부인은 아가씨들의 여행에 대해 다른 많은 질문을 했는
데, 모든 질문에 대해 자기가 묻고 자기가 대답한 것은 아니었기 때문
에 주의가 필요했다. 엘리자베스는 이를 다행으로 여겼다. 그렇지 않
으면 정신이 완전히 딴 데 가 있어 자신이 어디에 있는지조차 잊어버
렸을지도 모른다. 생각은 혼자 있는 시간을 위해 유보해 두어야 했다.
혼자 있을 때마다 그녀는 크게 안도하며 생각에 빠지곤 했다. 하루도
빠짐없이 혼자 산책을 나가서 유쾌하지 못한 회상이 가져다주는 온
갖 즐거움을 만끽했다.

다아시 씨의 편지는 하도 읽고 또 읽어 곧 외울 지경이 되었다. 엘
리자베스는 모든 문장을 꼼꼼하게 따져 보았는데, 편지를 쓴 사람에
대한 그녀의 감정은 때에 따라 크게 달랐다. 청혼할 때의 다아시 씨
의 말투를 떠올리면 여전히 너무나 불쾌했다. 하지만 자신이 그를 얼
마나 부당하게 비난하고 힐난했는지 생각할 때는 스스로에게 화가
났고, 다아시가 낙심했을 것을 생각하면 연민이 일었다. 다아시 씨의
애정은 고마움을 불러일으켰고, 그의 전반적인 품성은 존경심을 불
러일으켰다. 하지만 다아시 씨가 마음에 들지는 않았다. 청혼을 거절
한 것에 대해서는 한순간도 후회하지 않았고, 그를 다시 만나고 싶은
마음 또한 눈곱만큼도 없었다. 그렇지만 자신이 과거에 보인 태도에
대해서는 계속 당혹감과 후회가 들었다. 또한 자기 가족의 한심스러
운 결점은 훨씬 더 괴로웠다. 그들의 결점은 고쳐질 가망이 전혀 없었

다. 아버지는 어린 딸들의 방종하고 경솔한 행동을 제어하려는 노력을 기울이기는커녕 그들을 비웃으며 재미있어했고, 올바른 처신과는 담을 쌓은 어머니는 문제가 무엇인지도 전혀 모르고 있었다. 엘리자베스는 자주 제인과 함께 캐서린과 리디아의 경솔한 행동을 제지하려고 노력했지만, 어머니가 동생들 편을 들어 주며 싸고도는데 개선될 가능성이 어디 있겠는가? 의지가 약하고 성미가 급하며 리디아가 시키면 시키는 대로 따르는 캐서린은 언니들의 조언에 항상 발끈했다. 제멋대로인 데다 경솔한 리디아는 제인과 엘리자베스의 말을 들으려고도 하지 않았다. 둘 다 무식하고 게으르며 허영심이 강했다. 둘은 메리턴에 장교가 한 사람이라도 있다면 그와 시시덕거릴 테고, 메리턴이 롱번에서 걸어갈 수 있는 거리에 있는 한 영원히 그곳으로 놀러 다닐 것이다.

엘리자베스의 또 다른 주된 관심사는 제인에 대한 걱정이었다. 다아시 씨의 편지를 읽은 후부터 빙리를 다시 예전처럼 좋게 생각하게 되었기 때문에, 제인이 놓쳐 버린 것이 무엇인지 더 절실히 깨닫게 되었다. 빙리의 애정은 진지했고, 친구에 대한 그의 맹목적인 신뢰를 비난하지 않는다면 빙리의 행동을 탓할 이유가 없었다. 제인이 어느 모로 보나 바람직하고 이익도 많은, 행복할 가능성이 높은 결혼을 바로 자기 가족의 어리석음과 무례함 때문에 빼앗겼다고 생각하면 얼마나 통탄스러운지!

이런 생각에다 위컴의 성격과 평판에 대한 폭로까지 더해졌으니, 예전에는 거의 침울한 적이 없었던 쾌활한 엘리자베스도 지금은 너무 우울한 나머지 웬만큼 유쾌한 척하기도 불가능할 지경이 되었다는 것은 짐작이 되고도 남을 일이었다.

마지막 주 중에 엘리자베스와 머라이어는 처음 도착했을 때만큼 자주 로징스를 방문했다. 떠나기 전 마지막 저녁도 그곳에서 보냈다. 캐서린 영부인은 그들에게 다시 여행의 세부사항에 대해 꼼꼼히 물었고, 짐을 싸는 가장 좋은 방법을 알려 주었으며, 야회복을 싸는 올바른 방법을 알려 주고 꼭 그렇게 싸야 한다고 강요하는 바람에 머라이어는 집에 가면 아침에 쌌던 짐을 전부 풀고 여행 가방을 다시 싸야겠다고 생각할 지경이었다.

헤어질 때 캐서린 영부인은 생색을 내듯이 그들에게 즐거운 여행이 되기를 빌어 주고 내년에 다시 헌스퍼드에 오라고 초대했다. 드 버그 양은 무릎을 굽혀 인사를 하고 두 사람 모두에게 손을 내미는 정도까지 노력하는 모습을 보여 주었다.

15장

토요일 아침에 엘리자베스와 콜린스 씨는 다른 사람들이 나타나기 몇 분 전에 아침 식사 자리에서 만났고, 그는 그것을 기회로 삼아반드시 필요하다고 생각하는 정중한 작별의 인사를 건넸다.

"엘리자베스 양." 그가 말했다. "저희를 방문하는 친절을 베풀어 주신 것에 대해 제 아내가 벌써 감사의 마음을 표했는지 모르겠습니다만, 이곳을 떠나시기 전에 제 아내에게 감사 인사를 받으실 것이라 확신합니다. 함께 머물러 주신 호의에 대해 매우 감사히 여기고 있습니다. 저희 누추한 거처에 누군가를 끌어들일 만한 것이 거의 없다는 것은 잘 알고 있습니다. 생활 방식은 검소하고 방도 작은 데다 하인들도 얼마 없고, 사교계를 접할 기회도 거의 없어서 엘리자베스 양 같은 젊은 아가씨께는 헌스퍼드가 틀림없이 굉장히 지루하셨겠죠. 그럼에도 불구하고 저희를 찾아 주신 것에 대해 저희가 감사해하고 있고, 엘리자베스 양이 지루하시지 않도록 저희 나름대로 최선을 다했다는 것을 믿어 주시기 바랍니다."

엘리자베스는 정말로 고마웠고 무척 즐겁게 지냈다고 진심으로 말했다. 지난 6주 동안 매우 즐거웠고, 샬럿과 함께 지내서 기뻤으며 그동안 받은 친절한 배려 때문에 오히려 고마워해야 할 사람은 **자신**

이라고 했다. 콜린스 씨는 흡족해서 미소를 지으며 더 엄숙하게 대답했다.

"즐겁게 지내셨다니 매우 기쁩니다. 저희가 최선을 다했다는 것만은 분명히 말씀드릴 수 있습니다. 더구나 다행스럽게도 엘리자베스 양을 귀한 분들께 소개시켜 드릴 수 있었습니다. 로징스와 인연이 있어 보잘것없는 저희 집에서 벗어나 자주 환경을 옮길 수 있었기 때문에, 헌스퍼드 방문이 전적으로 지루하지만은 않으셨을 것이라 자부해도 될 것 같습니다. 사실 캐서린 영부인의 가족과 저희의 관계는 아무나 가질 수 없는 특별한 이점이자 축복입니다. 저희가 그 댁과 어떤 관계인지, 얼마나 지속적으로 왕래하고 있는지 이제 아실 것입니다. 사실 이 누추한 목사관의 온갖 불편한 점들에도 불구하고 여기 머물면서 로징스와 저희의 친분을 공유하시게 되었으니, 어느 누구도 엘리자베스 양을 동정하지는 않을 것이라 생각합니다."

말만으로는 그의 고양된 감정을 표현하기가 충분치 않았기 때문에, 엘리자베스가 몇 개의 짧은 문장에 정중함과 진실을 결합시키려 노력하는 동안 콜린스 씨는 방안을 이리저리 서성거려야만 했다.

"하트퍼드셔에 저희들에 대한 소식을 매우 호의적으로 전해 주셔도 괜찮겠지요, 친애하는 사촌. 그리하실 수 있을 것이라 자부합니다. 제 아내를 캐서린 영부인께서 얼마나 각별히 신경 써 주시는지 날마다 직접 목격하셨을 테니까요. 전체적으로 저는 당신의 친구가 불행한 선택을 했다고는 생각지 않습니다만—아니, 이 점에 대해서는 아무 말도 하지 않는 것이 나을 것 같네요—단지, 친애하는 엘리자베스 양도 결혼에서 저희와 똑같은 행복을 맛보시길 충심으로 바라 마지 않는다는 것을 분명히 말씀드리고 싶습니다. 사랑하는 샬럿과 저는 오직 한마음 한뜻입니다. 모든 면에서 성격이나 생각이 놀라울 만큼 닮았습니다. 천생연분인 것 같습니다."

엘리자베스는 그렇다니 얼마나 큰 행복이냐고 매우 기쁘다고 무난하게 말하고, 그의 가정이 행복하다고 확신하고 그것을 기쁘게 생각한다고 똑같이 무난하게 덧붙일 수 있었다. 가정의 행복을 열거하려는 콜린스 씨의 말이 그 행복의 주인공인 숙녀가 들어오는 바람에 중단되었을 때 엘리자베스는 전혀 섭섭하지 않았다. 불쌍한 샬럿! 샬럿을 그런 사람들과 어울리며 살게 두고 떠나야 하다니 우울했다. 하지만 샬럿은 두 눈 멀쩡히 뜨고 그것을 선택했다. 또한 손님들이 떠나는 것을 섭섭해하는 것은 분명했지만, 동정을 구하는 것 같지는 않았다. 샬럿은 자신의 집과 살림살이, 교구와 양계, 그에 딸린 모든 일을 아직 매력적으로 여기고 있었다.

마침내 마차가 도착해서 여행 가방들을 싣고 짐 꾸러미들은 마차 안에 넣어 모든 준비가 끝났다. 샬럿과 다정하게 작별 인사를 나눈 후 엘리자베스는 콜린스 씨의 안내를 받으며 마차로 향했다. 콜린스 씨는 정원을 따라 걸어 내려가면서 엘리자베스의 가족 모두에게 안부를 전해 달라고 부탁했고, 지난겨울 롱번에서 받았던 친절함에 대한 감사와 직접 알지는 못하지만 가드너 부부에 대한 인사도 잊지 않았다. 그런 다음 엘리자베스가 마차에 타는 것을 도와주었고 머라이어가 그 뒤를 따랐다. 그런데 마차 문이 막 닫히려는 순간 그가 화들짝 놀라면서 그들이 로징스 분들에게 전할 말씀을 남기지 않았다는 것을 상기시켰다. "그렇지만." 콜린스 씨가 덧붙였다. "물론 두 분은 여기 계시는 동안 그분들께서 보여 주신 친절함에 대한 심심한 감사 말씀과 겸허한 안부 인사를 전해 드리고 싶으실 겁니다."

엘리자베스는 아무 반대도 하지 않았다. 그런 다음에야 문을 닫는 일이 허용되었고 마차는 출발했다.

"세상에!" 몇 분 동안 침묵을 지키다가 머라이어가 소리쳤다. "우리가 여기 온 지 하루 이틀밖에 지나지 않은 것 같아! 그런데 얼마나 많은 일들이 일어났는지!"

"정말 많은 일이 일어났지." 엘리자베스가 한숨을 쉬며 말했다.

"로징스에서 아홉 번 정찬에 참석했고, 다과 모임에도 두 번이나 갔어! 이야깃거리가 얼마나 많은지!"

엘리자베스가 속으로 덧붙였다. '그리고 나는 숨길 게 얼마나 많은지!'

마차를 타고 가는 동안 그들은 대화를 별로 많이 나누지 않았고 놀랄 만한 일도 일어나지 않았다. 헌스퍼드를 떠난 지 네 시간 만에 가드너 씨 집에 도착했고, 그곳에서 며칠간 지낼 예정이었다.

제인은 건강해 보였고, 친절하게도 외숙모가 그들을 위해 잡아 놓은 여러 사교적 약속들 때문에 엘리자베스는 언니의 기분을 자세히 살펴 볼 기회가 거의 없었다. 하지만 제인은 엘리자베스와 함께 집으로 돌아갈 예정이었으니, 롱번에서는 관찰할 시간이 충분할 것이다.

엘리자베스는 롱번에 갈 때까지 언니에게 다아시 씨의 청혼에 대해 말하지 않고 참는 게 결코 쉽지 않았다. 제인을 엄청나게 놀라게 해 줄 수 있고, 이성의 힘으로 완전히 떨쳐낼 수 없었던 스스로의 허영심을 대단히 만족시켜 주는 일이었으니 털어놓고 싶은 생각이 굴뚝같았다. 어디까지 이야기를 전할 것인지 아직 결정하지 않은 상태이고 그 이야기를 하다 보면 빙리에 대한 이야기로 넘어가서 언니를 슬프게 하지나 않을까 하는 우려가 없었다면, 당장 이야기를 늘어놓고 싶은 유혹을 억누를 수 없었을 것이다.

16장

　세 아가씨가 그레이스처치 가를 출발해서 하트퍼드셔의 ○○읍으로 향한 것은 5월 둘째 주였다. 베넷 씨의 마차가 마중 나오기로 약속한 여관에 가까워지자 키티와 리디아가 이층 식당에서 밖을 내다보고 있는 것이 눈에 띄었다. 마부가 시간을 잘 지킨 것 같았다. 동생들은 그곳에서 한 시간 넘게 기다리면서 건너편의 양품점에 들르기도 하고, 근무 중인 위병을 지켜보기도 하고, 오이 샐러드를 만들면서 즐겁게 시간을 보내고 있었다.

　키티와 리디아는 언니들을 맞이한 후에 여관 식당에서 일반적으로 내놓는 냉육이 차려진 식탁을 의기양양하게 가리키며 소리쳤다. "근사하지? 예상치 못했던 기분 좋은 선물 아냐?"

　"언니들 모두한테 한 턱 낼게." 리디아가 덧붙였다. "그런데 돈을 빌려 줘야 해. 저기 상점에서 방금 돈을 써 버렸거든." 그런 다음 자기가 산 물건들을 보여 주었다. "이거 봐. 모자를 하나 샀어. 아주 예쁜 것 같지는 않지만 사 두는 게 나을 것 같다고 생각했거든. 집에 가자마자 뜯어서 더 예쁘게 만들어 봐야겠어."

　언니들이 모자가 보기 흉하다고 놀렸지만 리디아는 전혀 상관하지 않고 덧붙였다. "그렇지만 상점에는 훨씬 더 보기 흉한 게 두세 개

더 있었어. 여기 두를 좀 더 예쁜 색깔 공단을 샀으니까 그걸로 다시 장식하면 그런대로 괜찮아질 것 같아. 게다가 **부대가 메리턴을 떠나면 사람들이 무슨 모자를 쓰건 별로 중요하지 않을 것 같아. 보름 후에 떠날 예정이래."

"정말로 그런대?" 엘리자베스가 매우 만족해하며 소리쳤다.

"브라이턴 근처에 주둔할 거래. 여름에 아버지가 우리 모두를 브라이턴에 데려가 주시면 정말 좋을 텐데! 근사한 계획이 될 텐데. 분명히 돈도 전혀 안 들 거고. 어머니는 만사 제쳐 두고 함께 가고 싶어 하실 걸! 만약 못 가면 이번 여름이 얼마나 끔찍할지 생각해 봐!"

'그래.' 엘리자베스는 생각했다. '**그거** 참 즐거운 데다 완벽하게 좋기도 하겠다. 맙소사! 보잘것없는 민병대 하나와 메리턴에서 한 달에 한 번 열리는 무도회에도 얼이 빠졌던 애들한테 군인들로 득시글대는 브라이턴이라고!'

"언니들한테 전해 줄 소식이 조금 있어." 그들이 식탁에 앉자 리디아가 말했다. "뭘 것 같아? 놀랍고 중요한 소식이야. 우리 모두가 좋아하는 어떤 사람에 관한 거야!"

제인과 엘리자베스는 서로를 바라본 후 웨이터를 내보냈다. 리디아가 웃은 다음 말했다.

"아이, 격식 차리고 신중을 기하는 것이 딱 언니들다워. 웨이터가 들으면 안 된다는 거지? 그 사람이 무슨 신경을 쓴다고! 분명히 내가 지금 하려는 말보다 더 심한 말들도 자주 들을 텐데. 그렇지만 못생기긴 했어! 가 버려서 다행이야. 저렇게 긴 턱은 생전 처음 봐. 그건 그렇고, 이제 말할게. 위컴에 관한 건데 웨이터가 듣기엔 너무 아까운 것 아냐? 위컴이 메리 킹과 결혼할 위험이 없다는 거야! 그 여자는 리버풀에 있는 자기 삼촌한테 가 버렸어. 거기서 지내려고 간 거래. 위컴은 안전해."

"그리고 메리 킹도 안전하지!" 엘리자베스가 덧붙였다. "재산을 고려해 보면 그런 경솔한 관계를 맺지 않게 되어서 말이야."

"위컴 씨를 좋아한다면서 떠나 버리는 것은 정말 바보 같은 짓이야."

"그렇지만 양쪽 모두 많이 좋아하진 않았길 빌어." 제인이 대답했다.

"**위컴 씨**는 그녀를 전혀 좋아하지 않았다고 확신해. 자신 있게 말하는데 위컴 씨는 킹 양에게 조금도 관심이 없었어. 그렇게 성질 고약하고 주근깨투성이인 조막만한 여자를 **대체** 누가 좋아할 수 있겠어?"

엘리자베스는 그런 험한 표현은 쓰지 못했지만, 감정이 험한 걸로 따지자면 자기가 가슴속에 품었던 것과 리디아의 그것이 그리 다르지 않음에도 자신은 편견이 없는 사람이라고 자처했다는 생각에 충격을 받았다.

식사를 마치고 언니들이 돈을 지불하자마자 마차가 준비되었다. 머리를 짜낸 끝에 일행은 상자들과 반짇고리, 짐 꾸러미들, 키티와 리디아가 산 반갑지 않은 물건들까지 모두 싣고 마차 안에 자리를 잡았다.

"모두가 잘 끼어 앉았네!" 리디아가 소리쳤다. "모자 상자를 하나 더 갖게 되는 즐거움밖에 없다 해도 모자를 사서 기뻐! 이제 편안하게 자리 잡고 집까지 내내 웃고 떠들며 가자, 언니들. 무엇보다 여행 중에 무슨 일이 일어났는지 알려 줘. 괜찮은 남자들은 만났어? 연애는? 언니들 중 한 사람이라도 남편감을 얻게 되길 간절히 바라고 있었어. 제인 언니는 곧 노처녀가 될 거잖아. 벌써 스물세 살이 다 되었으니까! 세상에, 내가 스물셋에도 결혼을 못 하면 얼마나 창피할까! 필립스 이모가 언니들이 남편을 얻길 얼마나 바라는지 언니들은 모를 거야. 이모는 리지 언니가 콜린스 씨의 청혼을 받아들였다면 좋았을 거라고 말씀하셔. 그렇지만 **나는** 그랬더라면 아무 재미도 없었을 거라고 생각해. 아아, 언니들보다 먼저 결혼하면 얼마나 좋을까! 그러면 보호자 노릇을 하며 언니들을 무도회마다 데리고 다닐 텐데. 나 좀 봐! 며칠 전에 포스터 대령님 집에서 정말로 즐거운 시간을 보냈어. 키티랑 나랑 그곳에서 하루를 보낼 예정이었는데 포스터 부인이 저녁에 작은 무도회를 열어 주신다고 약속했어. 포스터 부인하고 내가 **정말로 친해진** 거지! 부인이 해링턴 씨네 두 딸에게 오라고 청했는데 해리엇이 병이 나서 어쩔 수 없이 펜 혼자 올 수밖에 없었어. 그런데 우리가 어떻게 했는지 알아? 일부러 챔벌레인에게 여자 옷을 입혀 놓고 여자 행세를 시켰어. 얼마나 웃겼을지 생각해 봐! 포스터 대령님과 부인, 키티와 나 말고는 아무도 그걸 몰랐어. 이모는 빼고 말이야. 이모 드레스를 하나 빌려야 했거든. 여장이 얼마나 근사했는지 상상도 못 할 거야! 데니와 위컴, 프랫과 남자 두셋이 더 왔는데 전혀 알아보지 못하는 거야. 세상에! 얼마나 웃었는지 몰라! 포스터 부인도 그랬고. 웃겨 죽는 줄 알았어. **그 바람에** 남자들이 뭔가를 눈치 챘고 결국 무슨 일인지 곧 들통 났어."

롱번까지 가는 내내 리디아는 자신들이 벌인 파티와 재미있는 장난에 대해 이야기하면서 일행을 즐겁게 해 주려고 노력했고, 키티도 힌트를 주거나 한두 마디 보태면서 리디아를 거들었다. 엘리자베스는 되도록 귀를 기울이지 않으려고 했지만 빈번히 언급되는 위컴의 이름을 듣지 않기란 불가능했다.

제인과 엘리자베스는 집에서 매우 따뜻한 환영을 받았다. 베넷 부인은 여전히 아름다운 제인을 보고 기뻐했고 베넷 씨는 식사 중에 엘리자베스에게 자발적으로 여러 번 말을 걸었다.

"네가 돌아와서 기쁘다, 리지."

거의 모든 루카스 집안사람들이 머라이어를 만나 소식을 들으러 왔기 때문에 식당에 모인 사람들이 많았다. 대화의 주제는 다양했다. 루카스 부인은 식탁 맞은편에 앉아 있는 머라이어에게 맏딸의 안부와 가금家禽에 대해 묻고 있었다. 베넷 부인은 약간 아래쪽에 앉아 있던 제인에게서 최신 유행에 대한 설명을 수집해서 루카스가 어린 딸들에게 전부 옮겨 주느라 이중으로 분주했다. 리디아는 다른 어떤 사람보다 큰 목소리로 아무한테나 오전에 일어난 여러 가지 즐거운 일들에 대해 시시콜콜 떠들어 대고 있었다.

"아이! 메리 언니." 그녀가 말했다. "언니도 함께 갔으면 좋았을 텐데. 얼마나 재미있었다고! 갈 때 키티 언니랑 나는 차양을 모두 내리고 마차 안에 아무도 없는 척했어. 키티 언니가 멀미를 하지 않았다면 내내 그렇게 갔을 거야. 조지 여관에 도착해서는 근사하게 처신했다고 생각해. 세상에서 가장 훌륭한 냉육 요리를 점심으로 세 사람한테 대접했거든! 메리 언니도 같이 갔으면 우리한테 얻어먹었을 텐데. 출발할 때도 정말 재미있었어! 모두 마차를 탈 수 있으리라고는 생각하지 못했거든. 웃겨서 죽는 줄 알았다니까. 그러고는 집에 오는 내내 진짜 신 났어! 엄청 시끄럽게 웃고 떠들어 대서 16킬로미터 밖에서도 들렸을지 몰라!"

이 말에 메리가 엄숙하게 대답했다. "얘, 막내야. 나도 그런 즐거움을 평가 절하할 사람은 절대 아니야! 일반적인 여성의 마음에는 틀림없이 잘 맞을 거야. 그렇지만 **나한테는** 그런 것들이 아무런 매력도 없어. 나는 책이 훨씬 더 좋아."

하지만 리디아는 메리의 대답을 한 마디도 듣지 않았다. 그녀는 다른 사람의 말에는 30초 이상 귀를 기울이는 법이 거의 없었고, 더구나 메리에게는 전혀 신경을 쓰지 않았다.

오후에 리디아와 나머지 아가씨들은 메리턴으로 산보를 나가서 모두 어떻게 지내고 있는지 알아보자고 졸라댔다. 하지만 엘리자베스가 끝까지 반대했다. 베넷 집안 딸들이 장교들을 쫓아다니느라 반나절도 집에 진득하게 붙어 있지 못한다는 말은 듣지 말아야 한다는 거였다. 하지만 엘리자베스의 반대에는 또 다른 이유가 있었다. 엘리자베스는 위컴 씨를 다시 만나는 게 두려워서 될 수 있는 한 오랫동안 그를 피할 작정이었다. 연대의 이동이 다가오고 있다는 사실은 **그녀에게** 말로 표현할 수 없을 만큼 위안이 되었다. 그들은 보름 후면 떠날 예

Pride and Prejudice

정이니, 그 후에는 위컴 때문에 괴로운 일이 더 이상 없기를 바랐다.

엘리자베스는 집에 온 지 몇 시간이 지나기도 전에 리디아가 여관에서 넌지시 말했던 브라이턴 방문 계획에 대해 양친이 자주 의논을 하고 있다는 것을 알았다. 그녀는 아버지가 그 부탁을 승낙할 의향이 눈곱만큼도 없다는 것을 바로 알았지만, 아버지의 대답이 너무 애매모호해서 어머니는 종종 낙담을 하다가도 결국에는 성공할 것이라는 희망을 버리지 않았다.

17장

엘리자베스는 그동안 일어난 일을 제인에게 알려 주고 싶은 마음을 더 이상 억누를 수가 없었다. 그래서 언니와 관련된 세부적인 사실들은 전혀 알리지 않기로 작정하고, 제인이 놀라지 않도록 준비를 시킨 뒤에, 다음 날 아침 다아시 씨와 자신 사이에 일어난 일을 대부분 언니에게 전해 주었다.

베넷 양은 경악했지만 엘리자베스가 어떤 찬양을 받아도 당연하다고 여기는 다소 편파적인 자매애를 지니고 있었기 때문에 곧 진정했다. 아주 놀라운 일이기는 했지만 놀라움은 곧 다른 감정들 속에서 사라져 버렸다. 제인은 다아시 씨가 호감을 받기에 별로 적당하지 않은 방식으로 자신의 감정을 전달한 것을 안타까워했지만 그보다는 동생의 거절이 그에게 안겨 주었을 불행에 대해 마음 아파했다.

"성공을 너무 확신한 것이 잘못이었어." 제인이 말했다. "절대 그렇게 보이지 말았어야 했는데. 하지만 그 때문에 실망도 얼마나 더 커졌을지 생각해 봐."

"맞아." 엘리자베스가 대답했다. "진심으로 그가 안됐다고 생각해. 그렇지만 그에게는 다른 감정들도 있으니까 나에 대한 호감은 곧 정리될 거야. 다아시 씨를 거절했다고 나를 나무라는 건 아니겠지?"

"널 나무라다니! 절대 아니야."

"그렇지만 위컴에 대해 굉장히 흥분해서 이야기한 것에 대해서는 나무랄 거지?"

"아니야. 네가 뭘 잘못했다는 건지 모르겠어."

"바로 그 다음 날 무슨 일이 일어났는지 말해 주면 알게 될 거야."

그런 다음 엘리자베스는 편지에 대해 이야기하면서 조지 위컴과 관련된 것은 전부 되풀이해서 말했다. 가련한 제인에게는 얼마나 큰 충격이었는지! 온 인류를 통틀어도 그 정도의 사악함은 존재하지 않는다고 믿으며 기쁜 마음으로 세상을 살아갔을 텐데, 그것이 단 한 사람 속에 모두 존재하고 있다는 것을 깨닫게 되었으니 말이다. 다아시의 누명이 벗겨진 것은 기뻤지만 그 사실이 안타까운 깨달음에 대한 위로가 되지는 못했다. 제인은 매우 진지하게 실수의 가능성을 증명하고, 한쪽을 개입시키지 않고 다른 한쪽을 해명해 보려고 애썼다.

"소용없어." 엘리자베스가 말했다. "어떻게 해도 두 사람 모두를 좋은 사람으로 만들 수는 없을 거야. 한쪽만 선택하고, 그 사람에게만 만족해. 그들 사이에는 한 사람만 좋은 사람으로 만들어 줄 만큼의 미덕이 있거든. 최근에는 그게 자주 옮겨 다녔지만. 나로 말하자면 그 미덕이 전부 다아시 씨 것이라고 믿고 싶어. 그렇지만 언니는 언니가 원하는 대로 하면 돼."

하지만 제인은 한참 시간이 흐르고 나서야 마지못해 미소를 지었다.

"이보다 더 놀랐던 적이 언제였는지 모르겠어." 그녀가 말했다. "위컴이 그렇게 나쁜 사람이었다니! 믿을 수가 없어. 불쌍한 다아시 씨!
리지, 그분이 얼마나 고통스러웠을지 생각해 봐. 실망이 얼마나 컸을
까! 네가 자기를 비난하고 있다는 걸 알게 된 데다 자기 누이동생에
대한 그런 일까지 일일이 말해야 했다니! 정말 너무 마음 아픈 일이
야. 너도 그렇게 느낄 것이라 믿어."

"아니! 천만에. 언니가 후회와 연민의 감정으로 가득 차 있는 걸 보
니까 내 감정은 모두 없어져 버렸어. 언니가 그분을 충분히 잘 이해해
줄 것이라 알고 있기 때문에 나는 매 순간 더 초연하고 무관심해지고
있어. 언니가 감정을 넘치게 쏟아내니까 나는 아끼게 되는 거야. 그러
니까 언니가 그분에 대해 더 오래 슬퍼하면 할수록 내 마음은 깃털처
럼 가벼워질 거야."

"불쌍한 위컴! 그렇게 선한 표정을 짓는데! 태도는 얼마나 솔직하
고 신사다운데!"

"그 두 젊은이들의 교육에 뭔가 큰 잘못이 있었던 것 같아. 한 사
람은 선함을 전부 가지고 있지만 그렇게 보이지 않고 다른 사람은 선
한 척하는 **겉모습**만 가지고 있으니까."

"나는 너처럼 다아시 씨가 겉모습이 딸린다고 생각하지는 않았
어."

"그런데 나는 아무 이유도 없이 그분을 단호하게 싫어하는 것으로
매우 똑똑한 척하려고 했어. 그런 식으로 누군가에게 혐오감을 갖게
되면 재능이 자극을 받아서 재치를 발휘할 수 있는 기회도 생기니까.
공정한 말은 전혀 하지 않은 채 계속 매도만 하는 거지. 계속 비웃다

보면 이따금씩 뭔가 재치 있는 말을 찾아내기도 하거든."

"리지, 그 편지를 처음 읽었을 때에는 네가 그 문제를 지금처럼 대할 수는 없었을 거야."

"맞아. 상당히 불편했어. 불행했다는 편이 맞을 거야. 내 기분이 어떤지 같이 이야기를 나눌 사람이 아무도 없었거든. 언니처럼 나를 위로하고 내가 내 생각만큼 나약한 허영심 덩어리는 아니라고 말해 줄 사람이 전혀 없었어. 아, 언니가 얼마나 필요했는지 몰라!"

"다아시 씨에게 위컴에 대해 말하면서 그렇게 강한 표현을 썼다니 정말 유감스럽구나. 그 표현들이 지금은 **정말로** 부당한 것처럼 보이니 말이다."

"맞아. 그렇지만 불행히도 그렇게 모진 말을 한 것은 내가 그동안 키운 편견에서 나온 당연한 결과야. 언니의 조언이 필요한 문제가 있어. 아는 사람들 모두에게 위컴의 진짜 성격과 평판에 대해 알려야 하는 건지 아닌지 듣고 싶어."

베넷 양은 잠깐 침묵한 다음 대답했다. "그렇게 무참히 폭로할 이유는 없을 것 같아. 네 생각은 어떠니?"

"나도 그렇게 해서는 안 된다고 생각해. 다아시 씨는 자기가 한 말을 사람들에게 알려도 좋다고 하진 않았어. 오히려 반대로 자기 누이에 대한 모든 세부적인 사항은 가능한 한 나만 알고 있으라고 했지. 그런데 사람들에게 나머지 행실만 폭로하려고 하면 누가 날 믿겠어? 다아시 씨에 대한 사람들의 편견이 너무 심해서 괜히 그를 좋은 쪽으로 평하려 했다가는 메리턴에 사는 선량한 사람들 절반이 죽자 사자

덤빌 거야. 난 그걸 감당할 능력이 없어. 위컴은 곧 떠날 거니까, 그가 정말로 어떤 사람인지는 여기의 어느 누구에게도 중요하지 않게 될 거야. 시간이 조금 지나고 나면 저절로 모든 것이 밝혀질 테고 그러면 미리 알지 못한 그들의 우둔함을 비웃을 수는 있겠지. 지금은 아무 말도 하지 않을 거야."

"네 말이 맞아. 잘못이 공개되면 위컴은 영원히 파멸하게 될 거야. 어쩌면 지금은 자기가 한 일을 후회하면서 평판을 회복하고 싶어 할지도 모르는데 그를 절망적인 상태에 빠지게 해서는 안 돼."

혼란스러웠던 엘리자베스의 마음은 제인과의 대화 덕에 진정되었다. 그녀는 보름 동안 마음을 짓누르고 있던 비밀 중 두 가지를 털어 버리게 되었고, 다시 이야기를 나누고 싶을 때면 언제든지 제인이 기꺼이 들어 줄 것이라는 확신을 얻었다. 하지만 신중을 기하느라 밝히지 못한 무언가가 아직 숨어 있었다. 엘리자베스는 다아시 씨의 편지 중 나머지 반에 대해서는 감히 말할 수가 없었다. 또한 언니가 빙리 씨에게 얼마나 소중한 존재였는지 설명해 줄 수도 없었다. 이것은 어느 누구와도 나눌 수 없는 소식이었다. 엘리자베스는 양측이 서로를 완전히 이해할 수 있을 때에야 이 거추장스러운 마지막 비밀을 벗어 던질 수 있다는 것을 알고 있었다. 그녀는 이렇게 생각했다. '절대 일어날 것 같지는 않지만, 그런 일이 혹시라도 일어난다면 빙리 씨 본인이 훨씬 더 기분 좋게 말할 수 있는 것을 내가 굳이 말할 필요는 없을 거야. 내가 마음대로 이야기를 전할 수 있는 자유를 얻게 되면 이미 그 이야기는 전혀 중요하지 않은 것이 되고 마는 거지!'

엘리자베스는 집에 있게 되자 여유를 가지고 언니의 기분이 어떤지 유심히 살펴보았다. 제인은 행복하지 않았다. 아직도 빙리에 대한 매우 깊은 사랑을 품고 있었기 때문이다. 그 전에는 사랑에 빠졌다는 생각을 한 번도 해 본 적이 없었기 때문에, 제인의 사랑은 첫사랑의 뜨거움을 고스란히 간직하고 있었다. 또한 나이와 성품 면에서 볼 때 제인의 감정은 보통의 첫사랑보다는 훨씬 더 일편단심이었다. 빙리와의 추억을 아주 소중히 여기고 다른 어떤 남자보다 그를 더 좋아했기 때문에, 분별력과 주변 사람들의 기분에 대한 배려가 없었더라면 그녀는 자신의 건강과 주변 사람들의 평정을 반드시 해치고 말았을 것이다.

"그런데 리지." 베넷 부인이 어느 날 말했다. "슬픈 네 언니 일에 대해 **지금은** 어떻게 생각하니? 나는 어느 누구에게도 이 일을 절대 말하지 않기로 결심했다. 며칠 전에 네 이모에게도 그렇게 말했고. 그런데 제인이 런던에서 그 사람을 만나기라도 했는지 알 수가 없구나. 정말 형편없는 젊은이야. 이제는 네 언니가 그 사람을 붙잡을 가능성이 전혀 없다고 생각해. 여름에 네더필드로 온다는 말도 전혀 없고. 알 만한 사람들에게는 모두 물어 봤는데 말이다."

"네더필드에서 더 살 것 같지는 않아요."

"아, 그래! 그야 그 사람 마음이지. 그가 오기를 바라는 사람은 아무도 없어. 그 사람이 내 딸한테 아주 못된 짓을 했다고 줄기차게 말할 거야. 내가 제인이라면 절대 참지 않았을 텐데. 제인은 상심해서 죽을 테고 그러면 그 인간이 자기가 한 짓을 후회할 거라는 것만이 위안이 되는구나."

하지만 엘리자베스는 그런 예상에서 아무런 위로를 받을 수 없었기 때문에 아무 대답도 하지 않았다.

"그런데 리지." 곧바로 베넷 부인이 말을 이었다. "콜린스 부부는 매우 편안하게 살고 있는 거 맞지? 그래, 나는 그저 형편이 나빠지지 않기를 바랄 뿐이다. 식탁은 어떻게 차리던? 샬럿은 뛰어난 살림꾼이야. 그 애가 자기 어머니 반만큼만 약다면 상당히 알뜰할 테지. **그 사람들** 살림하면서 낭비는 전혀 안 할 거야, 아마."

"네, 사치는 전혀 안 해요."

"분명히 살림을 매우 잘 할 거야. 그건 내가 장담하지. 지출이 **자기** 수입을 초과하지 않도록 신경을 쓰겠지. **그 사람들은** 돈 때문에 힘든 일은 없을 거야. 그럼, 그 사람들한테야 좋겠지! 그네들, 네 아버지가 돌아가시고 나면 롱번이 자기네 것이 될 거라는 말을 자주 할 것 같은데. 롱번이 자기네들 것이 다 된 것처럼 여기면서 이야기할 거야."

"제 앞에서는 절대 꺼낼 수 없는 주제죠."

"그래, 만약 그랬다면 그거야말로 이상했겠지. 그렇지만 자기들끼리는 그런 말을 자주 할 거라는 것을 믿어 의심치 않는다. 글쎄, 법적으로 자기 것이 아닌 재산을 가지면서 그렇게 편하게 생각할 수 있다면 좋겠지. 나라면 겨우 한정 상속으로 물려받은 재산을 갖게 되면 남부끄러울 텐데."

18장

제인과 엘리자베스가 돌아온 후 첫 주는 금방 지나갔다. 둘째 주가 시작되었다. 연대가 메리턴에 머무는 마지막 주였고, 인근의 아가씨들은 모두 빠르게 풀이 죽어 갔다. 거의 모두가 낙담했다. 베넷 집안의 손위 두 딸들만 여전히 먹고 마시고 자는 일상적인 일을 할 수 있었다. 이런 냉담함에 대해 키티와 리디아는 자주 핀잔을 주었다. 그들은 극도로 슬퍼했고 가족 중에 이런 무정한 사람들이 있다는 것을 이해할 수 없었다.

"맙소사! 우리는 어떻게 되는 거지? 어떻게 해야 할까?" 두 동생은 비통한 슬픔을 토로하곤 했다. "리지 언니, 어떻게 이런 상황에 웃을 수가 있어?"

다정한 어머니는 딸들과 모든 슬픔을 나누었다. 그녀는 25년 전 자신도 비슷한 상황에서 괴로워했던 기억을 떠올렸다.

"정말로 그랬어." 베넷 부인이 말했다. "밀러 대령의 연대가 떠났을 때 꼬박 이틀 동안 울었어. 가슴이 터지는 줄 알았단다."

"제 가슴도 터질 거 같아요." 리디아가 말했다.

"브라이턴에 갈 수만 있다면!" 베넷 부인이 말했다.

"아, 맞아요! 브라이턴에 갈 수만 있다면! 아버지는 너무 까다로워

요."

"해수욕을 조금 하고 나면 기분이 좋아질 텐데."

"필립스 이모도 해수욕이 **저한테** 아주 좋을 거라 하셨어요." 키티
가 덧붙였다.

롱번 가에는 이런 유의 한탄이 끊임없이 울려 퍼지고 있었다. 엘리
자베스는 동생들의 한탄을 들으며 기분 전환을 해 보려고 애썼지만,
즐거운 느낌은 수치심에 묻혀 사라져 버렸다. 그녀는 다아시 씨가 친
구의 결혼에 반대한 것이 옳았다는 사실을 새삼스럽게 느꼈고, 그가
자기 친구의 생각에 끼어든 것을 용서해 주고 싶은 마음이 그 어느
때보다 굴뚝같았다.

그렇지만 리디아의 앞날에 드리웠던 어두운 그림자는 곧 말끔히
걷혔다. 포스터 대령 부인에게서 브라이턴에 함께 가자는 초대를 받
았기 때문이다. 리디아의 소중한 친구인 포스터 부인은 갓 결혼한 아
주 젊은 여성이었다. 그들은 명랑한 성격과 활기 넘치는 면이 닮아서
인지 곧 서로 호감을 갖게 되었고 안 지 **석 달** 만에 **둘도 없이** 친한 사
이가 되었다.

포스터 부인의 초대를 받고 리디아가 얼마나 열광하고 부인을 예
찬해 댔는지, 베넷 부인이 얼마나 기뻐하고 키티가 얼마나 실망했는
지는 말로 설명할 수 없을 정도였다. 리디아는 키티의 기분은 완전히
무시한 채 기뻐 날뛰고 온 집안을 돌아다니면서 모두에게 축하를 해
달라고 졸랐고, 그 어느 때보다 더 호들갑스럽게 웃고 떠들어 댔다.
반면 운 없는 키티는 응접실에서 앵돌아진 어조로 터무니없는 말을

하며 자신의 신세를 줄기차게 한탄하고 있었다.

"포스터 부인이 리디아만 초대하고 왜 **나는** 초대하지 않았는지 이해가 안 돼." 키티가 말했다. "아무리 특별한 친구가 **아니라** 해도 말이야. 나도 리디아만큼 초대받을 권리가 있어. 아니, 내가 두 살이나 위니까 더 많지."

엘리자베스가 알아듣게 말하고 제인이 단념시키려고 애썼지만 소용이 없었다. 사실 이 초대는 베넷 부인과 리디아에게 불러일으킨 것과는 전혀 다른 감정을 엘리자베스에게 불러일으켰다. 엘리자베스는 어머니와 리디아가 상식을 지니고 있다는 모든 가능성에 대한 사형 집행 영장을 발부받은 거라고 생각했다. 그래서 그런 조치를 취한 것이 알려진다면 미움을 받을 것이 틀림없었지만 아버지에게 리디아를 보내지 말라고 몰래 조언을 하지 않을 수가 없었다. 엘리자베스는 리디아의 품행이 방정치 못하며, 포스터 부인 같은 여자와 친구로 지내서 좋을 게 없고, 집에서보다 유혹거리가 훨씬 더 많은 브라이턴에 그런 친구와 함께 가게 된다면 리디아가 더욱더 경솔하게 굴 가능성이 크다고 설명했다. 아버지는 그녀의 말에 귀를 기울인 다음 이렇게 말했다.

"리디아는 사람들 눈이 많은 곳에 가야 편안함을 느끼는 아이다. 지금처럼 비용도 거의 안 들고 가족에게 불편도 안 끼치면서 그러기는 불가능하겠지."

"아버지께서," 엘리자베스가 말했다. "리디아가 경솔하고 무분별하게 행동하는 게 구설수에 올라 우리 모두가 입게 될…… 아니, 벌써 입은 매우 큰 피해에 대해 아신다면, 그 문제에 대해 다른 식으로 판단해 주시리라 믿어요."

"벌써 피해를 입었다고?" 베넷 씨가 되풀이했다. "흠, 그 애 때문에 네 애인들 가운데 몇 명이 겁을 먹고 달아나기라도 했다는 말이냐? 불쌍한 리지! 그렇지만 낙담하지 말거라. 집안에 어리석은 사람이 조금 있다고 해서 친척이 될 수 없다는 까다로운 젊은이라면 아쉬워할 가치도 없다. 자, 리디아의 어리석음 때문에 물러선 불쌍한 녀석들의 명단을 나한테 보여 주렴."

"아버지가 잘못 아셨어요. 원망할 만한 피해를 당한 적은 없어요. 제가 지금 하소연하고 있는 것은 특정한 해악에 대한 게 아니라 일반적인 해악에 대한 것이에요. 경박하고 뻔뻔스러우며 자제라면 모두 경멸하는 리디아의 성격 때문에 우리 집안의 위신과 체통이 틀림없이 영향을 받을 거예요. 죄송하지만 솔직하게 말씀드릴게요. 수고로우시겠지만 아버지께서 리디아의 혈기왕성한 기질을 단속해 주시고 그 애가 지금 소일거리로 삼는 것들을 평생 지속할 수는 없다는 걸 가르쳐 주지 않으신다면, 곧 도저히 고칠 수 없는 상태가 되고 말 거예요. 리디아의 성격은 그대로 굳어 버릴 테고, 열여섯 살에 자기 자신이나 가족을 웃음거리로 만들 확실한 바람둥이가 될 거예요. 그것도 끔찍하고 비열한 바람둥이요. 젊음과 그럭저럭 괜찮은 몸매 말고는 매력도 전혀 없잖아요. 무식하고 텅 빈 머리로 찬미를 받으려고 날뛰어 대면 모두에게 경멸받을 거예요. 키티도 마찬가지로 위험해요. 그 애는 리디아가 이끄는 대로 어디든지 따라갈 테니까요. 허영심이 강하고,

무식하고, 게으르고, 완전히 통제 불가능해요! 아! 아버지. 그 애들은 어디서든 욕을 먹고 경멸당하면서, 다른 자매들까지 그 불명예에 연루시킬 거예요."

베넷 씨는 엘리자베스의 마음이 온통 그 문제에 푹 빠져 있는 것을 알고 다정하게 손을 잡으며 대답했다.

"애야, 너무 걱정하지 마라. 너와 제인은 어딜 가든 틀림없이 대접받고 존중받을 거다. 어리석은 동생이 둘, 아니, 셋이라고 해야겠구나…… 있다고 해서 손해를 보진 않을 거야. 리디아가 브라이턴에 가지 않으면 롱번에서는 평화를 누릴 수 없을 거야. 그러니까 그 애를 가게 내버려 두렴. 포스터 대령은 분별 있는 분이니 그 애가 정말로 나쁜 짓을 저지르진 않게 막아 주실 거란다. 다행히도 그 애는 가진 게 없으니 아무도 노리지 않을 거야. 여기서야 대단한 바람둥이 대접을 받았겠지만 브라이턴에서는 보통의 바람둥이 축에도 못 끼게 될 테니까. 장교들도 더 관심을 둘 가치가 있는 여자를 찾을 거야. 그러니까 리디아가 그곳에 가서 자신이 얼마나 보잘것없는지 깨닫게 되기를 바라자. 어쨌든 더 나빠지면 그 애를 평생 가둬 두어도 되는 권한이 우리에게 생기는 것이니까."

엘리자베스는 이 대답에 만족할 수밖에 없었지만 생각에는 변함이 없었다. 그래서 실망하고 섭섭한 마음으로 아버지 곁을 나왔다. 하지만 엘리자베스는 고민거리를 오래 생각해서 고민을 더 키우는 성격은 아니었다. 자신의 의무는 다했다고 확신했으니, 피치 못할 불행에 대해 안달하거나 걱정해서 일을 키우는 것은 그녀에게 어울리지 않았다.

리디아와 어머니가 엘리자베스와 아버지 사이에 오간 대화의 내용을 알았다면, 둘의 수다를 합쳐도 그들의 분노를 제대로 표현하지 못했을 것이다. 리디아의 상상 속에서 브라이턴 방문은 지상의 행복을 모두 누릴 수 있는 가능성을 의미했다. 그녀는 장교들이 가득 찬 해수욕장의 즐거운 거리들을 그려 보았고, 자신이 수십 명의 장교들에게 주목의 대상이 되는 것도 보았다. 또한 주둔지의 화려한 모습도 상상했다. 아름답고 질서정연하게 늘어선 막사들에는 눈부신 진홍색 군복을 입은 젊고 유쾌한 군인들이 넘쳐났다. 그리고 자신이 그중 한 막사 아래 앉아 동시에 적어도 여섯 명의 장교와 다정하게 시시덕거리는 모습으로 상상을 마무리했다.

자기 언니가 이런 기대와 현실에서 자기를 떼어 놓으려 했다는 사실을 알았다면 기분이 어땠을까? 오직 어머니만이 그 기분을 이해해 주었을 것이다. 딸과 비슷한 기분을 느꼈을 것이기 때문이다. 리디아가 브라이턴에 가는 것은 남편이 절대 그곳에 갈 생각이 없다는 우울

Pride and Prejudice

한 확신을 달래 줄 수 있는 유일한 위안이었다.

하지만 둘은 무슨 일이 있었는지 전혀 모르고 있었으므로, 리디아가 집을 떠나는 바로 그날까지 계속 환희에 차 있었다.

엘리자베스가 마지막으로 위컴 씨를 만나는 날이 다가왔다. 돌아온 이후 그와 자주 만났기 때문에 마음의 동요는 상당히 많이 줄어들었고, 과거에 호감을 가졌을 때 느꼈던 설렘은 완전히 사라졌다. 엘리자베스는 처음에는 호감을 주었던 위컴 씨의 상냥함에서 혐오스럽고 지겨운 가식과 단조로움을 찾아낼 수 있게 되었다. 더구나 그가 엘리자베스에게 보여 주는 태도도 새로운 불쾌감을 불러일으켰다. 처음 만났을 때처럼 다시 관심을 보여 주려는 위컴 씨의 모습은 그동안 많은 일들을 겪은 엘리자베스에게 오히려 짜증을 돋울 뿐이었다. 자신이 그런 무익하고 경박한 관심의 대상이 되었다는 것을 알게 되니 위컴 씨에게 관심이 아예 없어졌다. 얼마 동안 관심을 끊었건, 무슨 이유에서 그랬건, 언제라도 다시 관심을 주기만 하면 그녀의 허영심을 충족시키고 애정도 확보할 수 있다고 위컴 씨가 믿는 데에는 자신의 책임도 있다는 생각을 끊임없이 누르려 해도 느끼지 않을 수가 없었다.

메리턴에 연대가 머무는 마지막 날, 위컴은 다른 장교들과 함께 롱번에서 정찬을 했다. 엘리자베스는 좋은 기분으로 그와 헤어지고 싶은 마음이 거의 없었기 때문에, 헌스퍼드에서 어떻게 지냈느냐는 위컴 씨의 질문에 피츠윌리엄 대령과 다아시 씨가 3주 동안 로징스에서 지냈다고 대답하면서 피츠윌리엄 대령을 아느냐고 물었다.

위컴 씨는 놀라고 불쾌한 듯, 경계하는 표정을 지었다. 하지만 잠깐 동안 생각에 잠겼다가 다시 미소를 지으며 예전에 그를 자주 만났었다고 대답했다. 대령이 매우 신사다운 분이라고 말한 다음 그가 마음에 들었느냐고 물었다. 엘리자베스는 따뜻하게 대령은 좋은 분이라고 호의적인 답을 했다. 위컴 씨는 곧 무심한 태도로 이어서 덧붙였다.

"대령이 로징스에 얼마나 머물렀다고 하셨죠?"

"거의 3주 동안요."

"그럼 그분을 자주 만났습니까?"

"네, 거의 매일요."

"그분의 태도는 사촌과는 매우 달랐을 텐데요."

"맞아요, 매우 달라요. 그렇지만 다아시 씨는 만날수록 나아지는 것 같아요."

"그렇군요!" 위컴 씨가 소리쳤고, 엘리자베스는 그때 그의 얼굴에 떠오른 표정을 놓치지 않았다. "그런데, 여쭤 봐도 될까요?" 위컴 씨는 스스로를 자제하면서 더 명랑한 어조로 덧붙였다. "다아시 씨가 나아진다는 건 말솜씨가 그렇다는 겁니까? 평소의 어투에 약간의 정중함을 가미했다는 뜻인가요? 그가 나아졌으리라곤 차마 기대할 수가 없어서요." 그는 더 낮고 진지한 어조로 말을 계속했다. "본질적인 면에서 나아진다는 것을 말입니다."

"아, 아니에요!" 엘리자베스가 소리쳤다. "본질적인 면에서는 예전이나 거의 마찬가지라고 생각해요."

엘리자베스가 이렇게 말하는 동안 위컴은 그녀의 말에 기뻐해야 할지, 아니면 그녀의 말뜻을 의심해야 할지 모르겠다는 표정이었다. 엘리자베스의 표정에는 위컴을 불안하고 초조하게 만드는, 주의해서 귀를 기울이게 만드는 뭔가가 있었다. 엘리자베스는 이렇게 덧붙였다.

"만날수록 나아진다고 말씀드린 것은 다아시 씨의 본질이나 태도가 나아지고 있다는 것이 아니라 그분을 더 잘 알게 되니까 성품도 좀 더 이해할 수 있게 되었다는 말이었어요."

위컴이 이제는 놀라고 있다는 사실이 붉어진 안색과 동요하는 표정을 통해 드러났다. 몇 분 동안 그는 아무 말도 하지 않다가 마침내 당황함을 떨쳐내고 엘리자베스에게 다시 몸을 돌려서 아주 상냥한 어조로 말했다.

"다아시 씨에 대한 제 감정을 너무나 잘 아실 테니, 그가 현명하게도 **겉으로라도** 올바른 척하는 것을 제가 얼마나 진심으로 기뻐하는지 바로 이해하실 겁니다. 다아시 씨의 오만함이 그런 방향으로 나아간다면 자기 자신에게는 아닐지라도 다른 많은 사람들에게는 도움이 될 거니까 말입니다. 남들을 신경 쓰느라 저에게 한 것 같은 부당한 행동은 못 하게 될 테니까요. 다만 방금 말씀하신 것과 같은 신중함이 자기 이모를 방문할 때만 발휘된 것은 아닌지 우려될 뿐입니다. 다아시 씨는 자기 이모의 호평과 판단을 굉장히 경외하니까요. 이모와 함께 있을 때면 항상 어려워하는데, 아마 대부분은 그가 마음속에 품고 있는 것이 확실한 드 버그 양과의 결혼을 추진하고자 하는 바람 탓일 겁니다."

엘리자베스는 이 말에 고소를 참을 수 없었지만 머리를 살짝 끄덕이는 것으로 대답을 대신했다. 그녀는 위컴이 자신이 마음에 품고 있는 해묵은 불만 쪽으로 화제를 끌고 가고 싶어 한다는 것을 알았지만 그에게 동조할 기분이 전혀 아니었다. 그 후의 저녁 시간 내내 그는 평소처럼 쾌활한 **척했지만**, 더 이상 엘리자베스에게 특별한 관심을 기울이려 하지는 않았다. 마침내 둘은 모두 공손하게, 어쩌면 절대 다시 만나고 싶지 않다는 바람을 안고 헤어졌다.

파티가 끝난 후 리디아는 포스터 부인과 함께 메리턴으로 갔고, 그곳에서 다음 날 아침 일찍 브라이턴으로 출발할 예정이었다. 리디아와 식구들 사이의 작별은 슬프기보다 오히려 떠들썩했다. 유일하게 키티만 눈물을 흘렸지만, 그 이유는 속이 상하고 샘이 났기 때문이었다. 베넷 부인은 자기 딸의 행복을 비는 말을 장황하게 늘어놓았고 즐길 기회는 가급적 놓치지 말고 즐기라고 힘주어 권했다. 리디아가 이 충고를 잘 지키리라는 것은 불을 보듯 뻔했다. 리디아가 하도 신이 나서 요란하게 작별을 고하는 바람에 언니들의 더 부드러운 작별 인사는 들리지도 않았다.

19장

엘리자베스의 견해가 전적으로 자기 가족을 토대로 형성된 것이었다면, 그녀는 결혼의 행복이나 가정의 안락에 대해 그다지 좋은 생각을 가질 수 없었을 것이다. 엘리자베스의 아버지는 젊고 아름다운데다 성격도 좋아 보이는—젊고 아름다우면 대개 성격도 좋아 보이니—한 여성에게 반해서 결혼했지만, 막상 결혼해 보니 아내는 머리도 나쁘고 상스러워서 아내에 대한 진실한 애정은 이미 결혼 초기에 모두 끝장나고 말았다. 존경과 존중, 신뢰도 영원히 사라졌고, 가정의 행복에 대한 그의 기대는 모두 무너져 버렸다. 하지만 베넷 씨는 스스로의 경솔함이 야기한 실망을 보상하기 위해 어리석거나 나쁜 짓을 한 결과 불행해진 사람들이 위안을 얻으려고 찾는 도락, 예를 들면 도박이나 음주, 여자에 빠질 사람은 아니었다. 베넷 씨는 전원과 책을 좋아했고 이런 취미에서 주로 즐거움을 찾았다. 아내의 좋은 점이라고는 무지와 어리석음으로 그를 재미있게 해 준다는 것밖에는 없었다. 일반적으로 남편이 아내에게서 기대하는 그런 유의 행복은 아니지만, 달리 즐길 거리가 없는 곳에서는 주어진 것에서 좋은 점을 끌어내는 것이 진정한 현자일 것이다.

그러나 엘리자베스는 아버지의 행동이 남편으로서 적절하지 않다는 것을 모르지 않았고, 항상 그것을 괴로워했다. 하지만 아버지의 능력을 존중하고 아버지가 다정하게 대해 주는 것에 대해 감사해하며 간과할 수 없는 문제를 잊으려 애썼고, 아내가 자식들에게 경멸당하도록 내버려 둬서 결혼의 의무와 예법을 지속적으로 어기는 일이 비난받아 마땅하다는 생각을 지워 버리려고 애썼다. 하지만 어울리지 않는 결혼이 자식들에게 미치는 손해에 대해, 방향을 잘못 잡은 재능에서 생기는 해악에 대해 지금처럼 절실하게 느껴 본 적은 없었다. 아버지가 자신의 재능을 적절하게 쓰기만 했다면 아내의 마음을 넓혀 줄 수는 없었다 해도 적어도 딸들의 체면은 지켜 줄 수 있었을 것이다.

엘리자베스는 위컴이 떠나는 것은 기뻤지만 그것 말고는 연대가 사라져 만족할 만한 다른 이유를 거의 찾지 못했다. 밖에서의 파티는 전보다 덜 다양했고 집에서는 어머니와 동생이 만사가 따분하다고 끊임없이 불평해 대서 식구들을 매우 우울하게 만들었다. 키티는 마음을 산란하게 만들던 존재들이 사라졌으니 얼마 지나지 않아 원래의 분별력을 되찾을지도 모르지만, 성격상 더 큰 잘못을 저지를 우려가 있는 리디아는 해수욕장과 군대 주둔지라는 이중으로 위험한 상황에서 어리석음과 뻔뻔스러움이 더해질 것 같았다. 그래서 전에도 가끔 느낀 적은 있지만, 자신이 애타게 바랐던 일이 일어났을 때 예상했던 만큼의 만족을 온전히 얻지는 못한다는 사실을 다시 한 번 깨달았다. 따라서 진짜 행복의 출발점으로 다른 시기를 다시 한 번 정해야 했다. 자신의 소망과 희망이 이뤄질 수 있는 다른 날짜를 정하고, 기대에서 생겨나는 즐거움으로 현재의 자신을 위로하고 다른 실망에 대비해야 했다. 이제 엘리자베스에게는 호수 지방으로 여행한다는 생각을 하는 게 가장 큰 즐거움이었다. 여행에 관해 생각하는 일이 어머니와 키티의 불평 때문에 시달린 시간을 보상할 수 있는 최고의 위안이었다. 제인을 포함시킬 수만 있었다면 계획 전체가 완벽해졌을 것이다.

'그렇지만 아쉬운 게 있어서 오히려 다행이야.' 엘리자베스는 생각했다. '모든 준비가 완벽하다 해도 분명히 어딘가에 실망할 테니까. 언니가 같이 가지 않아서 늘 아쉬운 마음을 가지고 다닐 테니까 나머지 내 기대는 다 실현할 수 있을 것이라고 생각해도 괜찮을 거야. 모든 면에서 즐거움을 약속하는 계획은 절대 성공할 수 없으니까. 전체적으로 실망하지 않으려면 뭔가 작은 일로 속상해하는 수밖에 없어.'

리디아는 떠나면서 어머니와 키티에게 매우 상세한 편지를 자주 쓰겠다고 약속했었지만, 그녀의 편지는 항상 오래 기다려야만 했고 길이도 매우 짧았다. 어머니에게 보낸 편지들에는 방금 도서관에 다녀왔는데 거기서 이런저런 장교들이 같이 있어 주었다, 자기를 거의 광분하게 만들 정도로 예쁜 장식을 보았다, 새 드레스나 새 양산을 샀는데 더 자세히 설명하고 싶지만 포스터 부인이 불러서 급히 나가야 한다, 부대에 가는 길이다 따위의 내용 말고는 다른 내용이 거의 없었다. 키티에게 보낸 편지에는 건질 만한 것이 훨씬 더 적었다. 분량은 조금 더 많았지만, 밑줄 친 단어가 너무 많아서 공개할 수가 없었기 때문이다.

리디아가 떠나고 2, 3주가 흐르자 건강과 유쾌함과 쾌활함이 되살아나기 시작했고, 롱번은 모든 면에서 더 행복한 모습을 띠게 되었다. 겨울을 나기 위해 런던에 가 있었던 이웃들이 다시 돌아왔고 화려한 여름옷과 사교 모임 약속들이 생겨났다. 베넷 부인은 평소처럼 끊임없이 불만을 쏟아내며 안정을 되찾았다. 6월 중순이 되자 키티는 울지 않고도 메리턴에 갈 수 있을 만큼 매우 많이 회복되었다. 엘리자베스는 육군성이 심술을 부려서 또 다른 연대가 메리턴에 주둔하지만 않으면, 다가오는 크리스마스쯤에는 키티가 그럭저럭 분별력이 생겨서 하루에 한 번 이상 장교를 거론하지는 않을지도 모른다는 행복한 희망까지 가질 수 있었다.

북부 지방으로 여행을 떠나기로 한 시간이 빠르게 다가오고 있었고, 출발 날짜가 겨우 보름밖에 남지 않았을 때 가드너 부인에게서 편지가 도착했다. 출발을 늦출 뿐만 아니라 일정도 단축한다는 내용이었다. 가드너 씨가 일 때문에 7월이 시작하고도 보름은 지나야 출발할 수 있고 한 달 안에 다시 런던에 돌아와야만 한다는 거였다. 그러면 여행 기간이 멀리 가기에는 너무 짧아져서 애초에 계획했던 것을 다 구경할 수 없거나, 아니면 적어도 기대했던 만큼 여유롭고 편하게 볼 수는 없을 것이기 때문에 호수 지방은 포기하고 일정을 단축할 수밖에 없다고 했다. 새 계획대로라면 더비셔보다 북쪽으로 갈 수는 없을 것이라고 했다. 그 지역에도 볼거리가 충분해서 거기만 보는데에도 거의 3주가 걸릴 것 같고, 가드너 부인은 더비셔에서 몇 년 산적이 있는데 이번에 며칠을 보내게 될 그 도시가 매틀록이나 채츠워스, 도브데일이나 피크 같은 모든 유명한 명승지만큼이나 궁금하다는 것이었다.

엘리자베스는 굉장히 실망했다. 그녀는 호수 지방을 보게 될 것이란 기대에 마음이 부풀어 있었기 때문에 일정을 단축한다 해도 시간은 충분할 것 같다는 생각을 여전히 지니고 있었다. 그렇지만 만족할 수밖에 없었고, 행복해하는 것이 그녀의 천성이었다. 그래서 모든 것은 곧 다시 괜찮아졌다.

더비셔가 언급되자 많은 생각이 떠올랐다. 엘리자베스는 그 단어를 볼 때마다 펨벌리와 그 주인 다아시 씨를 생각하지 않을 수가 없었다. 그녀는 '그가 사는 고장에 들어간다고 저지당하지는 않을 테고, 군은 형석 몇 개 정도는 그에게 들키지 않고 훔쳐 올 수 있을 거야.'라고 생각했다.

기다리는 기간이 이제는 두 배가 되었다. 외삼촌과 외숙모가 도착하려면 4주나 더 있어야 했지만 시간은 어찌어찌 지나갔고 마침내 가드너 부부가 네 아이들을 데리고 롱번에 나타났다. 여섯 살과 여덟 살 난 두 딸과 그보다 더 어린 아들 둘은 롱번에 맡겨져 사촌인 제인의 특별한 보살핌을 받을 예정이었다. 아이들 모두 제인을 가장 좋아했고, 제인도 항상 사리가 분명하고 다정한 성품이라 가르치고, 놀아주고, 예뻐해 주면서 아이들을 돌보는 일에 적격이었다.

가드너 부부는 롱번에서 하룻밤만 보내고 다음 날 아침 엘리자베스와 함께 새로움과 즐거움을 찾아 떠났다. 마음이 맞는 동행들과 함께 한다는 즐거움 하나는 확실했다. 마음이 맞는다는 말에는 건강과 좋은 성격, 온갖 즐거움을 배가시켜 주는 쾌활함, 실망스러운 일이 있다 해도 서로 즐겁게 해 줄 수 있는 애정과 지성이 포함되어 있었다.

더비셔에나 그리로 가는 길에 있는 명승지에 대해 설명하는 것은 이 소설의 목적이 아니다. 옥스퍼드, 블레넘, 워윅, 케닐워스, 버밍엄 등은 모두 충분히 알려져 있다. 더비셔에서도 일부 지역만이 현재의 관심사일 뿐이다. 일행은 그 고장의 중요한 명승지를 모두 구경한 다음 가드너 부인이 예전에 살았고, 몇몇 지인이 아직도 살고 있다는 것을 최근에 알게 된 작은 읍 램턴으로 발길을 돌렸다. 엘리자베스는 외숙모에게서 램턴에서 8킬로미터도 안 되는 거리에 펨벌리가 있다는 말을 들었다. 펨벌리는 그들이 가는 길목에 있지는 않았지만 예상 경로에서 몇 킬로미터 이상 벗어난 곳도 아니었다. 그 전날 저녁에 행선지에 대해 이야기를 나누면서 가드너 부인은 그 곳을 다시 보고 싶다는 마음을 표현했다. 가드너 씨는 기꺼이 그러자고 하면서 엘리자베스에게 괜찮겠느냐고 물었다.

"얘, 그렇게 많이 들었던 곳을 직접 보고 싶지 않니?" 가드너 부인이 말했다. "또한 네가 아는 여러 사람이 연관된 곳이기도 하고. 너도 알다시피 위컴이 어린 시절을 죽 그곳에서 보냈잖니."

엘리자베스는 괴로웠다. 펨벌리에 볼일이 전혀 없다고 느꼈기 때문에 그곳을 보고 싶지 않은 척할 수밖에 없었다. 그래서 대저택들을 보는 일에 질렸고, 그런 곳을 너무 많이 돌아다녔더니 훌륭한 양탄자나 공단 커튼을 봐도 전혀 즐겁지 않다고 말했다.

가드너 부인은 엘리자베스의 어리석음을 나무랐다. "펨벌리가 단지 비싼 가구로 장식한 고급 저택에 불과하다면." 그녀가 말했다. "나도 별 관심이 없을 거야. 하지만 그 터가 멋지단다. 이 고장에서 가장 훌륭한 숲이 거기 여럿 있어."

엘리자베스는 더 이상 아무 말도 하지 않았다. 하지만 마음속으로는 영 내키지가 않았다. 펨벌리를 구경하는 동안 다아시 씨를 만날 수도 있다는 생각이 곧바로 떠올랐다. 끔찍할 거야! 그녀는 생각만으로도 얼굴이 붉어졌고, 그런 위험을 무릅쓰느니 외숙모에게 속 시원하게 털어놓는 것이 더 낫지 않을까 하고도 생각했다. 하지만 그러기에도 문제가 있어서, 주인이 거기 있는지 없는지 몰래 알아보고 있다는 답을 얻으면 최후의 수단으로 그렇게 하기로 결심했다.

그래서 밤에 혼자 자기 방에 돌아왔을 때 객실 하녀에게 펨벌리가 정말로 훌륭한 곳인지, 주인의 이름은 무엇인지, 그리고 적잖이 불안한 마음으로 가족이 여름을 보내러 와 있는지 물어보았다. 마지막 질문에는 고대하던 부정적인 대답이 나왔다. 엘리자베스의 불안은 말끔히 없어졌고, 여유가 생기자 저택을 직접 보고 싶은 호기심이 강하게 일었다. 그래서 다음 날 아침 외삼촌과 외숙모가 그 문제를 다시 거론하면서 의견을 물었을 때 엘리자베스는 곧바로 전혀 싫지 않다고 적당히 무심한 태도로 대답했다.

그래서 그들은 펨벌리로 가게 되었다.

제3부

1장

마차를 타고 가는 동안 엘리자베스는 약간의 심리적 동요를 느끼며 펨벌리 숲이 눈에 들어오길 기다렸다. 문지기의 집을 지나 부지 안으로 들어서자 가슴이 마구 두근거리기 시작했다.

대정원은 굉장히 넓었고 지형도 매우 다양했다. 일행은 가장 낮은 곳으로 들어가서 드넓게 펼쳐진 아름다운 숲 가운데를 한참 달려갔다.

엘리자베스는 마음이 너무 벅차서 대화를 나누기도 힘들었지만, 눈길을 끄는 곳이나 전망이 좋은 곳이 나타날 때마다 감탄했다. 마차가 약 1킬로미터 정도 올라가 상당히 높은 산꼭대기에 이르자 숲이 끝나고 계곡 맞은편의 펨벌리 저택이 곧장 시야에 들어왔다. 계곡 쪽으로 약간 심하게 굽은 길이 나 있었다. 저택은 크고 멋진 석조 건물로 오르막에 자리 잡고 있었고, 그 뒤를 나무가 울창한 구릉이 둘러싸고 있었다. 앞쪽으로는 원래 있던 개울을 더 넓혔는데, 전혀 인공적인 것처럼 보이지 않았다. 둑들은 딱딱한 인공적인 형태를 이루고 있지도 않았고 어색하게 장식되어 있지도 않았다. 엘리자베스는 즐거웠다. 그녀는 이보다 더 자연스러운 곳, 자연의 아름다움이 어설픈 취향으로 훼손당하지 않은 곳을 본 적이 없었다. 일행 모두가 열렬히 감탄했고, 바로 그 순간 엘리자베스는 펨벌리의 안주인이 된다는 것이 대단한 일일 수도 있다는 것을 느꼈다.

그들은 언덕을 내려가 다리를 건너 문을 향해 마차를 몰았다. 저택을 더 가까이서 살펴보면서 엘리자베스는 혹시 집주인을 마주칠지도 모른다는 불안감을 다시 느꼈다. 객실 하녀가 잘못 알지는 않았는지 두려웠다. 집 구경을 하고 싶다는 청을 하자 일행은 현관으로 안내를 받았다. 하녀장을 기다리는 동안 마음의 여유가 생긴 엘리자베스는 자신이 펨벌리에 와 있다는 사실에 신기해했다.

하녀장이 나타났다. 점잖아 보이는 나이 지긋한 여성으로, 생각했던 것보다 옷차림은 화려하지 않았지만 훨씬 정중했다. 그들은 하녀장을 따라 식당 겸 거실로 들어갔다. 균형 잡힌 데다 설비를 잘 갖춘 큰 방이었다. 엘리자베스는 방을 가볍게 죽 훑어본 다음 창가로 가서 경치를 구경했다. 방금 전에 내려온 언덕은 위쪽이 숲으로 덮여 있었고, 멀리서 보자 더 험준하고 아름다워 보였다. 지형의 배치는 훌륭했다. 그녀는 경치 전체를 조망하고 강과 강둑 위에 흩어져 서 있는 나무들, 구불거리는 계곡을 눈길 닿는 데까지 즐거이 바라보았다. 다른 방으로 들어가면 지세도 달라 보였지만, 어느 창문에서나 아름다운 경치를 볼 수 있었다. 방들은 고상하고 아름다웠으며 가구는 주인의 재력에 어울렸다. 하지만 그렇다고 해서 현란하거나 쓸데없이 고급이지는 않아서 엘리자베스는 다아시 씨의 취향에 감탄했다. 펨벌리의 가구는 로징스의 그것보다 화려함은 덜했지만 진정한 우아함을 지니고 있었다.

'이 저택의 안주인이 될 수도 있었는데!' 엘리자베스는 생각했다. '그랬다면 지금쯤 이 방들을 잘 알게 되었을 테고 손님으로 방들을 구경하는 대신 편안히 즐기면서 외삼촌과 외숙모를 손님으로 맞았을 텐데. 아니, 그렇지 않았을 거야.' ……그녀는 곧 정신을 추슬렀다…… '그런 일은 절대 일어날 수 없어. 외삼촌과 외숙모를 아예 잃게 되었을지도 몰라. 외삼촌 부부를 초대하도록 허락받지도 못했을 테니까.'

이런 생각을 하게 되어 다행이었다. 후회 비슷한 기분에서 그녀를 구해 주었기 때문이다.

엘리자베스는 하녀장에게 주인이 정말 부재중인지 물어보고 싶었지만 그럴 용기가 없었다. 하지만 외삼촌이 그 질문을 했고, 그녀가 흠칫 놀라 고개를 돌리고 있는 동안 레이놀즈 부인은 그렇다고 대답하면서 덧붙였다. "그렇지만 주인님은 내일 친구분들을 여럿 모시고 돌아오실 예정입니다." 자신들의 여행이 무슨 사정 때문이든 하루 연기되지 않은 것에 엘리자베스가 얼마나 기뻐했는지!

그때 외숙모가 그림을 한 점 보라고 그녀를 불렀다. 다가가 보니 벽난로 선반 위에 있는 몇 점의 세밀화 사이에 위컴 씨의 초상화가 보였다. 외숙모는 미소를 지으며 그림이 어떠냐고 물었다. 하녀장이 나서서 그 젊은 신사는 작고하신 선대 주인께서 비용을 대어 기른 집사의 아들이라고 일행에게 알려 주었다. "지금은 군대에 들어가 있대요." 하녀장이 덧붙였다. "그런데 아주 방탕한 사람인 것 같아요."

가드너 부인은 미소를 지으며 조카를 바라보았지만 엘리자베스는 그 미소에 답할 수가 없었다.

"그리고 저 그림은요." 레이놀즈 부인이 또 다른 세밀화를 가리키며 말했다. "저희 주인 나리세요. 실물하고 똑같아요. 아까 말씀드린 그림과 같은 시기에 그려졌답니다. 8년 전쯤에요."

"주인께서 인물이 좋으시다는 말은 많이 들었어요." 가드너 부인이 그림을 바라보며 말했다. "리지야, 저 그림이랑 다아시 씨가 닮았는지 안 닮았는지 네가 말해 줄 수 있겠구나."

엘리자베스가 자기 주인을 알고 있다는 암시에 그녀에 대한 레이놀즈 부인의 호감이 커지는 것 같았다.

"저 아가씨께서 다아시 씨를 아시나요?"

엘리자베스는 얼굴을 붉히면서 말했다. "조금요."

"그럼 그분이 매우 잘생긴 신사라고 생각하지 않으시나요, 아가씨?"

"네, 아주 잘생기셨어요."

"저는 그렇게 잘생긴 분은 없다고 확신해요. 위층 화랑에는 이보다 더 멋지고 큰 주인 나리 그림이 있답니다. 이 방은 선대 주인께서 가장 좋아하셨던 방이라 세밀화들은 그 당시 그대로 두었답니다. 주인 어른께서는 이 그림들을 아주 좋아하셨어요."

이 말을 듣고 엘리자베스는 위컴 씨의 초상이 왜 이 그림들 속에 끼어 있는지 이해하게 되었다.

그런 다음 레이놀즈 부인은 다아시 양의 초상 중 하나로 일행의 주의를 돌렸다. 겨우 여덟 살 때의 그녀가 그려져 있었다.

"다아시 양도 오빠만큼 외모가 훌륭한가요?" 가드너 부인이 말했다.

"아! 그럼요. 제가 지금까지 본 아가씨들 중 가장 아름다우신 데다 얼마나 교양도 높으신지! 아가씨는 하루 종일 연주하고 노래를 하세요. 옆방에 아가씨를 위해 방금 들여온 새 피아노가 있답니다. 주인 나리의 선물이에요. 아가씨는 내일 주인 나리와 함께 여기로 오세요."

편안하고 유쾌한 태도를 지닌 가드너 씨는 질문도 하고 의견도 말하면서 하녀장의 수다를 부추겼다. 레이놀즈 부인은 자부심 때문이건 애정 때문이건 자기 주인과 그의 여동생에 대해 말하는 게 아주 즐거워 보였다.

"주인께서는 연중 펨벌리에 머무는 시간이 얼마나 되시나요?"

"제가 원하는 만큼 많이는 아니에요. 그렇지만 여기서 절반 정도는 보내신다고 할 수 있어요. 다아시 양은 여름에는 항상 내려와 계세요."

'램스게이트에 갈 때를 빼면 그렇겠지.' 엘리자베스가 생각했다.

"주인께서 결혼하시면 여기서 더 많은 시간을 보내실 수 있겠군요."

"네, 그렇지만 그게 언제가 될지는 모릅니다. 그분에게 적당한 분이 어디 있겠어요."

가드너 부부는 미소를 지었다. 엘리자베스는 한마디 하지 않을 수가 없었다. "그렇게 생각하신다니, 그분이 아주 훌륭한 분이라는 뜻이군요."

"저는 사실만을 말할 뿐이고, 그분을 아는 사람은 모두 그렇게 말할 거예요." 레이놀즈 부인이 대답했다. 엘리자베스는 이 말이 상당히 지나치다고 생각했다. 그래서 하녀장이 다음과 같이 덧붙이자 더욱더 놀라면서 귀를 기울였다. "저는 평생 그분이 언짢은 소리 한 번 하시는 걸 들어 본 적이 없어요. 나리께서 네 살 때부터 죽 모셔 왔거든요."

이 말은 다른 어떤 칭찬보다 놀라웠고, 엘리자베스의 생각과는 정반대였다. 다아시 씨가 결코 성격이 좋은 사람은 아니라는 게 그녀의 확고한 의견이었기 때문이다. 강한 호기심이 일었고, 더 많은 말을 듣고 싶어 하던 차에 고맙게도 외삼촌이 다음과 같이 말해 주었다.

"그런 찬사를 들을 수 있는 사람은 거의 없습니다. 그런 분이 주인이시라니 운이 좋으십니다."

"그럼요, 저도 그렇다는 걸 알고 있어요. 세상을 다 뒤져도 이보다 훌륭한 주인을 찾을 수는 없을 거예요. 제가 항상 하는 말이지만, 어렸을 적에 성격이 좋은 사람들이 자라서도 성격이 좋답니다. 그분은 소년 시절에도 가장 착하고 마음이 너그러우셨어요."

엘리자베스는 눈을 동그랗게 뜨고 레이놀즈 부인을 바라보며 '이게 다아시 씨 이야기가 맞아?'하고 생각했다.

"선친께서 훌륭한 분이셨지요." 가드너 부인이 말했다.

"맞습니다, 부인. 정말 그러셨어요. 아드님도 그분과 꼭 같으시겠지요. 주인어른께서 그러신 것처럼 가난한 사람들에게 친절하세요."

엘리자베스는 의아해하고 의심하면서도 레이놀즈 부인의 이야기를 귀 기울여 들었고, 더 많은 것을 듣고 싶어서 조바심이 났다. 레이놀즈 부인은 그림의 주제와 방의 크기, 가구의 가격에 대해 이야기했지만 그런 이야기는 전혀 궁금하지 않았다. 가드너 씨는 자기 주인에 대해 과도하게 칭찬하는 것이 가족에 대한 편애 때문이라고 매우 재미있어하면서 곧 그 주제로 대화를 다시 이끌어 갔다. 그러자 레이놀즈 부인은 그들과 함께 넓은 계단을 올라가면서 주인의 좋은 점들을 열심히 장황하게 늘어놓았다.

"그분은 어느 누구보다 훌륭하신 지주이자 주인 나리세요." 그녀가 말했다. "자기밖에 모르는 요즘의 제멋대로인 젊은 사람들과는 다르죠. 그분의 소작인이나 하인 중에서 그분을 칭송하지 않는 사람은 아무도 없어요. 그분을 오만하다고 말하는 사람들이 있지만, 저는 그런 모습을 본 적이 한 번도 없어요. 제 생각으로는 그분이 다른 젊은 이들처럼 말을 많이 하지 않아서 그런 말을 듣는 것 같아요."

'이 말대로라면 정말 좋은 사람이 되잖아!' 엘리자베스는 생각했다.

"그 사람을 이렇게 멋지게 설명하다니." 외숙모가 걸어가면서 속삭였다. "우리의 가엾은 친구에게 한 행동과 썩 일치하지는 않는구나."

"어쩌면 우리가 속았는지도 몰라요."

"그렇진 않은 것 같다. 우리 소식통이 너무 좋은 사람이었으니까."

위층의 넓은 로비에 이르러 일행은 최근에 아래층보다 더 우아하고 밝게 꾸민 매우 아름다운 거실로 안내되었다. 지난번에 다아시 양이 펨벌리에 왔을 때 그 방을 마음에 들어 했기 때문에 그녀를 기쁘게 하기 위해 그렇게 꾸몄다고 했다.

"그분이 좋은 오빠인 것은 분명하네요." 엘리자베스는 창문 쪽으로 걸어가면서 말했다.

레이놀즈 부인은 다아시 양이 그 방에 들어가면 기뻐할 거라고 예상했다. "그분은 항상 이런 식이셨어요." 그녀가 덧붙였다. "동생에게 조금이라도 기쁨을 줄 수 있는 일이라면 무슨 일이건 순식간에 하신답니다. 동생을 위해서는 못 할 일이 없으실 거예요."

이제 더 구경할 곳은 화랑과 두세 개의 큰 침실이 전부였다. 화랑에는 훌륭한 그림들이 많이 있었지만 엘리자베스는 미술에 대해 아는 것이 없었기 때문에, 아래층에서도 본 비슷한 미술품보다는 소재도 더 흥미롭고 이해하기도 쉬운 다아시 양의 크레용 드로잉에 자연히 눈길이 갔다.

화랑에는 가족의 초상화가 많이 있었지만 손님의 관심을 끌 만한 것은 거의 없었다. 엘리자베스는 자신이 알고 있는 유일한 얼굴을 찾아 걸었고, 마침내 그 얼굴이 눈에 띄었다. 그녀는 다아시 씨가 자신을 바라볼 때 때때로 지었던 것으로 기억하는 미소를 얼굴 가득 지은, 다아시 씨와 놀라울 만큼 닮은 그림을 쳐다보았다. 엘리자베스는 그 그림 앞에 한동안 서서 찬찬히 그림을 응시한 다음 모두가 화랑을 나오기 전에 다시 한 번 그 앞으로 되돌아갔다. 레이놀즈 부인은 그 그림이 선친 생전에 그린 것이라고 알려 주었다.

바로 그 순간 엘리자베스의 마음속에서는 그림의 모델인 다아시 씨에 대해 한창 그들이 만나던 때보다 더욱 다정한 감정이 일었다. 레이놀즈 부인이 그에게 한 칭찬은 결코 사소한 것이 아니었다. 똑똑한 하인의 칭찬보다 더 값진 칭찬이 어디 있겠는가? 엘리자베스는 오빠로서, 지주로서, 주인으로서 다아시 씨가 얼마나 많은 사람의 행복을 지켜 주고 있는지 따져 보았다. 얼마나 많은 기쁨이나 고통을 부여할 능력이 그에게 있는지! 그를 통해 얼마나 많은 선과 악이 행해지는지! 하녀장이 제시한 의견은 모두 다아시 씨의 성격을 호의적으로 보여 주고 있었기 때문에, 엘리자베스는 그가 그려진 화폭 앞에 서서 그 시선을 마주하게 되었을 때 다아시 씨의 호의에 대해 예전의 그 어느 때보다 더 깊은 감사의 마음을 느꼈다. 엘리자베스는 그 열렬함을 기억했고, 표현의 부적절함에 대해서는 마음이 누그러졌다.

저택에서 일반인이 볼 수 있도록 공개된 부분을 모두 구경하고 난 후 일행은 아래층으로 돌아와 하녀장에게 작별을 고한 후 현관에서 기다리고 있던 정원사의 안내를 받았다.

현관을 가로질러 강 쪽으로 걸어가고 있을 때 엘리자베스는 몸을 돌려 저택을 다시 바라보았고, 외삼촌과 외숙모도 발을 멈추었다. 건물이 지어진 날짜를 추측해 보고 있을 때 바로 그 건물의 주인이 뒤편 마구간 쪽으로 난 길에서 불쑥 나왔다.

두 사람 사이의 거리는 채 16미터도 되지 않았고, 다아시 씨가 너무 갑작스럽게 나타났기 때문에 그의 시선을 피하는 일이 불가능했다. 곧바로 둘의 눈길이 마주쳤고, 두 사람 모두 빨갛게 뺨을 붉혔다. 다아시 씨는 너무 놀라서 잠깐 동안 꼼짝도 하지 못하다가 곧 정신을 차리고 일행 쪽으로 다가왔고, 아주 침착하지는 않았지만 적어도 아

주 공손하게 엘리자베스에게 인사말을 건넸다.

엘리자베스는 본능적으로 몸을 돌렸지만, 다아시 씨가 다가오자 발을 멈추고 당황해서 어쩔 줄 몰라 하며 그의 인사를 받았다. 가드너 부부는 그를 처음 만났기 때문에 방금 전에 본 그림과 닮았다는 것만으로는 자신들이 지금 보고 있는 사람이 다아시 씨라는 것을 충분히 자신할 수 없었지만, 주인을 본 정원사의 놀란 표정을 보고 그 사실을 곧 알아차릴 수 있었다. 부부는 다아시 씨가 조카와 이야기를 나누는 동안 잠시 떨어져서 서 있었다. 엘리자베스는 놀라고 혼란스러워서 그의 얼굴을 차마 쳐다보지도 못했고, 가족의 안부를 묻는 그의 공손한 질문에 어떻게 대답해야 하는지도 모를 지경이었다. 그녀는 지난번 헤어진 이후 그의 태도가 변한 것에 놀랐고 그가 한마디할 때마다 점점 더 당혹스러워했다. 자신이 그곳에서 눈에 띄었다는 사실이 너무나 부적절하다는 생각이 자꾸 들어서, 같이 이야기를 나눈 그 몇 분이 엘리자베스의 평생 가장 불편한 순간이었다. 다아시 씨 역시 더 편해 보이지는 않았다. 말하는 동안 다아시 씨의 억양에는 평소의 차분함이 전혀 들어 있지 않았다. 그는 롱번을 언제 떠났는지 되풀이해 물었고, 더비셔에 얼마나 머물 것인지에 대해서도 너무 허둥지둥 여러 번 물었다. 그 바람에 다아시 자신도 정신이 없다는 사실이 명백히 드러났다. 마침내 그는 잠깐 동안 아무 말 없이 서 있다가 정신을 가다듬고 작별을 고했다.

곧 외숙모 내외가 그녀 옆에 와서 다아시 씨의 멋진 외모를 칭찬했지만, 엘리자베스는 한 마디도 하지 않고 자신의 감정에 완전히 몰두한 채 조용히 외삼촌 부부를 뒤따라갔다. 그녀는 수치심과 당혹감에 휩싸였다. 이곳에 온 것은 세상에서 가장 재수 없고 무분별한 일이었어! 내가 얼마나 이상해 보였을까! 그렇게 잘난 체하는 남자에게 얼마나 꼴불견으로 비쳤을까! 내가 일부러 자기 앞에 다시 나타난 것처럼 보였을지도 몰라! 아! 내가 왜 왔을까? 아니, 도대체 왜 그 사람은 예정보다 하루 먼저 온 걸까? 우리가 십 분만 더 빨랐더라면 그가 알아볼 수 없는 곳에 가 있었을 텐데. 그는 그 순간 도착했고…… 막 말이나 마차에서 내린 게 분명했으니까. 엘리자베스는 그렇게 꼬인 만남을 생각하며 얼굴을 붉히고 또 붉혔다. 그런데 그의 태도는 놀랍도록 달라져 있었다. 도대체 무슨 의미일까? 자기에게 먼저 말을 걸었다는 것 자체만으로도 놀랄 일인데, 그토록 정중하게 말을 걸고 가족들의 안부를 묻다니! 엘리자베스는 이 예기치 않은 만남에서처럼 위엄을 세우지 않는 다아시 씨의 모습을 지금까지 본 적이 없었다. 그렇게 상냥하게 말하는 모습을 본 적도! 로징스에서 편지를 손에 쥐여 주었을 때 그가 마지막으로 한 말과 얼마나 대조적인지! 그녀는 이것을 어떻게 생각해야 하고 어떻게 설명해야 할지 알 수가 없었다.

일행은 이제 강가의 아름다운 산책길로 들어섰다. 한 발자국 내딛을 때마다 경사면은 우아하게 가팔라졌고, 다가가고 있던 숲의 더 멋진 부분이 펼쳐졌다. 하지만 엘리자베스는 한참 동안 그 어느 것도 의식하지 못했다. 외삼촌과 외숙모의 물음에 기계적으로 대답하고 그들이 가리키는 대상으로 눈을 돌리는 것 같았지만, 사실 그 어떤 경치도 눈에 들어오지 않았다. 엘리자베스의 생각은 펨벌리 저택의 한 곳, 어딘지는 모르지만 그 시간 다아시 씨가 있을 장소에 온통 쏠려 있었다. 지금 그가 마음속으로 무슨 생각을 하고 있을지, 자신을 어떻게 생각할지, 자기가 여전히 그에게 소중한지 아닌지 알고 싶었다. 혹시 그의 마음이 편해졌기 때문에 정중하게 대했던 것은 아니었을까? 하지만 다아시 씨의 목소리에는 편하지만은 않은 **어떤 것**이 있었다. 그가 자신을 보고 고통을 더 많이 느꼈는지, 아니면 기쁨을 더 많이 느꼈는지 알 수는 없었지만 평온한 마음으로 엘리자베스를 본 게 아니란 것만은 분명했다.

그러나 얼이 빠져 있는 것 같다는 외숙모 부부의 지적에 엘리자베스는 마침내 정신을 차렸고, 평소처럼 보여야겠다고 생각했다.

일행은 숲으로 들어가면서 잠시 강과 작별하고 더 높은 지대로 올라갔다. 나무들 사이로 시야가 트인 곳에 서니 계곡의 매력적인 경치와 숲이 넓게 펼쳐진 맞은편 언덕들, 그리고 이따금씩 강의 일부분이 보였다. 가드너 씨는 대정원 전체를 돌아보고 싶어 했지만 걷기에 벅차지 않을까 우려했다. 정원사는 의기양양한 미소를 지으며 둘레가 16킬로미터라고 알려 주었다. 그것으로 문제는 해결되었고 그들은 익숙한 순회로를 따라갔다. 얼마 후 일행은 가파른 비탈 위의 숲 사이로 난 내리막길을 따라 시내의 폭이 가장 좁은 곳에 이르러, 전체적인 풍경과 잘 어울리는 소박한 다리를 건넜다. 그곳은 지금까지 들렀던 그 어느 곳보다 꾸밈이 덜했고, 골짜기가 좁아져 시내와 그 가장자리에 자리 잡은 무성한 관목 숲 사이로 좁은 산책로만 나 있을 뿐이었다. 엘리자베스는 구불거리는 산책길을 따라가 보고 싶었지만, 다리를 건넌 후 저택에서 상당히 멀리 떨어진 곳까지 왔다는 사실을 알았을 때 오래 걷지 못하는 가드너 부인은 더 이상 가지 못했고, 최대한 빨리 마차로 돌아갈 생각뿐이었다. 그래서 조카도 어쩔 수 없이 이에 따라야만 했고, 일행은 지름길로 강 맞은편에 있는 저택을 향해 걸었다. 하지만 그들의 속도는 매우 느렸다. 낚시를 무척 좋아하지만 평소 거의 즐기지 못했던 가드너 씨가 물속에 이따금씩 나타나는 송어를 구경하면서 정원사와 이야기를 나누느라 정신이 팔려서 앞으로 나아가질 못했기 때문이다. 이렇게 느릿느릿 배회하다가 그리 멀리 않은 곳에서 다아시 씨가 다가오는 것을 보고 그들은 다시 한 번 놀랐다. 특히 엘리자베스의 놀라움은 조금 전 처음 그를 보았을 때만큼이나 컸다. 이곳의 산책길은 건너편보다 시야가 트여 있었기 때문에 다아시 씨와 마주치기 전에 그를 볼 수 있었다. 엘리자베스는 아무리 놀랐다 해도 아까보다는 만남에 대한 마음의 준비를 더 잘 할 수 있었고, 다아시가 정말로 그들을 만나러 오는 것이라면 차분하게 행동하고 말하자고 다짐했다. 사실 엘리자베스는 그가 다른 길로 가지 않을까 하고 생각했다. 산책로 모퉁이에서 그의 모습이 시야에서 사라진 잠깐 동안 말이다. 하지만 모퉁이를 지나자마자 다아시 씨의 모습이 그들 바로 앞에 나타났다. 엘리자베스는 한눈에 그가 조금 전에 보여 준 공손함을 조금도 잃지 않았다는 것을 알았다. 그래서 그의 정중함을 흉내 내서 펨벌리의 아름다움에 찬사를 보냈지만, "멋있어요."라거나 "매력적이에요."라는 말을 하자마자 곧 좋지 않은 몇 가지 기억들이 불쑥 떠올랐다. 펨벌리에 대한 칭찬이 나쁘게 해석될 수도 있다는 생각을 하게 된 그녀는 낯빛을 바꾸고 더 이상 아무 말도 하지 않았다.

가드너 부인은 약간 뒤에 서 있었다. 엘리자베스가 말을 멈추자 다아시 씨가 그녀에게 동행을 소개해 달라고 청했다. 엘리자베스가 전혀 예상하지 못했던 공손함이었다. 자신에게 청혼할 때 자존심 상해했던 바로 그 사람들을 이제는 알고 싶다고 청한다는 사실에 떠오르려는 미소를 참기가 힘들었다. '이분들이 누구인지 알면 얼마나 놀랄까?' 그녀는 생각했다. '상류사회 사람들이라고 생각하고 있을 거야.'

하지만 엘리자베스는 바로 외삼촌 부부를 소개했다. 그녀는 자신과 그들의 관계를 알려 주면서 다아시가 이를 어떻게 받아들이는지 그의 표정을 훔쳐보았고, 그런 부끄러운 상대로부터 최대한 빨리 달아날지도 모른다는 예상을 하기도 했다. 다아시 씨가 엘리자베스와 그들의 관계에 놀란 것은 분명했다. 하지만 그는 그 후에도 꿋꿋하게 견뎠고 도망치기는커녕 몸을 돌려 가드너 씨와 대화를 나누기 시작했다. 엘리자베스는 기쁘고 의기양양할 수밖에 없었다. 자기에게 얼굴을 붉힐 필요가 전혀 없는 친척들이 있다는 것을 다아시 씨가 알게 된 것은 위안이 되었다. 그녀는 그들 사이에 오가는 모든 말을 매우 주의 깊게 경청했고 외삼촌의 지성이나 취향, 혹은 예의 바른 태도를 보여 주는 표현 하나하나와 문장 하나하나를 자랑스럽게 여겼다.

곧 대화는 낚시로 옮겨 갔다. 다아시 씨는 더할 나위 없이 정중하게, 외삼촌에게 근처에 머무는 동안 원하면 언제든지 그곳에 와서 낚시를 하라고 초대했고, 낚시 도구를 빌려 주겠다고 제안하면서 개울에서 고기가 가장 잘 잡히는 곳들을 알려 주었다. 엘리자베스와 팔짱을 끼고 걷고 있던 가드너 부인은 그녀에게 놀랍다는 표정을 지어 보였다. 엘리자베스는 아무 말도 하지 않았지만 마음속으로 대단히 흡족해했다. 그런 호의는 모두 자기 때문인 게 틀림없었다. 하지만 놀라움은 지극히 컸고, 그녀는 되풀이해서 자문했다. "왜 저 사람이 저렇게 바뀐 걸까? 도대체 원인이 뭘까? **나** 때문일 리는 없어. 태도가 저렇게 부드러워진 게 **나를** 위해서일 리 없지. 헌스퍼드에서 내가 한 비난이 이런 변화를 일으켰을 리는 없어. 그가 나를 여전히 사랑한다는 건 불가능해."

이렇게 두 숙녀는 앞에서, 두 신사는 뒤에서 한동안 걷다가 진기한 수중 식물을 더 잘 살펴보기 위해 강가로 내려갔다 온 후 대형에 약간의 변동이 일어났다. 원인은 가드너 부인이었다. 아침 운동으로 지친 가드너 부인은 엘리자베스의 팔에 기대는 것으로는 충분하지 않아서 남편의 팔에 의지하길 원했다. 다아시 씨가 부인의 조카 옆자리를 차지했고, 두 사람은 함께 걸었다. 잠깐 동안 침묵이 흐른 후 숙녀가 먼저 입을 열었다. 엘리자베스는 이곳에 오기 전에 그가 없다는 사실을 확인했다는 것을 알리고 싶었고, 따라서 다아시의 도착이 매우 예기치 못한 일이었다는 것으로 말문을 열었다. "하녀장이 내일까지는 당신이 여기로 돌아오지 않으실 거라고 했어요." 엘리자베스가 덧붙였다. "사실 베이크웰을 떠나기 전에도 당신이 여기에 곧 오시지는 않을 것이라고 알고 있었어요." 다아시는 사실 그러려고 했지만 집사에게 볼일이 있어서 함께 여행하고 있던 일행보다 몇 시간 앞서서 오게 되었다고 말했다. "남은 일행은 내일 일찍 도착할 겁니다. 당신과 안면이 있는 사람들도 몇 명 있습니다. 빙리 씨와 그의 누이들 말입니다."

엘리자베스는 살짝 고개를 숙이는 것으로 대답을 대신했다. 그녀의 생각은 빙리 씨의 이름이 그들 사이에 마지막으로 언급되었던 시간으로 즉시 거슬러 올라갔다. 다아시의 표정을 보아하니 그의 마음도 아주 다른 생각에 빠져 있는 것 같지는 않았다.

그가 잠깐 침묵한 후 말을 이었다. "일행 중에 특히 당신을 만나고 싶어 하는 사람이 한 명 있습니다. 램턴에 머무는 동안 제 누이를 당신에게 소개해 드려도 괜찮을까요? 아니면 제가 너무 과한 부탁을 드리는 건가요?"

그런 부탁을 받고 엘리자베스는 크게 놀랐다. 너무 놀라서 이를 어떻게 받아들여야 할지 알 수가 없었다. 다아시 양이 자신을 만나고 싶어 한다면 그 소망은 오빠가 불어넣은 게 분명하다는 사실을 바로 느낄 수 있어서, 더 생각해 보지 않더라도 만족스러웠다. 다아시 씨가 원망 때문에 그녀를 정말로 나쁘게 생각하지는 않는다는 것을 알게 되어 흡족했다.

둘은 이제 각자 깊은 생각에 빠져서 조용히 걸었다. 엘리자베스는 마음이 편치 않았다. 그러기가 불가능했다. 하지만 우쭐했고 기뻤다. 누이동생을 엘리자베스에게 소개하고 싶다는 다아시 씨의 말은 최고의 찬사였다. 두 사람은 곧 다른 두 사람을 앞질렀고, 이 둘이 마차에 도착했을 때 가드너 부부는 약 200미터 정도 처져 있었다.

그때 다아시가 엘리자베스에게 저택 안으로 들어가서 기다리자고 청했다. 하지만 엘리자베스가 피곤하지 않다고 답해서 둘은 함께 잔디밭에 서 있었다. 그럴 때에는 많은 말이 오갈 수 있었기 때문에, 침묵을 지키고 있으려니 매우 어색했다. 엘리자베스는 말을 하고 싶었지만, 생각나는 모든 주제는 말해서는 안 될 것 같았다. 마침내 그녀는 자신이 여행 중이라는 사실을 기억해 냈고, 두 사람은 매틀록과 도브데일에 대해 간신히 이야기를 이어 나갔다. 하지만 시간과 가드너 부인은 더디게 움직여서, 엘리자베스의 끈기와 화제는 대화가 끝나기도 전에 거의 바닥나 버렸다. 가드너 부부가 다가오자 다아시는 모두 집 안으로 들어가서 다과라도 들자고 간곡히 권유했지만 일행은 사양했고, 양쪽 모두 매우 정중하게 헤어졌다. 다아시 씨는 숙녀들이 마차에 오르는 것을 도와주었고, 엘리자베스는 마차가 떠날 때 그가 천천히 저택을 향해 걸어가는 모습을 보았다.

이제 외삼촌과 외숙모의 평이 시작되었다. 두 사람 모두 다아시 씨가 기대했던 것보다 훨씬 더 훌륭하다고 평했다. "완벽하게 잘 처신하는 데다 정중하고 가식이 없더구나." 외삼촌이 말했다.

"약간 위엄을 부리려는 면이 정말 **있긴 있더라**." 외숙모가 대답했다. "그렇지만 그냥 인상이 그렇다는 것이고, 보기 흉할 정도는 아니었어.

나도 이제 하녀장처럼, 그를 오만하다고 말하는 사람들이 더러 있지만 그런 면은 눈을 씻고 찾으려 해도 찾을 수 없다고 말할 수 있겠어."

"그 사람이 우리를 대하는 태도를 보고 아주 놀랐다. 예의 바른 정도를 넘어서, 정말로 세심하더구나. 그렇게 신경을 쓸 필요는 전혀 없었는데. 엘리자베스와의 친분이 별로 대단한 것도 아니었을 텐데."

"분명한 건 말이야, 리지." 외숙모가 말했다. "그 사람이 위컴만큼 미남은 아니라는 거야. 아니, 위컴의 외모를 지니고 있진 않지. 위컴의 얼굴이야 완벽하게 훌륭하잖니. 그런데 너는 왜 그가 아주 기분 나쁜 사람이라고 말했니?"

엘리자베스는 최대한 변명을 늘어놓았다. 자기도 켄트 주의 헌스퍼드에서 만났을 때에는 그가 전보다 더 마음에 들었고, 오늘 아침처럼 그렇게 상냥하게 구는 것을 본 적이 없다고 말했다.

"어쩌면 그 사람이 어떨 때는 공손하고 어떨 때는 오만불손하게 구는 식으로 약간 변덕스러운지도 모르지." 외삼촌이 대답했다. "지체 높은 사람들이 자주 그러니까. 그러니 그가 다른 날에는 마음이 바뀌어서 나를 자기 영지에서 쫓아낼지도 모르니까 낚시에 관한 그의 말을 액면 그대로 받아들이진 않을 거야."

엘리자베스는 외삼촌 부부가 다시 씨의 성격에 대해 완전히 오해하고 있다고 느꼈지만 아무 말도 하지 않았다.

"우리가 본 바로는." 가드너 부인이 말을 계속했다. "어느 누구에게라도 불쌍한 위컴에게 그랬던 것처럼 잔인한 짓을 했을 것이라 생각되지는 않아. 그는 전혀 나쁘게 보이지 않잖아. 오히려 반대로 말할 때 입가에 상냥한 표정을 짓고 있어. 용모에는 품위 같은 것이 있어서 마음씨가 못됐다는 생각도 안 들고. 그렇지만 저택을 구경시켜 준 부인은 그의 성격을 터무니없이 좋게만 말해 주더라고! 때때로 웃음이 나올 것 같아 참을 수가 없었다니까. 그래도 그가 너그러운 주인인 것 같다는 생각이 들어. 하인의 눈에는 **그런 너그러움**이 온갖 미덕을 다 포함하는 거지."

엘리자베스는 다아시 씨가 위컴에게 한 행동에 대해 그를 옹호하는 말을 해야 할 것만 같았다. 그래서 켄트에서 다아시 씨의 친척에게 들은 바에 따르면 다아시 씨의 행동은 전혀 다른 방식으로 해석할 수 있다, 하트퍼드셔 사람들은 다아시 씨가 못됐고 위컴은 성격이 좋다고 생각하지만 그 의견은 근거도 없고 틀렸다는 점을 최대한 조심스럽게 외삼촌 부부에게 이해시켰다. 이를 입증하기 위해서 그녀는 알려 준 사람의 이름은 실제로 밝히지 않은 채 믿을 만한 사람에게서 들은 말이라며 두 사람과 연관된 금전상의 모든 거래를 상세히 말해 주었다.

가드너 부인은 놀라고 걱정스러워했다. 하지만 예전에 즐겁게 지냈던 곳에 가까이 다가가고 있었기 때문에 모든 생각을 밀쳐 두고 추억의 마법에 빠져들었다. 그 근처에 있는 흥미로운 장소들을 남편에게 가리키느라 다른 것은 생각할 겨를이 없었다. 가드너 부인은 아침 산책으로 피곤해했지만 정찬을 마치자마자 옛날 친구들을 찾아 나섰고, 몇 년 동안 끊어졌다가 다시 회복된 관계에 만족스러워하면서 저녁을 보냈다.

그날 일어난 일들이 마음을 온통 차지하고 있었기 때문에 엘리자베스는 이 새로운 친구들에게 관심을 기울일 여지가 많지 않았다. 그녀는 생각하는 것 말고는 아무것도 할 수가 없었다. 다아시 씨의 공손한 태도에 대해, 무엇보다 자기 여동생을 소개시켜 주고 싶다는 그의 소망에 대해 놀라워하며 생각하고 또 생각했다.

2장

엘리자베스는 다아시 씨가 자기 누이가 펨벌리에 도착하면 바로 그 다음 날 동생을 데리고 자기를 찾아올 것이라고 생각했다. 그래서 그날 아침에는 여관 근처에서 벗어나지 않기로 결심했다. 하지만 그녀의 생각이 틀렸다. 왜냐하면 엘리자베스 일행이 램턴으로 돌아온 바로 그 다음 날 아침에 방문객들이 왔기 때문이다. 엘리자베스 일행이 새 친구들 몇 명과 램턴을 산책한 뒤 그 가족들과 식사를 하려고 옷을 갈아입으러 여관에 막 돌아왔을 때, 마차 소리가 나서 창가로 가 보니 신사 한 명과 숙녀 한 명이 이륜마차를 타고 올라오는 모습이 보였다. 엘리자베스는 바로 하인복을 알아보고 상황을 짐작하고는, 곧 닥칠 영광을 친척들에게 알려 그들을 적잖이 놀라게 해 주었다. 외삼촌과 외숙모는 놀라 마지않았다. 이 이야기를 할 때 당황스러워하는 엘리자베스의 태도와 그날과 전날의 여러 상황이 겹쳐서, 가드너 부부는 이번 일에 대해 새로운 견해를 갖게 되었다. 전에는 어디서도 그런 낌새를 채지 못했지만, 자기 조카에게 호감이 있다고 가정하는 것 말고는 다아시 씨에게서 그런 배려를 받는 것을 달리 설명할 방법이 없었다. 이런 생각이 가드너 부부의 머릿속을 스쳐 가는 동안 엘리자베스는 감정의 동요가 매 순간 더 커지는 것을 느꼈다. 그녀는 자신이 불안해한다는 사실에 매우 놀랐다. 불안의 원인은 여럿이었는데, 다아시 씨가 호감 때문에 자신에 대해 누이에게 너무 좋게 말해놓은 것은 아닌지 걱정스러웠다. 호감을 얻고 싶은 마음이 간절했으므로, 그러지 못할까 봐 걱정도 당연히 생겨났다.

엘리자베스는 다아시 씨 일행의 눈에 띄지 않을까 우려하면서 창가에서 물러났다. 그런 다음 방안을 서성거리며 마음을 진정시키려고 애썼다. 외삼촌과 외숙모의 캐묻는 듯한 놀란 표정은 상황을 더 안 좋게 만들었다.

다아시 양과 그녀의 오빠가 나타났고, 두려웠던 소개가 이루어졌다. 놀랍게도 엘리자베스는 상대방이 적어도 자기 자신만큼 많이 당황해 있다는 사실을 알았다. 램턴에 온 후 다아시 양이 매우 거만하다는 말을 들어 왔었지만, 몇 분 동안 살펴본 바로는 단지 수줍음을 많이 타는 것뿐이란 확신이 들었다. 다아시 양에게서 예나 아니요 이상의 말을 한 마디라도 끌어내는 일은 매우 어려웠다.

다아시 양은 키가 컸고 엘리자베스보다 체격도 더 컸다. 열여섯 살밖에 안 되었지만 성숙했고 외모는 여성스럽고 우아했다. 오빠만큼 잘생기지는 않았지만 얼굴에서 현명함과 좋은 성격이 드러났고, 태도는 전혀 가식이 없고 점잖았다. 자신이 보아 왔던 다아시 씨처럼 그녀도 날카롭고 침착한 관찰자일 거라고 예상했던 엘리자베스는 다아시 양에게 그런 다른 감정들이 있다는 것을 알고 크게 안도했다.

함께 있게 된 지 얼마 지나지 않아 다아시는 빙리도 엘리자베스를 만나러 올 것이라고 알려 주었다. 그녀가 만족감을 표현하고 방문객을 맞이할 채비도 갖추기 전에 빙리의 빠른 발자국 소리가 계단에서 들려 왔고, 잠시 후 그가 방 안으로 들어왔다. 빙리에 대한 엘리자베스의 분노는 모두 사라진 지 오래였다. 하지만 설사 화가 조금이라도 남아 있었다 해도 엘리자베스를 다시 보자마자 가식 없는 진실함을 전하는 빙리를 보고 계속 그럴 수는 없었을 것이다. 빙리는 친근하게 뭉뚱그려 가족의 안부를 물었고, 시선과 말투는 예전과 똑같이 상냥하고 편안했다.

엘리자베스 못지않게 가드너 부부도 그에게 관심이 많았다. 그들은 오랫동안 그를 보고 싶어 했었다. 사실 그들 앞에 있는 일행 모두가 지대한 관심을 불러일으켰다. 다아시 씨와 자기 조카에 대해 막 생겨난 의심 때문에 가드너 부부는 진지하지만 신중하게 두 사람을 예의 주시했다. 이런 조사를 토대로 가드너 부부는 두 사람 중 적어도 한 사람은 사랑이 무엇인지 알고 있다고 확신하게 되었다. 숙녀의 감정은 약간 미심쩍었지만, 신사에게 사모하는 마음이 넘쳐흐른다는 것

은 충분히 확실해 보였다.

엘리자베스 쪽에서도 할 일이 많았다. 그녀는 방문객들 각자의 감정을 확인하고 싶었다. 스스로 감정을 진정시키고 모두에게 상냥하게 대하고 싶었다. 실패할까 봐 가장 우려했던 두 번째 목표에서 엘리자베스는 오히려 성공을 확신할 수 있었다. 엘리자베스가 호감을 주고 싶었던 바로 그 사람들이 그녀에 대한 호의를 이미 가지고 있었기 때문이다. 빙리는 즐거워할 준비가 되어 있었고, 조지아나는 열심히 즐거워하려 했고, 다아시는 즐거워하기로 굳은 결심을 하고 있었다.

빙리를 보자 엘리자베스의 생각은 자연히 언니에게로 재빨리 날아갔다. 아! 빙리의 생각이 조금이라도 자신과 같은 방향으로 향하고 있는지 아닌지를 얼마나 간절히 알고 싶었던가! 빙리의 말수가 예전보다 줄어들었다는 생각이 때때로 들었고, 자기를 바라볼 때 누군가와 닮은 점을 찾아내려고 애쓰고 있다는 생각이 들어 한두 번은 혼자 기뻐하기도 했다. 그런 생각은 엘리자베스 혼자만의 상상이라 해도, 제인의 경쟁자로 알려진 다아시 양을 대하는 빙리의 태도에는 오해의 여지가 없었다. 둘 중 어느 쪽에서도 특별한 호감을 갖고 있다는 기미는 전혀 보이지 않았다. 빙리 양의 희망을 입증해 줄 만한 것은 둘 사이에 아무것도 없었다. 이 점에 대해 그녀는 곧 흡족해했다. 엘리자베스의 희망 섞인 해석으로는, 그들이 헤어지기 전에 제인에 대해 애정이 깃든 회상을 보여 주고 제인에 대한 언급으로 이어질 수 있는 대화를 더 하고 싶다는 빙리의 바람을 암시하는 상황이 두세 번 짧게 있었다. 다른 사람들이 함께 이야기를 나누고 있는 동안, 빙리는 정말로 유감스럽다는 어조로 "언니분을 뵙는 기쁨을 누린 지 매우 오래되었습니다."라고 말했고, 엘리자베스가 대답도 하기 전에 "여덟 달이 넘었군요. 네더필드에서 모두 함께 춤을 추었던 11월 26일 이후로는 못 만났으니까요."라고 덧붙였다.

엘리자베스는 빙리의 기억이 매우 정확하다는 것을 알고 기뻤다. 그는 나중에 다른 사람들이 듣지 않는 틈을 타서 자매분들 **모두** 롱번에 있느냐고 물었다. 그 질문에도, 그 전에 한 발언에도 많은 내용이 들어 있진 않았지만 빙리의 표정과 태도가 그것에 의미를 부여했다.

다아시 씨에게로 눈을 자주 돌릴 수는 없었다. 하지만 언뜻 볼 때마다 그는 대체로 정중했고, 그의 입에서 나오는 모든 말에서 같이 있는 사람들에 대한 경멸이나 거만함이 배제된 억양을 들을 수 있었다. 어제부터 자신이 목격한 태도 변화가 아무리 일시적인 것으로 판명된다 해도, 적어도 하루 이상은 지속되었다는 것을 확인할 수 있었다. 다아시 씨가 몇 달 전만 해도 알고 지내는 것만으로도 수치라고 여겼을 사람들과 사귀고 호감을 사려고 애쓰고, 엘리자베스뿐만 아니라 공개적으로 경멸했던 바로 그 친척들에게도 그렇게 공손하게 대하는 것을 보고 엘리자베스는 강한 충격을 받아 놀란 마음을 감추기가 어려웠다. 헌스퍼드 목사관에서의 마지막 격렬했던 장면을 떠올려 보니 그때와의 차이와 변화가 너무 컸기 때문이다. 엘리자베스는 다아시 씨가 지금처럼 즐겁게 어울리고 싶어 하고, 자만심이나 고집스러운 침묵에서 벗어나 있는 것을 본 적이 없었다. 네더필드에서 소중한 친구들과 함께 있거나 로징스에서 신분 높은 친척들과 함께 있을 때조차도 이 정도는 아니었다. 거기다 지금 다아시 씨가 이런 노력을 기울여서 가드너 부부의 호감을 얻는 데 성공한다 해도 사회적 신분이 높아지는 것도 아니고, 이들과 교제한다면 오히려 네더필드뿐만 아니라 로징스의 숙녀들로부터 조롱과 비난을 살 뿐인데 말이었다.

방문객들은 반 시간 넘게 머물렀고, 떠나려고 일어서면서 다아시 씨는 누이에게 가드너 부부와 엘리자베스가 그 고장을 떠나기 전에 그들을 펨벌리의 정찬에 초대하자고 했다. 다아시 양은 초대를 하는 것에 별로 익숙하지 않아서 주저하긴 했지만 기꺼이 오빠의 뜻에 따랐다. 가드너 부인은 초대의 가장 중요한 대상인 자기 조카가 이를 수락하는 문제에 대해 어떻게 생각하는지 알고 싶어서 **조카**를 바라보았지만 엘리자베스는 고개를 돌려 버린 상태였다. 하지만 이런 고의적인 회피가 그 제안이 싫어서라기보다 일시적으로 당황했기 때문이라고 추측했고, 사교를 좋아하는 남편이 초대를 기꺼이 받아들이고 싶어 하는 것을 보고서 가겠다고 약속했고 이틀 후로 날짜가 정해졌다.

빙리는 아직 엘리자베스에게 할 이야기도 많고, 하트퍼드셔의 친구들 모두에 대해 물어볼 것도 많기 때문에 그녀를 다시 만날 수 있게 되어서 매우 기쁘다고 말했다. 엘리자베스는 이 모든 말을 언니에 대한 이야기를 듣고 싶다는 소망으로 해석하고 기뻐했다. 방문객들이 떠난 후, 비록 짧은 시간이었고 별로 즐기지도 못했지만 그들이 머물렀던 반 시간을 조금은 흡족해하며 돌아볼 수 있었던 데에는 다른 몇 가지 이유도 있었지만 그 이유가 컸다. 혼자 있고 싶었고, 외삼촌과 외숙모에게서 질문을 받거나 그들이 넌지시 의향을 비치는 말을 듣게 될까 겁이 나서 엘리자베스는 빙리에 대한 칭찬을 듣는 데까지만 외삼촌 부부와 함께 있다가 옷을 갈아입겠다고 서둘러 나왔다.

하지만 엘리자베스가 가드너 부부의 호기심을 두려워할 이유는 전혀 없었다. 엘리자베스에게 억지로 말을 시키는 것은 그들이 원하는 바가 아니었기 때문이다. 엘리자베스는 가드너 부부가 전에 생각했던 것보다 다아시 씨를 훨씬 더 잘 알고 있는 것이 분명했고, 다아시 씨가 그녀를 열렬히 사랑하고 있다는 것 또한 분명해 보였다. 가드너 부부는 호기심을 불러일으킬 만한 것을 많이 보았지만, 대놓고 물어볼 만한 것은 전혀 없었다.

가드너 부부에게는 다아시 씨를 좋게 생각해 주려는 열망이 생겨났다. 지금까지 만나 본 바로는 다아시 씨에게서 결점이 전혀 발견되지 않았기 때문이다. 가드너 부부는 다아시 씨의 정중한 태도에 감명을 받지 않을 수가 없었다. 그들 자신의 느낌과 하녀장의 말을 토대로만 그의 성격을 그려냈다면, 다아시 씨를 알고 있는 하트퍼드셔 사람들은 그게 다아시 씨의 성격이라고 인정하지 않았을 것이다. 하지만 이제는 하녀장을 믿고 싶은 마음이 생겼고, 네 살 때부터 그를 보아왔고 행동거지가 점잖았다는 하인의 말을 성급하게 무시해서는 안 된다는 것을 알았다. 램턴 친구들이 제공한 정보에서도 하녀장이 한 말의 중요성을 크게 감소시킬 만한 것은 전혀 없었다. 다아시 씨가 자부심이 강하다는 것 말고는. 어쩌면 그가 실제로 자부심이 강한 사람일지도 모르지만, 그렇지 않다면 분명히 다아시 씨 가족이 방문할 일이 없는 작은 장터 마을의 주민들이 만들어낸 말일 것이다. 하지만 다아시 씨는 너그러운 사람이고 가난한 사람들에게 좋은 일을 많이 한다는 인정을 받았다.

반면 일행은 위컴이 그곳에서 좋지 않은 평가를 받고 있다는 사실을 곧 알게 되었다. 후원자의 아들과 위컴 사이에 무슨 일이 있었는지는 제대로 알려지지 않았다 해도, 위컴이 많은 빚을 남겨 놓고 더비셔를 떠났고 나중에 다아시 씨가 그 빚을 갚아 주었다는 것은 잘 알려진 사실이었다.

엘리자베스로 말하자면, 그녀의 생각은 전날 밤보다 이날 밤 더 많이 펨벌리에 가 있었다. 비록 밤이 길게 지나가는 것처럼 느껴졌더라도, 그 저택에 있는 **한 사람**에 대한 자신의 감정을 결정할 만큼 충분히 길지는 않았다. 엘리자베스는 꼬박 두 시간 동안 잠들지 못하고 누워서 자신의 감정을 이해하려고 애썼다. 분명히 다아시 씨를 미워하지는 않았다. 아니었다. 미움은 오래전에 사라졌고, 혐오감이라고 불릴 만한 감정을 느꼈다는 것을 부끄럽게 여기게 된 지 이미 오래였다. 처음에는 마지못해 인정했지만, 다아시 씨의 장점들을 확인하면서 생겨난 존경심을 한참 전부터 불쾌하게 여기지 않게 되었다. 어제 들은 이야기에 따르면 그는 매우 크게 인정받고 있었고, 그의 성품이 아주 상냥하다는 말도 입증되었다. 엘리자베스의 존경심은 약간 더 친밀한 쪽으로 커졌다. 그러나 그녀의 마음속에는 존경과 존중을 넘어서서 무엇보다 간과할 수 없는 호감의 동기가 하나 있었다. 바로 고마워하는 마음이었다. 단지 자기를 한때 사랑한 것에 대한 감사가 아니라, 그를 거절할 때의 성급하고 신랄한 태도와 거절하면서 퍼부은 온갖 부당한 비난을 용서해 줄 만큼 여전히 자신을 사랑한다는 것에 대한 고마움이었다. 자신을 원수처럼 생각하고 피할 것이라 여겼던 다아시 씨는 이 우연한 만남에서 너무나 간절히 친분을 유지하고 싶어 했다. 두 사람에게만 관련된 일을 가지고 점잖지 않게 호감을 표현하거나 자기에게만 특별한 관심을 기울이려 하지 않고, 자기 친척들에게 호감을 얻으려 하고 자기 누이를 소개하려고 신경을 썼다. 자존심이 그렇게나 강한 사람에게 나타난 이런 변화는 놀라움뿐만 아니라 감사하는 마음까지 불러일으켰다. 사랑, 그것도 열렬한 사랑 때문인 게 분명했다. 이런 변화에서 엘리자베스가 받은 느낌은 정확하게 정의할 수는 없었지만 결코 불쾌한 것이 아니라 오히려 키워 가고 싶은 그런 쪽이었다. 엘리자베스는 그를 존경했고, 높이 평가했으며, 그에게 고마움을 느꼈고, 그가 진정으로 행복하기를 바라게 되었다. 이제 엘리자베스는 이것만 알고 싶을 뿐이었다. 그의 행복이 자신에게 달려 있기를 스스로 얼마나 바라는가? 그로 하여금 다시 청혼하게끔 할 힘이 자기에게 있다면, 그 힘을 발휘하면 두 사람 모두의 행복에 과연 어느 정도까지 기여하게 될까?

그날 저녁, 다아시 양이 펨벌리에 도착한 바로 그날 늦은 아침식사를 하고 바로 그들을 만나러 온 공손함에 필적할 수는 없겠지만 일행 쪽에서도 비슷한 만큼은 정중함을 발휘해야 한다는 말이 나왔고 결국 그 다음 날 아침에 펨벌리를 방문해 다아시 양을 만나는 게 마땅하다는 합의가 외숙모와 조카 사이에서 이루어졌다. 그래서 그들은 그러기로 했다. 엘리자베스는 기뻤다. 스스로 그 이유를 물어보았지만 대답할 말은 거의 없었다.

가드너 씨는 아침 식사를 하자마자 그들을 두고 떠났다. 그 전날 낚시 계획이 다시 짜였고, 정오에 펨벌리에서 신사 몇 사람이 만나기로 약속이 명확히 정해졌기 때문이다.

3장

엘리자베스는 이제 빙리 양이 자신을 싫어하는 이유가 질투심 때문이라고 확신했기 때문에 자기가 펨벌리에 나타나는 것이 그녀에게 얼마나 반갑지 않은 일일지 생각하지 않을 수 없었고, 그 숙녀 쪽에서 얼마나 공손하게 친분을 재개할지 궁금했다.

저택에 도착하자 그들은 현관홀을 통해 응접실로 안내되었다. 응접실은 북향이라 여름에도 쾌적했다. 창문은 마당 쪽으로 탁 트여 상쾌한 전망을 제공했는데, 저택 뒤편의 나무가 우거진 높은 언덕과 잔디밭에 흩어져 서 있는 아름다운 참나무와 유럽밤나무가 보였다.

다아시 양이 일행을 맞아 주었다. 그녀는 허스트 부인과 빙리 양, 런던에서 함께 사는 숙녀와 함께 앉아 있었다. 조지아나는 엘리자베스 일행을 매우 공손하게 맞이했지만 너무 당황해서, 그런 태도가 수줍음과 실수하지 않을까 하는 두려움에서 생겨난 것임에도 불구하고 자신의 낮은 신분을 의식하는 사람들에게는 거만하고 붙임성이 없는 사람이라는 오해를 심어 주기 쉬울 것 같았다. 하지만 가드너 부인과 조카는 조지아나를 공정하게 평가하고 안쓰럽게 생각했다.

허스트 부인과 빙리 양은 무릎을 약간 구부리는 인사로 아는 체를 했을 뿐이었다. 엘리자베스 일행이 자리에 앉자마자 그런 종류의 침묵이 항상 그렇듯 어색한 침묵이 잠깐 동안 이어졌다. 침묵을 처음 깬 사람은 상냥하고 인상 좋은 앤즐리 부인이었다. 어떤 종류든 대화를 이끌어 내려고 노력하는 모습을 통해 그녀는 다른 사람들보다 훨씬 더 교양 있다는 것을 보여 주었다. 앤즐리 부인과 가드너 부인 사이에 대화가 이어졌고 엘리자베스도 이따금 거들었다. 다아시 양은 그 대화에 낄 수 있는 용기가 있었으면 하는 것처럼 보였고, 자기 말이 들릴 위험이 가장 적을 때면 때때로 용기를 내서 짧은 문장을 말하기도 했다.

엘리자베스는 곧 빙리 양이 자신을 세심하게 관찰하고 있고, 특히 다아시 양에게 한 마디라도 할 때면 어김없이 촉각을 곤두세운다는 것을 알아차렸다. 하지만 그런 관찰을 당한다고 해서 다아시 양에게 말을 건네지 않은 것은 아니었다. 순전히 엘리자베스와 다아시 양이 대화를 나누기에는 불편한 거리에 앉아 있었기 때문이었다. 그렇지만 말을 많이 할 필요가 줄어든다 해도 섭섭하지는 않았다. 엘리자베스는 자신의 생각으로 여념이 없었다. 언제든 신사들이 방으로 들어올 것 같았다. 그녀는 저택의 주인이 그 신사들 가운데 포함되기를 바라기도 했지만, 동시에 그것이 두렵기도 했다. 바라는 마음이 더 큰지, 두려워하는 마음이 더 큰지 알 수가 없었다. 빙리 양의 목소리를 한 번도 듣지 못하고 이런 식으로 15분을 앉아 있다가 자기 가족의 안부를 묻는 그녀의 쌀쌀맞은 질문을 받고서 정신이 확 들었다. 그녀는 똑같이 무심하고 간결하게 대답했고, 상대는 더 이상 아무 말도 하지 않았다.

냉육과 케이크, 온갖 다양한 최상의 제철 과일들을 들고 들어온 하인들 때문에 일행의 방문에 다시 변화가 일어났다. 앤즐리 부인이 의미심장한 눈빛과 미소로 다아시 양에게 안주인의 직분을 여러 번 상기시켜 주고 난 후에야 일어났지만 말이다. 이제 일행 모두가 참여할 수 있는 일이 생겼다. 모두가 함께 대화할 수는 없었지만 함께 먹을 수는 있었기 때문이다. 그들은 곧 포도와 천도복숭아, 복숭아를 산더미처럼 아름답게 쌓아 올린 탁자 주변으로 몰려들었다.

　이렇게 먹고 있는 동안 다아시 씨가 방에 들어왔고, 엘리자베스는 다아시 씨가 나타나기를 바라는지 아니면 두려워하는지, 그중 어떤 감정이 더 우세한지 결정할 수 있는 좋은 기회를 얻었다. 바로 전까지만 해도 그가 나타나기를 바라는 쪽이 우세하다고 믿었지만 곧 그가 나타난 것을 유감스러워하기 시작했다.

　다아시 씨는 저택에 있던 두세 명의 신사들과 함께 강가에서 낚시하느라 바쁜 가드너 씨와 잠깐 동안 시간을 같이 보내다가, 그날 아침 가드너 부인과 엘리자베스가 조지아나를 방문하기로 했다는 소식을 알게 되자마자 바로 저택으로 돌아왔다. 다아시 씨가 나타나자 엘리자베스는 현명하게도 당황해하

지 않고 아주 편안하게 행동하기로 작정했다. 꼭 필요한 결심이었지만 그만큼 지키기도 쉽지 않은 결심이었다. 모두가 그들 둘에 대해 의심하고 있었고, 다아시 씨가 처음 방에 들어섰을 때 그의 행동을 주시하지 않은 눈은 하나도 없었기 때문이다.

빙리 양만큼 강한 호기심을 노골적으로 드러내는 얼굴은 없었다. 그렇지만 그녀는 호기심의 대상 중 한 사람에게 이야기를 할 때는 얼굴 가득 미소를 지었다. 아직 질투심 때문에 필사적인 상태가 되지는 않았고, 다아시 씨에 대한 관심이 없어진 것은 아니었기 때문이다. 다아시 양은 오빠가 들어오자 입을 열려고 훨씬 더 많은 노력을 기울였고, 엘리자베스는 다아시 씨가 자기 누이와 엘리자베스가 친해지기를 간절히 원해서 두 사람 모두에게 대화를 시키려고 온갖 시도를 하는 것을 알아챘다. 그런데 빙리 양 역시 이 모든 상황을 알았고, 화가 나서 분별을 잃고 말할 기회를 낚아채서는 정중한 척하며 비웃듯이 말했다.

"일라이자 양, **부대가 메리턴에서 철수하지 않았나요? 당신 가족에게는 틀림없이 큰 손실이었겠네요."

빙리 양은 다아시 앞에서 감히 위컴의 이름을 언급하지는 않았지만, 엘리자베스는 그녀가 그를 염두에 두고 말한다는 것을 즉시 알아차렸다. 그와 관련된 여러 가지 기억 때문에 한순간 괴로웠지만, 심술궂은 공격을 물리치기 위해 분발해서 곧바로 상당히 초연한 말투로 질문에 대답했다. 말하면서 자신도 모르게 힐끗 다아시를 보았을 때 그는 얼굴을 붉히며 엘리자베스를 진지하게 바라보고 있었고, 조지아나는 당황해서 눈을 제대로 들지도 못하고 있었다. 빙리 양이 사랑하는 친구에게 자기가 어떤 고통을 주고 있는지 알았다면 틀림없이 그런 말은 삼갔을 것이다. 하지만 빙리 양은 오로지 엘리자베스가 좋아하는 것처럼 보이는 남자 이야기를 끄집어내서 엘리자베스가 감정을 드러내게 만들고, 그럼으로써 엘리자베스에 대한 다아시 씨의 인상을 나쁘게 만들어야겠다, 엘리자베스의 가족 중 몇몇이 그 부대와의 접촉을 통해 보여 준 온갖 어리석고 터무니없는 짓들을 그에게 상기시켜 주겠다는 생각뿐이었다. 빙리 양은 다아시 양의 사랑의 도피 사건에 대해서는 전혀 모르고 있었다. 엘리자베스를 제외하고는, 비밀 유지가 가능한 곳 어디에서도 그 사실은 누설되지 않았다. 다아시는 빙리의 모든 친척들에게 그 일을 감추기 위해 각별히 애를 썼다. 엘리자베스가 오래전부터 의심한 것처럼 누이가 빙리 집안의 가족이 되었으면 하는 소망 때문이었다. 다아시에게는 분명히 그런 계획이 있었고, 빙리와 베넷 양을 떼어 놓으려고 했던 일에 그것이 영향을 미치지는 않았다 해도, 다아시 씨가 친구의 행복에 대해 보인 지대한 관심에는 그 계획이 영향을 끼쳤을 것이다.

하지만 엘리자베스의 침착한 행동에 다아시의 감정도 곧 진정되었다. 당황하고 실망한 빙리 양이 더 노골적으로 위컴을 언급할 엄두를 내지 못하자, 다아시 양도 시간이 지나면서 상태가 나아졌다. 다시 입을 열 수 있을 만큼 충분히 회복되지는 못했지만 말이다. 다아시 양이 차마 시선을 마주하기조차 두려워한 오빠는 동생이 그 언급과 관련이 있다는 사실조차 거의 떠올리지 못하고 있었다. 다아시 씨의 생각을 엘리자베스에게서 멀어지게 할 속셈으로 연출한 그 상황이 오히려 다아시 씨가 더 기꺼이 그녀를 생각하도록 붙잡아 둔 것 같았다.

앞서 언급된 질문과 대답이 있고 얼마 지나지 않아서 엘리자베스 일행의 방문은 끝이 났다. 다아시 씨가 그들을 마차까지 배웅하는 동안 빙리 양은 엘리자베스의 외모와 행동과 옷차림을 평하면서 자기감정을 털어놓고 있었다. 하지만 조지아나는 그녀의 말에 끼어들려 하지 않았다. 오빠의 추천만으로도 조지아나의 호감을 얻기에는 충분했다. 오빠의 판단이 틀렸을 리가 없었다. 다아시가 응접실로 돌아왔을 때 빙리 양은 조지아나에게 한 말을 일부 되풀이하지 않을 수가 없었다.

"오늘 아침에는 일라이자 베넷 양이 정말 아픈 사람처럼 보이던데요, 다아시 씨." 빙리 양이 소리쳤다. "겨울을 지내고 그녀만큼 많이 변한 사람을 평생 한 번도 본 적이 없어요. 피부는 너무 까매졌고 거칠어졌어요! 루이자와 저는 그녀를 다시 만나지 않았더라면 더 좋았을 것이라고 말하던 중이었어요."

다아시 씨는 그런 말이 전혀 마음에 들지 않았겠지만, 자신은 그녀가 살짝 햇볕에 탄 것 말고는 뭐가 변했는지 몰랐고, 여름에 여행하다 보면 그게 당연한 일이라고 냉정하게 대답하는 것으로 만족했다.

"제가 보기에는요." 빙리 양이 대꾸했다. "솔직히 그녀에게서 아름다운 점을 하나도 찾을 수가 없어요. 얼굴은 너무 말랐고 안색에는 윤기가 없어요. 이목구비는 어디 한 군데 예쁜 구석이 없고, 코에도 개성이 전혀 없고요. 콧날이 오똑한 것도 아니고. 치아는 그럭저럭 괜찮지만 평범함을 벗어나지는 못했어요. 가끔 눈이 예쁘다는 말을 듣기도 하지만 제가 보기에는 특별하다고 할 만한 점이 전혀 없던데요. 날카롭고 심술궂어 보여서 전혀 마음에 들지 않아요. 또 품격도 없으면서 잘난 체하는 태도를 지니고 있는데 그건 도저히 봐 줄 수가 없어요."

다아시가 엘리자베스를 사모한다는 것을 잘 알고 있는 빙리 양에게는 이것이 자신을 내세우는 최선의 방법은 아니었다. 하지만 화가 난 사람들이 항상 현명하게 굴 수는 없다. 마침내 그가 약간 초조한 표정을 짓는 것을 보고 그녀는 소기의 목적을 달성했다고 생각했다. 하지만 다아시가 여전히 입을 꾹 다물고 있었기 때문에 그의 입을 열게 하려고 말을 계속했다.

"우리가 하트퍼드셔에서 엘리자베스 양을 처음 보았을 때, 그녀가 소문난 미인이라는 것을 알고 얼마나 놀랐는지 기억이 나네요. 어느 날 밤 네더필드에서 그 사람들이 식사를 하고 간 후에 당신이 그러셨어요. '저 여자가 미인이라고! 차라리 저 여자 어머니를 똑똑하다고 하는 게 낫겠군.'이라고요. 그런데 그 후에는 그녀를 더 좋게 보셨는지, 한때는 엘리자베스 양이 상당히 예쁘다고 생각하셨던 것 같아요."

"그렇습니다." 더 이상 자제할 수 없게 된 다아시가 말했다. "하지만 처음에만 그렇게 생각했고, 그 후 여러 달 동안 엘리자베스 양이 제가 아는 사람들 중에서 가장 아름다운 편이라고 생각해 왔습니다."

그런 다음 다아시 씨는 나가 버렸다. 남은 빙리 양은 그에게 억지로 말을 하게 한 데에는 만족했지만, 그 말은 다른 누구도 아닌 그녀 자신에게만 고통이 되었다.

가드너 부인과 엘리자베스는 돌아오면서 방문 중에 일어났던 모든 일에 대해 이야기를 나누었지만, 특히 두 사람 모두의 관심을 끌었던 것만 빼놓았다. 모든 사람의 외모와 행동에 대해서 이야기가 오고갔지만 그들의 관심을 대부분 차지했던 사람만 제외한 것이다. 둘은 다아시의 누이와 친구들, 그의 저택과 과일 등 다아시 자신을 제외한 모든 것에 대해 이야기했다. 하지만 엘리자베스는 가드너 부인이 그를 어떻게 생각하는지 알고 싶었고, 가드너 부인은 조카가 그 주제를 먼저 꺼냈더라면 매우 기뻐했을 것이다.

4장

엘리자베스는 램턴에 처음 도착했을 때 제인에게서 온 편지가 없어서 무척 실망했다. 그곳에서 보낸 두 번의 아침마다 실망은 되풀이되었다. 그러나 세 번째 아침에 언니의 편지를 두 통이나 한꺼번에 받게 되면서 엘리자베스의 불평은 끝났고 제인의 누명도 벗겨졌다. 편지 중 하나에는 다른 곳으로 잘못 배달되었다가 되돌아왔다는 표시가 되어 있었다. 제인이 주소를 완전히 잘못 썼기 때문에 놀랄 일은 아니었다.

편지가 왔을 때 가드너 부부와 엘리자베스는 산책하러 나갈 준비를 하고 있었다. 외삼촌과 외숙모는 엘리자베스가 조용히 편지를 읽을 수 있도록 그녀를 남겨 두고 자기들끼리 출발했다. 엘리자베스는 제인이 닷새 전에 쓴 잘못 배달되었던 편지를 먼저 읽었다. 시작 부분에는 작은 파티와 모임 약속들, 마을에서 흔히 일어나는 소식들이 함께 들어 있었다. 하지만 하루 후의 날짜가 적힌, 동요한 상태에서 쓴 것이 분명한 뒷부분에는 더 중요한 소식이 들어 있었다. 그것은 다음과 같은 내용이었다.

사랑하는 리지야. 윗부분을 쓴 후에 전혀 예기치 못했던 심각한 일이 일어났단다. 하지만 놀라지 않길 바란다. 우리는 모두 잘 있으니 안심하렴. 내가 말하려는 건 불쌍한 리디아 이야기야. 어젯밤 자정에 모두가 막 잠자리에 들었을 때 포스터 대령에게서 속달이 왔단다. 리디아가 자기 부하 장교하고 스코틀랜드로 도망을 갔다는구나. 사실대로 말하자면, 위컴하고! 우리가 얼마나 놀랐을지 상상할 수 있을 거야. 그런데 키티한테는 그게 전혀 뜻밖의 일은 아닌 것 같더구나. 정말이지 너무 안됐어. 두 사람 모두에게 너무 경솔한 결합이야! 그렇지만 이미 일어난 일이니 잘 될 것이라고 믿고, 그 사람 평판에 대해 잘못 알았길 빌어. 그 사람이 생각 없고 무분별하다고 생각하기는 쉽지만, 이런 행동을 저질렀다고 심성이 악독하다고 볼 수는 없잖니(그나마 그 점에 대해서는 기뻐하자꾸나). 최소한 그 사람의 선택에 사심은 없잖아. 아버지께서 리디아에게 한 푼도 줄 수 없다는 걸 알고 있으니까. 가엾은 어머니는 상심하고 계셔. 아버지는 어머니보다는 잘 견디고 계시고. 그 사람에 대한 안 좋은 이야기를 부모님께 알리지 않아서 얼마나 다행인지 몰라. 그런 이야기는 우리끼리만 알고 잊어버려야 해. 두 사람이 토요일 밤 자정 무렵에 출발한 것 같은데, 어제 아침 8시까지는 둘이 없어진 것을 아무도 몰랐대. 알고 나서 바로 속달을 보냈다고 해. 사랑하는 리지야, 두 사람은 여기서 16킬로미터도 안 되는 곳을 지나간 게 분명해. 포스터 대령은 곧 여기로 찾아오겠다고 했어. 리디아가 대령 부인에게 자기네 계획에 관해 몇 줄 적어 놓고 갔대. 이만 글을 줄여야겠다. 가엾은 어머니 곁을 오래 비울 수가 있어야지. 네가 상황을 이해할 수 없을까 봐 걱정돼. 내가 무슨 말을 썼는지 나도 잘 모르겠으니 말이야.

엘리자베스는 이 편지를 읽자마자, 찬찬히 생각할 여유나 자신의 감정을 돌아볼 새도 없이 다른 편지를 집어 들고 부랴부랴 뜯어서 읽었다. 첫 번째 편지의 뒷부분을 쓰고 하루 지나서 쓴 것이었다.

사랑하는 동생아, 지금쯤이면 내가 급히 쓴 편지를 받아 보았겠지. 이 편지가 더 이해하기 쉬웠으면 좋겠다. 시간의 제약을 받는 것도 아닌데 머릿속이 너무 혼란스러워서 얼마나 조리가 있을지 모르겠다. 사랑하는 리지, 내가 뭐라고 쓰게 될지 나도 전혀 모르겠지만 너한테 전해줄 나쁜 소식이 있어. 지체할 수가 없단다. 위컴 씨와 우리 불쌍한 리디아 사이의 결혼이 아무리 경솔하다 해도, 지금 우리는 그 결혼이 이루어졌다고 확인하게 되길 초조하게 바라고 있다. 그 애들이 스코틀랜드로 가지 않았다고 생각할 만한 이유가 너무 많거든. 포스터 대령은 그전날 브라이턴을 떠나서 어제 우리가 속달을 받고 나서 몇 시간 지나지 않아 도착했어. 리디아가 포스터 부인에게 남긴 짧은 편지에는 둘이서 그레트나그린[44]으로 갈 거라고 쓰여 있는데, 데니는 위컴이 거기로 갈 생각은 절대 없을 테고 리디아와 결혼할 의사도 전혀 없을 거라 믿는다고 말했대. 포스터 대령은 이 말을 듣고 깜짝 놀라서 두 사람의 뒤를 쫓을 작정으로 브라이턴을 떠났는데, 클래펌까지는 그들을 쉽게 추적할 수 있었지만 거기서부터는 그럴 수가 없었대. 둘이 거기 도착하자마자 삯마차로 갈아탄 후 엡섬에서부터 타고 온 마차를 돌려보냈다는 거야. 그 후에 알려진 거라곤 그들이 런던으로 계속 가는 모습이 목격되었다는 게 전부야. 무슨 생각을 해야 할지 모르겠어. 포스터 대령은 런던의 그쪽 방면에서 가능한 모든 조사를 한 뒤에 하트퍼드셔로 들어와서 바넛과 햇필드의 모든 유료 도로와 여관에서 초조하게 다시 수소문해 봤지만 전혀 성과가 없었다는구나. 그런 사람들이 지나가는 걸 본 사람이 없대. 매우 친절하게도 롱번을 찾아와 진심으로 걱정을 하셨단다. 그분과 부인을 생각하면 정말로 마음이 아파. 누구도 그분들을 탓할 수는 없을 거야. 사랑하는 리지, 우리는 정말 슬프단다. 아버지와 어머니는 최악의 사태를 생각하시지만 나는 위컴을 그렇게 나쁘게 생각하기는 힘들어. 여러 가지 사정 때문에 원래 계획을 따르는 것보다 런던[45]에서 단둘이 결혼하는 게 더 낫다고 생각했을지도 모르잖아. 그럴리는 없겠지만, **그 사람**이 설사 리디아 같은 양갓집 규수를 상대로 그런 음모를 꾸밀 수 있었다 해도 리디아가 도덕적인 책임을 아예 잊어버릴 수 있었을까? 말도 안 돼! 하지만 포스터 대령은 두 사람이 결혼했을 거라고 생각하지 않아서 슬퍼. 내가 내 희망을 말했더니 그분이 고개를 저으시면서 위컴은 믿을 만한 사람이 아니라고 하시는구나. 어머니는 딱하게도 정말로 병이 나서 방에만 계셔. 어머니가 기운을 내시면 좋을 테지만 그걸 기대하긴 힘들 것 같아. 아버지는 어떠신가 하면, 지금까지 살아오면서 아버지가 그렇게 슬픔에 잠겨 계신 걸 본 적이 없어. 불쌍한 키티한테는 그들의 관계를 숨겨 왔다고 화를 내셨고. 그렇지만 그런 건 비밀스러운 문제라서 짐작할 수도 없는 거잖아. 사랑하는 리지, 네가 이런 괴로운 상황에서 조금이라도 벗어나 있어서 정말로 기쁘게 생각해. 하지만 이제는 처음에 느꼈던 충격도 지나갔으니 네가 돌아오기를 간절히 바라고 있다고 솔직히 말해도 될까? 그렇지만 네가 그러기 힘든데 그래 달라고 강요할 만큼 이기적이진 않아. 그럼 안녕!

방금 전에 절대 하지 않겠다고 너한테 한 말을 하기 위해 다시 펜을 들었어. 상황이 상황이다 보니 모두들 최대한 빨리 이곳으로 와 달라고 진지하게 간청하지 않을 수가 없구나. 외삼촌과 외숙모를 잘 아니까 이런 부탁을 드리는 것을 저어하지는 않아. 그런데 외삼촌께 아직 더 부탁드릴 게 있어. 아버지께서 포스터 대령과 함께 리디아를 찾으러 곧 런던으로 가실 거야. 아버지께서 어떻게 하실 작정인지는 모르지만, 엄청난 비탄에 잠겨 계시기 때문에 안전한 최선의 방법으로 조치를 취하시진 못할 것 같아. 포스터 대령은 내일 저녁에 브라이턴으로 돌아가야 한대. 이런 위급한 상황에서는 외삼촌의 조언과 도움이 제일 중요할 것 같아. 외삼촌은 내 기분을 바로 이해하실 거야. 도와주실 것이라 믿어.

"아! 외삼촌은 어디, 어디 계실까!" 엘리자베스는 편지를 다 읽자마자 자리에서 벌떡 일어나 지체 없이 곧바로 외삼촌을 찾아 나서면서 소리쳤다. 그런데 나가려고 하인이 문을 열었더니 다아시 씨가 나타났다. 엘리자베스의 창백한 얼굴과 안절부절못하는 태도 때문에 깜짝 놀란 다아시 씨가 정신을 차리고 미처 말을 하기도 전에, 리디아 생각에 온통 사로잡혀 있던 그녀가 성급하게 외쳤다. "죄송하지만 나가 봐야겠어요. 지체할 수 없는 일 때문에 당장 외삼촌을 찾아야 해요. 한시가 급해요."

"아니! 무슨 일입니까?" 다아시 씨가 예절보다 감정이 앞서서 소리쳤다. 그런 다음 정신을 가다듬고는 "당신을 붙잡아 두진 않겠습니다.

그렇지만 가드녀 씨 부부를 찾는 일은 저나 하인에게 맡겨 주십시오. 몸이 안 좋으신 것 같은데 혼자서는 못 가십니다."

엘리자베스는 망설였지만 무릎이 덜덜 떨리는 상태라 직접 외삼촌 부부를 찾아 나서 봐야 별 소용이 없을 것이라고 느꼈다. 그래서 하인을 불러 거의 알아듣기 힘들 정도로 숨 가쁜 어조로 가드녀 내외를 즉시 집으로 모셔 오라고 지시했다.

엘리자베스는 하인이 나가자마자 몸을 가눌 수가 없어서 자리에 앉았다. 엘리자베스의 안색이 너무 안 좋아 보여서 다아시는 그녀를 두고 떠나지도, 입을 다물지도 못하고 안쓰러워하는 다정한 어조로 말했다. "하녀를 부르겠습니다. 뭐라도 드시면 좀 나아지지 않을까요? 포도주라도 한 잔 가져다 드릴까요? 정말로 아파 보이십니다."

"아니, 됐어요. 감사합니다." 그녀는 기운을 차리려고 애쓰면서 대답했다. "저한테 무슨 문제가 있는 것은 아니에요. 건강은 괜찮아요. 방금 롱번에서 받은 끔찍한 소식 때문에 속상할 뿐이에요."

엘리자베스는 그 일을 언급하면서 울음을 터뜨렸고, 몇 분 동안 다른 말을 할 수가 없었다. 다아시는 몹시 애간장을 태우면서 걱정을 표하는 말을 불분명하게 중얼거리고는 말없이 안타깝게 그녀를 바라볼 수밖에 없었다. 마침내 엘리자베스가 다시 입을 열었다. "방금 전에 제인 언니한테서 끔찍한 소식이 들어 있는 편지를 받았어요. 이제 누구에게도 감출 수가 없겠죠. 제 막냇동생이 친구들과 가족을 모두 남겨두고 떠나…… 눈이 맞아 달아나서…… 자신을 내던졌대요. 위컴 씨한테요. 둘이 함께 브라이턴에서 도망쳤대요. **당신**은 그 사

람에 대해 잘 아시니까 나머지 일도 잘 아실 거예요. 리디아는 돈도 없고, 내세울 친척도 없고, 그 사람의 마음을 끌어당길 만한 게 전혀 없어요……. 그 애는 이제 영원히 끝장이에요."

다아시는 놀라서 꼼짝도 하지 않았다. "생각해 보면." 엘리자베스가 훨씬 더 흥분한 목소리로 덧붙였다. "**제가** 막을 수도 있었을 거예요! 그가 어떤 사람인지 알고 있었던 **제가요.** 가족에게 일부만이라도 설명을 했더라면 좋았을 텐데! 가족들이 그 사람의 평판을 알았더라면 이런 일은 일어나지 않았을 텐데. 그렇지만 이제는 너무…… 너무 늦었어요."

"정말 마음이 아픕니다." 다아시가 소리쳤다. "마음이 아프고…… 충격을 받았습니다. 그런데 확실한가요…… 정말로 확실한 일입니까?"

"아, 그럼요! 두 사람은 일요일 밤에 함께 브라이턴을 떠났고, 런던까지는 추적을 했는데 그 이상은 확인이 안 된대요. 두 사람이 스코틀랜드로 가지 않은 것은 분명해요."

"그렇다면 동생분을 찾기 위해 어떤 조치를 취했고 무슨 시도를 했습니까?"

"아버지께서 런던에 가셨고 제인 언니는 외삼촌에게 즉시 도와 달라고 간청하는 편지를 썼어요. 우리가 반 시간 후에는 출발할 수 있었으면 좋겠어요. 하지만 어찌해 볼 도리가 없어요. 아무것도 할 수 없다는 걸 매우 잘 아니까요. 그런 사람을 어떻게 설득시키겠어요? 그들을 어떻게 찾겠어요? 희망이 눈곱만큼도 없어요. 모든 면에서 끔찍해요!"

다아시는 아무 말 없이 수긍하며 고개를 저었다.

"제가 그의 진짜 성격이 어떤지 알았을 때 반드시 해야 할 일이, 용기를 내서 해야 할 일이 무엇인지 알았더라면 좋았을 텐데! 그렇지만 저는 몰랐어요······ 너무 심하게 하기가 두려웠어요. 끔찍한, 끔찍한 실수예요!"

다아시는 아무 대답도 하지 않았다. 그는 엘리자베스의 말을 거의 듣는 것 같지 않았고, 이마를 찡그린 채 우울한 모습으로 깊은 생각에 잠겨서 방안을 이리저리 서성였다. 엘리자베스는 자신이 다아시 씨에게 미칠 수 있는 영향력이 줄어들고 있다는 것을 곧 알아챘고, 즉시 그를 이해했다. 집안의 약점을 드러내는 최악의 망신을 당했다는 걸 확인했으니 모든 것이 무너져 내릴 것이 분명했다. 엘리자베스는 놀랄 수도, 그를 비난할 수도 없었다. 다아시는 자제하고 있었지만 그게 그녀에게 위로가 되진 않았고, 엘리자베스의 비통한 심정을 줄여 주지도 못했다. 오히려 반대로 이 일은 자신이 바라는 바가 무엇인지 확실히 판단하고 깨닫게 해 주었다. 자신이 그를 사랑할 수도 있었을 거라고 지금처럼 진심으로 느껴 본 적이 없었다. 모든 사랑이 소용없어진 지금에야 말이다.

하지만 자신에 대한 생각에 빠져 있을 수는 없었다. 리디아가 가족 모두에게 야기할 굴욕과 불행이 곧 개인적인 근심을 모두 삼켜 버렸다. 엘리자베스는 손수건으로 얼굴을 가리고 다른 모든 것은 잊어버렸고 몇 분 동안 침묵이 흐른 후, 같이 있던 사람의 목소리를 듣고서야 자신의 상황을 다시 깨닫게 되었다. 다아시는 엘리자베스를 안타깝게 여기면서도 자제하는 목소리로 말했다. "당신이 아까부터 제가 돌아가길 바라시는 건 아닌가 하는 생각이 듭니다. 저 또한 진심으로 걱정하고 있다는 것 말고는 이곳에 머물러 있을 구실이 없는 것 같습니다. 그런 슬픈 일에 대해 위로가 될 수 있는 말이나 행동을 제가 해 드릴 수 있다면 얼마나 좋을까요! 그렇지만 쓸데없는 소망으로 당신을 괴롭히고 싶지 않습니다. 일부러 감사를 받자고 하는 말처럼 보일 수도 있을 테니까요. 이 불행한 일 때문에 오늘 제 누이는 당신을 펨벌리에서 뵐 수 있는 기쁨을 누리지 못할 것 같네요."

"아, 네. 제발 다아시 양께 저희 대신 사과 말씀을 전해 주세요. 급한 일 때문에 즉시 집으로 돌아가야 한다고 말씀해 주세요. 오래갈 수 없다는 것은 알지만, 최대한 오래 그 불행한 사실을 숨겨 주세요."

다아시는 곧바로 엘리자베스에게 비밀을 지키겠다고 약속했고, 다시 한 번 그녀의 비탄에 대해 슬픔을 표했다. 그러고는 현재 바랄 수 있는 것보다 더 행복한 결론이 나기를 바란다고 말한 뒤, 친척들에게 안부 인사를 남기고 단 한 번 심각한 이별의 표정을 지어 보인 후 떠났다.

다아시가 방을 나서자 엘리자베스는 자신과 그가 더비셔에서 여러 번 만났을 때 그랬던 것처럼 따뜻한 관계로 다시 볼 수는 없을 것이라고 느꼈다. 모순과 변화로 가득했던 다아시 씨와의 교제 과정 전체를 되돌아보면서, 예전에는 교제가 끝나는 것을 기뻐했겠지만 지금은 지속되기를 바라는 감정의 심술에 한숨을 쉬었다.

　　　　　　Pride and Prejudice

만약 감사와 존중이 애정의 좋은 토대라면 엘리자베스의 감정 변화는 황당한 것도, 잘못된 것도 아닐 것이다. 하지만 그렇지 않다면…… 만약 감사나 존중에서 솟아난 호감이 처음 만나 두 마디를 나누기도 전에 생겨난다고 묘사되곤 하는 이른바 첫눈에 반한 사랑과 비교해 터무니없이 이치에 맞지 않거나 부자연스러운 것이라면, 엘리자베스를 변호해 줄 말은 없을 것이다. 엘리자베스가 위컴에게 호감을 느끼고 후자의 방법을 시도했지만 성공하지 못했기 때문에 덜 흥미로운 방식의 애정을 찾게 되었다는 식의 변호를 제외하고는 말이다. 엘리자베스는 떠나는 다아시를 보며 섭섭해했다. 리디아의 수치스러운 행동이 틀림없이 불러올 결과를 보여 주는 실례를 겪고 보니 그 끔찍한 일을 생각하는 것이 더 고통스러웠다. 엘리자베스는 제인의 두 번째 편지를 읽은 뒤로는 위컴이 리디아와 결혼할 의향이 있다는 희망을 단 한 번도 갖지 않았다. 그런 기대로 마음을 달랠 수 있는 사람은 제인 말고는 아무도 없을 것 같았다. 이런 사건 전개에 대해서는 놀랄 것이 없었다. 첫 번째 편지의 내용을 읽을 때만 해도 엘리자베스는 무척 놀랐다. 돈을 보고 결혼하는 게 불가능한 가난한 여자와 위컴이 결혼한다는 사실만 해도 그렇고, 리디아가 도대체 어떻게 위컴의 마음을 얻었는지 도저히 이해할 수가 없었다. 하지만 지금은 그 모든 일들이 너무나 당연해 보였다. 이 정도의 애정을 얻는 것이라면 리디아에게도 그럴 만한 매력이 있을 수 있었다. 리디아가 결혼할 생각도 없이 의도적으로 도피 행각을 벌였다고는 생각하지 않았지만, 그 애는 정조 관념도 없고 이해력도 모자라니 손쉬운 희생양이 될 수밖에 없었으리라고 어렵잖게 믿을 수 있었다.

연대가 하트퍼드셔에 주둔하는 동안 엘리자베스는 리디아가 위컴에게 호감을 가지고 있다는 것을 전혀 눈치 채지 못했지만, 그녀는 누구라도 자기에게 관심을 보이기만 하면 사랑에 빠지고 싶어 했었다. 자신에게 상냥하게 대해 주는 정도에 따라 점수를 올려 주면서 때로는 이 장교를, 때로는 저 장교를 마음에 들어 했었다. 리디아의 애정은 계속해서 왔다 갔다 했지만, 좋아하는 대상이 없었던 적은 한 번도 없었다. 그런 애를 잘못되게 방치하고 오히려 귀여워했으니! 엘리자베스는 그것이 뼈저리게 후회스러웠다.

엘리자베스는 빨리 집에 가고 싶었다. 직접 듣고, 보고, 현장에 있으면서 완전히 발칵 뒤집힌 집에서 분명히 제인 혼자 떠맡고 있을 온갖 걱정을 나누고 싶었다. 아버지는 부재중이시고 어머니는 기운을 낼 수 없어서 끊임없이 보살핌을 받아야 했다. 리디아를 위해 할 수 있는 일은 아무것도 없겠다고 믿었지만 외삼촌의 개입이 아주 중요할 것처럼 보였고, 그래서 외삼촌이 방으로 들어올 때까지 엘리자베스의 초조함은 극에 달했다. 가드너 부부는 하인의 설명을 듣고 조카가 갑자기 병에 걸렸다고 생각하고 놀라서 서둘러 돌아왔다. 하지만 별 어려움 없이 그들을 안심시킨 다음, 엘리자베스는 외삼촌 부부를 불러온 이유를 전하면서 두 통의 편지를 소리 내어 읽었다. 두 번째 편지의 추신은 떨리는 목소리로 강조해서 들려주었다. 가드너 부부는 리디아를 특별히 귀여워한 적은 없었지만 깊이 상심하지 않을 수가 없었다. 리디아뿐만 아니라 모든 사람이 관련된 문제였기 때문이다. 처음에는 놀라고 기겁해서 탄성만 여러 번 지르던 가드너 씨는 곧 힘껏 돕겠다고 약속했다. 엘리자베스는 외삼촌이 그럴 거라 예상은 했지만 눈물을 흘리며 감사를 표했다. 세 사람 모두 한마음으로 움직였기 때문에 여행에 관련된 모든 일이 신속히 결정되었다. 일행은 최대한 빨리 출발할 예정이었다. "그런데 펨벌리 약속은 어떻게 해야 하니?" 가드너 부인이 목소리를 높였다. "존이 그러는데 네가 우리를 부르러 자길 보냈을 때 다아시 씨가 여기 와 있었다던데. 그랬니?"

"네, 그래서 저희가 약속을 지킬 수 없게 되었다고 말씀드렸어요. **그 문제**는 전부 해결되었어요."

'그 문제는 전부 해결되었다고?' 가드너 부인은 준비하러 자기 방으로 뛰어 들어가면서 생각했다. '그렇다면 저 애가 사실을 다 털어놓을 정도의 관계라는 말인데! 아유, 어떻게 되어 가고 있는지 알면 좋을 텐데!'

하지만 그것은 쓸데없는 궁금증이었고, 기껏해야 곧 이어진 분주하고 혼란스러운 시간 동안 그녀를 즐겁게 해 주었을 뿐이었다. 엘리자베스가 빈둥거릴 여유가 있었다면 자신만큼 비참한 사람이 모든 일을 해낸다는 건 불가능하다는 걸 깨달았겠지만, 그녀는 외숙모만큼 할 일이 많았고 램턴의 친구들 모두에게 갑작스럽게 떠나게 된 것에 대해 거짓으로 변명하는 짧은 편지를 써야 했다. 하지만 한 시간 후에는 모든 일이 끝났다. 그동안 가드너 씨는 여관비를 계산했고 이제는 출발하는 일만 남았다. 오전 내내 매우 비참한 심정이었던 엘리자베스는 생각보다 더 빨리 마차에 자리를 잡고 롱번을 향해 떠났다.

5장

"다시 한 번 생각해 봤는데 말이다, 엘리자베스." 마차가 마을을 벗어나자 외삼촌이 말했다. "사실 진지하게 고려해 보면 나도 네 언니가 그 문제에 대해 판단한 것처럼 판단하고 싶은 생각이 간절하다. 어떤 젊은이든, 보호자나 친척이 없는 것도 아닌 데다가 자기 상관인 대령의 집에 머물고 있던 아가씨에게 음모를 꾸민다는 게 나한테는 전혀 있을 법한 일이 아니라서 나는 제일 좋은 쪽으로 희망을 가져 보고 싶다. 그 친구가 리디아의 친척들이 나서지 않을 거라고 생각했을까? 포스터 대령에게 그런 모욕을 가하고도 부대에서 다시 인정을 받을 거라고 기대했겠니? 그 친구가 그런 위험까지 감수하고 유혹을 하지는 않았겠지!"

"정말 그렇게 생각하세요?" 엘리자베스가 잠시나마 밝아진 표정으로 소리쳤다.

"물론이지." 가드너 부인이 말했다. "나도 네 외삼촌과 같은 생각이 들기 시작했다. 품위와 명예, 이해관계가 엄청나게 훼손될 테니 그런 죄를 저지를 수는 없을 거야. 나는 위컴을 그렇게 나쁘게 생각하지는 않는다. 리지, 너는 위컴이 그런 짓을 저지를 수 있다고 믿을 만큼 그에 대한 기대를 완전히 포기할 수 있니?"

"위컴은 아마 자기의 이해관계는 무시하지 않을 거예요. 그렇지만 다른 모든 것은 무시할 수 있는 사람이라고 믿어요. 정말로, 말씀대로라면 좋겠지만! 하지만 저는 감히 그걸 기대하진 못하겠어요. 만약 정말로 일이 그렇게 되었다면 왜 스코틀랜드로 가지 않았겠어요?"

"우선 말이다." 가드너 씨가 대답했다. "두 사람이 스코틀랜드로 가지 않았다는 확실한 증거도 없잖니."

"아이! 두 사람이 마차를 버리고 삯마차로 바꿔 탄 걸 봐요! 게다가 바넷으로 가는 길에서 두 사람의 흔적을 전혀 못 찾았잖아요."

"글쎄, 그렇다면…… 두 사람이 런던에 있다고 가정할 수도 있겠지. 특별한 다른 목적 없이 숨으려고 그곳에 있을지도 모르잖니. 어느쪽이든 돈이 풍족하지는 않을 테니, 스코틀랜드보다는 런던에서 결혼하는 게 신속하진 않아도 더 경제적일 수 있다는 생각을 했을지도 모르고."

"그렇다면 일을 왜 이렇게 숨겨야 하죠? 발각될까 봐 두려워할 이유가 조금도 없잖아요? 왜 결혼을 비밀리에 해야 해요? 아, 아니에요. 아니에요…… 이건 아닐 것 같아요. 제인이 설명하길 위컴과 가장 각별한 친구도 위컴이 리디아와 결혼할 생각은 전혀 없을 거라고 확신하고 있다잖아요. 위컴은 돈이 없는 여자하고는 절대 결혼하지 않을 거예요. 그에게는 그럴 경제적 여유가 없어요. 좋은 결혼을 통해 자신에게 이익이 되는 모든 기회를 얻을 수 있는데, 젊고 건강하고 명랑하다는 것 말고는 아무 매력도 없는 리디아에게 그걸 포기하게 할 만한 매력이 있나요? 부대에서 면목을 잃을 수 있다는 걱정 때문에 리디아와 불명예스러운 도망을 하지 않으리란 건 제가 판단할 수가 없네요. 그런 행동이 어떤 결과를 불러올 수 있는지 전혀 모르니까요. 하지만 외삼촌의 다른 반론은 별로 맞지 않는 것 같아요. 리디아에게는 나서 줄 남자 형제가 하나도 없어요. 아버지가 평소 하릴없이 지내면서 집안에 무슨 일이 일어나고 있는지 별로 신경 쓰지 않으시는 것을 보고, **아버지라면** 이런 일이 일어나더라도 다른 집들보다 별 조치도 취하지 않고 신경도 쓰지 않으리라 생각하게 되었을지도 모르죠."

"그렇지만 리디아가 결혼 이외의 다른 관계로 그와 함께 사는 것에 동의할 만큼, 그에 대한 사랑 때문에 모든 걸 내팽개쳤다고 생각할 수 있니?"

"그렇게 보여요." 엘리자베스가 눈물을 글썽이며 대답했다. "그런 문제에서 동생의 품행과 정조 관념을 의심해야 한다니 정말 충격적이에요. 그렇지만 사실 무슨 말을 해야 할지 모르겠어요. 어쩌면 제가 그 애를 잘못 평가하는 것일 수도 있겠죠. 하지만 리디아는 매우 어려요. 진지한 주제에 대해 생각하는 법을 배운 적도 없어요. 지난 반년 동안, 아니 열두 달 동안 오로지 노는 것과 허영에만 빠져 있었어요. 게으르고 경박하게 시간을 마음대로 쓰는 것도 내버려 뒀고, 자기 귀에 좋으면 어떤 의견이든 믿었죠. **부대가 처음 메리턴에 주둔한 이후로 걔 머릿속엔 오직 사랑이니, 장난 같은 연애니, 장교들밖에 없었어요. 그렇지 않아도 태어나면서부터 영향 받기 쉬운 성격인데 그런 것들만 생각하고 이야기했으니…… 그걸 뭐라고 말해야 할까요…… 안 그래도 감수성이 예민한데 그걸 더 키울 수 있는 건 모두 해 왔어요. 게다가 위컴이 여자를 사로잡을 만한 인물과 말솜씨 같은 매력을 가졌다는 건 우리 모두 알고 있잖아요."

"그렇지만 너도 알다시피," 외숙모가 말했다. "제인은 위컴이 그런 일을 할 수 있을 만큼 나쁜 사람이라고 생각하지는 않아."

"제인 언니가 나쁘게 생각하는 사람이 세상에 어디 있나요? 과거의 품행이 어떻건 그에게 불리한 쪽으로 증명이 될 때까지, 언니가 그런 짓을 할 거라고 생각한 사람이 어디 있어요? 하지만 위컴이 정말 어떤 사람인지에 대해서는 언니도 저만큼 잘 알고 있어요. 우리 두 사람 모두 그가 말 그대로 방탕하고, 성실함도 신의도 없으며, 간사스러울 만큼 거짓되고 기만적이라는 것도 알고 있어요."

"그런데 정말로 알고서 하는 말이니?" 가드너 부인이 물었다. 그녀는 엘리자베스가 어떻게 그런 것을 알게 되었는지 무척 궁금해했다.

"그럼요." 엘리자베스가 얼굴을 붉히며 대답했다. "며칠 전에 다아시 씨에게 그가 저지른 파렴치한 행동에 대해 말씀드린 적이 있잖아요. 외숙모도 지난번에 롱번에 오셨을 때 위컴이 자기에게 그렇게 참을성 있고 관대하게 대해 준 사람에 대해 어떤 식으로 말하는지 직접 들으셨잖아요. 그리고 제 마음대로 말씀드릴 수 없는, 말씀드릴 가치도 없는 다른 사정들도 있어요. 어쨌든 펨벌리 가문 전체에 대한 그 사람의 거짓말은 끝이 없어요. 위컴이 다아시 양에 대해 한 말을 듣고 저는 오만하고 내성적이고 불쾌한 아가씨를 보게 될 것이라고 단단히 각오를 했었다니까요. 그런데 위컴 본인은 정반대라는 걸 알고 있었어요. 우리가 알아챈 것처럼 다아시 양이 상냥하고 가식 없는 사람이라는 걸 그도 틀림없이 알았을 테니까요."

"그런데 리디아는 위컴의 사람됨에 대해 아무것도 모르니? 너와 제인이 그렇게 잘 알고 있는 걸 그 애는 전혀 몰랐을까?"

"아, 몰랐을 거예요! 그게, 그게 가장 끔찍해요. 켄트에 가서 다아시 씨와 그의 친척인 피츠윌리엄 대령을 자주 만나게 될 때까지는 저도 사실을 모르고 있었어요. 제가 집에 돌아왔을 때는 **부대가 한두 주 후에 메리턴을 떠날 예정이었어요. 상황이 그랬기 때문에 저한테서 이야기를 모두 들은 제인 언니나 저나 저희가 알고 있는 것을 다른 사람들에게 알릴 필요까지는 없다고 생각했어요. 이웃들이 그에 대해 가지고 있던 좋은 의견을 굳이 뒤집어 봐야 누구에게든 무슨 소용이 있겠어요? 리디아가 포스터 부인과 함께 가기로 정해졌을 때에도 그의 성격과 평판에 대해 알려 줘야겠다는 생각은 전혀 들지 않았어요. 그 애가 그런 속임수에 걸려서 위험에 처하게 되리라고는 상상도 못했거든요. 외숙모는 쉽게 믿어 주시겠지만, 이런 결과가 벌어지리라고는 생각도 않았어요."

"두 사람이 브라이턴으로 갈 때까지만 해도 서로 좋아하고 있다고 믿을 이유가 전혀 없었던 것 같구나."

"눈곱만큼도 없었어요. 둘 중 어느 쪽에서든 좋아하는 것 같은 기미는 없었어요. 그런 낌새를 조금이라도 눈치 챘다면 우리 가족이 그냥 넘어가지는 않았으리란 걸 아시잖아요. 위컴이 처음 부대에 장교로 임관해서 왔을 때 리디아는 그 사람을 아주 좋아했어요. 그렇지만 저희 모두 그랬는걸요. 메리턴 근방의 모든 아가씨가 처음 두 달 동안은 그 사람 때문에 제정신이 아니었어요. 하지만 그 사람이 **리디아한테** 특별히 관심을 기울인 적은 한 번도 없었어요. 그래서 과도하게 호들 갑을 떨며 그를 숭배하던 리디아도 시간이 적당히 지나자 그에 대한 호감이 사라졌고, 자기를 더 각별히 대해 주는 연대의 다른 장교들을 좋아하게 되었어요."

*

쉽게 추측할 수 있겠지만, 이 중대한 주제에 대해 거듭해서 논의를 한다 해도 그들의 두려움과 희망과 추측에 보탤 만한 새로운 것은 거 의 없었다. 그렇지만 그들은 여행 내내 다른 주제에 대해서는 오래 이 야기를 나누지 못했다. 그 문제가 엘리자베스의 뇌리를 떠나질 않았 다. 온갖 극심한 괴로움과 자책에 사로잡혀서 그녀는 잠시라도 편안 히 있거나 이 일을 잊어버릴 수가 없었다.

일행은 최대한 빨리 여행을 했고, 하룻밤은 마차 안에서 보낸 덕 분에 다음 날 정찬 시간 무렵에 롱번에 도착했다. 제인을 오래 기다려 지치게 만들지는 않았다는 생각이 엘리자베스에게 위안이 되었다.

마구간에 딸린 풀밭으로 들어서자 가드너 집안의 아이들이 마차 의 모습에 정신이 팔려서 집 계단에 서 있었다. 마차가 문 앞으로 다 가가자 아이들은 행복한 놀라움에 얼굴이 환해졌고 깡충거리고 뛰어 다니면서 반가움과 놀람을 온몸으로 표출했는데, 이것은 그들을 환 영한다는 첫 번째 기분 좋은 표시였다.

 엘리자베스는 마차에서 뛰어내려 아이들
하나하나에게 급히 입을 맞춰 준
다음 현관으로 서둘러 들어갔고
어머니의 방에서 뛰어내려 온 제
인과 곧바로 마주쳤다.

엘리자베스가 언니를 다정하
게 껴안았고, 둘의 눈에 눈물이
가득 찼다. 하지만 그녀는 곧바
로 도망간 사람들에 대한 소식이 있느냐고 묻지 않을 수 없었다.

"아직 없어." 제인이 대답했다. "그렇지만 이제 외삼촌이 오셨으니
까 다 잘 될 거라고 믿어."

"아버지는 런던에 계셔?"

"그래. 편지에 쓴 것처럼 화요일에 가셨어."

"아버지한테 소식은 자주 들었어?"

"딱 한 번 들었어. 수요일에 몇 줄 적어 보내셨는데, 안전하게 도착
했다고 하시고 주소를 알려 주셨어. 내가 그렇게 해 달라고 특별히
간청했거든. 전할 만한 중요한 소식이 생길 때까지는 다시 편지를 보
내지 않겠다고 덧붙이셨고."

"그런데 어머니는…… 어머니는 어떠셔? 언니랑 모두 잘 지내고
있어?"

"어머니는 크게 낙심하긴 하셨지만 웬만큼 괜찮아지신 것 같아. 지
금 이층에 계신데 너랑 모두를 보시면 매우 기뻐하실 거야. 아직 어

머니 방은 떠나지 않으시지만. 메리와 키티는 다행히 잘 있어."

"그런데 언니는…… 언니는 어떤데?" 엘리자베스가 소리쳤다. "얼굴이 창백해. 언니가 얼마나 고생했을지 안 봐도 뻔해!"

하지만 언니는 자신은 아주 건강하다고 엘리자베스를 안심시켰다. 가드너 부부가 아이들을 살피는 동안 나누던 대화는 부부가 다가오자 끝났다. 제인은 외삼촌과 외숙모에게 달려가서 두 사람 모두에게 미소와 눈물을 번갈아 가며 감사 인사를 드렸다.

모두 응접실에 들어가자 외삼촌 부부는 엘리자베스가 이미 물었던 질문들을 당연히 되풀이했고, 그들은 곧 제인에게 새로운 정보가 전혀 없다는 것을 알게 되었다. 하지만 제인은 너그러운 마음에서 나온 낙관적인 희망을 아직도 버리지 않고 있었다. 그녀는 여전히 모든 일이 잘 마무리될 것이라 기대했고, 리디아로부터건 아버지로부터건 일이 어떻게 진행되고 있는지 설명해 준다거나 혹은 결혼을 알리는 편지가 올 것이라고 매일 아침 기다리고 있었다.

함께 몇 분 동안 대화를 나눈 후 일행은 베넷 부인의 방을 찾아갔다. 베넷 부인은 예상했던 것과 똑같이 그들을 맞았다. 후회의 눈물을 흘리고 한탄을 하면서 위컴의 악당 같은 행동에 대해 악담을 퍼부어 댔고, 자신이 겪은 고통과 부당한 대우에 대해 불평을 쏟아 냈다. 정작 잘못된 판단으로 응석을 받아 줘서 딸의 실수를 초래한 주된 장본인인 자신만 빼놓고 나머지 모두를 비난했다.

"내 말대로 가족 모두 브라이턴에 갔더라면." 그녀가 말했다. "이런 일은 일어나지 않았을 거야. 불쌍한 리디아를 아무도 돌봐 주지 않은 거야. 포스터 부부는 왜 그 애를 잘 지켜보지 않은 거야? 그 사람들이 전혀 신경을 안 쓴 게 분명해. 리디아는 절대 그런 일을 저지를 애가 아닌데. 포스터 부부가 리디아를 맡기에는 적당하지 않다고 줄곧 생각해 왔었어. 하지만 항상 그렇듯이 내 생각은 뒷전으로 밀렸지. 불쌍한 내 새끼! 이제 너희 아버지도 떠나 버렸는데, 어디서건 위컴을 만나면 당장 결투를 하다 죽임을 당할 텐데. 그러면 우리 모두는 어떻게 되겠니? 너희 아버지 몸이 무덤에서 채 식기도 전에 콜린스 부부가 우리를 쫓아낼 텐데. 동생네가 친절을 베풀지 않으면 우리는 어떻게 될지 모르겠어."

모두가 그런 끔찍한 생각은 하지 말라고 아우성을 쳤고, 가드너 씨는 누님과 누님 가족 모두에 대한 사랑을 확인해 주고 나서는 바로 다음 날 런던에 가서 베넷 씨를 도와 리디아를 찾는 일에 총력을 기울이겠다고 말했다.

"쓸데없이 불안해하지 마세요." 그가 덧붙였다. "최악의 사태에 대해 대비를 하는 것은 옳지만, 꼭 그렇다고 단정 지을 필요는 전혀 없어요. 두 사람이 브라이턴을 떠난 지 채 일주일도 되지 않았어요. 며칠만 더 있으면 두 사람에 대한 소식이 있겠죠. 두 사람이 결혼하지 않았고 결혼할 계획도 없다는 것을 알게 될 때까지는 그 문제에 대해 가망이 없다고 생각하지 마세요. 런던에 도착하자마자 매형을 찾아서 그레이스처치 가에 있는 집으로 모시고 가겠습니다. 그런 다음 어떻게 할지 함께 상의를 해 보겠습니다."

"아! 그래 얘." 베넷 부인이 대답했다. "내가 가장 원했던 게 그거란다. 그러니 런던에 가면 두 사람이 어디에 있건 찾아봐라. 아직도 결혼을 안 했으면 결혼을 **시키도록** 해. 혼수 때문에 기다리게 하진 말고. 리디아에게 사고 싶은 혼숫감 값은 결혼한 후에 주겠다고 하고. 그리고 무엇보다 네 매형이 결투를 하지 않도록 막아 줘. 내가 얼마나 끔찍한 상태인지 좀 말해 줘. 제정신이 아닐 정도로 겁에 질려 있고, 온몸이 심하게 떨리고, 옆구리에는 심한 경련이 일어나고, 머리는 아프고, 심장은 심하게 뛰어서 낮이고 밤이고 쉴 수가 없다고. 리디아한테는 나를 만날 때까지는 옷을 주문하지 말라고 전해 줘. 걘 어디가 가장 좋은 옷가게인지 모르니까. 아, 동생은 정말 친절해! 네가 모두 잘 처리해 줄 거라고 알고 있었어."

가드너 씨는 성심성의를 다해 노력하겠다고 다시 약속했지만 걱정도, 희망도 너무 지나치지 않도록 잘 조절하라고 조언을 하지 않을 수가 없었다. 가족들은 정찬이 차려질 때까지 이런 이야기를 나누다가 나갔고, 베넷 부인은 딸들이 없는 동안 시중을 드는 가정부에게 자기 감정을 모두 쏟아냈다.

남동생과 올케는 베넷 부인이 가족과 떨어져서 혼자 지내야 할 만한 이유가 없다고 생각했지만, 굳이 그녀에게 맞서려고 하지 않았다. 베넷 부인이 하인들이 식사 시중을 드는 동안에 하인들 앞에서 말조심을 할 만큼 신중하지 않다는 것을 알고 있었고, 이 문제에 대한 그녀의 모든 걱정과 근심을 받아 주는 사람은 가장 믿을 만한 한 사람인 게 더 낫겠다고 판단했기 때문이다.

곧 메리와 키티가 식당으로 왔다. 둘은 각자 자기 방에서 너무 바빠서 더 일찍 모습을 보일 수가 없었다. 메리는 책을 읽다 왔고 키티는 몸단장을 하다 왔다. 두 사람의 얼굴은 상당히 멀쩡했고, 별다른 변화는 전혀 보이지 않았다. 다만 자기가 가장 좋아하던 자매를 잃어서인지, 아니면 그 일 때문에 화가 나서인지 키티의 어조에는 평소보다 짜증이 더 많이 섞여 있었다. 메리는 자리에 앉자마자 심각한 얼굴로 엘리자베스에게 속삭일 만큼 냉정했다.

"정말 불행한 일이라 아마도 사람들의 입에 많이 오르내리게 될 거야. 그렇지만 우리는 악의의 물결을 막고 서로의 상처 입은 가슴에 정다운 자매간의 위로라는 향유를 부어야 해."

그렇지만 엘리자베스가 대답하고 싶은 의향이 없다는 것을 깨닫고서 덧붙였다. "리디아에게는 불행한 사건이 틀림없겠지만 우리는 여기서 유용한 교훈을 끌어낼 수 있어. 여성이 정조를 상실한다면 되돌릴 수 없다는 것, 여성은 발걸음 한 번만 잘못 디뎌도 끝없는 파멸에 빠지게 된다는 것, 여성의 평판은 아름다움만큼 깨지기 쉬운 법이라는 것 말이야. 그러니 여성은 가치 없는 남성에게는 아무리 행동을 조심해도 지나치지 않아."

엘리자베스는 놀라서 눈을 치켜떴지만 너무 기가 막혀서 대답을 할 수가 없었다. 하지만 메리는 그들 앞에 놓인 악으로부터 그런 종류의 교훈을 끌어내는 것으로 스스로를 계속 위로했다.

오후에 베넷가의 맏딸과 둘째 딸은 반 시간 동안 단둘이 있게 되었다. 엘리자베스는 이 기회를 놓치지 않고 바로 여러 가지 질문을 했고, 제인도 기꺼이 그 질문에 대답해 주었다.

엘리자베스는 이 사건의 끔찍한 결과를 거의 확실한 것으로 간주했고, 제인도 그런 결말이 아예 불가능하다고 주장하지는 못해서 함께 한탄을 했고, 엘리자베스가 화제를 이어 나갔다. "내가 아직까지 듣지 못한 게 있다면 모두 말해 줘. 더 자세히 말해 봐. 포스터 대령이 뭐라고 말했어? 도망가기 전에 무슨 낌새도 없었대? 그분들은 둘이 계속 함께 있는 걸 틀림없이 봤을 거 아냐."

"포스터 대령은 특히 리디아 쪽에서 좋아하는 눈치가 자주 보이긴 했지만, 우려를 불러일으킬 만한 점은 전혀 없었다고 하셨어. 그분이 참 안쓰러워! 아주 세심하고 친절히 대해 주셨는데. 두 사람이 스코틀랜드로 가지 않았다는 생각이 들기도 **전에**, 자기가 관심을 가지고 있다는 것을 보여 주려고 우리에게 오려고 하셨어. 그런 말이 처음 퍼졌을 때 그것 때문에 여행을 서두르셨다는 거야."

"그런데 데니는 위컴이 결혼하고 싶어 하지 않는다고 확신해? 두 사람이 도망칠 작정이었다는 걸 알고 있었대? 포스터 대령은 데니를 직접 만나 보신 거야?"

"응, 그렇지만 그분의 질문을 받았을 때 데니는 그들의 계획에 대해 전혀 아는 바가 없다고 잡아떼면서 진짜 자기 생각은 말하지 않으려고 했대. 두 사람이 결혼하지 않을 것이라는 자기 생각을 다시 말하지는 않았어. **그걸로** 미루어 봐서 혹시 그가 잘못 안 것은 아니었나 하는 희망을 가져 보고 싶어."

"포스터 대령이 직접 오시기 전까지 우리 식구들 중 누구도 두 사람이 정말로 결혼하지 않았을 수도 있다는 의심을 해 보진 않았어?"

"그런 생각이 어떻게 들 수 있겠니? 마음이야 조금 불안했지. 위컴과 결혼해서 동생이 행복할지 조금 걱정이 되었으니까. 그 사람의 행동이 그동안 항상 반듯한 건 아니었다는 걸 알고 있으니까. 아버지와 어머니는 그것에 대해 아무것도 모르셔. 그저 그 결혼이 정말로 경솔하다고만 생각하시니까. 그런데 키티는 다른 사람들보다 더 많이 안다는 것에 무척 의기양양해하면서 리디아의 마지막 편지를 보고 이렇게 될 줄 알았다고 털어놓았어. 그 애는 두 사람이 몇 주 전부터 서로 사랑하고 있었다는 걸 알고 있었던 것 같아."

"그렇지만 브라이턴에 가기 전부터 사랑하는 사이는 아니었지?"

"응, 그건 아닌 것 같아."

"그럼 포스터 대령도 위컴을 나쁘게 보시는 것 같았어? 대령님이 그의 진짜 성품을 아셔?"

"솔직히 말하면 위컴에 대해 예전만큼 좋게 말하시진 않는 것 같아. 경솔하고 낭비벽이 있다고 생각하셔. 그리고 이런 슬픈 일이 일어난 후 들었는데, 위컴이 메리턴에 많은 빚을 남기고 떠났다는 소문이 있대. 사실이 아니길 바라지만."

"아, 언니. 우리가 너무 비밀로 하지 말고, 그 사람에 대해 알고 있었던 것을 다른 사람들에게 말했다면 이런 일은 일어나지 않았을 텐데!"

"아마도 더 낫기는 했겠지." 제인이 대답했다. "그렇지만 지금 마음이 어떤지도 모르면서 누군가의 예전 잘못을 폭로하는 것은 도리에 맞지 않은 것 같았어. 우리는 최대한 선의로 행동했던 거야."

"포스터 대령이 리디아가 부인께 남긴 쪽지에 대해 자세히 알려 주
셨어?"

"우리한테 보여 주려고 가져오셨어."

그런 다음 제인은 수첩에서 편지를 꺼내 엘리자베스에게 주었다.
내용은 다음과 같았다.

사랑하는 해리엇 언니,

제가 어디로 갔는지 아시면 웃으실 거예요. 제가 없어진 걸 알아채자
마자 내일 아침 언니가 놀라실 걸 생각하면 웃지 않을 수가 없어요. 저
는 그레트나그린으로 갈 거예요. 누구와 함께 가는지 맞추지 못하면 언
니를 바보라고 생각할래요. 제가 사랑하는 사람은 이 세상에 단 하나
뿐이고, 그 사람은 천사예요. 저는 그가 없으면 절대 행복할 수 없기 때
문에, 함께 떠나는 게 나쁠 거라고는 전혀 생각하지 않아요. 원치 않으
시면 제가 떠난 것에 대해 롱번에 전하실 필요는 없어요. 제가 식구들
한테 편지를 쓰고 '리디아 위컴'이라고 서명해서 보내면 훨씬 더 놀랄
테니까요. 진짜 재미있을 거예요! 웃겨서 편지를 쓸 수 없을 지경이에
요. 오늘 밤 같이 춤추기로 한 약속을 지키지 못해서 미안하다고 프랫
에게 좀 전해 주세요. 모든 사실을 알면 그도 절 용서해 줄 것이라 믿
고, 다음에 무도회에서 만나게 되면 기꺼이 그와 춤을 추겠다고 말해
주세요. 롱번에 도착하는 대로 제 옷을 가지러 사람을 보낼게요. 옷을
싸기 전에 샐리에게 제 모슬린 자수 드레스의 터진 곳을 수선해 달라고

해 주세요. 포스터 대령님께 안부 전해 주세요. 저희들의 즐거운 여행을 위해 축배를 들어 주세요.

언니의 다정한 벗,
리디아 베넷

"아! 철딱서니 없는 리디아!" 편지를 다 읽은 엘리자베스가 소리쳤다. "무슨 편지가 이래, 그런 순간에 썼다면서! 하지만 적어도 **리디아가** 떠난 목적을 진지하게 여겼다는 것은 보여 주네. 그 사람이 나중에 그 애를 어떻게 꼬드겼건, 리디아가 오명을 뒤집어쓰려고 **계획을** 꾸민 건 아니네. 불쌍한 아버지! 어떤 기분이셨을까!"

"그렇게 충격을 받으신 건 처음 봤어. 십 분 동안 꼬박 한 마디도 못 하셨거든. 어머니는 금방 몸져누우셨고, 온 집안이 아수라장이었어!"

"이런, 제인." 엘리자베스가 소리쳤다. "날이 저물 때까지 그 일의 자초지종을 모르는 하인이 한 사람이라도 있었을까?"

"모르겠어. 있었길 빌어. 그렇지만 그런 때에 조심하기란 아주 어렵잖아. 어머니는 히스테리 상태에 빠지셨고 성심성의껏 시중을 들어 드리려고 애를 썼지만, 더 잘 했더라면 좋았을 텐데! 하지만 그때는 무슨 일이 일어날지 걱정스러워서 힘이 다 빠져 버렸어."

"어머니 시중드는 일은 언니한테 너무 버거웠어. 몸이 안 좋아 보여. 내가 언니랑 함께 있었더라면 좋았을 텐데! 언니 혼자서 온갖 간호와 걱정을 도맡았으니까."

"메리와 키티가 매우 착하게 굴었어. 그 애들이 온갖 힘든 일을 나누고 싶어 했다고 믿어. 그렇지만 둘 중 누구도 그 일을 하기에는 적합하지 않다고 생각했어. 키티는 몸이 약한 데다 예민하고, 메리는 공부를 아주 많이 하니까 쉬는 시간을 방해해서는 안 되지. 아버지가 떠나신 후 필립스 이모가 화요일에 오셔서 친절하게도 목요일까지 계셔 주셨어. 이모는 우리 모두에게 큰 도움과 위안이 되셨어. 루카스 부인께서도 매우 친절하게 대해 주셨고. 수요일 아침에 여기까지 걸어오셔서 우리를 위로하시면서 혹시 도움이 된다면 자기 딸들이나 자기가 돕겠다고 하셨어."

"부인은 그냥 댁에 계시는 게 더 나았을 텐데." 엘리자베스가 소리쳤다. "아마도 **좋은** 의도로 그러셨겠지만 이런 불행한 상황에서는 이웃은 될수록 안 만나는 게 상책인 법이거든. 도움 받는 일도 불가능하고, 위로는 견딜 수 없으니까. 멀리서 우리를 보며 승리감을 만끽하라지."

다음에 그녀는 아버지가 런던에 계시는 동안 딸을 찾기 위해 어떤 조치를 취할 작정인지 물었다.

"내 생각에는 아버지께서 그 두 사람이 마지막으로 마차를 갈아탄 엡섬에 가실 작정이셨던 것 같아." 제인이 대답했다. "거기서 마부들을 만나서 이야기를 들어 보고 뭐라도 알아낼 수 있지 않을까 하는 생각이셨던 것 같아. 클래펌에서 두 사람을 태운 삯마차의 번호를 알아내는 게 주목적이실 거야. 런던에서 승객을 태우고 온 마차였다니 신사와 숙녀 단둘이서 마차를 같아타는 게 주의를 끌었을 수도 있다고 생각하셨거든. 클래펌에서 수소문해 보실 작정이셨던 것 같아. 혹시라도 마부가 승객을 어느 집에서 내려 주었는지 알아낸다면 거길 찾아보고, 그러다 보면 마차의 차고와 번호를 알아내는 게 불가능하진 않을 거라고 생각하신 것 같았어. 다른 계획이 있으셨는지는 모르지만, 너무 서둘러 떠나시며 매우 심란해하셨기 때문에 이 정도 알아내는 것도 힘들었어."

6장

다음 날 아침 모두가 베넷 씨의 편지를 기다렸지만 단 한 줄의 소식도 오지 않았다. 가족들은 모두 베넷 씨가 평소에 편지 쓰는 일에 아주 무관심하고 미적거리는 것은 알고 있었지만 이런 시기에는 좀 더 노력해 주기를 바랐다. 베넷 씨가 가족들에게 알려줄 만큼 만족스러운 소식을 알아내지 못했다고 결론을 내릴 수밖에 없었다. 하지만 **그런** 소식이라 하더라도 확실하게 알 수 있다면 더 좋을 것 같았다. 가드너 씨는 편지가 오기만을 기다리다가 출발했다.

베넷가 사람들은 가드너 씨가 떠났으니 적어도 일이 어떻게 진행되는지에 관해서는 꾸준히 소식을 들을 수 있을 것이라고 확신했다. 외삼촌은 떠나면서 최대한 빨리 베넷 씨가 롱번으로 돌아가도록 설득하겠다고 약속했고, 그 약속은 남편이 집으로 돌아오는 것이 결투에서 살해당하지 않을 유일한 방법이라 생각했던 베넷 부인에게는 큰 위로가 되었다.

가드너 부인과 아이들은 하트퍼드셔에 며칠 더 머물 예정이었다. 자기가 옆에 있어 주는 게 조카들에게 도움이 될 것이라 생각했기 때문이다. 실제로 그녀는 같이 베넷 부인을 간호했고, 쉬는 시간에는 조카들에게 큰 위안이 되었다. 이모도 그들을 자주 방문했다. 자기 말로는 항상 조카들의 기운을 북돋아 주고 격려할 목적으로 왔다는데, 올 때마다 위컴의 낭비벽이나 나쁜 행실에 대한 새로운 소식을 전해 주었기 때문에 그녀가 다녀가고 나면 전보다 오히려 더 낙담하지 않을 때가 거의 없었다.

메리턴 전체가 겨우 석 달 전만 해도 빛의 천사에 가깝던 사람을 헐뜯는 일에 혈안이 되어 있는 것 같았다. 위컴 씨는 메리턴의 모든 상인에게 빚이 있었고, 유혹이라는 영예로운 타이틀을 단 그의 연애질은 그 상인들의 딸들에게까지 뻗어 있었다고 한다. 모두가 위컴을 세상에서 가장 사악한 남자라고 했고, 자신들은 그의 선해 보이는 외모를 한 번도 믿지 않았다고들 했다. 엘리자베스는 이런 떠도는 말들을 반도 믿지 않았지만, 동생이 신세를 망쳤다는 확신은 더 굳어졌다. 이런 말을 잘 믿지 않는 제인조차도 거의 희망을 잃어버렸다. 전에는 둘이 스코틀랜드에 갔을 것이란 생각을 완전히 단념하지는 않았지만, 그랬다면 무언가 소식이 왔어야 하는 시점이 지났으므로 더욱더 희망을 잃게 되었다.

가드너 씨는 일요일에 롱번을 떠났고 가드너 부인은 화요일에 남편의 편지를 받았다. 편지에서 가드너 씨는 도착하자마자 바로 매형을 찾았고 그를 설득해서 그레이스처치 가로 데려왔다고 했다. 베넷 씨는 가드너 씨가 도착하기 전에 엡섬과 클래펌에 다녀왔지만, 만족할 만한 정보를 전혀 얻지 못했기 때문에 런던에 있는 주요 호텔들을 전부 찾아볼 작정이라고 했다. 둘이 런던에 처음 도착해서 숙소를 구하기 전까지는 호텔에 묵었을지도 모른다고 생각했기 때문이다. 가드너 씨 스스로는 이런 방법은 별 성과가 없을 것이라 생각했지만 매형이 워낙 열성적이라 그렇게 하도록 도와 줄 작정이었다. 그는 베넷 씨가 현재로서는 런던을 떠나고 싶은 의향이 전혀 없는 것처럼 보인다고 덧붙이고 곧 편지를 다시 쓰겠다고 약속했다. 또한 다음과 같은 내용의 추신도 있었다.

나는 포스터 대령에게 가능하다면 연대에 있는 위컴의 친구들에게서 그가 지금 런던의 어느 지역에 몸을 숨기고 있는지 알 것 같은 친척이나 친지가 있는지 알아봐 달라고 청하는 편지를 썼소. 그런 단서를 줄 수 있는 사람이 있다면 정말 요긴할 것이오. 지금으로서는 우리를 이끌어 줄 게 아무것도 없소. 포스터 대령은 아마 이런 일이라면 성의를 다해서 도와주려 할 것이오. 그런데 다시 생각해 보니, 위컴의 친척 중에서 지금 살아 있는 사람이 누가 있는지 어느 누구보다 리지가 더 잘 말해 줄 수 있을지도 모르겠소.

엘리자베스는 자신이 믿을 만한 소식통으로 인정받은 연유가 어디에 있는지 충분히 이해했지만[46] 그런 칭찬에 부합할 만큼 만족스러운 정보를 제공할 수는 없었다. 그녀는 이미 여러 해 전에 세상을 떠난 부모를 제외하고 위컴에게 친척이 있다는 말을 들어 본 적이 없었다. 그러나 **부대에 있는 그의 동료들 중에 더 많은 정보를 제공해 줄 수 있는 사람이 있을 수도 있었다. 그런 문의를 하는 것에 큰 기대를 하지는 않았지만, 어쨌든 기다려 볼 만한 일이었다.

이제 롱번에서의 매일매일은 불안의 연속이었다. 하루 중에서 가장 불안한 시간은 우편물이 오는 때였다. 매일 아침마다 모두가 초조하게 편지의 도착을 기다렸다. 좋은 소식이건 나쁜 소식이건 편지를 통해서 전달되었기 때문에 다음 날에는 뭔가 중요한 소식이 있을 것이라 기대했다.

그러나 가드너 씨에게서 다시 소식을 듣기 전에 다른 곳, 콜린스 씨에게서 베넷 씨 앞으로 편지가 왔다. 제인은 아버지가 안 계신 동안 그에게 오는 모든 편지를 열어 보라는 지시를 받았기 때문에 그에 따라 편지를 읽었다. 콜린스 씨의 편지가 항상 얼마나 유별난지 알고 있던 엘리자베스는 제인의 어깨 너머로 편지를 같이 읽었다. 내용은 다음과 같았다.

친애하는 어르신께,

어제 하트퍼드셔에서 온 편지를 보고 통탄할 불행을 당하셨다는 것을 알았습니다. 저희의 관계로 보나, 제 처지로 보나 어르신께서 지금 겪고 있는 비통한 불행에 대해 위로를 드리는 것이 도리라고 생각합니다. 저와 제 처는 가장 고통스러운 불행을 겪고 계신 어르신과 어르신의 가족 모두를 진심으로 동정하고 있습니다. 그런 불행은 시간이 지나도 원인이 없어지지 않기 때문입니다. 어르신의 지독한 불행을 조금이라도 누그러뜨릴 수 있다면…… 다른 무엇보다 부모의 억장을 무너지게 하는 상황에 처하신 어르신께 위로가 될 수 있다면 무슨 말이든 아끼지 않을 것입니다. 이런 일을 겪는 것에 비하면, 따님이 죽는 것이 오히려 축복이었을 것입니다. 제 처의 말에 따르면 따님의 이런 방종한 행동은 응석을 잘못 받아 줘서 벌어진 것이라 추측되니, 더욱더 슬퍼해야 할 일입니다. 하지만 동시에 어르신과 아주머님을 위해서 저는 따님의 성품이 원래 나쁜 게 틀림없다고 믿고 싶습니다. 그렇지 않다면 그런 어린 나이에 어떻게 그리 엄청난 죄를 저지를 수 있겠습니까? 어떤 쪽이건 어르신께서는 크게 동정을 받아 마땅합니다. 제 처뿐만 아니라 캐서린 영부인과 그분의 따님도 제 의견과 같으십니다. 캐서린 영부인과 따님께는 제가 말씀드렸습니다. 그분들은 따님 중 한 분의 이런 잘못된 행동이 나머지 모든 따님들의 앞길에 나쁜 영향을 미칠 것이라는 제 우려에 동의를 표하셨습니다. 캐서린 영부인께서 말씀하셨듯이 그런 집안과 인연을 맺고 싶어 하는 사람은 아무도 없을 테니 말입니다. 이런 생각을 하다 보니 지난 11월에 있었던 일이 다행이라 생각됩니다. 반대 상황이었다면 지금 어르신께서 겪고 계신 모든 슬픔과 치욕을 저도 함께 겪었을 게 틀림없을 테니까요. 그러니 어르신께 조언을 해 드리겠습니다. 최대한 스스로를 달래시고, 가치 없는 자식에게서 애정을 영원히 거두어 자기가 뿌린 해악의 열매를 스스로 거두게 내버려 두십시오. 이만 총총.

가드너 씨는 포스터 대령에게서 답변을 듣고 나서야 다시 편지를 보내왔다. 반가운 소식은 전혀 없었다. 위컴은 왕래하고 지내는 친척이 단 한 사람도 없는 것으로 밝혀졌고, 가까운 친척 중에서 살아 있는 사람은 아무도 없는 게 확실했다. 그가 예전에 알고 지냈던 사람들은 무수히 많았지만 입대한 이후로는 어느 누구와도 각별히 친하게 지내지는 않은 것 같았으므로, 위컴의 소식을 전해 줄 수 있을 것 같은 사람을 딱히 꼽을 수가 없었다. 포스터 대령에 따르면, 위컴에게는 리디아의 친척들에게 발각될지 모른다는 두려움 말고도 몸을 숨겨야 할 매우 강력한 동기가 있었다. 바로 끔찍한 재정 상태였다. 그가 아주 많은 액수의 노름빚을 남기고 떠났다는 사실이 드러났기 때문이다. 포스터 대령은 위컴이 브라이턴에서 진 빚을 청산하려면 천 파운드 이상이 필요할 것이라고 믿었다. 마을의 상인들에게 빚진 돈도 많지만 신용으로 꾼 노름빚은 그보다 훨씬 더 많았다. 가드너 씨는 이런 자세한 사정을 롱번 식구들에게 군이 감추려 하지 않았다. 제인은 이 소식을 들으며 기겁했다. "도박꾼이라니!" 그녀가 소리쳤다. "그건 전혀 예상치 못했어. 그런 생각은 꿈에도 해 본 적이 없어."

가드너 씨는 다음 날인 토요일에 베넷 씨가 집으로 돌아갈 거라고 덧붙였다. 모든 노력이 수포로 돌아가 낙담해 있던 베넷 씨는 뒷일은 자기에게 맡겨 두고 집으로 돌아가라는 처남의 간청에 굴복했다. 이 말을 들은 베넷 부인은 바로 얼마 전 남편의 목숨을 걱정했던 것치고는 예상했던 것만큼 기꺼워하지 않았다.

"세상에, 집에 온다고, 불쌍한 리디아도 데려오지 않은 채로?" 그녀는 소리쳤다. "둘을 찾을 때까지는 절대 런던을 떠나지 말아야지. 그이가 와 버리면 도대체 누가 위컴과 결투해서 그 애를 결혼시키겠니?"

가드너 부인도 이제 집으로 돌아가고 싶어 했기 때문에, 그녀와 아이들이 런던으로 돌아가는 동시에 베넷 씨가 런던에서 돌아오기로 했다. 마차는 가드너 부인과 아이들을 첫 번째 역까지 태워다 준 후, 주인을 태우고 롱번으로 돌아왔다.

가드너 부인은 엘리자베스와 그녀의 더비셔 친구에 대해 줄곧 품고 있던 의혹을 풀지 못한 채 떠났다. 조카가 가족들 앞에서 그 사람 이름을 자발적으로 언급한 적은 한 번도 없었다. 그에게서 편지가 올 것이라는, 가드너 부인이 품은 어렴풋한 기대는 무산되고 말았다.[47] 엘리자베스는 롱번으로 돌아온 이후 펨벌리에서 한 통의 편지도 받지 못했다.

집안이 워낙 끔찍한 상황이었기 때문에 엘리자베스의 기분이 가라앉은 것에 대한 다른 이유가 필요하지는 않았고, 그래서 가드너 부인은 조카의 **의기소침함**만으로는 아무것도 추측해낼 수 없었다. 하지만 이제 자신의 감정에 대해 상당히 잘 알게 된 엘리자베스는, 다아시에 대해 아무것도 몰랐다면 오히려 수치스러운 리디아의 일에 대한 두려움을 더 잘 견딜 수 있었으리라는 사실을 잘 알고 있었다. 그녀는 그랬더라면 잠 못 드는 밤이 이틀 중 하루는 줄었을 것이라고 생각했다.

집으로 돌아온 베넷 씨는 평소처럼 달관한 사람 같은 차분한 모습을 하고 있었다. 그는 예전이나 다름없이 입을 거의 열지 않았고, 집을 떠나게 했던 그 일에 대해서는 일절 언급하지 않았다. 딸들이 용기를 내서 그 일에 대해 말을 하게 된 것은 어느 정도 시간이 지나고 나서였다.

오후에 베넷 씨가 딸들과 함께 차를 마실 때가 되어서야 비로소 엘리자베스는 용기를 내서 그 문제에 대해 말을 꺼냈다. 아버지가 틀림없이 고생하셨을 것을 생각하면 마음이 아프다고 짧막하게 말하자 그가 대답했다. "그 문제에 대해서는 아무 말도 하지 말거라. 나 말고 누가 괴로워야겠니? 나 때문에 벌어진 일이니 내가 괴로워야지."

"너무 자책하시면 안 돼요." 엘리자베스가 대답했다.

"네가 나한테 인간의 본성은 얼마나 자책에 빠지기 쉬운지에 대해 경고를 해 줄 수 있겠구나. 아니다, 리지. 내가 그동안 얼마나 잘못 살아 왔는지 내 평생 한 번은 느끼게 해 다오. 그런 느낌에 압도되는 건 두렵지 않다. 금방 사라질 테니까."

"두 사람이 런던에 있다고 생각하세요?"

"그래. 다른 곳 어디서 그렇게 잘 숨어 있을 수 있겠니?"

"거기다 리디아는 항상 런던에 가고 싶어 했었어요." 키티가 덧붙였다.

"그렇다면 그 애는 행복하겠구나." 베넷 씨가 무미건조하게 말했다. "아마도 거기서 꽤 오래 살 모양이다."

베넷 씨는 잠깐 침묵을 지킨 후 말을 계속했다.

"리지야, 지난 5월에 네가 해 준 충고가 그대로 맞아떨어졌구나. 하지만 그에 대해 언짢은 마음은 전혀 없다. 결과를 놓고 보니 네 생각이 깊다는 것을 알겠다."

둘의 대화는 어머니에게 가져다 줄 차를 가지러 온 제인 때문에 끊겼다.

"보란 듯이 저리 드러눕다니." 베넷 씨가 소리쳤다. "저러는 데도 좋은 점이 하나는 있구나. 불행에도 대단한 고상함이 있어 보이니 말이다! 나도 언젠가는 똑같이 해 봐야겠다. 나이트캡을 쓰고 화장용 가운을 입고 서재에 앉아서 최대한 말썽을 부려야겠다. 아니지, 키티가 도망칠 때까지는 그러길 미루는 게 낫겠구나."

"저는 도망 안 가요, 아버지." 키티가 짜증을 내며 말했다. "저는 만약 브라이턴에 간다 해도 리디아보다는 얌전하게 처신할 거예요."

"네가 브라이턴에 간다고? 나는 그 근처 이스트본도 널 믿고는 보내지 않을 거다. 50파운드를 준다 해도 말이다! 안 돼, 키티. 나는 이제 조심해야 한다는 것을 배웠으니 너부터 그 영향을 느껴 보거라. 이제부터 장교는 한 명도 내 집에 발을 들여놓지 못해. 마을을 지나가는 것도 안 돼. 언니들하고 춤을 춘다는 조건이 아니면 무도회는 완전히 금지다. 또 네가 매일 10분 동안 분별 있게 시간을 보냈다는 걸 입증하기 전에는 문밖으로 한 발자국도 못 나가."

이 모든 위협을 곧이곧대로 받아들인 키티는 울기 시작했다.

"괜찮아, 괜찮아." 베넷 씨가 말했다. "너무 상심하지 말거라. 네가 앞으로 10년 동안 착하게 지내면, 그 후에 군대 열병식에 데려가 주마."

7장

베넷 씨가 돌아오고 나서 이틀이 지나서, 제인과 엘리자베스는 집 뒤에 있는 관목 숲을 함께 걷다가 가정부가 자기들 쪽으로 다가오는 것을 보고 어머니가 부르러 보냈나 싶어 그쪽으로 갔다. 하지만 예상했던 것처럼 그들을 부르러 온 것은 아니었고, 가정부는 베넷 양에게 이렇게 말했다. "아가씨, 방해해서 죄송하지만 런던에서 혹시 좋은 소식이 온 게 아닐까 해서 제 마음대로 여쭤 보러 왔어요."

"무슨 말이에요, 힐 부인? 아무 소식도 듣지 못했는데요."

"아가씨." 힐 부인이 매우 놀라며 소리쳤다. "가드너 씨가 주인님께 속달을 보내신 걸 모르세요? 배달원이 반 시간 전에 여기 왔었고 주인님이 편지를 받으셨어요."

두 딸은 말을 하는 시간도 아까워서 그대로 뛰기 시작했다. 현관을 지나 조찬실로 달려 들어갔다가 다시 서재로 갔다. 아버지는 어느 곳에도 안 계셨다. 어머니와 함께 계신가 알아보러 이층으로 가려는 찰나 집사를 만났는데, 집사가 아버지의 행방을 알려 주었다.

"주인어른을 찾고 계신다면, 아가씨들, 작은 관목 숲 쪽으로 걸어가고 계십니다."

둘은 이 말을 듣자마자 즉시 다시 현관을 지나 잔디밭을 가로질러 아버지를 쫓아 뛰어갔다. 베넷 씨는 생각에 잠겨서 방목장 한쪽에 있는 작은 숲을 향해 가고 있었다.

엘리자베스만큼 몸이 가볍지도 않고 달리기에 익숙하지도 않은 제인은 곧 뒤로 처졌고 엘리자베스는 숨을 헐떡이며 아버지에게 다가가서 간절하게 소리쳤다.

"아, 아버지. 무슨 소식…… 무슨 소식이에요? 외삼촌한테서 소식이 왔나요?"

"그래, 속달로 편지를 받았다."

"그렇다면, 편지에 무슨 소식이 들어 있었어요? 좋은 소식이에요, 아니면 나쁜 소식이에요?"

"무슨 좋은 소식을 기대할 수 있겠니?" 베넷 씨가 호주머니에서 편지를 꺼내며 말했다. "어쨌든 너는 읽고 싶어 보이는구나."

엘리자베스는 조급하게 아버지의 손에서 편지를 낚아챘고, 이때쯤 제인이 다가왔다.

"소리 내서 읽어 보렴." 아버지가 말했다. "나도 무슨 말인지 잘 모르겠으니까."

그레이스처치 가,
8월 2일 월요일

친애하는 매형께,
마침내 조카에 관해 약간의 소식을 전해 드릴 수 있게 되었습니다.

제3부

매형께서도 대체적으로 만족하시리라 믿습니다. 토요일에 매형이 떠나신 직후 다행스럽게도 둘이 런던 어디에 있는지 알게 되었습니다. 자세한 사항은 만나서 말씀드리도록 하겠습니다. 두 사람이 발견되었다는 것을 아는 것으로 충분합니다. 저는 그들 두 사람을 모두 만나 보았습니다……

"내가 항상 바라던 거야." 제인이 소리쳤다. "두 사람이 결혼한 거야!"
엘리자베스는 편지를 계속 읽어 나갔다.

저는 둘을 모두 만나 보았습니다. 두 사람은 결혼하지 않았고, 그럴 의향도 전혀 없는 것처럼 보였습니다. 하지만 제가 매형을 대신해 나서서 한 약속을 지킬 의향이 있으시다면, 머지않아 결혼하게 될 것이라 믿습니다. 매형께서 해 주셔야 할 일은 매형과 누님이 세상을 떠난 후 자식들에게 물려주기로 한 5천 파운드에서 다른 자매들과 동등한 1/5의 지분을 리디아에게도 분배하겠다고 보증하시는 겁니다. 또한 매형께서 살아 계신 동안 매년 백 파운드씩 리디아에게 지급하겠다는 약속을 해 주시는 겁니다. 이 두 가지가 결혼 조건으로, 모든 것을 고려해 본 후 제게 그럴 만한 권한이 있다는 생각에 매형을 대신해서 주저 없이 응했습니다. 지체 없이 답장을 보내실 수 있도록 속달로 편지를 보내 드리겠습니다. 이런 사실들로 보아, 매형께서는 위컴 씨의 형편이 일반적으로 알려진 것만큼 그렇게 절망적이지는 않다는 것을 쉽게 아실 수 있을 것입니다. 세상 사람들은 이 점에 대해 잘못 알고 있었습니다. 위컴 씨의 빚을 모두 청산한 후에도 리디아의 재산에 보탤 돈이 조금 남게 될 거라고 말씀드릴 수 있게 되어서 기쁩니다. 당연히 그래 주실 것이 라 생각하지만, 이 문제 전반에 걸쳐 매형을 대행할 전권을 제게 주신 다면 즉시 해거스턴에게 지시해서 적절한 양도 절차를 밟도록 지시를 내리겠습니다. 매형이 런던에 다시 오실 필요는 조금도 없을 터이니, 롱 번에 조용히 머물러 계시면서 제 근면함과 책임감을 믿으십시오. 최대 한 빨리 답변을 보내 주시고, 매형의 의사가 명쾌하게 전달되도록 표현 에 신경 써 주십시오. 저희는 조카가 저희 집에서 머물며 결혼하는 것 이 가장 좋다고 판단했고, 매형도 찬성해 주시리라 믿습니다. 리디아는 오늘 저희 집에 옵니다. 결정되는 일이 더 생기면 다시 편지 드리겠습니 다. 그럼 이만.

에드워드 가드너

"이럴 수가!" 엘리자베스가 편지를 읽고 나서 소리쳤다. "위컴이 리 디아와 결혼한다니 믿을 수가 없어!"

"그렇다면 위컴은 우리가 생각했던 것만큼 형편없는 사람은 아니 네. 아버지, 축하합니다." 제인이 말했다.

"그런데 답장은 하셨어요?" 엘리자베스가 물었다.

"아니, 하지만 곧 그래야겠지."

엘리자베스는 제발 지체 없이 편지를 쓰라고 간청했다.

"아버지! 돌아가서 바로 편지를 쓰세요. 이런 경우에는 한시가 얼마나 급한지 생각하셔야죠."

"제가 아버지 대신 써 드릴게요." 제인이 말했다. "직접 쓰시는 게 싫으시면요."

"굉장히 싫긴 하지." 베넷 씨가 대답했다. "그렇지만 내가 써야지."

베넷 씨는 그렇게 말하면서 딸들과 함께 돌아서서 집으로 걸어갔다.

"여쭤 봐도 될까요……?" 엘리자베스가 말했다. "위컴이 요구한 조건들은 반드시 들어주셔야 할 것 같아요."

"들어주라고! 그렇게 적게 요구하는 게 창피할 뿐이다."

"둘은 **반드시** 결혼해야 해요! **그런** 사람이라도!"

"그래, 결혼은 해야지. 달리 도리가 없다. 하지만 무척 알고 싶은 게 두 가지 있다. 하나는 일을 성사시키기 위해 너희 외삼촌이 얼마나 많은 돈을 썼는가 하는 것이고, 다른 하나는 어떻게 내가 그 돈을 갚느냐 하는 것이다."

"돈이라고요! 외삼촌께서!" 제인이 소리쳤다. "무슨 말씀이세요, 아버지?"

"내 말은 제정신이 박힌 남자라면 내가 살아 있는 동안에는 1년에 백 파운드, 죽은 다음에는 50파운드라는 보잘것없는 유혹에 빠져서 리디아와 결혼하지는 않을 거란 말이다." "그건 정말 맞는 말씀이세요." 엘리자베스가 말했다. "물론 방금 전까지만 해도 그런 생각은 못 했지만요. 빚을 청산하고도 남는 게 있다니요! 그건 틀림없이 외삼촌이 하신 일일 거예요! 너그러우시고 훌륭한 분이시니. 외삼촌께서 곤란해지신 건 아닌지 걱정스러워요. 한두 푼으로는 이 모든 일을 해결할 수 없었을 거예요."

"그렇지." 베넷 씨가 말했다. "만 파운드에서 한 푼이라도 적게 받고 그 애를 데려간다면 위컴이 바보지. 인척 관계가 시작되는 마당에 그를 이렇게 깎아내려서 유감이다."

"만 파운드라뇨! 세상에! 그 액수의 반이라도 어떻게 갚아요?"

베넷 씨는 아무 대답도 하지 않았고, 모두는 각자의 생각에 몰두해서 집에 도착할 때까지 침묵을 지켰다. 아버지는 편지를 쓰러 서재로 갔고 딸들은 조찬실로 걸어 들어갔다.

"두 사람이 정말로 결혼하게 되다니!" 단둘이 있게 되었을 때 엘리자베스가 소리쳤다. "이건 진짜 이상해! 우리가 **이따위** 일에 감사해야 하다니 말이야. 행복할 가능성이 거의 없는데도 결혼해야 하고, 남편 될 사람의 성격과 평판이 형편없는데도 기뻐해야 하는 거잖아. 아휴, 리디아!"

"이렇게 생각하니까 나는 위로가 되는데." 제인이 대답했다. "위컴이 리디아를 진짜로 사랑하지 않는다면 절대 그 애와 결혼하지 않을 거라고 말이야. 친절하신 외삼촌이 그 사람 빚을 청산하려고 뭔가를 해 주셨다고 해도, 만 파운드나 그 비슷한 액수를 갚아 주셨다고는 믿을 수가 없어. 외삼촌도 자식들이 있고 앞으로 더 낳으실 수도 있는데, 그런 상황에서 어떻게 그 반이라도 내시겠어?"

"위컴의 빚이 얼마나 되었는지," 엘리자베스가 말했다. "그리고 리디아 몫에서 그 사람한테 얼마나 갔는지 알 수 있다면 외삼촌이 두 사람을 위해 낸 돈이 얼마나 되는지 정확하게 알 수 있을 거야. 위컴은 자기 돈이 6펜스[48]도 없으니까. 외삼촌과 외숙모의 친절은 절대 갚아 드릴 수 없을 거야. 그분들이 리디아를 집으로 데려가서 직접 보호하고 보살펴 주시다니, 두고두고 감사해도 모자랄 대단한 희생이야. 지금쯤 리디아는 외삼촌 부부와 함께 지내고 있겠지. 만약 걔가 그런 친절을 받으면서도 부끄러움을 느끼지 못한다면 절대 행복할 자격이 없어! 리디아가 외숙모를 처음 만나는 모습이 얼마나 가관일지!"

"두 사람 사이에 일어났던 일은 모두 잊어버리도록 노력해야 해." 제인이 말했다. "그래도 나는 두 사람이 행복하기를 바라고, 또 그럴 것이라 믿어. 위컴이 리디아와 결혼하는 일에 동의한 것은 그가 올바르게 생각하게 되었다는 사실을 의미한다고 믿어. 서로에 대한 애정이 두 사람을 흔들리지 않게 붙잡아 줄 거야. 아주 조용히 자리를 잡고 합리적으로 살게 되면, 얼마 안 가서 과거에 그들이 저질렀던 경솔한 행동도 잊힐 거라고 생각해."

"그 둘의 행동은 언니도 나도, 어느 누구도 절대 잊을 수 없는 그런 거야." 엘리자베스가 대답했다. "얘기해 봐야 무슨 소용이 있겠어."

그제야 제인과 엘리자베스는 어머니가 무슨 일이 일어났는지 아마 아무것도 모르고 계실 것이란 생각을 하게 되었다. 그래서 곧바로 서재로 가서 아버지께 이 소식을 어머니에게 알려도 되느냐고 물어보았다. 베넷 씨는 편지를 쓰고 있었고, 고개를 들지 않은 채 차갑게 말했다.

"하고 싶은 대로 하렴."

"외삼촌 편지를 가져다가 어머니께 읽어 드려도 될까요?"

"뭐든지 가지고 가 버려."

엘리자베스가 책상에서 편지를 집어 들었고, 두 사람은 함께 위층으로 올라갔다. 메리와 키티 모두 베넷 부인과 함께 있어서, 모두에게 한 번에 소식을 전할 수 있었다. 제인은 희소식이라는 운을 먼저 뗀 다음 편지를 낭독했다. 베넷 부인은 자신을 자제하지 못했다. 가드너 씨가 리디아가 곧 결혼하게 될 거라고 예상한다는 대목을 읽자마자 환성이 터져 나왔고, 이후 모든 문장을 읽을 때마다 베넷 부인의 흥분은 더 커져 갔다. 그녀는 전에 놀라고 화가 나서 안달했던 것에 못지않게 기쁨으로 안절부절못했다. 딸이 결혼하게 될 거라는 사실을 안 것만으로 충분했다. 베넷 부인은 딸의 행복에 대한 걱정 때문에 심란해하지도 않았고, 딸의 나쁜 행실을 돌이켜 보며 부끄러워하지도 않았다.

"우리 귀염둥이 리디아!" 베넷 부인이 소리쳤다. "정말로 기쁘구나! 결혼을 하다니! 리디아를 다시 볼 수 있겠구나! 열여섯 살에 결혼을 하다니! 착하고 친절한 내 동생! 내 이렇게 될 줄 알고 있었어. 동생이 모든 일을 잘 해결해 줄 줄 알고 있었다! 리디아가 얼마나 보고 싶은지! 우리 위컴도 보고 싶구나! 그런데 드레스는, 결혼 예복은 어떻게 하지? 올케한테 바로 편지를 써야겠다. 리지, 얘야. 아버지한테 뛰어 내려가서 리디아한테 얼마나 줄 건지 여쭤 보렴. 아니, 가만히 있어라. 내가 직접 가야겠다. 키티, 벨을 울려서 힐 부인을 불러라. 금방 옷을 걸칠 거니까. 우리 귀염둥이 리디아! 그 앨 다시 만나면 얼마나 기쁠까!"

만딸은 어머니의 격렬한 흥분을 조금이라도 가라앉히려고 그들 모두가 외삼촌에게 얼마나 큰 빚을 졌는지 베넷 부인에게 환기시키려 애썼다.

"이런 행복한 결론이 난 건 거의 대부분 외삼촌의 친절함 덕분이에요." 제인이 덧붙였다. "외삼촌께서 돈을 써서 위컴 씨를 돕겠다고 나선 것이 분명해요."

"그래." 어머니가 소리쳤다. "아주 잘한 일이다. 너희 외삼촌이 아니면 누가 그렇게 해야 하겠니? 걔한테 자기 가족만 없었으면 나와 내자식들이 그 애 돈을 전부 차지할 텐데 말이다. 선물 몇 번 받은 것말고는 걔한테 무언가를 받은 건 이번이 처음이다. 어쨌거나 잘 됐어! 나는 정말 행복해! 조만간 딸을 하나 시집보내게 되는구나. 위컴 부인이라니! 얼마나 듣기 좋으니! 리디아는 지난 6월에 겨우 열여섯 살이 되었는데. 애야, 제인. 내가 너무 떨려서 편지를 쓸 수가 없구나. 내가 불러 줄 테니까 네가 받아 적으렴. 돈에 대해서는 나중에 네 아버지와 결정해야겠지만, 필요한 물건들은 바로 주문해야겠어."

그러고선 베넷 부인은 옥양목과 모슬린, 무명 천 같은 온갖 세세한 사항들을 읊어 댔다. 제인이 아버지가 한가해져서 상의 드릴 수있을 때까지 기다리자고 간신히 설득하지 않았더라면 상당히 많은 주문 사항을 받아 적어야 했을 것이다. 제인은 하루 정도 늦어지더라도 큰 지장은 없을 것이라고 말했다. 어머니는 아주 기분이 좋아서 평소처럼 고집을 부리지는 않았고, 곧 다른 계획들이 머리에 떠올랐다.

"메리턴에 가야겠다." 베넷 부인이 말했다. "옷을 차려입자마자 바로 말이다. 가서 너희 이모한테 이 좋은 소식을 전해야겠다. 돌아와서는 루카스 부인과 롱 부인을 방문해야겠다. 키티, 내려가서 마차를 부르렴. 바람을 쐬면 아주 좋을 거야. 얘들아, 메리턴에서 너희들을 위해 뭘 해 줄까? 아! 힐 부인이 오는구나! 힐 부인, 좋은 소식 들었지? 리디아가 곧 결혼할 거래. 결혼식 날 자네들 모두에게 펀치 한 잔씩 돌릴 거야."

힐 부인은 바로 기쁨을 표하기 시작했다. 엘리자베스는 다른 사람들 사이에서 축하를 받다가 이런 바보짓에 싫증이 나서 여유롭게 생각할 수 있도록 자기 방으로 피신했다.

불쌍한 리디아의 처지는 아무리 좋게 본다고 해도 여전히 좋을 것이 하나도 없었다. 하지만 더 나빠지지 않는 것만으로도 감사하게 생각해야 했다. 엘리자베스는 그렇게 느꼈다. 앞일을 생각해 보면 리디아가 분별 있는 행복이나 물질적인 풍족함을 누리게 될 거라고는 기대할 수 없었지만, 겨우 두 시간 전만 해도 자신들이 무엇을 우려했는지 되돌아보면 이 정도로 일이 마무리된 것만으로도 잘된 거라고 느꼈다.

8장

베넷 씨는 지금 나이에 이르기 전에도 자식들과, 혹시 자신보다 더 오래 살게 되면 아내를 위해 수입을 다 써 버리지 않고 매년 일정액을 비축해 두었더라면 좋았을 것이라고 생각한 적이 많았다. 하지만 그런 생각이 지금처럼 절실한 적은 없었다. 만약 그런 면에서 자신이 의무를 다했더라면 리디아는 외삼촌에게 빚질 필요가 없었을 것이다. 자기가 돈으로 그 애를 위해 체면이건 신용이건 다 사 줄 수 있었을 것이기 때문이다. 그랬다면 대영제국에서 가장 가치 없는 청년 가운데 하나를 설득해서 리디아의 남편으로 삼는 만족감을 제대로 맛보았을지도 모른다.

베넷 씨는 어느 누구에게도 도움이 되지 않는 일을 처남 혼자 희생해 해결했다는 것을 매우 부담스럽게 여겨서, 가능하다면 처남이 도와준 액수를 알아내서 최대한 빨리 그 채무를 갚기로 결심했다.

베넷 씨는 처음 결혼했을 때만 해도 절약이 필요할 거라고는 전혀 생각하지 않았다. 당연히 아들이 생길 테니, 그 아들이 성년이 되자마자 한정 상속이 해제되어 미망인과 동생들을 부양할 수 있을 터였다. 하지만 딸만 다섯이 줄줄이 태어났고 아들은 태어나지 않았다. 리디아가 태어난 후에도 베넷 부인은 오랫동안 아들을 낳을 수 있을 것이라고 믿었고, 결국에는 아들 낳기를 포기했지만 저축을 하기에는 너무 늦었다. 베넷 부인은 절약에는 전혀 소질이 없었고, 오로지 남편의 자립심 덕에 수입을 초과해서 소비하는 것만 겨우 피할 수 있었다.

결혼 약정서에 따라 베넷 부인과 자식들은 5천 파운드를 받을 수 있도록 정해져 있었다. 하지만 이 돈을 자식들에게 어떤 비율로 나누어 줄지는 부모의 뜻에 달려 있었다. 리디아와 관련해서는 이 한 가지만 결정하면 되었고, 베넷 씨는 가드너 씨의 제안에 응하는 데 주저할 이유가 없었다. 베넷 씨는 매우 간략하게 처남의 친절함에 감사를 표하고 나서, 가드너 씨가 취한 모든 조치에 전적으로 동의하며 자신을 대신해 맺은 약속을 기꺼이 이행하겠다는 뜻을 편지에 분명히 밝혔다. 그는 위컴이 자기 딸과 결혼하게끔 설득한다고 해도, 결혼이 이렇게나 자신에게 거의 부담 없이 이루어지리라고는 한 번도 생각해본 적이 없었다. 둘에게 매년 백 파운드를 지불한다 해도 그가 손해보는 금액은 10파운드도 채 안 될 것이다. 식비와 용돈, 또 베넷 부인이 지속적으로 건넨 돈을 따지면 리디아가 소비해 온 액수가 매년 거의 백 파운드에 가까웠기 때문이다.

자기 쪽에서는 큰 수고를 하지 않고 일이 처리되었다는 것도 한편으로는 놀랍고 한편으로는 반가웠다. 왜냐하면 베넷 씨의 소망은 이번 일이 되도록 번거로워지지 않도록 하는 것이었기 때문이다. 처음에는 미칠 것 같이 화가 나서 딸을 찾으러 이리저리 돌아다녔지만, 분노가 가라앉자 그는 자연스럽게 예전의 게으른 성격으로 되돌아갔다. 베넷 씨는 곧 편지를 발송했다. 그는 일을 시작하는 데는 꾸물거리지만 일단 실행에 옮기고 나면 신속한 사람이었다. 베넷 씨는 처남에게 얼마나 빚을 졌는지 더 자세히 알고 싶다고 간청했지만 리디아에게는 너무 화가 나서 안부 한마디 전하지 않았다.

좋은 소식은 재빨리 집안 전체로 퍼졌고, 이웃에도 이에 상응하는 속도로 퍼져 나갔다. 이웃들은 그 소식을 상당히 냉정하게 받아들였다. 리디아 베넷 양이 (정조를 잃은 아가씨들이 흔히 그렇듯) 창녀가 되었거나, 그나마 다행히 외딴 농가에 격리되어 세상으로부터 멀리 떨어져서 살게 되었다면[49] 이야깃거리로는 더 나았을 것이다. 하지만 그녀를 결혼시키는 것에 대해서 할 말은 많았다. 메리턴의 모든 심술궂은 노부인들은 이전부터 리디아의 행복을 선의로 빌어 주었고, 상황이 이렇게 바뀌어도 그 기세를 별로 잃지 않았다. 그런 남편과 함께라면 불행해질 것이 확실하다고 간주했기 때문이다.

베넷 부인이 아래층으로 내려온 것은 보름 만이었다. 이 행복한 날 그녀는 숨 막힐 듯이 좋은 기분으로 다시 식탁의 상석에 자리를 잡고 앉았다. 의기양양한 모습에서 부끄러워하는 기색은 눈을 씻고 찾으려야 찾을 수가 없었다. 제인이 열여섯 살이 된 뒤부터 베넷 부인의 가장 큰 소원은 딸의 결혼이었는데, 그게 이제 막 실현되려는 참이었다. 베넷 부인은 우아한 결혼식에 수반되는 물건들과 훌륭한 모슬린, 새 마차와 하인들에 대해서만 생각하고 말하고 있었다. 그녀는 이웃을 통해서 딸이 살 만한 적절한 곳을 분주하게 물색하고 있었고, 딸네 부부의 수입이 얼마나 되는지 알지도 못하고 생각해 보지도 않은 채, 집이 작다거나 변변치 못하다며 몇 군데를 퇴짜 놓았다.

"헤이파크라면 괜찮을 것 같아." 베넷 부인이 말했다. "굴딩네가 이사를 간다면 말이야…… 거실만 더 크다면 스토크에 있는 저택도 괜찮을 텐데. 하지만 애시워스는 너무 멀어! 리디아와 16킬로미터나 떨어져 사는 건 참을 수 없어. 퍼비스 로지는 다락이 너무 끔찍하고."

베넷 씨는 하인들이 있는 동안에는 아내가 마음대로 이야기하도록 내버려 뒀지만, 하인들이 물러가자 아내에게 말했다. "여보, 사위와 딸에게 이 집들 가운데 하나건, 전부 다건 얻어 주기 전에 한 가지 짚고 넘어가도록 합시다. 나는 이 근처에 있는 집 **어디에도** 두 사람을 절대 들여놓지 않을 것이오. 그 애들을 롱번에 들여서 계속 염치없이 굴도록 부추기게 하진 않겠소."

이 선언 후에 긴 언쟁이 벌어졌다. 그러나 베넷 씨의 뜻은 확고했다. 곧 다른 언쟁이 이어졌는데, 베넷 부인은 자기 남편이 딸에게 옷살 돈을 한 푼도 주지 않으려 한다는 사실을 알고 경악했다. 베넷 씨는 이번 결혼에서 딸에게 어떤 애정의 표시도 하지 않을 것이라고 단언했다. 베넷 부인은 남편의 행동을 이해할 수가 없었다. 그가 돈을 주지 않으면 자기 딸의 결혼이 제대로 이루어질 수가 없을 텐데, 남편의 분노가 그녀가 가능하다고 생각하는 범위를 넘어서서 상상도 할 수 없을 정도의 적의로 바뀌다니. 베넷 부인은 자기 딸이 위컴과 도망쳐서 결혼식을 하기도 전에 보름 동안 같이 살았다는 것보다 딸에게 결혼식 날 입힐 새 옷이 없다는 게 더 수치스러웠다.

엘리자베스는 그 순간 괴로워서 다아시 씨에게 동생 때문에 생긴 집안의 걱정을 알린 것을 진심으로 후회했다. 동생의 결혼으로 도피 행각이 적절히 마무리될 것이므로, 현장에 없었던 사람들에게는 그들의 바람직하지 않은 시작을 숨길 수도 있었기 때문이다.

다아시를 통해 그 일이 더 퍼질 것이라는 걱정은 하지 않았다. 비밀을 지킬 것이라고 더 자신 있게 믿을 수 있는 사람도 없었다. 하지만 동시에 동생의 과실에 대해 알고 있는 사람들 중 누구도 다아시 씨만큼 엘리자베스를 속상하게 하진 않았을 것이다…… 개인적으로 엘리자베스 자신에게 있을 불이익을 염려해서 그런 것은 아니었다. 어쨌든 둘 사이에는 건널 수 없는 심연이 가로놓여 있는 것처럼 보였다. 리디아의 결혼이 가장 명예로운 조건으로 마무리된다 해도, 다아시 씨가 다른 모든 반대 이유에다가 보태서 자신이 정당한 이유로 그토록 경멸해 온 남자와 가장 가까운 인척 사이가 되는 집안과 인연을 맺을 리가 없었기 때문이다.

엘리자베스는 다아시 씨가 이런 집안과의 인연을 피한다고 해도 전혀 이상할 게 없다고 생각했다. 더비셔에서 다아시 씨의 자신에 대한 호감을 확인했지만, 합리적으로 예상해 보았을 때 엘리자베스의 사랑을 얻고자 하는 그의 바람은 이런 일의 충격까지 견뎌내지는 못할 것이었다. 엘리자베스는 초라해졌고 슬퍼졌다. 무엇에 대해서인지는 알 수 없었지만 후회도 했다. 더 이상 다아시 씨의 호의를 기대할 수 없게 된 지금, 엘리자베스는 그의 호의를 간절히 얻고 싶어졌다. 소식을 들을 기회가 눈곱만큼도 없는 것처럼 보이는 이때, 다아시 씨의 소식을 듣고 싶었다. 더 이상 그를 만날 가능성도 없어진 지금에서야 그와 함께 행복해질 수도 있었을 것이라고 확신했다.

엘리자베스는 자신이 겨우 넉 달 전에 오만하게 퇴짜 놓았던 청혼을 지금이라면 매우 기꺼이, 감지덕지해하면서 받아들일 거라는 사실을 알면 다아시 씨가 얼마나 의기양양해할까 하고 자주 생각했다. 엘리자베스는 남자들 중에서 다아시 씨가 가장 관대한 사람이라는 것을 의심하지 않았지만, 그도 인간인 이상 틀림없이 이런 상황에 통쾌함을 느낄 것이다.

엘리자베스는 성품과 재능 면에서 다아시 씨가 자신과 가장 잘 맞는 남자라는 것을 이제야 이해하기 시작했다. 그의 지성과 기질은 자신과 비슷하진 않았지만 그녀의 모든 바람을 충족시켜 주었을 것이다. 그 결합은 틀림없이 두 사람 모두에게 유익했을 터였다. 엘리자베스의 편안함과 생기발랄함으로 다아시의 마음은 부드러워지고 태도도 나아졌을 것이다. 다아시의 판단력과 지식, 세상에 대한 식견 덕분에 엘리자베스는 더욱 소중한 이익을 얻었을 것이다.

하지만 이제는 그런 행복한 결혼을 해서 사람들의 감탄을 자아내며 진정한 결혼의 행복이 무엇인지 가르쳐 줄 수 없게 되었다. 이런 바람직한 결합의 가능성을 막아 버린, 사뭇 다른 성향의 결합이 곧 이루어질 예정이었다.

엘리자베스는 위컴과 리디아가 가정을 경제적으로 잘 꾸려 나갈 거라고 상상할 수가 없었다. 열정이 미덕보다 더 강하다는 단 하나의 이유 때문에 결합하게 된 부부에게 영원한 행복이 가능할 리 없다는 것도 쉽게 추측할 수 있었다.

*

가드너 씨는 곧 매형에게 답장을 썼다. 베넷 씨의 감사의 말에 대해 매형 가족 모두의 행복을 증진시키기 위해 열심히 노력하겠다고 다짐하는 것으로 간략하게 답하고, 그 문제에 대해서는 다시 언급하지 말라는 간청으로 끝을 맺었다. 그의 편지의 주된 요지는 위컴 씨가 민병대를 떠나기로 결정했다는 소식을 알리는 것이었다.

결혼을 결정하자마자 그렇게 해야 한다는 게 저의 바람이었습니다. 위컴과 조카 모두를 위해서 그가 부대를 떠나는 게 매우 바람직하다는 제 생각에 매형도 동의해 주실 것이라 생각합니다. 위컴 씨는 정규군[50]에 들어가려고 하는데, 예전 친구들 중에 육군에서 그를 도와줄 수 있고 기꺼이 도와주려는 사람들이 아직도 좀 있다고 합니다. 현재 북부에 주둔하고 있는 ㅁㅁ장군의 연대에서 소위직을 얻을 수 있다고 합니다. 이 지방에서 멀리 떨어져 있는 것도 장점입니다. 그는 개심의 가능성을 상당히 많이 보여 주고 있고, 다른 사람들 속에서 평판을 유지하고 살려면 두 사람 모두 더 신중해질 것이라 봅니다. 포스터 대령에게는 편지를 써서 현재의 계획을 알려 주고, 브라이턴 인근에 사는 위컴 씨의 여러 채권자들에게 제가 신속하게 빚 청산을 보증하겠으니 안심하라고 해 주기를 부탁했습니다. 번거로우시겠지만 매형도 메리턴에 있는 채권자들에게 같은 약속을 해 주시겠습니까? 위컴 씨가 알려준 대로 작성한 채권자 명단을 첨부하겠습니다. 그는 자기 빚이 얼마인지 모두 알려 주었습니다. 적어도 우리를 속이지는 않았기를 바랍니다. 해거스턴에게 지시를 내렸으니까 모든 일이 일주일 후면 끝날 것입니다. 그러면 두 사람은 연대로 가게 될 것입니다. 먼저 롱번에 초대받지 않는다면 말이죠. 제 처에게 들은 바로는 리디아가 남부를 떠나기 전에 식구들을 모두 매우 보고 싶어 한다고 합니다. 리디아는 잘 있고, 매형과 누님께 공손하게 안부를 전해달라고 합니다…… 이만 총총.

E. 가드너

베넷 씨와 딸들은 위컴이 **부대를 떠나는 것이 모든 면에서 이롭다는 것을 가드너 씨만큼이나 잘 이해했다. 하지만 베넷 부인은 썩 기뻐하지 않았다. 리디아를 곁에 두고 기뻐하고 우쭐대려 했는데 북부에 정착한다니 지독히 실망스러웠다. 두 사람을 하트퍼드셔에 살게하겠다는 계획을 결코 포기하지 않았기 때문이다. 게다가 리디아가 아는 사람도 많고 좋아하는 사람도 많은 연대를 떠나야 한다는 것은 너무 가슴 아픈 일이었다.

"리디아는 포스터 부인을 무척 좋아하는데." 베넷 부인이 말했다. "그 애를 멀리 보내 버리다니 무척 충격일 거야! 그 애가 무척 좋아하는 젊은이도 몇 사람 있고. ㅁㅁ장군 연대의 장교들은 그다지 재미없을지도 몰라."

북부로 떠나기 전에 다시 가족으로 받아들여 달라는 딸의 요청—요청이라고 간주해야 옳을 테니까—은 처음에는 단호히 거절당했다. 하지만 제인과 엘리자베스가 리디아의 감정과 체면을 위해서 부모님

께 결혼 인사는 드리도록 해야 한다는 것에 뜻을 모아, 둘이 결혼하
자마자 그들을 롱번으로 불러야 한다며 논리적이고도 부드럽게 열심
히 졸랐기 때문에 베넷 씨도 딸들의 생각을 따라 그렇게 하기로 했다.
어머니는 딸이 북부로 추방되기 전에 이웃에게 결혼한 딸을 자랑할
수 있게 되었다는 것을 알고 기뻐했다. 그래서 베넷 씨는 처남에게 다
시 편지를 써서 리디아 부부가 와도 좋다고 허락했고, 식이 끝나자마
자 둘은 롱번으로 오기로 했다. 하지만 엘리자베스는 위컴이 그런 계
획에 동의했다는 사실에 놀랐다. 자신의 기분만 고려한다면, 위컴과
는 어떤 만남도 결코 바라지 않았다.

9장

동생의 결혼식 날이 되었다. 제인과 엘리자베스는 어쩌면 리디아
가 스스로에 대해 느낀 것보다 더 많은 수치심을 느꼈을 것이다. 마차
가 두 사람을 맞으러 △△로 갔고, 리디아 부부는 정찬 시간까지 그
마차를 타고 오기로 되어 있었다. 손위 두 언니들은 그들의 도착을
두려워했고, 제인이 특히 더 그랬다. 자신이 일을 저지른 당사자였다
면 가졌을 감정을 리디아에게 대입시키고는 동생이 틀림없이 겪어야
할 일을 생각하며 비참해했기 때문이다.

두 사람이 도착했고, 가족은 그들을 맞이하기 위해 조찬실로 모였
다. 마차가 현관을 향해 다가오자 베넷 부인의 얼굴에 미소가 번졌다.
남편은 속을 헤아릴 수 없을 정도로 근엄한 표정이었다. 딸들은 두려
워하고, 불안해하고, 불편해했다.

리디아의 목소리가 현관에서 들렸다. 곧이어 문이 활짝 열리며 그
녀가 방으로 달려 들어왔다. 어머니는 앞으로 나가서 리디아를 껴안
고 열광적으로 환영해 주었다. 베넷 부인은 아내의 뒤를 따라 들어온
위컴에게 다정한 미소를 지으며 손을 내밀었고, 그들의 행복에 대해
전혀 의심하지 않는 듯 두 사람에게 너무나 선선히 축하를 해 주었
다.

그런 다음 둘은 베넷 씨에게 몸을 돌렸지만 그다지 따뜻한 영접을 받지는 못했다. 베넷 씨의 표정은 준엄했고, 입도 거의 열지 않았다. 사실 젊은 부부의 당당한 태도는 베넷 씨의 화를 돋우기에 충분했다. 엘리자베스는 불쾌해했고 제인조차 충격을 받았다. 리디아는 여전히 리디아였다. 제멋대로에다 뻔뻔하고, 거칠고, 시끄럽고, 두려움이 없었다. 그녀는 이 언니 저 언니에게 돌아다니며 축하해 달라고 졸랐다. 마침내 모두 자리에 앉자 방을 열심히 둘러보더니 방에 약간의 변화가 있는 것을 지적하고는 웃으면서 여기 온 지 참 오랜만이라고 말했다.

위컴 역시 리디아와 마찬가지로 베넷가 사람들을 전혀 어려워하지 않았다. 하기야 그의 태도는 항상 좋았으니, 만약 그의 평판과 결혼이 합당한 것이었다면 가족임을 자처할 때의 미소와 편안하게 말하는 태도에 모두가 즐거워했을 것이다. 엘리자베스는 위컴이 이렇게 뻔뻔할 줄 전에는 상상도 못했고, 자리에 앉아서 앞으로는 위컴의 후안무치에는 끝이 없다고 생각하기로 결심했다. 엘리자베스는 얼굴을 붉혔고 제인도 마찬가지였다. 하지만 그들을 당혹스럽게 만든 장본인 두 사람의 얼굴색은 전혀 변하지 않았다.

이야깃거리는 전혀 부족하지 않았다. 신부와 어머니 모두 더 이상 빠르게 이야기할 수 없을 정도로 수다를 떨어 댔고, 엘리자베스 옆에 앉게 된 위컴은 매우 싹싹하고 편안하게 인근에 사는 지인들의 안부를 묻기 시작했지만 엘리자베스는 절대 위컴과 똑같은 태도로 대답할 수는 없다고 느꼈다. 리디아 부부는 각자 세상에서 가장 행복한 기억만 가지고 있는 것처럼 보였다. 과거의 어떤 것을 회상해도 전혀 괴롭지 않은 것 같았다. 리디아는 언니들이라면 절대 언급하지 않을 주제를 자발적으로 끌어냈다.

"내가 떠난 지 석 달이 되었다고 생각해 봐." 리디아가 소리쳤다. "보름밖에 안 된 것 같은데, 그동안 온갖 일들이 일어났어. 세상에! 떠날 때는 다시 돌아올 때 결혼해 있으리라고는 생각도 못했어! 물론 결혼하게 된다면 아주 재미있겠다는 생각은 했지만."

베넷 씨가 눈을 치켜떴다. 제인은 어쩔 줄 몰라 했고 엘리자베스는 리디아를 의미심장하게 바라보았다. 하지만 자신이 의식하지 않기로 한 것에 대해서는 듣지도 보지도 않는 리디아는 명랑하게 말을 이어 나갔다. "아 참! 어머니, 이 근처 사람들이 제가 오늘 결혼한 것을 알고 있어요? 모를까 봐 걱정돼요. 오다가 이륜마차를 타고 가는 윌리엄 굴딩을 따라잡았는데, 그에게 제가 결혼했단 걸 알려 주려고 그가 옆에 왔을 때 창문을 내리고 장갑을 벗은 다음 손을 창문턱에 올려놓았어요. 반지를 보라고요. 그러고는 인사를 하고 활짝 웃어 주었어요."

엘리자베스는 더 이상 참을 수가 없어서 방에서 뛰쳐나갔다가 모두 홀을 통해 식당으로 가는 소리를 듣고서야 돌아왔다. 그녀가 다시 합류하자마자 리디아가 과시하듯이 어머니의 오른쪽 자리를 차지하고는 큰언니에게 말하는 소리가 들렸다. "아, 제인 언니! 이제 언니 자리는 내가 차지할 거니까 언니가 아래로 내려가. 난 결혼한 여자니까."

리디아는 처음부터 부끄러워하는 것과는 거리가 멀었고, 시간이 지난다 해서 부끄러움을 느끼게 될 것처럼 보이지도 않았다. 오히려 여유로운 태도와 넘치는 기운은 더해 갔다. 그녀는 필립스 부인과 루카스가 사람들, 다른 모든 이웃들을 만나서 '위컴 부인'이라는 호칭을 듣고 싶어 했다. 우선은 저녁 식사 후에 힐 부인과 두 명의 하녀에게 반지를 보여 주고 결혼했다는 것을 자랑하러 갔다.

"그런데 어머니." 가족들이 모두 조찬실로 돌아왔을 때 리디아가 말했다. "제 남편을 어떻게 생각하세요? 매력적인 남자 아닌가요? 언니들 모두가 절 부러워할 거라 믿어요. 언니들 모두 저의 반만큼이라도 운이 좋으면 좋겠어요. 언니들도 모두 브라이턴에 가 봐야 해요. 그곳은 남편감을 얻을 수 있는 곳이니까요. 우리 모두 가지 않은 게 정말 유감이에요, 어머니."

"정말 맞는 말이다. 내 뜻대로 한다면 그렇게 할 텐데. 그런데 얘야, 리디아. 나는 네가 그렇게 멀리 떠나는 게 정말 마음에 안 든다. 꼭 그래야 하니?"

"아, 네! 그럼요…… 그건 아무것도 아니에요. 저는 좋을 것 같아요. 어머니와 아버지, 언니들 모두 우리를 만나러 오세요. 우리는 겨울 내내 뉴캐슬에서 지낼 거예요. 분명히 무도회가 몇 번 열릴 것 같은데 언니들 모두에게 좋은 파트너를 구해 주고 싶어요."

"그 어떤 것보다 마음에 드는 말이다!" 어머니가 말했다.

"어머니가 떠나실 때 네 언니들 중 한두 사람은 두고 떠나셔도 돼요. 그러면 겨울이 끝나기 전에 제가 언니들에게 남편감을 구해 줄게요."

"나까지 배려해 줘서 고마워." 엘리자베스가 말했다. "그런데 나는 네 식으로 남편을 구하는 것을 별로 좋아하지 않아."

두 사람의 방문은 열흘을 넘지 못했다. 위컴 씨가 런던을 떠나기 전에 임무를 받았기 때문에 보름 후에는 연대에 들어가야 했기 때문이다.

베넷 부인을 제외하고 어느 누구도 그들의 체류가 너무 짧다고 섭섭해하지 않았다. 베넷 부인은 주어진 시간을 최대한 활용해서 딸과 함께 이웃을 방문하고 집에서 자주 파티를 열었다. 가족들 모두가 이 파티를 환영했다. 생각 있는 사람들이 생각 없는 사람들보다 가족끼리 있는 것을 꺼려했기 때문이다.

리디아에 대한 위컴의 애정은, 엘리자베스가 예상했던 그대로 위컴에 대한 리디아의 애정에 못미쳤다. 둘의 도피 행각이 그의 사랑보다 동생의 사랑의 힘에서 야기되었다는 것이 여러 가지 이치로 보아 분명했기 때문에 엘리자베스는 자신의 생각을 따로 확인할 필요가 거의 없었다. 재정적인 어려움 때문에 어쩔 수 없이 도망갈 수밖에 없었다는 것을 몰랐다면, 열렬히 사랑하지도 않으면서 왜 리디아와 도피 행각을 벌였는지 이해가 되지 않았을 것이다. 만약 그런 상황이었다면 그는 함께할 동행이 생길 기회를 물리칠 사람이 아니었다.

리디아는 위컴을 아주 많이 좋아했다. 그녀는 언제나 남편을 '내 사랑 위컴'이라고 불렀다. 어느 누구도 그와 견줄 만한 상대가 되지 못했다. 그는 무슨 일이건 세상에서 가장 잘 해내는 사람이었고, 그녀는 그가 사냥철인 9월 1일 수렵 개시일에 그 지방의 다른 어느 누구보다 더 많은 새를 잡을 것이라고 확신했다.

리디아 부부가 도착하고 얼마 되지 않은 어느 날 아침, 손위 두 언니와 함께 앉아 있을 때 리디아가 엘리자베스에게 말했다.

"리지 언니, 내가 언니한테는 내 결혼식에 대해 자세하게 이야기해 준 적이 없지, 아마? 어머니한테 그 이야기를 해 드릴 때 언니만 없고 다른 사람은 모두 있었거든. 결혼식이 어떻게 치러졌는지 듣고 싶지 않아?"

"별로 안 듣고 싶어." 엘리자베스가 대답했다. "그 이야기는 되도록 안 해 주었으면 해."

"어머! 언니는 참 이상해! 그렇지만 난 언니한테 꼭 말해 주어야겠어. 언니도 알다시피 우리는 세인트 클레먼트 교회에서 결혼했어. 위컴의 숙소가 그 구역에 있었거든. 모두 11시까지 그곳으로 가기로 했고, 외삼촌과 외숙모는 나랑 함께 갈 예정이었어. 다른 사람들은 교회에서 만나기로 했어. 어쨌든 월요일 아침이 되었고 정말 정신이 하나도 없었어! 언니도 알겠지만 무슨 일이 일어나서 혹시 결혼식이 미뤄지면 어쩌나 너무 겁이 났어. 그랬다면 나는 미치고 말았을 거야. 내가 옷을 입는 동안 외숙모는 마치 설교문을 읽는 것처럼 훈계를 하고 잔소리를 해 대셨어. 그렇지만 열 마디 중에서 한 마디도 안 들리더라고. 언니들도 알겠지만 내 사랑 위컴을 생각하고 있었으니까. 그이가 푸른 제복을 입고 올지 다른 옷을 입을지 너무 궁금했거든.

어쨌든 그래서 우리는 평소처럼 10시에 아침 식사를 했어. 아침 식사가 절대 끝나지 않을 것 같았다니까. 언니들도 알아야 해. 이상하게도 외삼촌과 외숙모가 내가 거기서 함께 지내는 내내 정말 끔찍하게 구셨거든. 언니들이 내 말을 믿을지 모르지만 보름이나 그곳에서 지냈는데 문밖에 한 발자국도 나가 보질 못 했어. 파티도 한 번 없었고, 무슨 계획 같은 것도 없었어. 분명히 런던이 상당히 한산하긴 했지만 소극장은 열려 있었는데 말이야. 어쨌든 마차가 현관에 도착했는데 외삼촌이 그 끔찍한 스톤 씨한테 일 때문에 불려가 버린 거야. 그런데 두 사람이 일단 만나니까 일이 끝이 안 나더라고. 나는 너무 겁이 나서 어떻게 해야 할지 알 수가 없었어. 외삼촌이 내 손을 잡고 신랑 손에 넘겨줘야 하는데 그 시간을 넘기면 하루 종일 결혼을 못 하게 되니까 말이야.[51] 다행히 외삼촌이 10분 후에 돌아오셨고 우리 모두 출발했어. 그런데 나중에 생각해 보니까 설사 외삼촌이 가지 못하게 되었다 할지라도 결혼식이 연기될 필요는 없었더라고. 다아시 씨가 외삼촌을 대신해 주셨을 테니까."

"다아시 씨라고!" 엘리자베스가 깜짝 놀라서 되풀이했다.

"아, 그렇다니까! ……그분이 위컴과 함께 그곳으로 오게 되어 있었어. 이런! 내가 까맣게 잊어버렸네. 그 일에 대해서는 한 마디도 하지 않기로 굳게 약속했는데! 위컴이 뭐라고 할까? 정말 비밀이었는데!"

"그게 비밀이어야 한다면." 제인이 말했다. "그 문제에 대해서는 한 마디도 더 하지 마. 더 이상 알고 싶어 하지 않을 테니까."

"아! 물론이지." 엘리자베스는 호기심으로 얼굴이 달아올랐지만 그렇게 말했다. "너한테 아무 질문도 하지 않을게."

"고마워." 리디아가 말했다. "언니들이 질문하면 나는 분명히 모든 걸 다 말할 것이고 그러면 위컴이 화를 낼 거니까."

그 말은 질문을 하라는 부추김이나 마찬가지여서, 엘리자베스는 자신이 그러지 않도록 그 자리를 피할 수밖에 없었다.

하지만 그런 문제에 대해 모르는 채로 지내는 것, 아니면 적어도 알아보려고 하지 않는 것은 불가능했다. 다아시 씨가 동생의 결혼식에 왔었다. 그가 볼일도 전혀 없고, 절대 가고 싶은 마음도 안 생길 바로 그런 곳이자, 그런 사람들 무리였다. 그 의미에 대한 추측들이 빠르고 맹렬히 머릿속에 떠올랐지만 그 어느 것도 만족스럽지 않았다. 그의 행동을 가장 고결한 쪽으로 간주하는 게 제일 마음에 들었지만 그런 해석은 불가능해 보였다. 엘리자베스는 그런 긴장을 견딜 수가 없었으므로 재빨리 편지지를 꺼내 외숙모에게 짧은 편지를 썼다. 리디아가 무심코 이런 말을 던졌는데, 혹시 비밀을 지키겠다는 의도에 저촉되지 않는다면 설명을 해 달라고 부탁했다.

외숙모님은 이해해 주실 거예요. 우리와 아무 관계도 없고 따지고 보면 우리 가족과 생면부지나 다름없는 사람이 어떻게 그런 때에 식구들과 함께 있었는지 제가 얼마나 알고 싶어 하는가를요. 제발 바로 답장을 보내 주셔서 어쩐 일인지 저도 알게 해 주세요…… 매우 적절한 이유들 때문에, 리디아는 필요하다고 생각하는 것 같던데, 반드시 비밀을 지켜야 할 일이 아니라면 말이에요. 그렇다면 저는 모르는 상태에 만족하도록 노력해야겠지요.

"그렇지만 나는 안 그럴 거야." 엘리자베스는 편지를 끝마치면서 혼잣말로 덧붙였다. "외숙모, 체면을 지키기 위해 말씀해 주시지 않으신다면 부득이 온갖 술수와 술책을 써서라도 알아내고야 말 거예요."

제인은 체면을 민감하게 의식했기 때문에 리디아가 무심코 던진 말에 대해 엘리자베스와 단둘이 이야기를 나누려고 하지 않았다. 엘리자베스는 그것을 다행으로 여겼다. 자신의 문의에 대해 어떤 만족스러운 답을 받을 때까지는 차라리 속마음을 털어놓을 사람이 없는 편이 나았다.

10장

엘리자베스는 만족스럽게도 기대할 수 있는 가장 빠른 답장을 받았다. 그녀는 편지를 손에 넣자마자 서둘러서 방해받을 염려가 가장 적은 작은 관목 숲으로 가서 벤치에 자리를 잡고 궁금증을 풀 준비를 했다. 편지의 길이로 보아 내용을 알려줄 수 없다는 답을 담고 있지는 않다는 확신이 들었기 때문이다.

그레이스처치 가,

9월 6일

사랑하는 조카에게,

방금 네 편지를 받았다. **짧은** 편지로는 너한테 할 말을 다 쓸 수 없을 것 같아서 오늘 오전 내내 답장을 쓰기로 했다. 네 문의를 받고 솔직히 놀랐다. 네가 그런 문의를 할 줄은 몰랐거든. 하지만 내가 화가 났다고 생각하진 말렴. **네 쪽**에서 그것을 물어볼 필요가 있으리라고는 생각조차 하지 않았다는 걸 알려 주려는 것뿐이니까. 네가 나를 이해하지 못하겠다면 내가 주제넘게 말한 것을 용서하렴. 네 외삼촌도 나만큼 놀랐단다. 오로지 네가 이 일에 관련된 사람들 중 하나라는 믿음 때문에 외삼촌이 그렇게 행동했기 때문이야. 하지만 네가 정말로 아무것도 모르고 있다면 내가 더 분명히 밝혀야겠구나. 내가 롱번에서 집으로 온 바로 그날 네 외삼촌은 매우 뜻밖의 손님을 맞았단다. 바로 다아시 씨였어. 그가 방문해서 몇 시간 동안 밀담을 나누었다는구나. 내가 도착하기 전에 대화가 끝났기 때문에 내 호기심은 **너만큼이나** 끔찍하게 괴로울 정도는 아니었다. 다아시 씨는 네 동생과 위컴 씨가 어디에 있는지 찾아냈고 위컴과는 여러 번, 리디아와는 한 번 만나서 이야기를 나누었다는 사실을 알리러 온 거였단다. 내가 알아낸 바로는 그분은 우리보다 하루 늦게 더비셔를 떠나서 두 사람을 찾아내려고 런던으로 왔단다. 다아시 씨는 위컴이 형편없는 사람이라는 것을 널리 알려서 점잖은 젊은 여성이 위컴을 사랑하거나 믿는 일이 일어나지 않도록 하지 못한 게 자기 탓이라고 생각했기 때문에 그렇게 행동했다고 말했어. 그분은 관대하게도 모든 것을 자신의 잘못된 자존심 탓으로 돌렸고, 전에는 위컴의 사적인 행동을 세상에 알리는 것이 체신 깎이는 일이라고 생각했다는구나. 다아시 씨는 위컴의 성격과 평판이 저절로 드러날 줄 알았다고 생각했고, 자기 때문에 일어난 잘못을 시정하려고 노력하는 것이 자신의 의무라고 하셨단다. 만약 다아시 씨에게 **또 다른** 동기가 있었다 해도, 나는 그게 그분의 체면을 깎는 일은 아니라고 생각하는데 말이다. 다아시 씨는 런던에 오고 나서 며칠 후에 그들을 찾아냈단다. 그분에게는 위컴의 행방을 찾을 단서가 **우리**보다 더 많이 있었고, 이 점이 그분이 우리 뒤를 따라오기로 결심한 또 다른 이유였다. 전에 다아시 양의 가정교사로 일한 영 부인이라는 여자가 불미스러운 이유로 해고되었다는구나. 그 이유에 대해서는 아무 말도 하지 않았지만 말이다. 그 여자는 그 후 에드워드 가에 큰 집을 얻어서 하숙을 치면서 생계를 꾸려 나갔대. 다아시 씨는 이 영 부인이 위컴과 친하게 지냈다는 것을 알고 있어서, 런던에 오자마자 위컴에 대한 정보를 얻으려고 그 여자를 찾아갔단다. 하지만 2, 3일이 지나고 나서야 영 부인에게서 원하던 정보를 얻을 수 있었다고 하는구나. 그 여자는 뇌물 없이는 알고 있는 사실을 밝히려고 하지 않았던 거겠지. 사실 영 부인은 둘을 어디서 찾을 수 있는지 알고 있었으니까. 위컴은 런던에 도착하자마자 영 부인에게 갔다는구나. 그 여자가 자기 집에 두 사람을 받아들일 수만 있었다면 둘은 그곳을 숙소로 삼았을 거야. 아무튼 결국 우리의 친절한 다아시 씨는 원하던 주소를 얻었고, 두 사람은 ○○가에 있었대. 그는 위컴을 만났고 나중에는 리디아를 만났는데, 첫 번째 목표는 자신이 할 수 있는 한 그들을 도와주겠으니 현재의 불명예스러운 상황을 벗어나 친지들이 받아 줄 의향이 되는 대로 집으로 돌아가도록 리디아를 설득하는 거였다는구나. 하지만 리디아는 있던 곳에 그대로 머물겠다는 결심이 확고해서 어떤 친지들도 상관하지 않았고, 그의 도움도 전혀 바라지 않았고, 위컴을 떠나라는 말도 들으려 하지 않았다는구나. 리디아는 자기들이 언젠가는 결혼하게 될 것이라고 확신했고, 그 시기는 별로 중요하게 생각하지 않았대. 다아시 씨는 리디아의 감정이 그렇다면 결혼을 확정해서 신속하게 거행하는 게 답이라고 생각했지만 **위컴에게** 그럴 의도가 전혀 없다는 것을 쉽게 알아차렸다고 하는구나. 위컴은 노름빚 독촉이 너무 심해서 연대를 떠날 수밖에 없었다고 털어놓았고, 리디아가 도피 행

Pride and Prejudice

각을 벌여 야기한 온갖 나쁜 결과는 리디아 자신의 어리석음 탓이라고 서슴없이 말했다고 해. 위컴은 장교직을 당장 내놓을 작정이었지만 앞으로의 상황에 대해서는 모르겠다, 어디론가 가야 하긴 하는데 어디로 가야 할지 모르겠다고 했단다. 먹고 살 길이 막막하다는 건 스스로도 알고 있었다는구나. 다아시 씨는 그에게 왜 네 동생과 즉시 결혼하지 않는지 물었단다. 베넷 씨가 아주 부유하지는 않다 해도 뭔가를 해 주실 수 있을 테고 결혼하면 상황이 틀림없이 나아지지 않겠느냐고. 하지만 이 문제에 대해 위컴이 대답하는 것을 들어 보고서는 그가 다른 지방에 가서 다른 여자와 결혼해 더 효과적으로 한밑천 잡을 희망을 여전히 마음에 품고 있다는 것을 알았대. 그렇지만 상황이 상황이니만큼, 위컴도 당장에 급한 불을 꺼 주겠다는 유혹을 물리치지 못한 것 같다. 두 사람은 여러 번 만났대. 논의할 것이 많았으니까. 위컴은 무리하게 많은 것을 원했지만 결국 적당한 수준에서 물러섰다는구나. **두 사람** 사이에서 모든 것이 결정되고 나서 다아시 씨가 네 외삼촌에게 그것을 알렸어. 다아시 씨는 내가 집에 돌아오기 전날 저녁에 그레이스처치 가를 방문했지만 네 외삼촌을 만나지는 못했단다. 다아시 씨는 더 알아본 다음 너희 아버지가 아직도 외삼촌과 함께 머물고 있고, 다음 날 아침 런던을 떠나실 예정이라는 것을 알게 되었어. 그분은 이 문제에 대해 상의하기에는 네 아버지가 외삼촌만큼 적절한 상대가 아니라고 판단해서, 외삼촌을 만나는 일을 너희 아버지가 출발한 후까지 기꺼이 연기했어. 다아시 씨는 이름을 남기지 않았기 때문에 너희 외삼촌도 어떤 신사분이 사업상 방문했었다고만 아셨다는구나. 토요일에 그분이 다시 오셨는데, 네 아버지는 떠났고 외삼촌은 집에 있었어. 내가 앞서 말했듯이 두 분은 함께 많은 이야기를 나누었고, 일요일에 다시 만났는데 그때는 나도 그분을 봤단다. 월요일이 되어서야 모든 것이 결정되었고, 곧바로 롱번으로 속달을 보냈어. 그런데 우리를 방문한 분은 아주 고집이 세더구나. 리지야, 내 생각에는 그 **고집**이 그분의 성격상의 진짜 결점인 것 같구나. 다아시 씨는 여러 가지로 비난받아 왔지만 고집이 세다는 것만은 정말 그렇더구나. 자기가 직접 부담하지 않으면 아무것도 할 수 없다는 식이었거든. 다아시 씨가 그렇게 고집을 부리지만 않았다면 네 외삼촌이 모든 일을 매우 기꺼이 자기 힘으로 해결했을 텐데 말이다.—감사 인사를 받으려고 하는 말이 아니니 이에 대해서는 아무 말도 하지 말거라—두 사람은 오랫동안 옥신각신했는데, 리디아와 위컴에게는 과분한 일이지. 하지만 결국 네 외삼촌이 굴복할 수밖에 없었고, 자기 조카에게 도움을 주는 대신 도움을 주었다는 공로만 갖도록 강요받았단다. 그게 네 외삼촌에게는 너무 속상하고 성미에 맞지 않는 일이었기 때문에, 오늘 아침 네 편지가 외삼촌에게 많은 기쁨을 주었을 것이라고 진심으로 믿는다. 다아시 씨에게서 빌려온 깃털[52]을 털어내고 칭찬을 제자리로 돌릴 수 있으니까 말이다. 하지만 리지야, 이 사실은 너나 기껏해야 제인만 알고 있어야 한다. 그 이상으로 퍼져서는 안 돼. 두 사람을 위해 다아시 씨가 무슨 일을 했는지 너도 꽤 잘 알고 있으리라 믿는다. 천 파운드가 훨씬 넘는 위컴의 빚을 변제해 주기로 했고, **리디아**의 몫 외에도 천 파운드를 더 얹어 주고, 장교 자리도 사 주었어. 왜 이 모든 일을 그분 혼자 맡기로 했는지, 그 이유는 앞에서 내가 말한 대로

야. 사람들이 위컴의 성격과 평판을 제대로 알지 못해서 결과적으로 그를 받아들이고 주목하게 된 것은 자기가 사실을 알리지 않고, 적절하게 생각하지 않은 탓이라는 거야. 아마도 **이 말**이 어느 정도는 사실이겠지. 하지만 과연 **그분**이 위컴의 본성에 대해 말하지 않은 것이나 아니면 다른 누가 그에 대한 말을 하지 않은 게 이 일의 진짜 원인인지는 의심스럽다. 그렇지만 리지야, 이 모든 훌륭한 말에도 불구하고, 그분이 이 일에서 **또 다른** 이익을 얻게 될 거라고 생각하지 않았다면 네 외삼촌은 절대 다아시 씨의 요구에 굴복하지 않았을 거란다. 다아시 씨는 모든 것이 결정되고 나서야 펨벌리에 머물고 있던 자기 친구들에게 돌아갔어. 하지만 결혼식을 올릴 때 다시 한 번 런던으로 와서 돈 문제를 모두 마무리 짓기로 합의를 했단다. 이제 너한테 모든 것을 다 말해 준 것 같구나. 많이 놀랐다고 하겠지만, 적어도 기분 나빴다고 하진 않길 바란다. 리디아는 우리 집에 왔고, 위컴은 집에 계속 올 수 있게 허락해 주었다. **위컴**은 내가 하트퍼드셔에서 알았을 때 모습 그대로다. 변한 게 없어. 지난 수요일에 제인의 편지를 받았는데, 리디아가 집에 가서도 똑같이 행동했고 그래서 내가 하는 말이 너한테 새삼스럽게 고통을 주지는 않으리란 걸 알지 못했더라면 우리와 함께 지내는 동안 리디아의 행동이 얼마나 못마땅했는지 너한테 말하지 않으려 했다. 나는 그 애가 저지른 짓이 얼마나 나쁜지, 그 애가 가족들에게 얼마나 큰 불행을 야기했는지 아주 진지하게 거듭해서 이야기했다만, 리디아가 내 말을 들어보기라도 했으면 다행이다 싶다. 아마 내 말은 전혀 듣지 않았다고 생각한단다. 때로는 정말 화가 났지만 그럴 때면 너와 제인을 떠올리고 너희를 봐서 참았다. 다아시 씨는 정확히 약속에 맞춰 돌아왔고, 리디아가 너에게 알려 준 것처럼 결혼식에 참석했어. 다음 날에는 우리와 정찬을 했고 수요일인지 목요일인지에 다시 런던을 떠났고. 리지야, 전에는 감히 그런 말을 못 했었지만 내가 그 사람을 얼마나 좋아하는지 말한다면 나한테 화를 낼 거니? 우리를 대하는 그분의 행동은 모든 면에서 우리가 더비셔에 갔을 때만큼 상냥했단다. 그의 분별력과 견해는 모두 내 마음에 든다. 약간의 생기가 더 필요한 것 말고는 부족한 것이 전혀 없지만, 그것도 그분이 **신중하게** 결혼한다면 부인이 가르쳐 줄 수 있을 것 같더라. 나는 그분이 매우 능청스럽다고 생각했다. 네 이름을 거의 언급하지 않았거든. 그렇지만 요즘은 그런 게 유행인 것 같더구나. 내가 너무 주제넘었다면 부디 용서해 다오. 아니면 적어도 펨벌리에서 추방하는 형벌은 내리지 말아 다오. 그 대정원을 모두 둘러보기 전까지는 행복하다고 할 수 없을 테니까. 작고 멋진 망아지 한 쌍이 끄는 나지막한 사륜마차가 제격이겠지. 이제 더 이상은 쓸 수 없을 것 같구나. 아이들이 나를 반 시간이나 기다리고 있단다. 이만 줄인다.

외숙모가

엘리자베스는 이 편지의 내용 때문에 마음이 설렜지만, 즐거움과 괴로움 중 어느 쪽이 마음을 더 많이 차지하고 있는지 단정할 수가 없었다. 너무 지나친 친절이라 가능할 것 같지 않아서 기대를 품지 않았지만 동시에 신세를 지는 것이 싫어서 맞으면 어쩌나 했던 의심, 즉 다아시 씨가 리디아의 결혼을 추진하기 위해 무슨 일인가를 했을지 모른다는 막연하고 불안한 의심이 명명백백한 사실로 드러나고 말았다! 다아시 씨는 일부러 런던으로 가드너 부부를 따라왔고, 탐문 조사에 수반되는 온갖 수고와 굴욕을 스스로 짊어졌다. 그가 혐오하고 경멸하는 여자에게 부탁도 해야 했고, 항상 피하고 싶어 했고 이름을 입에 올리는 것조차 끔찍해했던 남자를 몇 번이나 만나서 설득하고 권유하는 것으로도 모자라 결국에는 돈으로 매수까지 해야 했다. 다아시 씨는 별로 호감을 가질 수도, 존경할 수도 없는 한 여자를 위해 이 모든 일을 했다. 엘리자베스의 마음은 그가 자신을 위해서 그렇게 했다고 속삭였다. 하지만 그 희망은 다른 생각에 금세 꺾였다. 다아시 씨는 위컴과 친척 관계를 맺는다는 것만으로도 혐오감을 느낄 텐데, 이미 한 번 자신을 거절했던 여자에 대한 사랑 때문에 그런다는 건 헛된 바람이라는 것을 곧 깨달았다. 위컴과 동서지간이 되다니! 다아시 씨의 온갖 종류의 자존심이 그에 반발할 것이다. 분명히 다아시 씨는 많은 일을 했다. 얼마나 많은 일을 했는지 생각하면 부끄러울 정도였다. 다아시 씨는 자신이 개입한 이유를 제시했고, 그것을 믿지 못할 특별한 근거가 있지도 않았다. 그가 자신이 잘못했다고 느끼는 것은 이치에 맞았다. 그는 포용력이 있었고 그를 발휘할 자산도 있었다. 엘리자베스는 다아시 씨 행동의 주된 동기가 자기 자신이라고 내세우고 싶진 않았지만, 엘리자베스에 대해 남아 있는 호감 때문에 그녀의 마음의 평화에 많은 영향을 미칠 수 있는 일을 해결하기 위해 노력했을 거라고 생각할 수도 있었다. 절대 보답할 수 없는 사람에게 은혜를 입었음을 아는 일은 극도로 고통스러웠다. 리디아를 되찾은 것이며, 그녀가 평판을 회복한 것이며 모두 다아시 씨 덕분이었다. 엘리자베스는 자신이 전에 그에 대해 품었던 온갖 무례한 감정과 그에게 퍼부었던 온갖 건방진 말들을 진심으로 후회했다. 엘리자베스는 스스로는 겸손해졌지만 다아시가 자랑스러웠다. 그가 동정심과 명예를 위해 자기 자신을 극복할 수 있었다는 게 자랑스러웠다. 엘리자베스는 다아시에 대한 외숙모의 칭찬을 반복해서 읽었다. 그것만으로는 결코 충분하지 않았지만 그래도 기뻤다. 외숙모와 외삼촌 모두 다아시 씨와 자신 사이에 애정과 신뢰가 지속되고 있다고 매우 굳게 믿고 있다는 것을 알고 안타깝긴 했지만 어떤 기쁨이 느껴지기도 했다.

엘리자베스는 누군가 다가오는 소리에 상념에서 깨어나 자리에서 일어났다. 다른 길로 접어들기도 전에 위컴이 그녀를 뒤따라왔다.

"혼자 산책을 즐기시는 걸 방해하지 않았는지 모르겠네요, 처형." 위컴이 엘리자베스와 함께 걷기 시작하며 말했다.

"방해는 맞아요." 엘리자베스가 미소를 지으며 대답했다. "그렇지만 당신을 환영하지 않겠다는 말은 아니에요."

"환영받지 못한다면 제가 섭섭하죠. **우리는** 항상 좋은 친구 사이였으니까요. 지금은 그 이상이고요."

"맞아요. 다른 사람들도 산책하러 나오나요?"

"모르겠습니다. 장모님과 리디아는 마차를 타고 메리턴에 갈 예정이라는군요. 그런데 처형, 외삼촌 내외분 말씀으로는 직접 펨벌리에 다녀오셨다면서요."

엘리자베스는 그렇다고 대답했다.

"그런 즐거움을 누린 처형이 부러울 지경입니다. 저한테는 너무 과분한 일이겠죠. 저도 뉴캐슬에 가는 도중에 들러 볼까 했지만 그러지 못했어요. 거기의 나이 든 하녀장을 만나셨겠군요. 딱한 레이놀즈 부인이 저를 항상 아주 좋아했어요. 그렇지만 그분이 제 이름을 언급하진 않았겠지요."

"아니오, 했어요."

"뭐라고 하던가요?"

"당신이 군대에 들어갔고…… 일이 잘 풀리지 않았다고 걱정하더군요. 거리가 **그렇게** 멀다 보면 상황이 이상하게 잘못 전달된다는 걸 아시잖아요."

"물론이죠." 위컴이 입술을 깨물며 대답했다. 엘리자베스는 그것으로 그의 입을 다물게 했으려니 생각했지만 위컴은 곧바로 이렇게 말했다.

"지난달에 런던에서 다아시 씨를 보고 놀랐습니다. 서로 여러 번 지나쳤어요. 거기서 도대체 무슨 할 일이 있었는지 모르겠어요."

"드 버그 양과의 결혼을 준비하고 있는 건지도 모르죠." 엘리자베스가 말했다. "이맘때 그곳에 가다니 틀림없이 특별한 일일 거예요."

"의심할 여지없이 그렇죠. 램턴에 있는 동안 그를 만났습니까? 가드너 삼촌 내외분에게서 그러셨다는 말을 들은 것 같아요."

"네, 다아시 씨가 자기 누이동생을 우리에게 소개해 주었어요."

"그녀가 마음에 드시던가요?"

"아주 마음에 들어요."

"최근 몇 년 동안 다아시 양이 아주 좋아졌다는 말을 들었습니다. 제가 봤을 때만 해도 썩 가망이 보이진 않았거든요. 그녀가 처형 마음에 들었다니 다행이네요. 저도 다아시 양이 잘 되기를 바랍니다."

"분명히 잘 될 거예요. 가장 힘든 시기를 극복했으니까요."

"킴프턴 마을을 지나셨나요?"

"기억이 안 나요."

"거기를 언급한 건 거기가 바로 제가 살았어야 마땅한 곳이기 때문입니다. 매우 멋진 곳이죠! 목사관도 훌륭하고, 모든 면에서 저한테 잘 맞았을 겁니다."

"설교하는 것을 당신이 좋아했을까요?"

"물론이죠. 저는 설교를 제 의무 중 하나로 간주했을 테니, 힘든 일도 곧 별것 아닌 일이 되었을 겁니다. 불평을 해서는 안 되겠지만, 분명히 저에게 잘 맞는 일이었을 겁니다! 조용하고 한적한 생활은 제가 생각하는 행복을 모두 충족시켜 주었을 텐데 말이죠. 근데 그렇게 되질 않았습니다. 처형이 켄트에 가 계신 동안 다아시 씨가 그 상황에 대해 언급하던가요?"

"아주 **믿을 만한** 분에게서 들은 바에 의하면, 그 자리는 당신에게 조건부로 남겨진 것이었고 실제로 성직자를 임명하는 권한은 현재의 후원자에게 있다고 하더군요."

"들으셨군요. 맞아요, 그런 것도 있었습니다. 기억하실지 모르겠지만 제가 처음부터 그렇게 말씀드렸던 것 같은데요."

"설교하는 일이 지금 생각하시는 것만큼 썩 마음에 들지 않았던 때가 있었던 것 같고, 실제로 당신이 성직을 얻지 않겠다는 결심을 밝혀서 그에 따라 그 일이 처리되었다는 말도 또한 직접 **들었어요**."

"그랬군요! 아주 근거 없는 말은 아닙니다. 우리가 처음 그 이야기를 나누었을 때 그 점에 대해 제가 한 말을 기억하실지 모르겠지만요."

두 사람은 이제 거의 집 문 앞에 이르렀다. 엘리자베스는 위컴을 떼어내기 위해 빨리 걸었고, 동생을 위해서 그를 화나게 하고 싶지 않았기 때문에 상냥한 미소를 지으며 이렇게만 대답했다.

"자, 위컴 씨. 아시다시피 우리는 이제 가족이 되었으니 과거를 가지고 싸우지 않도록 해요. 앞으로는 우리가 항상 한마음이길 바랍니다."

엘리자베스는 손을 내밀었고, 위컴은 다정하고 정중하게 그 손에 입을 맞췄지만 시선을 어디로 두어야 할지 몰라 했다. 두 사람은 집안으로 들어갔다.

11장

위컴 씨는 이 대화에 더할 나위 없이 만족했기 때문에 그 주제를 꺼내서 자신이 난처해지거나 처형인 엘리자베스를 화나게 만들지 않았다. 엘리자베스도 그 정도로 이야기해서 그의 입을 다물게 했다는 것을 알고서 기뻐했다.

위컴과 리디아가 출발할 날이 다가왔다. 베넷 부인은 가족 모두 뉴캐슬에 가자는 계획을 남편이 들은 척도 하지 않았기 때문에 적어도 열두 달은 지속될 것 같은 이별을 받아들여야만 했다.

"아, 애, 우리 리디아!" 베넷 부인이 소리쳤다. "언제 다시 만나게 될까?"

"아이, 정말! 모르겠어요. 2~3년은 못 보겠지요, 아마도?"

"자주자주 편지해라, 애야."

"되도록 자주 할게요. 그렇지만 결혼한 여자들은 편지 쓸 시간이 많지 않다는 걸 어머니도 아시잖아요. 언니들이 저한테 쓰면 되겠네요. 달리 할 일이 없을 테니까요."

위컴의 작별 인사는 자기 아내의 작별 인사보다는 훨씬 더 다정했다. 그는 미소를 지었고 차림새도 근사했으며, 듣기 좋은 말도 많이 했다.

Pride and Prejudice

"참 대단한 사람이야." 베넷 씨는 두 사람이 집 밖으로 나가자마자 비꼬며 말했다. "지금까지 저런 놈은 처음 본다. 억지웃음을 짓고 능글맞게 웃으면서 모두의 환심을 사려고 하지. 나는 저 사람이 엄청나게 자랑스러워. 더 가치 있는 사위를 얻는 문제에 있어서는 내가 윌리엄 루카스 경도 이길 수 있을 것 같구나."

딸을 떠나보낸 것 때문에 베넷 부인은 며칠 동안 무척 울적해했다.

"같이 살던 사람들과 헤어지는 것만큼 힘든 일은 없는 것 같아." 베넷 부인이 말했다. "두 사람이 없으니까 너무 허전하다."

"딸을 결혼시키니까 이런 일이 생기는 거예요, 어머니." 엘리자베스가 말했다. "아직 결혼하지 않은 딸이 넷이나 있으니 어머니께서 더 좋아하실 거 같은데요."

"그렇지 않아. 리디아는 결혼했다고 나를 떠난 게 아니라 남편의 부대가 너무 멀리 있어서 떠난 거야. 부대가 더 가까이 있었다면 그렇게 빨리 떠나진 않았을 거야."

하지만 리디아의 공백으로 생겨난 우울한 상태는 곧 해소되었고, 베넷 부인의 마음은 새롭게 떠돌기 시작한 소식으로 다시 요동치는 희망에 들떴다. 네더필드의 가정부가 주인의 도착을 준비하라는 명령을 받았고, 주인이 하루 이틀 후에 내려와서 몇 주 동안 사냥을 할 예정이라는 것이었다. 베넷 부인은 안절부절못하면서 제인을 바라보고 때로는 미소를 짓다가 때로는 고개를 젓다가 했다.

"그래, 그래서 빙리 씨가 내려온다는 거지, 동생." (필립스 부인이 그녀에게 처음으로 소식을 전했다) "글쎄, 그것 참 좋은 일이네. 내가 신경 쓸 일은 아니지만 말이야. 알다시피 그 사람이 우리하고 무슨 관계인 것도 아니고, 그 사람을 다시 보고 싶은 마음도 전혀 없어. 그렇지만 자기가 좋다면 네더필드에 내려오는 거야 어쩌겠어. 거기다 무슨 일이 일어날지 누가 알겠어? 우리하고는 상관없는 일이지만. 우리는 그 일에 대해서는 한마디도 안 하기로 오래전에 약속했잖아. 그런데 그 사람이 오는 게 확실하긴 한 거야?"

"틀림없어." 필립스 부인이 대답했다. "니콜스 부인이 어젯밤에 메리턴에 왔거든. 그녀가 지나가는 것을 보고 그 소문이 사실인지 일부러 밖으로 나가서 알아봤고. 확실하다고 알려 주던데? 아무리 늦어도 목요일에는 내려올 거고, 수요일에 올 확률이 매우 높대. 그래서 수요일에 맞춰서 고기를 주문하려고 푸줏간에 가는 길인데 딱 적당한 오리 여섯 마리를 구했다고 했어."

베넷 양은 빙리 씨가 온다는 말을 듣고 안색이 변하지 않을 수가 없었다. 그녀가 엘리자베스에게 그의 이름을 언급하지 않은 지도 벌써 여러 달이 되었다. 그러나 단둘이 함께 있게 되자 제인은 이렇게 말했다.

"오늘 이모가 우리한테 이 소식을 전할 때 네가 나를 쳐다보는 것을 보았어, 리지. 내가 힘들어하는 것처럼 보였겠지. 하지만 그게 무슨 바보 같은 이유 때문이었다고 생각하지는 말아 줘. 나는 그저 순간 당황했던 것뿐이야. 틀림없이 모두가 나를 바라볼 것이라 생각했거든. 분명히 말하지만 그 소식은 나한테 기쁨도, 고통도 주지 않아. 빙리 씨 혼자 오신다는 것 하나는 다행이라고 생각해. 그러면 그분을 만날 일이 별로 없을 테니까. 그를 만나는 게 두려운 것이 아니라, 다른 사람들이 이런저런 말을 하는 것이 두려워."

엘리자베스는 이 말을 어떻게 이해해야 할지 알 수가 없었다. 빙리 씨를 더비셔에서 만나지 않았더라면 그가 단지 사냥 때문에 그곳에 온다고 생각했을지도 모른다. 하지만 그녀는 빙리 씨가 여전히 제인에게 호감을 가지고 있다고 생각했고, 그가 친구의 허락을 받고서 오는 것인지, 아니면 대담하게 허락 없이 오는 것인지, 어느 쪽이 더 가능성이 있을지 궁금했다.

'그렇지만 합법적으로 세든 집에 오는데 그때마다 이런 온갖 추측을 불러일으키다니 너무 심하지!' 엘리자베스는 종종 이렇게 생각했다. '나라도 그를 그냥 내버려 둘 거야!'

제인이 아무렇지 않다고 공언했고 또 정말로 자기감정이 그렇다고 믿고 있음에도 불구하고, 엘리자베스는 빙리 씨의 도착 날짜가 다가오자 언니의 기분이 그 일에 영향을 받고 있다는 것을 쉽게 알 수 있었다. 제인의 기분은 평소보다 들쑥날쑥하고 불안정했다.

약 1년 전 부부 사이에서 격렬히 논의되었던 주제가 이제 다시 불거져 나왔다.

"빙리 씨가 도착하자마자 방문할 거지요, 여보." 베넷 부인이 말했다.

"아니, 싫소. 작년에도 억지로 당신이 시켜서 그를 방문했고, 내가 그를 찾아가서 만나면 우리 딸 중 하나와 그가 결혼할 것이라고 했잖소. 그런데 수포로 돌아갔지. 나는 또다시 바보 같은 짓을 하러 가진 않겠소."

베넷 부인은 빙리 씨가 네더필드에 돌아오면 이웃의 모든 신사들이 예의를 차려 인사 가는 것이 필수적이라고 남편에게 설명했다.

"나는 그런 종류의 예의라면 경멸하오." 그가 말했다. "우리와 교제하고 싶다면 그에게 찾아오라고 해요. 우리가 어디 사는지 알고 있잖소. 이웃들이 떠났다가 다시 돌아올 때마다 쫓아다니며 시간을 허비하진 않을 거요."

"그렇지만 이것만은 알아 둬요. 당신이 그 사람을 방문하지 않는다면 그건 굉장히 무례한 행동이고, 당신이 그런다고 해서 내가 여기서 정찬을 들자고 그를 초대하는 일을 막진 못할 거예요. 제 결심은 굳으니까요. 곧 롱 부인과 굴딩 부부를 초대해야 하는데, 우리하고 합쳐서 열세 명이니 식탁에 그가 앉을 자리가 딱 하나 남는군요."

그를 초대할 결심으로 위안을 얻은 베넷 부인은 남편의 무례함을 더 잘 견딜 수 있게 되었다. 그럼에도 불구하고 이웃들 모두가 자기들보다 먼저 빙리 씨를 만날지도 모른다는 생각을 하면 속이 굉장히 상했다. 빙리 씨가 도착할 날이 점점 더 가까워지고 있었다.

"그분이 오는 게 싫어지기 시작했어." 제인이 동생에게 말했다. "아무 일도 아닐 거야, 완전히 무관심하게 그분을 볼 수 있을 거야. 하지만 어머니가 그 일에 대해 끊임없이 이야기하는 건 정말 참을 수가 없어. 어머니야 좋은 의도로 그러시는 거겠지만, 내가 그런 말 때문에 얼마나 괴로운지는 모르실 거야. 아무도 모르겠지. 나는 그분의 네더필드 방문이 끝나야만 행복할 거야!"

"언니를 위로할 말이 있으면 좋겠는데." 엘리자베스가 대답했다. "내 힘으로 어떻게 할 수가 없네. 언니도 알 거야. 사람들은 대개 괴로워하는 사람에게 인내심을 가지라고 설교하는 걸로 만족하는데, 나는 그런 말은 못 하겠어. 언니는 항상 너무 많이 참아 왔으니까."

빙리 씨가 도착했다. 베넷 부인은 하인들의 도움으로 그 소식을 가장 먼저 입수했지만 오히려 그녀 입장에서는 불안하고 초조한 기간이 최대한 늘어나는 격이 되었다. 그녀는 초대장을 보내기 전에 며칠이나 기다려야 하는지 헤아려 보았고, 그 전에는 그를 볼 수 없을 것이라고 생각했다. 하지만 빙리 씨가 하트퍼드셔에 도착한 지 사흘째 되는 날 아침에, 베넷 부인은 옷 방 창문을 통해 그가 방목장으로 들어와서 자기 집 쪽으로 말을 타고 오는 모습을 보았다.

베넷 부인은 기쁨을 나누기 위해 딸들을 간절히 불렀다. 제인은 단호하게 탁자에서 자기 자리를 지켰지만, 엘리자베스는 어머니를 기쁘게 해 주려고 창문으로 가서 무심코 눈길을 던졌다가 다아시 씨가 그와 함께 있는 것을 보고 다시 자기 언니 옆에 앉았다.

"빙리 씨가 신사분이랑 같이 왔어요, 어머니." 키티가 말했다. "그게 누구일까요?"

"아는 사람 누구겠지, 애야. 나는 전혀 모르겠구나."

"저것 봐요!" 키티가 대답했다. "전에 빙리 씨가 함께 있곤 했던 그 남자하고 똑같이 생겼어요. 이름이 뭐였더라. 그 키 크고 거만한 남자 말이에요."

"세상에! 다아시 씨잖아! 그래 분명해. 뭐, 빙리 씨의 친구라면 여기

오는 걸 환영하지만, 그것만 아니라면 나는 저 사람 꼴도 보기 싫다."

제인은 놀라서 엘리자베스를 걱정스레 바라보았다. 제인은 두 사람이 더비셔에서 만난 것에 대해 모르고 있었기 때문에, 자기 동생이 다아시 씨의 해명 편지를 받은 후 처음으로 그를 만나게 되어 틀림없이 어색함을 느낄 것이라고 안쓰러워했다. 두 자매는 마음이 매우 불편했다. 각자 서로를 안쓰럽게 생각했고, 당연히 자신들도 안됐다고 생각했다. 어머니는 다아시 씨를 싫어한다. 오로지 빙리 씨의 친구이기 때문에 그에게 공손하게 대하겠다며 계속 떠들어 댔지만, 그들 중 어느 누구도 그 말에 귀를 기울이지 않았다. 하지만 엘리자베스에게는 제인이 추측할 수 없는 불편한 이유가 있었다. 엘리자베스는 제인에게 가드너 부인의 편지를 보여 주거나, 다아시에 대한 자신의 감정 변화를 이야기해 줄 용기가 아직 없었기 때문이다. 제인에게 다아시 씨는 동생에게 청혼을 거절당한, 장점이 과소평가된 남자일 뿐이었다. 하지만 더 많은 것을 알고 있는 엘리자베스가 보기에 다아시 씨는 베넷가 전체에 가장 큰 은혜를 베푼 사람이었다. 또한 그녀가 다아시 씨에게 느끼는 감정은 제인이 빙리에게 느끼는 것만큼 다정하지는 않다 해도 적절하고 타당한 관심에서는 뒤지지 않았다. 다아시 씨가 네더필드에 온 것은 물론 롱번까지 자발적으로 자기를 찾은 것을 보고 엘리자베스는 깜짝 놀랐는데, 놀라움으로 따지자면 더비셔에서 그의 변화된 행동을 처음 목격했을 때 느꼈던 것과 거의 맞먹을 정도였다.

엘리자베스가 다아시 씨의 애정과 소망이 아직도 흔들리지 않은 것이 틀림없다고 확신하게 된 30초 동안, 얼굴에서 사라졌던 혈색이

빛을 더해 되돌아왔고 기쁨의 미소가 그녀의 눈에 광채를 더했다. 하지만 아직 안심하기에는 일렀다.

'먼저 그가 어떻게 행동하는지 봐야겠어.' 엘리자베스는 생각했다. '그때 가서 기대해도 늦지 않을 거야.'

엘리자베스는 침착하려고 애쓰면서 앉아서 뜨개질에 열중했다. 처음에는 감히 눈도 들지 못하다가 하인이 문으로 다가갈 때 호기심을 참을 수가 없어서 언니의 얼굴을 쳐다보았다. 제인은 평소보다 조금 더 창백해 보였지만 엘리자베스가 예상했던 것보다는 침착했다. 신사들이 다가오자 제인의 얼굴은 더 붉어졌지만, 그녀는 싫어하는 기색이나 불필요한 공손함 없이 상당히 편안하게 적절한 태도로 그들을 맞이했다.

엘리자베스는 예의에 어긋나지 않는 한도 내에서 두 사람에게 말을 조금씩 했고, 다시 앉아 뜨개질감을 들고 평소와는 달리 열심히 뜨개질을 했다. 그녀는 용기를 내서 겨우 한 번 다아시 씨를 바라보았다. 다아시 씨는 평소처럼 진지해 보였는데, 엘리자베스는 그의 표정이 펨벌리에서 보았을 때보다는 하트퍼드셔에서 보던 것에 더 가깝다고 생각했다. 아마도 어머니 면전에서는 외삼촌과 외숙모 앞에 있을 때와 같을 수 없을 터였다. 괴로운 추측이긴 하지만 터무니없는 추측은 아니었다.

엘리자베스는 마찬가지로 빙리도 살짝 보았는데, 그 짧은 순간 빙리는 기뻐하면서도 당황스러워하고 있었다. 베넷 부인은 빙리 씨는 공손하게 맞았지만 다아시 씨에게는 대조적으로 차갑고 의례적으로 인사를 했기 때문에 두 딸을 더욱 창피하게 만들었다.

엘리자베스는 어머니가 가장 귀여워하는 딸을 씻을 수 없는 불명예에서 구제해 준 게 다아시 씨라는 사실을 알고 있었기 때문에 엉뚱한 사람을 대접하는 차별 대우에 괴로울 정도로 마음이 아팠다.

다아시는 가드너 부부의 안부를 물었고, 엘리자베스는 대답할 때 당황하지 않을 수가 없었다. 그 후 다아시는 거의 아무 말도 하지 않았다. 어쩌면 그가 엘리자베스 옆에 앉아 있지 않았기 때문에 침묵했을 수도 있었다. 하지만 더비셔에서는 그렇지 않았다. 그곳에서는 엘리자베스 본인에게 말을 걸 수 없을 때에는 그녀의 친척들과 이야기를 나눴다. 하지만 지금은 몇 분이 흘러도 그의 목소리를 들을 수 없었다. 엘리자베스가 호기심을 억누를 수 없어서 이따금씩 눈을 들고 다아시 씨의 얼굴을 바라보았을 때, 그는 엘리자베스를 바라보는 것만큼이나 자주 제인을 바라보았고, 방바닥만 바라보는 때도 적지 않았다. 지난번 만났을 때보다 생각에 잠겨 있는 듯했고, 유쾌하게 어울릴 생각이 없다는 것도 명백해 보였다. 엘리자베스는 실망했고 실망한 자기 자신에게 화가 났다.

'달리 어떻게 될 수 있다고 기대했다니!' 엘리자베스는 생각했다. '그런데 다아시 씨는 왜 온 거야?'

엘리자베스는 다아시 씨 외에는 어느 누구와도 대화를 나눌 기분이 아니었지만, 그와 말을 나눌 용기는 없었다. 다아시 씨 누이동생의 안부를 물은 다음에는 더 이상 아무 말도 할 수 없었다.

"빙리 씨, 떠나신 후 정말 오랜만에 뵙네요." 베넷 부인이 말했다.

빙리 씨는 곧바로 그 말에 동의했다.

"혹시 다시 돌아오시지 않을까 봐 걱정하기 시작했답니다. 사람들 말로는 미카엘 축일에 이곳을 아주 떠나실 생각이었다고요. 하지만 전 그게 사실이 아니었으면 좋겠네요. 빙리 씨가 떠나신 후 이웃에 엄청나게 많은 변화가 일어났어요. 루카스 양이 결혼을 해서 가정을 이뤘답니다. 제 딸 중 하나도요. 소식을 들으셨을 거예요. 틀림없이 신문에서 보셨겠죠. 《타임스》랑 《쿠리어》에 실린 것으로 알고 있어요. 소식이 제대로 다 실리진 않았지만요. 신부 아버지가 누구고, 사는 곳이 어디고, 그런 것에 대해선 한 마디도 없이 그저 '최근에 조지 위컴 님과 리디어 베넷 양이 화촉을 밝히다'라고만 실렸어요. 제 동생 가드너가 작성했다는데 어떻게 그렇게 일을 어설프게 처리했는지 모르겠어요. 보셨나요?"

빙리는 보았다고 대답하고 축하 인사를 했다. 엘리자베스는 차마 눈을 들 수가 없어서 다아시 씨의 표정이 어땠는지 확인할 수가 없었다.

"딸을 좋은 데 시집보내는 것은 분명히 기쁜 일이에요." 어머니가 말을 계속했다. "그렇지만 빙리 씨, 동시에 그 애와 떨어져 살아야 해서 참 힘들어요. 딸네 부부는 상당히 북쪽에 있는 뉴캐슬로 갔는데 거기서 얼마나 오래 머무를지 알 수가 없어요. 사위 부대가 그곳에 있거든요. 그가 **부대를 나와서 정규군에 들어갔다는 소식을 들으셨을 거예요. 세상에 다행이죠! 그 사람 됨됨이에 합당할 만큼은 아니지만 친구가 **좀** 있거든요!"

이 말이 다아시 씨를 겨냥하고 있다는 것을 아는 엘리자베스는 비참할 정도로 부끄러워서 자리에 앉아 있지 못할 지경이었다. 하지만 이런 상황이 되자 어머니의 입을 막아야 한다는 생각이 그녀에게서 말하려는 노력을 끌어내 주었다. 엘리자베스는 빙리에게 이번에는 네더필드에서 얼마나 체류할 계획이냐고 물어보았다. 빙리는 몇 주 정도 머무를 것 같다고 대답했다.

"빙리 씨, 당신 소유의 새들을 전부 잡고 나면." 베넷 부인이 말했다. "여기 와서 베넷 씨 영지에서 마음대로 새를 잡아도 돼요. 우리 집 양반도 그렇게 하고 싶어 하실 것이고 당신을 위해서 제일 좋은 메추라기들을 남겨 두실 거예요."

이렇게나 불필요하고 공연한 배려에 엘리자베스의 비참함은 더 커졌다. 그녀는 1년 전에 가족들 마음을 부풀게 만들었던 것과 똑같은 기대를 한다면, 모든 것이 똑같이 짜증나는 결론으로 서둘러 치닫게 될 것이라고 확신했다. 제인이나 자신이 몇 년 동안 행복하게 지낸다고 해도, 그것이 현재의 둘이 겪는 고통스럽고 당황스러운 순간들을 보상해 줄 수는 없을 것 같은 기분이 들었다.

'내가 가장 바라는 것은.' 엘리자베스가 생각했다. '두 사람 중 어느 누구와도 더 이상 절대 만나지 않는 거야. 이 분들과의 교제는 지금같은 비참한 마음을 보상해 줄 만한 기쁨을 주지 못할 거니까! 두 사람 모두 다시는 보지 않았으면!'

그러나 오랜 기간의 행복으로도 보상받지 못할 것이라 여겼던 비참함은 곧 누그러졌다. 언니의 아름다움이 과거 연인의 사랑에 열렬하게 다시 불을 붙인 것을 보게 되었기 때문이다. 처음에 들어왔을 때 빙리 씨는 제인에게 거의 말을 하지 않았다. 하지만 제인에 대한 빙리의 관심은 5분마다 더 커지는 것 같았다. 빙리는 제인이 작년만큼 아름답다고 생각했다. 전만큼 말을 많이 하지는 않지만 한결같이 상냥하고 가식이 없었다. 제인은 자기에게서 달라진 점이 느껴지지 않도록 신경을 썼고 실제로 평소만큼 말을 했다고 확신했다. 하지만 제인의 마음은 여러 가지 생각으로 매우 바빴기 때문에, 자신이 침묵했다는 사실을 의식하지 못할 때도 있었다.

신사들이 가려고 일어섰을 때, 베넷 부인은 결심했던 것을 잊지 않고 둘을 정찬에 초대하고 오겠다는 약속도 받았다.

"저한테 방문 한 번을 빚지고 있어요, 빙리 씨." 베넷 부인이 덧붙였다. "지난겨울에 런던으로 떠나셨을 때 돌아오자마자 우리 가족과 식사를 하겠다고 약속하셨잖아요. 보시다시피 저는 그 약속을 잊지 않았는데, 돌아오시지도 않고 약속도 지키시지 않아서 굉장히 실망했답니다."

빙리는 이 말에 약간 멍한 표정을 지었지만 일 때문에 오지 못했다고 사과의 말을 했다. 그런 다음 그들은 떠났다.

베넷 부인은 둘에게 그날 롱번에서 식사를 하고 가라고 청하고 싶은 마음이 굴뚝같았다. 하지만 베넷가의 식탁이 항상 썩 훌륭하다 해도, 두 코스밖에 안 되는 요리는 간절히 사위로 삼고 싶은 남자에게 충분하지 않은 것 같았고, 연 수입이 만 파운드인 남자의 식욕과 자부심을 충족시키지도 못할 것 같았다.

12장

두 남자가 떠나자마자 엘리자베스는 기운을 차리려고 산책을 나갔다. 아니, 정확히 말하면 틀림없이 기운을 더 빠지게 만들 문제들에 대해 방해받지 않고 생각해 보기 위해서였다. 다아시 씨의 행동에 그녀는 놀라고 화가 났다.

'와서 말도 안 하고 근엄한 표정으로 냉담하게 있을 거면.' 엘리자베스는 생각했다. '도대체 왜 온 거야?'

엘리자베스는 속시원한 답을 결코 찾을 수 없었다.

'런던에서 외삼촌과 외숙모에게는 여전히 상냥하고 유쾌하게 굴었다면서 왜 나한테는 안 그러는 거야? 내가 겁난다면 여기는 왜 온 거야? 나를 더 이상 좋아하지 않는다면 왜 아무 말도 안 하는 거지? 짜증나게 만드는 사람이야, 정말! 더 이상 그 사람에 대해 생각하지 않을 거야.'

엘리자베스는 언니가 다가오는 바람에 잠깐 동안이나마 결심을 지켰다. 제인은 즐거운 표정으로 엘리자베스에게 다가왔고, 제인의 표정은 그녀가 엘리자베스보다 손님들에게 더 만족해한다는 것을 보여주었다.

"첫 만남을 끝내고 나니까 마음이 아주 편해." 제인이 말했다. "내가 강하다는 사실을 알았어. 다시 그분이 오더라도 절대 당황하지 않을 거야. 화요일에 여기서 식사하기로 해서 기뻐. 그때는 모두가 우리 둘 다 평범하고 무관한 사이로 만난다는 것을 알게 될 테니까."

"그래, 아주 무관한 사이지." 엘리자베스가 놀리듯이 말했다. "아, 언니. 조심해."

"리지야, 내가 또 위험에 처할 정도로 약하다고 생각하지 마."

"내 생각에는 언니가 그분을 사랑에 빠뜨리게 만들 위험이 예전이나 지금이나 마찬가지인 것 같은데."

*

그들은 화요일이 되어서야 다시 신사들을 만났다. 그동안 베넷 부인은 빙리가 반 시간 동안에 보여준 명랑함과 전반적으로 예의 바른 태도를 보고 다시 온갖 행복한 계획을 세우기에 바빴다.

화요일에 롱번에는 많은 사람들이 모였다. 가장 마음 졸이며 기다리던 두 사람은 사냥을 즐기는 사람들의 명예에 걸맞게 제시간에 잘 맞춰 왔다. 두 신사가 식당으로 갔을 때 엘리자베스는 빙리가 이전의 모든 파티에서처럼 언니의 옆자리를 차지할 것인지 유심히 지켜보았다. 그런 데에는 빈틈없는 어머니 역시 같은 생각을 하면서 빙리에게 자기 옆에 앉으라고 권하지 않았다. 빙리 씨는 처음 식당에 들어갔을 때에는 주저하는 것처럼 보였지만, 제인이 우연히 근처를 둘러보다가 미소를 짓자 바로 결정을 내렸다. 그는 제인 옆에 앉았다.

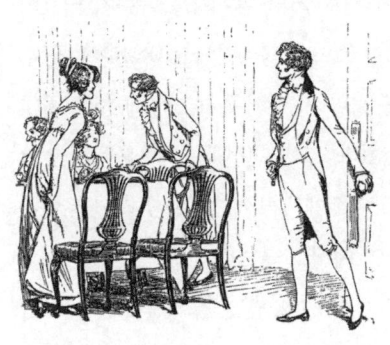엘리자베스는 의기양양한 기분으로 다아시 쪽을 보았다. 그는 자신의 패배를 점잖고 무심하게 넘기는 것 같았다. 빙리의 눈이 반쯤은 웃고 반쯤은 불안한 표정으로 다아시 쪽으로 향하는 모습을 보지 않았다면, 그녀는 빙리가 행복해도 좋다는 다아시의 찬성을 받은 것이라고 상상했을 것이다.

식사 시간 내내 빙리 씨가 제인을 대하는 태도에서 전보다 더 조심스러워지기는 했지만 그녀를 사랑하고 있다는 것이 드러났으므로, 엘리자베스는 다른 사람들이 참견하지 않고 빙리에게 전적으로 맡겨 놓는다면 제인과 빙리의 행복이 머지않아 이루어질 것이라고 믿었다. 그런 결과를 섣불리 장담할 수는 없었지만, 그럼에도 불구하고 엘리자베스는 빙리의 행동을 관찰하는 데에서 기쁨을 얻었다. 엘리자베스 자신은 절대 즐거운 기분이 아니었기 때문에 여기서 기운을 얻어올 수 있었다. 다아시 씨는 식탁을 사이에 두고 엘리자베스로부터 가장 멀리 떨어져, 어머니의 한쪽 옆에 앉아 있었다. 엘리자베스는 이러한 자리 배치가 두 사람 중 어느 쪽에도 즐거움을 주지 않을 것이며, 어느 쪽에도 이득이 되지 않으리라는 것을 알고 있었다. 엘리자베스는 다아시 씨와 어머니의 대화 내용을 조금이라도 들을 수 있을 만큼

가까이 있지는 않았지만, 그들이 서로 거의 이야기를 나누지 않으며 설사 이야기를 나누더라도 태도가 얼마나 형식적이고 냉랭한지 알 수 있었다. 어머니의 무례한 태도를 보니 자기 가족이 그에게 빚을 지고 있다는 생각에 더욱더 고통스러웠다. 그의 친절을 가족 모두가 모르거나 느끼지 못하는 것은 아니라고 그에게 말해 줄 수 있다면 무엇이든 감수할 수 있을 것 같은 기분이 때때로 들었다.

엘리자베스는 그날 저녁에 다아시 씨와 만날 기회가 오기를 바랐다. 그가 처음 들어왔을 때 나누는 단순한 의례적인 인사 이상의 대화도 하지 못한 채 방문이 끝나 버리지 않았으면 했다. 신사들이 들어오기 전에 거실에서 초조하고 불안하게 보낸 시간이 너무 지루하고 따분해서 거의 무례해질 정도였다. 엘리자베스는 그날 저녁의 즐거움을 누릴 모든 가능성이 그 순간에 달려 있는 것처럼 신사들이 들어오기만을 손꼽아 기다렸다.

'만약 그가 내게 다가오지 않는다면, 그땐.' 엘리자베스는 생각했다. '그를 영원히 포기할 거야.'

신사들이 들어왔다. 엘리자베스는 다아시 씨가 자신의 소망에 응답하는 것처럼 보인다고 생각했다. 하지만 맙소사! 제인이 차를 만들고 엘리자베스가 커피를 따르고 있던 탁자 주변에 숙녀들이 공모라도 하듯이 우글우글 모여 있었기 때문에 엘리자베스 옆에는 의자 하나 놓을 공간이 없었다. 거기다 신사들이 다가오자 한 아가씨가 전보다 더 가까이 다가와서 속삭이며 말했다.

"남자들이 와서 우리를 절대 갈라놓지 못하게 할 거야. 저 남자들

필요 없잖아, 맞지?"

다아시는 방의 다른 곳으로 걸어가 버렸다. 엘리자베스는 그를 눈으로 쫓으면서 그가 이야기를 나누는 모든 사람을 부러워했고, 자신이 누구에게 커피를 따라 주는 것에도 짜증이 났으며, 그런 다음에는 그렇게 바보같이 구는 자기 자신에 대해 화가 났다!

'한 번 거절한 남자인데 그의 사랑이 되살아나기를 기대하다니, 나는 어쩌면 이렇게 바보 같을까? 같은 여자에게 두 번씩이나 청혼하는 그런 배알도 없는 남자가 어디 있겠어? 남자들의 자존심을 그만큼이나 상하게 하는 모욕도 없을 텐데!'

하지만 엘리자베스는 다아시가 자기 커피 잔을 직접 가져왔을 때 약간 기운이 되살아났다. 그녀는 그것을 기회로 말을 걸었다.

"누이동생분은 아직도 펨벌리에 계세요?"

"네, 크리스마스까지 그곳에서 머무를 겁니다."

"그럼 혼자 계세요? 친구들이 모두 떠났나요?"

"앤즐리 부인과 함께 있습니다. 다른 사람들은 삼 주 전에 요크셔 북부 스카버러로 갔습니다."

엘리자베스는 더 이상 할 말을 생각해낼 수가 없었다. 다아시 씨가 그녀와 대화를 나누고 싶었다면 대화가 더 잘 이루어졌을지도 모르지만, 그는 몇 분 동안 아무 말 없이 옆에 서 있다가 옆에 있던 아가씨가 엘리자베스에게 다시 속삭이자 다른 곳으로 걸어가 버렸다.

차 도구들이 물려지고 카드 테이블이 차려지자 숙녀들은 모두 일어섰다. 엘리자베스는 다아시 씨가 곧 자신과 자리를 함께할 것이라 기대하고 있었지만, 휘스트 놀이를 할 사람 수를 채우려는 어머니의 욕심에 그가 희생된 것을 보았다. 그들은 저녁 내내 다른 테이블에 붙잡혀 있었고, 엘리자베스의 계획은 수포로 돌아갔다. 이제 즐거운 일이라곤 기대할 수 없었다. 다아시 씨의 시선이 자주 자기 쪽으로 향해서 그도 자기만큼 카드놀이에 지기를 바랄 뿐이었다.

베넷 부인은 두 네더필드 신사를 저녁 식사 때까지 잡아 둘 계획을 세워 두었지만, 불행히도 둘의 마차가 다른 사람들의 마차보다 더 일찍 오는 바람에 그 기회를 놓치고 말았다.

"자, 얘들아." 가족들만 남게 되자 베넷 부인이 말했다. "오늘 하루에 대해 어떻게 생각하니? 나는 모든 것이 대단히 잘 되었다고 생각한다. 정찬도 잘 차려졌고, 사슴 고기는 나무랄 데 없이 꼭 알맞게 익었고…… 모두들 그렇게 살이 많은 허리 고기를 본 적이 없다고 말하더구나. 수프는 지난주에 루카스네에서 먹었던 것보다 쉰 배는 더 나았고. 다아시 씨조차 자고새가 아주 잘 구워졌다고 인정했어. 그 댁에는 프랑스인 요리사가 적어도 두세 명은 있을 텐데 말이다. 그리고 제인, 네가 오늘만큼 예뻐 보인 적이 없는 것 같구나. 내가 정말 그런지 물었더니 롱 부인도 그렇게 말하더구나. 덧붙여서 뭐라고 했는지 아니? '아! 베넷 부인, 드디어 따님을 네더필드에서 보게 되겠군요!' 정말로 그렇게 말했단다. 롱 부인만큼 좋은 분이 없어. 부인의 조카들은 전혀 예쁘지는 않지만 아주 얌전한 아가씨들이고. 나는 그 아가씨들이 무척 마음에 든다."

간단히 말해서 베넷 부인은 매우 기분이 좋았다. 그녀는 제인을 대하는 빙리의 태도를 보고 마침내 제인이 그를 붙잡았다고 확신했다. 행복한 기분에 빠져서 자기 집안이 얻게 될 이점에 대해 너무 터무니없는 기대를 하는 바람에 다음 날 그가 청혼을 하러 다시 찾아오지 않자 실망이 이만저만 큰 것이 아니었다.

"아주 기분 좋은 날이었어." 제인이 엘리자베스에게 말했다. "사람들을 썩 잘 골라서 초대했기 때문에 서로 잘 어울렸던 것 같아. 우리가 다시 자주 만나면 좋겠어."

엘리자베스는 미소를 지었다.

"리지야, 그러지 마. 나를 의심하지 마. 그러면 억울해. 기분 좋고 분별 있는 청년과 대화를 즐기는 법을 이제는 배웠어. 그 이상은 바라지 않으면서 말이야. 지금 그의 태도를 보니 내 애정을 구하려는 생각은 전혀 없었던 것 같아서 매우 만족해. 단지 그분이 다른 남자들보다 말씀을 훨씬 다정하게 하고, 모든 사람을 즐겁게 해 주려는 마음이 강할 뿐이야."

"언니는 너무 잔인해." 엘리자베스가 말했다. "나보고 웃지 말라고 해 놓고서 매 순간 웃게 만들고 있잖아."

"내 말을 믿어 달라고 하는데도 그게 힘든 경우도 있구나!"

"아예 불가능한 경우도 있어!"

"그런데 왜 너는 내가 스스로 인정하는 것 이상의 감정을 빙리 씨에게 갖고 있다고 설득하려고 하는데?"

"그 질문에는 나도 어떻게 대답해야 할지 전혀 모르겠어. 알 만한 가치가 전혀 없는 것만 가르칠 수 있다 해도, 사람들은 가르치는 것을 좋아하잖아. 용서해 줘. 하지만 만약 언니가 계속 빙리 씨에게 관심이 없다고 우긴다면, **나를** 속마음 털어놓을 상대로 생각하지는 마."

13장

빙리 씨는 며칠 후에 롱번에 다시 혼자서 방문했다. 다아시 씨는 그날 아침 런던으로 떠나서 열흘 후에 돌아올 예정이었다. 그는 베넷 가 사람들과 한 시간 이상 앉아 있었고 대단히 기분이 좋았다. 베넷 부인은 빙리 씨에게 함께 식사를 하자고 청했지만 그는 여러 번 미안 하다고 하면서 선약이 있다고 털어놓았다.

"다음번에 당신이 방문할 때는." 베넷 부인이 말했다. "우리가 운이 더 좋기를 빌게요."

빙리 씨는 어느 때라도 기쁘게 응하겠다느니 운운하고는 베넷 부인이 허락한다면 가급적 빨리 방문할 기회를 얻고 싶다고 했다.

"내일 올 수 있어요?"

빙리 씨는 내일은 약속이 전혀 없다고 했고, 베넷 부인의 초대는 선뜻 받아들여졌다.

다음 날, 빙리 씨가 시간을 너무 정확히 맞춰 오는 바람에 숙녀들 중에는 옷을 제대로 갖춰 입은 사람이 아무도 없었다. 베넷 부인은 화장복 차림에 머리 손질을 하다 말고 딸의 방으로 뛰어 들어오면서 소리를 질렀다.

"제인, 서둘러서 내려가거라. 그 사람이 왔다…… 빙리 씨가 왔다고. 정말로 왔어. 서둘러라. 서둘러. 사라, 베넷 양이 드레스 입는 걸 좀 도와 줘. 리지 양의 머리는 신경 쓰지 말고."

"최대한 빨리 내려갈게요." 제인이 말했다. "그런데 키티가 우리보다 더 빨리 내려갈 것 같아요. 반 시간 전에 위층으로 올라갔으니까요."

"얼어 죽을 키티는! 그 애가 무슨 상관이야! 어서 빨리 해, 빨리! 네 허리띠는 어디에 있니, 애야?"

하지만 어머니가 방에서 나가자, 제인은 동생들 중 하나와 같이 가는 것이 아니라면 아래층으로 내려가려 하지 않았다.

베넷 부인은 저녁에도 두 사람만 있게 하려고 눈에 띄게 안달했다. 차를 마신 후 베넷 씨는 평소의 습관대로 서재로 물러났고 메리는 피아노를 치러 위층으로 올라갔다. 다섯 개의 장애물 중에서 이렇게 둘이 제거된 후, 베넷 부인은 상당히 오랫동안 엘리자베스와 캐서린을 바라보며 눈을 깜박였지만 그들에게 영향을 미치지는 못했다. 엘리자베스는 어머니를 못 본 척했다. 마침내 어머니를 바라본 키티는 매우 순진하게 말했다. "어머니, 왜 그러세요? 왜 저한테 계속 윙크를 하시는 거예요? 어떻게 하라는 거예요?"

"아무것도 아니다. 애야. 내가 언제 너한테 윙크를 했다고 그래." 베넷 부인은 그때부터 5분 동안 꼼짝하지 않고 앉아 있었다. 하지만 이런 소중한 기회를 허비할 수는 없었기 때문에 갑자기 자리에서 일어나 키티에게 "이리 오렴, 애야. 너한테 할 말이 있다."라면서 그녀를 방 밖으로 데리고 나갔다. 제인은 사전에 계획된 행동에 난처해하면서 엘리자베스를 바라보았는데, 그 표정에는 너만은 절대 거기 넘어가지 말라는 간청이 담겨 있었다. 몇 분 후에 베넷 부인은 문을 반쯤 열고 소리를 질렀다.

"리지야. 너한테 할 말이 있다."

엘리자베스는 가지 않을 수가 없었다.

"너도 알다시피 저 두 사람끼리 남겨 두는 것이 더 좋을 것 같구나." 엘리자베스가 홀로 나가자마자 어머니가 말했다. "키티하고 나는 위층 내 옷 방에 가서 앉아 있으려고 한다."

엘리자베스는 어머니에게 따지려 들진 않았지만 어머니와 키티가 시야에서 멀어질 때까지 홀에 조용히 남아 있다가 응접실로 다시 들어갔다.

베넷 부인의 이날 계획은 효과가 없었다. 빙리는 모든 면에서 베넷 부인의 마음에 들었지만 자기 딸의 연인임을 공언하지는 않았다. 빙리는 편안하고 쾌활한 태도로 베넷가의 저녁 모임을 매우 유쾌하게 만들어 주었다. 그는 어머니가 주책없이 참견하는 것을 참아 냈고, 그녀의 온갖 실없는 말을 싫은 내색 없이 참을성 있게 들어 주었다. 제인은 그런 그를 매우 고맙게 여겼다.

저녁 식사 때까지 머물러 달라고 청할 필요조차 없었다. 빙리는 선선히 머물렀고, 둘 다 원해서 다음 날 아침 베넷 씨와 사냥을 하기로 약속했다.

이 날 이후 제인은 자신이 빙리에게 무관심하다는 말을 더 이상 하지 않았다. 두 자매는 빙리에 대해 단 한 마디도 주고받지 않았다.

제3부

하지만 엘리자베스는 다아시가 예정보다 일찍 돌아오지만 않는다면 모든 일이 틀림없이 신속하게 마무리될 것이라고 행복하게 믿으면서 잠자리에 들었다. 그녀는 이 모든 일이 다아시의 동의하에 이루어지는 게 틀림없으리라 믿고 있었다.

빙리는 약속 시간을 지켰다. 그와 베넷 씨는 약속한 대로 함께 아침을 보냈다. 베넷 씨는 빙리가 예상했던 것보다 훨씬 더 상냥했다. 빙리에게는 베넷 씨의 경멸을 불러일으키거나 역겨워서 입을 다물게 할 만한 거만함이나 어리석음이 전혀 없었기 때문이다. 베넷 씨는 빙리가 봐 온 그 어느 때보다 말을 많이 했고 덜 괴팍하게 행동했다. 빙리는 자연스레 베넷 씨와 함께 정찬 시간에 돌아왔다. 저녁에는 빙리와 제인을 다른 모든 사람들과 떼어 놓으려는 베넷 부인의 계획이 또다시 시작되었다. 엘리자베스는 차를 마신 직후에 쓸 편지가 있어서 조찬실로 들어갔다. 다른 사람들은 모두 카드놀이를 하기 위해 앉으려던 참이었기 때문에, 그녀는 굳이 어머니의 계획을 방해할 필요가 없었다.

하지만 편지를 다 쓰고 거실로 돌아왔을 때 엘리자베스는 너무나 놀랍게도 어머니가 자기보다 훨씬 더 영리했다는 것을 깨달았다. 문을 열자 언니와 빙리가 마치 심각한 대화에 몰두해 있는 것처럼 난로 앞에 함께 서 있는 모습이 보였다. 여기에서 의심을 갖게 되진 않았다 해도, 급히 돌아보며 서로에게서 떨어질 때 두 사람의 얼굴이 모든 것을 말해 주었을 것이다. 상황이 굉장히 어색했지만, 엘리자베스는 **자신**의 입장이 훨씬 더 안 좋다고 생각했다. 두 사람 모두 입도 벙긋하지 않았기 때문에 엘리자베스가 다시 나가려는 찰나 제인과 같이 앉아 있던 빙리가 갑자기 일어서서 제인에게 몇 마디 속삭이더니 급히 방을 나갔다.

제인은 털어놓아서 즐거울 일이라면 엘리자베스에게는 숨기질 못했다. 그녀는 즉시 엘리자베스를 껴안으며 매우 격정적으로 자기가 세상에서 가장 행복한 사람이라고 말했다.

"너무 벅차!" 제인이 덧붙였다. "너무, 너무 벅차. 나한테는 과분해. 아, 왜 모두가 나만큼 행복하지 않을까?"

엘리자베스는 말로는 다 표현할 수 없을 만큼 진실하고, 뜨겁고, 기쁘게 축하했다. 따뜻한 말 한마디마다 제인은 다시금 새롭게 행복해했다. 하지만 동생과 계속 같이 있으면서 나머지 이야기를 마저 할 여유가 없었다.

"바로 어머니께 가 봐야 해." 제인이 소리쳤다. "어머니가 항상 다정하게 보살펴 주셨으니 소홀히 해 드리거나, 나 말고 다른 사람에게서 이 소식을 들으시게 하고 싶진 않아. 빙리 씨는 이미 아버지께 갔어. 아, 리지. 내가 전할 말이 우리 가족 모두에게 이리도 큰 기쁨을 주다니! 이렇게 벅찬 행복을 어떻게 감당할지!"

그런 다음 제인은 서둘러서 카드 모임을 일부러 깨고 키티와 함께 위층에 앉아 있는 어머니에게로 갔다.

혼자 남게 된 엘리자베스는 여러 달 동안 마음 졸이며 애태웠던 일이 이토록 신속하고 쉽게 해결된 것에 미소를 지었다.

'그분의 친구가 걱정하며 온갖 신중을 기하던 일이 이렇게 끝나는

구나!' 엘리자베스는 생각했다. '그분 누이가 보여준 온갖 가식과 책략도 끝이고! 가장 행복하고, 현명하며, 합리적인 결말이야!'

몇 분 후에 빙리가 엘리자베스가 있는 응접실로 돌아왔다. 빙리 씨와 아버지의 면담은 짧지만 잘 된 것 같았다.

"언니는 어디 있습니까?" 빙리가 문을 열면서 다급히 물었다.

"어머니와 위층에 있어요. 곧 내려올 거예요." 그러자 빙리는 문을 닫고 엘리자베스에게 다가와 처제로서 축하의 말을 해 달라고 했다. 엘리자베스는 처제와 형부 사이가 되는 것에 대해 솔직하게, 진심으로 기쁨을 표현했다. 그들은 매우 따뜻하게 악수했고, 언니가 내려올 때까지 그 자신의 행복과 제인의 완벽함에 대해 빙리가 쏟아 놓는 말을 모두 들어야만 했다. 엘리자베스는 그가 사랑에 빠진 연인임에도 불구하고 행복에 대한 그의 모든 기대에 합리적인 토대가 있다고 진심으로 믿었다.[53] 제인에게는 탁월한 이해심과 탁월하다는 말로 표현하기에는 모자란 뛰어난 성품이 있었고, 빙리와 제인 사이에는 감정과 취향이 전반적으로 유사하다는 공통점이 있었다.

모두에게 매우 기쁜 저녁이었다. 만족스러운 마음에서 생겨난 달콤한 생기로 빛나는 제인의 얼굴은 그 어느 때보다 아름다워 보였다. 키티는 싱글벙글 웃으며 자기 차례가 곧 오기를 바랐다. 베넷 부인은 반 시간 동안 빙리와 오로지 청혼과 승낙에 대해서만 이야기했음에도 불구하고, 아무리 열렬한 말로도 자신의 감정을 말로 다 표현할 수가 없었다. 저녁 식사에 합류한 베넷 씨는 목소리와 태도로 자신이 얼마나 진심으로 기뻐하고 있는지 분명히 보여 주었다.

하지만 베넷 씨는 방문객이 밤에 떠날 때까지는 그 일에 대해 한 마디도 입에 올리지 않았다. 그러나 빙리가 떠나자마자 딸에게 몸을 돌려 말했다.

"제인, 축하한다. 너는 매우 행복한 아내가 될 것이다."

제인은 곧바로 아버지에게 다가가서 키스를 하고 그의 호의에 감사의 인사를 했다.

"너는 착한 아이야." 베넷 씨가 대답했다. "네가 매우 행복하게 자리 잡고 살 것이라고 생각하니 매우 기쁘다. 너희 두 사람이 아주 잘 살 것이라는 데 대해서는 조금도 의심하지 않는다. 너희 둘의 기질은 똑같아. 둘 다 너무 여려서 어느 것도 결정을 내리지 못 할 거다. 너무 쉽게 넘어가서 하인들이 너희를 속이려 들 테고. 그렇게 인심이 후하니 항상 지출이 수입을 초과할 거다."

"저는 그러지 않기를 바라요. 금전 문제에서 경솔하거나 무분별한 것은 **제가** 절대 용납할 수 없는 일이에요."

"지출이 수입을 초과하다니요, 여보!" 베넷 부인이 소리쳤다. "무슨 말씀을 하시는 거예요? 우리 사위는 연간 수입이 4, 5천 파운드는 될 테고, 아마 더 많을 텐데." 그런 다음 자기 딸을 향해 말했다. "아이고, 제인아, 애야! 이렇게 행복할 수가 없다! 분명히 밤새 한숨도 못 잘 것 같구나. 이렇게 될 줄 알고 있었다. 결국에는 이렇게 될 거라고 내가 항상 말했잖니. 네가 괜히 예쁘게 태어난 게 아니라고 확신했다! 기억 나는구나. 그 사람이 작년에 하트퍼드셔에 처음 들어왔을 때 그 사람을 보자마자 너하고 짝이 될 사람이라고 생각했단다. 암, 그 사람보다 더 잘생긴 청년은 없지!"

위컴과 리디아는 까맣게 잊혔다. 지금 이 순간에는 제인은 비할 바 없이 가장 사랑스러운 자식이 되었다. 다른 자식은 전혀 안중에도 없었다. 동생들은 곧 언니가 앞으로 나눠 줄 수 있는 것들에서 이익을 얻기 위해 언니에게 특별한 청을 하기 시작했다.

메리는 네더필드의 서재를 이용하게 해 달라고 부탁했고, 키티는 겨울마다 그곳에서 몇 차례 무도회를 열어 달라고 열심히 졸랐다.

이때부터 빙리는 당연히 롱번을 매일같이 방문했다. 아침 식사 이전에 오는 날도 많았고, 항상 저녁 식사 후까지 머물러 있었다. 아무리 싫어해도 모자랄 상스러운 이웃이 빙리를 정찬에 초대해서 어쩔 수 없이 받아들여야 하는 경우를 제외하고는 말이다.

이제 엘리자베스에게는 언니와 대화를 나눌 수 있는 시간이 거의 없었다. 빙리가 곁에 있는 동안에는 제인이 다른 사람에게 관심을 기울일 수가 없었기 때문이다. 하지만 둘이 때때로 어쩔 수 없이 헤어져 있어야 하는 시간에는 빙리와 제인 둘 모두에게 자신이 상당히 유용하다는 사실을 알아차렸다. 제인이 없을 때면 빙리는 제인에 대해 이야기하는 즐거움 때문에 항상 엘리자베스 곁에 붙어 있었고, 빙리가 없을 때는 제인 역시 한결같이 엘리자베스에게서 똑같은 위안을 찾았다.

"그이 때문에 정말로 행복했어." 어느 날 저녁 제인이 말했다. "그 사람이 그러는데 지난봄에 내가 런던에 있었다는 걸 전혀 모르고 있었다는 거야! 그럴 수 있으리라고는 전혀 생각하지 못했는데."

"나는 그럴 수도 있을 거라 생각했어." 엘리자베스가 대답했다. "그런데 그 일에 대해 빙리 씨가 어떻게 설명했어?"

"틀림없이 그의 누이들이 한 짓일 거야. 내가 그이와 교제하는 것을 전혀 좋아하지 않았으니까. 그 점에 대해서는 이상할 게 없어. 그이는 여러 가지 면에서 훨씬 더 나은 상대를 선택할 수 있었을 테니까. 그렇지만 그이가 나와 행복한 것을 보게 되면—분명히 그러리라 믿지만—만족할 것이고 그러면 다시 사이좋게 지낼 수 있을 거야. 예전 같은 관계로 되돌아가지는 못하겠지만 말이야."

"언니한테 들은 말 중에서 가장 너그럽지 않은 말이네. 착하기도 하시지! 언니가 빙리 양의 가식적인 호의에 또다시 속아 넘어가는 걸 보게 되면 정말로 화가 날 거야."

"리지, 지난 11월에 그이가 런던에 갔을 때 말이야, 정말로 나를 사랑했는데 오로지 내가 무관심하게 대한다는 생각 때문에 다시 돌아오지 않았다는 사실을 믿을 수 있니?"

"빙리 씨가 분명히 약간 실수를 하신 걸 거야. 하지만 그건 그의 겸손함 때문이야."

이 말에 제인은 자연스럽게 빙리가 신중하다든가, 자기 자신의 장점을 너무 하찮게 여긴다든가 하는 찬사를 늘어놓았다. 엘리자베스는 빙리가 다아시가 개입했다는 사실을 말하지 않은 것을 알고 기뻤다. 제인이 세상에서 가장 관대하고 이해심이 많다 해도, 그런 말을 들으면 다아시에 대해 좋지 않은 편견을 갖게 될 수도 있는 상황이었기 때문이다.

"나는 세상에서 가장 운이 좋은 사람이 분명해." 제인이 소리쳤다. "아, 리지. 가족 중에 나만 혼자 선택받아 누구보다 큰 축복을 받다니! 너도 나만큼 행복해하는 걸 볼 수 있다면 좋을 텐데! 네게도 그분 같은 남자가 있다면 좋을 테데!"

"설사 언니가 나한테 그런 남자를 마흔 명 준다 해도 나는 절대 언니만큼 행복할 수는 없을 거야. 언니처럼 좋은 성품과 착한 마음을 갖기 전에는 언니 같은 행복을 얻을 수 없는 거야. 아니야, 내 힘으로 해 볼게. 운이 좋으면 제때 제2의 콜린스 씨를 만날지도 모르잖아."

롱번에서 일어난 일은 오랫동안 비밀로 남아 있을 수가 없었다. 베넷 부인은 그 소식을 필립스 부인에게 속삭이는 특권을 누렸고, 필립스 부인은 허락도 받지 않은 채 메리턴의 모든 이웃들에게 똑같이 했다.

몇 주 전에 리디아가 처음 도망갔을 때만 해도 불운하다고 소문이 났던 베넷 집안은 순식간에 세상에서 가장 운 좋은 집안이라는 소리를 듣게 되었다.

14장

빙리와 제인이 약혼한 지 일주일 정도 지난 어느 날 아침, 빙리와 베넷가의 숙녀들이 식당에 함께 앉아 있을 때였다. 갑자기 마차 소리가 나서 창문으로 모두의 관심이 쏠렸다. 사륜마차가 잔디밭을 올라오는 것이 보였다. 손님이 찾아오기에는 너무 이른 아침이었고, 마차의 장비가 이웃에 사는 어느 누구의 마차와도 일치하지 않았다. 마차를 끄는 말은 역마였고 마차도, 마차를 모는 하인의 마부복도 낯설었다. 하지만 누군가가 오고 있다는 것만은 확실했기 때문에 빙리는 제인에게 그런 예기치 않은 방문에 방해받지 않도록 관목 숲으로 함께 산책을 나가자고 재촉했다. 그들 둘이 떠나고 남은 세 사람은 만족스러운 성과는 별로 없었지만 추측을 계속했고, 마침내 문이 활짝 열리고 방문객이 들어왔다. 바로 캐서린 드 버그 영부인이었다.

모두들 당연히 놀랄 것은 예상하고 있었지만, 이만큼이나 놀라게 되리라고는 전혀 예상하지 못했다. 그녀가 누구인지 전혀 몰랐던 베넷 부인과 키티는 엘리자베스만큼 놀라지는 못했다.

영부인은 평소보다 더 무례한 태도로 방에 들어와서 엘리자베스의 인사에 아무 대답 없이 고개만 까딱한 다음 한마디 말도 하지 않고 자리에 앉았다. 엘리자베스는 영부인이 들어올 때 자기를 소개해 달라고 요청하지는 않았지만, 어머니에게 손님의 이름을 알려 주었다.

베넷 부인은 지체 높은 손님을 맞은 것에 우쭐하는 마음이 들긴 했지만 혼비백산해서 극도로 정중하게 그녀를 맞았다. 아무 말 없이 잠깐 동안 앉아 있다가 영부인은 아주 딱딱하게 엘리자베스에게 말했다.

"잘 지내고 있길 바라네, 베넷 양. 저 부인은 어머니인 것 같군."

엘리자베스는 그렇다고 매우 간략하게 대답했다.

"저 아가씨는 동생들 중 하나인 것 같고."

"네, 부인." 베넷 부인이 캐서린 영부인 같은 사람과 이야기를 나누는 것에 기뻐서 말했다. "저 애가 끝에서 두 번째 아이입니다. 막내는 최근에 결혼했고 맏아이는 곧 한 식구가 될 청년하고 마당 어딘가를 산책하고 있습니다.

"여기 정원은 매우 작군." 잠깐 침묵을 지킨 후에 캐서린 영부인이 대답했다.

"분명 로징스에 비하면 별것 아닙니다, 부인. 그렇지만 윌리엄 루카스 경네 정원보다는 훨씬 더 크죠." 베넷 부인이 대답했다.

"여기는 여름에 저녁 시간을 보내기에는 불편한 곳이군. 창문이 정서향이야."

베넷 부인은 정찬 후에는 절대 그곳에 앉아 있지 않는다고 한 다음, 다음과 같이 덧붙였다.

"부인께서 떠나오실 때 콜린스 씨 부부가 잘 있었는지 감히 여쭤 봐도 될까요?"

"그럼, 아주 잘 있지. 그저께 밤에 그들을 보았네."

엘리자베스는 이제 영부인이 샬럿이 자기에게 보낸 편지를 꺼낼 것이라 예상했다. 영부인이 방문한 개연성 있는 동기는 그것밖에 없어 보였기 때문이다. 하지만 편지는 나오지 않았고, 그녀는 굉장히 혼란스러웠다.

베넷 부인은 매우 정중하게 영부인께 뭐라도 좀 드시라고 권했다. 하지만 영부인은 별로 정중하지 않은 태도로 단호히 아무것도 먹지 않겠다고 했다. 그런 다음 일어서면서 엘리자베스에게 말했다.

"베넷 양, 잔디밭 한쪽에 아담한 작은 관목 숲 같은 것이 있는 것 같더군. 나와 동행해도 괜찮다면 그곳을 한 바퀴 돌아보고 싶네."

"갔다 오거라, 애야." 베넷 부인이 소리쳤다. "가서 영부인께 산책로를 여기저기 보여 드려라. 영부인께서 정자를 보시면 좋아하실 거야."

엘리자베스는 그 말에 따랐고, 자기 방으로 달려가 양산을 가지고 나와서 귀하신 손님을 모시러 아래층으로 갔다. 영부인은 홀을 지나갈 때 식당과 응접실로 통하는 문을 열어 잠깐 훑어본 다음 방들이 괜찮아 보인다고 말하고는 계속 걸어갔다.

영부인의 마차는 문 앞에 그대로 있었고, 안에 시녀가 타고 있는 것이 보였다. 그들은 말없이 작은 관목 숲으로 이어지는 자갈길을 따라 앞으로 나아갔다. 엘리자베스는 평소보다 더 거만하고 불쾌하게 구는 사람과 대화를 나누기 위해 어떤 노력도 기울이지 않기로 작정했다.

'내가 어떻게 부인이 자기 조카하고 닮았다고 생각할 수 있었을까?' 영부인의 얼굴을 쳐다보며 엘리자베스는 생각했다.

관목 숲에 들어서자마자 캐서린 영부인은 다음과 같은 식으로 말을 시작했다.

"베넷 양, 내가 이곳에 온 이유를 잘 알고 있겠지. 베넷 양의 마음과 양심이 내가 왜 왔는지 말해 줄 거야."

엘리자베스는 정말 놀란 표정으로 그녀를 바라보았다.

"영부인께서 잘못 아셨습니다. 왜 영부인을 여기서 뵙게 되었는지 전혀 모르겠습니다."

"베넷 양." 영부인이 노기 띤 어조로 대답했다. "나를 절대 우습게 봐서는 안 된다는 것을 알아 두게. **아가씨가** 아무리 불성실하게 굴기로 작정했다 해도 **내가** 절대 호락호락하지 않다는 것을 알게 될 거야. 내 성격은 항상 성실하고 솔직하다고 칭송을 받았고, 이렇게 중요한 일이니 더욱 그렇게 할 거야. 이틀 전에 매우 놀라운 소식을 하나 듣게 되었다네. 아가씨 언니가 매우 유리한 결혼을 하게 되었을 뿐만 아니라 엘리자베스 베넷 양 **본인**도 내 조카인 다아시와 곧 맺어질 가능성이 높다는 말을 들었어. 비록 그게 가증스러운 거짓말이 틀림없다는 것을 **알지만**, 그 소문이 진실일 수 있다고 가정하는 것만으로도 내 조카의 명예를 손상시키는 것이겠지만, 즉시 이곳으로 와서 내 기분이 어떤지 아가씨한테 알리기로 결심했지."

"그게 절대 사실일 리가 없다고 믿으신다면." 엘리자베스는 놀라움과 모멸감으로 얼굴을 붉히며 말했다. "왜 이렇게 멀리까지 오시는 수고를 하셨는지 모르겠습니다. 무슨 의도로 그렇게 하신 건가요?"

"그런 소문이 완전히 틀렸다는 것을 당장 만천하에 알리기 위해서 야."

"영부인께서 저와 저의 가족을 만나러 롱번에 오신 게." 엘리자베 스가 냉정하게 말했다. "그 소문을 오히려 확인하는 것이 될 것입니 다. 만약 그런 소문이 실제로 존재한다면 말입니다."

"만약이라니! 그렇다면 그걸 모른다고 시치미 떼는 건가? 혹시 아 가씨 본인이 열심히 퍼뜨린 건 아닌가? 그런 소문이 널리 퍼진 걸 모 르고 있다는 건가?"

"저는 그런 소문을 들어 본 적이 없습니다."

"그렇다면 그런 소문에 대한 **근거**가 전혀 없다는 것에 대해서도 분 명히 말할 수 있는가?"

"저는 영부인만큼 솔직한 척하지는 않겠습니다. **영부인께서** 질문을 하실 수는 있겠지만 **저는** 그 질문에 대답하지 않겠습니다."

"이것은 참고 넘어갈 일은 아니지. 베넷 양, 나는 꼭 흡족한 답을 듣고 싶어. 그 사람이, 내 조카가 청혼했나?"

"영부인께서 그것은 불가능하다고 잘라 말씀하시지 않았나요?"

"그래야지. 그 애가 이성을 사용할 수 있는 능력을 지니고 있는 한 반드시 그래야지. 그렇지만 아가씨가 온갖 기교와 매력으로 유혹하 면 분별을 잃고 자기 자신과 가문에 대한 의무를 잊을 수도 있어. 아 가씨가 그 애를 꾀었을 수도 있지."

"만약 제가 그랬다면, 절대 제 입으로 그랬다고 하지는 않을 것입니다."

"베넷 양, 내가 누구인지 아나? 나는 이런 말에 익숙하지 않네. 나는 이 세상에서 그 애의 가장 가까운 친척이고, 그 애한테 가장 중요한 일은 모두 알 권리가 있어."

"그렇지만 영부인께서는 **제 일**까지 아실 권리는 없습니다. 또한 이런 태도로는 제게서 솔직한 답을 얻으실 수 없을 것입니다."

"내 말 잘 듣게. 아가씨가 주제넘게 바라는 이 결혼은 절대 이루어질 수가 없어. 없지, 없고말고. 다아시는 **내 딸**과 약혼한 사이야. 자, 할 말이 있나?"

"이 말씀만 드릴게요. 그게 사실이라면 영부인께서는 그분이 제게 청혼할 것이라고 생각하실 이유가 없을 겁니다."

캐서린 영부인은 잠시 머뭇거리다가 대답했다.

"둘의 약혼은 특별한 경우야. 어릴 때부터 서로의 짝으로 정해졌으니까. 내 소망일뿐만 아니라 **그 애 어머니**의 소망이기도 했어. 애들이 요람에 있을 때부터 우리는 둘을 결혼시키기로 했지. 그런데 이제 두 자매의 소망이 둘의 결혼으로 이루어지려는 순간에 비천한 태생에 사회적 지위도 없고, 집안과 아무 관련도 없는 아가씨의 방해를 받다니! 아가씨는 그 애 친지들의 소망은 전혀 개의치 않나? 그 애가 드 버그 양과 맺은 무언의 언약도? 예의범절이라든가 품위를 지키겠다는 생각은 모두 잃어버렸나? 그 애가 아주 어릴 때부터 사촌과 짝이 되기로 정해져 있다고 내가 말하는 걸 듣지 못했나?"

"네, 전에 들은 적이 있습니다. 그렇지만 그것이 저하고 무슨 상관이 있나요? 제가 영부인의 조카분과 결혼하는 데 다른 반대 이유가 없다면, 그분의 어머니와 이모가 그분과 드 버그 양과의 결혼을 원했다는 사실을 알았다는 것 때문에 물러서진 않을 것입니다. 두 부인께서는 결혼을 성사시키기 위해 할 만큼 하셨습니다. 하지만 그 소망이 이루어지냐 마느냐는 다른 사람들에게 달려 있어요. 만약 다아시 씨가 명예에 의해서건 혹은 애정에 의해서건 사촌에게 매여 있는 게 아니라면, 왜 다른 선택을 해서는 안 된다는 거죠? 그리고 만약 제가 선택된다면 왜 그를 받아들이면 안 된다는 건가요?"

"왜냐하면 명예와 예법, 신중함, 이해관계 때문이지. 그래, 베닛 양. 이해관계 말이야. 만약 아가씨가 모든 사람의 뜻을 거스르고 제멋대로 행동한다면 그 애의 가족이나 친구들에게 절대 인정받을 생각은 하지 말아야 하니까. 아가씨는 그 애와 연관된 모든 사람들에게서 비난과 모욕과 경멸을 받게 될 거야. 아가씨 편이 되는 것은 수치일 것이고. 우리들 중 아무도 아가씨 이름을 입에 올리지 않을 거야."

"그것 참 지독한 불행이네요." 엘리자베스가 대답했다. "하지만 다아시 씨의 부인이라면 그 지위에 걸맞게 특별히 좋은 일들이 생길 것이기 때문에 전체적으로는 불평할 이유가 전혀 없겠죠."

"고집 세고 방자한 아가씨군! 부끄러운 줄 알아! 지난봄에 내가 베풀어 준 친절에 대한 감사가 이런 식인가? 그 점에서 나한테 빚진 것이 전혀 없나? 자, 앉게. 내가 목적을 달성하겠다고 결심을 단단히 하고 여기 왔다는 것을 명심하게, 베닛 양. 생각을 바꾸지도 않을 거야. 나는 어느 누구의 변덕에도 굴복해 본 적이 없어. 실망을 참고 견디질 못 하는 사람이야."

"**그러시면** 영부인의 상황이 더 딱해지실 겁니다. **저는** 그에 아무 영향도 받지 않을 것이고요."

"내 말에 끼어들지 마. 입 닥치고 잘 들어. 내 딸과 조카는 천생연분이야. 두 사람 모두 외가 쪽으로 똑같은 귀족 가문 출신이고, 친가 쪽은 비록 작위는 없지만 점잖고 명예롭고 유서 깊은 가문이야. 양가 모두 재산도 엄청나지. 두 사람은 각자 집안사람들 모두의 의견으로 정해진 인연이야. 그런데 무엇이 그 두 사람을 갈라놓겠나? 가문도, 친척도, 재산도 없는 아가씨가 건방진 주장을 하다니. 이걸 참으라고! 절대 그래서는 안 되고, 그러지도 않을 거야. 만약 아가씨가 스스로를 위하는 길이 무엇인지 안다면, 아가씨가 지금껏 자라 온 환경에서 벗어나길 원하지 않을 거야."

"영부인의 조카분과 결혼한다고 해서 제가 그 환경을 벗어난다고 생각하지는 않습니다. 그분은 신사이고 저도 신사의 딸이니까요. 이 점에서 우리는 사회적 지위가 동등합니다."

"맞아. 아가씨는 분명히 **신사**의 딸이 맞아. 그렇지만 어머니는 어떤가? 이모와 이모부, 외삼촌과 외숙모는 어떻고? 내가 그 사람들의 신분을 모른다고 생각하지 말게."

"제 친척들이 어떻건." 엘리자베스가 말했다. "영부인의 조카분이 그에 대해 이의가 없으시다면 **영부인**과는 아무 상관이 없어요."

"잘라 말하게. 그 애와 약혼했나?"

엘리자베스는 그저 캐서린 영부인에게 대답해 준다는 목적이라면

이 질문에 답하지 않았겠지만, 잠깐 동안 생각한 다음 말하지 않을 수가 없었다.

"아니오."

캐서린 영부인은 기쁜 것 같았다.

"그렇다면 그런 약혼은 절대 하지 않겠다고 나한테 약속하겠나?"

"그런 종류의 약속은 드릴 수 없습니다."

"베넷 양, 나는 충격을 받고 경악했네. 좀 더 합리적인 아가씨일 거라고 예상했었는데. 그렇지만 내가 물러설 거라는 잘못된 믿음을 갖진 말게. 내가 요구하는 확답을 얻기 전에는 절대 떠나지 않을 테니까."

"저는 **절대** 그런 확답은 드릴 수 없습니다. 협박에 굴복해서 터무니없는 짓을 하지는 않을 거예요. 영부인께서는 다아시 씨가 따님과 결혼하기를 바라십니다. 그런데 원하시는 약속을 영부인께 해 드린다고 해서 **두 사람이** 결혼할 가능성이 훨씬 더 커질까요? 만약 그분이 저를 사랑한다면, **제가** 그분의 청혼을 거절한다고 해서 그분이 자기 사촌에게 청혼하고 싶어질까요? 캐서린 영부인, 이런 요청 자체가 분별없는 것인 데다 이런 별난 부탁을 뒷받침하는 논거도 보잘것없습니다. 이런 식의 설득에 제가 넘어갈 거라고 생각하신다면 제 성격을 크게 잘못 판단하신 거예요. 다아시 씨가 영부인께서 자기 일에 끼어드는 것을 어느 정도까지 허용하실지 잘 모르겠습니다. 그렇지만 제 일에 간섭하실 권리는 분명 없으세요. 그러니 제발 이 문제에 대해 더 이상 성가시게 하지 말아 주십시오."

"그렇게 서둘지 말게. 아직 끝나지 않았어. 이미 말했던 모든 반대 이유에다 하나 덧붙일 게 있네. 나는 아가씨 막냇동생의 수치스러운 도피 행각을 속속들이 다 알고 있어. 전부 다 알고 있지. 그 청년이 아가씨네 막내와 결혼한 것은 아가씨 아버지와 외삼촌이 돈을 써서 적당히 수습한 일이라는 것도 말이야. 그런데 **그런** 아가씨가 내 조카의 처제가 된다고? **그런 아가씨**의 남편이, 선친의 집사 아들이 동서가 된다고? 세상에! 무슨 생각으로 이러는 거야? 펨벌리의 영령들께서 그렇게 더럽혀져야겠나?"

"**이제는** 더 이상 하실 말씀이 없으실 겁니다." 엘리자베스는 분개해서 대답했다. "영부인께서는 온갖 방법으로 저를 모욕하셨습니다. 이제 집으로 돌아가게 해 주시겠습니까?"

이렇게 말하면서 그녀는 자리에서 일어섰다. 캐서린 영부인 역시 일어서서 집 쪽으로 돌아섰다. 영부인은 몹시 화가 나 있었다.

"아가씨는 내 조카의 명예와 평판에 대해 전혀 신경을 안 쓰는군! 무정하고 이기적인 여자 같으니라고! 아가씨와 결합하게 되면 세상 사람들 모두에게 그 애가 망신을 당할 것이라는 생각은 안 드나?"

"캐서린 영부인, 저는 더 이상 드릴 말씀이 없습니다. 제 생각이 어떤지 이미 아실 것입니다."

"그렇다면 그 애를 차지하기로 결심했단 말인가?"

"저는 그런 말씀을 드린 적이 없습니다. 저는 영부인이나 저와 전혀 관련 없는 어느 누구와도 상관없이, 제가 행복해질 수 있을 것 같은 방식으로 행동하기로 결심했을 뿐입니다."

"좋아. 그렇다면 내 말을 안 듣겠다는 거지. 의무와 명예와 은혜에 따르길 거부하는군. 그 애를 친지들 사이에서 망신당하게 하고, 세상의 조롱거리로 만들기로 작정을 했어."

"이런 경우에는 의무도, 명예도, 은혜도 제게 무언가를 요구할 수 없어요." 엘리자베스가 대답했다. "제가 다아시 씨와 결혼한다 해도 이 중 어느 원칙도 깨지지 않을 것입니다. 그분 가족의 분개나 세상의 분노에 대해서는, 설사 그분이 저와 결혼한 것에 때문에 **정말** 분개한다 할지라도 저는 눈곱만큼도 신경 쓰지 않을 거예요. 세상 사람들에게도 분별력은 있으니, 그런 경멸에 동참하지는 않을 것입니다."

"그렇다면 이게 아가씨의 진심이군! 아가씨의 최종 결심이 그렇다고! 좋아, 이제는 어떻게 해야 할지 알겠어. 베넷 양, 자네의 야심이 언젠가 충족될 것이라고 생각하지 말게. 나는 시험해 보려고 온 거야. 아가씨가 합리적이길 바랐는데. 하지만 나는 내 생각을 밀고 나갈 거야."

이런 식으로 캐서린 영부인은 말을 계속 이어 나갔고, 두 사람은 드디어 마차 문 앞에 이르렀다. 영부인은 급히 고개를 돌리고 덧붙였다. "작별 인사는 하지 않겠네. 아가씨 모친한테도 안부 인사를 남기지 않을 거야. 아가씨는 그런 대접을 받을 자격이 없어. 몹시 불쾌해."

엘리자베스는 아무 대답도 하지 않았고, 영부인에게 집 안으로 들어가자고 권하지도 않은 채 조용히 걸어 들어갔다. 그녀가 계단을 오를 때 마차가 떠나는 소리가 들렸다. 어머니는 옷 방 문간에서 초조하게 엘리자베스를 맞으며 캐서린 영부인께서 왜 다시 들어오셔서 쉬었다 가지 않으시느냐고 물었다.

"그러고 싶어 하지 않으셨어요." 딸이 말했다. "기어이 가시겠대요."

"아주 멋지게 생긴 분이구나! 이곳을 방문해 주시다니 정말 친절하셔! 콜린스 부부가 잘 지내고 있다는 것을 알려 주시려고 들른 것일 테니 말이다. 어딘가로 가시는 길에 메리턴을 지나다가 너를 방문해야겠다고 생각하셨을 거야. 부인이 너한테 특별히 할 말은 없으셨을 것 같은데, 리지?"

엘리자베스는 이때 약간의 거짓말을 하지 않을 수가 없었다. 두 사람의 대화 내용을 털어놓을 수는 없었기 때문이다.

15장

    이 의외의 방문 때문에 엘리자베스는 마음의 평정을 잃었고, 산란해진 마음은 쉽게 가라앉지 않았다. 몇 시간 동안 계속 그 생각을 하지 않을 수가 없었다. 캐서린 영부인은 오로지 자기와 다아시 씨가 했을지도 모를 약혼을 깨겠다는 목적으로 로징스에서 이곳까지 오는 수고를 아끼지 않은 것 같았다. 계획 자체야 납득할 수 있다고 쳐도, 그들이 약혼했다는 소문이 대체 어디서 생겨났는지 엘리자베스는 도저히 짐작할 수가 없었다. 그러다가 **그 사람**은 빙리의 친한 친구이고 **자신**은 제인의 동생이기 때문에, 모두들 빙리와 제인의 결혼을 고대하면서 또 다른 결혼을 고대하게 된 시기라 그런 소문이 만들어졌을 거라는 생각이 들었다. 엘리자베스도 언니의 결혼 때문에 다아시 씨와 더 자주 만나게 될 것이라고 생각했었다. 그러니 루카스 로지의 이웃들은 (엘리자베스는 그들이 콜린스 부부와 주고받은 편지를 통해 소문이 캐서린 영부인에게 닿은 것 같다고 결론을 내렸다) **엘리자베스 스스로도** 언젠가는 가능할지도 모른다고 기대하고 있었던 **그 일**이 조만간 거의 확실히 일어날 것이라고 생각한 것뿐인 것 같았다.

    하지만 엘리자베스는 캐서린 영부인의 표현을 곰곰이 생각해 보다가 영부인이 이런 간섭을 계속한다면 나타날 수 있는 결과에 대해 약간의 불안감을 느끼지 않을 수가 없었다. 둘의 결혼을 어떻게든 막을 거라는 영부인의 결심으로 보아 그녀가 틀림없이 자기 조카에게 무슨 말을 할 것이라는 생각이 들었고, 자기에게 말했던 것처럼 자신과 결혼할 때 수반되는 나쁜 점들을 제시한다면 **그**가 어떻게 받아들일지 감히 생각해 볼 엄두도 나지 않았다. 다아시 씨의 이모에 대한 애정이나 이모의 판단력에 대해 신뢰하는 정도는 정확히 알지 못했지만, **자기보다는** 영부인을 훨씬 더 낮게 생각할 것이라고 보는 게 자연스러웠다. 캐서린 영부인은 다아시 씨에 비해 너무 기우는 친척들을 둔 사람과 결혼했을 때 닥칠 불행들을 낱낱이 열거하면서 그의 가장 약한 면을 집중적으로 공략할 것이 확실했다. 엘리자베스에게는 빈약하고 황당해 보이는 주장들이지만, 품위를 중시하는 다아시는 영부인의 주장에 훌륭한 양식과 단단한 논리가 담겨 있다고 느낄지도 모른다.

실제로 예전에 자주 그러는 것처럼 보였듯이 만약 그가 어떻게 해야 할지 망설이고 있다면, 그토록 가까운 친척의 충고와 간청은 모든 의심을 잠재우고, 오점 없이 품위를 지켜 행복해지자고 즉시 결심할 수 있게 해 줄지도 모른다. 그렇다면 그는 다시는 돌아오지 않을 것이다. 캐서린 영부인이 런던에 가는 길에 그를 만날지도 모르고, 그러면 네더필드에 돌아오겠다고 빙리에게 한 약속은 무산되고 말 것이다.

'그러니까 며칠 내에 자기 친구에게 약속을 지키지 못하겠다는 변명의 편지가 온다면.' 엘리자베스는 생각했다. '그게 어떻게 된 일인지 알 수 있을 거야. 그러면 모든 기대와 그의 사랑이 변치 않았을 것이라는 희망을 포기해야지. 마음만 먹으면 내 사랑을 얻을 수 있는 순간에 나를 아까워하면서 물러서는 것으로 만족한다면, 나도 곧 그를 아쉬워하지 않게 될 거야.'

                                        *

방문객이 누구였는지 듣고 다른 가족들은 크게 놀랐지만, 고맙게도 다들 베넷 부인의 호기심을 달래 주었던 것과 똑같은 추측에 만족했다. 그래서 엘리자베스는 그 문제 때문에 많이 귀찮아지지는 않았다.

다음 날 아침, 엘리자베스는 아래층으로 내려가다가 한 손에 편지를 들고 서재에서 나오는 아버지와 마주쳤다.

"리지야." 베넷 씨가 말했다. "너를 찾으러 가던 중이었다. 내 방으로 오너라."

엘리자베스는 아버지를 따라 서재로 들어갔다. 아버지가 무슨 말을 할 것인지에 대한 호기심이 생겼고, 그 말이 아버지가 들고 있는 편지와 어떤 식으로든 연관되어 있을 것이라는 생각 때문에 궁금증은 더욱 커졌다. 편지가 캐서린 영부인에게서 온 것일지도 모른다는 생각이 불현듯 뇌리를 스쳤고, 그러면 온갖 해명이 필요할 것이라고 낙심해 예상했다.

엘리자베스는 아버지를 따라 난로 쪽으로 갔다. 두 사람 모두 자리에 앉자 베넷 씨가 말했다.

"오늘 아침에 편지 한 통을
받고 몹시 놀랐다. 주로 너와
연관된 이야기라서 네가 알아
두어야 할 것 같다. 딸이 **둘씩이
나** 곧 결혼하게 되리라고는 미
처 몰랐다. 아주 굉장한 사람
을 붙잡은 걸 축하해 주어야겠구나."

순간적으로 그것이 이모가 아니라 조카가 보낸 편지라는 확신이
들자 엘리자베스의 뺨이 확 달아올랐다. 그가 자신의 입장을 밝힌 것
을 기뻐해야 할지 아니면 편지가 자신에게 온 것이 아니라는 사실에
기분 나빠해야 할지 결정을 내리지 못하고 있을 때, 아버지가 말을 계
속했다.

"너는 알고 있는 것 같구나. 젊은 숙녀들은 이런 문제에 있어서는
대단한 통찰력을 지니고 있으니까. 그렇지만 네가 아무리 총명해도
네 숭배자의 이름은 못 맞힐 것 같구나. 이 편지는 콜린스 씨에게서
온 것이다."

"콜린스 씨한테서요! 그런데 **그 사람**이 무슨 할 말이 있어서요?"

"물론 할 말이야 매우 많지. 다가오는 맏딸의 결혼에 대한 축하 인
사로 시작했는데 사람 좋고 수다 떨기 좋아하는 루카스 집안사람들
에게서 들은 것 같더구나. 그가 그 일에 대해 뭐라고 했는지 읽어서
너를 조바심 나게 하는 장난을 치진 않겠다. 너와 관련 있는 부분은
다음과 같다. '이 경사에 대해 제 처와 저의 심심한 축하 인사를 드렸

으니 이제는 다른 주제에 대해 짧게 덧붙이겠습니다. 이 주제에 대해서도 같은 사람에게 들었습니다. 따님 엘리자베스도 언니가 베넷이라는 성을 버린 후 오래잖아 그 성을 버릴 것으로 추정된답니다. 선택된 운명의 동반자는 이 나라에서 가장 뛰어난 명사 중 한 분으로 간주되기에 마땅한 분입니다.' 리지야, 이게 누굴 가리키는지 짐작할 수 있겠니? '이 젊은 신사분은 사람들이 바라는 모든 것…… 많은 재산과 고귀한 친척, 광범위한 성직 수여권이라는 복을 모두 가진 분입니다. 하지만 이 모든 탐나는 조건들에도 불구하고 제 사촌 엘리자베스와 어르신께 이 신사분의 청혼을 경솔하게 받아들였다가 겪으실 수 있는 나쁜 일들에 대해 경고해 드리겠습니다. 물론 어르신께서는 즉시 이익을 취하고 싶으시겠지만요.'

리지, 이 신사분이 누군지 알겠니? 이제 누군지 나오는구나.

'어르신께 경고해 드리는 동기는 다음과 같습니다. 그분의 이모이신 캐서린 드 버그 영부인께서 이 결혼을 좋게 보시지 않는다고 생각할 이유가 있습니다.'

다아시 씨가 바로 그 사람이구나, 알겠니! 자, 리지야. 내가 너를 **놀라게** 한 것 같구나. 콜린스 씨든 루카스 집안사람들이든, 우리가 아는 사람들 중에서 이름만 들어도 그 소문이 거짓이라는 걸 이보다 더 효과적으로 드러낼 수 있는 사람을 짚을 수도 없을 게다. 여자를 볼 때마다 반드시 흠을 찾아내고야 말고, 평생 **너한테** 눈길 한번 준 적이 없었던 다아시 씨라니! 정말 대단해!"

엘리자베스는 아버지의 농담에 장단을 맞추려 했지만 간신히 억지로 한 번 미소를 지을 수 있을 뿐이었다. 아버지의 재치가 그렇게 유쾌하지 않은 적은 처음이었다.

"재미없니?"

"아, 재미있어요. 어서 계속 읽어 주세요."

"'어젯밤에 이 결혼의 가능성에 대해 영부인께 말씀드렸더니 영부인께서는 여느 때처럼 황송하게도 그 일에 대해 느끼시는 바를 즉시 피력하셨습니다. 제 사촌 쪽의 몇 가지 가족 문제 때문에 영부인께서 이토록 수치스러운 결혼에 절대 동의하지 않으실 것이 분명해 보였습니다. 저는 이 사실을 제 사촌에게 최대한 신속히 알려서 사촌과 사촌의 고귀하신 숭배자가 하려는 일이 무엇인지 깨닫고 제대로 허용받지 못할 결혼에 성급하게 이르지 않도록 해 주는 것이 제 의무라고 생각했습니다.' 콜린스 씨는 또 이렇게 덧붙였다. '저는 사촌 리디아가 일으킨 통탄스러운 문제가 그토록 조용히 잘 마무리된 것에 진심으로 기쁩니다. 결혼도 하기 전에 동거했다는 사실이 널리 알려지지는 않을까 걱정스러울 뿐이지요. 하지만 젊은 부부가 결혼하자마자 어르신께서 그들을 집에 받아들였다는 소식을 듣고, 제 지위에 수반되는 의무를 저버릴 수가 없어서 제가 얼마나 놀랐는지 말씀드리지 않을 수가 없습니다. 그런 행위는 악덕을 부추기는 것입니다. 제가 롱번의 교구 목사였다면 완강히 반대했을 것입니다. 기독교인으로서는 당연히 그들을 용서해야겠지만, 그들이 어르신 눈앞에 나타나는 것을 허용해서도, 그들의 이름이 언급되거나 들리게 해서도 안 됩니다.' **이게 콜린스 씨가 생각하는 기독교적인 용서란다!** 나머지는 자기

처 샬럿의 근황과 자기가 애아버지가 될 거라는 이야기뿐이다. 그런데 리지야. 너는 이게 별로 재미없는 것처럼 보이는구나. 네가 **얌전을 떨면서** 쓸데없는 소문에 기분 나쁜 척하지 않기를 바란다. 이웃들을 위해 놀림감이 되어 주고 다음번에는 우리가 놀려 주고 하지 않으면 무슨 낙으로 살겠니?"

"아!" 엘리자베스가 소리쳤다. "굉장히 재미있어요. 그런데 너무 이상해요!"

"그래…… **그것** 때문에 재미있는 거야. 그들이 다른 남자를 찍었다면 아무것도 아니었겠지. **그 사람은** 너한테 지극히 무심하고, **너는** 그 사람을 끔찍하게 싫어하기 때문에 매우 재미있는 거야! 편지 쓰는 일을 무척 싫어하긴 하지만 콜린스 씨와의 편지 왕래는 어떤 일이 있어도 포기하지 않을 생각이다. 안 되지. 내 사위의 뻔뻔함과 위선을 매우 높이 평가하긴 하지만 콜린스 씨의 편지를 읽을 때면 위컴보다 콜린스 씨를 더 좋아하지 않을 수가 없구나. 그런데 리지야, 이 소문에 대해 캐서린 영부인은 뭐라고 하시던? 승낙하지 않겠다고 말하러 여기까지 방문하셨다던?"

이 질문에 대해 딸은 그저 웃음으로 답했을 뿐이었다. 질문에 조금의 의심도 담겨 있지 않았기 때문에 아버지가 질문을 되풀이했어도 당황하지 않았다. 자기감정이 그대로 드러나지 않도록 그렇게 애써 본 적이 없었다. 차라리 울고 싶은 심정일 때 웃어야만 했다. 아버지는 다시 씨의 무심함에 대해 말해서 딸에게 가장 잔인한 상처를 주었다. 엘리자베스는 아버지가 그토록 통찰력이 부족한 것에 놀라워하다가, 아버지가 거의 보지 **못하는** 게 아니라 자기가 너무 **많이** 마음대로 상상한 게 아닐까 우려했다.

16장

빙리 씨는 엘리자베스가 반쯤 예상했던 것처럼 친구에게서 변명의 편지를 받는 대신, 캐서린 영부인이 다녀간 후 며칠 지나지 않아서 다아시를 롱번으로 데려올 수 있었다. 신사들은 일찍 도착했다. 엘리자베스는 어머니가 다아시 씨에게 이모를 뵈었다는 이야기를 할까 봐 잠깐 동안 불안해하며 앉아 있었다. 그때 제인과 단둘이 있고 싶었던 빙리가 모두 밖으로 나가자고 제안했다. 다들 그 제안에 찬성했지만, 베넷 부인은 산책하는 습관이 없었고 메리는 시간을 낼 수 없어서 나머지 다섯 사람이 함께 출발했다. 하지만 빙리와 제인은 곧 다른 사람들을 앞으로 보내고 뒤처졌기 때문에 엘리자베스와 키티와 다아시가 함께 걸으며 시간을 보내야 했다. 어느 누구도 거의 말을 하지 않았다. 키티는 다아시를 너무 어려워해서 말을 하지 못했다. 엘리자베스는 몰래 필사적인 결심을 하고 있었고, 아마 다아시도 똑같이 하고 있었을 것이다.

키티가 머라이어를 찾아가고 싶어 했기 때문에 그들은 루카스 로지를 향해 걸었다. 엘리자베스는 모두 같이 갈 필요는 없다고 생각했기 때문에 키티가 떠나자 용감하게 다아시와 단둘이 계속해서 걸었다. 이제 결심을 실행할 순간이 왔고, 그녀는 한참 용기가 고조되었을 때 즉시 이렇게 말했다.

"다아시 씨, 저는 매우 이기적인 사람이에요. 제가 마음 편하자고 당신의 마음이 얼마나 상할지에는 신경 쓰지 않으니까요. 제 불쌍한 동생에게 비할 바 없는 친절을 베풀어 주신 것에 대해 감사를 표하지 않을 수가 없네요. 사실을 알게 된 후부터 내내 제가 얼마나 고맙게 생각하고 있는지 꼭 말씀드리고 싶었어요. 다른 가족들도 알았다면 저 혼자 고마움을 표해서는 안 되는 일이지만요."

"미안합니다. 정말 미안합니다." 다아시가 놀라고 감격한 어조로 대답했다. "잘못 받아들이면 불편하실 수도 있는 일을 알게 해 드려서요. 가드너 부인이 그렇게 믿을 수 없는 분인 줄은 몰랐습니다."

"저희 외숙모를 탓하지 마세요. 리디아가 생각 없이 불쑥 당신이 그 문제에 간여했다는 사실을 맨 처음 말했으니까요. 물론 저도 어떻게 된 일인지 자세히 알 때까지는 가만히 있을 수가 없었어요. 저희 가족 모두를 대신해 넓으신 아량에 거듭 감사를 표합니다. 두 사람을 찾기 위해 그토록 많은 수고를 하시고 많은 굴욕을 감수하셨으니까요."

"굳이 제게 고마워하시려면." 다아시 씨가 대답했다. "혼자서만 하십시오. 그렇게 한 데에는 다른 이유들도 있었지만, 당신을 행복하게 해 드리고 싶다는 바람이 그 일에 영향을 주었다는 사실을 부정하지 않겠습니다. 당신의 가족은 제 덕을 본 게 전혀 없습니다. 그분들을 많이 존경하긴 하지만 저는 오로지 **당신만을** 생각했습니다."

엘리자베스는 너무 당황해서 한마디도 할 수 없었다. 잠깐 말을 멈춘 후 다아시가 이렇게 덧붙였다. "당신은 너그러우신 분이니 제 말을 절대 가벼이 여기지 않으실 것입니다. 만약 당신의 감정이 지난 4월과 같다면 당장 그렇다고 말씀해 주십시오. 제 애정과 소망은 변함이 없지만 당신이 한마디만 하신다면 저는 이 문제에 대해 영원히 입을 다물겠습니다."

엘리자베스는 다아시가 더없이 어색해하면서 긴장하는 것을 느꼈기 때문에 이제는 어쩔 수 없이 입을 열었다. 곧바로, 아주 유창하지는 않았지만 자신의 감정이 그가 언급한 시기 이후 매우 중대한 변화를 겪어서 그가 지금 해 준 확약을 감사하고 기뻐하며 받아들이게 되었다는 뜻을 알렸다. 이 대답이 가져다 준 행복은 아마도 다아시가 이전에는 결코 느껴 보지 못했을 그런 것이었다. 다아시는 열렬한 사랑에 빠진 남자라면 그리할 것이라 기대되는 논리와 열정을 담아 그 점을 표현했다. 엘리자베스가 다아시의 눈을 마주볼 수 있었다면 진심에서 우러나온 기쁨의 표현이 얼굴 가득 퍼져서 그와 얼마나 잘 어울리는지 보았을 것이다. 하지만 볼 수는 없어도 들을 수는 있었다. 다아시는 자신이 느끼는 감정을 엘리자베스에게 이야기하면서 그녀가 자신에게 얼마나 중요한 사람인지 증명했고, 자신의 사랑을 더욱더 소중한 것으로 만들었다.

그들은 어느 방향으로 가는지도 모른 채 계속 걸었다. 생각하고 느끼고 말할 것이 너무 많아서 다른 어떤 대상에도 관심을 기울일 수가 없었다. 엘리자베스는 자기들이 이렇게 서로를 잘 이해하게 된 것이 다아시의 이모 덕분이라는 사실을 곧 알게 되었다. 캐서린 영부인은 런던을 지나 돌아가는 길에 **정말로** 그를 방문해서 롱번에 다녀온 일이며 방문의 동기, 엘리자베스와의 대화 내용을 알려 주었다. 엘리자베스가 고집스럽고 뻔뻔하다는 것을 보여 주는 표현을 조목조목 강조하며 거론했다. 그런 이야기를 하면 엘리자베스가 안 하겠다고 거절했던 약속을 조카에게서 받아내는 데 도움이 될 것이라는 믿음에서였다. 하지만 영부인에게는 불행하게도 그 효과는 정반대로 나타났다.

"제게 희망이 있다는 것을 알게 되었습니다." 다아시가 말했다. "그전에는 희망을 가질 꿈도 꾸지 못했습니다. 제가 아는 당신은, 저를 거절하려는 결심이 돌이킬 수 없이 확고했다면 틀림없이 캐서린 영부인에게 거절의 의사를 공개적으로 솔직히 시인하셨을 것이기 때문입니다."

엘리자베스는 얼굴을 붉혔고, 웃으며 대답했다. "맞아요. 제가 **그랬을** 거라고 믿을 만큼 제 **솔직함**에 대해 잘 아시지요. 당신을 면전에서 그렇게 지독하게 비난해 댔으니, 친척분들 모두에게 당신을 비난하는 것쯤이야 무슨 거리낌이 있었겠어요."

"당신이 저에 대해 하신 말씀 중에서 어디 지당하지 않은 것이 있었던가요? 당신의 비난이 정당한 근거가 없고 잘못된 전제에서 나온 것이라 해도, 그 당시 당신에 대한 제 행동은 가장 가혹한 비난을 받아 마땅했습니다. 용서할 수 없는 행동이었지요. 그때의 행동을 생각할 때마다 혐오스럽습니다."

"그날 저녁에 누구 잘못이 더 컸는지에 대해선 다투지 않기로 해요." 엘리자베스가 말했다. "엄격하게 따져 보면 우리 중 누구의 행동도 비난을 면할 수 없을 거예요. 하지만 그때 이후로 우리 둘 다 예의범절이 나아졌다고 할 수 있겠죠."

"저는 그렇게 쉽게 넘어갈 수가 없습니다. 당시에 제가 했던 말과 행동, 태도와 표현을 돌이켜 보고 지난 몇 달 전부터 지금까지 이루 말할 수 없을 만큼 괴로웠습니다. 정곡을 찌른 당신의 비난을 저는 결코 잊지 못할 것입니다. '만약 당신이 더 신사다운 태도로 행동했더라면'이라고 말씀하셨죠. 그 말이 얼마나 저를 괴롭혔는지 당신은 모르실 겁니다. 아마 상상도 못 하실 것입니다…… 솔직히 고백하자면 그 말이 옳다는 것을 인정할 만큼 분별이 생긴 것은 한참 지나서였습니다."

"그 말이 그렇게 강한 인상을 주었으리라고는 전혀 예상하지 못했어요. 당신이 그런 식으로 느끼셨으리라고도 전혀 생각하지 못했고요."

"그러셨을 겁니다. 그때 당신은 제가 제대로 된 감정이라고는 전혀 갖고 있지 않다고 생각하셨으니까요. 저는 당신이 그렇게 생각했으리라 확신합니다. 제가 어떤 식으로 말했더라도 당신이 저를 받아들이게 되진 않았을 거라고 하셨죠. 그 순간 당신 얼굴에 떠오른 표정을 저는 절대 잊지 못할 것입니다."

"아! 그때 제가 한 말을 되풀이하지 마세요. 회상해 봤자 전혀 도움이 되지 않아요. 제가 그 일에 대해 얼마나 오랫동안 진심으로 부끄러워했는데요."

다아시는 자기가 쓴 편지를 언급했다. "편지 때문에 저에 대한 생각이 **바로** 더 나아지셨나요? 편지를 읽었을 때 그 내용을 믿었습니까?"

엘리자베스는 편지가 자신에게 어떤 영향을 미쳤는지, 또 자신이 이전에 가졌던 모든 편견을 어떻게 서서히 없애 주었는지 설명했다.

"제가 쓴 내용이 당신에게 틀림없이 고통을 줄 것을 알고 있었지만 어쩔 수 없었습니다." 다아시가 말했다. "당신이 그 편지를 없애 버리셨길 바랍니다. 혹시 당신이 편지를 다시 읽으시지나 않을지 우려됩니다. 미움을 사도 마땅한 표현을 몇 가지 기억하고 있거든요. 특히 서두 부분이 그렇습니다."

"편지를 태우는 게 제 사랑을 유지하는 데 꼭 필요하다고 생각하신다면 반드시 태울게요. 우리 둘 다 제 생각이 절대 변하지 않는 건 아니라고 생각할 이유가 있긴 하지만, 그렇다고 해서 그게 제 마음이 쉽게 바뀌는 거란 뜻은 아니잖아요."

"그 편지를 쓸 때." 다아시가 대답했다. "저는 스스로가 아주 차분하고 냉정하다고 믿었습니다. 하지만 사실은 끔찍하게 기분 나쁜 상태였다는 것을 나중에야 알게 되었습니다."

"아마 시작 부분은 그랬겠지만 끝은 그렇지 않았어요. 작별의 말은 얼마나 너그러웠는데요. 편지에 대해서는 더 이상 생각하지 마세요. 편지를 쓴 사람의 마음도, 그것을 받은 사람의 마음도 이제는 매우 뚜렷하게 달라졌으니, 편지에 수반된 불쾌한 상황은 모두 잊어버려야 해요. 제 철학을 조금 배우세요. 과거를 생각하려거든 내게 즐거움을 주는 것만 기억하기."

"그런 종류의 철학이라면 당신을 신뢰할 수가 없습니다. 당신은 되돌아보아도 비난받을 일이 전혀 없을 테니, 그런 회상에서 얻는 만족은 철학에서 나오는 것이 아니라 무지無知에서 나오는 것입니다. 무지에서 나오는 게 훨씬 더 좋지요. 그렇지만 저는 사정이 다릅니다. 물리칠 수도 없고, 물리쳐서도 안 되는 고통스러운 기억들이 끼어드니까요. 저는 평생토록 원칙적으로는 아닐지 몰라도 현실에서는 이기적인 인간이었습니다. 어렸을 적에 무엇이 옳은지에 대해서는 배웠지만, 제 성격을 고쳐야 한다고 배우지는 못했습니다. 훌륭한 원칙들은 갖게 되었지만, 그 원칙들을 교만하고 오만한 마음으로 실행했습니다. 불행히도 **외아들**이었기 때문에—여동생이 태어나기 전까지 오랫동안 하나뿐인 자식이었습니다—부모님이 저를 응석받이로 키우셨습니다. 부모님은 좋은 분들이셨지만—특히 아버지께서는 무척 인정이 많고 온후하셨습니다—제가 이기적이고 거만하게 굴도록 허용하고 부추기고 심지어는 가르치셨습니다. 제 가족 외에는 아무도 신경 쓰지 않도록, 나머지 세상 사람들 모두를 경멸하도록, 적어도 그들의 분별력과 가치를 저와 비교해서 경멸하길 **원하도록** 말입니다. 여덟 살 때부터 스물여덟 살 때까지 저는 그런 사람이었습니다. 사랑하는 엘리자베스, 당신이 아니었다면 여전히 그랬을지도 모릅니다! 당신 덕이 아닌 게 뭐가 있을까요! 당신은 처음에는 제게 정말로 가혹했지만 매우 유익한 교훈을 가르쳐 주었습니다. 당신 덕분에 저는 몹시 겸손해졌습니다. 당신께 청혼하러 갔을 때 저는 당신이 저를 받아 줄 것을 추호도 의심하지 않았습니다. 당신은 사랑받을 자격이 있는 여자를 기쁘게 해 줄 모든 조건을 갖추고 있다고 우쭐댔던 제 자신이 얼마나 부족한 사람이었는지 알려 주었습니다."

"그때 제가 청혼을 받아들일 거라고 확신했었나요?"

"그럼요. 제 허영심을 어떻게 생각하십니까? 저는 당신이 제 청혼을 원하고, 또 기대한다고 예상했습니다."

"틀림없이 제 태도에 잘못이 있었겠지만 고의적이진 않았다는 것을 밝혀 드려요. 당신을 속일 생각은 전혀 없었지만 기분 내키는 대로 하다 보면 일이 꼬일 때가 종종 있어요. **그날** 저녁 이후 제가 얼마나 미웠을까요?"

"당신을 미워하다니요! 처음에는 화가 났지만 제 분노는 곧 바른 방향, 즉 위컴과 저 자신에게로 방향을 잡기 시작했습니다."

"펨벌리에서 만났을 때 당신이 저를 어떻게 생각하셨는지 물어보기가 두렵네요. 제가 펨벌리에 간 걸 탓하셨나요?"

"아니오, 전혀. 그저 놀랐을 뿐입니다."

"당신이 놀랐다 해도 당신 눈에 띈 **저보다는** 덜 놀라셨을 거예요. 제 양심상 제가 특별히 정중한 대접을 받을 자격이 있다고 생각할 수는 없었고, 사실 분에 **넘치는** 대접을 기대하지도 않았어요."

"**그 당시** 제 목적은." 다아시가 대답했다. "당신께 성심성의껏 예의를 갖추어서 제가 과거 일로 당신을 원망할 만큼 옹졸한 사람이 아니라는 걸 보여 드리는 것이었습니다. 그리고 당신의 비난을 받아들였다는 것을 보여 드려서 당신의 용서를 구하고 오해도 줄이기를 바랐습니다. 다른 소망들이 솟아나기 시작한 게 언제인지 말씀드리긴 어렵지만, 당신을 만나고 나서 반 시간 정도 지나서였던 것 같습니다."

그런 다음 다아시는 조지아나가 엘리자베스와 알게 된 것을 무척 기뻐했고, 갑작스럽게 만남이 중단되어 얼마나 실망했는지 알려 주었다. 이야기는 자연스럽게 엘리자베스가 떠난 이유로 이어졌는데, 엘리자베스는 다아시가 여관을 떠나기 전에 이미 리디아를 찾으러 더비셔에서부터 자기를 따라오기로 결심했고, 여관에서 그가 심각하게 생각에 빠져 있었던 것은 그 목적을 이루기 위해 여러 가지 궁리를 했기 때문이었다는 것을 곧 알게 되었다.

엘리자베스는 다시 감사를 표했지만, 이 이야기는 두 사람 모두에게 너무 고통스러운 주제라서 더 이상 자세히 말하지는 않았다.

그들은 느긋하게 몇 킬로미터를 걸으며 이야기를 나누느라 여념이 없어서, 시간이 얼마나 되었는지 까맣게 잊고 있다 시계를 보고서야 마침내 집에 가야 할 시간이라는 것을 알았다.

'빙리 씨와 제인은 어떻게 되었을까!'하고 궁금해하다 보니 **그들의** 이야기가 나오게 되었다. 다아시는 둘의 약혼에 기뻐하고 있었다. 빙리는 그 소식을 누구보다 먼저 그에게 알렸다.

"놀라셨는지 물어봐야겠어요." 엘리자베스가 말했다.

"전혀 안 놀랐습니다. 여길 떠날 때 곧 그렇게 될 거라고 느꼈습니다."

"말하자면 당신이 허락을 하셨다는 거군요. 그랬으리라 짐작했어요." 비록 다아시는 허락이라는 말에 항의했지만, 엘리자베스는 상황이 그와 상당히 비슷했었다는 사실을 알아차렸다.

"런던에 가기 전날 저녁에." 다아시가 말했다. "빙리에게 고백했습니다. 오래전에 그렇게 했어야 한다고 믿습니다. 이전에 그의 일에 개입한 게 터무니없고 주제넘은 짓이 되고 만 경위를 전부 말해 주었습니다. 빙리는 크게 놀랐고, 저를 눈곱만큼도 의심하지 않았다고 했습니다. 그리고 당신의 언니분이 그에게 무관심하다고 생각한 제 판단이 잘못된 것 같다고 말해 주었습니다. 당신 언니분에 대한 그의 애정이 줄어들지 않았다는 것은 쉽게 알 수 있었기 때문에, 저는 그들이 함께라면 행복할 것을 의심하지 않았습니다."

엘리자베스는 다아시가 자기 친구를 너무나 쉽게 다루는 것에 미소를 짓지 않을 수가 없었다.

"언니가 그분을 사랑한다고 말씀하셨을 때, 당신께서 직접 관찰해서 판단하신 건가요?" 엘리자베스가 말했다. "아니면 지난봄에 제가 드린 이야기에 따라 말씀하신 건가요?"

"전자입니다. 저는 최근에 롱번을 두 번 방문하는 동안 베넷 양을 유심히 관찰했고, 빙리에 대한 당신 언니분의 애정을 확신했습니다."

"그러니까 당신의 보증 때문에 빙리 씨도 바로 그렇다고 확신하게 되었군요."

"그래요. 빙리는 매우 꾸밈없이 겸손한 사람입니다. 소심하기 때문에 그렇게 크게 염려가 되는 문제에서는 스스로의 판단에 의존하지 않습니다. 제 판단에 맡겨 버리면 모든 것이 수월해지니까요. 저는 어쩔 수 없이 한 가지 일을 고백해야 했고, 빙리는 당연히 한동안 제게 화가 나 있었습니다. 당신 언니분이 지난겨울에 석 달 동안 런던에서 지냈는데, 제가 그 사실을 알고 있으면서도 일부러 그에게 말하지 않았다는 것 말이죠. 숨길 수가 없었습니다. 빙리는 화를 냈지만, 그의 화는 당신 언니분의 감정에 대한 의심이 풀리자 사라졌습니다. 이제는 저를 진심으로 용서해 주었습니다."

엘리자베스는 빙리 씨가 아주 좋은 친구라고, 그렇게 쉽게 친구의 말을 듣기 때문에 그의 가치는 헤아릴 수 없다고 말하고 싶었지만 자제했다. 다아시 씨는 앞으로 비웃음을 당하는 법을 배워야 할 텐데, 벌써부터 시작하는 건 너무 일렀다. 다아시가 자신의 행복에는 당연히 미치지 못할 테지만 빙리의 행복을 기대한다며 말을 이어 가는 사이에 둘은 집에 도착했고, 현관에서 헤어졌다.

17장

"리지, 도대체 산책을 어디까지 갔다 온 거야?" 엘리자베스가 방에 들어가자마자 제인이 물었고, 식탁에 앉을 때에는 다른 모든 사람들이 같은 질문을 했다. 그녀는 둘이서 이리저리 걸어 다니다 보니 자신도 모르게 그렇게 됐다고만 대답했다. 엘리자베스는 얼굴을 붉혔지만 그 점도, 다른 어떤 점도 실제로 무슨 일이 있었는지에 대한 의심을 불러일으키지 않았다.

저녁은 별일 없이 조용히 지나갔다. 공인된 연인들은 이야기를 나누며 웃었다. 공인되지 않은 연인들은 침묵을 지켰다. 다아시는 행복에 겨워 기쁨을 드러내는 성격이 아니었고 엘리자베스는 자신이 행복하다는 것을 **알긴** 했지만 그것을 **실감하지는** 못했기 때문이다. 당장 눈앞의 당황스러움 말고도 다른 나쁜 일들도 있었다. 그녀는 자신의 상황이 알려지면 가족들이 어떻게 생각할지 예상하고 있었다. 다아시 씨를 좋아하는 사람은 제인뿐이었고, 나머지 사람들은 다아시 씨를 그의 모든 재산과 지위로도 메울 수 없을 만큼 **싫어하지는** 않는지 걱정될 정도였다.

엘리자베스는 그날 밤에 제인에게 자신의 마음을 털어놓았다. 의심은 베넷 양의 평소 습관과 매우 거리가 멀었지만, 이번만은 제인이 엘리자베스의 말을 전혀 믿으려 하지 않았다.

"농담하는 거지, 리지. 이럴 수는 없어! ……다아시 씨와 약혼을 하다니! 아니야, 아니야. 나는 절대 안 속을 거야. 내가 알기로 그런 일은 불가능해."

"시작부터 너무하네! 내가 유일하게 의지하는 사람이 언니인데. 언니가 못 믿는다면 다른 사람들은 아무도 내 말을 믿으려 하지 않을 게 분명해. 하지만 나는 진지해. 사실만 말하고 있어. 그분은 여전히 나를 사랑하고 있고, 우리는 결혼을 약속했어."

제인은 믿을 수 없다는 듯이 엘리자베스를 바라보았다. "아, 리지! 그럴 리가 없어. 네가 그분을 얼마나 싫어하는지 알고 있는데."

"언니는 이번 일에 대해 아무것도 몰라. 그건 다 잊어버려야 할 과거 일이야. 그분을 항상 지금처럼 사랑하지는 않았을지 몰라. 하지만 이런 경우에는 좋은 기억력이 용서가 안 되네. 내가 그 일을 기억하는 것은 이번이 마지막일 거야."

베넷 양은 여전히 매우 놀란 표정이었다. 엘리자베스는 다시 한 번, 더 진지하게 자신의 말이 사실임을 언니에게 확인시켜 주었다.

"세상에! 정말로 그렇다고! 그렇다면 이제는 네 말을 믿어야겠다." 제인이 소리쳤다. "세상에, 리지. 너를 축하해 주고 싶고…… 정말로 축하해…… 그런데 정말로 확신해? 이런 질문을 하는 걸 용서해 줘. 그분과 행복해질 수 있다고 정말로 확신하는 거야?"

"그 점에 대해서는 의심의 여지가 있을 수 없어. 세상에서 가장 행복한 부부가 되자고 우리 둘 사이에선 벌써 이야기가 끝났어. 그런데 언니는 기뻐? 그런 제부가 생기는 게 좋아?"

"아주, 아주 좋아. 빙리나 내게 이보다 더 기쁜 일은 없을 거야. 우리도 그것에 대해 생각도 해 보고 이야기도 나눠 보았지만, 불가능하다는 결론을 내렸거든. 너는 정말로 그분을 사랑하는 거지? 아, 리지! 애정 없이 결혼하는 것만은 하지 말아야 해. 너희 두 사람이 마땅히 느껴야 할 만큼 사랑을 느끼고 있다고 정말로 확신하는 거야?"

"아, 그럼! 언니한테 모든 걸 이야기해 주면 내가 **그 이상**으로 사랑을 느끼고 있다고 생각하게 될 거야."

"무슨 뜻이야?"

"그러니까, 내가 빙리 씨보다 그분을 더 사랑한다는 것을 고백해야겠어. 언니가 화내지 않을까 걱정스러운데."

"얘, 이제는 **제발** 진지해져 봐. 정말 진지하게 이야기를 나누고 싶어. 내가 알아야 할 걸 전부 뜸 들이지 말고 이야기해 봐. 언제부터 그분을 사랑하게 된 거니?"

"아주 서서히 일어난 일이라, 나도 언제부터 그랬는지는 잘 몰라. 그렇지만 굳이 날을 특정하자면, 펨벌리에서 그분의 아름다운 영지를 처음 보았을 때겠지."

진지해지라는 또 한 번의 간청이 제인이 바라던 효과를 만들어 냈다. 엘리자베스는 곧 엄숙하게 사랑을 확신하게 된 연유를 들려줘 제인을 만족시켰다. 그 부분을 확인하고 나니 베넷 양은 더 이상 바랄 것이 없었다.

"이제는 정말 행복해." 제인이 말했다. "네가 나만큼 행복해질 테니까. 나는 항상 그분에 대한 호감을 가지고 있었어. 그분이 너를 사랑하지 않는다 해도 나는 항상 그를 높이 평가했을 거야. 하지만 이제 그분은 빙리의 친구이자 네 남편이니, 그분보다 소중한 사람은 빙리하고 너밖에 없어. 그런데 리지, 어쩜 그렇게 앙큼할 수가 있니? 나한테도 속을 털어놓지 않다니. 펨벌리와 램턴에서 일어난 일에 대해서 어떻게 나한테 그렇게 안 알려 줄 수가 있어? 내가 알게 된 것도 네가 아니라 다른 사람을 통해서잖아."

엘리자베스는 비밀을 지킨 이유들을 이야기해 주었다. 언니에게 빙리를 언급하고 싶지 않았고, 자신의 감정이 불확실한 상태에서 그의 친구인 다아시의 이름도 똑같이 피하고 싶었다고 말이다. 하지만 이제는 리디아의 결혼에서 다아시가 한 역할에 대해 더 이상 제인에게 감추고 싶지 않았다. 엘리자베스는 언니에게 모든 것을 알려 주었고 둘은 그날 밤의 절반을 대화로 보냈다.

*

"맙소사!" 다음 날 아침 창가에 서 있던 베넷 부인이 소리쳤다. "저 꼴 보기 싫은 다아시 씨가 제발 우리 예쁜 빙리와 같이 안 오면 좋으련만! 항상 지겹게 이곳을 찾아오는 이유가 뭘까? 사냥이나 다른 걸 하지 왜 빙리하고 함께 다니면서 우리를 귀찮게 하는지 모르겠어. 저 사람을 어떻게 해야 할까? 리지야, 저 사람이 빙리를 방해하지 않도록 네가 다시 저 사람하고 산책이나 나가렴."

엘리자베스는 그렇게 시의적절한 제안에 웃지 않을 수 없었다. 하지만 어머니가 다아시의 이름 앞에 그런 형용사를 붙이는 것에는 정말로 화가 났다.

두 사람이 들어오자마자 빙리는 엄청나게 의미심장한 표정으로 엘리자베스를 바라보았고, 그녀와 열렬하게 악수를 했다. 빙리가 좋은 소식을 알고 있다는 데에는 의심의 여지가 없었다. 그런 다음 빙리는 곧 큰 소리로 말했다. "베넷 부인, 이 근처에 리지가 길을 잃을 만한 오솔길이 더 없습니까?"

"다아시 씨와 리지, 키티는요." 베넷 부인이 말했다. "오늘 아침에는 오컴 언덕으로 산책을 가라고 권하고 싶어요. 길고 멋진 산책로예요. 다아시 씨는 그쪽 경치를 본 적이 없을 거예요."

"다른 사람들에게는 매우 좋겠지만" 빙리 씨가 대답했다. "키티에게는 너무 버거울 게 분명합니다. 그렇지 않을까, 키티?" 키티는 차라리 집에 있겠다고 했다. 다아시는 언덕에서 보는 경치가 무척 궁금하다고 했고 엘리자베스는 아무 말 없이 동의했다. 엘리자베스가 준비를 하러 이층으로 올라가고 있을 때 베넷 부인이 따라와서 이렇게 말했다.

"저 보기 싫은 인간을 너한테 억지로 맡겨서 정말 미안하다, 리지. 그렇지만 꺼려하지 않았으면 좋겠다. 너도 알다시피 다 제인을 위해서니까. 어쩌다 한 번씩 말을 하면 되고 굳이 이야기를 나눌 필요는 없어. 그러니 너무 부담스러워하지 마라."

두 사람은 산책하는 동안 저녁에 베넷 씨에게 결혼 허락을 받기로 결정했다. 어머니에게서 승낙을 받는 것은 엘리자베스가 맡았다. 그녀는 어머니가 그 사실을 어떻게 받아들일지 알 수가 없었다. 때로는 다아시의 모든 재산과 지위로도 그에 대한 어머니의 혐오감을 물리칠 수 있을지 의심이 들었다. 하지만 어머니가 이 결혼에 맹렬하게 반대하건, 뛸 듯이 기뻐하건, 어머니의 태도가 분별과는 거리가 멀 것만은 확실했다. 엘리자베스는 기뻐서 내지르는 환희의 외침이든 격렬한 반대의 외침이든, 어머니의 첫마디를 다아시가 들어야 하는 건 더 이상 참을 수 없었다.

*

엘리자베스는 그날 저녁 베넷 씨가 서재로 물러나자마자 다아시 씨가 일어서서 아버지를 따라가는 것을 보았고, 심하게 안절부절못했다. 아버지의 반대를 우려하지는 않았지만 아버지가 힘들어하실 것이 걱정스러웠다. 그것도 자기 때문에…… 아버지께서 가장 아끼는 자식인 자신이 그런 선택으로 아버지를 슬프게 만들고, 그녀를 시집보내면서 걱정과 회한으로 마음이 가득 차게 해 드리는 것은 아닌가 생각하니 괴로웠다. 비참한 심정으로 앉아 있는데 다아시 씨가 다시 나타났다. 엘리자베스는 미소를 짓고 있는 다아시를 보고 조금 안심했다. 잠시 후 다아시 씨는 키티와 함께 앉아 있던 탁자로 다가와서는 키티의 뜨개질 솜씨를 칭찬하는 척하다가 속삭였다. "아버지께 가 봐요. 서재에서 당신을 부르십니다." 엘리자베스는 곧바로 응접실을 나갔다.

아버지는 침통하고 걱정스러운 표정으로 방 안을 서성이고 있었다. "리지야." 베넷 씨가 말했다. "무슨 짓을 하고 있는 거냐? 이 남자의 청혼을 받아들이다니 정신이 나갔니? 항상 그를 싫어했잖니?"

그때 엘리자베스가 예전의 자기 의견이 더 합리적이었고, 자신의 표현은 더 온건했기를 얼마나 간절히 바랐던지! 그랬더라면 지독하게 어색한 설명과 입장 표명을 하지 않아도 되었을 터이다. 하지만 지금은 그렇게 해야만 했고, 약간 혼란스러워하며 다아시에 대한 자신의 사랑을 확인해 주었다.

"즉 네가 그 사람을 택하기로 결심했다 그 말이구나. 분명히 그 사람은 부자이고, 너는 제인보다 더 좋은 옷과 훌륭한 마차를 가질 수 있겠지만 그것들이 너를 행복하게 해 줄까?"

"제가 그 사람을 좋아하지 않는다는 아버지의 생각 말고," 엘리자베스가 말했다. "다른 반대는 없으시죠?"

"전혀 없다. 우리 모두 그 사람을 거만하고 불쾌한 남자로 알고 있지만, 네가 정말로 그 사람을 좋아한다면 이런 것은 아무것도 아니야."

"좋아해요. 그 사람을 정말로 좋아해요." 엘리자베스가 눈물을 글썽이며 대답했다. "그 사람을 사랑해요. 사실 그 사람은 부적절할 만큼 거만하진 않아요. 그는 정말 좋은 사람이에요. 그 사람이 정말로 어떤 사람인지 아버지는 모르세요. 그러니 제발 그 사람에 대해 그런 말을 하셔서 절 괴롭히지 말아 주세요."

"리지야." 베넷 씨가 말했다. "나는 그에게 이미 승낙을 했다. 그런 사람이 몸소 청하는데 사실 무엇이건 감히 거절할 생각이 안 나더구나. 네가 그 사람을 선택하기로 작정했다면 이제 **너한테도** 허락하마. 하지만 더 잘 생각해 보라고 충고해 주마. 나는 네 성품을 안다, 리지. 너는 진심으로 남편을 존경하고 그를 너보다 뛰어난 사람으로 여길 수 없다면 절대 행복할 수도, 만족할 수도 없을 거라는 걸 나는 잘 알아. 재기발랄함 때문에 안 어울리는 결혼을 하면 매우 큰 위험에 처하게 될 거다. 불명예와 불행에서 결코 벗어날 수 없을 거야. 애야, 일생의 반려자를 존경하지 못하는 너를 보는 슬픔을 내게 주지 말아 다오. 너는 네가 무슨 짓을 하려는 것인지 아직 모르고 있다."

엘리자베스는 마음이 훨씬 더 심란해져서 진지하고 엄숙하게 대답했다. 다아시 씨가 정말로 자신이 선택한 사람이라는 것을 반복해서 확실히 했고, 그에 대한 자신의 평가가 서서히 변화했다는 것을 설명하고, 그의 애정이 하루아침에 생겨난 일이 아니라 어떻게 될지 모르는 상태에서 몇 달에 걸쳐 검증된 것임을 확실히 보증하고, 그의 모든 장점들을 열의를 가지고 열거해 마침내 아버지의 의구심을 누르고 결혼에 동의하게 만들었다.

"그렇다면, 애야." 엘리자베스가 말을 마치자 베넷 씨가 말했다. "나는 더 이상 할 말이 없구나. 만약 그렇다면 그는 너를 맞이할 자격이 있다. 만약 그보다 못한 사람이라면 너를 보낼 수 없었을 것이다, 리지."

좋은 인상을 굳히기 위해 엘리자베스는 그제야 다아시 씨가 리디아를 위해서 자발적으로 한 일을 말해 주었다. 베넷 씨는 딸의 말을 듣고 깜짝 놀랐다.

"오늘 저녁은 정말로 놀랄 만한 일들뿐이구나! 그렇다면 다아시가 모든 것을 했구나. 결혼을 성사시키고, 돈을 주고, 위컴의 빚을 갚아 주고, 장교 자리도 얻어 주고! 그렇다면 더 잘 됐구나. 애를 쓰며 돈을 절약해야 하는 일에서 나를 구해 줄 테니 말이다. 네 외삼촌이 한 일이었다면 나는 반드시 돈을 갚아야 하고 **갚았을** 것이다. 그렇지만 열렬하게 사랑에 빠진 젊은이들은 모든 일을 자기 멋대로 해치우지. 내일 그 사람한테 돈을 갚겠다고 제안해야겠다. 그 사람은 너를 사랑해서 한 일이라고 고래고래 떠들어 대며 난리를 칠 테고, 그러면 그 일은 그걸로 끝나겠지."

그런 다음 베넷 씨는 며칠 전에 자신이 콜린스 씨의 편지를 읽을 때 엘리자베스가 당혹스러워했던 것을 기억해 내고선, 그녀를 보고 한참 웃다가 마침내 나가도 좋다고 했다. 베넷 씨는 엘리자베스가 방을 나설 때 이런 말을 덧붙였다. "메리나 키티를 달라고 온 젊은이가 있거든 들여보내라. 나는 지금 무척 한가하니까."

엘리자베스는 이제야 아주 무거운 짐에서 벗어났고, 자기 방에서 반 시간 동안 조용히 생각에 잠긴 후에 상당히 차분한 태도로 다른 사람들과 합류할 수 있었다. 모든 것이 막 이루어져 기뻐할 겨를이 없었지만 저녁은 평온하게 지나갔다. 걱정할 만한 중요한 일도 더 이상 없었다. 때가 되면 편안함과 친숙함이 위안이 될 것이다.

엘리자베스는 밤에 어머니가 옷 방으로 올라갈 때 어머니를 따라

가서 중요한 소식을 알렸다. 그 효과는 매우 유별났다. 처음 그 소식을 들었을 때 베넷 부인은 가만히 앉아서 한 마디도 하지 않았다. 또한 몇 분 동안 자신이 무슨 말을 들었는지 이해하지 못했다. 평소에는 자기 식구에게 이로운 일이나 딸들의 연인이라는 형태로 등장하는 행운을 알아보는 데 느린 편이 아니었음에도 불구하고 말이다. 하지만 마침내 본래 모습으로 돌아오기 시작해서, 의자에 앉은 상태에서 안절부절못하며 몸을 들썩이다 일어서더니, 다시 앉아 놀라워하며 행운에 대해 감탄했다.

"세상에! 하나님도 고마우셔라! 생각해 보렴! 세상에! 다아시 씨가! 누가 생각이나 했겠어! 그런데 그게 진짜니? 아! 귀여운 우리 리지! 엄청난 부자에 신분은 얼마나 높아질까! 용돈이며 보석이며 마차를 얼마든지 갖게 되겠지! 그에 비하면 제인은 아무것도 아니지. 아무것도 아니고말고. 정말 기쁘구나…… 정말 행복해. 그렇게 매력적인 남자가! ……그렇게 잘 생기고! 키도 크고! ……아, 우리 리지! 예전에 내가 그 사람을 무척 많이 싫어한 것에 대해 미안하다고 전해 다오. 그 사람이 그걸 눈감아 주길 바란다. 우리 리지! 런던에 집이 있다니! 멋있는 건 모두 갖추고 있구나! 딸이 셋이나 결혼하다니! 1년에 만 파운드라! 아, 하느님! 내가 어떻게 되겠다. 정신이 나갈 것 같구나."

그녀의 허락은 의심할 필요가 없다는 것이 이 반응으로 충분히 입증되었다. 엘리자베스는 그런 격렬한 감정 토로를 자기 혼자만 들어서 다행이라고 생각하며 얼른 나와 버렸다. 하지만 자기 방에 들어온

지 채 삼 분도 되지 않아서 어머니가 따라 들어왔다.

"애야." 베넷 부인이 소리쳤다. "다른 생각은 할 수가 없네! 1년에 만 파운드에다 틀림없이 그보다 더 많을 텐데! 왕족이 된 것 같아! 특별 허가[54]도 있고. 너는 특별 허가를 받아서 결혼해야 하고 또 그렇게 결혼할 거야. 그런데 애야, 다아시 씨가 특히 좋아하는 음식이 무엇인지 알려 주렴. 내일 장만하게 말이다."

이는 어머니가 다아시 씨에게 어떻게 행동할지를 보여 주는 슬픈 전조였다. 엘리자베스는 다아시 씨의 뜨거운 사랑을 얻었고 가족의 허락을 얻었다 해도 여전히 모자라는 점이 있다는 것을 깨달았다. 하지만 다음 날은 예상했던 것보다 훨씬 순조로이 지나갔다. 다행히도 베넷 부인이 예비 사위를 너무 어려워해서 관심을 표하거나 그의 의견에 경의를 표현할 때가 아니면 그에게 감히 말도 붙이지 못했기 때문이다.

엘리자베스는 아버지가 다아시와 친해지려고 애쓰는 것을 보고 흡족해했다. 베넷 씨는 곧 엘리자베스에게 시간이 갈수록 그에 대한 평가가 높아지고 있다고 확인해 주었다.

"사위 세 사람이 모두 매우 마음에 든다." 베넷 씨가 말했다. "가장 마음에 드는 건 아마도 위컴이지만, 곧 네 남편도 제인의 남편만큼 좋아질 것 같다."

18장

엘리자베스의 기분은 곧 다시 장난기가 발동될 만큼 좋아졌다. 엘리자베스는 다아시 씨에게 어떻게 자신을 사랑하게 되었는지 설명해달라고 청했다. "어떻게 시작할 수 있었어요?" 그녀가 물었다. "일단 시작하고 나서는 멋지게 계속하신 것은 알아요. 그렇지만 처음에 어떻게 시작된 거예요?"

"언제 어디에서, 어떤 말이나 표정 때문에 사랑의 기초가 놓였는지 꼬집어 말할 수는 없습니다. 너무 오래전 일이니까요. 제가 사랑을 시작했다는 것을 알았을 때는 **이미** 당신에게 푹 빠져 있었어요."

"제 미모에 대해서는 당신이 일찌감치 제쳐 두셨고, 제 태도로 말하자면…… **당신**에 대한 제 행동은 거의 항상 적어도 무례함에 가까웠어요. 당신에게 말을 걸 때마다 오히려 당신에게 고통을 주고 싶어 했어요. 이제는 진심을 말해 봐요. 제가 건방져서 마음에 드셨어요?"

"당신의 활기 넘치는 지성 때문에 좋아했어요."

"건방지다고 부르는 편이 더 나을 거예요. 다를 바가 거의 없으니까요. 사실 당신은 예절이라거나 경의라거나 쓸데없는 친절 같은 것이 지겨웠던 거예요. **당신**의 인정을 받으려고 말을 걸고, 바라보고, 생각하는 여자들에게 넌더리가 나 있었겠죠. 저는 당신을 자극하고 당신의 흥미를 불러일으켰어요. 저는 **그들**과 너무 달랐으니까요. 당신이 정말로 상냥한 사람이 아니었다면, 그것 때문에 저를 싫어했을 거예요. 하지만 자신을 감추려고 애썼음에도 불구하고 당신의 감정은 항상 고상하고 정당했어요. 당신에게 잘 보이려고 기를 쓰는 사람들을 마음속으로는 철저하게 경멸했고요. 자, 어때요…… 제가 설명할 수고를 덜어 드렸어요. 정말이지, 모든 것을 따져 보았을 때 아주 합리적인 설명이라는 생각이 들어요. 당신은 분명히 저의 좋은 점이 무엇인지 전혀 몰랐어요…… 그렇지만 사랑에 빠질 때 **그런 것**에 대해 생각하는 사람은 없겠죠."

"언니가 네더필드에서 아팠을 때 언니에게 한 당신의 다정한 행동에도 좋은 점이 전혀 없었을까요?"

"아, 제인이라면! 언니를 위해서라면 그보다 못할 사람이 어디 있겠어요? 그렇지만 어쨌든 그걸 미덕이라 생각하세요. 제 좋은 자질들은 모두 당신이 보장할 테니, 그것들을 최대한 과장하도록 하세요. 그러면 그 보답으로 가능한 한 자주 당신을 놀려서 싸울 거리를 찾는 일은 제가 맡을게요. 그럼 지금 당장 물어보면서 시작할게요. 결국에는 하고 말 일을 왜 그렇게 주저하면서 했나요? 처음 방문했을 때, 그리고 그 후에 여기서 식사했을 때 왜 그렇게 절 피했어요? 특히 롱번에 오셨을 때 왜 저한테 전혀 관심 없는 척했어요?"

"당신이 침통한 표정으로 침묵을 지켰기 때문에 용기를 낼 수가 없었습니다."

"그렇지만 저는 당황하고 있었어요."

"저도 그랬습니다."

"정찬을 들러 왔을 때 당신이 저한테 이야기를 좀 더 할 수도 있었 잖아요."

"감정이 저보다 덜한 사람이라면 그랬을 겁니다."

"당신은 제게 제시할 합리적인 답을 마련해 두고 있고 저도 그걸 받아들일 만큼 합리적이니 얼마나 불행한 일이에요! 그렇지만 당신 을 혼자 내버려 두었더라면 얼마나 오래 계속 **그러고** 있었을지 궁금 해요. 제가 묻지 않았다면 당신이 언제 말을 했을지 궁금해요! 리디 아에 대한 당신의 친절에 감사를 표하자는 제 결심이 분명히 큰 영향 을 미쳤던 것 같아요. **지나치게 많을** 정도로요. 그 주제는 언급하지 말 았어야 했는데, 약속을 어겨서 우리가 즐거워진다면 도덕은 뭐가 되 겠어요? 이래서는 안 되죠."

"그렇게 걱정하실 필요는 없습니다. 도덕은 여전히 완벽하게 공정 할 테니까요. 우리를 갈라놓으려는 캐서린 영부인의 부당한 노력이 제 모든 의심을 없애 주는 수단이 되었습니다. 지금의 제 행복은 감 사를 표하고자 한 당신의 열렬한 소망 때문이 아닙니다. 저는 당신의 입이 열리길 기다리고 있을 기분이 아니었으니까요. 제 이모의 정보 가 제게 희망을 주었고, 즉시 모든 것을 알아보기로 결심했습니다."

"캐서린 영부인께서 무한한 도움이 되어 주셨네요. 영부인께서는 틀림없이 행복해하실 거예요. 다른 사람들에게 도움이 되는 걸 좋아 하시니까요. 그런데 왜 네더필드로 내려오셨는지 말해 주세요. 그저 롱번으로 말을 타고 오셔서 당황해하시려고요? 아니면 더 중요한 결과를 계획하고 계셨나요?"

"제 진짜 목적은 **당신**을 만나 보고, 할 수만 있다면 당신의 사랑을 바랄 수 있는지 판단해 보고자 하는 것이었습니다. 하지만 제가 표면적으로 내세운 목적은, 아니 저 자신에게 내세운 목적은 당신 언니분이 아직 빙리를 좋아하는지 살펴보고, 만약 그렇다면 빙리에게 사실을 털어놓으려는 것이었죠. 그 후 그렇게 했듯이 말입니다."

"캐서린 영부인께 무슨 일이 닥칠지 알릴 용기가 있으세요?"

"용기보다는 시간이 필요할 것 같습니다, 엘리자베스. 하지만 어차피 해야 할 일이라면, 종이 한 장을 주시면 바로 그 일을 해치우겠습니다."

"저도 쓸 편지가 없다면 언젠가 다른 젊은 숙녀분이 그랬던 것처럼 당신 옆에 앉아서 당신의 고른 필체를 칭찬해 드릴 거예요. 하지만 더 이상 소홀히 해서는 안 될 외숙모가 계세요."

엘리자베스는 다시 씨와의 친분이 얼마나 과대평가된 것인지 고백하기가 싫어서 가드너 부인의 긴 편지에 아직 답장을 보내지 않았다. 그렇지만 크게 환영받을 소식을 확보한 지금 외삼촌과 외숙모가 벌써 사흘간이나 행복한 소식을 놓치고 있다는 사실에 부끄러워질 지경이라, 바로 다음과 같이 편지를 썼다.

사랑하는 외숙모, 길고 친절하게 더할 나위 없이 상세하게 써 주신 편지에 더 일찍 감사를 드렸어야 했는데, 사실대로 말씀드리자면 제가 너무 난처해서 편지를 쓸 수가 없었어요. 외숙모께서 실제보다 부풀려서 추측을 하셨거든요. 그렇지만 **지금**은 마음대로 추측하셔도 돼요. 공상의 고삐를 풀어 놓고, 그 주제로 가능한 온갖 방향으로 상상의 나래를 펴고 날아가세요. 실제로 결혼을 했다는 것만 아니면 크게 틀리지 않을 테니까요. 곧 다시 편지를 하셔서, 지난번 편지에서 그랬던 것보다 훨씬 더 많이 그 사람을 칭찬해 주세요. 호수 지방으로 가지 않은 것에 대해 거듭해서 감사드려요. 그곳에 가고 싶어 했다니 제가 얼마나 어리석었던가요! 망아지가 끄는 사륜마차를 타고 영지를 둘러보자는 생각은 참 좋네요. 매일 영지를 돌아보도록 해요. 저는 세상에서 가장 행복한 사람이에요. 아마 다른 사람들도 전에 그렇게 말했겠지만 어느 누구도 저만큼 말 그대로인 경우는 없을 거예요. 저는 심지어 제인 언니보다 더 행복해요. 언니는 미소만 짓지만 저는 소리 내어 웃으니까요. 다아시 씨가 세상의 모든 사랑을 두 분께 보낸대요. 제게 줄 것은 떼어 두고요. 두 분 모두 크리스마스에는 펨벌리에 오셔야 해요. 그럼 이만 줄일게요.

캐서린 영부인에게 보내는 다아시 씨의 편지는 문체가 사뭇 달랐다. 그리고 콜린스 씨의 지난번 편지에 대한 베넷 씨의 답장은 두 사람 모두의 편지와 달랐다.

축하를 받기 위해 자네를 한 번 더 귀찮게 해야겠네. 엘리자베스가 곧 다아시 씨의 부인이 될 것이네. 캐서린 영부인을 최대한 잘 위로해 드리게. 하지만 내가 자네라면 조카 편을 들겠네. 그가 가진 게 더 많으니까 말일세.

그럼 이만.

빙리와 제인의 결혼이 다가오자 빙리 양이 오빠에게 보낸 축하는 다정하긴 했지만 진심에서 우러난 것은 아니었다. 빙리 양은 이 일에 대해 제인에게도 편지를 써서 기쁨을 표했고 예전처럼 온갖 호감의 말을 되풀이했다. 제인은 그녀에게 속지는 않았지만 감동은 받았으므로, 빙리 양을 신뢰하지는 못하더라도 그녀가 받아 마땅하다고 생각하는 것보다 훨씬 더 친절한 답장을 쓰지 않을 수가 없었다.

다아시 양이 비슷한 소식을 받고 표현한 기쁨은 그런 소식을 전하는 오빠만큼 진지했다. 다아시 양의 모든 기쁨과 올케언니에게 사랑받고 싶다는 열렬한 소망을 모두 담기에는 편지지 네 장도 모자랄 정도였다.

롱번 집안사람들은 콜린스 씨에게서 답장이 오거나 콜린스 부인이 보내는 축하 인사 편지가 엘리자베스에게 오기도 전에 콜린스 부부가 루카스 로지로 직접 왔다는 소식을 들었다. 그들이 이토록 갑작스럽게 온 이유는 곧 명백히 드러났다. 캐서린 영부인이 자기 조카가 보낸 편지의 내용을 보고 굉장히 화를 내었으므로, 친구의 결혼을 진심으로 기뻐한 샬럿은 폭풍우가 가라앉을 때까지 피해 있기로 한 것이었다. 그런 시기에 친구가 와서 엘리자베스는 크게 기뻤지만, 그들이 만나는 동안 다아시가 친구 남편의 과시적이고 아부하는 듯한 온갖 친절함에 노출된 것을 보고 때때로 그 기쁨이 비싼 대가를 치렀다고 생각할 수밖에 없었다. 하지만 다아시는 콜린스 씨의 행동을 감탄스러울 만큼 차분하게 참아 냈다. 심지어 윌리엄 루카스 경이 그가 이 고장에서 가장 빛나는 보석을 데려간다며 찬사를 보내고, 세인트 제임스 궁에서 자주 만나게 되길 희망한다고 말했을 때에도 매우 점잖은 태도로 침착하게 귀를 기울였다. 어깨를 으쓱하긴 했지만, 윌리엄 경이 시야에서 사라지고 나서였다.

　필립스 부인의 저속함은 그가 참아 내야 할 또 다른, 그리고 어쩌면 더 큰 시련이 되었다. 비록 필립스 부인이 자기 언니와 마찬가지로 그를 너무 어려워해서 싹싹한 빙리에게처럼 친밀하게 이야기하지는 않았지만, 일단 입을 열기만 하면 상스럽게 굴었다. 다아시에 대한 필립스 부인의 존경심은 그녀를 더 조용하게는 했지만 조금이라도 더 품위 있게 만들어 주진 못했다. 엘리자베스는 다아시가 이 두 사람의 눈에 자주 띄지 않도록 최선을 다해 막았고, 그가 자신이나 식구들 중 굴욕감을 느끼지 않고 대화를 나눌 수 있는 사람들하고만 있을 수 있도록 항상 신경을 썼다. 이런 일에서 생기는 불편한 감정은 약혼 기간의 즐거움을 상당 부분 앗아갔지만, 미래에 대한 희망을 더해 주기도 했다. 엘리자베스는 두 사람 중 어느 누구에게도 별로 즐겁지 않은 교제에서 벗어나 편안하고도 우아한 펨벌리의 가족 모임으로 옮겨 갈 날을 즐겁게 고대했다.

19장

칭찬받을 자격을 가장 많이 갖춘 두 딸을 치워 버린 날 베넷 부인은 어머니로서 더없이 행복했다. 후에 그녀가 얼마나 즐겁고 뿌듯한 마음으로 빙리 부인을 방문했고 다아시 부인에 대해 말했는지에 대해서는 짐작하고도 남는다. 자식들을 잘 시집보내고 싶은 베넷 부인의 열렬한 소망이 여러 명의 자식들을 통해 이렇게 잘 이루어졌으므로, 그녀가 가족을 위해서 여생에는 분별력 있고 상냥하고 유식한 여성으로 바뀌는 행복한 결과가 일어났다고 말할 수 있다면 좋겠다. 그렇게 특이한 방식으로는 가정의 행복을 즐기지 못했을지도 모르는 베넷 부인의 남편에게는 아내가 여전히 이따금씩 신경 탓을 하고 변함없이 어리석은 편이 낫겠지만 말이다.

베넷 씨는 둘째 딸을 매우 그리워했다. 그는 다른 어떤 일보다 딸에 대한 애정 때문에 더 자주 집을 떠났고, 특히 전혀 예고 없이 펨벌리에 가는 것을 즐겼다.

빙리 씨와 제인은 열두 달만 네더필드에 머물렀다. 어머니와 메리턴의 친척들과 그렇게 가까운 곳에 사는 것은 **빙리의** 느긋한 성품이나 **제인의** 상냥한 마음으로도 견디기 쉽지 않았다. 그래서 빙리의 누이들의 소원이 성취되었다. 빙리는 더비셔의 이웃 마을에 저택을 샀고, 제인과 엘리자베스에게는 다른 모든 행복에다 서로 50킬로미터 이내에 살게 된다는 행복이 더해졌다.

키티는 두 언니들과 많은 시간을 보냈고, 그게 실질적으로 많은 도움이 되었다. 그동안 알고 지냈던 것보다 월등히 뛰어난 사람들과 알고 지내면서 괄목상대한 것이다. 키티는 리디아처럼 기질이 통제 불가능하지는 않았으므로, 리디아의 영향에서 벗어나 적절한 관심과 감독을 받자 덜 성마르고, 덜 무식하고, 덜 지루한 사람이 되었다. 당연히 더 이상 리디아와 어울리는 사람들을 만나면서 불이익을 받지 않도록 세심한 보살핌을 받았다. 위컴 부인이 무도회에 데려가고 젊은 남자를 만나게 해 준다면서 와 있으라고 자주 초청을 했지만, 베넷 씨는 키티가 동생 집에 가는 것을 절대 허락하지 않았다.

메리는 집에 남은 유일한 딸이 되었지만, 도무지 혼자 앉아 있지를 못하는 베넷 부인 때문에 공부를 하다가도 부득이 끌려나와 세상 사람들과 더 섞일 수밖에 없었다. 하지만 여전히 매일 아침 이웃집 방문 중에 설교를 늘어놓을 수는 있었다. 베넷 씨는 메리가 더 이상 언니들의 미모와 비교당하는 것 때문에 속상하지 않았기 때문에 별로 주저하지 않고 변화를 받아들이는 것 같다고 추측했다.

위컴과 리디아로 말하자면, 언니들이 결혼했다고 해서 크게 성격이 달라지지는 않았다. 위컴은 엘리자베스가 예전에는 자신의 배은망덕한 행동과 거짓을 몰랐더라도 이제는 틀림없이 알게 되었을 것이라고 확신했지만, 양심의 가책을 나름의 처세로 견뎌냈다. 그 모든 사건에도 불구하고, 아직도 다아시를 잘 구슬리면 그가 한밑천 만들어 줄지도 모른다는 희망을 완전히 버리지는 않았다. 엘리자베스가 결혼할 때 리디아에게서 받은 축하 편지는, 설사 위컴이 그렇지 않더라도 그의 아내가 그런 희망을 간직하고 있다는 것을 명확히 밝혀 주었다. 편지는 다음과 같았다.

리지 언니에게,

행복하기를 빌어. 내가 내 사랑 위컴을 사랑하듯이 언니가 다아시 씨를 사랑한다면 언니는 틀림없이 매우 행복할 거야. 그렇게 부자인 언니가 있어서 정말 좋아. 달리 할 일이 없으면 우리 생각도 해 주길 빌어. 나는 위컴이 궁정에서 자리를 얻으면 매우 좋아할 것이라고 확신해. 나는 우리가 남의 도움 없이 살 만큼 충분한 돈을 벌 거라고는 생각하지 않거든. 1년에 3, 4백 파운드 정도면 어떤 자리라도 괜찮을 것 같은데. 그렇지만 그러고 싶지 않으면 다아시 씨한테는 말하지 마.

그럼 이만.

엘리자베스는 말하지 않는 것이 훨씬 더 낫다고 생각했기 때문에 답장에서 그런 종류의 청탁이나 기대를 앞으로 일절 하지 못하게 하려고 애썼다. 하지만 자기 용돈을 이리저리 절약해서 혼자 힘으로 마련할 수 있는 원조금은 자주 그들에게 보내 주었다. 씀씀이가 너무 헤픈 데다 미래에 대해 전혀 신경 쓰지 않는 두 사람에게 맡긴다면 항상 수입이 턱없이 부족할 게 엘리자베스에게는 훤히 보였다. 제인이나 엘리자베스는 위컴의 부대가 이동할 때마다 빚을 청산할 수 있도록 도움을 좀 달라는 요청을 반드시 받곤 했다. 둘의 생활 방식은 전쟁이 끝나고 다시 평화가 찾아와서 제대 후 가정을 꾸렸을 때조차도 극도로 불안정했다. 그들은 항상 싼 집을 찾아 이곳저곳을 전전했고 늘 한도 이상으로 돈을 썼다. 리디아에 대한 위컴의 사랑은 곧 무관심으로 변해 버렸고, 위컴에 대한 리디아의 사랑은 조금 더 오래 지속되었다. 리디아는 여전히 어린 데다 생활 방식도 그대로였지만, 결혼으로 얻은 평판만은 유지했다.

다아시는 **위컴을** 펨벌리에는 절대 받아들일 수 없었지만, 엘리자베스를 위해서 그가 일자리를 얻을 수 있도록 도와주었다. 리디아는 남편이 런던이나 바스에 혼자 놀러 가면 이따금 펨벌리를 방문했다. 빙리네에서는 두 사람 모두 너무 오래 머무는 경우가 잦아서, 마음씨 착한 빙리조차도 견디지 못하고 그들에게 가 주었으면 하는 암시를 하는 지경에 이르렀다.

빙리 양은 다아시의 결혼에 마음속 깊이 분개했지만 펨벌리를 방문할 권리를 유지하는 것이 더 현명하다고 생각했기 때문에 모든 원한을 떨쳐 버렸다. 그녀는 조지아나를 더욱 좋아하게 되었고, 다아시에게는 지금까지와 거의 마찬가지로 상냥하게 대했으며, 엘리자베스에게는 밀린 빚을 갚듯 온갖 예의를 다 차렸다.

펨벌리는 이제 조지아나의 집이 되었다. 또한 시누이와 올케는 다아시가 바라던 대로 서로를 사랑했다. 둘은 그러려고 생각했던 것만큼이나 서로를 아끼게 되었다. 조지아나는 처음에는 엘리자베스가 자기 오빠에게 발랄하고 장난스럽게 이야기하는 태도를 보고 기겁할 정도로 놀랐지만, 곧 엘리자베스를 세상에서 최고로 우러러보게 되었다. 애정을 거의 압도할 정도로 존경심을 불러일으켰던 오빠가 이제는 터놓고 농담할 수 있는 대상이 되는 것을 보았다. 조지아나의 마음속에서 예전에는 한 번도 떠오르지 않았던 생각들이 생겨나기 시작했다. 엘리자베스가 행동하는 것을 보고, 그녀는 오빠가 자신보다 열 살이나 어린 여동생에게는 허용하지 않겠지만 여자도 남편에게 격의 없이 굴 수 있다는 것을 이해하기 시작했다.

캐서린 영부인은 조카의 결혼에 극도로 분개했다. 결혼 계획을 알리는 편지에 대한 답장에서 정말로 솔직한 평소의 성격을 모두 드러냈고, 특히 엘리자베스에 대해 매우 심한 모욕적인 언사를 써 보내는 바람에 얼마 동안 모든 교류가 끊어졌다. 하지만 엘리자베스의 설득으로 마침내 다아시는 불쾌함을 극복하고 화해를 구했다. 이모 쪽에서는 약간 더 고집을 부렸지만, 영부인의 원한은 다아시에 대한 애정과 그의 아내가 어떻게 처신하는지 보고 싶은 호기심 둘 중 하나에게 자리를 내줬다. 그래서 영부인은 몸소 펨벌리로 행차해 그들을 만나기까지 했다. 그런 안주인뿐만 아니라 런던에서 온 안주인의 외삼촌과 외숙모의 방문으로 펨벌리의 숲이 오염되었는데도 불구하고 말이다.

엘리자베스와 다아시는 가드너 부부와 항상 가장 친밀한 관계를 이어 갔다. 엘리자베스뿐만 아니라 다아시도 그들을 진심으로 아꼈다. 또한 둘 다 엘리자베스를 더비셔로 데려와 자신들을 맺어 주는 매개가 된 가드너 부부에게 언제나 깊은 고마움을 느꼈다.

옮긴이 주

1) 9월 29일로 기독교의 미카엘 대천사 축일. 영국에서는 4분기 결산일 중 하나로 집세도 이때 낸다.

2) 당시 영국 귀족 계급에서는 서로를 소개하는 방문이 이루어지기 전에 는 집안들 사이의 사교적 관계가 존재할 수 없었다. 기존에 살고 있던 주민들은 사교 관계를 개시하기 위해 새로 이사 온 사람들을 방문하는 데, 오직 남자들만 남자들을 방문할 수 있기 때문에 베넷 부인에게는 직접 관계를 시작할 수 있는 선택권이 없다.

3) 하루 중 가장 성대한 식사로, 주로 저녁에 먹는다.

4) 영국의 화폐 단위. 현재의 화폐 가치로 환산하면 10만 파운드에서 20만 파운드에 해당하는데, 한화로는 약 16억 원 정도이다.

5) 어떤 집안의 결혼하지 않은 맏딸에게는 항상 성에다 '양'이라는 호칭을 붙였다. 손아래 딸들은 '엘리자베스 베넷 양'처럼 세례명과 성에다 '양'

이라는 호칭을 붙였다. 하지만 손아래 딸이라도 어떤 사교 모임에 그 집 안사람 중 유일하게 참석했거나 참석한 딸들 중 나이가 제일 많으면 성에다 '양'이라는 호칭을 붙였다.

6) 런던에 있는 영국 왕궁.

7) '부인lady'라는 호칭은 영국에서 공작부인 밑의 지위에 있는 귀족 부인이나 준準남작 혹은 기사 부인에 대해 붙이는 일반적인 호칭이지만 여기서는 특별히 이웃들과 구별해서 사용하지 않았다.

8) 둘 다 카드놀이 이름이다. 돈을 걸고 가장 좋은 패를 잡는 사람이 이기는 것은 같지만, 블랙잭은 코머스보다 결과가 좀 더 불확실하고 다른 사람들의 패에 주의를 덜 기울여도 된다.

9) 남의 일에 참견하지 말라는 속담.

10) 당시에는 영지 증여법에 따라 피상속인에게 아들이 없는 경우 가장 가까운 남자 친척에게 재산이 상속되었다. 그러므로 베넷 부인과 딸들은 베넷 씨의 영지를 물려받을 수 없다.

11) 돈을 낸 구독자들에게 책을 빌려 주는 순회도서관.

12) 베넷가는 마차를 모는 말들과 농장 일에 필요한 말들을 따로 둘 수 있을 만큼 부유하지는 않다.

13) 가장 지위가 낮은 의료진으로 환자를 진찰하고 약을 처방했다. 내과의사와 외과의사는 더 높은 지위의 의사로 더 많은 교육을 받았다.

14) 정찬을 하기에 상당히 늦은 시간이지만 런던의 상류사회에서는 늦게 정찬을 먹는 것이 유행이었다. 이는 빙리 자매가 상류사회의 유행을 따르고 싶어 한다는 것을 보여 준다.

15) 고기, 야채, 향료를 넣어 만든 스튜 요리의 일종.

16) 런던의 상업 지역이다. 허스트 부인은 이 삼촌이 장사를 한다는 것을 암시함으로써 엘리자베스의 '천한 친척들'을 강조하고 있다.

17) 카드놀이의 일종으로 벌금을 판돈에 합치는 게임.

18) 셰익스피어의 희곡 「십이야」 1막 1장에 나오는 '음악은 사랑의 양식'이 라는 구절에 대한 언급이다.

19) 두 사람이 32장의 패로 하는 카드놀이.

20) 스코틀랜드 고지 사람들이 추는 경쾌한 춤.

21) 영국 미학자 윌리엄 길핀은 소가 만들어내는 미적인 효과를 설명하면 서 두 마리는 잘 조화가 되지 않고 세 마리는 함께 있으면 멋지게 보이 지만, 네 마리 이상인 경우에는 적어도 한 마리가 약간 떨어져 있어야 한다고 주장했다.

22) 여기서 사촌은 친척을 통칭하는 말이다.

23) 평화의 상징으로 관용적인 표현 중 하나이다.

24) '지옥으로 가는 길은 선의로 포장되어 있다'는 속담에도 나오는 표현으 로 콜린스의 선한 의도는 사실 성직자의 당연한 의무다.

25) 네 명이 40장의 카드로 하는 카드놀이. 17~18세기에 유행했다.

26) 『젊은 여성을 위한 설교』(1776)는 여성의 수동성의 미덕을 설교한 보수 적인 지침서다.

27) 그 당시 대학교에는 필요한 학기만큼 대학 기숙사에 거주해야 하는 규 정이 있었다.

28) 카드놀이의 일종으로 참가자 수가 정해져 있지 않으며 특정한 카드, 즉

'복권'을 뽑는 사람이 이기는 놀이.

29) 둘씩 짝을 찌어 네 사람이 하는 카드놀이.

30) 다아시의 어머니는 백작의 딸이었지만 평민과 결혼했다. 그래서 다아시는 귀족 집안의 후손이긴 하지만 많은 재산에도 불구하고 작위가 없다.

31) 다아시가 더 지위가 높기 때문에 콜린스 씨와 친분을 맺을 것인지 결정하는 것은 다아시의 특권이다. 콜린스 씨가 자기 자신을 직접 소개하는 것은 사교적인 결례다.

32) 콜린스 씨는 형식적인 공손함이 감추고 있는 경멸을 인지할 수 없는 사람이라서, 냉담한 공손함에도 만족스러워한 것이다.

33) 결혼 생활에서의 재정적인 문제에 대한 법적 합의를 말한다. 아내의 재정적인 복지를 명확하게 규정해 주는 합의가 없으면 아내는 어떤 돈에 대해서도 권리를 전혀 가질 수 없다. 아내가 결혼하면서 가져오는 재산은 즉시 남편 소유가 된다. 하지만 미망인이 되었을 때 아내의 생계를 보장해 주고 결혼 생활 중에 사용할 수 있는 금액도 미리 정해 두는 경우도 있었다.

34) 원문에는 '선언'이라는 표현을 사용했다. 콜린스 씨의 청혼이 주로 주장으로 이루어졌기 때문이다.

35) 캐서린 영부인의 높은 지위를 고려하면 그녀가 낮은 신분의 여성을 방문하는 것은 영광으로 간주될 수 있다.

36) '자격들'이라는 표현을 통해 콜린스가 그녀를 고용하는 것으로 생각한다는 점이 드러난다.

37) 17세기 말부터 모든 창문에 세금이 부과되었기 때문에, 집에 창문이 많다는 것은 부유하다는 표시였다.

38) 당시에는 마차의 크기와 종류가 부와 사회적 지위를 나타내는 척도 역할을 했다.

39) 치안판사로 일할 수 있는 권한은 연간 수입 백 파운드 이상의 재산이 있는 남성들만 갖고 있었다. 치안판사로 일하려면 일정액의 돈을 내고 서약을 해야 했다. 캐서린 영부인처럼 아무리 지위가 높다 해도 여성은 공식적으로 치안판사로 일할 수 없었다.

40) 원문 'perform'에는 '연주하다'와 '연기하다'는 의미가 모두 있으므로 다아시는 이 단어를 한 번만 사용해서 두 가지 의미를 동시에 나타냈다.

41) 엘리자베스를 위한 친절한 계획이란 결국 샬럿 자신의 이해관계를 위한 것이라는 것임을 알 수 있다.

42) 캐서린 영부인의 딸에 대한 다아시 씨의 애정이 커졌다는 암시.

43) 남자 하인은 하녀보다 더 높은 임금을 줘야 하기 때문에, 남자 하인을 둔다는 것은 가드너 씨가 상당히 부유하다는 사실을 보여 준다.

44) 잉글랜드와 스코틀랜드 접경에 있는 마을로, 도망간 연인들이 결혼하기 위해 자주 찾는 장소이다. 잉글랜드법에는 미성년자가 혼인할 때 부모의 동의가 필요했는데, 이런 혼인법을 회피하기 위해 (스코틀랜드 혼인법에는 그런 규정이 없다) 스코틀랜드령 마을에서 혼인하는 것이다. 이곳에서의 결혼은 18세기 소설에 상습적으로 등장하는 장치로, 특히 남자가 여자의 돈을 보고 부모 몰래 결혼하고자 할 때 여기를 주로 이

용했다.

45) 런던에는 부모의 동의 없이 결혼하고자 하는 젊은이들이 결혼식 거행 전에 일요일마다 세 번 계속 결혼 예고를 해서, 이의가 없으면 결혼할 수 있는 결혼 예고제가 있었다.

46) 가드너 부부는 엘리자베스와 다아시가 서로 사랑하는 사이라고 생각하고 있기 때문에, 다아시가 위컴에 대한 상세한 정보를 엘리자베스에게 이야기해 주었을 것이라고 지레짐작하고 있다.

47) 남녀 사이에는 약혼한 경우에만 공개적으로 편지를 주고받을 수 있었으므로, 다아시가 엘리자베스에게 편지를 보낸다는 것은 두 사람이 약혼했음을 알리는 표시일 수 있다.

48) 영국의 화폐 단위. 1페니는 1파운드의 100분의 1로, 펜스는 페니의 복수형이다.

49) 결혼하지 않은 여성이 정숙함을 지키지 못했다는 사실이 세상에 알려지면 영원히 결혼할 수 없고 불명예스럽게 살아가야 했으므로, 보통 다른 사람들의 눈에 띄지 않는 곳으로 보냈다.

50) 당시 영국은 프랑스와 전쟁 중이었다. 정규군은 정해진 장소에 주둔했고, 그와 대비되는 민병대는 이동해 다니며 전투를 치렀다.

51) 법에 의해 결혼식은 오전 8시부터 정오 사이에만 거행되어야 했다.

52) 이솝 우화에서 공작 털을 꽂고 공작 행세를 하는 까마귀에 대한 언급으로, 가드너 씨 자신이 좋은 일을 했다는 오해가 풀리고 진짜 그 일을한 사람이 누구인지 밝힐 수 있다는 의미이다.

53) 오스틴의 작품에서는 '합리적'이라는 표현이 많이 등장한다. 엘리자베

스가 보기에 좋은 결혼이란 이성에 바탕을 둔 것이다.

54) 결혼할 때 법적으로 유효한 시간과 장소를 명시하는 것 같은 일반적인 규제를 무시할 수 있도록 캔터베리 주교가 부여하는 결혼 허가.

1

〈센스 앤 센서빌리티〉(1995)를 시작으로 〈설득〉(1995)과 〈엠마〉(1996), 〈오만과 편견〉(BBC, 1995)을 거쳐 〈맨스필드 파크〉(1999)와 〈오만과 편견〉(2005), 〈비커밍 제인〉(2007)과 〈노생거 사원〉(2007)에 이르기까지 여러 작품들이 끊임없이 새롭게 영화로 만들어져 나오고 책으로 출판되다 보니 제인 오스틴은 21세기의 독자들에게 가장 친숙한 작가 중 한 사람이 되었다. 너무 친숙해 마치 동시대 작가처럼 느껴질 정도라, 그녀가 240년 전인 1775년에 태어났고 『오만과 편견』이 201년 전인 1813년에 출판되었다는 사실이 믿기지 않을 지경이다.

제인 오스틴의 『오만과 편견』이 1813년에 출판되고 나서 그녀의 작품들이 많은 사랑을 받았다는 것은, 남성들의 독무대라 할 수 있었던 다른 어떤 장르보다 소설 장르에서 여성 작가가 확고하게 빨리 자리를 잡았음을 보여 준다. 문학의 여러 장르 중에서 가장 역사가 짧은 소설 장르에서 본격적인 소설 작품으로 간주되는 새뮤얼 리처드슨의 『파멜라』가 1740년에, 헨리 필딩의 『톰 존스』가 1742년에야 출판되었기 때문이다. 이렇게 제인 오스틴(1775~1817)을 시작으로 메리 셸리(1797~1851)와 샬럿 브론테(1816~1855), 에밀리 브론테(1818~1848)와 조지 엘리엇(1819~1880), 버지니아 울프(1882~1941)는 찬란한 여성 작가의 계보를 만들어 낸다. 이들은 각자 독특한 주제에 대해 특유의 스타일로 작품을 써서 자신만의 영역을 구축했다. 메리 셸리는 『프랑켄슈타인』을 통해 인간에 의한 인간의 창조라는 대담한 주제를 다루었고, 브론테 자매는 『제인 에어』와 『폭풍의 언덕』에서 고딕적인 요소를 가미해서 사랑이라는 주제를 독특한 스타일로 표현했으며, 조지 엘리엇은 『아담 비드』 등 여러 작품들을 통해 사회의 아웃사이더들과 작은 마을에서 벌어지는 억압과 박해의 문제를 사실적으로 그려 냈고, 버지니아 울프는 『댈러웨이 부인』이나 『올란도』 같은 작품에서 의식의 흐름 기법을 이용한 새로운 양식의 작품들을 선보였다.

2

제인 오스틴은 무엇보다 사랑과 결혼이라는 주제에 몰두했다. 사랑이라는 같은 주제를 다루었음에도 불구하고 다락에 갇혀 있는 미친 아내나 유령 같은 고딕적이고 환상적인 요소를 도입해서 사랑 이야기를 그리는 브론테 자매와 달리 오스틴은 사실주의적인 필치로 때로는 꼼꼼하고 정밀하게, 때로는 풍자적으로, 때로는 유머스하게 주인공들의 사랑을 그린다. 또한 사랑이라는 주제를 다루되 주인공들의 결혼 이후의 상황에 집중하는 미국의 여성 작가 이디스 워튼(1862~1937)과 달리 오스틴은 주인공들이 결혼에 이르기까지의 과정에 집중한다. 당시의 사회적, 정치적 상황을 완전히 배제한 채 부르주아 계급의 결혼이라는 지극히 '여성적인' 주제만을 다룬다는 비난을 받기도 하지만 오스틴은 결혼이라는 한 가지 문제에 몰두함으로써 오히려 결혼과 관련된 계급과 상속, 재산 같은 사회 전반의 문제들을 집중적으로 보여 주고 그런 문제들을 풍자적으로 묘사함으로써 비판을 가한다. 자신보다 신분이 낮은 사람과의 결혼이 가문의 위신을 실추시키는 치욕으로 간주되는 계급의 문제, 딸들에게는 상속권이 없어서 영지가 남자 친척에게 한정 상속되거나 장자 상속의 전통때문에 차남은 재산을 상속받지 못하는 상속의 문제, 차남이나 남성들이 경제적 안정을 위해 돈 많은 여자와 결혼하려고 하는 재산의 문제는 『오만과 편견』에서 모든 등장인물들에게 영향을 미치는 중요한 변수로 작용한다. 이는 자신보다 신분이 낮은 엘리자베스의 집안 때문에 그녀에 대한 호감을 억누르고 청혼을 망설이는 다아시나, 후원자인 캐서린 영부인에게 절대적으로 복종하고 아부하는 콜린스, 돈많은 여자와의 결혼을 통해 신분 상승을 이루려는 위컴의 모습을 통해 한편으로는 통렬하게, 한편으로는 우스꽝스럽게 나타난다. 복잡하게 얽혀 있는 이런 여러 가지 문제들 때문에 『오만과 편견』은 신데렐라 스토리에 가까운 사랑 이야기임에도 불구하고 순수함과는 거리가먼 속물적인 사랑 이야기라는 인상을 줄 수도 있다.

예전에 영문학을 전공으로 하지 않는 학생들을 대상으로 영문학작품을 영어로 읽는 강의를 한 적이 있었다. 학생들에게 익숙한 작품들을 고르다 보니 셰익스피어의 『로미오와 줄리엣』 다음에 제인 오스틴의 『오만과 편견』을 읽게 되었다. 『오만과 편견』에 대한 학생들의첫 반응은 등장인물들이 『로미오와 줄리엣』의 등장인물들에 비해 너무 계산적이라는 것이었다. 사랑을 위해서 기꺼이 성도 가문도 버리고 죽음마저 불사하는 로미오와 줄리엣의 감정이 순수하고 열정적인사랑의 이상이라면, 호감이나 감정과 상관없이 재산을 결혼의 최우선 조건으로 간주하는 『오만과 편견』의 등장인물들은 지극히 속물처럼 보인다는 것이었다. 그러나 이런 부정적인 첫인상은 책을 읽어 나가면서 조금씩 불식되었다. 직업을 가질 수 없어서 경제적으로 자립할 수 없고, 아들이 아니면 아버지의 재산을 상속받을 수도 없으며, 지참금이 없으면 결혼하기 어려웠던 19세기 여성들의 사회적 여건을알게 되면서 학생들은 경제적으로 안정된 남편을 찾고자 하는 여자등장인물들의 바람이 속된 허영의 발로가 아니라 생존을 위한 어쩔수 없는 선택이었으며, 장남이 아니거나 재산이 없어서 돈 많은 여자와의 결혼을 통해 경제적 안정을 얻고자 하는 남자들의 열망이 단지경박함과 속물스러움에서 생겨난 것만은 아님을 깨달았다. 그들은다아시와 엘리자베스의 사랑이 로미오와 줄리엣의 사랑처럼 첫눈에 반해서 불같이 타오른 열정적인 사랑은 아닐지라도 여러 가지 난관을 극복하고 이해와 사랑에 이르게 되는 또 다른 형태의 이상적인 사랑일 수 있다는 것을 인정하게 되었다.

어쩌면 『오만과 편견』은 학생들이 생각하는 것보다 훨씬 더 이상화되어서 거의 동화의 수준에 이른 사랑 이야기일지도 모른다. 남녀 주인공이 온갖 난관을 극복하고 마침내 결혼하고 오래오래 행복하게 살았다는 동화의 구조는 다아시와 엘리자베스에게도 그대로 적용될 수 있다. 두 사람은 신분과 재산의 차이, 빙리 양의 방해, 베넷 부인의 몰지각함, 엘리자베스의 동생들의 경박함, 위컴의 거짓말, 캐서린 영 부인의 방해, 그리고 무엇보다도 다아시에 대한 엘리자베스의 반감을 극복하고 서로에 대한 사랑을 확인한 다음 결혼에 이른다. 두 사람의 결혼은 사랑의 감정 없이 조건만 보고 결혼하는 샬럿 루카스와 콜린스, 가족의 위신이나 체면은 상관없이 자신들의 감정에 휩쓸려 사랑의 도피 행각을 벌이는 위컴과 리디아와 대비를 이루며 진정한 사랑을 바탕으로 한 이상적인 결혼을 대변한다. 역사가인 린다 콜리는 상속받은 영지를 소유하고 있고 연 수입이 만 파운드인 남자가 별 볼일 없는 시골 신사의 딸이자 칩사이드 상인의 조카에게 같이 춤을 추자고 청하고 청혼까지 한다는 것은 절대 일어날 수 없는 일이라고 주장하면서 『오만과 편견』을 '판타지에 대한 글'이라고 부른다. 그녀는 현실에서는 다아시 같은 사람이 빙리 양보다 더 좋은 조건을 가진 신붓감들이 넘쳐 나는 런던을 놔두고 하트퍼드셔 같은 시골에 와서 아까운 시간을 허비하는 일은 절대 없을 것이라고 말한다. 다아시와 엘리자베스가 현실에서는 절대로 극복할 수 없을 엄청난 차이를 극복하고 결혼에 이르렀다는 것은 오히려 역설적으로 그들의 사랑이 속물스럽기는커녕 로미오와 줄리엣의 사랑에 버금갈 정도로 순수하고 열정적일 수 있다는 것을 보여 주는 증거일 수 있다.

3

다아시와 엘리자베스의 사랑에서 중요하게 작용하는 요소는 이성 혹은 분별력이다. 엘리자베스의 관점에서 서술되는 『오만과 편견』에서는 '이성'이나 '합리적' 혹은 '분별력'이라는 말이 빈번하게 언급된다. 태도나 예의범절 같은 첫인상으로 다른 사람들을 판단하는 일이 빈번하다 해도, 엘리자베스는 적어도 분별력을 발휘해서 콜린스의 청혼을 거절하고 위컴에 대한 호감을 물리쳤으며 다아시에 대한 사랑을 확인하고 그의 청혼을 받아들인다. 다른 모든 일에서와 마찬가지로 사랑에서도 분별력과 이성을 발휘하고자 하는 엘리자베스의 노력은 계몽주의의 영향으로 설명할 수 있을 것이다. 16세기 르네상스의 영향력이 『로미오와 줄리엣』에 반영되어 있는 것처럼 『오만과 편견』에는 17, 18세기에 유럽을 휩쓴 계몽주의의 영향이 반영되어 있다. 르네상스 이후 싹트기 시작한 개인주의 성향은 가문으로 대변되는 집단의 영향력에서 벗어나려는 노력을 의미했고, 이는 로미오와 줄리엣이 부모의 허락 없이 비밀 결혼을 올리려는 것을 통해 구체적으로 드러난다. 로미오가 원수 집안의 아들이라는 것을 안 줄리엣은 '아, 로미오, 로미오 님! 왜 이름이 로미오인가요? 아버지를 잊으시고 그 이름을 버리세요. 아니 그렇게 못하겠다면 저를 사랑한다고 맹세만이라도 해 주세요. 그러면 저도 캐퓰릿의 성씨를 버리겠어요.'라는 독백을 하고 이 말을 엿들은 로미오는 '나를 사랑한다고 말해 주면 다시 세례를 받고 이제부터 로미오라는 이름을 영원히 버리겠소.'라고 대답한다. 그러나 기꺼이 가문과 성을 버리고 부모의 허락 없이 결혼하려는 로미오와 줄리엣의 사랑은 엘리자베스의 눈에는 위컴과 리디아의 도피 행각에 버금가는 무분별한 행동으로 보였을 것이다. 제인 오스틴과 계몽주의의 관계에 처음으로 주목한 피터 녹스-쇼는 엘리자베스가 아무리 개인주의적인 성향을 지니고 있다 해도 사회의 규범을 절대 무시하지는 않는다는 사실에서 계몽주의의 영향을 찾아낸다. 공적인 영역에서의 이성의 사용과 사적인 영역에서의 이성의 사용을 구분하고 이 둘의 조화를 꾀하려는 계몽주의의 노력은 『센스 앤 센서빌리티』(『이성과 감성』으로 번역될 수 있다) 등 오스틴의 다른 작품들에도 드러나 있다.

『오만과 편견』에서 사랑이라는 주제와 연관해 이야기할 수 있는 또 다른 주제는 아이러니다. 다아시에 대한 사랑을 확인하는 과정에서 엘리자베스는 편견으로부터 벗어나는 두 번의 깨달음 내지 자기 인식을 경험한다. 첫 번째 깨달음은 다아시의 청혼을 거절한 후 받은 그의 편지를 읽고 위컴의 실체를 알게 될 때 일어난다. 엘리자베스는 호감을 가지고 있던 위컴이 반듯한 외모와 행동거지와 달리 방탕하고 위선적인 사람인 반면, 오만하다는 첫인상을 심어 준 다아시가 오히려 진실한 사람이었다는 것을 깨닫고 자신이 경솔하고 무분별하게 행동했다는 자기 성찰을 하게 된다. 두 번째 깨달음은 펨벌리를 방문했을 때 일어난다. 안정된 삶을 위해 사랑 없이 결혼하는 샬럿을 무분별하다고 비난하고, 캐서린 영부인의 경우처럼 지위와 재산에서 생겨난 권위에 굴복하기를 거부했던 엘리자베스는 펨벌리를 보고 그곳의 안주인이 된다는 것이 대단한 일일 수도 있다는 것을 깨닫는다. 이런 두 번의 자기 인식이 이루어지는 기제는 아이러니라는 문학적 장치로 해석될 수 있다. 아이러니는 의도하거나 예상하지 않았던 결과가 나타날 때, 혹은 외관과 실체가 일치하지 않을 때 생겨난다. 아리스토텔레스는 이것을 반전에서 생겨나는 효과라고 부르고, 반전이 일어날 때 인식이 이루어진다고 설명한다. 테베의 선왕을 살해한 범인을 찾던 오이디푸스가 범인이 바로 자기 자신임을 깨닫는 장면처럼, 엘리자베스는 두 번의 아이러니한 상황을 통해 자기 자신에 대한 인식에 이르게 되고 다아시에 대한 사랑을 확인하게 된다.

하지만 엘리자베스가 자기 인식과 사랑에 이르는 과정은 「오이디푸스 왕」과 달리 어둡고 비극적이지 않다. 오스틴 특유의 비트는 듯한 유머러스한 문체는 아무리 심각한 상황에서도 우리에게 작은 웃음을 유발한다. '상당한 재산을 가진 독신 남성에게 틀림없이 아내가 필요할 것이라는 사실은 널리 인정된 진리다.'라고 시작되는 작품의 서두에서부터 오스틴의 장기인 비틀기가 빛을 발한다. 이 말 속에는 상당한 재산을 가진 독신 남성에게 반드시 아내가 필요한 것이 아니라, 여자들이 상당한 재산을 가진 독신 남성을 남편으로 필요로 한다는 사실이 담겨 있다. 이런 식의 재미있는 비틀기는 베넷 부인과 메리, 키티와 리디아, 콜린스와 루카스 경, 빙리 양 등 무분별한 면모를 지닌 등장인물들에 대한 묘사에 거의 예외 없이 나타난다. 잔잔하고 소소한 유머를 즐기는 독자라면 오스틴의 글에서 무수한 웃음의 원천을 발견할 수 있을 것이다.

이 책을 번역할 때 하버드 대학교의 벨크냅 출판사에서 2010년에 출판한 『오만과 편견』이 많은 도움이 되었다. 본문보다 주석의 양이 더 많은 이 판본 덕분에 이해하기 어렵거나 애매한 부분들을 더 명확하게 이해할 수 있었다. 이 판본의 편집자인 스팩스 씨에게 감사와 존경의 인사를 드리고 싶다. 또한 굼벵이보다 더 느린 내 작업 속도에 속이 까맣게 탔을 현대문학 편집부 여러분께도 감사와 사과의 말씀을 전하고 싶다.

2014년 11월
이미선

오만과 편견

지은이 | 제인 오스틴
옮긴이 | 이미선
펴낸이 | 양숙진

초판 1쇄 펴낸날 | 2014년 12월 15일

펴낸곳 | ㈜현대문학
등록번호 | 제1-452호
주소 | 137-905 서울시 서초구 신반포로 321(잠원동)
전화 | 02-2017-0280
팩스 | 02-516-5433
홈페이지 www.hdmh.co.kr

ISBN 978-89-7275-720-7 04840
ISBN 978-89-7275-563-0 (세트)

* 책값은 뒤표지에 있습니다.